伊北 著

六姊妹

【上篇】

河南文艺出版社
·郑州·

图书在版编目（CIP）数据

六姊妹/伊北著. --郑州:河南文艺出版社,2023.5
（2024.3 重印）

ISBN 978-7-5559-1408-2

Ⅰ.①六… Ⅱ.①伊… Ⅲ.①长篇小说-中国-当代
Ⅳ.①I247.5

中国国家版本馆 CIP 数据核字（2023）第 054981 号

策划编辑	俞 芸
责任编辑	俞 芸
装帧设计	书籍/设计/工坊 刘运来工作室 徐胜男
版式设计	吴 月
插 画	袁小真
责任校对	赵红宙

出版发行	河南文艺出版社	总 印 张	79.5
社 址	郑州市郑东新区祥盛街 27 号 C 座 5 楼	总 字 数	1 138 000
承印单位	郑州印之星印务有限公司	版 次	2023 年 5 月第 1 版
经销单位	新华书店	印 次	2024 年 3 月第 2 次印刷
开 本	640 毫米×960 毫米 1/16	总 定 价	128.00 元

001
/

多年之后，何家丽才赫然发现原本不该她当何家老大。按照来到世间的顺序，不该她是老大。她上头还有一个姐姐，叫何家美。家字辈，单名叫美，是从母亲美心的名字里取出来的。据说家美是漂亮女孩，大眼睛，小嘴巴，小家碧玉的模子，一出生不哭反笑，人人喜欢。只可惜她福薄，长到一岁多跌进火盆里呛死了。死了就没了。待家丽出生，打开始便自自然然升一级，成为这个家的大姐和长女。不过算命先生说，何家的第二胎原本应是个男孩，是家丽抢着投胎，挤走了他。家丽命硬。

更糟的是家丽不算美。一出生就暴哭，三天三夜不停，美心不太喜欢她，没满周岁就丢给婆婆何文氏，她跟着丈夫何常胜坐马车，转水路，一路向西北，从扬州江都老家到安徽淮南这个刚成立的工业城市支援建设。

淮南是个煤城，但因为是新建的城市，士农工商一应俱全。何常胜来了就落在"皮毛号"——一家专门做皮毛加工的公司，没几年，20世纪50年代初，公私合营，皮毛号和其他工商业公司都并了并，归外贸局管。刘美心跟着丈夫来，刚开始没工作，后被安排在"酱园厂"——负责生产酱油、醋、料酒、咸菜的地方。

父母在外工作，从1952年出生到1960年这八年间，家丽跟着老太太在扬州江都度过了童年。爸妈偶尔来信，每两年过年或者五月端午回去一趟。路远，偶尔又发大水，不方便。

家丽对妈妈的印象不怎么样，她觉得她冷淡，总是乜斜着眼评价人为：丫头片子。对爸爸印象却不错，高高大大，总把她放到肩膀上玩开飞机的游戏。爸爸喜欢笑，偶尔生起气来也不失可亲。爸爸总给她带糖吃。

老太太不识字，每次爸来信，她都请村里的先生读给她们听。家丽记得，每次都会听到一句话叫：广阔天地大有作为。

三年困难时期来了。到 1960 年，农村日子实在不好过，都有人吃树皮了，老太太给儿子写信说明情况，常胜让妹妹在老家看田地，老太太便带着家丽走水路来到淮南。这八年间，美心又怀过一个，流了。此后许久怀不上。如今又怀上，何常胜很想要个男孩，日日在灶王像前祷告。美心说你跟灶王祷告有什么用，生下来无非又是个吃饭不干活的。常胜说，要是个男孩，吃饭不干活我也认了。背井离乡，没有个男孩怎么顶门立户。常胜觉得这是实际问题。让老太太来，一则她年岁大了，二则也能来照顾照顾家和美心。即便怀孕快到临产，美心还在坚持上班。城里粮食定量。美心肚子里有一个食量大的孩子，美心饿得脸都瘪瘪的。

田家庵码头，何常胜站在河岸边，胳膊上挎着个布褡裢，里头藏着一小片馓子。船慢慢靠岸，搭了木板，客人鱼贯下船。看到老太太，牵着个瘦兮兮的小姑娘。常胜喊了声妈。家丽抬眼，哦，爸爸的样子好像变了些，更瘦了，但依旧伟岸。

凑近了，"就这点行李？"常胜朝老太太肩上的包袱看，接过来。老太太目光朝下，家丽怀里也抱着个小包袱。

"叫爸。"老太太说。

"爸。"家丽机械地叫了一声。

"高了不少。"常胜对老太太笑。意思赞扬她带孩子带得好。

"吃不上喝不上。"老太太说，又对家丽，"搁家里老说想爸爸想爸爸，怎么一见到真人哑巴了。"

"没哑巴。"家丽大胆反驳，她从来天不怕地不怕，"就是饿了！"她说实话。常胜才想起来手上的馓子，"刚兑的，托一个朋友才买到，吃一半。"

老太太说回去再吃。

"就在这儿吃吧。"常胜坚持，"去那边，风小。"常胜指了指船塘子。到船塘子边，站定了。这是人工在河边挖出来的一小片内湖，停船用的。

边沿靠着坝子，避风。淮河年年涨水，船塘子多少有点蓄洪功能。老太太掰一点慢慢吃，分给家丽一部分。家丽狼吞虎咽，她第一次吃这种油炸的零食，特别脆、香。

老太太笑呵呵地对儿子说："怎么，活抽抽了？给老娘和女儿吃点东西，还得避着老婆。"常胜为难："不是避，是她现在饭量大，这又是带油的，见着了肯定不要命，我怕到时候你们摸不着。"

"我又不是没生过，怎么她生个孩子，地位就这么高。"

"胡瞎子说了，美心这回准生男孩。"

"谁是胡瞎子？"老太太问。

家丽插话："就是姓胡的瞎子，奶奶你这都不懂。"老太太说吃你的，大人说话小孩别插嘴。家丽只好站到一边，继续吃。

"就是坝上算命的，说以前给日本人和国民党都算过命。共产党来了，没人请他算命了，不过北头这些户都信。"田家庵码头在淮南的北面，码头沿岸的居民区统称北头，是淮南的发源地。

"算得准不准？"老太太慢慢嚼馓子，努力嚼出滋味。金贵东西，她舍不得那么快吃完。"说是日本人、国民党都说准，还给过他金条。"常胜道。

"走江湖的，报喜不报忧。"老太太说，"如果他算得准又能破解，为什么日本人没留住，国民党也跑了？现在是共产党的天下，我们还是跟着毛主席走，不信什么胡瞎子，胡扯，胡来。"老太太不识字，但口才一流。常胜觉得老母亲说得有道理，无从反驳，一低头，布褡裢里的馓子只剩些末末了。

老太太着急："你这孩子嘴怎么这么快?!"作意要打，其实还是维护大孙女。家丽故作不知："没注意，没守住嘴，爸，这点也太少了。"常胜怕跟美心无法交代："都别说了，嘴擦干净，当没这事，回家不许再提，不能让你妈知道。"

家丽胡噜一下嘴。

"擦干净点，嘴丫子，别末末渣渣的，不能有油。"常胜下命令。家丽抻袖子，嘴巴在上面膏（方言：抹）了膏。"她又不是狗。"家丽小声嘀咕。还没到家，她就已经开始有点讨厌妈妈了。

"说什么？"常胜不能容忍女儿这种大逆不道的言辞。

"行了，常胜！"老太太阻拦。

家丽站出来，大义凛然："为什么我们就得偷偷地吃不能被人知道，为什么只有妈妈能吃我们就不能吃！"

常胜着急："这个死丫头！没你妈哪来的你！本末倒置，反了教了！你妈能生弟弟你能吗？"

老太太拦住他："常胜！"老太太喝道，"跟孩子说什么呢！"

何常胜闭嘴。家丽瞪着两眼，在风中像一块木头疙瘩。

"死丫头，跟你爸道歉！"

"我没错！我是人，我要吃饭！"家丽执拗。

老太太急道："你这脾气以后还得了？他是你爸，一家之主，没有他也没我们的好日子，主次你得分清楚了，小小年纪不明事理，以后奶奶都不护着你！这是你家，你是女儿！就应该像个做女儿的样子！"

家丽哭了："在江都的时候都说我是孙女，现在突然又说我是女儿，我不会做女儿，我不做女儿。"

家丽一哭，何文氏又心软了，声音柔和了些："不会做可以慢慢学，他是你爸，一会儿见到的是你妈，我是你奶奶，这就是你的命，你得认，好了，先向你爸道歉。"

常胜吓唬她："还不做我女儿，怎么，想做河里水猴子的女儿？丢你下去。"咧嘴笑，露一口白牙。

老太太劝儿子少说几句，又说见得少，感情要慢慢培养。"道个歉。"老太太对家丽说。

"爸，对不起。"家丽立刻收了泪，跟个没事人似的。她向来能伸能屈。

气消了，三个人沿着坝子朝家走。说是家，其实就是个土石灰围成的小院子。三间小瓦房，是常胜来了之后单位同事和街坊邻居帮忙一起建的。来晚了，地方选得不好，低洼，发大水总被淹。隔壁邻居刘姐站在院门口，伸着脖子，常胜三个走近了。

刘姐朝院子里头喊了一声："回来了回来了！"喜不自禁的样子。刘姐也是江都人，她跟刘美心虽然没有血缘关系，但两家一个在河上头一个在河下头，从小就在一起玩，又同姓，联着宗，刚好刘姐嫁的张鸣生也来支援淮南建设。美心和她算是个知心人。

刘美心扎着辫子，叉着腿在堂屋门口坐着，并没有显出高兴来。"常胜，回来了？文姑，路上累不累？"刘姐在门口问候。

"妈。"家丽率先叫了一句。应付差事。

常胜和老太太都一愣。刘姐先笑了。老太太道："出笑话啦，连自己妈都不认识了。"又对家丽，"这是刘妈，上河沿刘爷爷家的女儿。"

"刘妈好。"家丽知错就改。刘妈随即道："行了，常胜，文姑，不耽误你们了，晚上还不知道吃什么呢。"老太太虚留了一下，刘妈执意要走，她便不留了。家丽随着爸爸走进院子。她有一种异样的感觉。阴沉沉的，不像老家农村的场院，宽宽大大，能晒到太阳。院子里一棵枣树，枝枝丫丫。新中国成立初期的城市生活，跟农村生活的差距并没有那么大。如果说有，家丽的第一感觉唯有局促。美心坐在当门口。

"妈。"美心叫了一声，屁股没抬起来。肚子圆滚滚的，像螳螂。

"别起来了。"老太太说，顾全大局。

家丽站着不动。老太太笑道："在家里老念叨妈妈，见着真佛了，又不知道念经烧香了。"

当然是谎话。家丽清楚，她看看奶奶，又看看爸爸。

"叫人。"老太太下令。

家丽服从命令。"妈。"清清脆脆叫一句。

美心好像也没打算接，只说："都累了吧，路上吃东西了没有？常胜，看看米桶里还有没有米，把那半碗萝卜干拿出来。"

常胜抱怨："哪还有什么米，只有一点黍黍面。"

"妈来了，怎么能没吃的？"美心道，"去刘姐家借点白糖。"

常胜服软，闷头真去借。老太太见不得儿子受气，道："别管了，我来吧，黍黍面有，盐总有吧？"

常胜说那有。

美心说："油盐酱醋是齐的，酱园厂工作，这个不愁。"

"你们休息。"老太太放下东西，就朝外头走，家丽跟着。常胜说妈你去哪儿。老太太说不走远，就在坝子上转转。

淮河土坝子，全市的重点工程。夏季雨多涨水，最怕溃堤，坝子上还有土方堆着。近秋，坝子上的草还没凋零，天有点热，但晚风一吹，倒还神清气爽。走在坝子上，抬眼望去，像走在一条土龙身上。老太太仔细看着，瞅准了才弯腰，一揪，攥在手里。家丽问是什么。老太太教她，这个叫大姑娘腿，那个叫灰菜，还有苦菜。难得有那么多漏网之鱼。她原本以为地都被吃出皮了。

摘完到家，老太太就下厨，菜洗干净，拌上盐，抹一点点油星子。黍黍面和好，菜放进去，在炭糊子炉子上摊菜饼子。

一会儿，做好了，一盘子菜饼。

美心感慨："妈来了就是不一样。这些日子，都不知道吃的是什么，总感觉没吃饱，我就说，别回头孩子生出来都是黄绿黄绿的。"老太太吩咐常胜，想办法再弄点吃的。

常胜掐手脖子："能弄的都弄了，省出来给功臣，你看我这儿，都是浮肿的。"

家丽不多说话，一个劲吃。吃了两个。老太太把盘子往旁边端端："行了，留点肚子。"

家丽撇撇嘴，老太太让她去洗碗。家丽倒也没说什么，闷头去干。美心啧啧称奇："都会洗碗了。"

老太太道："做饭、洗碗、打扫都会，咱们这种人家，出不了娇惯丫头。"美心说妈管人有一套。吃完饭，老太太从包袱里掏出一只银项圈，递给美心。

给孙子的。美心为难："还没生出来呢，谁知道是什么。"

老太太说吉祥话："不是胡瞎子都说了是男孩嘛，这个项圈戴正好。"
常胜说："妈，你不是说胡瞎子是胡说吗？"

"有时候胡说，有时候也不胡说，自己要判断。"

家丽从厨房出来，横夺项圈："奶奶，这不是说好了是我的吗？"

"你不是有银镯子了？"

"项圈比镯子好看！"家丽嚷嚷。

"项圈是男孩子戴的。"美心解释。常胜耐不住，发火："什么都要，放手！"老太太又好歹劝，说把包里的虎头鞋给她，家丽才罢手。寻常不到九点就睡觉，今天已经晚了些，要分住处。

老太太故意说："回到家了，跟你爸妈睡吧。"

家丽死活不干，还是跟奶奶睡。老太太笑说："奶奶也不能跟你一辈子。"家丽说："有一天是一天。"进屋，躺简易木板床上，煤油灯一盏，昏沉沉的。"以后你不嫁人？"老太太嘟囔，"总得走的。"

"哪儿都不去。"家丽倔强。

常胜和美心也躺下了，煤油灯还没吹，美心说尿急，常胜扶着她到院子口上厕所，进门又感觉饿了。美心摸到厨房，看还有没有什么吃的。常胜跟在后头。美心说："你妈真会做，野菜都能做出肉味。""哪来的肉味？"常胜不解。

"猪油味，我闻出来了。"美心肯定地说。

"幻觉。"

美心随手拿起布褯裉，又闻了闻，恍然大悟。她憋住不理论，回到屋里才说："不是今天有片儆子要拿回来吗？"

常胜一愣，说："哦，没兑到。"

美心不饶他："哪儿去了？自己吃了？"

"没有没有……"常胜支支吾吾。

"家丽吃了？"美心猜。

常胜还说没有，但底气明显不足。

美心明白了，恨道："你这个女儿，就是个活土匪！"

常胜不理她，躺下，小声："说得好像不是你女儿似的，还不是你生的？"

美心躺下，又起来："不行，肚子空，我吃口咸菜。"

002

过了秋，美心上班不正常，此前流产两次，她必须小心。地保住，才能有庄稼。家里还是尽着她吃——趁家丽不在的时候。

家丽已经开始上学，八岁，应该上三年级，但因为基础差，只好从二年级开始学起，好在学校教学谈不上严，就认认字、玩玩。她比班里的孩子都大。田家庵区一小离北菜市不远，一早常胜送她过去，跟年级组长打好招呼，老师领着过去，到二一班。家丽不怕生，老师领着她上讲台，家丽居高临下，目空一切的样子。

"欢迎新同学。"老师说。

同学们鼓掌。

"新来的同学做个自我介绍。"

家丽站起来，虎头虎脑："我叫何家丽。"是江都口音。她还没掌握淮南方言，普通话也不太好。

全班哄堂大笑。家丽拳头擂教案："笑什么笑！"

一锤定住音，刹那间安静，没人笑了，这人不好惹。

"新同学注意控制自己的情绪。"老师说。

家丽点头微笑，收敛野性子。

在全班的瞩目下，何家丽按照老师的指示走到最后一排，把书包一丢，凑个空位子打算坐下。

两边的男孩故意持住劲，只留给她窄窄的一条小缝。何家丽见了，心里有数，脚先跨过板凳，再来个千斤坠，压！屁股下沉，生劈出一条活路来。坐稳了，往两边蛄蛹，攻城略地，男孩们咬牙切齿憋足气守住，徒劳，城池尽失。家丽发育早，比他们都高，力气也大。何家丽得意地笑几声，坐好，上课了。

下课十分钟，同桌的男孩不乐意，面子上挂不住——其实也不算同桌，桌子是长条木桌，后面摆长条凳，所以等于是五六个孩子一排，都算同桌，只不过这个男孩刚好在家丽旁边。

"哪来的国民党特务？来我们这儿撒野！"

"让开！"家丽一推，男孩打了个趔趄。

"哟嗬，怎么着，想练练？"几个男孩围着家丽。

"我再说一遍，让开。"家丽不打算客气。她在江都老家跟同村的武进士学过几手，正愁"深藏不露"。

男孩不让。

"尊姓大名？"家丽按照江湖的规矩。

"行不改名坐不改姓，汤为民！"

"行了，我知道了。汤为民，麻烦让开，别挡着路。"家丽依旧耐着性子。

"这就想跑？门儿都没有！反动派就应该被打倒！"为首的男孩充满"革命"热情。

周围男孩起哄说打倒打倒。

"去厕所，要不要跟着？娘娘腔。"家丽先礼让三分。

男孩被激怒了，叉着腰："我不跟娘儿们动手，你给我道歉！"

家丽一伸手，麻溜地，把他红色裤带解下来，一抽，跟抽了龙王三太子的龙筋似的。男孩大惊，连忙护住裆部，提溜着裤子。

"这是哪个老奶奶的裹脚布，怎么还当上裤带了。"家丽藐视，冷笑。女孩们围过来笑。恶人自有恶人磨。

"还给我！"男孩伸手要夺，家丽往后一闪，他抓住一点绳头，"你撒手!"男孩怒目,跟着要伸手扳家丽的肩。家丽一个反抓,脚下一踢,男孩没站稳,再来个背摔,男孩身子在空中划了条弧线,咚地摔在地上。所有人愣住。家丽得意。两三秒,男孩摸摸头,见有血,大叫了一声。教室里乱成一团,外面天空黑了,一会儿,盆倒般下雨。

父亲常胜被老师叫到学校之前,家丽已经到家了,没带伞,就顶着块油布。老太太道:"刘妈女儿没跟你一块儿回来?怎么这会儿就回来了?"老太太也跟着孩子们叫刘姐为刘妈。

"没有,放学早,老师说雨大先回家吧。"家丽撒了个谎。

院子里的水没过脚脖子。

老太太在屋里收拾,把东西都放到高处——床上、柜子顶上,桌子腿系根绳,系到窗户栏杆上,厨房炉子也灭了。美心提着盏煤油灯。家丽问:"阿奶,去哪儿?"老太太把伞递给家丽,道:"扶着你妈,去刘妈家。"

"去她那儿干吗?"家丽还问究竟。

"让你去你就去,眼睛不看,要发大水了。"老太太没好气,十万火急,谁有工夫解释。

发大水,这个在父母和奶奶口中提过无数次的词,如今到了眼前,家丽觉得不可思议。看样子,发大水是件坏事,可家丽却莫名兴奋。

美心站在门口了。老太太继续指挥家丽:"你妈弯不下腰!裤腿给她卷卷!"

家丽看看,不情愿,但还是照办。撑开伞,三个人蹚着水,出了院门,先上坝子,绕过屋角,再往南走不了几步就是刘妈家。刚踏上土坝,家丽看呆了。眼前的淮河,在雨幕中像一条翻滚的黄龙,咆哮着在田家庵打了个转,又奔腾向东。

"走啊,发什么愣!"老太太催促家丽,"注意脚下,扶着你妈!"美心现在是重点保护对象。

刘妈住这片少有的二层楼。

雨还在下。天色比锅底还黑。三盏煤油灯点起来,亮堂堂的。老太太扶着美心坐下，刘妈拿块毛巾给她擦头发。家丽撑开伞要出门蹚水。老太太喊："回来！疯什么，老实坐着。"家丽只好坐稳了。

美心对刘妈叹："就是没女孩样。"

刘妈笑道："也好，女孩当男孩养，老大皮实点好。"美心又问刘妈她女儿秋芳回来没有。正说着，秋芳上来了，说了声雨真大，回旁边自己屋了。老太太也笑："这才像个女儿家。"

胡瞎子推门进来："哎呀，真是水龙王发怒了，今年又是不得了。"美心笑道："胡神仙，这风大雨大，你是怎么摸来的？"

"秋芳扶我过来的。"胡瞎子说。众人又赞了秋芳一番。

人在屋檐下，不得不多说点好话。

又一会儿，邻居朱德启的老婆和大老汤的老婆都上来避洪。雨下得急，排涝系统负荷不了，一楼淹了，无一例外。

几个人闲着没事，都说饿了，可到底变不出吃的，只好说闲话顶饿。

大老汤老婆喇稍（方言：好强），她丈夫大老汤是江都人混淮南的头头，在外贸局算半个小科长，妻凭夫贵，她说话一向大声。"胡神仙，您倒给算算，这雨什么时候停呢？还等着回家做饭呢。"

胡瞎子戴着黑圆圈镜子，跟阿炳似的，掐指算算："今年是庚子年鼠年，硕鼠窃粮，所以有了饥荒，再加上闰六月，一年竟有三百八十四天，子鼠是水，逢着秋生金，水上加水，这雨，一时半会儿停不了。"

朱德启老婆瞟瞟窗外，笑道："明眼人都知道这雨停不了。"

因为大老汤之前多看了美心两眼，汤婆子便恨住了美心，她存心挑事，跟着说："胡神仙，你倒给算算，美心妹妹肚子里是不是个带把的？"老太太打岔道："早算过了，是带把的，不用再算了。"家丽天真，问："什么是带把的？"

大人们都笑了。汤婆子点了一下家丽的额头："你就不带把。"

家丽反击："那你也不带。"

汤婆子皱眉，小鬼不好惹。美心轻声呵斥："别没大没小！"

朱婆子道："胡神仙，你给算算，这丫头的命如何。"老太太感兴趣，也央胡瞎子算。胡瞎子也不推托，只叫家丽过去，摸摸手，又摸摸面骨："这丫头是女孩男命，以后是要顶门立户的，要在战争年代，怎么也是个连长。"又问家丽八字，美心说了。

胡瞎子说她命带比肩，有点克父母，上辈子跟妈是姐妹……老太太听着没好话，拦住不让他说，免得气着美心，动了胎气。

有人推门进来。一个葫芦头，头上包着纱布，蒙住一只眼。

众人一下没反应过来。

"妈！"男孩叫了一声。灯光映着脸，是汤为民。

"儿子！"汤婆子激动，噔楞站起，"头怎么啦！"

"没事。"汤为民见家丽在，顺着墙根走，到妈妈旁边。

"哪个杀千刀不长眼的干的！"汤婆子炸开了，比雷都响。

何常胜进门，众人看他。他愣了一下，见汤婆子那钟馗样子，赔着笑道："不是，汤嫂，孩子也是不小心，不是故意的……"

汤婆子竖眉，指着常胜问："你们家女儿干的?!"

常胜转过脸，对家丽："你！还不跟为民哥哥道歉！"

"他是弟弟，我是姐姐。"家丽掰扯。

"道歉！"常胜雷霆万钧。老太太忙掺和在当中打圆场，让汤婆子息怒，有话好好说。

汤婆子先啐儿子为民："没用的东西！带把的还干不过不带把的，你搞什么东西！就你这样还建设新中国？"

汤为民不服气，嗷一声："她打埋伏，我没准备好！"

"那就再来一仗！"汤婆子鼓励。

家丽也摆出架势，天不怕地不怕。

美心看不过，说："汤嫂，息事宁人吧。为民，过来让阿姨看看。家丽这孩子是野了点，家丽快道歉。"刘妈也说："对对对，街里街坊的，小孩子手上没个轻重，一不小心难免……"

汤婆子憋不住，大声："打的不是你女儿，难免，我看就是存心故意！小孩不懂事大人也不懂？我看就是存心故意，就想把我们家这根独苗苗给打折了，好跟某些人家一样，没一个带把的。"

老太太看不过，站在前头道："我说汤嫂子，是什么就是什么，说话别夹枪带棒指着桑骂着槐，你有带把的，我们马上也有，谁看不惯谁?"常胜听不下去，拉着家丽，扶着美心要走。

汤婆子穷追猛打："马上要有，在哪儿呢，空口白牙不好乱说。"

老太太对美心有信心，指指她肚子："马上就来呀，胡神仙都说了啊，马上就有，铁定带把。"

汤婆子笑道："睁眼瞎的话也信。老奶奶，你是从旧社会过来的，可惜现在是新社会，咱们现在跟着毛主席朱总司令走，就不信那一套，还说什么闰六月雨不停，要我说，现在雨就给我停!"

遥遥一指，对窗外。

也奇了，雨真停了。

众人皆罕，不出声。煤油灯烧得毕毕剥剥，灯花炸了两下。

汤婆子笑呵呵地："这个算命的摊子，应该我摆。"

胡瞎子不服气，颤颤巍巍，一个手指对天，那指甲老长，看得瘆人："牝鸡司晨，必出妖孽!"

汤婆子不耐烦："行了，别跳大神了，您那两下子，只能糊弄鬼!"胡瞎子道："汤嫂，给你一句忠言，你们家五十岁上有一大劫……"汤为民拦阻："别说了，我妈不想听。"

胡瞎子被冲得乱了气场，话说不清楚。老太太扶着他。

汤婆子幽幽道："要我说，常胜媳妇这一胎还应该是生女儿。"

刘妈继续打圆场："汤嫂，这个无凭无据可不好说。"

老太太激动，她想孙子："青天白日，朗朗乾坤，不好乱讲。"

汤婆子提眉说："儿子丑妈妈，但凡怀了儿子的，妈没一个不丑的，你看美心，越来越漂亮，那肯定是女儿了。"

美心紧张，自我辩解："哪儿漂亮，颧骨上都长雀斑了。"

"你那是酱园厂酱油吃多了。"汤婆子反击得很有力。

何常胜阴沉着脸，不说话。他盼儿子盼了好久。

家丽跳出来："妹妹也好，不关你事！"

老太太拦着："家丽！不许乱说。"

美心哎哟叫了一声，捂着肚子，又叫一声，不行了。一屋子人这才紧张。美心快生了，水大，总不能坐船出去。

老太太大喊："热水，剪刀！就位，准备接生！"她在江都当过接生婆的助手，麻利爽快。

"喘气！用力！"老太太下指令。常胜不敢看，带着家丽站在了楼道口。家丽问爸爸："妈妈在生孩子吗？"

常胜抽烟。平时舍不得抽，关键时刻不得不解愁。

"生的弟弟？"家丽又问。

"是弟弟。"常胜底气不足。

鏖战六小时。

一声清亮的哭声。

汤婆子率先报喜："恭喜恭喜，再添一个千金。"

美心哭了。老太太累得坐在地上。刘妈帮她擦汗。朱德启老婆早走了。

常胜丢掉最后一个烟头，快速下了楼。

家丽站在门槛上朝里看。为民向她示威："还是丫头片子！"家丽举起拳头，为民连忙后退，他怕她。

003

老二眼睛大，忽闪忽闪地，听话，不怎么哭，老睡觉。老太太的意思是，饿得没力气哭，美心没奶，只能弄点小米汤给她喝。家丽倒挺喜欢妹妹，跟自己一样，都是女孩。她有战友了。下了学她就逗妹妹玩。

美心不耐烦："不读书去？去厨房帮帮奶奶，老摆弄她做什么。"

"好玩。"家丽说。

老太太进屋："以后有你带的。"

"妹妹叫什么？"家丽问。正迎着常胜进门，阴沉着脸。美心问："干吗？谁欠你钱了？脸耷拉得比驴脸都长。"生了女孩，美心也有点"理亏"，可正因为这样，她反倒要更加理直气壮一些。常胜在单位刚受了大老汤三兄弟和朱德启的打趣，说他家缺少一个"公"的，心情低落。一个单位干着活，年纪又差不多，比是难免，工作上比，连生孩子也比。因为连着生女儿，常胜在大老汤面前，永远是"小老弟"。他不希望这样。

"听到没有，"美心道，"你女儿问你，老二的名字叫什么？"

生出来有日子了，一直叫老二，或者二妹。

常胜还是不作声。

美心不高兴："说话呀，什么意思，生了丫头就挂拉着脸，怪我？这是生产合作社，也不是我独家经营。"

老太太端窝窝头上来："没人怪你，吃饭吧，名字想想，再接再厉。"

美心抱怨："妈说得轻松，上嘴唇碰下嘴唇，一秃噜话就出来了，我可是在鬼门关走过一遭的，一个一个的，容易吗？"

老太太不爱听这话："谁容易，我也不是没经历过。"

美心道："再经历也就两回，我这都四回了。"

老太太道："这个怎么比，我第一回就生出常胜来了，第二回常胜妹妹是额外的，叫锦上添花。"

美心道："反正我得歇歇，单位都有意见了。"

老太太话赶话说："能有什么意见，也是给国家做贡献，人多力量大。"又说，"不过歇歇是好事，保住庄稼地，才能长苗子。"

家丽问："庄稼地在哪儿？苗子在哪儿？"

"吃饭！"常胜不想再听。他是一家之主，在外头受气，在家里，他还是有绝对权威的。

一家四口吃饭，老二摆在屋里头。吃着吃着，常胜放下筷子，自言自语道:"文文静静,秀秀气气,叫家文,老二叫家文。"

一家皆说好,老二便叫何家文。

常胜又说:"家文是学名、大名,小名叫招弟。"

美心识字不多,老太太更是不识字,都问哪个弟。

常胜解释:"弟弟的弟,招来一个弟弟。"

家丽说:"这个名字不好,不像女孩名字。"

老太太笑说:"吃饭吧,当初你就应该叫招弟的。"

"我不叫招弟,我也没招弟,只招了妹。"

"吃饭!"常胜脾气又上来了。

月子里,刘妈来看美心跟孩子,扒拉着小被褥,逗逗她:"这孩子真会长。"美心不懂她的意思,看她。

刘妈笑道:"选优点长的,眼睛像常胜,脸形像你。"

"有什么用,以后还是人家的人。"

"别这么说。"刘妈劝她。

"赶明儿上班,大老汤家的和朱德启家的,还不知道怎么起哄呢。"美心能预感到。刘妈说:"谁家的事谁家管,别人再说,也只是嘴上说说,一阵风就吹过去了,这不还有我陪着你呢嘛。"

刘妈第一胎生的也是女儿。

美心稍显宽慰。刘妈又说:"毛主席都说了,妇女能顶半边天,你知道郊区那长青社吧,妇女们也出工,跟男社员干同样的活,工分男社员记七分,女社员,一样。城里就更是平等了,酱园厂女职工拿的不比男职工少。"

"道理是这个道理,可生了闺女,以后总归要出嫁,而且我们是外地过来的,没个男孩,总是难办。"美心推心置腹,刘妈不好再说什么,两个人都有些落寞,同病相怜。

刘妈又问:"还散不散红鸡蛋?"按照风俗,生了孩子要给街坊四邻散红鸡蛋。美心为难:"哪还有鸡蛋,人都吃不上了,不过大老汤生儿子的时候散了,我们不散,常胜又该遭闲话了,可实在是没有。"刘妈道:

"我给你弄几个来，就是小点儿。"美心还没来得及道谢，刘妈就转头出去，一会儿，真弄来十来个蛋，的确小点。

美心望蛋兴叹："人吃不上，鸡肯定吃不上，人吃不上就生女孩，鸡吃不上就生小蛋。"刘妈打趣："生了孩子把眼也生拙了，这哪是鸡蛋，老家小河边树丛里常有的。"

"鹌鹑蛋？"

"鹌鹑蛋不带花纹的？"

"那只能是瘦鸡蛋，乡下鸡蛋，个头比城里的小。"

"是斑鸠蛋。"刘妈揭晓谜底。美心说："你自己留着吧，回头你们家那口子知道，怪你擅作主张。"刘妈叹："我还不想擅作主张呢，行吗？他一年到头出差，说是在外贸，是个好单位，可他不像老何，自己有个手艺，是做活的，他就是个在外面跑的，家里只能靠我一个人。"话题太沉重。刘妈不给自己添堵，点到为止，又问美心有没有灰锰氧。染蛋用的。

"家里好像有一点。"

"我给你拿点来。"刘妈热心。美心说你怎么什么都有。刘妈说是东风化肥厂的朋友给的。"在家靠父母，出门靠朋友，可不就是这样。"刘妈教育美心。

没几日，美心上班了。还是老岗位，拿着个大棒子和酱油缸子。斑鸠蛋统共就十来个。大领导是要散的，小组长也得给，再给好朋友。下了班，兜里只剩两颗。到坝子上遇到刘妈，她也刚下班。刘妈在橡胶二厂做工。"给你一个。"美心追上刘妈，放进她兜里一个。"跟我还客气。"刘妈笑说。

"不怕我们家的霉气就收着。"美心说，"我留了一个，自己吃，光顾着散给别人了，鸡屎味都没闻到。"

"我跟你一样生女儿，谁看不起谁。"刘妈劝解。美心道："还是不一样，你们家老张有哥哥有弟弟，大伯哥不是生了儿子嘛，你压力没那么大，常胜几代单传，非带把的不可，我问他，一天到晚单传，你要传什么，一穷二白有什么可传？他说他一手做皮草的手艺没得传。就他那手艺，哼。"

大老汤家的冷不丁从后头上来，远远地，她就瞅准了美心的小动作，她的厂子在美心的旁边，做味精的。美心小范围散鸡蛋的事，已经传到她耳朵里。她上前一步，从美心口袋里掏蛋。

探囊取物，一探一个准。美心和刘妈吓了一跳。

"搞什么！"美心不高兴。

"就等着你这红鸡蛋呢。"汤婆子嬉皮笑脸。

"给我，"美心说，"家里还有，回头拿给你。"

"小气，喜事还瞒着？"汤婆子故意挑衅。

刘妈搂了一下美心："我这个给你，"又对汤婆子说，"他汤嫂，本来我这只是美心要给你的，刚好遇到我，我又说有点饿了，所以先给我了，真不好意思。"

汤婆子拿出红蛋对着天看了看："哎呀，生出来的娃子小了点，还少个东西，这蛋怎么也比正常的小呢，什么人什么蛋。"

"你……"美心耐不住脾气。刘妈说："算了算了，汤嫂，快下雨了，赶紧回去吧。"汤婆子不理论，大踏步走："一对不做窝的母鸡。"美心气得牙根痒。刘妈安慰几句，到岔路口，遇到家丽挎着书包回来。军绿书包，奶奶去北菜市找人弄到的。家丽视为至宝，恨不得天天挎在身上。在学校里，家丽常说的一句话是：我要是早生几年，我也去抗美援朝。她还私自改名，不要叫什么家丽，要叫抗美，于是端端正正在小本子上写：何抗美。

汤为民路过，喊了她一嗓子："何抗美！"

家丽瞪他，她怕爸妈知道。"去！"赶鸭子似的。

刘妈感兴趣，问家丽，说汤为民叫你什么。

家丽故意鼓嘴："烦人，瞎给别人起外号！"靠在刘妈身边，刘妈口袋里一个小突起，一摸，摸出来个红鸡蛋。美心是背着家丽染的，她不知道有这个东西。"刘妈，我想吃。"家丽说。

美心呵斥："不许胡闹！"

刘妈慈眉善目："吃吧。"又对美心，"本来就是你家东西，孩子饿就给她吃，长身体呢。"家丽一听记住了。记仇，又是她妈妈搞鬼，有的吃不给自己女儿，给外人。

朝地上一磕，三下五除二，也不顾灰不灰的，囫囵个儿吞下，卡在嗓子里。家丽喘不上气，溺水般呼救。两个大人吓得连忙帮她拍背。斑鸠蛋嘟跳出来，在坝子的灰土地上滚了好几滚，到路正中，一辆车驶来，刚好碾在蛋身上，粉身碎骨了。

家丽心疼得掉眼泪。

"你就没那命！"美心恨铁不成钢。

落寞到家，常胜坐在院子里，抽烟。过滤嘴的没了，就抽烟袋。老太太打了个手势，让别说话。美心母女俩悄悄进门，老太太小声："大老汤他们闹的，常胜不高兴。"

家丽顿时怒火中烧，冲出院子。她心里只有一个念头：替爸爸报仇。

旋风般到大老汤家院子门口。两手一叉腰，家丽喊："汤为民，你给我出来！"

汤为民探探头，看到了家丽。

004

"何抗美！"汤为民没眼力见儿，出来了，嬉皮笑脸。

"来。"家丽招呼他一下。为民笑嘻嘻地问什么事。家丽说有好玩的，问他敢不敢一起。

"什么好玩的？"汤为民来兴致了，"发现水猴子了？"

那是一种传说中的水生动物，潜伏在淮河中。只要一提水猴子，寻常孩子没有不害怕的。可汤为民不。

"对。"家丽顺着他说。

"在哪儿呢。"

"跟我来。"家丽脚步起来了，沿着小道上的坝子。

"你知道它们老巢？"为民声音带着兴奋，"有你的，何抗美！"

"走。"家丽往酱园厂方向走，到厂门口，沿墙堆着巨大的土陶缸，是酿造酱油、醋用的。天慢慢黑了。墙边水道旁芦苇老高，随风轻摆，像人影子。两个孩子站住脚。

"哪儿呢？"为民问。还是天真单纯。

家丽指了指最大最深的那口缸。

"你捉到它了？"为民声音有点颤抖，"死的活的？"

"半死不活。"家丽很肯定，毫无畏惧。

"它什么样子？"

"你去看看就知道了。"家丽笑呵呵地。

"太高，上不去。"为民说，"你是怎么把它弄到里头的。"

"我会功夫。"家丽说，"你踩着我肩膀上去。"为民朝她竖大拇指："有你的，何抗美。"说罢踩着上去，先开始，家丽稳稳地，家丽站起，为民半个身子过了缸，一眼望去，除了缸里一汪雨水，见不着别的。"哪儿呢？"为民还在寻觅。家丽把旁边几块砖头踢到脚下，踩上去，垫脚、抬肩、手上发力，为民整个人瞬间鱼跃龙门般蹿进缸去，跟着是呼救。家丽拍拍手，扬长而去。

为民只好喊救命。半个小时后，东窗事发。这回是大老汤两口子带着汤为民上门。美心开门，大老汤看是美心，火小了一点，讪讪地。"汤大哥，什么事情？进来坐。"美心笑着。他老婆挤到前头说："甭废话了，把你女儿交出来。"

老太太也出来了，问怎么回事。

几个人站在院子里。常胜刚洗完脚出来，端着洗脚水，泼在院子下水道边。"汤师傅。"他还是很客气。

大老汤站在枣树边，接过常胜递的烟。

"把你女儿交出来！"汤婆子还是凶神恶煞。为民跟着她，不出声。

老太太笑道："汤嫂子，大晚上的，哪来这么大火，交出女儿，哪个女儿？我们家可不只有一个丫头。"

汤婆子道："大的那个，任性的那个，刁蛮的那个，一顿饭能吃下一头牛的那个！"

家丽大大方方从里屋走到院子里："找我什么事？"

汤婆子见到仇人："你为什么打我们家为民两次？一而再，再而三！小小年纪心比酱油都黑！还想把我们为民淹死在酱油缸里。"美心脸色难看，她相信大老汤家的说话有几分真实性。两个男人都不说话。老太太护孙女："汤嫂子，你这是说书呢，还淹死在酱油缸里，又不是腌咸菜，进屋坐，别站在院子里，下露水。"

汤婆子不动。为民指着家丽："就是她推的！"

家丽问："哪个酱油缸？"

"酱园厂门口那个，最大的那个。"为民说。

家丽笑道："那个缸子比我们俩加起来还高，我怎么推你进去？"为民一时不知怎么辩解。家丽道："汤叔汤婶，事情是这样的，刚才我在坝子上走，路过酱园厂，为民正在那儿偷偷摸摸的，我问为民在干吗，为民说缸子里跳进去一只水猴子，他想看，我说水猴子可是要害人的，为民又说是病猴子，没力气害人，我劝他不要自找麻烦，他不听，垒了不少砖头在缸边，趴在上面看，不小心掉进去了，后来他喊救命，我知道我自己肯定救不了，就拉住路边的大人，让他们去救为民，后来的事我就不知道了，但我的确帮了忙。"

汤婆子不满："这么说，我们还该谢你了？"

"不用谢。"家丽说，"都是同学。"

汤婆子激动。为民说家丽撒谎，可他的嘴巴又说不清楚。的确，他是怎么进缸子的，他自己都糊里糊涂。

常胜站出来，道："汤嫂，孩子没事吧？"

"没事倒没事，就是喝了几口水。"

家丽忍住笑，为民怒视她。

大老汤说："祸是两个孩子闯的，为了救孩子，酱园厂的那口大缸被砸坏了，两家赔吧。"

美心要理论。常胜拦在前头，赔笑，说两家赔没问题，明天让美心去处理。汤家人走了。关好院门，进屋，何常胜去厨房抽出那块搓衣板，往堂屋香案前一撂，对着祖宗牌位。

"跪下！"他冲家丽喊。

老太太和美心显然意外。一个说孩子她爸你发什么疯，一个说跟自己家人较什么真。可没用，常胜雷霆万钧。里屋，家文被吓哭了。老太太忙着去看孩子。美心也怕常胜，她给家丽使眼色，让她能屈能伸。家丽硬得像根玉米棒子。

"最后一遍！搓板上，跪好！"常胜下最后通牒。

家丽凛然。常胜一脚踹过去，丫头不跪也跪了。

美心吓得嚷："干什么？你打死她算了，我不给你再生！"

家丽仍然没哭，灰地上跪着。老太太赶出来，求情。

常胜道："妈，让开点，别碰着您。"

老太太颤巍巍："多大事，不值得这样，起来起来，起来说。"

家丽不动。常胜把搓板踢到她跟前："跪好了。"家丽照办。

"对着祖宗牌位，"常胜训女，"这叫面！壁！思！过！"

"我没错。"家丽铿锵。常胜还要打，美心拦腰抱住他。老太太道："胳膊肘不能往外拐，一家人还是一家人。"

常胜道："你问问她，大老汤家的儿子是不是她弄进酱油缸的？"

不待人问，家丽就抢先回答："是我，但我没错！"

常胜怒不可遏。老太太让家丽别再说话，就这么跪着。到睡觉了，谁劝都不行，何常胜铁了心要使用家法。美心说什么家法不家法，小门小户，哪么多规矩。何常胜一吼，你懂什么！妇道人家！美心立刻闭嘴不言。老太太不得不尊重儿子，可又心疼孙女。挨了一会儿，等常胜、美心都睡着了，才起来叫家丽进屋睡。

家丽不动，就那么跪着，执拗地，对着祖宗牌位。

"跪一夜路都不能走了！"老太太着急。

家丽还是不动。老太太只好拿一块自缝的厚垫子。好劝歹劝，硬塞到磕基头（方言：膝盖）底下，小声嘀咕："比驴都偏！"

一夜，困了就歪在地上睡；天明，继续跪好。

美心最早起来，给家文把屎把尿洗尿布，见家丽还跪着，她怨她死心眼："怎么还在这儿呀，跪残了你自己受苦！"

家丽铁了心把牢底坐穿。

常胜起来了。见她还在，也有些意外。

"跪给谁看！"他怒。

"跪是跪了，我向列祖列宗保证，我没错。"家丽依旧一根筋。

"这死丫头！"常胜磨不开面子。老太太连忙冲和："去，跟你爸去北菜市看看，日子难过也还要过。"说着去拉家丽，这下起来了，常胜已经准备好出门，跪久了，家丽站不稳，美心和老太太又帮她揉了一会儿腿，父女俩这才走出院子。

家丽走得很慢，挎着藤条菜篮子。常胜下了坝子，到淮河边上，对面是淮北，这边叫"大河北（方言读bó）"，还是乡村。

父女俩不声不响站着，对着滔滔河水。

"以后把你嫁到大河北去吧？"

"不去。"家丽斩钉截铁，"我哪儿都不去，就在家。"

"在家干吗，不听话总惹事，撒谎犯错误。"

"没有错。"家丽还死咬着。

"你撒了谎，打了人，把人家泡在缸里头差点淹死，还不叫错？"常胜不是不讲理。家丽立即大声，一口气道："是汤婆子欺负我妈，大老汤欺负你，我才打汤为民的！我不能让我们家人受欺负！"

一瞬间，何常胜像被闪电击中了般，大脑空白，耳朵里轰轰作响。不受欺负！从江苏来到安徽，他这个何家的拓荒者最在意的就是何氏一门不被人欺负。那是他努力的目标。堂堂正正还不够，还要风风光光硬气活着。家丽不是顽皮淘气，归根到底是维护这个家！心窝子热乎。

何常胜嘿嘿笑了，他一把将女儿家丽搂在怀里，道："那也不能欺负人，不能动手。"声调慈祥了许多。

"汤为民不是好人！"

"那也不能动手，君子动口不动手，你是女孩子，更不能动了。"

"我不服！"

"你不服你就应该比他更优秀，为新中国做更多贡献，这样就是为我们老何家争光。"常胜循循善诱。爸爸的拥抱，让家丽胸口那股气也舒散了。到底是一家人。父女俩沿着河岸往北菜市去。那是全市最繁华的菜场，旁边也有国营的杂货店。为补偿女儿，常胜要给家丽扯二尺红头绳，白毛女都有，风靡全国。可家丽不要，她宁愿要一顶绿军帽，带红星那种。她有一颗革命的心。

回家路上，家丽问："爸，你们为什么一定要男孩？"

"男孩是会留在家里的。"常胜说。

"女孩也可以。"

"女孩是要嫁人的。"常胜柔和许多。

"可以不嫁人。"

常胜没再答。家丽说的，都是孩子的天真话。

"有男孩子，家里才能不被人欺负。"常胜用更通俗的话。

"有我在，也没人欺负。"家丽信誓旦旦。

常胜微笑着。他知道跟家丽说不通，他要的，是这一门一姓传下去。

005

常胜、美心都上班，就不抓周了。家文的满月头是老太太带着去找巷子口的剃头匠"张老推"剃的。家丽跟着看热闹。

张老推拿着剃头刀："剃了？时辰对不对？"

"找胡神仙算了，就今儿个上午是良辰吉日。"老太太笑道。

"就剃葫芦头？"指光头。

"毛本来就不多，别剃光了，粪耙头吧。"老太太说。

家丽抢白："粪耙头是男孩剃的。"

老太太解释："她叫招弟，就应该剃粪耙头。"又对张老推说，"再留个奶奶拽。"家丽问："什么叫奶奶拽？"

"就是脑后留一撮毛，奶奶拽着，长命百岁。"

张老推一边做活，一边念叨："招弟儿招弟儿，这一片倒有七八个招弟。"老太太惊惊乍乍："哟，都缺男孩，水土问题。"

"走千走万，不如淮河两岸，水土是没问题的。问题是……嘿嘿。"张老推欲言又止。老太太问："问题是什么？"

"问题是吃不上肉呀，男的不吃肉，裤裆里那二两肉就不好使。"话说得荤。老太太支使家丽出去，女孩子家听多了不好。

"去哪儿弄肉去？"老太太叹，"油星子都没几滴。"

张老推老腔老调："按说原本是要天上龙肉、地下驴肉才管用，以前我生儿子，就是吃了日本人给的一块驴肉。"

"那么管用？"老太太撇撇嘴，"我不信。"

"不过现在世道艰难，也不一定是驴肉了。是肉就行，不过一定要吃四条腿的。"张老推强调。四条腿？那鱼不行，鸡也不行。不过一年到头，除了年前祭灶有鸡，平时也没鸡可吃。老太太记住了，但也无计可施。加上美心刚生，不可能立刻再来一胎。孩子小，家里忙，关于张老推说的"秘方"，没多久老太太也就淡忘了。

一眨眼家文两岁半，最困难的时候过去了，市民按人头配给食物，一天吃两顿是没问题的。老太太想方设法把两顿摊成三顿，早晨、中午少一点，晚上多一点。是按照朝三暮四的法子，让人心里好受点。

这日，晚餐是面鱼子，面疙瘩搓成鱼的形状。

吃完一碗，美心意犹未尽："妈做的就是好吃。"

"锅里还有一点。"老太太道。

美心立刻起身去盛。

家丽立刻道："妈，那一口是我的，明天学校有体育考试。"说的是真话。"留给我。"常胜说。家丽和美心都愣住。在吃的问题上，常胜向来谦让。美心"休耕"也一段时间了。马上两口子又准备"开荒"，美心对吃格外有要求，老太太也纵容她。

只有家丽抢着，现在常胜也来抢了。

吃完饭，老太太去洗碗，家丽带着家文在院子里玩。

美心问常胜："身体不舒服？"

"没有啊。"

"大老汤哥儿几个又找你麻烦了？"

"怎么说这个。"

"饭量大了不少。"

常胜哦了一声："我也得多吃。"

"都多吃，粮食就那么一点。"

"咱们这是合作社，要两个人合作，两个人都有劲才行，光你一个人吃，事实证明生不出带把的来。"

"你意思是，我多吃了？"美心不高兴。

"我没那意思，你别多想。"常胜拿烟袋，"我的意思是，共同进步。"

美心一把夺过常胜的烟袋："行了，别进步了，你抽大烟，就是退步，指不定都是盐碱地了。"

常胜冲美心的背影："那不是大烟，是水烟。"

美心不回头："都是烟，都对身体不好。"

常胜反驳："你还老吃咸菜呢，对身体不好。"

老太太洗碗出来，听到儿子媳妇在吵，慢悠悠地说："什么大烟咸菜盐碱地，现在是新社会了，弄点新词说说。"美心挽住婆婆的胳膊："妈，你看常胜，家里生不出小子，怪给他吃得少。"

老太太瞅瞅天："哟，这快下雨了。"忙着出去收衣服。她还是向着儿子。晚饭后，刘妈来找美心借大鼻子针，两个人聊起这吃来，刘妈倒支持常胜："男靠吃，女靠睡，还真是合作社，男人嘴上不能少。"美心为难，说那怎么办，是骡子是马反正最后一胎了。刘妈笑道："省点，省给他吃，巷子头张老推是说，吃肉就能生儿子。"美心道："他的话你也信。"刘妈笑道："反正我也没肉吃，顺其自然吧。"又说，"不过话说回来，常胜对你真不错。"

"对我不错?"

"你胖了。"刘妈说，"常胜瘦了。"

美心连忙辩解："阿弥陀佛，我这哪里是胖，坐月子都没吃到什么，更别说现在，这是肿，一按都一个窝窝。"

刘妈没再言语，拿着大鼻子针走了。

美心却听进去了。是，常胜对她不错。平时不觉得，外人一提点，她才豁然开朗。不能亏了常胜。说的也是，男人亏了身子，犁地没质量，自然生不出儿子。

统共一斤肉票，她私藏的，都拿出来，下定决心弄顿肉吃。"家丽!"美心喊。家丽抱着家文，应答。

"明天起早点儿!"她下指令。

家丽嘀咕："哪天起得不早……真是……"

"这是肉票，去丰记粮油店排队买肉。"

家丽不敢相信自己的耳朵。"好!"她大声叫。人多饭量大,老何家每个月的肉票,基本没有买过肉,都换了粮食。现在忽然有个额外配给。老太太也觉得奇怪,问美心。美心只说是厂里加班赚的。"得吃肉,身体需要。"美心如是说。

天没亮就醒了。家丽比原定计划还早一个小时起床,拿上肉票,折好,放在书包最里层。一路小跑,到粮油店门口,门还没开,已经有人排队了。前头是个大婶,家丽自来熟,跟她打招呼,问肉是怎么卖的。"你家大人呢,怎么一个小孩子来买肉。"家丽忙说,大人一会儿到,我是先排队的,又说大婶,你靠墙边坐会儿,我帮你排着,没事。大婶见家丽人不错,歇过来之后,才神神秘秘道:"要说买肉,可是一门讲究。"听上去像搞学术研究。

"肉八点送到,但不一定是一整头猪,肉店的员工那就是天神,谁不巴结,不熟,根本买不到好肉。"

家丽不解:"我们有票啊。"

"小姑娘,有票未必能买到肉。"大婶摇头晃脑,"机关团体有关部门订好的肉,是要先砍下来的,猪肝、排骨是留给医院和幼儿园的,然后还有关系肉、后门肉,剩下的,才是拿着票能买到的肉,你算算,还能有多少?所以每天能有十个人买到肉就不错了,你数数前头有几个人?"家丽伸手一数,到大婶,刚好十个人,顿时有危机感。

大婶见家丽神色慌张,忙说:"不过也不一定啊,猪和猪还不一样,有大有小,人和人还不一样,有买多有买少,指不定能买到,来都来了,等吧。"

那只能等,熬。美心到厂里打了个招呼,来找家丽。母女俩排着队,一会儿来个人,朝大婶前头一站,是大老汤家的。大婶不干了,说同志,你怎么插队啊?这个要排队的。

大老汤家的转头看到美心、家丽,也没放在眼里,对大婶道:"没看到前头这个石头块子?你以为是垫脚用的,这可是我排队的石头,你来之前我就放上了,家里有急事走开一会儿,这也是排队。"家丽打算跟她理论。美心拉住她，让她别说话。两家从上辈子就结仇。美心不想再找麻烦。大婶申辩了几句，可到底不如汤婆子伶牙俐齿，只能这么排着。好容易等肉来了，开了店，案板上各式切割工具摆上，家丽跑过去看，发现这天的肉特别少，是头瘦猪。排队的人都探着脖子，准备好了。一个一个前进，轮到汤婆子，案板上还有一大块肉。肉店师傅问："要多少？"

汤婆子二话不说："都要了，给我包上。"

美心皱眉，大婶也着急。家丽先发声："汤婶，那么大一块，要得完吗?!"

汤婆子解开裤带，从裤子里反缝的口袋里拿出三张肉票。"有什么要不完的？合理合法。"票往桌子上一拍，肉拿走。留下错愕的美心母女和其他排队人。大婶气鼓鼓走了。轮到美心和家丽，案板上已经没肉了。美心问："师傅，今天还有货吗？"师傅说得半个月后。后面人散了。家丽不甘心，央求师傅再弄出点。师傅没办法，扔出条猪尾巴。

"还剩这一条，也能做汤的，也是猪肉。"师傅夸赞。

"这个怎么算？"美心问。

"四分之一张票吧。"师傅说，"给你记上，下次再用其他四分之三张。"

母女俩实在不愿空手而归，最终还是要了这条，包着回家。老太太见了叹气，摆在菜板上，跟放大版的老鼠尾巴似的，一时想不好怎么处理。剁成圆轱辘，红烧？似乎太不精细。把肉剐下来？猪尾巴上能有多少肉。一家人商量来商量去，最后决定，找邻居张屠夫把猪尾巴用尖刀切成薄片。打算红烧，慢慢吃。

可架不住人多。本打算一条尾巴吃半个月，结果两顿就吃光。肉，不吃不想，越吃越想吃。美心感叹："还是肉好。"

老太太道："净说实话。"

美心又道："要是天天吃肉，估计儿子早生出来了。"

老太太说这什么道理。

美心笑道："男孩也是看肚子投胎的，看有油水荤腥，就投过来，男孩力气大，能赶在女孩前头。"

"你应该去说书。"常胜讽刺她。

家丽举着筷子，对着空碗："汤婆子家肯定天天吃肉。"

老太太问怎么回事。美心这才把大老汤家的抢着买肉的事简单说了说。老太太问常胜："他们家怎么这么多肉票？"常胜也说不出缘由，只说可能是攒出来的。

美心不理论，嘬了嘬筷头："按说猪那么胖，尾巴怎么这么小，跟老鼠尾巴似的。"

老太太打了个激灵，今天是第二次提老鼠了，她忽然想到一个土法子。

006

绕过船塘子往西是姚家湾，淮河在这里拐了个小拐。上了土坡都是荒地。老太太走在前头，手背在后头，提溜着小铲子。家丽抱着家文跟着。

"阿奶，又摘野菜？草都枯了，什么都没有。"家丽轻声问。老太太不作声，低着头，用脚扒拉草棵子。寻寻觅觅，一会儿，在土坡下面找个小洞。老太太招呼家丽，接过家文，"你挖。"她下令。家丽不懂其中意思。"深挖洞，广积粮？"她下意识喃喃。

挖了一会儿，有一尺深了，什么也没有。家丽问奶奶怎么办，老太太还是一个字，挖。挖了约莫半个小时，见着豆子了。

"再挖！"老太太眼睛发亮。小家文也跟着笑闹，仿佛她也明白似的。铲子越往下，越是"水落石出"，高粱、红豆、花生、小米、黑豆、小枣儿……琳琅满目，这恐怕是老鼠储藏了半年的过冬口粮。

31

"真有你的，阿奶！"家丽一边挖，一边朝小布袋里放。

一会儿，布袋就鼓囊了。

"撤！"老太太爽利，像游击队。

到家，老太太和家丽都没声张。粮食用清水泡上。半个小时后，坐在锅里，煮粥，腊八粥。美心和常胜下班到家，问吃什么。家丽和老太太都故作神秘，说等会儿，门关好。粥味太香，飘到隔壁邻居家惹麻烦，所以要门窗紧闭。

"妈这是哪一出，反动派又打过来了，还是有特务？"常胜问。正说着，老太太端一锅粥上来。浓香四溢，一家人陶醉了。

一人一碗，连家文都准备好了。

"吃吧。"老太太说。

美心惊异："妈，你这哪儿变出来的？"

家丽抢着说："老鼠洞挖的！"

没人介意。常胜笑道："鬼子进村，老鼠遭殃。"是风趣话。家丽认真："老鼠是害虫。"老太太笑道："益虫害虫，对我们好就行，等会儿吃完了，去给灶王爷磕几个头，感谢他老人家给我们补身子。常胜，黑豆都在你那一碗，多吃。"

黑豆补肾。

美心赞叹道："妈厉害，这一顿，比肉也不差。"

老太太补充说："肉还是要吃的。"

次日，老太太交代常胜，从单位弄一截铁丝回来，又找张老推借了几个鱼钩子，再去找铁匠，把四个鱼钩背靠背打在铁丝上。带着铲子，叫上家丽出门了。这回没带家文。

"还去挖豆子？"家丽问。老太太笑而不答。

过了姚家湾，又是那片荒地，家丽觉得，只要奶奶降临，荒地也会成宝地。"挖哪儿？"家丽随时准备行动。老太太用脚拨拨草棵子。"老鼠出来，你就打，用铲子，要快准狠。"老太太说。

东拨拨西拨拨，没有老鼠。入冬，老鼠也要休息。

　　"挖这里。"老太太指了指一个小洞。家丽鼓足干劲，猛挖。一会儿，露出一窝小耗子。还没睁眼呢，红肉肉的。"阿奶!"家丽喊。老太太到跟前看，动了恻隐之心，还没见天日，她不忍心。

　　"埋上吧。"老太太说。

　　"活埋?"

　　"恢复原貌。"

　　冬天河里的东西都少。找饵有些困难，在坝子上遇到刘妈。老太太跟她聊天。刘妈说家里刚好有一截猪大肠，只有手指那么长，上次剩下来的，便给了老太太。回家，老太太又把猪大肠煸了煸油，再和上点麸皮，搓成几个小团子，挂在自家打造的钩子上，跟家丽一起去姚家湾下钩子。家丽问钩什么。老太太不言声，只是勘察地形。"放这儿。"老太太指一处泥窝窝。

　　"什么也没有。"家丽好奇。

　　"伸进去。"老太太言辞果断。家丽照办。操作完毕，老太太便说回家。家丽嚷嚷着，什么也没有呢。老太太说明天再来。两个人沿着塘边走，一抬眼，见汤为民和几个男孩子玩枪战游戏。家丽已经不跟他同一排坐了。大老汤家的去协调，汤为民到前排去。家丽仍旧坐最后一排。

　　"干什么呢?"汤为民等几个孩子过来，"缴枪不杀。"

　　"一边去。"

　　老太太跟上来。几个男孩子见有大人，都四散了。可汤为民不走。老太太问他:"敢不敢下水?"

　　"太凉了。"汤为民答。

　　"手伸进去就行。"老太太说。

　　"那有什么不敢的。"男孩子答得爽快，"上阵杀敌我都敢，还能怕水。"

　　再问家丽，也是义不容辞的样子。

　　于是，老太太领着两个孩子转回船塘子。"让你们掏哪儿就掏哪儿，不能乱掏。"老太太很严肃。两个孩子点点头。泥洞洞口不规则，有点水。

老太太说掏吧。汤为民先上，里头一摸，老太太说拿出来。他真就拿了出来，是只螃蟹。家丽踊跃，也要上，老太太又下指令。家丽伸手，也掏出一只。如此，一会儿竟掏出十来只螃蟹。

"差不多了。"老太太见好就收。战利品都放在书包里。家丽着急："还有个钩子呢。"老太太说不用管它。

当晚，汤为民留在何家吃饭。

主菜，螃蟹。孩子们觉得好奇，连美心和常胜也不太会吃这个。摆上酱油醋，切了点生姜末末，老太太手把手教孩子吃。当然不是文雅型的，家丽和为民都杀鸡用牛刀，下狠手。

美心道："妈你还挺资产阶级。"

老太太道："这是无产阶级，只不过那一天我们刚结婚，我跟着你爸上上海，在外国人的餐馆里，人家都吃这个。"

常胜抱怨："没什么肉，吃来吃去一点点，资产阶级的食物，不实惠。"老太太笑道，明天看能不能给你来点实惠。

一顿饭，家丽和为民似乎和解了。吃完出门，家丽送为民到门口。为民举举拳头："何抗美，我不讨厌你了。"

家丽不屑："我还讨厌你！"

"一起革命。"为民嘿嘿笑。小孩偏说大话。

"革命。"家丽回应。

第二天起钩子，钓上来一只老鳖，巴掌大小。老太太切了干葱干姜，放在锅里清炖。美心下班进门就问："妈你做什么，这么香？不会真有肉吧。"

老太太端锅到桌子上，笑呵呵地："大补，四条腿的。"她还记得张老推的叮嘱。吃四条腿的，才能生儿子。

"哟，妈，还分几条腿，腿越多越好是怎么着。"美心笑着说。

"人有几条腿？"老太太问。

"两条。"美心答。

"那不叫两条，胳膊也是腿，只是人站起来了。"

"那昨天的螃蟹最补，有八条腿。"美心打趣。

"去拿碗。"老太太不想跟儿媳妇掰扯。等常胜一进门就开饭。"清炖马蹄鳖。"盖子打开，常胜说。他识货。

"大补。"老太太还是这两个字。

一家人围着，都不动筷子。最后老太太说："这样，家文和我喝汤，家丽吃腿，美心吃身子，身子以上归常胜。"

常胜不满："凭什么我吃头。"

老太太道："吃头才能生儿子，以形补形！"

常胜不知怎么应答，只好服从。风卷残云。老鳖被车裂，一顿饭吃得香。老鳖盖老太太也不丢，放在米桶里，说可以防止生虫。只不过米桶里也正经没多少白米罢了。

这日，大老汤家的带着民兵闯进何家。常胜、美心都在上班。放寒假，家丽、家文和老太太围着炭盆子烤火。

是个女民兵，年纪不大。

"何文氏，根据群众举报，说你们有资产阶级知识分子的生活作风，挖社会主义墙脚，捕河里的公粮。"

老太太心里一惊。莫不是吃螃蟹老鳖吃出问题了？不应该。这怎么就资产阶级？肯定是大老汤家的或者朱德启家的作妖。

"这位同志，我们家是一穷二白的无产阶级，没有资产阶级，也不是知识分子，我不识字，孩子她妈也不识几个字，孩子她爸识几个字，也是工作需要。两个孩子都是革命的小兵。没有资产阶级。"

女民兵道："你丈夫曾经给德国法西斯打工，你儿子也为日本人打过工，不排除是特务。"

事情严重了。老太太给家丽使了个眼色，让她赶紧去找人，找美心和常胜回来。家丽刚出门，街坊邻居来了，大老汤家的混在人群里，脸上飘过一丝怪笑。老太太明白了几分。

"同志，这里头肯定有误会。"老太太好声好气。

女民兵道："有群众举报，你们吃社会主义的螃蟹，还挖社会主义的鼠洞,钓社会主义的老鳖。"

老太太忙道:"这怎么说的,真的没有,同志,真是不白之冤,得有证据吧,根本就没有的事情。"

"有证据!肯定有证据!"大老汤家的站了出来,"搜一搜就有证据。"女民兵跟着几个人动手,家里翻了一遍,终于在米桶里翻出那只老鳖盖。"还有什么话说?"女民兵带领群众问。

老太太还想解释。

美心进门了,说:"那是在药房抓的药,治疗我的肚子的,我这肚子老生女孩,专门抓的药。"

谁都知道美心老生女孩,理由合理。张老推向着老太太,在人群里头说:"是有这味药。"

"那螃蟹怎么说?"女民兵问。

"真没有。"老太太说。

"有人证。"大老汤老婆把儿子汤为民推出来,"儿子,说说,他们是不是逼你在他们家里吃过螃蟹?"

家丽进来了:"汤为民!"

常胜去洞山办事,家丽没找到他。

为民看了她一眼,满是愧疚,"吃是吃过……"声音越来越小,"但好像不是资产阶级的螃蟹,是革命的螃蟹……"

"那就是吃了。"女民兵下结论。

美心急中生智:"那是为了厂里的酱油和醋的科学研究,不是吃,是研究。"女民兵说还有这回事?刘妈也来了,说:"我可以作证,是研究,醋遇到螃蟹,会产生不一样的味道,可以提纯醋味。"

一本正经的胡说八道。

舆论向美心这边倾斜,女民兵相信了。大老汤老婆跟在后头嚷嚷:"同志,不能被蒙蔽呀同志。"

人纷纷出了院子,只有汤为民站在原地。

家丽上前给了他一耳光。汤为民没说话,也没躲。老太太上前对为民说:"行了,回去吧,真是好人不能做,回去吧,别在这儿杵着。"为民转身走了。

美心叹道:"你说这大老汤家跟咱们家,怎么就死活过不去呢。"老太太深吸一口气:"怎么过去,他们汤家始终认为他老父亲,是因为你爸死的。"美心道:"炮弹也不长眼,要怪怪日本人。"

老太太叹道:"作孽。"

007

美心刚从团市委在田家庵举办的"向雷锋同志学习"报告大会回来,进门就喊:"妈,我得要求进步。"

老太太没反应过来,拿着笤帚走到院子:"进到哪儿去?舜耕山上?"

美心道:"精神进步,我得向雷锋同志学习。"

自打上回资产阶级螃蟹事件之后,美心老觉得在厂子里抬不起头来。她想进步,是要争取提高自己的"社会地位"。市里号召大家学雷锋,她觉得是个机会。

老太太依旧晕乎:"雷锋住在哪儿呀?是北头的吗?"

美心道:"妈,你思想上真该进步了,我怎么觉得你还活在旧社会。"老太太不满:"我怎么活在旧社会了?这话说的,我为来为去,不还是为了这个家。"美心脱掉护袖,上面沾满了酱油渍:"你是为这个家,可为的方式不对,带来的净是资产阶级的生活作风,挖了社会主义的螃蟹和老鳖。"

老太太着急:"哎哟,那事能不能不提了?吃的时候个个眼睛都跟狼似的,现在都赖到我头上。"

"妈你知道吗，因为这事，常胜的入党申请书都被退回来了。"

"那是大老汤作梗。"

"不管是谁作梗，没成就是没成。"

"那你肚子里是不是成了呢?"老太太笑呵呵地反驳。

"那也不是螃蟹老鳖的功劳，估计是后来买的那块猪肉降了胎神。"螃蟹事件后，家里攒了两个月的肉票，狠狠吃了一顿猪肉。没多久美心就又怀上了。老太太问："说雷锋，这一片没听说有姓雷的。"美心道："不读书不看报，就是不知道世界成什么样了，也就在不久之前，毛主席号召大家向雷锋同志学习，多做好人好事，让整个社会的精神面貌，发生深刻的变化。"

老太太嘀咕："我怎么没听明白。"常胜进门，他思想觉悟高，单位刚学习讨论过雷锋的日记。"妈，雷锋是我们的革命同志，他一生都在为人民服务，他曾在日记里写，'人的生命是有限的，要把有限的生命投入到无限的为人民服务的事业中去'。"

老太太道："听明白了，多干活，少抱怨。"

美心皱眉："听着有点变味。"

家丽背着书包进门，嘴上唱："学习雷锋好榜样，忠于革命忠于党，爱憎分明不忘本呀，立场坚定斗志强!"

老太太嘀咕："这一天，怎么都跟打了鸡血似的。"家丽说："我们这是学雷锋，做好人好事。"老太太说行，支持你，说着拿起地上笤帚："把院子扫了。"家丽道："让我妈做去。"

老太太说："这孩子，你妈大着肚子，你让她扫地，你是做好人好事，还是害人。"家丽放下书包："我跟秋芳约了，去帮淮滨饭店淘粪。"老太太哎哟一声，说你别弄得一身脏。家丽跑出去了。

美心道："我也去帮我们书记家做点事。"老太太笑，"不是发自内心就别做，做好人好事不是巴结领导。"美心说："妈，我是发自内心的。"老太太说："你内心也好，外心也罢，保我孙子没事就行。"常胜一锤定音："别闹腾了，大着个肚子，你能干什么?"

美心立即反驳:"这话我不爱听,厂里的酱油缸子不是我照顾的?没有我,酱油能这么匀和?全市人民能吃到这么好的春燕牌酱油?"常胜道:"那是你的本职工作,而且,毛主席倡导的学雷锋是做好事不留名,这样才是毛主席的好战士。"

"不留名?"美心道,"在咱们这一片,谁不认识谁,不留名也难。"常胜说:"我刚才扶一个老奶奶上轮渡,我就没留名。"

美心手指一竖道:"这倒是个好法子,码头上来来去去,倒是可以帮助陌生人。"老太太着急,说:"你省点心,小心肚子。"美心笑道:"我这肚子现在是铁打的,推酱油缸都没事。"美心刚出门,老太太就提溜常胜:"跟着。"常胜不耐烦:"哪那么金贵,也不知道是丫头小子。"老太太跺脚道:"她是你老婆,甭管丫头小子,都是两条人命。"常胜只好跟着。

淮河上行船,田家庵港有两个码头五个泊位,运输航线往东通至上海。卸货码头,有搬运公司的员工在斜坡上搬货。美心和常胜往东走,不远处有个渡口,两个小时有一班渡船,拉着旅客从河南面到河北面。北面就是大河北,是彻头彻尾的乡村。美心存心做好事,她见大老汤家的好像也在码头站着,更加紧张。做好事都要抢。

常胜没办法,只好跟着她。大老汤家的也怀着,肚子比美心小些。见到面,彼此目光灼灼。她们注定是一辈子的竞争对手。常胜问:"刘妈呢。"刘妈一向跟美心统一战线。美心道:"她们省事,橡胶二厂离长青社近,他们集体去帮农民老乡淘粪去了。"

常胜问:"刘妈爱人还没回来?"

美心说:"不知道。"又问,"你关心这个干吗?"常胜也想外调。一会儿,船到了,有人等着上船,大包袱小行李,美心专挑那老的、白发苍苍的扶。老人们原本接受,可近了,一看她大着肚子,又拒绝了。"姑娘,小心哪,人多,船也不稳。"一位白发苍苍的老奶奶给她忠告。美心道:"没关系,有限的生命,就是要投入到无限的为人民服务中去。"老奶奶接受帮助了。河水不稳,一波浪大,船真晃起来。美心扶住栏杆,常胜从旁边腾出手:"你上岸吧,你的好事我来帮你做。"

美心觉得心里暖和。可她觉得，还是应该自己参与进来，提高精神境界。一会儿，常胜忙完一拨。岸上又来个妇女，大着肚子，大老汤家的也上前扶，美心怕落后，连忙也去扶。妇女回头："谢谢谢谢，能不能帮我把孩子领上来？"

大老汤家的和美心同时说好。回头看，岸上站着五个女孩，从高到矮，好像音符。大老汤家的忍不住笑问："都是你女儿？"孕妇点头。美心头皮一紧。不容多想，忙下船，帮忙把孩子带上来。好事做完，两个人一起下船，常胜还在做引导员。

大老汤家的诡异一笑，对美心说："看到了吧？"

指刚才那个妈妈和女儿们。

"看到什么？"美心装傻。

"一窝巴丫头。"汤婆子故意讽刺。

"跟我有什么关系？"美心提着气，不满。

"小心点。"汤婆子哈哈大笑，走了。

常胜下船。拉上木板，准备开船了，那妈妈站在船舷边，朝常胜和美心挥手。不知怎么的，美心泫然，眼泪快掉下来。

常胜问："又怎么了，不是刚做了好事，精神境界也提高了。"

"看着心疼。"美心说。

"肚子不舒服了？"

"不是，"美心吸气，"那个小老妹，就是刚才我帮的那个。"

"她怎么了？"

"那五个都是她女儿。"美心绝望地。

常胜安慰："肚子里不是还有一个吗？"

"菩萨保佑。"美心说，"你说我这一胎会不会……"欲言又止。常胜连着呸呸呸了三声，"别说破嘴话。"

"胡瞎子说我这胎是女孩。"

"你又去找他算了？"

"没找，路上遇到，他说的。"

"上一胎他还说是男的呢，"常胜不屑，"他说的话总是反的，现在是新社会，他那一套不灵了，他都快吃不上饭了。甭管男孩女孩，反正他是无儿无女，他的话你也信。"

"要还是女的……怎么办？"

"不会的。"常胜拉了美心袖口一下，他独有的温柔。

"今天很幸福。"美心忽然说。

"幸福？"

"雷锋同志说为人民服务就是最大的幸福。"美心强调。

"那倒是。"常胜耸耸肩，他的蓝裤子上有个洞，风吹进去，鼓鼓囊囊的。

淮滨饭店后院，秋芳捏着鼻子，想临阵脱逃。

"秋芳，我们得上，为人民服务。"家丽说。

"我有点……受不了那个臭味……"秋芳比家丽年纪还大点。

"讨论课上不是说过，我们要向时传祥伯伯学习，不怕苦不怕累，脏活累活抢着干。"家丽做秋芳的思想工作。秋芳为难，想了想，点点头。几个男生斜刺里蹿过来，伸手拦阻，为首的是汤为民，"淘粪的活我们包了，二位请去别的地方为人民服务吧。"

"什么叫你们包了，我们先来的。"家丽嚷嚷。

汤为民道："就来两个光人，你们就想淘粪了？淘粪是要工具的，你们有准备吗？没有准备是不能完成这个工作的。"说着，汤为民瞅了瞅小伙伴们拿着的淘粪勺淘粪竿。家丽还要理论，秋芳拉她到一边，小声说："让给他们吧，我们干别的，好事多呢，能做着。"家丽没办法，朝男生们哼了一声，跟着秋芳走了。

她们想扶老奶奶过马路，像雷锋同志那样。

可在最宽的淮滨路路口等了半天，也没有一个需要帮助的老奶奶。家丽一腔热情无处释放，十分着急："怎么没一个需要帮助的人哪，老奶奶哪儿去了？"

秋芳举一反三："没有老奶奶，有没有老爷爷需要帮助？"

家丽扶着路边刚栽种的梧桐树冥思："老爷爷，倒不是没有，北头有个瞎子胡爷爷。"秋芳说是有这个人。两个人正准备往北头去，汤为民赶上来："走，一起做好事去。"

家丽奇怪："你不是去给淮滨饭店淘粪了吗？"

为民随口说："可惜粪太少，一会儿就淘完了。我还想继续为人民服务。"家丽横眉："你服你的务，我们服我们的，大路朝天，各走半边。"秋芳拉了家丽一下，依旧小声："还是要团结同学。"

为民听到了："对对，团结，团结！"

家丽不再理论，跟秋芳走在前头，为民跟在后头。

到北头第七巷，往里走，拐弯第一家，门半掩着。胡瞎子只有半间房，一辈子给人算命，却破不了老境的颓唐。

家丽等三个人推门进去。为民喊了一声爷爷。

胡瞎子躺在床上，面朝墙，一动不动。

"胡爷爷。"家丽喊。胡瞎子还是不动。

秋芳警觉，瞪大眼睛，捂住嘴巴。

"不会是……"秋芳不肯说出那个死字。

008
/

家丽胆子大，上前轻轻拍了拍他身子。

胡瞎子醒了，强支着身子，还是起不来："来算命啊，请坐，推八字还是卜卦？"枯老的手去摸床头的铜钱。摸不准，铜钱撒在地上。秋芳忙帮着去捡。

"我们是来做好事的。"为民说。

"做好事？什么好事？"

家丽说："为人民服务。"

胡瞎子苦笑："我也是人民？"

"当然，"家丽说，"胡爷爷，你也是劳动人民，是群众，是我们要帮助的。"

"你是何家的大闺女？"胡瞎子问。

家丽不出声。

秋芳道："爷爷，我们要跟雷锋同志一样，做好事不留名。"

胡瞎子笑呵呵地让他们坐。三个孩子还是站着。

"为什么要帮爷爷？"他问。

家丽背书："我们要像雷锋同志那样，把有限的生命投入到无限的为人民服务的事业中去。"

"谁个是雷锋同志？"

为民说："雷锋叔叔特别伟大，毛主席号召大家向他学习。"

胡瞎子道："好好，毛主席说的一定是对的，雷锋一定是个大孝子。"

"请问有什么需要帮助的？"家丽落到实处。

"就是觉得有点冷，想烤烤火。"胡瞎子说。为民说："烤火容易，我们家还有炭糊子。"胡瞎子怕汤婆子找事，忙说，不用不用，不能从家里拿。家丽想到个法子，说过了姚家湾，卸煤船旁边有废弃的焦炭堆，里头能扒拉出焦炭糊子。

好主意。说干就干。三人拿起小竹篮，直奔姚家湾，焦炭堆小山样，用木棍扒拉扒拉，还真有焦炭糊子。弄了半天，三小篮子。拎回来，到胡瞎子家，煤球炉好久没用了。没炭，他又看不见，冬天不知怎么熬过来的。三个小伙伴七手八脚，烟熏火燎地点着炭糊子，就放在堂屋，门开着出炭气。他们把胡瞎子扶下床，扶到摇椅上，炭盆放在脚下。暖和了。

胡瞎子感动得脸都歪了。颤巍巍请孩子们坐，又说："我胡某人一辈子泄尽天机，无儿无女，想不到今日还有这等福分，感谢毛主席，感谢老天爷。"

家丽道："不用谢，胡爷爷，这是我们应该做的。"三个人说罢要走。胡瞎子死活不让，说没什么可感谢的，非要给孩子们摸骨算一把。为民说："不用了。"秋芳说："谢谢爷爷，我们该回去了。"

胡瞎子道："不行，我胡某人一辈子不欠别人的，让我帮你们算算。"

拗不过，只好遵命，也算做好事。

家丽先来。"往前站站。"胡瞎子说。家丽便往前站了站，胡瞎子摸住她右手，捏捏，再摸头骨、五官。"你是何家的老大，我算过，以后要顶门立户，上辈子是个男人，如果在战争年代，怎么也是个连长。"还是上次在刘妈家说的那一套词，没变。

再摸汤为民。"马走乾坤，你是个远走的命，上辈子欠了债这辈子还。"最后摸张秋芳，"你贵在心静，一辈子应一个守字。"

结束。

三个人心满意足离开胡瞎子的小屋。

第二天一早，刘妈慌慌张张从外面跑进小院。美心刚起来，坐在门口梳头发。老太太在准备早饭，见刘妈来，笑道："她刘妈，进来坐，一子儿挂面刚下锅。"

刘妈脸色阴沉："前头胡瞎子死了。"

常胜出来，不说话。

家丽嚷嚷道："昨天还好好的。"

"怎么死的?"老太太一贯惜老怜贫。

"病死的，拖拖拉拉一冬了，没想到熬过了冬天，却熬不过春天。"常胜说去帮帮忙，也是学雷锋做好事。

"你就别去了。"他叮嘱美心。大着肚子，别撞到什么。刘妈忙说是。胡瞎子的丧事，是邻居们帮着办的，孩子们也夹在其中学雷锋。只是，年幼者对于死，还没有切切实实的领悟，不知道死的重量。昨天还活着，今天死了，人生无常，谁也不知道下一分钟是什么。

胡瞎子一死，美心有点打不起精神。还有两个月要生，她本打算找胡瞎子再卜一卦。现在不用了。可惜这一片没有第二个算命先生，没有第二个胡瞎子。准不准倒是一回事，心理安慰是另一回事，她是愿意去相信"美好"的，只要胡瞎子说，是男孩，她能高兴好几天。

下了几场雨，入夏了。淮滨大戏院邀请梅兰芳来演出，一同来的还有姜妙香、梅葆玖、刘连荣。都是名家，唱的都是名段，诸如《霸王别姬》《宇宙锋》《贵妃醉酒》《玉堂春》《生死恨》。家丽嚷嚷着要去，她喜欢淮滨大戏院的气派。三层楼，钢筋水泥结构，门前广场就有 1800 平方米。可她没见过里面。

美心也想去，因为大老汤老婆刚去过，去听黄梅戏。回来吹得天花乱坠。她不甘落后。"行动方不方便？"常胜问。

美心道："有什么不方便的？大老汤老婆刚去过，她月份不比我小，她能去，我为什么不能去？再说，你不是陪我嘛。"

常胜说："我不去，妈去。"

"孝子。"

"我们年轻，日子还长，妈这辈子就想见个梅兰芳，哪出戏她不会唱啊？她就是生的家庭不好，不然搞不好也是艺术大师。"

"要不你们娘俩儿去？"美心故意说。

"还是你们去。"常胜顾全大局。再三叮嘱美心注意肚子。

婆媳俩检票，老太太扶着美心，进淮滨大戏院了。

气派。一楼全是沙发软席。舞台宽阔，台口有八九米高，垂着绛红色天鹅绒帷幕。木质台板，平整光滑。五排三座、五座。老太太说这位置好，去厕所方便。

年纪大了，憋不住尿。

大幕拉开，先唱《贵妃醉酒》。老太太听得如痴如醉。美心也略懂京剧，但她不喜欢杨贵妃。唱了两折子，下去了。报幕员上，该唱《玉堂春》了，梅葆玖上台，唱的是《女起解》选段，只听到咿咿呀呀玉声传耳，整个戏院的人都激动，忍不住跟着轻和。老太太将才休息只顾着跟人交流，忘了上厕所，这会子憋不住，跟美心打了个招呼便去洗手间。二黄摇板起，是念白，跟着是二黄慢板，紧接着是西皮流水，众人皆知的唱词："苏三离了洪洞县，将身来在大街前。未曾开言我心内惨，过往的君子听我言。哪一位去到南京转，与我那三郎把信传：言说苏三把命断，来生变犬马我当报还……"

跟苏三一样情状，美心也是背井离乡。这唱词打到她心尖上，美心眼泪下来，手则跟着台上曲调打拍子，一下一下落在座椅扶手上。老太太上厕所回来，猫着腰进。美心和到动情处，憋一口长气，慢慢吐，啊——呀——咿——啊——

手猛然坠落。啪，沙发扶手被击中了。

哎呀！美心轻声叫唤。

身子不能动，皱眉，肚子疼。

"怎么啦?!"老太太嚷。

"恐怕……"美心有数，"老三要提前出来了……"

剧院工作人员找了担架把美心抬出去，保健院不远，请了个拉架子车的师傅，一路送过去。这回顺溜，刚到没多久，甚至常胜还没赶到，孩子便生下来了。

又是个千金。

常胜走到保健院门口，听到里头传来消息，扭头要走。

老太太赶上："常胜!"

常胜站住脚。

"去看看，你老婆，你孩子!"老太太道，"到底是亲生骨肉!"

何常胜调整呼吸，这才回转身子，朝病房去。家丽抱着妹妹家文赶来，凑到老太太边上。看奶奶的表情，家丽明白了。

她逗了逗妹妹家文："招弟，你招弟失败了。"

病房里，事发突然，美心哭都没力气。

常胜走近了。女儿属于早产，被抱进保育室。常胜蹲下来，两手伸过去，握住美心的手。"对不起，常胜。"美心说。

"跟你没关系，都是命。"常胜说。

"怎么办?"美心说。

常胜不说话。

家丽却并不沮丧。她又有了同盟军。街坊四邻更是轰动。何家连生三个女儿，是茶余饭后的好谈资，更糟糕的是，大老汤老婆也生了，第二胎又是个儿子。汤为民有了弟弟，哥儿俩好。

美心躲起来坐月子，不想见人。只有刘妈带着秋芳来看她时才见见。老太太要留客，毛刀鱼下挂面。秋芳想吃，想留下，刘妈不好意思。老太太硬留，母女俩便也不客气。家丽带着家文回来，见一屋子女人长吁短叹，道："你们呀，就是思想不够进步。"

美心道："你看这孩子，又来了。"

家丽道："毛主席说了，男女平等，你们大人呢，还在为生男生女的问题叹气，这可不是社会主义的当家人。"

美心道："满嘴胡话，自己都不知道自己在说什么。"

刘妈笑道："家丽又见高了，长得快。"

美心说没少吃。家丽耳朵尖听到了："唉，妈，这你可别冤枉我，我们全家都可是尽着你这块重要土地吃饭的，我是边边地，吃也只是喝汤，这个黑锅我可不背。"说罢，拉着秋芳出去玩。美心说："马上就要上初中，你说快不快。"刘妈说："可不是。"

秋芳跟家丽一届的。

"你不生老二?"美心摸摸刘妈肚子。

刘妈笑道："她爸老在外头跑，这次回来，怎么着也努力努力。"

美心道："我和他爸说了，到此为止。"

"常胜同意?"

"有什么不同意的，本来说好了到老三停，其实这都是第五个了，实在生够了。"

"你不怕没人给你养老送终?"刘妈说，"看看胡瞎子，多惨。"

"不是还有女儿嘛，胡瞎子是光棍一个人。"

刘妈说："商量好了就行。"

常胜进屋，见刘妈在，打了个招呼，去院子里做木匠活了。刘妈问老三叫什么。美心说："叫何家艺。"

"什么讲究？"

"去看艺术家的时候生下来的。"

"家艺，好名字。"刘妈赞道。

009

常胜刚到淮南时，进的是"公盛皮毛号"，是私营企业，当学徒。五八年公私合营，皮毛号成为集体单位，承担全市对外贸易的部分收购功能，主做土畜产品的出口。

五九年，即家丽来淮南的前一年，市商业局成立对外贸易科，常胜开始进入外贸工作，到了六三年，成立安徽省淮南市外贸中转站，属省外贸厅下属的出口物资中转枢纽。常胜顺理成章进入外贸工作。

过去，国民经济调整，淮南周边的物资直接调配上海等口岸。常胜除了又得了个女儿不甚如意之外，工作上倒十分顺心。他主抓的肠衣、猪鬃、毛皮以及各类农副产品收购、出口都还顺遂。

只有大老汤三兄弟时不时找常胜的茬。

他们是从小玩到大的小伙伴。都是江都人。只不过自从大老汤的父亲在上海被日本人投掷的炮弹炸死，汤家便把这笔账算到了何家头上。理由是：何常胜的父亲何秀峰自己跑空袭，却丢下老乡汤三虎。结果是：何秀峰有命回乡，汤三虎却命丧沪江。

何秀峰解释过。汤三虎加班做工是自愿，并不是顶他的班。而且他出电灯泡厂时叫了汤三虎一起走，可他为了多挣点钱继续加班。日本人来空袭，那是个意外。

外贸洗澡堂。何常胜肩膀上搭着毛巾，赤着脚进去，三个淋浴头都没人用。常胜去上了个厕所。再回来，淋浴下站了人，是大老汤三兄弟洗上了。"马上就好。"大老汤笑呵呵说。

谁料，洗了二十分钟，三兄弟没有让步的意思。

常胜有点冷："我冲一下。"

汤老三不愿意："那不行，我还没洗好呢，你先下池子。"

"池子水不热。"

"总有先来后到。"汤老二说。

"我先来的，只是刚才去方便了一下。"

大老汤抢白道："你方便，我们不方便。"常胜转头要走，三个无赖，看来洗不上了。

"老何！"大老汤吆喝，"你新收的那批猪鬃，料子有点问题。"

常胜觉得姓汤的故意找茬，转身问："什么问题？那是从上窑农户手里收来的一等一的好料。"

"毛不齐，里头有杂毛，要的是猪颈和猪背上的毛。你收的那批，估计是猪屁股上的。"说完，汤家三兄弟大笑，"小心点，那可是去赚外汇的，军火上用的，毛不好，就容易擦枪走火。"

"胡说八道。"常胜不予理会。

大老汤说："来来来，老何，给你洗，洗好了。"

太冷。常胜打算用热水冲冲。大老汤暗动手脚，调到最冷。常胜一冲，全身冰凉。常胜忍，自己调好了。热水下来，舒了口气，迅速擦一遍胰子，冲水，速战速决。

汤家三兄弟慢吞吞地擦拭身体，坐在门口椅子上抽烟。

大老汤说："弟，你看老何那玩意儿是不是有点怪？"

汤老二道："不是怪，是太小了。"

汤老三道："猪鬃分三六九等，人也是，就连胯下的那二两肉，也分三六九等。有的是精肉，有的是囊肉。"

大老汤说："我说呢，怎么我生出来的就都是儿子，有人看着是个人，却一个丫头一个丫头往外冒，老一辈子作孽！下一辈才会断子绝孙！"

常胜肺气炸了。但还不动声色，继续冲澡，脚边的痰盂够过来，灌上凉水。洗完了，擦干净，端着痰盂，朝大老汤猛冲过去，泼，凉水淋狗头！烟浇灭了。

"王八蛋！"大老汤怒吼，"我还是你半个领导！"大老汤在商业局挂职，虽然不主管常胜，但毕竟在上一级单位。

汤老二、汤老三见大哥受辱，飞身扑上去，常胜一对三，几个人扭打起来。战役以澡堂工进来拉架告终。

常胜鼻子流血，眉骨骨裂。大老汤被打掉一颗牙。

美心跪在床上，歪着头，帮常胜涂红药水，埋怨道："多大的人了还打架，你也挑个地方打，澡堂子里就那几个人，人家三个，你一个。"

"我又没输。"常胜好胜。

美心怒道："你这不叫没输，叫两败俱伤，你看着吧，大老汤老婆一会儿就打上门来。"

"他们先动手的。"

"我听说了，是你先泼水到人家脸上。"

"他们挖苦我们老何家。"常胜喃喃，"老何家上一辈堂堂正正不输阵，这一辈、下一辈也不能输。"

"日子是自己的。"美心劝。

常胜不言声。老太太知道儿子的心气，只是拿个抹布在外屋擦灰尘。美心恢复工作，还在酱园厂，她的确不打算再生。工作刚有起色，她现在是小组长，主抓酱菜，最近忙着研发新品种。

她知道常胜的心。想儿子，为家族撑门面，顶门立户。可生育，是个说不准的事情。不是说，她宣布继续生，就能生出儿子。百分之五十的概率，谁也说不准。

家丽放学回家。她上初中了，在七中。扎羊角辫，走路又稳又快。进院子，刹住脚，倒回去看常胜。

"爸，你的头怎么了？"

"不小心碰了一下。"

刘妈进门，没注意家丽，她来送紫汞，嘴里喃喃："这个大老汤，下手也真狠。"家丽听得真，把书包往树杈上一挂，怒气冲冲要出门。老太太怕她又惹麻烦："回来！何家丽！"

家丽蹿了出去。常胜一把拽住她。

老太太道："别又去找人家儿子麻烦！父债子不偿！老子犯罪儿子也不该被枪毙！"

"我直接找他老子！"家丽红着眼。

美心出屋。刘妈被一院子惊天气势震慑，站在旁边不说话。是她说漏了嘴。家文坐在堂屋不敢出来。家艺在屋里头哭。家丽跟老太太、美心嚷嚷。常胜抄起墙边的短铁锹朝枣树身上一砍："都闭嘴！"

树叶震落。跟着，树身慢慢倾斜，终于，枣树拦腰折断，倒在地上。刘妈吓得跳脚。美心和老太太安抚她。家文出来看爸爸。家艺的哭声停止。

家丽没被吓住，噘着嘴道："不去就不去，树砍坏了，你赔？今年别想吃枣子了。"说罢，从树枝丫上捡起书包，进屋。刘妈慌忙告辞。晚饭吃得静悄悄。枣树的残骸还在院子里躺着。余威尚存，没人敢惹何常胜。桌子上一盘黄心乌白菜，是本地特产蔬菜，还有一碟干红辣椒炒的毛刀鱼。包括家文在内，都小心翼翼。

常胜对老太太说："妈，酒。"

老太太连忙去厨房拿了点米酒，一只小酒盅。

"不要这个，不是这个，这不是男人喝的。"还没喝酒，常胜就有点醉意。美心连忙说我来，起身去里屋床底下，拽出两瓶白酒来，一瓶是多少年前私人酒坊做的山芋干酒，一瓶是本地国营酒厂产的淮南大曲，都拿出来让他选。常胜一直舍不得喝。

问要哪个。

"都留下。"常胜说。

先开了山芋干酒。常胜自斟自酌了三杯，叹："连个喝酒的人都没有……都没有……"

美心和老太太对看了一眼。她们了解常胜，他心里有个疙瘩解不开，绕不过。怪就怪大老汤、朱德启，这些老小子恨不得时时刻刻提醒常胜的"失败"——生不了儿子，没人顶门立户，传不了宗，接不了代。谁都没错，可老天爷就这么安排。

家丽喊一嗓子："爸，我陪你！"

美心忙阻拦："女孩子家哪能喝酒！"

老太太一伸手："常胜，妈知道你心里不舒服，也知道你在外头受委屈，更知道你是个孝子贤孙，可人再犟犟不过命！别拿老天的玩笑惩罚自己！今儿个老娘我陪你喝，喝过这一场，什么都过了，继续朝前看！家丽，拿杯子！"

家丽哎了一声，连忙又去拿一只酒杯，满上。老太太敬常胜，一饮而尽。何常胜反倒不好意思，叫了声妈。

"喝！"老太太豪爽。

美心劝："妈不能这么喝。"又对常胜，"常胜，妈的酒量……"常胜连忙劝老太太。连喝三杯。老太太醉倒了。她是个没酒量的人。常胜两口子把老太太安顿好，忙好弄好，菜也没怎么吃。美心哄家文、家艺睡觉。秋芳来找家丽，去红风大剧院门口看唱花鼓灯。"好女不看灯"，唱词太荤。她们只说去研究数学题。常胜套了件褂子，招呼一声，随手拎起那瓶淮南大曲，朝河边走。

夜晚，河岸边漂着船，里头有灯火，是船民。他们世世代代在水上行船生活，不允许上岸。因为做出口，常胜跟姚家湾的船民朱老大关系不错。朱老大只生了一个女儿。老婆头七八年生病死了，一直没再娶。常胜拿酒瓶子在船沿上磕了磕，咚咚咚。朱老大从舱里出来。

"好酒！"常胜笑呵呵地。

朱老大拉他上船。

船头贴着对联："船头无浪行千里，船后无风送九州。"

"什么风把你送来的？"朱老大问。

船舱里，一盏煤油灯。朱老大女儿在缝衣服。朱老大打发她去烤两条鱼。"喝吧!"常胜心里有苦倒不出。

喝就喝。两个男人对坐着。说不出的心事。然而彼此明了，都在酒里。一瓶酒，就着烤小鱼，一会儿喝干。船老大兴致来了，唱起下淮调："淮上打鱼好辛苦，一网不得二两五，鱼跃龙门会有时，男儿困居江心捕……"

夜很静。浪声一波接着一波。

常胜歪在船舱，隐隐约约感觉有人叫他，睁开眼，是美心。"回家。"美心说。朱老大女儿和美心一起把常胜扶下船。

美心表示感谢，一个人肩抬着常胜胳膊，带他回家。

"你是美心。"常胜认出她来了。他酒量一般，随他妈，醉得厉害。"我是我是。"美心答。

"你是美心……"常胜喃喃。这下哭了，抱住美心哭了。那一瞬，美心忽然很心疼这个男人。

她做了一个勇敢的决定。

010

学校操场的水泥台子是学生们放学后的乐园。一圈，趴满了做作业的孩子。汤为民夹在其中。上初中后，他学习上用心了，成绩不错。何家丽从远处走来，到水泥台跟前，把书包一摔。秋芳跟在她后头。

汤为民诧异，何抗美又不知哪根筋不对。

"怎么算?"家丽说。

"什么怎么算?"

"你爸和你二叔三叔把我爸打了，这笔账怎么算?"家丽开门见山。周围学生兴趣都来了，收起作业，等着看戏。

"你爸还把我爸门牙打掉一块呢，冤冤相报何时了。"为民倒是懂事，"上一辈人的事情，你总是来找下一辈人算，说不过去。"

秋芳劝道:"家丽，算了，咱们走吧。"

家丽一时绕不过这个理，着急:"不行! 那也得算! 一笔是一笔。"

为民说:"那你说怎么办? 打我一顿? 给你打，你打。"为民把身子靠过去，闭上眼，任凭千刀万剐的样子。

谁知何家丽说:"公平竞争。"

"怎么竞争?"为民说，"比赛撒尿，看谁尿得远?"周围的男孩子们哄然大笑。秋芳站出来:"汤为民，不许侮辱女性!"秋芳现在是班长。

家丽笑笑说:"你是男的，我是女的。"

为民说:"是，这是事实，好男不跟女斗。"

家丽说:"我还没把话说完，按照一般人来看，男的在体育方面总是超过女的，那么今天我们就来比体育，如果我赢了你，你就写个布告，贴在学校的布告栏里。"

"不用，你赢不了我。"为民很肯定。

"别说这个话，赢得了自然不错，赢不了就要写一张布告。"

"什么布告?"

"就一句话，"家丽顽皮地竖起手指，"汤家的儿子不如何家的女儿。"

"你输了你也得写。"

"没问题，三局两胜。"

"少废话，比什么?"为民斗志燃起。

"随你挑。"

"掰腕子!"为民撸起袖子，露出一小块肱二头肌。

学生们让开了，就在水泥台子上掰。秋芳担心，跟家丽说:"要不算了，看他挺有劲儿。"家丽一笑，摆出架势，胳膊支在水泥台子上。两军对垒。女孩们站在家丽一边，男孩们帮为民呐喊。

秋芳是令官。"预备!"她的声音清脆。

二位选手瞬间紧张。怒目相对,满是杀气。

"开始!"

家丽猛然发力,嗷的一声,根本没有料想中的僵持战,汤为民已然被扳倒。太快了!如迅雷如闪电。为民还没反应过来怎么回事,耳边便响起女孩们的欢呼声。

家丽抱臂,眼神轻蔑。

为民的好胜心被激发:"再来!"

"比什么?随你挑!"家丽迎战。

"五十米!"是为民的强项。

学生们又拥到炉渣灰铺就的跑道。

各就各位……跑!家丽甩开两腿,为民咬牙坚持,拼了老命,还是输家丽半个身位。

终点。两个人都喘粗气。秋芳说比完了,按照约定办吧。家丽从书包里掏出作业簿。"写吧,就一句话,没那么难。"家丽笑嘻嘻地。

"我没输!"为民胳膊一挥,"再来!"

"好笑,说好了三局两胜,你已经输了两局,还有什么好比的。"

"刚才只是热身,不是真正的牛,谁是北头真正的扛把子,还要比过一局。"为民双目灼灼。

"任你挑!今天就让你输得心服口服。"家丽百无禁忌。孩子们再度欢呼。

淮河,如一条水龙窝在土坝子旁,一浪赶一浪。隐隐约约,还能见到河中心的漩涡。孩子们站在河边,喊喊喳喳。

"谁先游到对岸,谁就赢!"为民豪情万丈。

横渡淮河!

秋芳拉住家丽,说算了,不用再比,危险。家丽二话没说,摘掉书包给秋芳。"河里有水猴子……"秋芳说那个恐怖的传说。

"水猴子也不敢怎么样我。"家丽乐观。

　　天已有点冷。下淮河需要热身运动。汤为民与何家丽，两个田家庵码头青少年中的风云人物，弯弯腰，摆摆腿，舞舞手，准备下河。人越聚越多。

　　下水了。秋芳不敢看。

　　凉。淮河水真凉啊！凉也得游！两个孩子泅着水，起程。岸边，小伙伴们屏住呼吸。刘妈下班路过，见女儿秋芳在，问怎么回事。秋芳简单说了。刘妈大惊："阎王爷不找自上门！作死！"拔腿便去找常胜、大老汤他们营救。

　　到河中心了。两个人几乎齐头并进。家丽歪头看："认输吧。"为民道："毛主席教导我们战斗到底！"

　　忽然，汤为民哎哟一声，两手乱扑腾。家丽只听到他说"抽筋了！"就已不见他踪影。何家丽连忙侧身探下水去，为民泡在水里，四肢乱扑腾。家丽一把捞起他，撑着往上浮。头探出水面，为民大口呼吸。家丽命令："别乱动！单手划水！"为民照办，怎奈水流太急，为民体重太大，家丽控不住水，失了方寸。两个人扭在一团，朝下游漂过去。岸上的孩子们也慌了神，沿岸跟着跑，追踪两人而去。大老汤和常胜都上了坝子，顾不上相互埋怨，奋起直追。漂了有几里路，家丽和为民被冲到岸上。

　　着陆了。

　　幸好淮河中间有个小岛。岛上有四五百户居民，有人发现两个孩子，及时施救。命保住了。天开始黑了。常胜和大老汤坐朱老大的船上小岛，找到了各自的孩子。

　　出乎意料，这一回，两个大人都没有打也没有骂，只是把家丽和为民分别领回家，捂暖了。然后下达禁令，今生今世不许再下淮河，如有违背，抽筋扒皮！

　　这条河哪年都要收几个人下去。

　　两个人单独相对的时候，老太太教育家丽："胆子也太大了，天都快黑了下淮河？疯了？艳阳高照都不能轻易下去，最后一次，水火无情。"

　　"怎么都没人问我为什么下淮河？"

老太太说："还用问？又是争强好胜。"

"我是为我们家争光。"

"知道。"老太太笑呵呵地，"不许有下次，没了大孙女，我也活得不自在。"

又上学了。秋芳和家丽走在七中后门。汤为民周围围着一帮子男孩。"喂！"家丽喊，"三局两胜，该兑现了吧。"

为民假做嚷嚷："贴出来了，你去看看，不过最后一局我赢了！"一边说一边朝家丽挤眼。家丽不知他搞什么鬼。去楼门布告栏一看，上面果真贴着个布告，上书：何氏家丽是女中豪杰。叹号。

"什么女中豪杰，不是，我说姓汤的……"家丽要理论，秋芳拉住了她，说算了，算了。女中豪杰也不错。家丽气哼哼被拉走了。一群男孩依旧围着为民，两个人路过，只听到为民眉飞色舞说道："我刚游到河中心，水猴子就抓住我的脚腕子，看看，到现在还有一片青呢，水猴子顿时就把我往下拉……"男孩们都听呆了。

秋芳好奇，问家丽："真遇到水猴子了？"

家丽不屑："屁，就是腿抽筋，那块青的，是我不小心蹭的。"女孩心善，不打算揭穿为民吹牛吹出来的传奇故事。

家丽又提议去红风大剧院门口看花鼓戏。秋芳不赞同："我妈不许，说好女不看灯。"家丽道："那是以前，现在的花鼓戏、倒七戏都改良了，接近人民群众，而且我们都是中学生，再过几年说不定都参加工作是大人了，有什么不能看不能知的。"秋芳只好答应了。

北头已经有妇女上节育环。在保健院做。说技术不算成熟，上了之后不知会不会长到肉里。常胜不记得醉酒那晚的事，他问美心什么时候去上。美心却表示不打算上，理由是：对身体不好。于是，没多久，美心便又害了喜。但这次她没着急对外公布。直到肚子挺起来，街坊四邻才知道刘美心又给何家带来了希望。

刘妈也怀孕了。她丈夫老出差，但也趁着回家的短日子匆匆把"事儿"办了，居然"雀屏中选"。两个人月份差不多，日日共同进退。都不是第一次生了，经验丰富。这日，刘妈揣了两个斑鸠蛋来跟美心闲聊。磕破了，仔仔细细剥壳。刘妈说："你这胎十之八九是男的。"

美心失败的次数多了，不得不平常心："不到最后一刻，谁也保不齐。"

刘妈道："三个证据可以证明。第一，生女孩肚子下头是尖的，生男孩下头是圆的。"美心第一次听这个理论，忙不迭俯视肚子，"哪里圆的？哦，好像是有点圆。"

"第二，男孩丑妈妈，你看你这儿长了不少黄斑。"

美心连忙摸小镜子。是不少，讨厌的黄斑。

"第三，酸儿辣女。"刘妈若有所思状，"你发现没有，自打你怀了这胎，你喝了多少醋？我敢说你上工的时候都喝了不少，酱园厂都快被你喝穷了。"说罢哈哈笑。当然是玩笑话，然而不无道理。美心有点信了。少不了说点客气话，她对刘妈："你也都符合，圆肚子，丑妈妈，喝了醋。"

刘妈畅想："如果都生男的，那就是同年，就要拜把子。"

美心笑呵呵道："就这么说定了。"

011

美心快足月了。老太太的意思是，去保健院住。美心不同意，说钱少赚，人还受罪，也不是第一次生孩子，没那么娇气。这日，老太太在院子里欹（方言：指折成一段一段）豇豆。刘妈进来了。美心在屋里喂家艺米糊。

"热闹热闹！"刘妈兴奋。

老太太问："什么热闹？又有人来演花鼓灯了？家丽和秋芳去看过几

次。"刘妈立即忘了要说的那茬，问："什么时候去看的？好女不看灯，别看出事来。"老太太一听明白了几分，担心多说惹事，就说上次有个卫生花鼓灯，她跟两个孩子一起去的。又问刘妈说什么热闹。

"通了一条柏油马路。"

"就是一直传要建的那条？"

"对对，铺了有些日子了，说今天开通了，从南菜市一直到国庆路。"

老太太道："你说这规划局也是，北菜市是最早发展的，田家庵的老地界也是北头这一块，要建也是建咱们这儿，怎么从南菜市开始建了。"

刘妈道："哎呀，婶儿，南菜市也没多远，田家庵统共就那么大点地方，而且北菜市，你看我们这儿，人丑地满，一家连着一家，恨不得快没有下脚的地方，而且一发大水就淹，怎么建，有条淮河路就算不错了。"

"柏油的高级？"美心问。

"当然，"刘妈说，"平整，宽敞，恨不得全区的人都在那路上走呢，我看朱德启老婆和大老汤老婆正往那儿去呢。"

美心一听，也想去。她向来是个不愿落人后的。

刘妈又说："说一会儿请了唱黄梅戏的那个什么娇来剪彩。"

老太太补充道："朱紫娇。"

"对，对，朱紫娇，说还要唱一出《阳关大道》！走上这一条道儿的人，都是有希望的。"刘妈绘声绘色。

美心心动了。老太太也想去，她喜欢听朱紫娇。可家里一票孩子，家文、家艺，总不能带着一起去。家丽从外头回来。老太太捉住了："阿丽，我们出去一下，你看着老二老三。"

家丽道："什么好事？都出去？不会是去踩柏油马路的吧。"

美心故意隐瞒："胡说，就是去南菜市转转，买点东西，在家好好看家。"老太太也应付着。准备好，出门。家丽在后头嘀咕，谁不知道是要去看柏油马路的。

出了门，叫了辆人力车，三个女人上去。

老太太问美心，行不行，又让车夫慢点。车夫归属搬运公司下属的集体车队。美心笑道："没事，就是讨个彩头，咱们也走走阳关道。"车夫接话："是说南菜市那条柏油马路吧，哎呀今儿个热闹，一共二里路，恨不得都是人。"

老太太问："朱紫娇来吗？"

车夫道："哟，这会儿应该到了。"

刘妈让加速。可车上两个孕妇，跑了一会儿，老太太怕太颠簸，又让慢一点。十来分钟，到了。路头热热闹闹。地上有炮仗皮，碎红一片。刚剪过彩，朱紫娇已经撤退了。老太太有些失落。一眼望去，路上是不少人在走。三位脚踏到柏油马路上。

刘妈赞道："哎哟，是平整，走着舒服，有这样的路，下雨也不怕，没那么多泥泥水水的。"

美心笑道："要一辈子都像走这样的路，平整宽敞，直直顺顺，那才真叫有福气呢。"

老太太怕儿媳妇多想，忙说："走两步试试。"

两个孕妇你搀着我，我搀着你，扶着肚子，慢慢悠悠，跟京剧里的宰相似的，伸出脚，四平八稳落下去。满脸笑意。

走了百来米。老太太说："行了，体验到了，见好就收，咱们打道回府。"美心抬眼看朱德启老婆还在前头，不甘心先退。

"妈，路哪有走一半的，"美心指了指前方，"统共也没有二里地，还是走完，到头里包个车，一车回家。"

刘妈也说："按说是一条道走到黑，从一而终，才是好的。"

老太太拗不过她二位，只好说，那走，慢慢地。

过一里，美心和刘妈都觉得累了。站住，好在不是大晴天，老太太去路边的住户家要水。三个人喝了，继续走。还差一百米，两个孕妇都累得出了汗。刘妈笑道："真跟长征似的。"美心道："长征可没这么好的路走，后头还有国民党围追堵截呢。"老太太没看到朱紫娇，根本无心走路，劝道："行了，马上到陕北了，我去叫车，哎哟，这条路还真不好叫。"

美心扶着刘妈向前。走出没两步，刘妈定住了，"美心，美心……"

刘妈声调颤抖。美心问她怎么了。刘妈眼睛朝下看，人不动，裤子湿了。老太太反应快："哎呀，要生了！不早不晚你这是，赶紧叫车！"

慌乱。可哪里有车呢？

但也总不能生在柏油路上。老太太连忙跑到居民区，好在南菜市住的搬运公司的人多，有板车，也有拉车的力工，人心善，三下五除二把刘妈和美心都架到车上，一路往保健院去。

到地方，产妇过多，一时没有产房。这一阵是生育高峰。医院临时搭了个棚子，刘妈被推进去。美心站在外头，心有余悸，上一回临产是在看戏。这一回若是在柏油路上生，真成天字第一号笑话。老太太安排人去叫秋芳来。刘妈的丈夫不在家，她只有秋芳一个亲人。一会儿，秋芳到了。老太太让她去看着她妈。又对美心说："要不你先回去，叫个车。"

美心靠墙边："我坐会儿就行。"

说罢挨着墙，在长条椅子上坐下，刚坐稳，美心感到下面一阵热，跟着簌簌下水，她低头看，然后用一种凄怆的调子叫："妈——妈——"择日不如撞日，她也要生了。

产房外头。老太太、常胜、秋芳来回走动，一脸焦急。这是个生育密集的日子。除了刘妈和美心，临时产房里还躺了五个产妇。进去有段时间，一个也没生出来。

柏油马路的事，常胜顾不上责备。他现在迫切想知道答案。

一会儿，产房里传出一阵清亮的哭声。常胜噔楞站起。护士出来报喜："李翠华！小弟！"

小弟就是男孩，小妹是女孩，是保健院的惯用通告方式。常胜两手交握，有汗，不停地往衣服上蹭。老太太安慰他，没事没事，瓜熟蒂落，修成正果。常胜看看母亲，尴尬地笑。还是紧张。

"胡华玲！小弟！"第二个出来了，又是男孩。

常胜着急，步子杂乱。

"魏敏！小弟！"第三个！

老太太喃喃，得出结论："今儿个这产房兴男孩！兴男孩，一而再，再而三！都是男，是的……"常胜惊喜地看着母亲。他宁愿信这个理论是真的——这神奇的产房。

"王秀芬！小弟！"第四个！又是男孩。

真跟彩票中奖一般。秋芳也站起来，探着脖子等下文。产房里只剩刘妈和美心了。常胜等不及，簇到门口问怎么样了，是不是难产，有没有问题。小护士把他往外推："请家属在外面等，医生和产妇都在努力。"

只好等在外头。看表，再看，分分秒秒都是煎熬。常胜额头都是汗。老太太掏出手帕帮他擦擦。常胜开始怪母亲她们了："每次都是这样，快生了还乱跑。"老太太不出声，她理解儿子的心情。

"刘友好！小弟！"

秋芳哎了一声，松了口气。是男是女对她来说无所谓，生下来了就好。老太太一拍大腿："看吧！又是男孩，这产房神了！"

常胜连连点头，笑也不是笑，只等最后的判决。

"刘美心！"小护士喊。

常胜脑子里一炸。"在！"他举手。老太太跟上，翘首以盼。

"小妹。"小护士似乎也气馁。

产房里传出爆炸般的哭声。常胜转头就走。老太太在后头喊："常胜！常胜！"

这一回，他没有回头。

何家老四自落地起哭了三天三夜。朱德启老婆私下给她取了个名字叫"炸弹"。大老汤老婆则讽刺何家是：黄鼠狼下耗子，一窝不如一窝。朱德启老婆补充说明：用我们北方话说就是，罐子里养王八，越养越抽抽。说罢两个人放声大笑。

笑声隔着院子都能传过来。美心恼得捶床。

常胜不耐烦："能不能让她别哭？"

美心道："是我让她哭的？！别不讲理！"

老太太进屋，抱过新出世的孙女，双臂做摇篮，好生哄。可没用。家丽嫌吵得脑仁疼，带着家文躲到秋芳家去。秋芳趴在木桌上翻书。家丽把家文安顿好，不满："你说生男生女有这么重要吗？儿子是人，女儿就不是人了？除了生理的区别，其他有什么区别？以后该孝顺不还是孝顺？现在是新社会，男女平等。"

秋芳说："不是一代人，说不清楚，好在我们家消停了，没压力，我现在就想着早点长大。"

"长大？什么意思？"家丽某些方面还是比秋芳天真。

"你不想早点脱离家庭？"

"脱离家庭，去哪儿？"

秋芳说："组建一个自己的家庭，小家庭，有自己的房间，什么都是自己说了算，有一份工作，做自己人生的主人。"

"你想得还挺远。"

秋芳说："这些难道你都没考虑过？家丽，有时候我觉得你都不是个女孩。"

"我是女孩，但我是穆桂英花木兰那样的女孩，女中豪杰。"家丽虎虎的。秋芳小声："你来那个了吗？"

"哪个？"家丽不知所以。秋芳着急，又不愿直接描述："就是那个。"家丽道："什么？入团申请？"秋芳为难，说不是，就是那个。"哪个呀？"家丽还是没理解。秋芳说，就是表示你成为女人的那个。家丽还是不明白。秋芳说算了不跟你说了。家丽问："你来了吗？"秋芳点点头，说就是今天。家丽说："那我也来了，也是今天。"秋芳问："你跟你妈说了吗？"

"没有，我不跟她说话，我只跟奶奶说。"家丽果断。

"我怀疑我跟你的根本是两码事。"秋芳斩断这个话题，又问，"你就没想过以后？"

"以后怎么了？"

"我们家还好，你们家那么多姊妹，家庭压力那么重，你是老大，你得承担多少，所以我说，早点长大，早点飞出去，过自己的日子。"秋芳苦口婆心。

"那不行，我得帮我爸，也得帮我奶奶，爸说了，我就是这个家的长女，等于半个儿子。"

"怎么叫半个儿子？"

"反正他是这么说的。"

聊到半夜，家丽跟秋芳挤一张床。家文躺在她们脚头，乖乖地，不吵不闹。

没几日，家丽蹲茅房，流血了。她不敢跟妈妈说，就问奶奶。老太太细问一番，又帮着看看，才道："你现在是女人了。"家丽恍然，哦，原来这就是秋芳说的那事。

"一个月一次。"老太太传授经验，"女人像月亮，是有阴晴圆缺的。"

"那男人像什么？"

"像太阳。"老太太说，"月亮要围着太阳转的。"

"我不，"家丽倔强，"我自己转。"

"胡闹！天地阴阳男女，造物是有分工的。孤阴不长，独阳不生！哎呀，我也说不清，"老太太叹息，"要是胡爷爷不死，他能给你讲讲。"

家丽忽然想起什么："胡爷爷说过，我如果生在古代，是要做将军的。"

"你中学能毕业就不错了！还将军。"老太太打击她。

012

常胜这一向都不怎么爱说话。大老汤他们的讽刺自然是少不了的。偶尔，别人的关心，也会成为常胜的心理负担。下了班，他就坐在院子里做一点木工活。

美心在屋里急得哭，她对老太太："他摆脸子给谁看?! 又都是我的错了?"老太太只好安慰儿媳妇，道："过一阵就好了，多一个人多一张嘴吃饭，常胜是一家之主，压力也大，你就上你的班，好好地为社会主义服务，孩子我帮你带着，不必操心。"

家丽放学，抱着书包，书包上兜着一只刺猬。

"哪儿弄的?"老太太问。

"河道里捡的。"家丽说，"好玩，拿回来养养。"

常胜冷不丁一句，"还嫌家里养的玩意儿不够多!"

家丽抱着刺猬进屋，小声跟老太太说："又哪根筋不对了，老四一来，看什么都不顺眼，刺猬招谁惹谁了。"

老太太说："刺猬可能吃了。"

家丽道："那我也得养。"家文已经会说话了，够着姐姐说要看刺猬。家丽蹲下来，刺猬滚成一团，变成个刺球儿。家丽对刺猬嘀咕："你现在跟爸一模一样，浑身带刺。"

晚饭吃清蒸鳊花鱼。常胜的最爱。老太太从北菜市逛到南菜市，好容易才买到。鳊花有营养，也该给美心补补身体。

配菜是一盘炒瓠子。瓜有点老，老太太索性炒老一点，入味。

菜端上小方桌，一家人围坐。家文已经能自己吃饭了。家艺和老四在里屋床上躺着。常胜不动筷子，没人敢动。

老太太催促儿子："别看了，都等着你呢，动筷子，夹鱼身子，这肉嫩。"生了四女儿，常胜对鳊花都失却兴趣，无精打采夹了一块，塞进嘴里。

爸爸动筷子了，家丽跟着就启动，飞快地夹了好几绺鱼肉。家文也要吃，老太太弄了一块，小心拨开鱼刺，放到她小碗里。

"美心，吃啊。"老太太关照儿媳妇。

刘美心象征性地夹了一点。

家丽下狠手，撕开一大片鱼身子。

老太太道："老吃老吃做什么，吃点瓠子!"

"瓠子不好吃。"家丽掏实话。

"不好吃也得吃，对身体好。"

家丽夹了两片瓠子。"瓠子不如丝瓜。"她点评。

美心忍不住抬杠，故意说给常胜听："女的还不如男的呢，女的就不用存在了？"

家丽立刻不同意："妈，你这个思想就是不对，就是错误，什么叫女的不如男的？你不是爱听戏嘛，戏里不都唱了，谁说女子不如男，我们社会主义新中国，男女是平等的，女子能顶半边天，反正我从来不觉得自己不如男的。"

美心瞥了常胜一眼："可有些人这么认为。"

常胜顶着气道："别把这种政治错误的帽子往我头上扣，我什么时候说过女子不如男了？我只是从客观的角度，觉得我们家的人口结构有点不平衡，不对头。"

"怎么不对头？"美心不服气。

"阴盛阳衰！"常胜大声。

老太太觉得气氛不对，连忙转换话题，"行了，孩子名字还没取呢，常胜，你给取一个。"

"我不知道。"常胜拒绝。

老太太说："你是一家之主，你不取谁取。"

"取不出来。"

当啷一声，小瓷碗摔地上，碎了。是家文一不小心。老太太连忙收拾。屋里头，老四忽然暴哭，连带老三家艺也哭起来。美心只好放下碗去看情况，是拉了还是尿了？兵荒马乱，家丽趁机多夹了两筷子鳊花，近鱼头、靠鱼尾的肉也不能放过。

胡乱塞嘴里。猛咽。跟猪八戒偷吃人参果似的。

"哎呀！"家丽捋着脖子，"阿奶，卡住了卡住了，难受……"鱼刺顽皮，刚好卡在家丽嗓子眼里。

"咽口饭！"老太太顾不上管她。家丽连忙扒拉两口饭，可没用，下不去。常胜看着心烦，一推碗，出门了。

老太太忙完了，才帮家丽看嗓子，她朝里屋喊："美心，那个捏猪毛的小镊子放哪儿去了？"

这就是常胜的家。阴盛阳衰，嘈杂不堪，每天都像一出闹剧。至少在何常胜看来是这样。他走到淮河边，对着无尽河水，伫立良久。他何常胜是那种不响应国家的号召、看轻歧视女性重男轻女的人吗？他认为不是的。事实上，家里家外，他很尊重女性。他承认妇女是半边天。只是，比如像此时此刻，他就会突然觉得一种巨大的孤单裹挟着他。他迫切需要同类，真正的男人，哪怕只有一个，可以里里外外和他站在一条战线，填补他心中的不安全感。然而，越想要什么，越得不到什么。加上两个不在的孩子。他至今已有过六个女儿——"前世的情人"未免也太多了些。

码头边，常胜远远看到朱德启从渡轮上下来。为避免碰面，又要说起生育问题，常胜转身朝姚家湾方向走。

老太太在铺床，美心说："妈，铺一个被筒就行，常胜现在不跟我们一起睡。"

"他睡哪儿？"

美心瞅了瞅墙边的两条长条板凳，那暂时是常胜的床。

"这个死东西，回头我说他。"老太太故意说。

"算了，我们都理解他的难，"美心说，"不过我也挺难的，在外头听别人风凉话，回来还要看丈夫的脸色，我生儿育女容易嘛。"刚说完又自己纠正，"不对，是育女，还没生儿，我的过错。"老太太连忙道："美心，不要这么想，你们还年轻。"

美心没接话。一会儿，才说："既然这么不喜欢老四，干脆送人算了。"故意说给老太太听的。

"这个……"老太太也不能拿主意，"你可别跟常胜这么说。"美心说："昨晚上已经说过了，他无所谓，让我自己拿主意。"

"那是气话。"老太太说，"你舍得？十月怀胎，自己身上掉下来的肉。"

"留着也是祸害，天天哭。"

"再大点就不会那么想了。"

美心说："妈，我想回老家一趟，产假还多着呢。"

"常胜知道吗?"

"他没意见。"

"回去一趟也好，知道怎么坐车吗?"老太太问。又回屋给取了点钱，塞到美心手里。都是些五块的，棕色票面。

淮南火车站是四等站，为淮南铁路最大的客、货运站。老太太和家丽送站，美心抱着老四上火车。这一胎，她奶水充足，孩子离不开。

车还没开。婆媳俩车上车下说话。老太太少不了叮嘱，说路上小心向老家人问好之类的话，她有个女儿在江都。

"老四还没名字呢。"美心微微抱怨。

老太太不识字，一时想不起叫什么好。家丽一抬头，见站台上水泥横梁上挂着大大的字牌，上书：淮南欢迎您。

"叫家欢怎么样?"家丽插嘴。

老太太问："哪个欢。"

"欢迎的欢。"家丽道。

老太太自言自语："欢天喜地欢欢乐乐，欢好，家欢。"她不识字，知道的词儿却不少。

"那就家欢吧。"美心道。

车快开了，车头处轰响，冒白气。常胜还没过来。

老太太抬头看钟，轻晒："这个常胜，说了准时过来的，肯定单位有事。"她不得不为儿子找理由。美心没说话。

车开始启动。老太太忙说路上注意之类的话，家丽跟妈妈握了握手，道别。一转脸，美心哭了。越哭越伤心，她怨恨常胜，怨恨自己，怨恨老天爷。她不明白，为什么自己的努力总是得不到回报。还有常胜，连站台都不来一下，是讨厌她，还是不想见老四? 一样是人，何必这般三六九等!

不过家欢却没哭，似乎自从她得了家欢这个名字之后，她就要开始她欢欢喜喜的人生。她眨巴着眼睛，看着妈妈，看着这个她还不懂的成人的世界。她根本不会明白，自己的命运尚在别人的掌握之中。生与死，幸与不幸，仅在一念之间。

淮南站站台。常胜拎着包袱，气喘吁吁赶到。他想通了，跟单位告了假，打算跟美心一起回去。

还是晚了一步。

"你干什么？"老太太不高兴。

"公交车半路上坏了，我坐人家自行车来的。"常胜解释。

"老早干什么去了？"老太太教训儿子，"你老婆走了！回不回来不知道。"说罢，带着家丽撤退，留常胜一人在站台，她不能久留，家艺还托刘妈和秋芳照顾着。

火车悠悠地开着，美心神情有些恍惚。隔座一位大婶以为她生病了，问："姑娘，身体没不舒服吧。"美心笑笑说没事。

"孩子真漂亮，几个月了？"大婶说。

美心如实答。

"真羡慕，我们家就缺一个女儿，清一水的葫芦头，闹腾！"大婶憨笑。一瞬间，美心想说，要不这孩子您收养。可话到嘴边又咽下去。她不好意思。哪有妈妈亲口说抛弃孩子的。尤其当着人面儿，她说不出口。窗外风景真好，这是刘美心难得的闲暇时光，可她无心观赏，她觉得自己五脏六腑都纠结在一起。

到南京站，刘美心抱着家欢下了车。站台上人来人往，美心一只胳膊挎着包袱，一只胳膊抱着家欢，小家伙呵呵笑，她当然不知道自己正处在危险边缘。走到一根绿色的四方体立柱旁，美心麻利地把家欢放在地上，转身就走。她打算去上个厕所。

她做了一个大胆的决定，并且给自己定了个时间表。

如果上厕所回来，孩子还在原地，无人抱走，她就带她回江都老家，她们就还有母女缘分。

一咬牙，美心眼泪快出来了。身后静悄悄的，家欢没哭，美心不敢看周围的人，小跑着冲进站内卫生间，一颗心，怦怦直跳。

013

脆亮的哭声整个站台都能听见。

美心从洗手间出来，家欢还留在原地，只是周围多了一群看热闹的人，人们指指点点，议论着这个"弃婴"。

时间到。美心早就后悔了，她慌乱地拨开人群，抱起孩子。站台工作人员过来了，是个中年大姐和一个年轻女孩。

"这位同志，是你的孩子吗?"

"是我的是我的，"美心连忙说，"我是她妈，她是我女儿。"

两位工作人员对看了一眼，叫美心带着孩子到站务室去一趟。

大姐详细问了情况。美心一一作答，并反复表示没有丢孩子的打算，还喂了家欢一会儿奶，以证明自己孩子母亲的身份。

大姐慧眼如炬："南京站出现这种情况不是第一次了，有很多人觉得是女孩，就想丢了，再生男孩，这种思想完全是'封资修'，应该批判，这位同志，我可以明确告诉你，丢孩子是犯法的。"

美心被打中心事，畏畏缩缩，反复申明自己只是不小心把孩子落在那儿了。中年大姐不听她这套："男孩，女孩，都是社会主义的接班人。"

美心连声说对对。又教育了一会儿，站警才放美心带着孩子离开。出了火车站，美心朝汽车站去，到家还要半天。她抱紧家欢，老四不哭了。出了扬州汽车站，美心饿了。出站口有国营的食品点，门口支着个茶叶蛋锅子。

美心到跟前，道："同志，两个茶叶蛋。"

递上钱，就是老太太给的五元的票子。

卖茶叶蛋的同志瞧了一眼："麻烦换一张，这种不收。"

美心把家欢往上抱了抱："同志，我这是真票子，我婆婆刚给我的。"

"回去问你婆婆去。"

"同志，你这是什么态度？"美心也火了。

卖茶叶蛋的道："你都不关心国家大事的吗？"

美心反驳："这位同志，我买个茶叶蛋，跟国家大事有什么关系？"

卖茶叶蛋的存心要给美心上一课："你这是什么钱，是老钱，苏联代印的海鸥五元纸币。"美心点头，听不出来有什么问题。

那位同志继续说："现在我们国家自己发行了新版的钞票，这种老版钞票，从上个月开始，银行就开始只收不付，到上个礼拜，你的这种钞票，银行都已经停止收兑了，你说我还能继续收钱吗？那是犯错误，给公家添麻烦。"

美心哑口无言。上个月她在坐月子。生孩子拖了她那么多后腿！买不成了。她身上的钱，除了一点零的留着坐车，其余都是婆婆给的海鸥票。美心抱着家欢离开，没处说理，只好饿着肚子，对家欢嚷嚷一句："跟你们何家就是八字不合！"

家欢哇地哭出来，她又饿了。美心没办法，只好找个避人的地方喂她。她饿着，孩子却不能忍饿，一饿就哭。

美心不在家。这日，家丽一进门就说："阿奶，我明天去古沟。"

"去那儿干吗？鸟不拉屎的地方。"老太太忙手上的针线，在纳鞋垫儿。古沟在淮河以北，是农业区。

"下乡插队。"家丽干脆利落。

老太太放下鞋垫："下什么乡？去做什么？你不读书了？"

家丽耐心解释，"就去半个月，体验体验，这也是响应市里的号召，有个报告，有名字的。"说着家丽拿出小本，照着念，"叫《关于进一步做好城市知识青年和闲散人口下乡插队支援农业生产的报告》，所以我就响应号召，进一步加强农业生产战线，去巩固工农联盟。"

老太太道："别说这些大道理，你是知识青年吗？就数你没知识。"

家丽不解，说："阿奶，怎么这样说，我算有知识有文化了，识字，懂理，比你老人家也不差。"

老太太哼了一声，道："懂什么理？你妈不在家，家里有两个妹妹一个老爹一个老奶奶你不管不问，去下乡参加农业生产，在江都也没见你插过秧拔过苗。"

家丽道："我那时候不是小嘛，现在长大了，该发挥作用就发挥作用。"

老太太问："秋芳去不去？"

"她？家里有困难，这次去不了。"

老太太着急，吧嗒一下嘴："你说你要能有秋芳一半脑子，这个家我都给你当。"

"阿奶，注意你的觉悟。"家丽说罢，进屋看妹妹去了。

出乎意料，常胜倒是支持家丽下乡锻炼锻炼，他的意思是，你是从乡村来的，我们祖辈也是农民，要不是你爷爷去上海做工，我们也不会成为工人阶级，工农还是一家亲。老太太听了，不说什么，她知道儿子就是嫌家里人多，烦。家丽又是个最不省心多吃的主。有了爸支持，家丽毅然下乡了。可到了古沟，才发现农村生活没有那么"罗曼蒂克"。古沟比江都还要穷得多，在淮南都算落后地区。区里有人带队，家丽住在老乡家。男女知识青年分开住。到了晚上吃饭时一集合，家丽发现汤为民也来了。

"怎么我到哪儿你到哪儿？"家丽示威。在为民面前，她有趾高气扬的资本。为民说："我就不能为农村建设出力？我也是社会主义好青年。"次日，组织就派下任务，由知识青年组队，三个人一个小分队，去挨家挨户劝农民换耕种品种。古沟属于落后地区，小麦还在种"碧蚂1号"；水稻的当家品种还是"齐头白""一窝丝""观音籼"，亩产不过几十公斤；大豆种"平顶乌""糙黄豆"；油菜则多种"油冬儿""芜湖104"。

编组到最后，三缺一，为民主动和家丽组成下队小队，两人一组。家丽公事公办，对为民说："别以为跟我一组就能偷懒。"

"不偷懒，干活。"为民笑嘻嘻地。

村干部交代好了，出发之前，家丽拿着封好的种子样袋与为民协调工作："看着，这是小麦，这是水稻，这是大豆，这是油菜。我们要把这些新种子的好处介绍给老乡，劝说他们今年种这个。"

"不用劝，组织有计划，说种就种。"

"你什么态度，"家丽不满，"老乡也要知道自己种的是什么。"为民连忙说好好好。家丽又问："记住了吗？这些种子都叫什么名字？"

为民支支吾吾答不上来。

家丽道："你这脑子，随你爸。"

"跟我爸有什么关系？"为民反驳。

"脑袋大脖子粗，十个有八个是糨糊。"

"不许侮辱我爸，说好了上一辈的事跟我们无关。"

家丽也觉得自己说得有些过，扯回原来的话题："小麦我们推'南大2419'，水稻推'胜利籼、鼓浪粳、规划球'三种，大豆推'陈寨大豆'，油菜主推'甘油3号'，记住了没有。"为民点头说记住了。

可真待至老乡家介绍，汤为民一张嘴就忘，介绍得乱七八糟。"我来！"家丽顶上，立刻条分缕析介绍清楚。

为民向家丽竖大拇指。

翌日，知识青年正式下地干活，栽种水稻。干活前，专门有个农业技术员来讲解。满嘴术语，家丽听了半天没听明白，只晓得大概意思是，合式秧田比较好。一上田埂，家丽有些蒙，包括大部分男青年在内的知识青年，都似乎没领会改造秧田的要领。

为民站出来，给大家二次教学："传统水稻秧田基本上是大塌秧田，播种不匀，不利排涝灌溉和管理，秧苗素质差，产量不高，我们现在要改造成合式秧田。"为民一边说，一边拿锄头比画着，"畦宽四尺，畦沟宽一尺，我们把畦沟的泥挖出来，盖在畦面上，这样畦面就成了中间高两边低的'鱼肚'形，这样的秧田，播种均匀，便于排灌，秧苗长得壮，有利于水稻丰收。"

这下青年们都听懂了，鼓掌。连家丽也有些佩服为民了。

晚上喝粥，吃馒头就咸菜。家丽问为民怎么懂那么多。

为民笑着说："我陪我爸去长青社支援过农业建设，就是你说的那个脑袋大脖子粗的人。"

"你少来！"家丽不愿被打趣。

有花腿蚊子趴在家丽后胳膊上。为民一挥掌，一击即中。家丽本觉诧然，但看到蚊子尸体，知道为民为她好，便不理论。但一会儿，包还是起来了。痒，家丽硬抓，拿指甲在包上掐出个十字。

"等会儿。"为民觉得她太鲁莽。他跑出去，一会儿又跑回来，弄了几条野草。

"什么？"家丽问。

为民不说话，用手指捏碎了，一股清香，在家丽胳膊上揉了揉。"野薄荷。"为民认真地，"一会儿包就消。"

家丽脸有点发烫。一位男同学看见，有心打趣道："为民，我这儿也有个包，在屁股上，给我也弄点野薄荷。"

汤为民果断朝他屁股上踢了一脚。

这日中午，刘妈来老太太这儿借酱油。两个人说起家丽。刘妈问："还没回来？有日子了。"

老太太道："快了。我本来不想她去，不过现在觉得去去也好，清静，家里两个小的都够闹人了，你们家那个怎么样？"

刘妈道："瘦，我没奶，只能灌米汤。"

"哎哟，"老太太心疼，"好不容易生个儿子，还灌米汤，美心还没回来，如果回来可以分你点，她这一胎奶水倒是充足。"

刘妈又问美心什么时候回来。老太太说也快了。

刘妈忽然道："你可得小心家丽和大老汤家大儿子。"

老太太忙问怎么了。刘妈道："说是也去下乡了。"

"你听到什么了？"老太太紧张。

"也没什么，我也是听秋芳说了一嘴，就说孩子们在一起走得挺近的，你当我没说啊，别跟家丽提，回头孩子恨上我了。"

老太太把酱油瓶递过去，眉头紧锁。

014

饭菜做好了。一个大包菜，一盘子馏山芋，人却一直没回来。家丽已下乡返程，老太太没问她和汤为民的事，先观察几天再说。家丽举着筷子，几次要下手，都被老太太用手打了回来："等你爸回来再吃！"

家丽委屈道："又不是什么鳊花鱼、五花肉，一个大包菜，一个山芋头，没那么金贵吧。"

老太太道："这是规矩，你爸是一家之主，他不回来，谁也不许吃，家有家规，只要你还在这个家，就得遵守。"

"我饿！"

"忍着！"老太太道，"家文怎么不说话？"

旁边，家文安安静静坐在一旁。何家老二悄无声息长大了。见姐姐饿，家文不声不响去里屋拿了块小冰糖，塞到家丽手里。

"哪儿来的？"

"秋芳姐给的。"家文声音甜美，她四岁了。

到八点，常胜还没回来，老太太有些着急，站在院子门口，眺望。有外贸局的人下班经过，老太太拦住问，那人只说不知道。老太太嘀咕，按说早下班了，就算有事回来，也该托人带个话。常胜不是这种不周全的人。

心沉沉的，像泡在夜晚的河里。

"家丽，去看看你爸，怎么回事，这会子还没回来。"老太太对家丽说。家丽腹中空空，已经起身准备去，但还忍不住抱怨两句："能有什么事？爸也是，一人不吃，全家挨饿。"

家文也要跟着去。被老太太拦阻，说天黑，小孩子别去。

家丽打趣道："我就不怕天黑？我就不是女儿家？"

"你是老大。"老太太严肃地，"爸妈不在家，你就是这个家的表率，得撑起门面。"

家丽顿觉责任重大。不多说，走吧。沿着坝子，过姚家湾，再往南拐，就是外贸局。家丽到传达室问，找何常胜同志，看门的认识家丽，应付了两句，说都下班了。"我爸还没回家。"家丽说。传达室的老头说，那可能学习去了，一整天局里都在学习。

"学习什么？"家丽问。传达室的老头说，这我就不知道了。家丽寻了个空，有些失落，只好沿着坝子往回走。过姚家湾，河边站了几个男人，正在抽烟。家丽路过，认出来是爸爸的同事，李叔和黎叔。平时跟常胜关系不错。家丽叫了两声。两个人见是家丽，问她这么晚了怎么还不回去。家丽把找爸吃饭的事简单一说。黎叔道："你爸应该被带到三仓库去了。"

"哪个三仓库？去那儿干吗？"

李叔打了黎叔一下，说："跟孩子说这个干吗？当我们没说。"

李叔道："家丽，回去吧，应该没什么事，都是工作上的事。"

不说还好，一说，又神神秘秘，何家丽更是觉得事有蹊跷。这个点了，去三仓库能有什么事？是粮食局的三仓库还是？她一肚子问号，打算回去跟老太太商量商量。到坝子上，家丽一边走一边想，强烈的不安如河潮一般越涨越高。背后一串自行车铃声，让点让开点，有人喊。家丽回头，车为避人，停了下来。

是汤为民。他家是这一片少有的能骑上自行车的家庭。

"走，带我一段。"家丽不客气。

"还带，你这不还有两步路就到家了。"

"不，去三仓库，粮食局三仓库。"家丽果断。

"去那儿干吗？"为民奇怪。

"你就说去不去。"家丽忧心忡忡,没好气。她希望快速赶到,汤为民和他的自行车来得正是时候。

"没说不去。"为民一个大跨,上车,家丽跳上后座。为民没骑稳,车头乱晃。家丽连忙扶住他的腰,为民又嘎嘎乱笑。

三仓库在北头东面,离七中也不太远。骑了没多久,到了。为民锁好车,两个人朝三仓库里走。正门有门岗。不行。

"翻墙头过去。"家丽提议。为民点头同意。到墙头跟前,他又充当她的人肉阶梯,递上肩膀。家丽踩着上墙头,再拉为民上来。粮食局下属三仓库,是储放粮食的地方,一进大院,就能闻到一股潮霉的稻壳味。四周是仓库,中间围着个小广场,两个孩子踏在广场上,四周漆黑,只有5号仓库有一点亮光。

为民问:"你是不是中邪了?"

"你才中邪了呢。"家丽反驳。

"你跑到这黑灯瞎火的地方来干吗?"

"有事,你不懂。"

行,不懂不懂。跟着走,到5号仓库门口,家丽趴在大窗户檐子朝里看。椅子上坐着个人,有人正拿手电筒照他脸。

正是她爸何常胜!

气撞凶门,家丽不管三七二十一,冲过去双手猛砸仓库门。

一会儿,门开了。是大老汤。还没辨认清楚,家丽就冲了进去。汤为民一见他爸也在,连忙猫在墙根下,不出声。

"家丽!"常胜呼喊,声音柔和。

"爸,走,回家。"家丽奋力拉她爸起来。

"你怎么来了,"常胜问,"爸爸在工作。"

"在这儿工作什么?"家丽扭头瞪大老汤,"大老汤!干吗照我爸!"说着,上前一把夺了大老汤手中的电筒,反照回去,大老汤睁不开眼,用手挡。

汤老二也在,他道:"小姑娘,不要跟组织作对,你爸爸挪用公款,情况十分严重，我们是奉了局里纪检委的命在调查。"

家丽脑子转得快："说出来也不觉得好笑，外贸局的事，要跑到三仓库来调查，信不信我给你抖搂出去，让三街四邻都评评理，让你们领导也知道知道你是怎么调查的。"

汤老二着急，随手抄起墙边铲粮食的木铲子就要打。

常胜本能地挡在女儿前头。只听到仓库门口一声喊："二叔！"

刹那寂静。汤老二用电筒照。为民现形了。

"小兔崽子！你跑来干吗?!"大老汤震怒。

汤为民立在门口，手足无措，言语支吾，他必须马上想出对策。"这个……爸……二叔……爸，妈让我喊你回家吃饭。"

理由合理。大老汤的怒火平息了些。

"你怎么知道这个地方的?"汤老二问。

为民答："我妈跟我说的。"

没人发作，看来蒙对了。

天不早了，大老汤确实有点饿，一屋子粮食，能看不能吃。他向常胜宣布："何常胜同志，关于挪用公款的调查，明天工作后继续，希望你认识到自己的错误，市委监委已经明确表示，在社会主义运动中，不能大搞请客送礼、挥霍浪费、投机取巧、损公肥私。何况你还不是党员。"

常胜知道申辩无效，一说又没完没了，应付了几句，散场。三仓库门口，常胜和家丽并排走着。

常胜说："下次不要这么鲁莽。"

"这不叫鲁莽，这叫敢闯敢拼闹革命。"

"大人的事你不懂。"

"我马上也是大人了。而且我也不需要懂，我只知道我爸得回家，得吃饭，他无辜，他是为社会主义奉献的好人。"家丽一口气说下来，不容置疑。

常胜心窝子暖，说不出话。

前头，汤家三个人在商量怎么骑车回去。最后决定，汤老二骑车，为民坐在前头横梁上,大老汤坐后座。

为民先坐好。汤老二招呼了一声,车轮滚起来。大老汤要上活的,在后头追,嚷嚷着慢点,汤老二稍微捏了捏闸,大老汤一跃而起,屁股重重蹾在车后座上,车把头被震得瞬间失去方向,汤老二掌控不住,连人带车横摔在地上。

家丽和常胜在后面望着,拼命控制笑声。常胜打手势,让换一条路走。家丽小声唾道:"癞蛤蟆剥皮不闭眼——还想蹦跶几下。"

到家,常胜闷不作声,吃饭。家丽却抢着把一晚上的"历险记"跟老太太说了。

老太太听了皱眉:"唉,这世仇到底什么时候才能解开。"

"妈,你放心,脚正的还怕那鞋歪?他们给我编派的几条,我一样也没做,说来说去,我不承认不就行了。"常胜认死理,"下次别让家丽去了,对孩子不好。"

家丽抢白:"我不去,指不定几点回来呢,没准就回不来了。还有,我不是孩子我是大人,是这个家顶门立户的长女、大姐、革命的一代。"何家丽忽然豪气冲天。

老太太好奇,问家丽怎么摸到那儿的。家丽支支吾吾语焉不详。常胜说她是跟汤家老大一起过去的。

"你找他的?"老太太提审孙女。

"路上遇到的,他刚好有自行车,我急着找我爸,一拍即合。"家丽说实话。

"那巧了。"

家丽扶住老太太的胳膊:"阿奶,你怎么老关心一些边边角角、鸡毛蒜皮的事情,我拿电筒照大老汤你都没看见,他那个脸,跟蛤蟆差不多,整个一个照妖镜,把妖给照出来了,我以前就跟汤为民说,他很可能不是他爸生的,眼睛嘴巴鼻子耳朵,就连鼻孔都不一样,你猜他说什么,他说脚指头是一样的,我说汤为民,如果以后你丢了,你们家人可以拿脚指头做寻人启事,拿脚指头认亲,可惜没人扒了你的鞋子看,哈哈!"

"何家丽!"老太太着急上火,少有的发了脾气,"胡扯八咧!哪有一点女孩样!"

常胜也觉得妈妈失常,又要保护女儿,他和家丽的革命友谊刚刚建立。他劝道:"妈,还有没有稀饭,再来点。"

"我去盛。"家丽接过爸爸的碗,逃离奶奶的视线,避风头。

老太太坐在板凳上,手拍大腿,叹气:"冤家宜解不宜结,这都多少年过去了,这个疙瘩还解不开算怎么回事?大老汤找你,摆明了是公报私仇,他这口气出不了,到什么时候你都没好日子过。官大半级压死人,县官不如现管,他不是也调外贸局了吗?冤家路窄,窄路难行,不好不好,还是得往宽了走。"

015

大老汤老婆一个人在家,老太太提着一小瓶鲜牛奶敲门进去。

"她汤婶。"脸上都是笑,牛奶放床头,大老汤老婆在带孩子,汤家老二,叫汤幼民。"来看看幼民。"老太太凑到床跟前,"我听刘妈说你这一向奶水不多,我就想着刚好有个老家亲戚在淮南农场工作,就弄了点牛奶过来。"

大老汤老婆觑了一眼奶瓶子,说:"哎呀,太客气了老奶奶,这东西也不能放,家里上次有两瓶都没喝完,最后还是我自己喝了。幼民不爱喝牛奶。"

"大人喝也行,补补身子。"老太太还是笑着。

一瞬间没话说。有些尴尬。老太太回想过去,拉近距离:"你说以前没进城做工的时候,日子倒也轻松。"

"这不都往前奔嘛。"大老汤老婆说。

"想家吗?"

"江都?不想,嫁鸡随鸡嫁狗随狗,汤家在江都也没人了,淮南就是家。"

"是,都是江都过来的,出门在外,乡里乡亲,总归比外人亲一些。"

"那也得有人分得清里外。"汤婆子没打算客气。

"分得清分得清,肯定是抱成一团。"

汤婆子含着笑道:"说是这么说,就怕大难临头,就都提前飞了。"话赶话到这儿,老太太觉得有必要挑明了,"她汤婶,我们女人间说话,都是体己话不掺假的,上一辈子的事情就让它过去吧。"

"哎哟,文婶,这事我可说了不算,我女人家的不做主,跟我说没用,何况父亲之仇不共戴天,认准了就不能改,我说了不算,那是我公公,不是我亲爸。"

说得也有道理。老太太只好继续说:"一根绳,容易断,三根绳,不易折,多一个朋友总好过多一个敌人,你们老太爷的事我知道,人各有命,你说两家是多少年的乡亲朋友,谁会存着心害谁?不可能,怪只怪日本鬼子的飞机不长眼,该杀该打,现在他们也败了,共产党替咱们报了仇,过去的就过去吧。"

汤婆子道:"文婶,你今天来就是说这个?"

老太太索性摊开来说:"不为别的,我知道在汤家外头看是男人当家,其实这里头还是汤婶你说了算拿大的,所以我才来跟你说想请你跟老汤说说,工作上,关照关照我们常胜,感激不尽。"

算是低头了。汤婆子舒坦,嘴上也松了些。

"原来是这事,那我跟老汤说说,不过不一定管用。"

老太太笑道:"只要你开口,那一定管用。"又赞孩子,"哎呀幼民,真是漂亮孩子,跟你长得一个模子刻出来的,真是妈俊俊一窝,一点没错。"

汤婆子忽然想起什么:"文婶,今天咱们都是说掏心窝子的话,我得提醒一句，让你们家大孙女注意点。"

"怎么的？"

"跟男孩子走得也太近，动步拽着我们家老大，算怎么回事？我不是封建家长，只是替你们家大孙女着想，这种事情，传出去，人家只会批评女孩不会说男孩。女孩大了，得管。"

老太太头皮发麻。

晚间，家丽猫在小厨房，她弄了点菜叶子喂刺猬。家文跟着她。老太太让家文去看着家艺。常胜在堂屋刨木头。家文乖乖出去了。老太太轻掩上门。

家丽把刺猬弄进她建造的小窝里，一转身，见门关了，气氛有点不对。"干吗？阿奶，你成地下党了？要跟我接头？泰山泰山我是黄河。"

"坐下。"老太太不怒自威。家丽感觉不对，只好坐到烧锅时坐的四脚小板凳上。顿时矮了半截。

老太太站着，俯视大孙女。

"不许你跟汤为民来往。"

"什么意思？"家丽有些蒙。

"不许你跟大老汤的大儿子汤为民来往。"老太太说，"这是我们老何家家庭委员会的一致决定，你爸让我告诉你。"

家丽站起来，走到灶台边，靠着："阿奶，这是唱的哪出？家庭委员会？什么时候成立的？我怎么不知道？我是不是应该是何家家庭委员会的成员？我是何家大姐。"

"我是老祖宗！"老太太更大声，"让你不要来往就不要来往！"

"阿奶，我冤枉，我什么时候跟他来往了，我跟汤为民，根本就没有来往。"家丽背过身子，眼珠子乱转。

老太太说："你去下乡，他也去下乡，你们是不是对好点的？"

"巧合。"

"你去三仓库找你爸，他也去三仓库找他爸。"

"也是巧合。"

"天底下哪那么多巧合？"

"阿奶，您天天看的那些戏，《四郎探母》《苏三起解》《贵妃醉酒》，哪个不是巧合，无巧不成书。"

"那是书，是演给别人看的，我们这是平常日子。"老太太唾沫都说出来了，"大老汤家跟咱们家什么关系你不是不知道，那是上一辈就有疙瘩，这辈子还没解开，大老汤找你爸麻烦你也看到了，你跟汤为民走那么近，用你们的话说，你什么立场？把你爸放到什么位置？把老何家放到什么位置？家丽，就算你是无心，以后也要留意，要有心，什么人能接触什么人不能接触，你心里要有一本清账，不能糊涂。"

家丽拉开门要出去，老太太拦着。家丽着急："阿奶，我没糊涂，糊涂的是您，是你们所谓的家委会，我跟汤为民什么时候走太近了？哦，邻里邻居住着，一个学校上着，偶尔碰到遇到是难免的吧？如果这都叫走太近，我无话可说。"

"奶奶是担心你的名声，"老太太说，"女人最重要的是什么，是名声，女人家和男人搅和在一起，最后吃亏的肯定是女人，奶奶是怕你吃亏。"

"谁又说什么了？这些七大姑八大姨三街四坊，除了嚼舌根子还会干吗？社会主义建设不想着怎么参与，整天只会盯着革命的下一代说三道四！祖国的花朵都得给他们摧残完了！我清清白白，和汤为民从来都是井水河水两不犯，没任何瓜葛！"

院子里一阵响动。有人进门。家丽冲出院子。是大老汤和朱德启。家丽没叫人就跑了，她打算去找秋芳诉苦。

老太太刚说汤师傅怎么这会子来做客，大老汤和朱德启已经走到堂屋。常胜抬起头，手里的活停下，望着二位，一时摸不清来意。大老汤从背后拿出一瓶鲜牛奶，磕在桌子上。咚的一下。

"这是？"何常胜不解。

老太太见了，却是脑袋一蒙。这不是她拿给大老汤老婆的淮南农场的鲜牛奶吗？他又拿回来做什么。

大老汤道："我今天请朱会计一起过来，就是让他做这个证，这瓶牛奶就是证物。"老太太着急，家艺在屋里哭了，她又不得不去照看。

"这是一瓶牛奶，怎么是证物？"

"你何常胜为了不受审查，给我这个国家干部送礼，企图蒙混过关，投机取巧。"大老汤撸起袖子，看了看朱德启，"朱会计，你说说，这种行为能不能姑息？"

"决不姑息！"朱德启上举拳头。

老太太在里屋听得真，连忙出来，赔着笑脸："汤师傅，这里头是不是有什么误会？这瓶牛奶，是我拿给你爱人用来给幼民增加营养的，就是邻里邻居之间的团结友爱，互相帮助，怎么算送礼呢。"

"在他被审查的特殊时刻，就是送礼。"大老汤斩钉截铁。

老太太忙道："可不能冤枉好人，你回去问问你老婆就知道是怎么回事了。"

大老汤对常胜："姓何的，你老实交代，牛奶是不是你派你妈送到我家企图用糖衣炮弹腐蚀我们这个革命之家？"

常胜道："老汤，我都不知道这个事，现在我听明白了，就是一瓶牛奶，是我妈好心，送给幼民的，你就别小题大做了。"

"什么叫小题大做！"大老汤被激怒了。

老太太拦在头里："我送的，一人做事一人当！"

大老汤对朱德启，"搜一搜，这个家里一定还有其他准备拿去送礼腐蚀干部的物资。"说着，两个人就一阵乱翻。

朱德启进屋了。家文护着妹妹家艺。朱德启要翻床头的小铁盒，家文扑上去对着他胳膊就咬了一口。

姓朱的痛得大叫，骂道："小狗王八蛋！"老太太进屋，见孙女有危险，也叫："你打孩子！我跟你拼了！"扑上去，跟朱德启扭打起来。大老汤在外屋翻，常胜老鹰捉小鸡一般拦着他。弄得大老汤恼羞成怒，冲到院子里，冲进厨房，随手抓起两只陶碗猛摔在地上。又一阵乱踢，刺猬窝被踢翻，刺猬受了惊，连滚带爬缩成个球，骨碌碌顺着土沟子逃走了。发泄完了，大老汤才招呼朱德启说："我们走！"

临了，老太太不忘挠朱德启的脸一下。

汤和朱前脚刚走，家丽和秋芳便进院门，两个人有说有笑，家丽说："我跟你说那个刺猬真是社会主义的刺猬，特别正，特别像刺猬。"进厨房，地上是碎碗。家丽伸脖子问："怎么回事家里，被土匪抢了？"再去看刺猬窝，刺猬去窝空，哪里还有社会主义刺猬的踪影。家丽扯着嗓子喊："阿奶，我的刺猬呢？"

没人理她。

家丽跟秋芳跑到堂屋。只见老太太和常胜无精打采坐着。家里的家具也乱七八糟。家文从里屋出来，还未待家丽开口问，家文便说了大老汤三个字。

家丽瞬间明白个大概，一握拳头："我去找他！"

"站住！"老太太喊，"你以为这里是水泊梁山？靠拳头吃饭！蠢透了。"

家丽背对着爸爸，肩气得一耸一耸。

"就那你还要跟汤为民玩！"老太太道，"看看，知道了吧。"

016

大老汤老婆抱着二儿子汤幼民站在门口。老太太向她走过去。"汤婶！"老太太笑着，老远就打招呼。汤婆子木着脸，并不给笑容。走近了。老太太站住。汤婆子道："又来送牛奶？真不需要。"

"客都到门口了，好歹请进去喝口水。"老太太很懂礼貌。

"有什么就在这儿说。"汤婆子道。

"在这儿说？不太合适吧。"

"有什么不合适的，青天白日朗朗乾坤，没什么东西是不能拿到台面上的。"汤婆子故作豪情。

"那我可真说了？"老太太伸着脖子。

"说吧，甭为难了，说出个大天来我也接着。"

老太太看了一眼幼民，逗逗他小脸，又对汤婆子道："幼民有个三叔爷你知道吧？"

"什么三叔爷五叔爷，一码是一码，老奶奶，攀亲戚？没用！"汤婆子不耐烦。

老太太故意笑道："哎哟，我忘了，那会子你还没进门，估计都不知道，就是汤老大的三叔，幼民的三叔爷。"

"怎么了呢，有他没他有啥关系呢，日子不照过？别扯那些老婆舌头歪屁股沟的，还三叔爷。"

老太太悠悠地看了看天，一朵白云窝心："人哪，都是会变的，这汤家老三，参加革命参加得早。"

"我们家净出革命先烈。"汤婆子抢白。

老太太继续说："先前参加的是共产党，后来不知道怎么又跑到国民党那块去了，1949年连夜跑到上海，跟着船去了台湾。"

汤婆子紧张："没这事！说这些做什么？！"

老太太道："没这事？呵呵，那我去北菜市说道说道，让大家也听听这段故事。"

"你想怎么样？"

老太太朗声道："麻烦转告小汤同志，得饶人处且饶人，你走你的阳关道，我过我的独木桥，谁也碍不着谁，兔子急了还咬人呢。"又柔声笑道，"老乡总归是老乡，有情义在的。"

说罢，转身潇洒而去。

没几日，美心带着家欢回来了。刚到家厂子里事就多，除了工作，还有"社会主义教育运动"，这便是"四清运动"。外头如火如荼风急雨急，常胜和美心的关系缓和了许多，家欢也不是"眼中钉"了。到底是自己女儿，总比外头人亲。

美心和常胜都卷进去，整日学习动员、自我教育、对敌斗争、洗手洗澡放包袱。弄得常胜十分紧张。可进行了一阵后，常胜居然"安然无恙"，这一回，大老汤没找他麻烦。除了入党申请书屡次被退回，常胜尚未遭遇其他不顺。在家他嘀咕："这个老汤，好一阵疯一阵，最近对我还挺客气。"老太太忙接话道："客客气气的就好，多少年的乡亲邻居，就应该和睦相处。社会主义就应该互爱互助。"美心道："妈，你觉悟真高，我这次回老家，妹妹也说，家里有妈天不塌，里里外外，只要有妈在，总是有主心骨。"

老太太笑道："什么主心骨，一家之主还是常胜。"

家欢哭，美心忙着去喂奶。老太太才想起来，说："刘妈的儿子没奶喝，你如果富余，给一点，那孩子老吃牛奶净拉羊屎蛋子。"美心问刘妈的儿子叫什么。老太太说叫秋林。

美心笑道："你看人家孩子的名字，都安安静静的，咱们的好，家欢，闹得欢。"

老太太对常胜解释："家丽取的，从'欢迎到淮南'几个字中找的，我看欢也不错，喜庆。"

家丽却并没有打算饶过汤家。

她的刺猬走失了，因为大老汤那一脚。还因为大老汤实在欺负人。

秋芳的意思是，或者再捕一只，或者去北菜市看看，那儿偶尔也有卖刺猬的。

"我那是白毛刺猬！带仙气儿的。天底下就没有第二只！"家丽懊恼。这股气没处撒，她自自然然又要和汤为民来个"了断"。

放学，家丽和秋芳在前头走。为民骑着自行车在后头打铃。秋芳回头瞥了一眼，说："为民。"家丽说别回头，别看他。

为民的车跟上来，到两位女生旁边，"走，带你一段。"

是对家丽说的。秋芳有些发窘。

"汤为民。"家丽很郑重地。为民脚点地，车停住。家丽继续说："从今天开始，你，和我，保持距离，至少三米。"说着家丽就拉着秋芳，往后退四五步。为民不解："不是，何家丽你什么意思呀，我又哪里得罪你了？"

"别揣着明白装糊涂，"家丽说，"何汤两家，不共戴天，我们不适合做朋友。"

为民着急："不做朋友，那做别的也可以呀，那就做战友，做革命同志。"

家丽拉着秋芳快速走。为民跟着。家丽上小路，为民也上小路；家丽从北菜市穿过，为民还是跟着。秋芳为难，问家丽怎么办。家丽说看我的，说着，就拉着秋芳跑起来，在前面那个路口，突然一转，两个人贴着墙面，别在墙角。汤为民推着车小跑跟上，路一转，刹不住闸，连人带车摔进个大坑里。

路在修，挖了深坑。

家丽头也不回地拉着秋芳走了。秋芳心疼，说别摔坏了。家丽说坑没多深，摔不坏。

这日，秋芳生病没去上课。放了学，家丽一个人沿着船塘子走，为民从后头跟上来。他没骑车。

"何抗美！"他喊她小时候的名字。

家丽回头看了一眼，没理他。为民跑到她前头，张开双臂，拦阻："就算你不想理我，也应该给一个合理的理由。"

家丽觉得好笑，说："理由我不是给你了吗，怎么还纠缠不休？对你够客气了，还给理由，不想理一个人需要给理由吗？我们社会主义不想理帝国主义也需要给理由？立场不同，敌我矛盾，你让开，好那什么不挡路。"家丽没说出狗字。

汤为民说："你那个理由我不接受，我家跟我有什么关系？出了那个家，我就是我，只代表我个人，除非你讨厌我这个人，讨厌汤为民，那咱们就一拍两散。"

何家丽伸手指点了点他的额头："你这个人就是脑子不好，你叫什么？"

"汤为民。"

"不就是了？汤？我现在就听不得汤这个字。"

"那以后你叫我李为民，在你这儿，我跟我妈姓。"

"你还真是毫无原则。"家丽说，"我可不能让你欺宗灭祖。"

"或者这样，如果有大人在，我们就假装势不两立，但私下里，就还是好同学、好朋友，怎么样？"

"你怎么没去当特务？"家丽忍住笑，撇开他，先走了。

回去看秋芳。她拉肚子，刚吃了土霉素。家丽把将才为民在路上说的话跟秋芳学了一遍。秋芳劝："你真不理他了？我看他这个人还挺真诚。"家丽道："怎么理？他爸，他妈，他们家做的那些事情，忍不了，莫非真像他说的那样，当面一套背后一套？"

"不也挺有意思，当一回地下党。"

"我做不到，还不够累的，没人玩了，非要跟他玩？"

秋芳又问了问班里日间的情况。她是班长。家丽简单说了说。秋芳留家丽在她家喝汤。家丽笑说："别跟我说汤，听不了这个字，来气，刺猬都被汤给弄没了。"

秋芳改口："那就叫喝点营养水。"家丽笑说这个好。刘妈进来喊孩子们喝汤。家丽转头就说："谢谢刘妈的营养水。"

"什么营养水？"刘妈不解。

秋芳笑道："妈，你煮的那锅，就叫营养水。"

刘妈道："那是猪脚汤，什么营养水，玩洋的。"

秋芳和家丽对看，同时一笑，又同时伸手堵住耳朵，不听"汤"字。

从江都回来后，刘美心的工作积极性很高。除了带一个小组做酱油，只要有什么政治活动、政治号召，她能参加一定参加。如今，她又有了积极工作的动力。因为要"学大庆、超大庆"。回到家美心就跟老太太描述王进喜奋斗在石油战线的故事。

"我觉得我也能成女王进喜。"美心说真的,"你看,王进喜奋战在石油战线,我呢,奋战在酱油战线,石油是黑的,酱油也是黑的。"

"哟,石油力量大,酱油呢,不过是口头食,能比吗?再说你不已经是劳模了嘛,心别那么高。"

"只是我们厂的劳模,连区劳模都不是,人家王进喜可是全国劳模,是要上北京接受表彰的。"美心刻意加强"上北京"三个字的读音。

"哦哟,那真是出远门了。"

美心畅想:"能去北京,多好。"她去得最远的地方就是淮南。美心双手捧在胸口,随口唱起最流行的歌,"红岩上红梅开,千里冰霜脚下踩,三九严寒何所惧,一片丹心向阳开……"老太太摘掉老花镜,手中针线活儿暂停,"你唱的那是重庆,北京在北面儿。"

"说得好像您老人家去过北京似的。"

"我怎么没去过?老早就去过,是你老太爷去北面做生意带上了我,那时候北京还不叫北京呢,没什么特别的,灰大。"

"妈,你去的是旧中国,现在是新中国的首都北京。"

老太太道:"哎哟,稀饭该潽了,你快去看看。"美心只好打断畅想,去小厨房看稀饭。看完出来,也不晓得闻到什么,一阵恶心,连呕了几下。老太太明察秋毫:"美心,不是又有了吧?"

美心抬起头,若有所思,一脸惆怅。她扶着院子里的那棵树,从前是枣树,被常胜一铁锨砍了之后,改种了泡桐。外头实中间空,已经有高度了。没完没了地生育,美心早烦了。可孩子既然来了,少不得又要生下来。只是美心告诉自己平常心,不在意,无心插柳,或许柳就成荫。

017

田家庵第一小学的高音喇叭声直传到何家小院："让我们高高举起毛泽东思想伟大红旗，放手发动群众，坚决把'无产阶级文化大革命'进行到底……"

老太太坐在院子里，手握蒲扇，看看天。云层厚了，她去收衣裳。美心进门，放下随身携带的布口袋，说了句："妈，中午我不在家吃了。"

"去哪儿吃？"

"厂里，有馒头。"

"这个点去厂里干吗？还没放工？"老太太有点看不懂这世道。

"学习毛主席的著作，我也是积极分子。"

"你不吃，孩子也不吃？就你积极。"

"不光我，都积极，大老汤老婆、朱德启老婆都参加，人家也都怀着孩子呢，我不能这么娇气，也是为我们家争取荣誉。"

老太太刚想分辩，美心已经走了。

一会儿，家丽进院子，放下书包，也要走。

老太太急道："又猴到哪儿去?!"

家丽急匆匆说："淮滨大戏院门口有个集会，一点就开始，我不能在家吃了。"

"又是花鼓灯？大热天的忙叨什么。"老太太问，"好女不看灯。"

"阿奶，什么花鼓灯，注意提高思想觉悟。"鞋带开了，家丽蹲下重系，军绿的布鞋刷得已经泛白，"我们是游行集会，坚决维护我国政府七月三日发表的严正声明，我们要愤怒声讨美帝国主义轰炸越南河内、海防和扩大侵越战争的滔天罪行，支援越南人民抗美救国的斗争。"

"小小年纪，操的哪门子的心！"老太太不懂革命小将的世界。

家丽也出去了。

老太太喊家文，让她去把家艺和家欢叫起来。家文已经开始上小学，能承担一点家务劳动。

过十二点，常胜到家了。放下公文包。

老太太问："不会你也要出去吧？"

常胜诧异："去哪儿？"

老太太没好气："你老婆你大女儿都出去闹革命了。"

常胜在单位受到敲打，情绪低落，便说由她们去吧。老太太让家文拿碗，吃饭。三个小孩在小桌子上排排坐，老太太和常胜坐大桌。老太太道："这天真是说变就变。"

常胜说："市属各区马上就正式改名了。"

"区的名字也改？改成什么？"

"田家庵区改为向阳区，大通区改为东风区，谢家集区改为红卫区，八公山区改为红旗区。"

"听着挺积极向上。"老太太夹菜到儿子碗里。又道："大老汤他们没为难你吧？"常胜说那倒没有。

家欢端着小碗，小步走来，"还要还要……"刚学会说话，就知道要吃的。常胜看着几个丫头叹气。老太太劝道："别气馁，美心这不又带来一个嘛，说不定就是个男孩。"常胜不说话，他不抱希望。

不过，即便社会大变样，老太太也有高兴的时候。这日一早，老太太把刚办好没多久的户口簿拿出来，递给家丽："去，带着家文一起去把居民购货证领了，顺便了解了解情况，再去把这个月的棉线领了。"

家丽躺在床上，睡眼惺忪，她学毛主席著作学到半夜："能让家文去吗？我这困……"老太太隔着被子打她："点灯熬油，昼夜不分，起来，家文才多大，你是老大你不去谁去。"家丽还不起来。老太太掐她耳朵尖尖。家丽痛得起床，胡乱在院子里洗漱。出门，一会儿，回来了，购货证七张，棉线七子儿，交给老太太。

家文刚开始认字，认不全，只能由家丽拿着传单，站着读："即日起，全市开始使用'居民购货证'，我市正式常住人口，不分城、乡每人一张，凭证每人每月供应棉线一小子儿。分月定量，全年使用，不能提前购买，隔年无效。"

老太太凑着天光看棉线，自言自语："这一批质量好像还不错，七子儿够打一件线衣了。"又对美心，"先给你织一件。"

美心笑说："妈，我这身材一天比一天走样，算了，旧的还能穿，凑合着，等哪天彻底结束了再说。"说着拿眼瞟瞟常胜。常胜不言语，似乎不想要那么快彻底结束。

"那给家丽打一件。"老太太疼大孙女。

家丽忙说自己还有，凑合穿。

老太太笑道："今个儿怎么了，好东西还送不出去了。那给家文添件新的。"

"阿奶，我也要!"家艺虚岁四岁，还是个孩子，但已经知道抢东西了。家艺要家欢也跟着要。她都不知道线衣是个什么东西，但已经知道要抢。资源有限。比如吃饭，家艺有时都抢不过家欢。一抬眼，碗里的菜就被家欢拿了。

家文对这些看得淡。朴素的蓝布褂子，扎两根麻花辫子，清清秀秀简简单单自自然然就很美。"要不给家艺她们织吧，"家文很懂事，"大姐穿小了的给我就行。"

不过刚上小学。常胜对家文另眼相看。

老太太想了想，做主："还是给家丽打，小孩子都长得快，家丽快成型了，以后穿不上，再下放给妹妹，咱家就这条件，没意见吧?"

都说在明面上，家文没意见，家艺却哇地哭了。家欢见老三哭，也跟着不知所以地乱哭。

常胜被吵得心里毛躁，一拍桌子，啪，搪瓷缸被震得老高。

都安静了。

这日，家丽一到家就跟老太太说："阿奶，给我点粮票。"

"要粮票干吗？"老太太正在扫地。

"去北京。"

"你知不知道你自己在说什么？北京？你知道北京在哪儿吗？"老太太递过笤帚，下命令，"把地扫了！"

"何文氏同志，"家丽很严肃地，"你为什么一点都不了解现在的革命现状，我现在是红卫兵，要保卫毛主席保卫革命成果，我明天就要坐火车去北京。"

"坐火车？谁给你坐？"

"坐车、吃饭、住店都不要钱，去北京接受毛主席的接见。"家丽道，"问你要粮票，只是以防万一。"

老太太喃喃："疯了疯了，这孩子疯了，何常胜！看看你女儿，你女儿要上北京！"

家丽反驳："什么叫疯了，这叫无限忠于，无限热爱，无限信仰，无限崇拜。"

美心在里屋听到了，咬断线头，问："谁要去北京？"

家丽爽快地："妈，我去。"

"你怎么去？"

家丽解释："大串联，交通、住宿、吃饭都免费。"

美心两眼放光："我能去不？"

"妈，你就别跟着趁热闹了，人多，路远，你革命的心情我理解，可是你光有革命的心，没有革命的身。"说着，瞅了瞅她妈隆起的腹部。美心连忙说："我这就是革命的身，里头也是革命的后代。"两个人你一言我一语。何常胜进屋，吼道："都别去！"

家丽道："你这是封建大家长的吼声，是需要被专政的！"

常胜怒火中烧，一把提溜起家丽，连拉带扯推她进放煤的小屋，关上门，上锁。家丽一开始倔强，大吼大叫，过了半天，肚子饿了，老实多了。晚饭时间，老太太拿了块菜饼子过去。

"听话点，就还有饭吃，你革命是一时，在老何家过日子是一世，别跟你爸对着干。"

家丽大声嚷嚷，把毛主席《湖南农民运动考察报告》中的一段话送给奶奶："革命不是请客吃饭，不是做文章，不是绘画绣花，不能那样雅致，那样从容不迫，文质彬彬，那样温良恭让。革命是暴动，是一个阶级推翻一个阶级的暴烈行动！"

老太太依旧从容，道："对对对，革命不是请客吃饭，但是，不是还说，人是铁饭是钢，一顿不吃饿得慌。你不吃，我拿走了。"

家丽连忙说："我吃！"革命小将在菜饼子面前败下阵来。

老太太从栏杆缝隙递过去。家丽狼吞虎咽吃了。

老太太开始教育孙女："家丽，你现在就算成人了，个子长得老高，脑子也得长！你去北京，我问你，都谁去了？秋芳去了吗？"

秋芳是家丽永远的参照物。

"她家有事，她弟秋林病了，去不了。"

老太太好笑："怎么她家就一个弟弟就能有事，你屁股后头还有三个妹妹却永远是闲人一名。"

"这谁知道，巧了。"

老太太恨铁不成钢："你要能有秋芳一半的机灵劲，我都算你能。"

家丽小声："阿奶，把门锁打开一下？"

"钥匙在你爸那儿。"

"你那铁盒子里头不是有个备用的？"

"丢了。"

"阿奶——"

恳求无效。老太太的建议是，让家丽好好在煤房里待一夜。快睡觉了，北头一片静悄悄地，家丽急得没办法，火车明天凌晨就走。她憋在小房间里，睡又睡不着，只好唱："红岩上红梅开，千里冰霜脚下踩，三九严寒何所惧，一片丹心向阳开。红梅花儿开，朵朵放光彩，昂首怒放花万朵，香飘云天外，唤醒百花齐开放，高歌欢庆新春来……"

美心翻了个身，对常胜："听听，你女儿成江姐了。"

"睡觉!"常胜铁了心不放人。

又唱一遍。

汤为民在自家竹床上打了个滚，坐起来。迅速穿上衣服，偷偷出门。何家小院，院门口有个人影。

家丽眼尖，隔着窗户栏杆感觉到了。"谁?"她轻喝。

"我，汤……"为民连忙改口，"李为民。"

犹如抓到根救命稻草，家丽急道："快来救我，我被关起来了。"为民说了声等着。翻墙头，蹑手蹑脚跳进小院，到煤房门口。

家丽急促地："我爸把我锁渣滓洞了，不让我串联。"

为民摸了摸锁，重重的铁疙瘩。他在院子里趸摸，想捏块砖头。

"什么人?!"常胜拿着擀面杖出来了。

家丽大惊："快跑!"

捉住就是一顿打。

为民连跳两步，蹿上墙头，跑了，落了只鞋。

"还有同伙。"常胜呵斥道，"任凭你七十二般变化，也逃不过我的五指山!"

018

老太太起得早，最先发现那只鞋。看看里头的鞋垫，走的针线，心里有数了，先不声张。家丽终究没赶上北上的火车。

老太太请秋芳来劝家丽。大致意思是，留在淮南，一样革命。反复说，动之以情晓之以理，加上学校确实组织有一些公共活动需要家丽和秋芳一起协调。家丽最终决定：暂不北上。但她一定要去煤校广场上收听广播。到时会播出毛主席和其他中央领导同志在首都接见红卫兵和革命师生的情况。

"去煤校倒是不远，不反对。"老太太笑呵呵地，又留秋芳吃饭。秋芳说她妈和秋林在家没人照顾，先走了。美心和常胜都不在家。家文、家艺、家欢午睡还没起来。老太太点了家丽胳膊一下，说你来。

家丽不知所以，跟着走。到院子里，老太太从水缸后头抽出一只军绿劳保布鞋，丢在地上。

"什么意思？一只鞋。"家丽描述。

"认识不？"老太太煞有介事笑笑。

"不认识，一只劳保鞋？只听过一双绣花鞋的故事。"

"再仔细看看。"老太太嘱咐。

何家丽拎起鞋带子瞅了瞅，丢在一旁："不认识。"

老太太这才说："是那天你被你爸关在煤屋里，翻到院子里来救你那个人落下的。"

"汤为民！"家丽不禁脱口而出。讲完又后悔，好在只是面对奶奶。老太太盯着家丽看，眼神有无限内涵。

家丽浑身发毛："是他自己来的，可能听到有人唱歌，不是我让他来的。"声音不那么笃定。她已经跟老太太保证过，与汤家的人不再往来。汤为民"深夜到访"，怎么想都觉得蹊跷，怎么说都有点解释不清。

"让他自己来拿鞋。"老太太说，"干什么不能光明正大？翻墙头。"

"阿奶，人家那是路见不平闻鸡起舞，见不得革命同志受苦受难身陷囹圄，才铤而走险当一回梁上君子。"

"别跟我文绉绉地转词儿，正经没读几天书，满嘴的大道理。"老太太嘴撇了撇。

"反正就是他看不惯我爸把我关到渣滓洞。"

"渣滓洞？"老太太对她的描述感到惊异。

"就是那煤屋，煤矸子也是矸子。"

"可惜你没江姐那么坚贞不屈，菜饼子还是吃了。"

"留得青山在，革命总会再重来。"

"让那小子自己来拿鞋。"老太太又说一遍。

"来不了，他串联去北京了，见毛主席。"

"你们说好了一起去的?"

"奶奶，你想哪儿去了，我跟姓汤的所有人，包括猪脚汤，都一刀两断了。那天真是个巧合。"

老太太听了，不置一词，这件事搁置，以观后效，鞋子塞回水缸后头。

九月一日，淮南煤校广场广播大会，家丽和秋芳一早就去占位子。说是光报名的就有一万多人。美心也要去，她渴望听到北京的声音。那是另一个世界，崭新，明亮，充满朝气、热情。她真恨自己怎么不晚生几十年，好赶上这火红的年代。

一早起，美心跟常胜说了一起去。常胜不大积极，说还有兔毛要收，搪塞过去了。

老太太侧耳听了，道："外头都火热成什么样了，哪还有兔毛收，还不跟你老婆一起去听听。"

常胜说："单位都会组织听的，何必跑到煤校广场去，多此一举。"老太太笑道："感觉不一样，跟去淮滨大剧院看戏一样，一群人一起看，总比一个人在家听电匣子有感觉。"

常胜没多说什么，收拾好，上班去了。他刚出门，天有点滴答下雨，零零散散。老太太看西边的云，有点黑云，但还不算太严重。她拿着油布伞出去追常胜。人已经走远不见了。

淮南煤校广场，陆陆续续各单位学校组织的人都到了，秋芳和家丽去得早，便帮着维持现场纪律。主席台上拉了条幅，主席台上方有两只高音喇叭。九点半，人慢慢到齐，美心跟厂里的女工一起进入会场，找了个正中间的位置。女工嚷嚷着："谁给这位同志让个座，这位女同志身怀六甲，也来接受教育，好让她肚子里的孩子也知道什么叫'造反有理'，我们都是工人阶级的孩子。"那些学生一听，立刻给美心弄了个座。刘美心舒舒服服坐着，她感到满足极了。上午十点，广播准时开始，全场屏息，仔细聆听毛主席在天安门广场接见红卫兵的盛况。每一句话，每一个词语，每一个音符，都是那么鼓舞人心，充满朝气和力量，会场中，有不少学生热泪盈眶。

天上云层厚了，发乌。夏末的雨说来就来。广播刚播到一大半，雨就下来了。雨点砸在身上有点疼。仔细看，下的是盐粒子——微型的冰雹。带伞的撑起来了。没带伞的学生扛着，有革命热情，这点雨算什么。雨中，家丽和秋芳对望，彼此眼神坚定，相互鼓励，热血的日子，这是她们的青春，压不垮，浇不灭。她们体内似乎都有一些躁动因子，总想反抗点什么。革命给了她们一个出口。

人群中，美心却坚持不住了。她护着肚子。女同事担心道："刘工，要不我们先回去吧。"美心不愿意走。女工劝说："不是，刘工，万一孩子生出来怎么办，这地方不合适。"

"生什么生，还不足月呢。"美心道。

忽然胎动了一下。估计因为雨水冷，刺激的。

"慧慧，扶我起来。"刘美心求助。女工慧慧连忙小心扶她起来，借了把伞撑着。人群中闪开一条道。家丽老远就看到妈妈在往外走，她和秋芳连忙跟上去。几个人慌慌张张把美心往保健院送。谁都怕"重蹈覆辙"。刘美心在外头临产不是第一回了。到医院，住下。老太太和常胜赶来，心急火燎问医生美心的情况。

"不要激动，"产科女医生四平八稳，"产妇和胎儿都正常，并没有流产的迹象，休息休息就可以回家了。"

虚惊一场。

到家，美心坐在床上吃饼干。淮南食品厂的新产品。常胜去单位了，老太太还在为儿媳担忧。

美心一边吃一边喝水："妈，没事儿，哪那么娇贵，淋个雨就怎样了？"家艺和家欢也要饼干吃。老太太一人分给她们一小块。家欢嘴里叼着，又伸小手，老太太只好把铁罐子藏得高高的，两手一拍说没啦。然后语重心长对美心说："那也不能淋雨不能劳累，就别去单位了，我去帮你请个病假，明天歇一天。"

美心连忙说："妈，别，我得去。"

她有她的理由。酱园厂自打1960年派人去沈阳味精厂和上海天厨味精厂学习了新的味精生产技术后，味精生产线一直红火。美心想调过去，可酱油小组一直脱不开手。她把理由跟老太太说了。

老太太叹道："有这么大区别吗？酱油、味精不都是调料，还有个高低贵贱？"美心道："妈，你还别说，在厂子里头，做味精的还就比做酱油的更先进。"

老太太哼了一声："第一次听说，做味精还做出身份地位了。"

美心抢白："因为味精生产难，更有技术含量，更能为社会主义服务，你知道吗？以前我们厂的味精，那时候你们还没来，那是液体味精，是用粉丝生产中的废粉浆干、豆饼、面筋为原料，用水解法生产的。那是落后的，所以只能是液体。"

"哦，现在是固体，固体就比液体棍（方言：厉害）？"

"对，固体好保存，方便使用，现在的固体味精，是采用豆饼为原料，用水解蛋白法生产出来的，从去年开始，整个酱园厂就靠味精撑着呢，去年一年就生产了一吨多，什么概念，这是大潮流，我不能留在酱油小组等着被淘汰。"

"你去上班就不被淘汰了？"

"现在有个机会，之前做味精是用水解法，对环境污染比较严重，厂里正在做发酵法的生产试验，我如果参与进去，一旦试验成功，自然我就能被分去组建新味精厂了。"

"就你会爬。"老太太有点看不惯美心算算计计的样子。

班还是得上。老太太也没理由阻止美心进步。那次煤校大会之后，家丽也忙得日日不沾家。常胜单位渐渐有人被"揪"了出来，常胜感到心有余悸。他被要求做思想汇报，并且形成文字。全市开始批判"资产阶级反动路线”。

美心在味精研发小组做得不亦乐乎，只是，在专业上她并没有优势，所以只好靠“勤能补拙”"思想进步"八个字打天下。在试验场，她一定是跑得最勤快的那个。只要有思想学习，她也一定会参加。她认为这样一来，味精厂就少不了她。她不是团员，但她在努力争取入党，申请书写了好几次。但遗憾的是都被大老汤老婆搞黄了。汤婆子也想进味精厂。

这日，市委发通知，号召全市人民向 32111 英雄钻井队学习，掀起活学活用毛主席著作新高潮。32111 石油钻井队属于四川泸州气矿，气井爆炸起火，全队职工奋不顾身灭火，保住了大气井。六位同志牺牲，二十一位同志被烧伤。

学习会上，美心站起来发言，她面目严肃，说：“毛主席教导我们，‘下定决心，不怕牺牲，排除万难，去争取胜利’，我们味精发酵小组，也应该听从毛主席的指示，学习英雄钻井队的精神，排除万难，研发新型味精。”

大家鼓掌。美心满足。

最后小组长总结发言，并安排美心看守发酵缸。

美心欣然领命，同组的还有大老汤老婆。

发酵缸放在一处新搭的半透明凉棚底下。美心和大老汤老婆一人坐在一边。不说话。半下午，天有点阴沉，雨季还没过去。一会儿，下雨了。两个女人忙把缸子盖盖上。雨越下越大，顶棚竟有点漏雨，刚好滴在缸盖上。美心见了，对汤婆子道：“来，咱们把缸往旁边推推。”大老汤老婆肉多，懒得动，说不用推了吧，这不是有盖子嘛。美心严肃地说：“万一漏水进去影响发酵，何况是雨水，我们应该负起责任来。”话说到这份上，上纲上线，汤婆子不得不抬起屁股，挪了几步，和美心并排站在缸后头，两个人用力推。

缸子纹丝不动。

“再加把劲，用点力。”美心喊号子鼓劲，使出吃奶的力气。一声喊，哟！缸子挪了点。美心满足地拍拍手，说行了。话音将将落，她就捂住肚子，蹲下。汤婆子见状也慌了："怎么啦，我说不推，你非要推。"美心疼得无法抬头，只伸出一只手抓扒着，像个溺水的人，"叫人……"人是叫来了，美心被送往妇幼保健院，她流产了。孩子掉下来就没了气息。只不过，这一胎是个男孩。

美心呆呆地躺在病床上。

病房外头，何常胜恼得捶胸顿足。

019

年里头造反派夺了权，全市陷入混乱状态。可老太太还是过自己的日子，趁着混乱，她不知从哪里弄了只红顶大公鸡，也学着淮南的土法子打算祭灶。

美心流产，小月子也得坐，暂时不去上班。她心情十分灰暗，不是因为外头"造反"甚嚣尘上，而是由于男孩没了，味精厂也没能进去。她继续留守酱园厂。大老汤老婆倒乘风而上，去新组建的味精厂工作。老太太道："也好，因祸得福，两个人不在一个厂，省得她以后给你不痛快。"刘妈也来给美心安慰，往好的方向说："万事开头难，这算见着男孩影子了，等于有人来认门儿了。下一胎保准是男的。"

虽然是好话，美心听着头皮却有点发麻。一胎又一胎。

家文放学回来，在堂屋大方桌上看书。刘妈从里屋瞅着，道："你们家老二长得真漂亮，也文静，越发长开了。"

美心不说话，还沉浸在忧伤中。

老太太笑说："她跟她大姐，简直不像一个妈生的。"

正说着，家丽进门。她个子不矮了，十足的大姑娘，只是脸上有一抹灰。老太太埋怨："女孩要有个女孩样，怎么又弄得跟泥猴似的。"

"什么泥猴？"家丽放下书包。

刘妈站起来，去脸盆架子边拿了毛巾，帮家丽揩了揩脸颊。灰擦掉了。跟着刘妈就告辞，笑说："今个儿祭灶，我也不会杀鸡。"

老太太和刘妈一起从里屋走到堂屋，她又问了问刘妈，淮南这边祭灶的习俗。她是打算彻底入乡随俗了。

刘妈说："常胜应该知道，来了十几年了。"

老太太笑说："也简单，翻来覆去就那几句。"

外头砰砰两声响。老太太和刘妈诧然，嘀咕说什么声音。

家丽两眼放光："打起来了，打起来了！"

老太太无奈，看刘妈一眼："你听听，这都什么话。"又问家丽，"什么打起来了？哪儿打起来了？是日本鬼子又进中国了？还是国民党反攻大陆了？女孩子家，不要整天这么着三不着两的，学学人家秋芳。"

"秋芳也在革命。"家丽说。

刘妈大惊："又革什么命？"

家丽说："现在围绕着'市临委'分为炮轰派和支持派两派，我和秋芳都是支持派，估计就刚才，田东造纸厂那边两派打起来了。"刘妈着急："秋芳呢？我得赶紧让她回来，这丫头也学会惹事了。"家丽说秋芳跟我一起回来的，估计已经到家了。

刘妈急匆匆走了。

家文还在安安静静看书。老太太见状，感怀于心，对家丽道："你要能有你妹妹一半定力，你早都成才了。"

家丽不听，又要出门。老太太要拦，可哪里拦得住。家丽要去支持支持派。天快黑，常胜到家了。外贸局也分为两派，争斗不止，常胜负责的猪鬃、兔毛收购一时无法进行。加上老婆刘美心流了个儿子，他情绪有些低落。

"妈，晚上吃什么？"进门他问。

家文不看书了，在屋角和家艺、家欢玩玻璃弹珠。老太太拿碗出来，还不忘提醒，说不能吃不能吃。

全用新碗。是大通碗厂产的"和平碗"。碗圈两道蓝，碗身两只和平鸽。见儿子回来，老太太道："今个儿祭灶。"

常胜问："家丽呢？"

老太太说："出去了，不管她，孩子大了管不了。去，你去把锅屋（方言：厨房）的大公鸡杀了，一头一尾留撮毛。"

来淮南这么多年，何常胜没像这样正儿八经做过祭灶。他知道母亲的心，一来为了来年吃得饱饭，二来也是冲淡冲淡他和美心忧郁的心情。过去就过去了。那孩子跟老何没有缘分。

孩子们尖叫着凑在泡桐树边看常胜杀鸡。

手持片刀，一抹鸡脖子，滴血在碗里，尽了，一丢，任凭它扑腾去。死透了，再用开水烫，拔毛。常胜杀鸡时，老太太在旁边祷告："小鸡小鸡你莫怪，你是阳间一道菜，今年早早去，明年早早来。"

毛拔好，该上供了。美心也起来了，一家几口，除了家丽，都簇到堂屋。屋角贴了张灶王爷的画。画旁是对联。上联：上天言好事；下界保平安。前头一张古旧香案。老太太让常胜上香，再把杀好的鸡供上去。老太太嗷一嗓子："给老灶奶奶备马，送老灶奶奶回娘家！"跟着用一种扁扁的声调唱，"撒马料，喂马料；小马喂得雄赳赳，大马喂得吭吭叫；雄赳赳，吭吭叫，快送老灶奶奶上天道。上天道，言好事，下界再把平安保。"

唱完了。老太太一拍手："吃面！"

一家几口围着方桌子。家文已经能上桌了。家艺和家欢坐旁边小圆桌。常胜吃饭向来快，一碗面，囫囵吃了，转身去公文包里拿出几双袜子。是本地天一袜厂的尼龙袜和弹力锦纶丝袜。

天一原本是上海企业，六十年代转移到内地，生产的袜子一直是抢手货。

弹力锦纶丝袜给老太太一双，美心一双。

老太太笑道："刚拜了老灶奶奶，就有好事了，真灵。给美心穿吧，我这老皮老脚，穿丝袜也不好看。"说着，递给美心。

美心没客气，接了。心里暖暖的。常胜不是不想着她。她知道这袜子，是出口柬埔寨的高档货。

剩下两双尼龙袜，一双给家丽，一双给家文。家文道："谢谢爸。"懂事的好女儿。家丽不在家，她那双由老太太收着。

家艺不愿意了："爸，我也要。"家艺一要，家欢也跟着要。老太太解释，说你们长大以后才有，现在脚小，穿不了。

家艺噘着嘴，"姐姐有，我也得有。"

美心不耐烦："你孩子怎么这么倔呢，奶奶跟你说了，长大了才能有，年纪不大倒比上了。"

口气不好。

家艺哇地哭了。家欢也跟着哭。

没办法，常胜又从包里摸出几颗小糖，给家艺家欢分了，才终于消停。常胜问："家丽到底去哪儿了？屁股上长草天天。"

老太太道："说什么炮轰派、支持派，她是支持派。"

"她就是皮痒。"常胜不耐烦。

老太太忙说："哟，你可别管着她，她现在是革命的小将，无法无天，着起急来把你的命都能革了。唉，反正那丫头在外头吃不了亏，由她去吧。"

为民从北京回来就成了红卫兵里的头号红人。因为只有他和少数几个人见过毛主席。淮滨路邮电局门口，一大群学生围着汤为民。他是中心，是发射塔，眉飞色舞地讲述着去北京串联，在天安门广场见到毛主席的情景和心情。人群时不时发出笑声，满是羡慕眼神。家丽和秋芳打包围圈外经过。

"那位同学！"为民高喊。

家丽和秋芳停住脚步。很明显是叫家丽的。男孩们闪出一条道。家丽不动弹。为民又喊："我在向大家汇报去北京见毛主席的情况并传达毛主席对我们的教导，欢迎你来听。"

家丽有些动心。她渴望知道北京的消息，那天在煤校广场听广播，听到一半美心出事，再加上又下雨，她听得不全面不真切。

秋芳问她："听听？"家丽点点头。

只见为民在人群当中唾沫横飞，说到兴起处，他恨不得跳起来。"这位何家丽同学，就是有造反精神的代表，她的父亲，为了阻止她去北京串联，把她关在了自家煤屋，堪称'小渣滓洞'，"为民忽然开始说家丽的事，"但是，何家丽同学拼命反抗，绝食，要出来，充满斗争精神，她就是我们七中的江姐。"

有女同学已经激动得哭了。家丽听着心惊："汤为民！别说了！"

为民住口，不知自己哪里说得不对。

"我们走。"家丽对秋芳说。

秋芳却说："我还想听听，毛主席的事……"家丽说那你先听吧，说罢，她一个人走了。站在淮河边，家丽手里掐着几根野草。说真的，她对为民的感觉，前所未有的复杂，尤其是他深夜翻墙头救她，并且去了北京之后，他在她心中，至少已经是个勇敢的青年，是听毛主席话的好孩子。但是，奶奶的教导，她记忆犹新，的确，两家关系复杂，他们不可能做朋友。她见到大老汤和他老婆就讨厌。大老汤老婆去了味精厂，家丽妈妈却没去成。也奇怪，何家梦寐以求的东西，汤家总是能够轻而易举得到！可恶！

转了一圈，回家。院子里，家艺和家欢正追逐打闹。

家欢手里拎着只鞋子，正是为民的那只劳保鞋。"放下！"家丽命令妹妹。家欢连忙撒手。是她不小心从水缸后头摸出来的。她和家艺当船玩。鞋壳篓里全湿了，都是水。

别等他自己来拿了，家丽想。晚上她给"送"过去。

晚上快十点，家丽拎着劳保鞋出去，到为民家院门口，朝里头看看，还有灯火。家丽奋力朝上一甩，鞋子在半空划了条弧线，越过墙头，正砸在为民妈——大老汤老婆的头上。她正蹲在院子水槽边刷牙。

"谁？什么东西！"汤婆子发怒。家丽一听不妙，撒腿就跑。汤婆子捡起来看看，方知是鞋，大觉奇异。再看看，方才扯着嗓子喊："为民，这不是你上次丢的那只鞋嘛，哎哟，怎么都是水，该不会是水鬼送来的吧……"

汤为民从小屋里出来，拿到鞋，又跑到院子外东瞅瞅，西看看，没人。

唯有一轮月亮高悬，静默无言。

次日，学校操场，学生们刚组织学习完毕。为民跟在家丽后头喊她。家丽转身看他。

为民伸出右脚，是那双劳保鞋，还没干透就穿出来了。"是不是你送来的？昨天晚上。"

家丽觉得他好笑，一只干，一只湿，就那他也穿。

"不是。"她否定。

"那天翻墙头落在你家院子里的。"为民说。

"我不知道。"

"谢谢你。"

"跟我没关系。"家丽否认到底。

"我们还是革命同志。"

"你这人怎么这么烦。"家丽快步走开。

020

一早起来发现自家小煤屋被捣了个稀巴烂。门破了半边，煤炭砟子到处都是。气得常胜在院子里大喊："谁干的？哪个王八蛋干的？"

除了惊动泡桐树上几只飞鸟，无人应答。

田家庵钟表眼镜商店门口，为民走在前头，后面跟着十来个男生。家丽迎面截住他。"是不是你叫人干的?!"家丽问。

为民一脸蒙。

"我们家的渣滓洞是不是你叫人破坏的?"说完，家丽又觉不妥，"就是煤屋，我们家放煤的小屋子，昨天晚上被人偷袭了。"

为民很严肃地转向身后十几个同学："谁干的?"

没人作声。

"谁干的?"声音更大。几乎是咆哮。不承认后果很严重。

一个瘦弱的孩子举手。

一个高胖的孩子也举了手。

哦，山芋条和胖孩。"搞什么东西!"汤为民训他们。山芋条低着头，瞥瞥眼："老大，是你说渣滓洞应该捣毁，要给阻挡红卫兵的落后势力一点颜色看看，支持江姐。"

面对家丽。为民百口莫辩："我说，怎么是我说，我说的是重庆的渣滓洞，谁让你们去捣毁淮南的渣滓洞，一点理解能力都没有。"

看着这帮人的窘相，何家丽的气稍微消了点："再次申明，那不是渣滓洞，那是我们家储藏煤的小屋。"

为民带头呼喊，说："对，不是渣滓洞，是红岩。"家丽打断，不屑道："行了，口号就不用喊了。"为民忙道："何同志，我们可以去帮忙恢复建设你们家的煤屋。"

家丽道："谢谢，用不着，我们不是一条道上的，我们家里人见不得你这号人。"利落转身，家丽先行一步。为民让弟兄们等着，独自一人追上去。"何抗美，我们之间还是革命同志。"

"这话你留着自己听吧。"

"你是哪一派的?"为民问。

家丽没回答，走了。她是支持"市临委"的"支持派"。

一个年过得紧巴巴的。过年的荤菜，除了年二十四祭灶的那只大公鸡，就只有一只品种鸡和老太太自己腌的两条咸肉。其余都是素菜。新鲜的也不多。乌心黄、辣菜、大白菜，船民朱老大给了点干水货。老太太觉得过意不去，可又实在没东西回人家，只给了一小桶饼干。家艺和家欢得知这个消息，伤心落泪了好几天。年里头，老太太守着一锅鸡正在烧。美心和刘妈站在她旁边。

老太太抱怨："这品种鸡看着大，下的蛋也大，可它虚，吃饲料长大的，肉不筋道，怎么都不如本地土鸡好吃。"

"对，淮南的青腿麻黄鸡好吃。"刘妈丈夫过年就回来三天，就又去巢湖出差了。正月十五，老太太让她带着秋芳秋林过来一起过。老太太对刘妈道："你拿来的那只巢湖麻鸭也好。"

家丽背着书包，又要出门。

"阿奶，妈，刘妈，我出去一下。"家丽经过锅屋说。

美心道："不过节啦，这会子又出去做什么？"

"有事。"家丽说得简短。

老太太道："都是国家大事，秋芳怎么没去？"

"秋芳跟我一起。"

刘妈骂道："这个秋芳，也野了，我回头得说说她。"美心问秋林呢。刘妈说在里屋床上睡觉呢。家丽真出门了。老太太叹道："一只这么好吃的鸡都捆不住她了，你说说，这外头有多大的吸引力。"美心道："妈，你别光说吃了，说得我脑子里净是些吃的。"

刘妈对美心笑说："还记不记得我们刚来淮南那年，有个老乡结婚，嫁的是市里的干部，请咱们去春华酒楼吃的那顿，哎呀，那个滋味那个派头，真是家里比不了的。"

老太太好奇，问："什么派头，什么滋味？都什么菜，难不成比我以前去上海吃的还高级。"

刘妈惊异："哟，文婶，你还去过上海？"美心插话道："不但上海，妈还去过北京呢，不像我们，最远的也就是从江都到淮南，标标准准的土包子。"老太太说："你们还年轻，以后有的是机会，火车通了，将来肯定还有飞机，那就快了。别打岔，说春华酒楼那顿。"刘妈道："春华酒楼当然是以淮上菜为招牌，跟我们老家那儿不一样，但来了这么多年，口味上我们反倒习惯淮上菜了，重用香料，咸辣味浓。"

美心跟着说："那天那桌真是让人永远忘不了，人家开席最多十二碗，那天一桌少说有十八碗，凉菜我记得有：口条（方言：猪舌头），密密一盘子，卤的淮北灰驴肉，热菜更是个个好吃。"

刘妈道："随便说几个都能馋得人眼直眯眯，清炖的肥王鱼、虎皮肉、米粉肉、糖醋排骨、红烧鲤鱼、炒肚片、炒腰花、蹄包汤、绿豆圆子汤，还有八公山的豆腐，好几样。"

美心抢着说："还有樱桃果酒，我这个不喝酒的人都觉得好喝。"鸡烧得差不多了，老太太开始收汁儿。说到酒，她才想起来自言自语道："上次那两瓶酒一下喝光了。今个儿拿出来这瓶老虎油补酒，可得让常胜悠着点。"刘妈和美心还沉浸在春华酒楼的美食回忆中。美心拖着悠长的口气，"唉，不知什么时候才能再去撮一顿。"刘妈不假思索："等你嫁女儿的时候，讹亲家一笔。"

美心心里咯噔一下。是，她目前是只能盼嫁女儿。因为没有儿子可以娶媳妇。她只好回敬刘妈："你娶儿媳妇的时候记得请我们吃就行了。"刘妈这才发觉失言，连忙补救："哎呀，今天喝了文婶准备的老虎油补酒，说不定明年你就也能准备着娶儿媳妇了。"听着顺耳，美心不计较了。盛盘，老太太让刘妈把鸡先端过去。又喊家文过来帮着剥蒜头。刘妈叹道："哎哟，这老二真不错。"

老太太小声道："别看人小，心里有成算。"

刘妈说老二名字真没取错，文文静静的。

"比老大强。"美心说。她一直不太喜欢家丽那脾气，风风火火。

"也不能这么说。"刘妈分析道，"龙生九子各不同，一个家要有文静的，也要有能闯能拼的，以前胡瞎子不是算过命嘛，丽丽以后要顶门立户。"

美心笑道："胡瞎子的话你也信，老大不把这门头撑破了，就烧高香了。"三个人你一言我一语说着，常胜回来了。挨个打了招呼，要进厨房帮忙。老太太忙说不用你忙活,进屋洗手洗脸马上吃饭,再炒个乌白菜马上就好。

菜还没炒好,堂屋那边就传出两道凄厉的哭声。

三个女人慌忙跑去看。家文在厨房看锅。

只见常胜双手叉腰站在堂屋,像一头猎豹一样来回踱步。家艺和家欢面朝地,屁股朝天,在地上哇哇乱哭。桌子上那盘刚烧好没多久的鸡,已经只剩下骨头。秋林在里屋床上也吓哭了。刘妈连忙去抱他。

老太太和美心看着也气。

"该!"老太太把两个孙女扶起来,"要我说,再打狠一点。"

家艺和家欢哭得更大声了。

美心痛心疾首,刚烧鸡的时候老太太让她尝一块,她还故作矜持不肯吃。现在呢,好好一只肉鸡,瞬间变成累累白骨。不,连骨头都被咬碎了,剔骨吸髓。

"属黄鼠狼的。"美心批评两个女儿,"标准的黄鼠狼给鸡拜年!"老太太白了美心一眼,又对刘妈道:"她刘姐,真是不好意思,请你来吃饭,结果……这小丫头不懂事……"

台是拆了,可还得下,总得顾大面场。

刘妈又岂是不懂事的人,尤其当着常胜,更不能不给面子,她笑道:"年下荤也吃了,不差这顿,咱们就乌白菜,不是还有老虎油补酒嘛,刚才也忆苦思甜了一阵,不吃也吃了,就是个意头。"

老太太深感刘妈贤惠,更觉过意不去,又说把家里那块咸肉烧了。美心提醒婆婆,"妈,你糊涂了,咸肉还没泡呢,现吃也来不及。"本地特色,腌过的咸肉晾干后得重新泡发才能吃。否则太干太咸。

只能吃乌白菜了。

"锅里还有菜呢!"老太太这才想起来炉子上的菜。三个女人连忙往锅屋跑。却见家文已经把乌白菜炒好,盛盘了。

三个大人眼神交流,对家文叹服。

家丽和秋芳进院子。家丽嗓门大:"妈,奶,刘妈,我们回来了,今儿个在家吃。"老太太把刚炒好的乌白菜递给家丽："看看。"

家丽不懂她意思："乌白菜。"

美心伸脖子道："你二妹炒的。"

家丽不接收信息："哦，不错。"接过去，端进屋。

老太太望着家丽的背影，对刘妈叹道："你看看这孩子，活脱脱一个混世魔王，观音菩萨都点化不了她，就托生错掉了，就应该是个男孩。"刘妈笑道："我看家丽挺好。"又喊秋芳，"整天在外头野，来，还有一个菜你炒，也该为大人服务服务。"

秋芳倒听话，洗了手就进锅屋。老太太过意不去，"怎么能让秋芳动手，老大，何家丽！"家丽哎了一声，跑过来。

美心看不惯家丽的手脚，进屋安抚常胜去了。

"把这个小包菜炒了。"老太太下达命令。

家丽皱了皱眉头，"不是有乌白菜了吗？重复。"

"让你炒你就炒！"

好好好，家丽不跟老太太犟嘴，炒就炒。秋芳站在一旁抿嘴笑。刘妈抱着秋林，远远观摩。

"先放油还是先放菜？"家丽问老太太。

老太太不耐烦："你到底是什么人家出身，以前还会一点，怎么现在成革命小将了什么都不会了，放油。"

家丽拿起油壶子，放油，不限量的样子。老太太连忙制止，"你当我们是油田，炒个包菜要那么多油？"

"那怎么办？"家丽想不出对策。

油开始冒烟了。

"放吧！"老太太说。

家丽搂起包菜往里头一放，刺啦一炸，她没经验，吓得连忙后躲，火苗蹿上来，窜进锅里，噏的一下。家丽手一摆，锅铲子扫到锅，她力道大，锅一歪，朝地下滚，刚好砸到老太太脚面上。

哎哟！

老太太痛得摔倒在地。

满地包菜，锅倒扣。

秋芳连忙去扶老太太。美心冲过来，嚷嚷道："怎么回事？老大，砸锅卖铁？要造锅屋的反？疯了！"

021

经"家委会"研究决定，整一周，何家做饭的活都交给家丽。

老太太下的"军令"，家丽不得不听，这可是一手带大她的奶奶。何况，她打翻铁锅，砸伤奶奶，老太太的脚好几天都不能沾地。她"代奶入厨"，理所当然。加之过年，两派争斗也暂时消停，各派人士在家过冬过年，稍作喘息。

家丽还是那句抱怨的话，"革命不是请客吃饭"。老太太也同样是那句老理：人是铁，饭是钢。还没出寒假。这天一早，老太太把相关票证和需要购置的东西给家丽交代好。家丽便带着妹妹家文一起，去买东西，洗东西，做东西。家文做一切都有条不紊，可家丽不，一靠近厨房她就着急。

老太太能走了。站在灶台旁边，看着她。

"阿奶，你歇着吧，我都能做，小菜一碟。"家丽信心满满。

"牛皮小心别吹破了，会做？会做那天怎么弄成那个样子。"

"那天是大意失荆州，以后不会了，我跟秋芳取了经。"

"取经？那是理论知识，实践是另一码事。"

"哟嗬，阿奶，你现在觉悟提高了啊，说话快赶上区委干部了。"

"老太太就不能革命啦？"

"能，热烈欢迎。"

家丽准备切菜，是颗土豆，有点不伏手。老太太伸着脖子，时刻准备"亲传"。家丽扭头说："阿奶，您去歇着成不，您站在这儿我紧张，有点影响我发挥水平，您留着肚子，等着吃就行了。"

拗不过，老太太只好退出锅屋。刚出门，家丽就哎哟一声，老太太回头关切道："切到手了吧？看你。"

家丽晃晃刀，笑嘻嘻地："只碰到点皮。"

再次劝老太太出去。锅屋里一阵刀光剑影。

中午，准时，家丽端着两盘菜出来了。都是素的，难度似乎不大。不过老太太叮嘱过家丽，炒土豆丝要稍微挑点猪油。

围着一桌子人。老太太去盛饭。

美心问："这什么菜？服务员给报报菜名。"

家丽抢白："妈，我是厨师，不是服务员。"

常胜严格："让你报你就报。"

家丽撇了一下嘴，道："一道叫'战地黄花分外香'，一道叫'踏遍青山人未老'。"

美心道："作诗呢？"

常胜却对女儿的创造性菜名十分满意，说："不错，书没白读。"

"这就没白读了？"美心不服。

家文道："妈，这是毛主席诗词。"

美心吐吐舌头。常胜批评美心："看看，六岁的孩子都比你进步。"两口子险些吵起来。老太太连忙拦阻，说："行啦，吃吧，尝尝我大孙女的手艺，这土豆丝切得有点粗啊，算土豆条，芹菜还凑合。"常胜下筷子，对准炒芹菜。

吃一会儿，没表情。家丽着急知道评价，问常胜："爸，感觉怎么样？是不是有一种'才饮长沙水，又食武昌鱼。万里长江横渡，极目楚天舒'的舒畅感？"

常胜又吃一会儿，仔细品咂："嗯，是芹菜味。"

美心道："你这不废话嘛，芹菜不是芹菜味，难不成是香蕉味？"

常胜又去夹土豆丝，尝了，还是面无表情。家丽忙问怎么样。常胜道："没什么土豆味。"

美心觉得奇怪，两样都尝了，硬咽下去，喝了口水，才说："一样一点盐没有，一样把味精当成盐了！"瞪了一眼家丽，"搞什么东西！你妈厂里已经不生产味精了！逮到猛放！"

家丽不信，自己尝，先试土豆丝，刚吃进去，就吐了出来。

美心放下筷子："像你这个年纪的女孩饭做成这样的，我只能说：少有。妈，都是你平时惯出来的，不练？不练能行吗？以后嫁到哪户人家，人家公婆能愿意，丈夫能满意？女人不会做饭，那个严重程度，仅次于不会生孩子。"

家丽小声嘀咕："你会生，不也没生出弟弟……"

美心耳朵尖，顿时怒火中烧，一拍桌子，指着家丽："你！"又对常胜，"何常胜！你管不管你女儿?！反了教了！上了天了！"

常胜倒没有太激动。可能家丽说的也是事实。

什么意思？美心对常胜的表现不满，起身要回屋，眼泪都快下来了。常胜这才一拍桌子："这菜不行，继续操练。"

一晚上都在生气。刘美心对何常胜的表现失望极了。家丽说的实话，他认可。不就是这样嘛。她没生出儿子，于是连教育女儿的资格都没有，在家里一点地位都没有！躺在床上，美心还在流泪。常胜翻身搂住她。美心猛烈挣扎，不服从。

"我又没说什么，"常胜好声好气，"生什么气呢？"

"你不说不问，比你说了问了还厉害千百倍！"美心道，"如果不是你们纵容，老大敢说这话？说不定你和妈私下怎么说我呢。"

"又多想了不是。"常胜还是个好丈夫，"罚家丽做一个月的饭，一直做到好为止。"

美心冷冷道："别说做饭还不生气，家丽不会做饭，说一千道一万，还不是你们惯的？她和老太太刚来淮南的时候我就提过，你们怎么说的？

学习为主。现在好了，大了，什么都不会。或者你们根本就不打算她出嫁。你们真是为孩子好吗？是害了她。"

常胜小声说："别老你们你们的，妈可不知道这些事。"

美心立刻："尤其妈惯得最厉害，大孙女，跟她时间最长，感情最好，不都是妈调教的，家丽又什么时候把我这个妈放在眼里。"

"一扯就远了啊。"常胜安慰美心，"睡觉。"

那厢房，老太太和家丽还在夜聊。家丽跟老太太撒娇："阿奶，你什么时候能理解理解我，你都不知道现在外面多需要我。"

"家里也需要你。"

"女人生来就应该做饭？这个规矩我不赞同，那花木兰、穆桂英、梁红玉，不都不做饭。"

"历史上有几个？女人最重要的是贤惠，你看看战场上有几个女的？我们国家的十大将十大帅，有几个女的？"老太太掰开了分析。家丽抢白："正因为没有，才要争取。"

老太太叹气道："你应该心疼心疼你爸妈，你看你饭桌上说那话，是个孝顺女儿说的吗？你妈最忌讳别人说这个，你偏说。"

家丽嘀咕："那不是嘴秃噜了嘛……"

"没有功劳也有苦劳，你妈是伟大的母亲，以后不许你这么说，这一胎一胎，也是为国家做贡献，我们的国家才成立十几年，需要人口。"

"街道开始提倡计划生育了呢。"

老太太不满："我说东你就说西！死丫头，你以为你妈想生，还不是为了我们这个家。你爸努力工作，也是为了家，容易吗？你爷爷去世之后，你爸一直想让我们这个家兴旺起来。"说到动情处，老太太有些哽咽。家丽的心一下软了："我向毛主席保证，一定让这个家兴旺起来。"

老太太转忧为喜："你先保证把饭菜做好，别着三不着两的。"

家欢跟老太太睡。她突然在床上翻了个身，念念有词："吃鸡！我要吃鸡！"

鸡没吃够，梦里继续吃。

老太太和家丽都笑了。

翌日，家文在家看妹妹们。老太太亲自上阵，陪家丽去买菜，洗菜，切菜，做菜，全程指导。家丽为了不再出丑，挽回面子，也把心虚下来，认真学习。第二天有进步。饭菜能下咽。第三天，第四天，第五天……一个礼拜下来，煎炸烹炒，家丽已经基本掌握。最关键是，她掌握的还是淮上菜的精髓，咸鲜浓辣，很受欢迎。饭桌上，众人夸奖，家丽忍不住说了句大话："现在就是给我头牛我也能烧出来。"老太太忍不住敲打她的"学生"："注意谦虚，你有牛，我们可没那么大的锅。"家艺指着一盘炒茶干问："大姐，这是什么菜呀？"家丽促狭，想了想，说是肉。家艺又夹了一块，仔细尝尝，不得要领。家欢也忙着叼了一块，囵囵个儿放在嘴里。

"肉，肉好吃。"家欢不过三岁。

老太太和家丽知道家欢梦里吃鸡的典故，对看一眼，不约而同笑了。

饭后，家文帮助家丽收拾碗筷。院子外有人吹口哨。家丽听到，立刻放下碗就要出门。老太太嘀咕，说又没魂了，问是谁。家丽头也不回，"哦，是秋芳，秋芳找我。"

当然不是张秋芳。秋芳已经被圈在家里带弟弟秋林。刘妈不许女儿去打打杀杀。"打出个疤瘌怎么办？"刘妈从美观角度思考问题。"有疤瘌嫁不出去。"这句是从家庭角度。秋芳最不耐烦她这个，在她眼里，她妈嫁人就已经嫁得失败。爸爸常年不在家，刘妈虽然心态良好，但带着两个孩子，终究不免孤苦。

"秋芳！"家丽在秋芳家窗外喊。

秋芳拉开布帘子："出不去了，我妈看着。"

"那行，我先去，我们支持派落下风了。"家丽接到线报很着急。紧赶慢赶到洞山矿务局大院门口。静悄悄的。巨大的梧桐树立在道路两边，树叶落尽，枝丫朝天，睡着了一般。

"他们人呢？"家丽进入矿务局大楼，问一位支持派的同志。是个男孩，手握扳手。"没动静，接到情报，炮轰派要在傍晚行动。"

"注意观察，我们的人马上就来。"家丽说。

022

冬天天短。四点多天色就暗了。支持派的同志一直没到位。到四点四十五分，一个小弟来报，说高中部的同志都被牵扯在木材公司了，那边已经打起来了，明摆了调虎离山。矿务局大楼只能由他们保卫了。家丽迅速调集现有人马，在入口处及各个楼梯口都派人守着。"誓死保卫矿务局大楼！"家丽说得悲壮。

天色更暗了。矿务局大楼还有几星灯火。月亮上来了，圆圆大大，照得出人影子。家丽守在四楼第二个楼梯口，她身后是党支部办公室，绝不能有任何差池。家丽趴在走廊窗台上朝下看，一手捏着块砖头，一手握着铁棒。

只有风声。

准六点，楼下忽然喊声震天。从树丛里冒出几十上百号人，一齐往矿务局大楼里冲。玻璃门被砖头砸破，这些人真叫"破门而入"。家丽想下去支援，再一想，不对，她得守好自己的岗位。于是又从楼梯口退了回来。

打打杀杀的声音，跟着是惨叫。敌我双方都有人挂彩。这疯狂的冷兵器之战。"上楼！冲！"炮轰派的先头小队已经突破二层防线，直逼三楼。"就他妈干！"为首的振臂一呼。

三层又是一阵血雨腥风。

救兵迟迟未到，支持派快支持不住了。

又有人突上来了。四楼，楼道里有一盏灯。

为首的是三中高中部的风云人物焦三。他手里拿着铁棒，见办公室门口只有家丽一个人，不屑笑道："怎么着，派了个女同志来守着，也太小瞧我们了吧。"大兵压境。家丽下意识后退了几步，终于鼓起勇气大喊："谁敢过来！"

男生们笑了。焦三一伸手，让弟兄们停住脚步。他一个人往前，吊儿郎当地："我焦老三不欺负女同志，今儿个我跟你单练。"说着，双手握拳，手指被掰得咔咔响。

"住手！"后排挤出来个人。

家丽迎面看得真，为民！

"住手，这个人不能打。"为民声音小了点，在焦三面前，他还是小弟。

"哦?"焦三放下拳头。

"她准备去天安门广场见毛主席的，是革命同志。"为民给的理由很牵强。

"就这些?"焦三显然不大接受。

为民凑近了，小声对焦三说："三哥，给我个面子，这人是我发小。"焦三猛地大声："革命可没有什么发小不发小！就是亲娘亲老子，他只要是反革命，我们就不饶他。"

为民不再求饶，两手一拦，不许炮轰派过去。

"为民你让开！"家丽不愿这样被保护。

人群中有人喊："汤为民是叛徒！他投靠了支持派！"这下可炸锅了。"打倒叛徒！打倒支持派！"口号喊起来。血气更上来了。不知是谁第一个挥舞铁棒，人潮直接向为民和家丽涌过去。

一阵乱斗。为民替家丽挡着，大声："还不快走！"

家丽虽勇猛，可也没经历过这阵势，连忙朝走廊另一边跑。刚跑出几步，又觉得不对，为民那么仗义，她不能抛下他。

再回去。挥舞铁棒，她打算战斗到最后一刻。

一道影子在空中划过。

是焦三发力，来一招泰山压顶，直逼家丽脑门。

"让开！"为民飞身来救，铁棒落在他脑袋上。

一声惨叫，为民瘫在地上，头流血不止，晕了过去。

"为民！"家丽杀红了眼。一根铁棒周身乱舞。楼下，支持派救兵到了……

为民被送到矿三院。医生说，他头被打了个洞，失血过度，重度脑震荡。家丽把人送到，流了好多泪。但还是在大老汤和他老婆赶到之前及时离开。她不得不离开。为民是因为她受伤的，且伤得那么重！两家仇怨那么深，如果他爸知道真实情况，只会加重仇恨。可是，此时此刻，她又怎么能离开他。

头缝了，包扎得像个木乃伊，家丽远远地站在墙角，看着病房里的为民流泪。他父母到了，大老汤老婆一进门号啕大哭。家丽更难受，她必须暂时离开。

走夜路，第一次一个人走这么长的夜路，天又冷，气温零下。

到家已快十二点。

家丽没脱棉裤，胡乱歪在老太太身边，眼睛还在流泪。

老太太翻了个身："回来了？就知道野。"家丽嗯了一下，努力控制情绪。她不能让人觉察出她的悲伤。

残酷的黑夜，掩盖了一切，好像什么都没有发生似的。

直到黎明，太阳出现，家丽一睁眼，还以为是血染红了天。

一早去敲秋芳的窗户。秋芳让家丽先进来，她要梳头。秋林还在安睡。秋芳和家丽上二楼说话。"怎么样昨天？"秋芳问"行动"的情况。

"就那样，打打杀杀，没什么意思。"家丽兴致不高。

秋芳一听，大概知道家丽昨儿没讨到好处，便说："是，我妈也说打来打去没什么意思，是人民内部矛盾，不是敌我矛盾，何必弄得那么尖锐。"

家丽换个话题道："秋芳，你那个《小兵张嘎》连环画借我看看。"

"你不是不爱看嘛。"秋芳梳理她一头秀发，"哎，是不是虱子，你帮我篦一篦。"说着，秋芳进屋拿篦子。家丽只好帮她篦头发。"我爱看，家文、家艺、家欢也想看。"家丽搬出妹妹们。

"好像借给为民了。"

"去要回来吧。"家丽就等她这句话。

"那么着急看，不是去红风剧院看过电影嘛。"

"我妹特想看。"

秋芳觉得奇怪，但也没说什么，篦好了头发，就去汤家要书。大老汤老婆的妈在家。她被接来带幼民。她说为民不在家，大老汤两口子也不在。

秋芳转回来，跟家丽说了情况。家丽急得直转圈，喃喃自语："怎么还不回来？"秋芳问："从哪儿回来？他昨天也出去了？他到底是哪一派我到现在搞不清楚，不过我想，这人不至于脑子那么糊涂加入炮轰派……"

巷子口出来一阵哀乐，吹拉弹唱。

"完了！"家丽心痛得顿足。

"怎么就完了？"

"他死了。"

"谁？"秋芳连忙跑去巷子口看，原来是七巷的大老吴升天作古。"是大老吴。"秋芳跟家丽说。

哦——家丽的悲伤收起了一点，只说吴爷爷是个好人。

大老汤匆匆从两个女孩眼前过。

家丽连忙缩回去。秋芳叫声汤叔叔好。大老汤没空理她，旋风一般进家门，一会儿又出来，匆匆走了。

"到底怎么了？"秋芳嘀咕，"慌慌张张的。"

家丽这才按捺不住："为民受伤了。"

"啊？"秋芳惊讶，"怎么不早说。"

"我也是听说……"家丽撒了个谎，"昨天场面混乱极了，我听说为民被人……"

"被人怎么了?!"秋芳激动。

"被人打了一闷棍……"家丽省去前因后果,"现在可能在医院。"秋芳立即说要去看看为民。两个人找邻居借了一辆自行车,家丽带秋芳,风驰电掣往矿三院去。

到病房。汤婆子坐在里头,背朝门。床周围站着几个男生。有山芋干、胖孩,都是铁哥儿们。家丽犹豫,不愿进去,秋芳拉她一起进。家丽咬咬牙,进就进。大不了都认了。

为民醒了,睁着眼睛。见家丽,突然一阵作呕。汤婆子连忙去叫大夫。一会儿,护士来查看一下,说是脑震荡的正常反应,会持续一段时间。秋芳跟汤婆子打招呼,说来看看为民。家丽不说话。

为民朝家丽眨了一下眼。何家丽的心扑腾,起了又沉。

看样子没事。

汤婆子没空理会来客,恨恨道:"这到底谁下那么大的死手,查出来必须严办!我提个菜刀过去,我命不要了也要跟这人拼命!"四周皆咋舌。汤婆子向来有股狠劲。为民反倒要劝他妈:"妈,没那么严重,就是个意外,不小心撞到铁栏杆上了。"

"那也是有人预谋!"汤婆子不信,"我跟你说以后不许你出去跟人胡混!支持这个炮轰那个,有什么用啊,你没听到全医院都在议论,矿上今天都停产了,造成重大经济损失,这事闹大了,谁都包不住。"

为民道:"妈,我想吃口小米粥,带糖醋蒜的。"口气温柔。

汤婆子的火瞬间消了一些。政治斗争再严峻,局势再怎么如火如荼,也不能耽误她儿子这口饭。"还知道吃。"汤婆子微嗔,"家里哪有糖蒜。"

活着真好。

一进门家丽就找老太太要糖醋蒜,说想吃。

"这会子找它干吗?"老太太在洗衣服,"锅屋的西瓜坛里看看还有没有几头。"

一去看,还有四头。家丽找了个茶缸子,把蒜装进去,又一阵风似的走了。

老太太喊："不在家吃饭？"

家丽应付道："我吃这个行了！"她还要赶路。

午后，太阳晒进来，病房里只有为民一个人。家丽端着缸子进去。为民意外，立刻要撑着坐起来。

"别动！"家丽的口气像在命令阶级敌人，缴枪不杀。

为民果然不再动。

家丽放下搪瓷缸子，四处找筷子。床头的小矮柜上有为民的饭盒，上面有双筷子。为民要起来，自己动手。

"让你别动，我来弄，现在我的厨艺，高着呢。"家丽不忘自我吹嘘。不过吃头糖醋蒜。

夹起来，送到为民嘴跟前。

为民惊讶："啥，糖醋蒜？"嫌弃脸。

"不是你说要吃糖蒜的吗？"

"我就是那么一说。"

"不行，吃。"家丽霸道。为民顺从："吃，吃，剥一下皮总行吧。"家丽帮忙剥了皮。"味道还不错。"为民笑呵呵地，很满足。

秋芳端着饭盒来到病房门口，一抬头，看到家丽正在喂为民，也是糖蒜。她慌忙退了出来。打开饭盒，两头糖蒜躺在里头。秋芳犹豫了一下，转身走了。

023

两派的武斗到 1967 年秋天基本停止。经过协商，支持派和炮轰派实现大联合，淮南人民基本恢复"抓革命、促生产"的秩序。家丽安安静静读了一年书，到六八年，她和秋芳就该初中毕业，两家都在为孩子的前途操心。老太太的意思是，能参加工作就参加工作。常胜在考虑要不要让家丽上高中。美心则说："上高中不也是混，哪里读得下去，那些孩子，打打杀杀，无法理解。"

这年夏天，淮南普降大雨。凤台县淮河峡山口水位 20.25 米，田家庵水位则达到了 23.82 米。市革委会成立了防汛领导小组，紧急号召军民投入防汛斗争。

院子都进水了。除了家具搬不走，家里稍微能拿的东西都带着去刘妈家二楼。美心率领家文、家艺、家欢还有老太太一下就占满了。所以这回朱德启和大老汤家都没来。

家丽却很兴奋，这日，她上楼就对老太太和刘妈嚷嚷："阿奶，刘妈，知道吗，东海舰队吴淞水警区副司令员陈小龙率队来淮南了。"

听着很遥远。老太太问："他来干吗？"

"支援防汛抢险啊。"家丽对老太太的后知后觉不满，"阿奶，反正淮河决堤你都不在意。"

刘妈笑道："这孩子，老太太是见多识广。"

老太太放下针，说："兵来将挡水来土掩，衣服破了我就缝，我都六十岁的人了我担心什么。"

家丽说："李先念副总理都下命令了，要求淮河支流的缺口要立刻导堵。"

老太太咬断线头，对刘妈："看看，干大事的人，操着国家的心呢，我只要求她把这裤子少磨破几个洞，也让我这老太婆省省眼睛。"

刘妈问家丽："阿丽啊，马上中学毕业了，有什么打算啊？"

家丽说："打算？全面落实毛主席最新指示。"

老太太插话道："看到了吧，就这样，这孩子就这样，没个正经。"家丽见奶奶有些不高兴，这才故意撒娇说："我知道，你们是为我的未来担心，不用担心，我有打算，我想报名参军。"

"你敢！"老太太反应激烈，连着咳嗽两声。刘妈连忙帮老太太拍拍背，说家丽，别气着你奶奶。

"当一名共和国女兵多光荣，而且不是一般人能当得上的呢。"

"当兵，"老太太捯匀了气，"过去都什么人当兵？兵痞兵痞，十个兵有九个痞，你去当什么兵。"

"阿奶，你这个旧社会老思想说出去会有人把你抓起来。当兵是光荣的，军代表的社会地位多么高。"家丽解释。刘妈帮着说，对，军代表现在可厉害了。

"那也不许去，"老太太火气没降下来，"我还指望你给我养老送终呢，别回头走到我前头！"

刘妈叹道："能当兵也不错，不然就是下放，搞不好去得更远。"

老太太问刘妈秋芳怎么打算。刘妈道："我也不知道，听她爸的。"老太太问："她爸什么时候能调回淮南？"

刘妈犯愁："谁知道，听组织安排。"

可家丽主意大着呢。她还是打算偷偷去报名。

区武装部，家丽在传达室登了记，直奔征兵办公室。登记员见来的是个女的，直接告诉家丽，今年市里没有征女兵的计划。

"我各方面合格，我愿意保家卫国，为什么不许我登记？"

"这位同志，跟你说了没有计划。"

"那我也要登记填表，说不定以后就有计划了！"家丽愿望迫切，只要有一丁点希望她也要争取。

登记员后头站出来个人，个子不高，眼窝深邃，戴着绿色军帽，"这位同志，你的愿望是好的，要不这样，你先填张表，如果情况有变化，我们可以及时通知你。"

态度还算不错。

家丽跟着这位同志，到办公室坐下，他给了她一张登记表、一支笔，又给她倒了点水，请她慢慢地仔细填写。

家丽刚写一个名字，那人就跟着读出来：何——家——丽。

家丽反问："你叫什么名字？"

"张建国。"他说。

"多大?"家丽问。

"比你大得多。"张建国依旧和善。

"说数字。"家丽追问。建国说了个数字。家丽笑呵呵地,"也就比我大个五岁而已。"建国笑说:"我可是老同志了,十五岁就参军了。"家丽说:"如果我今年参上军,就跟你也差不了多少。"

家丽填完表,建国收好,她便告辞了。登记员凑过来对建国说:"这女的真烦。"建国道:"哎,不要这样说,革命同志的一腔热血很可贵。"又说,"这个表我收着吧。"

当然,家丽没能收到武装部的通知。她的参军梦就此破灭。不过很快,另一个决定下来,家丽便有了新去处。

通知是下午放出的,贴在学校布告栏上:何家丽下放肥西,张秋芳下放肥东。眼尖的秋芳看到汤为民也下放肥西,有些失落。

"以后咱们就见不着了。"秋芳暗藏心事。

"肥东,肥西,就差一个字,不远。"家丽乐观主义。

秋芳笑说差一个字,却差着整个合肥呢。

"有空我去看你。"家丽给秋芳鼓劲。

"汤为民好像也去肥西。"

"是吗?"家丽心里高兴,却装作不在意,"没注意,懒得理他,人多了,不缺他一个。"她的嘴巴向来顽强。

"去了也不知道怎么住?我还没住过乡下。"秋芳担忧。

家丽说:"这个我知道,会分知青小组,有宿舍,男的男的住一起,女的女的住一起,白天出来干活,晚上回去休息,干活能挣工分,到年底一并算钱。"

秋芳若有所思:"明白了,男的男的住一起,女的女的住一起。"

家丽打趣:"干吗,你不会以为男的女的混住在一起吧?"

秋芳说你乱讲。两个人没再多说。回家各自汇报了下乡去处。刘妈满是担忧,怕秋芳太"瓢"(方言:弱),身子受不住。

老太太倒很乐观，她认为下放比去当兵好。"谁知道什么时候打仗？一打起来，死人就没个数了，到乡下去，学学种地，叫那个什么'接受贫下中农再教育'，磨两年，磨磨性子也好。"

美心不同意婆婆的说法："当兵回来是安排工作的，一般都是国营，如果是男孩，我倒觉得当兵不错。"常胜也支持当兵。只是，家丽注定没有这个机会。

接知青下乡的车前挂着大红花。车边的工宣队敲锣打鼓。多少冲淡了一点离别的伤感。

老太太拉着家文、家艺和家欢，美心扶着常胜，都来给家丽送行。刘妈抱着秋林送女儿秋芳。大老汤给儿子为民申请了好久轻度残疾——因为脑震荡，但依旧无效，为民必须下放。

这也是他十分乐意的，他跟家丽都去肥西。他原本讨厌合肥这个名字。肥这个字他就很讨厌。肥，资产阶级才肥，他是无产阶级革命小将。但因为和家丽一起去肥西，他又对肥西这个地方产生了一点罗曼蒂克的幻想。

汤婆子给为民带的东西最多。除了被褥行李，还有不少吃的，零食、咸肉，还有乳品厂的牛奶。因为这些行李和汤婆子的眼泪，为民最后一个跳上车。秋芳和家丽并排坐着。车刚开，为民就大方地把吃食散给知青们。牛奶给家丽，家丽不要。反讥讽他："你这也太资产阶级了，是要去肥西微服私访？"

哄堂大笑。为民把牛奶塞给秋芳，秋芳也不要，为民坚持，说："收着，你去肥东，不跟我一起。"又笑对家丽："这不，我自己就在割资本主义尾巴。"

车先到肥东。在路边停下来，下放肥东的知青们先下车。家丽和为民都跳下车。家丽对秋芳说："有什么困难给我写信。"

为民打趣："那地方通不通信还不知道呢。"

秋芳抱了家丽一下。家丽上车，一路朝肥西开。

到肥西，住处还没收拾好，第一晚先住生产仓库，六个知青，三男三女，分别住在两间房。为民刚住进去就嗷的一声。

家丽和另外两个女知青忙跑过去看。

三个男知青都跳在床上。"老鼠，那么大。"用手比画，有热水瓶那么长。家丽问："在哪儿？我属猫的。"两个女知青慌忙后退。

为民指了指墙角。家丽一个人走过去，拿着个脸盆。见仓库墙角有点响动，瞅准了，脸盆一丢，倒扣，跟着脚踩上去。竟然活捉。两个女知青做崇拜状。男知青们也竖起大拇指。

何家小院，老太太坐在院子里，天已经黑了。

美心从屋子里走出，扶老太太起来："妈，进屋吧，起风了。"

老太太站起来，捂了捂心口："你说这家丽突然一走，心里头还空落落的。"

美心笑道："别想了，家里这不还有三个呢，够淘的。"

家艺打屋里头出来："妈，老四抢我卡子。"

美心皱眉："你是姐姐，怎么还被她抢了。"家文懂事，出来说："老三，把我那个卡子拿去吧，我也不用。"家艺已经开始读书，开学二年级。家艺说："你那个不好看，我的红卡子是上学戴的。"

家艺从小就爱美。

老太太严肃地说："自己的东西，要自己拿回来，学学你大姐，男孩都敢打。"

美心侧目："哟，妈，这人一走，那缺点就又都成优点了？真是远香近臭。"受了老太太鼓励，家艺只好自己去"抢"卡子，她走到家欢面前，伸手："老四！给我。"

老四一伸手，在老三额头上拍了一掌，冲击力巨大。家艺一个没站稳，摔在地上，手蹭破了皮，顿时哭了。

家欢洋洋得意。二姐家文喝道："老四！给她！"眼神凌厉，不怒自威。二姐比她大不少，她不敢不从，只好乖乖将卡子交到家文手里。"给。"家文递给家艺。

家艺不哭了，却没好气："谁要你管。"

老太太奇怪，对美心说："这老三怎么了，好赖不分啊。"

美心道："谁知道怎么回事，这老三，就是个小姐的性子丫头的命。"老太太不满美心这么说孙女，反唇道："那你是什么，丫头她妈。"美心没作答，进屋去了。

024 /

邮递员送信上门，老太太接了信。转身回屋递给常胜。何常胜拆开信看了看，丢在桌子上。

老太太问："谁来的信，讲的什么？"

"家丽。"常胜说，"过年不回来了。"

"写了这么多字，就说那么一点事情？"老太太不识字，"家文，来给读读。"

家文已经上四年级，识了不少字了。美心正在帮家艺、家欢换衣服，年前，她打算带老太太和女儿们去澡堂洗澡。她又怀上了，进澡堂，也得老太太关照点。

家文走到堂屋，拿着信，站着。"字儿不一定全认识。"

"念。"老太太说。

家文用广播腔读："尊敬的奶奶、爸爸、妈妈还有我的妹妹们：我在肥西挺好的。"家文指着其中一个字问常胜。"勿。"常胜说。

"勿——念。"

老太太问什么意思。

"就是说让你不要想她。"常胜解释。

"这个家丽，没心肝的。"老太太笑着说。继续念。

"我每天白天干活，挣工分，晚上也帮老乡做一点事。基本适应了农村的生活。今年过年我不打算回去，省点钱，明年再找机会回去看你们。家丽，六九年一月一日。"

"怎么一月的信到现在才寄过来。"

美心道："现在就是寄得慢，不过也有可能是她一月写的，二月才发出来，你孙女干得出这事。"

老太太担忧："过年也不回来，一个人在那儿做什么？闲得的。"

美心说："妈，我这个当妈的都不担心，你那个孙女是省油的灯？在哪儿哪儿的房顶不掀翻喽？再说她不是去接受贫下中农再教育嘛，吃点苦头也好。"

"说得轻松，这些年，就咱家，吃的苦头还不够多，怎么就你老把家丽往外推。"

"妈，不是我往外推，是她自己往外跑，没下放，不也没怎么沾家。"

常胜见婆媳俩拌嘴，怕矛盾升级，便说别说家丽了，反正今年过年不回来，明年总回来，该去洗澡洗澡，这年里头人多，小心地滑，你跟妈相互照应着点。

家文一边收拾东西一边说："放心吧爸，我扶着奶奶和妈。"

前进浴池开在北菜市以西，去洗澡的多半是附近的住户。年里头人多，都想干干净净过年。美心再怀孕的事一直没对外说，进了澡堂，尽管气雾缭绕，妇女们还是发现了这个"秘密"。不过眼下家家都有四五个。生孩子不是什么新鲜事。只是美心是个生女专业户，所以每当她怀孕，猜下一胎是男是女，也成了妇女们的保留节目。朱德启老婆也在洗浴，她用毛巾包着头，赞叹美心："伟大，真伟大，这种精神伟大，锲而不舍，坚持到底，愚公移山，社会主义建设有这种执着的精神，势不可当。"

还好大老汤老婆没来。否则美心不知别扭成什么样。她故意挑汤婆子上班这天来洗的。老太太搬个小马扎，坐在浴池边慢慢洗。美心陪着，她让家文带着老三、老四洗完了先出去透气。半小时后，美心扶着老太太出来了，两个人站在女宾部门口梳头发。刘妈带着秋芳进来了。"哟，刘妈，来了。"老太太笑呵呵的，率先打招呼。美心对刘妈说："本来想找你一起的，叫了几次没人。"刘妈笑道："巧了，我刚才也去找你，你们不在家，我把秋林托给常胜照顾了，秋芳刚回来，我去车站接她。"又对秋芳，"叫人。"

秋芳忙跟美心和老太太问好。老太太笑道："这才多长时间，长成大姑娘了，下乡下得更标致了。"刘妈道："别夸她了，下了车跟灰猴似的，赶紧带来洗洗。"

秋芳问："家丽没回来吗?"

老太太道："来信了，过年不回来，扎根农村了。"

美心补充说明："他们那一批都没回来。"

秋芳心里咯噔一下。那意味着为民也没回来。她原本打算去肥西看看他们，可来回一跑，挣工分兑的钱就会损耗不少。再说过年她爸可能就回来几天，驻巢湖大概是个长期的事。她再不回来，妈妈更缺少安慰。

可眼下她不得不安慰老太太几句："农村好，广阔天地大有作为，我本来也不想回来的。"秋芳笑呵呵地。打外面看，全然看不出她内心的波澜。

年三十包饺子。家艺、家欢特别积极，她们想玩面。美心坚决制止，浪费粮食。只有家文有机会参与这项活动。她包的带棱带角，有模有样。家艺非要上，"我也是小学生了。"这是她的理由。她什么都要跟姐姐比。老太太松口："你包一个试试。"说着擀了一张面皮丢给家艺。家艺一边看着家文的手上动作，一边笨拙地放馅儿，捏皮，可捏出来的饺子怎么都不像家文捏的那样，俊秀灵巧，轻松站立在面板上。她包的饺子是躺着的。

"懒婆娘。"美心点评家艺包的饺子。又点点家文的作品，"勤劳的婆娘，已经起床了，老三的饺子还没起床，躺着呢。"

家艺不服输，她不能输给姐姐。她立刻去扶她那只饺子"起床"，一不小心，手指戳到饺子皮，用力过猛，戳了个洞。

大事不妙。只好从奶奶那儿要一点点面，再给那只饺子打补丁。

家文却早已"轻舟已过万重山",包的饺子都一小排了。

老太太说:"老二,教教老三。"老二家文刚腾出手准备教她,家艺立即大声:"我自己会!"

再倔强地包第二只,还是歪歪倒倒。这次肉放少了,瘪趴趴的。又想补救,动作太大,一扫手,饺子跌在地上。

美心为老三的愚蠢着急:"捏起来!"老三连忙去捏,饺子还是沾了土。老太太对家艺:"别趁乱了,去玩吧。"

家艺不肯走,站在那儿,别别扭扭的。美心说:"一会儿你包的这两只你吃,没人要吃这种饺子。"

家艺哇地哭了。她最好哭,可没人安慰她。家欢则在一旁看着,阿奶阿妈不让她包,她就不包,小孩子,等着吃就可以了。她觉得自己可没家艺那么傻。

肥西乡下,老乡家。几个知青正在和老乡一起包饺子。这是新年最大的活动。冬天地里活不多,但收麦秸秆和照顾家禽家畜,也很需要费些力气。来了一段日子,知青们都晒黑了,也似乎更结实了些。只是瘦还是瘦。为民洗了手,进门,凑到桌子旁。

家丽一抬头,诧异:"你怎么还没走?"

"去哪儿?"为民嬉笑着。

"去你家。"

"老回去有什么意思,广阔天地,何必总回家。"

"你妈不想你?"家丽呵呵道,"你可是你们家的宝贝儿子,长子长孙,怎么不得给你捎带点牛奶过来。"

"干社会主义事业,必须三过家门而不入。"

家丽不跟他耍贫嘴:"干活吧你,饺子还有这么多没包呢,翠英婶说了,今天是包多少吃多少。"

为民笑道:"哎呀,那我可得加倍努力了,我饭量大,就怕得一个人承包了。"

家丽补充道:"前提是,包的饺子得合格。"

"怎么才叫合格？"

家丽拿着一只饺子皮，在为民面前展示："好的饺子，必须皮和馅合为一体，皮要在手里包得有立体感，基座要稳，这是基础，褶子要漂亮，这相当于是人的脸，是要有面子的。"

"第一次听说，饺子还那么讲究。"

家丽哼一声道："你当然不懂，你是男孩，在家里，你妈你姥姥能让你干活？都等着让你干大事呢，只是可惜没什么大事可做，只能荒着。"

为民虚心求教："这不是有你这个老师嘛。"家丽还没来得及说话。一个女知青进来说话，说翠英婶说了，馅不多了，剩下的包馄饨，皮擀薄一点。家丽自告奋勇擀皮。跟奶奶学了厨，这些她都成了行家里手。擀皮靠的是手上的经验，家丽拿起擀面杖一揉搓，果然薄透些。"包。"家丽下令。

知青们无措。他们都不会包馄饨。

家丽只好停下来，先做教学，"看着，简单，馄饨不是饺子，馄饨主要吃皮，馅用筷子头挑一点，膏在上面，一搲（方言：握紧），完工。"家丽利落地说着。

为民也跟着学。面皮摊在手心，一握，力量太大，成了个实心疙瘩。家丽说："手劲要把握好，太用力太不用力都不行。"

为民急得额头出汗。外头有人喊下饺子，知青们都端着饺子往外走，只有为民和家丽留下包馄饨。为民又试了一只，还是不对，又一个疙瘩。面皮擀了不少，家丽腾出手来，捉住为民的手——手把手——家丽的手在外面，为民的手包在里面。取一块面皮，放在为民手心，"摊平，"家丽拿筷子头点了点馅料，膏在面皮上。"慢慢地，对，握，"家丽慢慢收拢掌心，为民的手跟着也慢慢收拢，好像一朵花要进入睡眠，"轻轻地握，对，轻轻地。"家丽的气吹在为民耳朵边，痒痒的。汤为民陶醉了。

"馄饨可以下了。"一名女知青进屋。

为民吓了一跳，本能地手一抖，那只合作完成的馄饨掉在地上。女知青愣住，她被为民和家丽一前一后的动作震住。家丽坦坦荡荡，继续包馄饨。女知青反倒有些不好意思。

"我去下馄饨。"为民端着馄饨跑了出去。却没注意门槛，脚下一绊，连人带馄饨摔了出去。

馄饨落地上，四面八方散着。女知青和家丽都跑来看。为民只好迅速捡起，用嘴吹吹，还是沾了灰。"这些我吃。"为民忙说。

家丽笑说："饺子你吃，馄饨你也吃，不知道要吃多少。"

025

年初一早上吃饺子。

孩子们端着碗排队等，老太太站在大锅旁边，捞起来，盛在碗里。轮到家艺了。"吃多少个？"老太太问，今儿个过年，个数可以适当增长。

"两个。"家艺说，"我包的那两个。"

老太太先把那两只捞出来，一只打了补丁的。可惜下了水，补丁立刻脱落，肉馅外泄，煮出来只剩一张外皮。另一只，馅料太少，瘪趴趴，像条小死鱼。家艺十分忧伤。姐姐家文包的，个个漂亮，下了水，再出锅，十分圆润，秀色可餐。

老太太又给她多盛了几只，都是家文的手笔。

轮到家欢了。"多盛点。"家欢嬉皮笑脸。老太太给她盛了六个。这只是早饭。"不够，饿。"家欢仍旧举着碗。

"差不多了，别眼大肚皮小，中午还吃呢。"老太太教育家欢。

家欢只好讪讪离开，她认为自己吃十个没问题。

姊妹仨趴在小桌旁，蘸醋吃。家艺把自己包的那只吃了便放下筷子。老太太路过，见老三不动，问："怎么不吃？吃啊，吃完了还得去拜年。"

家艺还是不动，在赌气。气自己，为什么总不如二姐，就连包饺子都不如她。家欢见状，迅速把家艺的碗搂过去："阿奶，她不吃我吃，不浪费粮食。"说罢，狼吞虎咽风卷残云。

吃完早饭，老太太带几个孩子去给街坊四邻拜年。美心、常胜待在家。美心有身孕，常胜要对一年的账簿，做做来年的打算，说不便外出。实际上，两个人都在为没生出儿子赧颜。一拎出去，施施然三个丫头，简直是集中展览。不去丢这人。

"走了走了。"老太太招呼，跨出屋。家文、家欢跟上。家艺嚷嚷着："阿奶，等我会儿，我换个衣服。"

"走吧，有什么可换的。"

家艺不听，迅速跑到里屋，把爸爸买给她的红褂子硬套在袄子外头。袄子大，褂子小，绷得紧紧的。还有红卡子。全都整理好，家艺这才跟老太太出门。

其他人倒也不以为意。家艺在她们眼中，没有美丑，只是一个家庭成员，一个上小学的小孩子。家欢直言："三姐的褂子有点小，给我穿可以。"家艺白了她一眼："想都别想。"

家文道："等你长高了，还不是下放给妹妹。"

家艺说不用不用，还能改裤子。家欢哧了一声，跑去拽住老太太的褂襟子。她不稀罕老三的那套红衣服。

先到刘妈家。刘妈丈夫老张回来了，只是性格内向，不怎么爱说话。老太太寒暄了几句，就让三姊妹给刘妈拜年，磕头。三姊妹照办。刘妈忙一人给两毛压岁钱。老太太连忙也给秋芳和秋林，刘妈对秋林："叫人。"秋林拿着钱，还是不说话。刘妈不好意思，对老太太，"也不知是我怀他的时候吃了哑巴草还是怎么的，都几岁了，一直不肯说话。"老太太道："去保健院看看。"

"看了，医生说没什么问题，可他就是不开口，急死人。"

老太太宽慰刘妈："也有的男孩就是说话迟，再等等，他不说，你多跟他说，渐渐也就说了。"

秋芳接了钱，交给妈。又笑对老太太说："又要奶奶破费。"老太太说这点钱还拿得起，一年也就一次。说着，拉住刘妈的手，"我挺喜欢秋芳这丫头，知道人情世故，懂礼，现在放眼望去，哪有几个这样的孩子，你看我们家老大，跟头野驴似的。"

刘妈笑说家丽是干大事的。

老太太哼了一下道："能干什么大事，别惹事就不错了。"秋芳又问了问家丽的情况，老太太表示不清楚。老太太问秋芳什么时候回肥东。秋芳说出了年就走。老太太又夸秋芳出落得干净。年里头，都是好话。

刘妈投桃报李，道："你们家老二才是真漂亮呢，鼻子是鼻子眼是眼，再过几年，保准是大美人。"

家文听了，并不引以为傲，只是跟秋芳姐小声说着话。

家艺听了却有些不自在。夸了老二，忘了老三。老四本来相貌一般，不在竞争之列。家艺故意往前站了站。刘妈终于注意到她。家艺道："刘妈过年好。"

刚才才拜过年，这突突兀兀又叫一声，刘妈诧然，低头瞅了家艺一番，大致明白了几分，故道："老三这衣服今天不错。"

点到为止，没了。家艺虽然谈不上很满意，但好歹也被夸奖漂亮，稍微满足。

接下来去朱德启家。他家一个儿子两个闺女。朱德启老婆一人给了五分钱压岁钱。老太太还她一毛。等于她赚了一毛五。朱德启本就是会计世家，算得清，这来回赚了一毛五。朱德启老婆嘴上抹了蜜似的："哎呀，你们家老二真漂亮，老三老四也好。"

后面半句明显轻描淡写。

家欢只顾收钱，虚头话不听，家艺却听在耳朵里。她故伎重演，走到朱德启老婆跟前，抬头说："婶婶过年好。"

可朱德启老婆并不能领会家艺的心思，只是摸摸头，道："你也好。"就没了。家艺讪讪地。

然后到大老汤家。虽然有"仇"。可老太太觉得礼数还得周全。年拜了，大老汤老婆一人给了一毛。老太太回给汤幼民五毛，不让她说闲话。大老汤老婆问："家丽呢。"

老太太说："在广阔天地大有作为呢。"她又问为民，汤婆子说为民也不回来。汤婆子有些警觉，她总担心何家老大对为民不利。幼民走过来，要跟着家文玩。不理家艺、家欢。

大人看着笑。汤婆子道："这么小的年纪，就喜欢跟漂亮姐姐玩，哎呀，文婶，你们家老二，是真漂亮。"

家艺耳朵尖，听得头皮发麻。她只好再三施计，走到汤婆子眼前，说："阿姨过年好，祝你越来越漂亮。"

汤婆子回复："也祝你越来越漂亮。"摸摸头。转过脸，她又对老太太小声说："老三也漂亮，不过跟老二比，还是差了点，老二有点像一个明星的脸盘子。"

家艺侧耳听了，终于控制不住情绪，歇斯底里："我也很漂亮！"声音锐利刺耳。家艺有个尖嗓子。老太太和大老汤老婆愣住。

家艺哭了。

还没出年，为民和家丽的"传言"就在知青中传开了。家丽听在耳朵里，却不像过去那么有底气。她听说过男知青和当地姑娘恋爱的故事。但她不觉得这种事情会和自己有关。只是，当传言入耳，她再重新回想那天晚上包馄饨的场景，像老牛反刍，反倒嚼出一点不一样的滋味。当时不走心，所以自自然然。现在走了心，家丽有些不好意思了。再见着为民，她自觉地躲着。为民也觉察到家丽对他的变化。

这日，出工回来，田埂上，家丽走在前头，扛着锄头。

为民追上去："你好。"他木愣愣的。气氛有点尴尬。

"你好。"家丽保持距离，站住了。知青们慢慢先走远了。

"我们还是革命同志。"为民说。

"当然。"

"那些传言，不能信。"

"什么传言？我没听到传言，不要误会。"家丽佯作不知。

"我们之间，还是不变……"为民语焉不详语无伦次。

"你真好笑，什么不变，又什么变，变不变又怎么样？"家丽像说绕口令，"在广阔天地，我们是革命同志，回到老家，我们就是两个阵营的，势不两立，不是一个派别。"

"不是这样。"为民为难。

"那是什么？你到底想说什么？"家丽有些发毛。

"没什么大不了。"

家丽不理他，扛着锄头继续走。

为民又往前追："如果一切都是真的，你信不信？"

"我不信！什么真的假的，你是不是大脑发炎了。"家丽批评他。

"我是说，如果传言是真的，你信不信？"

"什么传言？"

"就是说，我跟你……我跟你是革命伴侣……"为民重新组织了一下语言，传言是说他们在处对象。

"传言不是真的。"家丽果断判决。

为民不等判决落地就抢着说："如果我想说想要是真的呢。"

家丽愣住，盯着他看了几秒，用手指指他，看玩笑似的："你真逗，没时间给你玩，鸡都没喂呢。"

"我喜欢你。"为民忽然说。

平地惊雷。何家丽被炸得有些蒙。田野的风呼啸而过，仿佛它们也跟着起哄，庆祝这个时刻。"我喜欢你我喜欢你我一直都很喜欢你但我不敢说我不能说我也不知道怎么说我……"为民一口气憋着，依旧语无伦次。但意思传达到了。

家丽仍旧不说话。半晌，才十分严肃地说，"当你没说过这话，收回。"说罢，扛着锄头渐行渐远。

为民站立着，看着她的身影越来越小，忽然懊恼地胡乱打自己头几下。

一次不甚成功的告白。

一切就这么突然发生了。

回到住处，放下锄头。何家丽还有些蒙，她像丢了三魂七魄，坐在床边，一言不发。喜欢。深呼吸，抚平心跳节奏，她才开始仔细体味这个词的含义。似乎有点甜丝丝的，但也夹杂着一点说不清道不明不晓得算是什么味的愁绪。

026 /
/

常胜还在积极要求入党。全市整党建党，基层党支部多数恢复了组织生活。"吐故纳新"，有一批党员因为"表现不好"被挂起来了，另有一大批"积极分子"被吸收入党。常胜因为"不够积极"，理所应当没入上，到家不免有些失落。

老太太觉察出儿子的情绪，鼓励说继续努力。

"努力什么？"常胜不愿人知道他又没入上党。

"努力想努力的事情。"老太太模糊处理，"三分命，七分拼，你看美心，也在继续努力。"指美心的肚子。

对生男孩，常胜几乎想要放弃努力。

美心从外头进院子，老太太问，今儿个怎么回来晚了。

美心说："厂里开号召会，号召大家去挖防空洞和防空壕，在洞山那一片。"常胜紧张，他怕美心还要参加。

老太太急道："你歇着吧，跟你没什么关系。"

美心笑说："这回不会了，我可不想生在山里。"

"长记性了。"老太太笑。

家文挎着书包进院子，后面跟着家欢。美心问家文："老三呢？"

"她自己走，没跟我们一起。"

"自己走？"老太太不懂老二的意思。

"她不用我带她一起放学。"家文解释一遍。因为学习成绩优秀，家文跳了一级，正在读五年级。家艺二年级，家欢是一年级新生。一会儿，老三到家了。

"何家艺。"常胜叫女儿过来。

家艺必须听从。

"不是让你跟姐姐妹妹一起放学吗？"常胜问，面无表情，但有威严。

"今天我值日。"家艺撒了个谎。她只是不想跟家文一起放学。在学校，家文总是最受欢迎的人。她是丑小鸭。

但她立志超过姐姐。

夏天，天黑得晚，还没正式放暑假。吃完晚饭，老太太带着三个孙女坐在院子里的那棵泡桐树下篦头发。常胜陪美心去坝子上散会儿步。美心总说饭堵在心口不消化。

进来个人，笑着打招呼，是个中等个子的女人，扎着马尾，身材健美，穿运动服。她身后跟着位男士，也是运动服，胸口印着中国二字。

"你好，请问是何家文的家吗？"女的问。

老太太站起来，待客，说了声是。家文喊了声老师。老太太的态度立刻更加好一些，让屋里坐。

女老师自我介绍，说是学校的体育老师，跟着她来的，是市体操队的教练，他们来是想了解了解家文的情况。

"您问，我都知道。"老太太给二位老师倒水，"我是她奶奶。"

"家文是个运动员的好苗子，适合练体操，我们来就是想了解了解家里的意愿，想选送家文去运动队。"

老太太了解了，说这个自己做不了主，得等她爸妈回来商量商量。教练员说："如果进了运动队，文化课会学得少一点，需要训练，而且需要去外地参加比赛。"家艺一听去外地，心里痒痒。家文倒没表态。

又坐了一会儿，常胜和美心还没回来。老师和教练员便告辞了，她说他们过几天再来一次。待常胜和美心到家。老太太把刚才二位的意思一说。常胜大概了解了，他问家文："你想不想学？"

"还是正常上学吧。"家文说。她不愿意那么辛苦，体操，上蹿下跳，是个体力活。

"想清楚了？"常胜问。

"想清楚了。"家文果断地放弃了这个机会。

"我去学！"家艺举手，"我喜欢练体操。"她喜欢一切出风头的事情，体操包含其中。

"人家又没找你。"美心说，又问，"运动队包吃住吗？"

老太太说是包吃住的，好像还有营养餐，练体育，得吃得好。家欢一听，嘴里还有馍馍就抢着说："我也参加！"她喜欢吃，吃不够。

美心对常胜说："老二不愿意，老三老四愿意，等他们来，干脆推荐老三老四不就得了。"家艺和家欢拍手。老太太不认为这是个好主意。美心道："选不选是他们的事，提不提就是咱们的事了，体育，就是要从娃娃抓起，家艺家欢更小，更适合。"

就这么定了。家艺满心欢喜，幻想着自己得冠军的样子。

过了几日，那二位回访。也是个傍晚，一家人都在。常胜代表家里说了意见。女老师皱皱眉头，跟男教练商量了一下。

"看看其他两个孩子的体格。"男教练说。

有希望。

家艺很兴奋。家欢跟着，不知所以。

"跳两下，对，往上跳两下。"男教练打手势。

家艺奋力蹦跳，怎奈天生弹跳力不足，只脱离了地球引力一点点。家欢也跟着跳，一不小心摔了一跤。美心小声恨道："这个老四，关键时刻总掉链子。"

男教练说："停，停。"家艺连忙站好，笔直。"会翻跟头吗？"

"会！"

赶鸭子上架。家艺决心拿下，不会也得会。

开始翻。一打转，手触地，只翻了半个跟头，家艺便歪倒在地。她只看过翻跟头，没真正翻过跟头。还好教练及时保护，家艺没受伤。教练又摸摸家艺的腿骨。

一会儿，常胜和美心被叫到一边，女老师代表教练说话："我们还是想要家文，她的条件比较符合一些。"

常胜为难。

美心道："老二不想学，不爱好，老三老四好这个，带去学可以的。"

家艺在旁边听着，已经有些激动："老师，我可以学！"家欢已经放弃，跑到树旁边看蚂蚁去了。她本来就是起哄，不像老三那么执着。女老师抱歉似的笑笑："那要不再想想，不着急。"

等于是拒绝了。

家文跟美心去锅屋做饭去了。老三家艺憋着泪。对，不能在二位老师没离开之前掉出来。家欢往厨房一钻，嚷嚷："妈，这都多久没见着肉影子了，真该去运动队，还有肉吃。"

"谁跟你说运动队有肉的？"老太太点了一下家欢的额头，"运动队只吃芋头。"当然是骗小孩子的话。

家欢当真："哦哟，那幸亏没选我去，不去不去。"

二位老师走了。家艺的眼泪蓄满了，终于决堤，她哭着跑出去，一直跑到河边，站着看那滔滔河水，不动。她不知道为什么老天爷那么不公平，二姐什么都有，无论是长相、成绩、人缘，甚至连选个运动队，都永远是二姐占先。她总是毫不费力就能够得到她梦寐以求的一切。越想越难以接受，家艺干脆号啕。

泪水如洪水，肆无忌惮流。

许久，身后传来一个声音："回去吃饭。"

是老太太。家艺回头看了一眼，还是不动。她有她的固执。

"走啊。"老太太走出几步，又叫她。

家艺铁了心伤春悲秋一把，自己演给自己看。

"人各有命！"老太太喝道，"有那个命就做，没那个命就不要做！"

如一道闪电劈下来。家艺觉得自己半边身子麻了。她没这个命……是吗……"我不信!"家艺哭着朝坝子那边跑。

"不撞南墙不回头。"老太太也有些恼火,"不吃就别吃!"

那晚家艺没过多久就自己跑回去了。夜太黑,她不敢沿着坝子走太远。她害怕。

没人惯着她。除了老太太,再没人出去找过她。大家该干什么干什么,似乎早料准了她会乖乖回来。

老三胆子小。美心永远这么说。知女莫若母,她没说错。

家欢趁火打劫,把家艺那份晚饭吃了。留个空碗,比什么都干净。家艺回来只能饿肚子。老太太还算不错,从铁罐子里给她拿了两块饼干。

天亮了照样上学。该出发了,还是家文带着两个妹妹。路上,又有美心厂里的阿姨夸家文。还是那句话,这孩子真漂亮。家艺听到就跑开了。她总觉得活在这个家里,压力太大。

同样有压力的还有美心。

这一胎,她格外小心。学习暂停,工作减轻。没能进味精厂,美心的工作积极性受打击,又是酱油组的老师傅,自然可以摆点老资格。等到临产,胎动频繁,美心干脆住进保健院。生了那么多胎,她觉得自己至少应该被好好照顾一次。是第一次,可能也是最后一次。

一切都在掌控中。

刘妈到保健院看美心,还是说那些话,这一胎差不多。

美心笑道:"我都麻木了。"

"皇天不负苦心人。"刘妈说。

翻来覆去说一个话题也烦。美心改换跑道,问:"听说知青都有回城的了。"刘妈说:"我也听说了,抽上来工作,我让她爸打听着呢,早点回来,早点挣钱,早点独立,我们也松快点。"

美心说:"你才两个,我们家马上五个,我还没叫苦呢。"

刘妈道:"你五个,是三个大人看着,我等于就一个人,前几年更难,现在好些,秋林也上学了,一点一点往前挪吧。"

美心道："我看秋林现在说话挺不错。"从前他被人取外号小哑巴，老被大老汤家的幼民欺负。

"话还是不多。"刘妈对儿子的成长不满意，又说，"大老汤家的又生了个儿子。"

美心惊讶："哦哟，又是儿子！吓死人。"

刘妈道："儿子命，以后让三个儿媳妇缠她吧。"

美心啧啧两声："为民、幼民、振民，我老天，不敢想，以后谁当她家儿媳妇，也是够吃一壶的。"

刘妈笑说："不是一家人不进一家门，她汤婆子厉害，有比她更厉害的，看着吧。"

美心吐舌头。

正说着，美心忽然觉得下肚子难受，反应来得迅速。刘妈连忙去叫医生、护士。美心恐怕要生了。

027

在产房门口等了十二个小时。老五还是没生出来。常胜急得来回走。老太太自言自语："从来没像这次，怎么会生不出来。"

抽烟，叹气。常胜有些耐不住。

医生从产房出来，摘掉帽子，一头汗："病人家属，现在的情况是，产妇已经没力气了。"

"那怎么办？"没等医生说完，常胜就问。

"胎儿头部太大，拿了钳子也夹不出产道。"

"是男是女？"常胜追问。老太太打了一下儿子胳膊，非常礼貌地问：

"产妇情况怎么样?"

"产妇失血有些过多,所以必须尽快生产,得考虑剖腹产。"医生情绪还是平静的,"你们商量商量,快点决定。"

本能地,常胜立刻表示无法接受。他听人说过,剖腹产的妇女,有的无法再生育。他得留点后路。庄稼黄了能再种,土地不能破坏了。老太太训斥:"现在是保大人,必须剖腹。"

哦,剖腹是保大人。美心没了,什么都完了。常胜脑子这才转过来。同意剖腹。

手术前签同意书。常胜手有点抖。可还是签了。

紧锣密鼓,手术开始了。常胜担忧,跟老太太道:"这能行嘛,又是剖腹,脑袋还被钳子夹了,孩子天生头大? 能是好孩子吗?"

"有什么不好的?"老太太说,"你就瞎想! 大头大头,下雨不愁,人家有伞,你有大头,哪不好? 很好。"

常胜不说话,两包烟都抽完了。

时间分分秒秒过去。随着嘹亮的哭声传来。美心完成了又一个艰巨的任务。护士出来报喜:"刘美心! 小妹!"

常胜脸登时绿了,转身就走。老太太喊,这次没用。何家老五又是女儿的消息很快传遍了北头。当面道喜的说:"五朵金花。"背后里却说:"活脱脱判官的女儿——全是鬼丫头。"常胜气得歇了几天。美心剖腹,身体虚弱,心情不佳,只能老太太伺候着。

几个小的见妈妈"遭此大劫",也都不言声,认真上学,放了学就回家,吃饭就吃饭,睡觉就睡觉,不给自己找麻烦。

老五头大的谈资也不知道怎么传出来的。还没取名字,都叫她大头大头。家艺看了看老五,觉得长得还不如自己,放心了些。家欢倒高兴,有了老五,在这家里,她就不是最小的那个,升级了,正式做姐姐。在她眼里,姐姐对妹妹,是具有统治权的。

老五出生了,没散红鸡蛋。常胜似乎存心把老五藏起来。美心十分伤心。为安慰媳妇,生产十二天,老太太帮美心准备了一套"奶糖礼"。这原本是娘家备的。可美心娘家远，老太太代劳。给了红糖、馓子、鸡蛋、老母鸡，还为老五准备了一整套童衣、童帽、童鞋。

对老五，老太太也一碗水端平。满月这天，多做几个菜，首先是犒劳美心，再就是给老五庆祝一下。常胜勉强参加，但精神不太集中。

老太太把老五抱起，往常胜怀里送。也奇怪，本来还笑盈盈的，一递到常胜怀里，老五瞬间大哭。老太太接过去，又不哭了。再试，还是一样。

常胜不耐烦，"算了算了，我不抱了，跟我不亲。"

他更不喜欢这个女儿了。他始终认为老五出世时被产钳夹得有点脑子不好。还有证据：老五后脑勺瘪了一块。

老太太认为是无稽之谈。可常胜哪里听得进去。

生完好几个月老五都没名字。家里人都叫她老五。外头有人提起她，就叫她大头。有次美心听到，十分委屈，回来跟老太太说："老五头哪里大？根本就不大。"说着说着就哭了。美心同情老五，她觉得老五跟她一样惨，都是游离于主流的人。

这晚吃饭，美心下定决心，当着老太太的面，让常胜给老五取个名字。他如果不取，就她取。

饭吃得差不多，美心才说话。对常胜："老五叫什么？"

"我不取。"常胜不看她。

"外头都乱叫，总不能老叫大头。"

常胜抬起头："老五别跟我姓。"

"什么意思？"美心激动。如假包换的女儿，姓都改了？滑天下之大稽。

老太太不得不干预："常胜，她是你女儿，不跟你姓跟谁姓？"

常胜道："主席的女儿也不姓毛！姓什么就是个符号，有什么大不了？见怪不怪，其怪自败。"

"那跟谁姓？跟天王老子姓？"老太太也觉得儿子胡闹，可她知道常胜有多固执。他是一家之主。

"跟美心姓,姓刘。"掷地有声。

美心气极:"好,跟我姓就跟我姓!这个家也得有个人跟我一条心!"

就这么定。事不宜迟,美心赌气,随口一说:"刘小玲,老五就叫刘小玲!"家欢问:"妈,老五叫刘小玲,那还算不算我妹?我不想再当家里最小的,刘小玲要是我妹,我就不是最小的了。"

美心搂脸给家欢一巴掌:"她是你妹,是你亲妹!记住了吧!"

家文、家艺被发狂的妈妈震撼。都不敢动,不敢说话。

家欢没哭。老太太瞪了她一眼:"嘴贱剥磕(方言:嘴巴贱)!"

家欢求救,对常胜:"爸——你看妈——"

"看书去!"常胜这座火山终于爆发了,几个女儿连忙跑开了。

家里气氛不好。市里组织宣传队去肥西、六安、寿县等地参加"斗、批、改"。时间不长,但不失为一个"透气"的机会。美心报名,居然被征用了。她去肥西,正好可以看看女儿。回来跟老太太说。老太太有些不高兴。

"老五还小,还没戒奶呢。"老太太在择豆芽。

"也该戒了。"美心道,"正好就在肥西,离得近,我就去看看家丽,她一个人在乡下也不知道怎么样。"

老太太道:"又不是没待过,人家都赶着回城,顾家,你倒好,往乡下跑。"美心说也没几天。

常胜回来,问他的意见,他不反对。这些日子他正在争取以工农兵学员的身份去安徽劳动大学学习。他想提高皮毛制作水平。全市首批学员七零年十月就能去合肥。只是,大老汤也在为弟弟汤老三争。

常胜没什么胜算。

老太太见儿子没精打采,问:"怎么啦,又没争取到?"

"名额太少。"常胜没说大老汤在起坏作用。

美心咬牙道:"不用说又是那个大老汤,这个人到底要跟咱们家作对到什么时候,简直就是眼中钉肉中刺绊脚石,没完没了,只要有路,这人一定在前头拦着,还有他那老婆,说现在已经是味精厂的一个什么主任了，春风得意，唉，看她那样也不像主任，我呢，还在推酱油缸子呢。"

老太太说："人各有命，别抱怨。"又对常胜说，"这次算了，下次争取，美心马上也要去肥西，家里就我一个人也忙不过来，你不去工农兵大学也好。"

看看日头。老太太自言自语："几个小的怎么还没回来？"美心说可能又是值日。正说着，家欢进门。老太太问姐姐呢。

"还有几盘皮筋没跳完，"家欢放下书包，"阿奶，晚上吃什么呀，饿死了。"

"你就是饿死鬼投胎。"

美心瞅瞅女儿，对老太太说："多吃多长，你看老四，比汤幼民和张秋林都高。"说着，美心又叮嘱家欢，"跟秋林玩，不要跟汤幼民玩，听到没有？"常胜不耐烦，对他老婆说："哪有这么教孩子的，她爱跟谁玩跟谁玩。"美心撇撇嘴："这叫从小培养阶级意识，一样是孩子，玩出故事，人家又找上门来，都是麻烦事。"

常胜立即说："你女儿是吃亏的人吗？老四那嗓门，比区中心喇叭都大。"家欢说："爸妈能不能不吵，我谁也不跟玩，哪有力气玩，饿都饿死了。"

学校房檐底下。几个女孩在跳皮筋。家文和家艺同属一队。轮流跳。家文队已经跳到最后关头——大举。意思是拽皮筋的两个人双手高举，皮筋升到最高处。家文准备跳了。她双腿起跳，斜侧着身子，也不知哪来那么强的弹跳力，一跃，顺利跳进皮筋里。接下来是第二个女孩，她没跳进去。

轮到家艺跳了。摩拳擦掌，她不能输给姐姐。家艺吐了两口唾沫。往后退了退，做冲刺状，跑！到皮筋前，一个飞跳，人跃至半空，腿却没能自然摆动。皮筋成了拦路虎，刚巧绊住她脚脖子，家艺失去平衡，前扑，狗啃屎，摔了个结结实实。

腿破了块皮，脚也扭着了，家艺疼得眼泪直打转。得初步处理，几个女同学去学校的卫生室。好在大夫还没下班，给涂了点药水，红色，血淋淋，像吃了一刀。家文又陪家艺在教室门口坐了一会儿。

"能走了吧?"家文问。

"可以走。"家艺逞惯了强。

刚走两步，就哎哟一声。脚脖子崴得太厉害，孤拐处已经肿起来。家文扶着妹妹，让她慢慢走走试试。

刚走两步，家艺就大叫。

028

天已经快黑。马上是吃饭时间。再不到家，家里人会担心。家文二话不说，身子半弯，扎了个马步。

"上来。"家文打算背家艺。

"不用……我能行……"家艺嘴硬。

"上来，快点。"家文说，"别耽误时间。"

家艺心不甘情不愿地趴在姐姐背上。出学校，上坝子，家文已经有些喘息。家艺心疼，不好意思，说要下来。

"马上就到家了。"家文打算一鼓作气。

"姐，你为什么对我这么好。"家艺被感动了。

"因为我是你姐。"家文不假思索。

"姐，你为什么那么优秀。"家艺又说。

"你也很优秀，很厉害。"家文给她鼓劲。

"可是你永远比我们厉害，你更厉害，有你在，别人永远看不到我们，我们是小花，很小很小，你是大花，很大很大。"

"能开不就行了，管他小还是大。"家文说话已经有几分哲理。到家门口，家艺怕面子上过不去，坚持让家文放下她，最后几步路，她自己走。进屋，老太太最先看到老三腿上的伤，嚷嚷着说怎么了这是。家艺自己说不小心磕的，没什么事。

美心低头查看："磕成这样，哎哟，怎么脚脖子肿得跟馒头似的，老四，快把正骨水拿来！怎么回来的这是。"

"慢慢走回来的。"家艺抢着说，她永远不服输。

美心道："这老二也是，老三崴着了就不知道叫人？她才多重，背回来也不至于肿成这样。"

二姐被冤枉，家艺刚想解释。家文抢先嗯了一声，没多说话。家艺心里不是滋味。

睡觉前洗漱，家文在拿盐刷牙。家艺单脚跳过去，眼神迫切，问："刚才怎么不说实话。"

"什么实话？"家文吐掉水。

"是你背我回来的。"

"没必要说。"家文轻描淡写。

"可是你被妈骂，为什么不说。"

"你知道不就好了。"家文笑笑。

家艺的心又是一颤。在这一瞬间，她觉得自己跟二姐的距离更加远了。二姐似乎活在一个她不懂也到不了的世界里。在二姐的世界，一切水到渠成，逢山开路遇水搭桥。不像她，还需要争抢。家文端着小缸子进去，家艺一个人留在水槽边。

家欢眯缝着眼来刷牙："让开点，站这儿干吗呢，有糖等着捡？"

家艺没说话。家欢道："妈马上下乡，那块微子妈那份我吃，别跟我抢啊，你是我姐，得让着我。"家欢嬉皮笑脸。

家艺若有所思，喃喃："对，我是你姐。"

美心去肥西，宣传了好一阵，才终于得空拐到三河镇木兰村看女儿。没空手去，马上家丽过生日了，十八岁。美心觉得家丽是大姑娘了。便带了一只花卡子过去，塑料质地，是最时兴的。

到三河镇，下木兰村，打村口，美心遇到村民便打听知青的住处。村民纯朴，一五一十说了，美心就沿着土路朝知青住舍去。天热，路上灰尘大，到住舍，美心口干难耐。只有一个女知青在屋里头坐着。她逢例假，今天不能下地。美心说明来意、身份。

女知青道："何家丽下地去了。"美心问，这里有没有水，想喝一口，实在口渴。女知青起身打开水缸盖，空的。说是已经有人去担了，让美心等一会儿。美心坐在矮板凳上，无意中摸摸上衣口袋，花卡子不见了。美心紧张，连忙站起来抖抖衣服。卡子掉在地上，太阳光照着，闪闪的，很打眼。

"哎呀，阿姨，这卡子真漂亮。"女知青被点燃了。

"费了老大劲弄的，工艺厂的新款式。"美心借机炫耀。

"给家丽的？她真有福气，有个好妈妈。"女知青发自内心。

美心道："生日礼物，就那她还不知足呢。"

女知青笑说："还不知足，我如果有个这么漂亮的妈妈，还能送我这么漂亮的生日礼物，我就太幸福了。"

只好耐心等。口渴，只能像螃蟹一样用唾沫滋润口腔，过了正午，刘美心又渴又饿，决定不再干等，她顺着田埂去地里找女儿。一望无际，江淮平原的大地看上去几乎没有边界。田里没人，田边大槐树下倒是有几个男知青。

"同志，请问何家丽在吗？"美心礼貌地问。

一位男知青道："你是何家丽的姐姐吧。"美心窃喜，来不及解释，那男知青就说家丽去担水了，就在村东头，那里有口水井。美心问远不远。那人说不远，走几步就到。

行，不远就行。美心强忍饥渴，摸索着往村东头去，走了一会儿，果然见有口水井，井上还搭了个简易草棚。有几个知青在打水，有男有女，美心踅摸一番，不见家丽。她要了口水喝，歇一会儿，才问他们知不知道何家丽的去处。有个女知青叽叽喳喳道："家丽，她去胡湾村那边了。"

问去那儿干吗？女知青说也是担水，那里有口甜水井。就是远了点。

哦，甜水井。经人一说，美心也想尝尝甜水井的水。

"胡湾村远吗？怎么走？"美心问。几个知青又是一番指点，大致是条直路，不要转几个弯，美心觉得自己能摸到。说不定在路上就能迎着女儿。知青给了她一片荷叶，刘美心顶在头上，一路朝胡湾村进发。终于快到地方了。真偏僻。进了村，还要路过一片小树林，那井在一个小土坡后头，由一圈核桃树围着。美心拐过土坡，见井边坐着两个人。看侧脸，是家丽。她想喊：何家丽。可眼前的场景却把她震住了。那个男知青正在用半瓢的葫芦水舀子喂家丽喝水。一会儿，反过来，家丽也喂他。男知青躺在井边地上，家丽把水舀子拉得老高，水线慢慢流下来，冲进男知青的嘴里。喝了水，两人嬉笑打闹，家丽抱住男知青的腿，两个人滚作一团。

看清楚脸了，是汤为民！

伤风败俗！奇耻大辱！不孝女儿！

美心一颗心跳得厉害。她恨不得冲上去给家丽两耳光。下乡下乡，就是这么接受贫下中农再教育的?！但理智又让她停住脚步。那是汤为民，汤家的大儿子。何汤两家，历来不和，这是撞破了，闹出来，为民保不齐跟他妈学话。反倒没有回转的余地。可是，就任凭他们这样？光天化日，孤男寡女，打打闹闹，搂搂抱抱？资产阶级作风！修正主义加资产阶级！还喝甜井水，她都没有喝到一口。气撞囟门，美心往前走了几步，挂到身边小灌木，树丛沙沙作响。为民听到，警觉："好像有人。"

家丽道："管他呢，有鬼都不怕，怎么了，木兰村的就不能喝胡湾村的井水？没这个道理。"

为民没再多说。两个人闹够了，起身继续打水。

美心趴在树丛不动不出声。花卡子从口袋掉下，落在草窠里。趁两人不注意，美心迅速撤退。一路上想对策，一直到住舍，也没想出来，美心打算见机行事。

为民和家丽一人担着两桶水往回走。经过草窠，为民脚踢到花卡子。骨碌碌滚到太阳地里，煞是耀眼。为民叫："你看，那是什么？"家丽放下水桶捡了来。"是我发现的。"为民笑道。

"那给你。"家丽并不稀罕。

"见者有份。"为民接过卡子，伸手别在家丽头发上，"你一半，我一半，不过我那半你先帮我保存。"

"今天我生日。"家丽直言。

"那……"为民有些不好意思，为刚才那些胡话，"那这就算老天爷给你的生日礼物，没有我那半，整个都是你的。"

说完，两个人欢天喜地担着甜水井的水一路走回住舍。快到地方，家丽又觉得别着个发卡见到女知青又要多问，不好意思。便在跟为民分手后取了下来，放在口袋里。

听到家丽的声音，美心反倒有些紧张。

倒水入缸。家丽一抬头才看到美心："妈，你怎么来了？"

美心下意识脱口而出："我再不来你还不闹翻天。"说完才意识到话过了，又补充道，"我跟着宣传队下乡宣传，拐过来看看你。"女知青见母女俩说话，知趣地离开，给她们留空间。

"去担水了？"美心问。

"是，那边水更好。"是实话。

"一个人去的？远不远。"

"哦，"家丽愣了一下，"不算近，是一个人去的。"她不得不编点谎话。

"好久没回去了，适应了没有？"

"挺适应的。"

"交了几个知心朋友没有？"美心定定地看着女儿。

"都是革命同志。"

"你年纪也不小了。十八了。"说着，美心从口袋里掏发卡，却发现东西不见了。美心四处找了找。家丽问找什么，美心不愿跌面子，只说没什么。家丽问美心有没有吃东西，美心说没有。

"我那儿还有两块馍馍片。"家丽去拿了来。

美心分给她一片。两个人都坐小板凳，面对面。

"阿丽，"美心语重心长，"你是女孩子。"

什么意思。谁不知道她是女孩？都当了十几年女孩了。虽然家里想要男孩，但她只能是女孩。家丽等妈妈的下文，仔细聆听，不说话。

"不，你已经成人了，是女人了。"

家丽还是不知道她妈到底什么意思。

"一个女人最重要的是什么？知道吗？"美心加重语气，"是名声，一定要注意名声，要检点。"

"妈，我没有不检点，你来就说这个。"

"你那就是！"

"就是什么？我怎么了？妈，你如果是来跟我吵架的，我不奉陪。"

"这丫头！"美心一时不知怎么组织语言，"你！……我！……你……"她不想戳破女儿和为民的事。可憋着不说又难受，只好换一种方式，"这种地方，天高皇帝远，最容易做错事，反正你如果一失足，那就是千古恨，以后嫁不出去，人家要说爸妈不教，没有家教。"

家丽不耐烦："妈，你到底要说什么呀，云里雾里的，行了，我得下地了，再不去就得扣工分。"

029

直到妈妈离开，家丽仍觉得白天的冲撞来得莫名其妙。她为什么来？又为什么生气？临睡前，家丽收拾衣服，清理各个口袋，这才看到那只发卡。琥珀色，里头嵌着几朵小花。她对着脸盆里的水，戴上，是漂亮。同屋的女知青进屋，看到家丽对水自照，随即叹道："幸福呀！幸运呀！"

家丽连忙摘下："什么幸福幸运？"她还没有习惯美丽。

"你妈。"

"我妈？你说什么呢？扯我妈干吗？"

女知青郑重地说："你有一个好妈，知道心疼女孩的妈，漂亮的有品位的妈。"

"莫名其妙。"

女知青好奇，问："喂，回头跟你妈打听打听，花卡子在哪儿买的，怎么才能弄到，我攒了大半年工分了，理想就是要个这样的花卡子。"

"跟我妈有什么关系？"

女知青着急："哎呀别装了，这是你妈给你的生日礼物，今天是你的生日。"

"你怎么知道？"家丽摘下发卡。

女知青这才说："你妈来的时候拿出过这个卡子，说是给你的生日礼物。"家丽惊愕，连忙问："她是一直在屋里坐着等我吗？"

"我跟她说了你去打水，她说她去找你。"女知青据实相告。

轰地一下，家丽忽然明白了一切。甜水井，美心去过。卡子是在那儿丢的，而且是在她和为民离开甜水井之前。

她是看到了什么？家丽仔细回想，她并不觉得自己将才做得有什么过分的地方。她想追问美心实情，可是人都走了，来不及了。莫非是看到了她和为民喂水？家丽脑子往这方面动了动。

但立刻掐断了。就算有，也是误会。她和为民并没有什么实质越轨。她心里有数。然而，美心的突然到来与离去，却反倒让家丽审视自己和为民的关系。汤为民对她的心，她了解。现在主动权在她，她不能对这段关系视而不见。

新月上来了，天上一条细钩钩。田野老槐树下，家丽和为民站着说话。她打算说实话。

"我妈上次来看到我们了。"家丽说，"就在甜水井旁边，卡子是她落下的。"

为民紧张，好在夜色做掩护。

"她骂你了？"

"没有。"

"为难你了。"

"也没有。"

"那她就是答应了，只是不好明说。"

家丽觉得好笑，问："你觉得她答应什么了？"

"答应我们做朋友。"为民说。

"我们本来就是朋友。"

"我是说那方面的朋友。"为民有些害羞。

"净说些没用的。"家丽说。

"我说真的，我发誓，我汤为民对何家丽，永远永远不会变，如果改变，天打五雷……"

在他说出最后一个字之前，家丽拽下了他的手，捂住了他嘴巴。"你真傻。"家丽说。

"为了你我愿意。"为民捉住她的手。

"答应我，"家丽说，"如果我们永远都在乡下，那就还是朋友。"

"回城也一样。"为民立即说。

"你妈反对呢？还有你爸，你二叔、三叔，他们反对呢？"家丽忽然情绪激动。他们真心爱上彼此，痛苦跟着也来了。

为民道："谁反对也没用，反正我这辈子就跟你一个人。"

"一辈子很长的。"

"如果我妈反对呢？还有阿奶、阿爸。"

"我会去说服他们。"

"没用的，不可能的。"

"那就你去说服。"

"我不像你，我不可能背叛我家。"

"这有什么，都在变，文成公主还能去和亲呢，有多大的仇不能解，如果我们在一起，反倒促进了两国关系。"

天真的男人。文成公主是她父王同意去和亲。他们呢，正相反。空气里有淡淡花香。奇怪，槐花早败了。家丽能感受到为民身上散出的热气。

"你真香。"为民喘着粗气，扑到家丽身上，吻住了她的嘴。沉溺了一会儿，他还要往下进行，她把他推开了。

家丽一个人向着灯火走去。

"何家丽！"

她回头。黑暗中她看不清他的脸，只有一个影子伫立。

"不管你怎么样，反正我不会变，反正我会一直等！我的事情我自己做主！"

家丽苦笑。她也向来自己替自己做主。只是，她狠不下心，不想让家里人失望。父亲的话始终在耳边萦绕，要照顾这个家，家是最重要的，我们家要立足。她喜欢为民，似乎是，有一点动心，就像挖煤，挖了几百米，终于找到一点煤影子。点着了，烧在心里。她谁都不能说。干脆扑灭吧，她想。可一颗心还是燃着。她不愿意再多想。她不像为民想得那么远。或许他从此去参军，或者做别的什么，像刘妈丈夫一样长期在外地工作，不能想……不能想……家丽第一次觉得自己的心有点乱。

淮滨大戏院放电影《地道战》，老太太看过几遍了，本不打算去，可家艺想去。她的理由令人发笑。"妈差点就把我生在那儿了，我去那儿等于回娘家。"三年级的孩子说这话。正巧常胜单位发票，老太太就让他要了三张。她带着家文、家艺、家欢一起去。小玲年纪太小，看不懂，留在家由常胜照顾。四个人，三张票，足够。老太太认为家欢个子小，不用走票。

是日，三个孙女扶着老太太一起，到淮滨大戏院门口等。还没入场。家艺心急，所以来早了点。戏院门口有端着藤条簸箕叫卖瓜子小糖的。其中一个姓欧阳的老头最有名，无他，做得时间久。以前在北菜市、红风剧院都做过，后来打击私营经济，他消停了一阵，现在他被剧院营业部收编，算大集体，依旧在门口兜售。远远地，老太太看到刘妈带着秋林走过来。她伸手打招呼。刘妈凑过来，笑道："秋林非要来看，喜欢看打枪，男孩子。"

这话有点刺激到家艺。家文不动声色。家欢嚷嚷着要吃瓜子。

家艺插话道:"《地道战》,是全民的地道战,男女都爱看。"

刘妈觉得好笑,这也要争,便笑着说:"你更加要看了,你差点就生在剧院里头。"这话打中了家艺的心事,她笑眯眯的。

老太太详细解释:"要不怎么叫家艺呢。我老太婆不识字,但也知道是艺术的艺。家艺就是为艺术而生的。"

一席话,家艺顿觉光彩。人生忽然有了目标。

老头欧阳过来兜售瓜子小糖。家欢一副馋嘴样。刘妈给秋林买了一毛钱的。为了不在邻居面前跌面子,老太太来了两毛钱的瓜子,姊妹三个分着吃。

等老头走远了。刘妈才说:"看他可怜,才买了一点。"

"他谁啊?"老太太不怎么出来走动,又是外地来的,自然不知道老故事。

"南菜市新淮村的欧阳家,老婆死了,一个人带着十个儿子,我老天……想想都可怕,十个儿子,娶媳妇都娶不上。所以有时候我也跟美心说,生了五个丫头,也不一定就是坏事,嫁出去,有彩礼的,总比十个葫芦头窝在家里娶不到老婆强,欧阳家……啧啧……那真是穷得尿脬……"

十个儿子。老太太本来不觉得什么,但听刘妈这么一形容,顿感悚然。有五个孙女似乎也不那么犯难了。

人群中,刘妈先看到大老汤老婆带着老二幼民、老三振民也来看电影,努努嘴。老太太看到了。她们不想跟汤婆子打招呼,便装没看见,带着孩子往里走,快检票了。"文婶!刘妈!"汤婆子不肯放过炫耀儿子的机会,率先出击,六只眼碰上了。孩子们都在旁边玩。家文最大,看着小的们。

大老汤家的笑道:"哦哟,沥沥拉拉的,文婶,你这出一趟门还有好几个宫女陪着,真跟慈禧太后出宫差不多。"

老太太笑道:"你不也配着两个公公嘛。"说完立刻打嘴,"配着两个御前侍卫。"刘妈见火药味足，便插科打诨道："真是，都该说书去，这可是社会主义新中国，怎么还说前清的事，行啦，马上演《地道战》了，咱们也悄悄地进村，打枪的不要。"是地道战的台词。刘妈说起来特别滑稽。

老太太也来一句："高，实在是高！"

汤婆子见两人一唱一和，十足讨厌，鼻子一哼，叫来俩儿子排队检票去了。老太太也叫来姊妹仨。刘妈拉着秋林，也去检票。刘妈先检，两张，进去了。接下来是老太太，递上三张票。检票员拦住："不行，你这孩子这么大了，得四张，少一张，只能进三个人。"老太太解释："不是，同志，我这孩子还那么矮怎么能要票呢，上次来都不要票……要不这样，我抱着，我抱着丫头……同志……同志！"

检票员铁面无私，坚决不允许。

娘四个只好站在旁边商量。

轮到汤婆子检。递上三张，振民不要票，省出来一张。谁知票拿在幼民手里。他在入口处喊了一声："黄毛丫头！"家艺、家欢看他。在她们眼皮底下，幼民慢慢地撕掉那张多余的票。

赤裸裸的示威。意思是，票有多余的，但不会给你们。

家艺文静些，气得直要哭。家欢跺脚："这小王八蛋！"

老太太纠偏："老四！人家有是人家的，不能这样！"

家文冷冷地："这不故意气人嘛。"

老太太道："家文，你带妹妹进去，我不看了，不是没看过，在外头等一会儿就行。"三姊妹异口同声："阿奶！"

都心疼奶奶。

老太太笑说："瓜子给我，电影院里不能吃瓜子，我老太婆在外头吃吃。"

030 /

电影还没看就已经有屈辱感。家文心头沉重，她向来有苦也不说。家艺泪眼婆娑走进这剧场。数年前，她险些诞生在这儿。每走一步似乎都有仪式感。家欢咬牙切齿，她几乎把对日本帝国主义的仇恨转嫁到汤幼民身上。入座了。刘妈和秋林在第七排中间。汤婆子家坐第八排中间。何家三姊妹坐第九排。

电影开始了。观众的情绪很快沉浸到抗日打鬼子的氛围中。

幼民想撒尿，秋林也想。汤婆子就让秋林跟幼民一起去厕所。刘妈同意了。家欢眼见着，跟姐姐打了声招呼，也要去厕所。

还没到中场休息时间，上厕所的人不多。男厕门口，张秋林从里头出来。家欢堵在门口，问："汤幼民在里头吗？"

秋林点头。

"一个人？"

秋林还是点头。

"搁外面看着，别让人进来。"家欢颇有气势。秋林并不惧怕，只是嗯了一声，表示答应。家欢东看看西看看，毅然走进男厕所。里面马上传出幼民的声音："你干什么？啊——"

一声惨叫！

家欢不慌不忙，洗洗手，出来了。在门口拍拍秋林的肩膀："谢谢啊，保密。"她笑嘻嘻的，恢复小女儿姿态。

电影还没结束，事情就闹出来了。

淮滨大戏院保卫科，三个家长带着孩子围在科长办公桌旁。汤幼民眼窝青了一大片。接近熊猫眼。

汤婆子抱着振民，嚷嚷道："我们家孩子不会撒谎！就是何老四干的！"振民在哭，汤婆子哄他。保卫科长是个中年男人，是个不偏不倚的性子，他问："你确定是这个小姑娘在男厕所打的你？"是问幼民。

幼民肯定。

"厕所里没有其他人？"科长继续发问，"就是说没有其他证人。"

"就我一个人在，她才下的毒手，我差点跌进尿池里……"幼民又快落泪。不堪回首的惨痛记忆。

科长转向家欢："他说你在厕所打了他，你承认吗？"

"他撒谎，"家欢坚决否认，"我没有打他，我是女孩，他是男孩，我也打不过他。我更没有进男厕所，我去的是女厕所，从厕所出来的时候，我还看到了张秋林，我们俩一起回座位的，他可以证明。"

科长问张秋林："是这样吗？"

"是的。"秋林并不慌张。

"你没有看到这个女孩进男厕所。"

"没有。"秋林面无表情。

"你跟这个男孩一起上的男厕所。"

"是的。"

"你在男厕所没有看到这个女孩。"

"是的。"

询问结束。科长若有所思。家欢补充道："警察叔叔，我是女孩，我应该上女厕所。说我上男厕所，我不能接受！"

科长想了想，这才对汤婆子说："这位同志，您的儿子受伤，可能是个意外，因为没有证据证明是这位小同志打了您儿子。"

"天地良心！"汤婆子打算满地撒泼。可怀里抱着振民不方便，只好作罢。

到家，常胜带老五出去了。老太太把搓板往地上一摔："跪下。"

家欢诧异。家艺和家文都不说话。

"老四跪下。"老太太端然。

"阿奶！我是为我们家出气！"家欢委屈。

"跪下再说。"老太太气场十足。

家欢只能跪下。老太太坐在祖宗牌位旁的椅子上，声音沉重："想着家里，对。但是方式方法，错了。记住，到什么时候，都不能打人。如果说是为咱们家争光，那就更优秀，你们都优秀，比汤家那三个小子都争气，那才是咱们的光荣。"

家文替妹妹求情："阿奶，老四也是初犯，要不这次就别跪搓板了，回头爸回来了看到，又是一顿打。"家艺也跟着求情。

家欢泪眼婆娑，学革命烈士说话："敌人的毒手我不怕，我怕就怕自己人的监狱！"老太太被她逗乐了，说："怎么就监狱了，这是家法，你问问你几个姐姐，谁没跪过搓板。"

"跪就跪。"家欢赌气，跪上去。

"知没知道错。"老太太并不打算深罚，"别光跪，思想上还不觉悟。"

"我是知错就改的好孩子。"家欢服软。老太太手一挥，说算了，下次绝不许这样。家艺上前收了搓板。

家文帮家欢拍膝盖上的尘土。

"妈！"美心进院子，急匆匆地。老太太迎出来，见美心状态不比寻常，问："怎么了这是，受表彰了？"美心说没有。家文、家欢接过行李。老太太又说这突然回来，晚饭吃什么。美心说别麻烦了，稍微吃点，又问常胜呢。老太太说带老五出去了。

"有事？"老太太小声探问。

"先吃饭。"美心确实饿了。一会儿，常胜带老五回来。美心不在家这些天，老五已经成功戒奶。常胜又问了问美心下乡宣传的情况。美心简单说了，又问常胜当工农兵学员去大学读书的事。当然是黄了。老太太说："还是大老汤，想推荐他们家老三，所以把常胜投下去了。"常胜连忙："妈，别这么说。"

"事实！"老太太道。

家欢跟着起哄："他们家，没一个好人，包括他儿子。坏蛋!"

美心以为家欢说的是为民，惊呼："小孩子胡说，你怎么知道他家老大坏!"

家文笑道："妈，老四说的是他们家老二，幼民。"

"哦，老二。"

常胜好奇，偏头问美心："他们家老大怎么了，不是下放了吗?"

美心支支吾吾："没什么，吃饭吃饭。"

饭后，三姊妹刷碗。美心拉着老太太要出门散步。常胜对美心说你也带带老五，老不见妈，孩子都认生了，老五以后还跟你一条心呢。没辙。美心只好抱上老五小玲，叫老太太一起去船塘子那边散步。老太太觉得儿媳妇一回来就憋着话没说，看来是打算出去单聊，二话没说，套了件衣服就跟着去溜达。

沿着坝子走。没话。一直到船塘子，靠姚家湾那侧。四下无人。美心才忽然说："妈! 得想办法把老大调回城，在肥西这样下去不行。"老太太的心咯噔一下。脑子里出现无数可能，嘴上却只能问怎么了。美心道："老大在那边跟人轧对象。"

"你看见了?"老太太果然紧张。再想想，十八岁了。正是情窦初开的年纪。

美心点点头。

"也正常。"老太太还是帮大孙女说话，"家丽毕竟是很优秀的，又是这个年纪。"

美心急促："再不干预再不回来，怕是孩子都生出来了。"

老太太一面惊愕，一面强作镇定："不至于吧，家丽这个脑子还是有的。"美心哼了一声："有脑子，她就是太有脑子，所以才能那个什么，瞒天过海暗度陈仓把我们都瞒得死死的。"

老太太强打笑容："现在毕竟是新时代了，又不是说必须父母之命，媒妁之言，能自由恋爱找到一个归宿，也挺好。"

"挺好?"美心后退，差点掉到河里，幸亏稳住了，"你知道她轧那个人是谁?"

老太太有种不祥的预感,心里有点数了,但打心底不愿承认。千万别是。"谁?哪吒三太子,还是红毛水鬼?"

美心一跺脚:"隔壁那家的王八孙子!"

老太太脑门昏昏的,隔壁,又王八孙子,她不可置信呼喊:"不会是大老汤家那个老大吧?"

"除了他还有谁?不知给灌了什么迷魂汤,哎呀,你说说,活着还有什么意思,一把年纪,大女儿瞒着我们跟仇家的儿子厮混,胳膊肘往外拐,还有什么意思!"

美心嚷嚷开了。只有老五和淮河水听得见。

老太太不作声,来回来去考虑,觉得美心的建议有道理。"不行,大老汤家的绝对不行,开什么玩笑。"

两个人一转脸,常胜站在身后,不明所以,问:"什么大老汤,他又搞什么鬼?"老太太和美心连忙掩饰。只有老五小玲呵呵呵傻笑。"快下雨了。"常胜拿着伞,"还不回来。"

老太太连忙说回去回去。美心也应和。她们都知道,家丽这事,最好的处理方法就是大事化小小事化了,一旦张扬出去,对家丽不利,常胜如果知道了,对整个家庭都没有好处。常胜的脾气都知道。火烧茅。在外头隐忍,在家里,是一点都不能忍。到底是一家之主。老太太一夜没睡好。第二天一早,美心去上班之前,老太太提议要不要单功(方言:特地)去肥西一趟,劝劝。美心认为太刻意了,反倒容易弄巧成拙。

"淡化,还是淡化,我们要装作不知道,"美心还是有斗争经验的,"老大如果能回城,那小子回不了,两个人搁在两地,都是年轻小孩,日子久了自然就淡了,根本不用咱棒打鸳鸯。"

有道理。只能先按兵不动。找机会跟常胜说说回城的事。

七〇年,陆陆续续,已经有知青抽调回城做工。

老太太凑空跟常胜提了几次家丽回城的事,敦促常胜早点想办法。大致理由是:现在知青慢慢都开始回城,晚回不如早回,免得错失工作机会，革命还得闹，闹到什么时候不晓得，但居家过日子却是永恒的，下面四个小的，美心也要上班，她一个人实在带不过来，家丽回来了，好歹能搭把手。常胜也有些想女儿，快两年了。他没见过女儿一面。他答应老太太，说就开始想办法。

晚间，坐在床上，灯吹了，常胜忽然想起来问："老大在那边怎么样？"美心本来都快睡着了，被他一问，鸡皮疙瘩起来不少，"就那样。"美心先敷衍一下。"你上次不是去了吗？她有没有什么变化？"

莫非常胜已经知道了？妈告诉他的？美心吃不准。老太太事先没跟她通气。"还那样，黑了点。"刘美心不得不打安全牌。

"交了什么朋友没有？"常胜有一搭没一搭。

"没有没有。"美心连忙否认。

"这么长时间一个朋友都没交到？"常胜质疑，"那真是失败，上山下乡，就是要去结交绿林好汉，跟贫下中农做朋友。"

哦，这个意思。"交到了交到了……"美心又改口。

常胜诧异："你到底有没有去看家丽。"

"去了去了。"美心故意打了个哈欠，"睡了睡了。"她最不擅长掩饰。

031

下课铃响。放学，家艺和家欢去教室找家文一起回家。家文要做值日，她让妹妹们先走。到校门口，家欢说："老三，你先走。"

"你干什么去？"家艺问。

"玩会儿皮卡。"老四说。那是把报纸折成方块，往地上摔的游戏。男孩子玩得居多。家艺没多问，她跟老四，一直是井水不犯河水。刚出校门，音乐老师喊住了她。全校只有一个音乐老师。她是所有人的老师。教唱革命歌曲一流，还会唱京剧。

"何家艺！"音乐老师笑容可掬，"你是何家文的妹妹对吧。"

"我是。"家艺很不喜欢这个称谓。

"我现在有事外出，你能不能通知你姐姐，明天下午放学后，到音乐小教室来一下，市京剧团招考，请她过来面试。"

京剧团，艺术？听上去是那么光彩夺目。家艺忙问："其他人可以报名吗？"老师笑笑说："京剧团看中了你姐姐这个好苗子，特地面试的。"

失落，嫉妒，愤怒，永远是这样，永远是这样！永远是二姐拔得头筹，引人注目，只要有二姐在，别人永远是配角！可恶！一路失魂落魄，到家，家艺把书包往板床上一摔。房间有限，她和家欢晚上还跟老太太睡。二姐家文却已经有自己独立的小板床。家艺甚至恨自己为什么不早点来到这个世界。如果早一点出生，她就是老二，说不定她也能如此骄矜，能够长长久久地站在舞台的中心。老太太端着藤簸箕进来，见老三气鼓鼓的，顺嘴道："生气容易变丑。"

丑？！这个字犹如一道电光，一下打到老三的心窝上。可不！就是因为她丑，她没二姐漂亮，所以才步步落后！想到这儿，家艺撑不住哇地哭了。老太太也不去哄，都知道，老三是出了名的"爱哭鬼"，哭一阵自己就好了。"别做林黛玉，要做红色娘子军！"老太太忍不住教育她。

哭到二姐到家，不哭了。晚饭，一切正常，静悄悄的。饭后，家艺喊："二姐！"她打算告诉她见京剧团的事。家文端着碗筷，正准备去锅屋洗，她哎了一声。

忽然，家艺又不想说了，"没事，没什么。"她有了新主意。

一整夜都惴惴不安。翌日上学，家艺特地穿了最显眼的一套衣服，花褂子，白球鞋。上课，仍在神游。京剧她听过，也能学着唱一点。她必须撑起来，她就是在大戏院生的。

老师提问："何家艺！"

"到！"家艺站了起来。

"这篇课文表达了一个什么样的思想内涵？展现了一个什么样的故事？"

家艺发蒙，她一个字也没有听进去，甚至不知道老师讲的是哪篇课文。只能胡诌，"这种精神是好的……是值得我们学习的……是伟大的……"家艺尽量不出错误。

哄堂大笑。女老师脸色铁青。她刚才讲解的课文是《半夜鸡叫》，说的是周扒皮为代表的地主阶级是怎么剥削劳动人民的。家艺来个精神可嘉！

"何家艺！到旁边站着！"老师不得不动用非常规手段。

家艺只好乖乖的。

好容易放学了。家艺精神紧张，整理好书包，就往音乐小教室去。到门口，音乐老师不在。里头摆着一张长条桌，桌后面坐着几个人。都是些大人。有男有女有老有少。

左手有些发抖，紧张，那就用右手抓住。

"我叫何家文。"

其中一个男老师道："哦，家文你好，听你们老师说了，你嗓子很不错，所以我们特地来看看你，唱一段，随便唱点什么。"

家艺清了清嗓子，现在她是何家文，嗓子很好的何家文。不过她打算唱大姐家丽最喜欢的一段，演一整套，家艺端着姿态，是《江姐》中的一段，"就在这个码头上，老彭临走，还留下一首诗，《红梅赞》：红岩上红梅开，千里冰霜脚下踩，三九严寒何所惧，一片丹心向阳开……"刚开始嗓子还行，唱到第三句，家艺嗓子哑了，还走了调儿。

"停！"男老师喊。

有人推门进来。是女音乐老师，她身后，是二姐何家文。

"家艺！下来！"音乐老师不客气。是她背叛了她的嘱托。家艺只好从台上下来，觑一眼二姐。二姐好像并没有生气。只是端端丽丽走上前台。音乐老师连忙向京剧团的同志一番解释，大致意思是，是家文的妹妹顽皮，太热爱京剧，所以狸猫换太子，上演了真假美猴王。京剧团的同志们听明白了，笑说："这么小的孩子，还懂真假虞姬了，那行，真虞姬唱吧。"

音乐老师问唱个什么比较好。

"就也唱个《红梅赞》吧。"

家艺灰溜溜站在台下，前台的二姐是那么光彩照人，就连那架势，都有几分大家风范。只见家文玉唇微启，歌声打喉管流出，是那么圆润，清亮，动人。在座的瞬间被折服。

一曲唱罢，京剧团就拍板："这个孩子我们要了。"

音乐老师十分开心。家文却说："老师，我得回去跟爸妈商量商量，这是大事。"家文看了家艺一眼，说走吧。家艺跟在二姐后头，就这么走了一路。一前一后，没有一句话。

到家，家文把事情简单跟老太太以及爸爸妈妈说了。她自己的意思是，不去京剧团，还是想要正常读书，将来出来工作，按部就班过日子。家艺对二姐的想法简直无法理解。

"你不去我去！"家艺再次自告奋勇。

美心打击她："行啦老三，上次体操已经闹一次了，这次就消停点，老二不去，老三老四就别硬上了，赶鸭子上架哪行。"

常胜赞同妻子的观点。老太太对家文："老二，机会可不是永远都有的，放弃一次少一次，上次体操你放弃了，这次京剧团你再放弃，可想清楚了，免得以后后悔。"

家文清清脆脆："想清楚了，不走那歪路，普普通通就行。"

家艺委屈得落泪，她怨老天不公。

美心见不得老三哭："又挤猫鱼子（方言：眼泪），谁怎么着你了？饿着你了还是冻着你了？做这个委屈样给谁看。"

家欢打趣："妈，三姐是怨你，没把她生得像红色娘子军一样好看，然后有一副好嗓子可以唱《大海航行靠舵手》。"

家艺歇斯底里，对家欢吼："你闭嘴！"

赶在下雪之前，常胜要下乡收皮毛。这回他特地选了淮中片，打算去肥西木兰村看家丽一次。

"爸。"家丽见到爸爸还是十分尊重。入了冬，田里活少，几个女知青簇在堂屋里烤柴火。家丽给爸爸倒水。常胜说不用。两个人就站在房檐后头说话。

"在这儿怎么样？"常胜问。

"就是干活，冬天太冷，夏天蚊子多。"家丽说的都是生活上的困难。

"还能不能待？"常胜换个法子问。家丽认为阿爸明知故问，不能待不也照样要待？这可不是自己能做主的。在乡下待这么久，除了感情上稍有慰藉，其他方面她是彻彻底底知道了江淮乡村的苦处，来了两载，夏天大水就淹了两次。庄稼地特别贫瘠，种子丢下去，要么不长，要么长得尤其瘦小。

"就那样。"家丽模模糊糊说。

常胜看着女儿。心疼。黑了，也瘦了。但好像是结实了些，个子也高了点。"把包给我拿出来。"常胜对家丽说。

家丽照办。常胜从包里拿出点粮票给女儿。家丽不要，说自己挣着工分呢。"拿着！"常胜一言九鼎。

"谢谢爸。"家丽感动。

"我去你们大队长小队长家看看。"常胜说。

家丽不明白爸爸是什么意思，站着不动。常胜一挥手："带路。"家丽连忙迈开步子，在前方引路。

何家丽不晓得那天爸爸分别在大队长家和小队长家说了什么，做了什么，不过在屋外，隔着窗户，家丽能听到爸爸和他们谈笑风生。像个外交家，自有一种潇洒风度。后来，她看到大小队长都戴上了皮手套，兔毛的帽子。她认识那款式做工，都是爸爸的手艺。

打了春，经大队长小队长等人好几轮开会决议，批准何家丽同志被抽调回城，安排在淮南市蔬菜公司工作，国营单位。有女知青听到就哭了。回城心切，只是不知什么时候能轮上。还有个女知青，跟当地男青年农民好了。也有男知青跟当地女青年好的了。只是，一提到回城，大多数都选择分手。

汤为民不在这批回城的名单里。

此时，家丽和为民的感情已经深入多了。他们都清楚明白恋爱是怎么一回事，更加对未来有构想，并且知道困难有多大。

为民来帮家丽收拾东西。

收拾到一半，家丽把衣服一摔："要不我也不回去了。"

为民苦笑笑："别傻了，机会难得，你先回去，将来我也回去。"

"一个人回去总觉得……不仗义。"家丽很有江湖儿女做派。

为民道："有什么不仗义的，该你回去了你就回去，好好工作，我也很快的。我给我爸写信了。"为民狡黠地眨眨眼。

家丽道："你爸还能管到木兰村的事儿。"

"没让他管，我就那么一说。"为民转而叹口气。

"又怎么了，还叹气，我又不是去就义。"

为民说："人一走，短时间真见不着了呢。"

"写信。"家丽说。

"信上有人影子？"

"早说，"家丽转身，在抽屉里扒拉了几下，找出一张一寸黑白照片，还是在淮南照的，是几年前的她了，"这个给你，想我就看看。"

"你真逗。"为民说，"笑那么大声，隔着照片都能听到你的笑声。"又说："我给你也找一张。"

家丽连忙说不用。

"怎么，不想时不时地看看我的样子？"为民自认英俊潇洒，跟王心刚有点像。

"你那个鬼样子，我闭上眼睛就能想得起来。"家丽笑说。

"喂，"为民说，"咱们的事，打算什么时候跟家里说。"

家丽连忙："你可别说，咱们才多大，再说咱们也没什么事。"

"等一等也没关系，反正迟早要说，晚说不如早说，早说早斗争。"为民说得像要去革命。家丽说参加工作以后再说吧，现在我们都还不算独立自主，是没有谈判的砝码的。

032

　　田家庵区蔬菜公司位于淮滨商场以南，老三中附近，隶属于市商业局，是国营单位。家丽回城，调派蔬菜公司工作，街坊四邻不乏眼红者。大老汤老婆第一个不满意。一样去下放，下放一样的地方。为什么何家丽回来了，汤为民却没能回来。大老汤接到儿子的信，也急，托人询问，想要看看能否疏通关系早日回城。可是终究县官不如现管，他就算提着猪头也找不到庙门，只好干等。刘妈也着急，秋芳下放肥东两年，没一点回来的动静。丈夫还在巢湖。她一个人带着秋林过日子。

　　刘妈问家丽："你在肥西都怎么表现的，传授传授经验，我也好跟秋芳说说。"

　　家丽道："刘妈，哪有什么经验，无非是服从命令听指挥，让你干吗就干吗，跟人民群众打成一片。"老太太正在帮大孙女缝劳保布鞋："她啊，就是个混世魔头。"刘妈笑说："哎呀，其实这几个丫头里，我最喜欢的还是家丽，皮实，经摔打，到哪儿都不怕，到哪儿都拔尖，现在就得这样，哼哼唧唧、扭扭捏捏的女的不时兴了。"

　　老太太问："那时兴什么？"

　　"时兴女拖拉机手，三八红旗手，都是风风火火的，秋芳就是太文气。"刘妈叹了口气，"羡慕啊羡慕，你看你家这老大，一眨眼就能正儿八经工作挣钱了，也能贴补贴补家里，这秋芳，还不知道猴年马月才回来，就算回来，也不知道能干出个爷爷娘娘。"

　　老太太道："儿孙自有儿孙福，想开点都一样，不过贴补的事，我可没说。"

刘妈道:"不用你说,她也会这么做,家丽这孩子心里有数,下头四个妹妹,上头一爹一娘一个老奶奶,加她八口人,都等着吃饭呢。"

"看吧。"老太太继续纫鞋边。

家丽去蔬菜公司报到,分在仓管组,跟着几个老师傅先熟悉蔬菜的进仓出仓。朱德启的小姨子也在蔬菜公司,做会计。从小在朱德启家见过,进了公司,少不了去打打招呼。但家丽知道朱德启跟大老汤关系好,因此,她不能跟朱德启的小姨子走得太近。同事就是同事。师傅是同事中的重要人物。领导又在普通同事之上。进了单位,就是大人了。家丽处处留意,处处小心。

常胜和美心教她的多半是类似于,"吃亏是福""年轻人多干点""虚心求教""夹着尾巴做人"。家丽也听。

真是大人了。家里妹妹们也都视大姐为偶像。大姐的话是必须听的。大姐甚至比妈妈还有威望。因为大姐的单位比妈妈的单位要高级得多。大姐掌握着蔬菜。事实上,自家丽上班,她便"近水楼台先得月",进出库房时那种损坏不要、已经烂掉但还能吃的菜,她总是搜罗过来,带回家。所以家丽竟成了何家的"灶王奶奶",总能带回来点吃的。有一次,甚至还带了蘑菇。那是老三、老四、老五生平第一次吃蘑菇。

上班一个月,发工资了。级别:学员。实发工资:十八块两毛。下了班,吃完晚饭,美心和常胜都没提工资的事。碗筷收拾了,桌子上利利亮亮。家丽这才从包里掏出全部工资,当着妹妹们的面,摆在桌子上。

"阿奶,爸,妈,这是我的工资,全部上交,这么多年都靠爸妈的工资养活全家,不容易,现在我参加工作了,可以一起来分担,只要我还在这个家,钱就一定交出来。"

一席话,说得老太太眼眶红了。美心也有些鼻子发酸。养女儿养了这么多年,不图回报,但真有了回报,还是欣慰。

"不用那么多。"美心客气,"你自己也要有点零用钱。"

常胜在一旁道:"老大做得对,钱都让你奶奶收着,记账,老二、老

三、老四，还有老五，等她明白事理了也要知道，只要没出阁的姑娘，每个月工资，三分之二给家里，三分之一自己收着，这是家规。"

一言九鼎，掷地有声。老太太仔仔细细把钱算清楚，三分之二做家用，三分之一退给家丽。

大人们一不在场，小的们就欢闹起来！

"姐！给我买小糖！"家欢第一个叫。

"姐！我的鞋坏了！"家艺不甘示弱。

家丽道："买，统统买！"

只有家文微笑着看着大姐，不说话，她只是为她高兴。家丽见家文不吱声，问："老二，想要什么？"

"暂时没什么特别想要的。"

"不用客气，姐挣钱了。"

家文还说没有。

家丽道："不行，都有，就你没有，我心里过意不去。"家文想了想，说要不就买一块玉兔牌半透明皂吧。

饭前便后要洗手，可丫头们的手总洗不干净，香皂对大家最有帮助。

行，买香皂。其实老何家一直是淮南肥皂厂的忠实消费者。六一年出80型淮河牌香皂，美心就用票买过，那时候家里孩子少，省着点用能用半年，后来的72型长城牌药物香皂，47型金菊、双燕两种香皂，美心、老太太都用过。但近几年，孩子越来越多，什么都争什么都抢，香皂索性不买，就用外贸局淘汰下来的胰子和皂荚压成的块洗手洗头。最新的玉兔牌半透明皂，何家还没尝过鲜。

下班，家丽把透明皂带回来了。放在脸盆架上面，出去了。

家艺放学回来，拿毛巾洗脸，最先看到透明皂。二话不说，立刻拿起余子，去水缸里舀水，又拿炉钩把炉子门捅开，余子坐上，烧水。

老太太从外头回来，路过锅屋，见老三在忙活，问："老三，忙什么呢，炉子捅开干吗？"

家艺挠挠头，撒了个谎，"头痒，长虱子了，不洗不行了。"

"昨天不是才洗过吗?"

"不知道哪来的虱子,篦子都篦不掉。"

孙女这么说。老太太不好阻拦。家艺说,反正一会儿得烧饭,炉子也不能封。老太太道:"饭做好了,锅里温着呢。"家艺吐吐舌头,继续烧水。等家欢到家,家艺已经弄了个盆,蹲在水槽边洗上头了,手边明晃晃一块香皂,玉兔牌。打一遍香皂,不够,再打一遍。家艺哼着小调,怡然陶醉。

家欢不忿:"老三,用的是玉兔牌透明皂吧。"

家艺不理她,继续洗头。

"用那么狠,也给别人留点。"家欢点明了。

家艺停下来:"这才多少,刚开始用,还没轮到你呢。"

家欢不示弱:"怎么就没轮到我,大姐用了吗?二姐用了吗?凭什么你先用。"家艺道:"不凭什么,先到先得,先来后到,自然规律,不服也得服,这就是命。"

家欢不甘心香皂都被老三用了。小盆没了,她就弄来个大橡胶盆。刘妈匀过来洗大件衣服用的。恨不得她整个人都能坐进去。

家艺唬了一跳:"老四,你干吗?"

"洗头。"家欢道,"怎么,你能洗我就不能洗。"

家艺谦让:"你洗你洗,水还有,好好洗,不就想用玉兔,至于嘛。"老四不理她,拿着水舀子,从盆里舀水,自顾自开始洗头。家艺打了两遍肥皂,家欢就洗三遍。老太太从里屋出来,才发现两个孙女都在洗头。老五两岁了。站在门槛上看姐姐们。

"怎么了这是,虱子开会,怎么都来虱子了?"老太太诧异。看到那块香皂,才全明白了,都不是愿意吃亏的主。

家文回来了,进院子。老太太问:"老二,要不要洗头,还有水。"

"洗头?"家文不明白这个提议是为什么,"前天才洗过,不用洗。"但见老三老四在院子里擦头发晾头发,家文明白了,笑说:"老三老四,用上了?"两个妹妹嗯嗯两下。

老三是油性头发,洗两次,干干爽爽。

老四头发是干性的，洗了三次，一晾干，再加上干毛巾摩擦的静电，头发立刻炸了起来，像头狮子。

美心见到老四，一惊，问："老四，你干吗了，被雷劈了。"

家欢不愿意，嚷嚷道："妈，有没有头绳。"

"那么短的头发，要什么头绳。"

家欢只好那么耷耷着。饭前，洗手。老三又是第一个用香皂。一边洗一边说："饭前便后要洗手。"家欢不耐烦，在后头催她："快点，手有多大，要这么打？"家艺白了家欢一眼，把"玉兔"往她手上一递。家欢没抓住，肥皂滴溜溜滚到地上，顺着下水槽一路翻滚，扑通一声，掉进阴沟里。

老三、老四同时惊叫。但已然来不及挽回。

气氛不好。老太太和美心已经骂了她们一顿。常胜回来，都不再提。家丽最后回来，挎着一篮子烂白菜叶子，放到锅屋。手脏，去脸盆架旁找香皂，不见踪影。

问香皂呢。老二家文挤挤眼，不让她继续问。

常胜抽完烟进屋，说该吃饭了吧。老太太说这就开饭。有人敲院子门，老太太哎了一声，常胜没动，美心跟着出去。

来者说是区商业局的同志，说接到蔬菜公司同志的举报。何家丽同志有偷菜行为，特来家访调查。

"偷菜？"家丽筷子一放，站了起来，"我没有！"

033

商业局的人来查问了一番，最后在厨房找到那包烂菜叶子。问是不是从蔬菜公司拿的。家丽着急："那都是仓库不要的，我不拿就丢掉，是浪费，仓库不要我才捡回来的，不是偷是捡！"

有点语无伦次，但意思表达了，没偷，是捡的。公司不要的。商业局的同志说："下不为例，你可能刚参加工作，即便是仓库不要的，也多半拿去喂猪，不能私自拿回来，我问你，你看到过蔬菜公司的其他同志往自己家捎带东西吗？"

家丽答不上来。她才刚去一个多月，就算有，她也不会知道。但是据她所知，偷偷摸摸带东西的不止一人。家庭负担重的，谁不想减轻一点。靠山吃山靠水吃水，她错在哪儿了，根本小题大做。

可当着商业局同志的面，家丽必须认错。人家已经说了下不为例。人一走，家丽就发火："一定是有人陷害，嫉妒！"

"又得罪谁了。"老太太叹气。

"人就是这样，嫌人穷恨人富，我们家刚好一点，就有人看不惯了。"美心分析。家丽坐在小板凳上，两手插进头发，几个妹妹都不敢出声。"我知道了，朱德启的小姨子在我们单位，我拿菜她知道，指不定就是她跟朱德启老婆说的，那婆娘嘴大，到处乱说，不知传到谁耳朵里，才坏的事。"

常胜突然咆哮："行了！乱猜！以后这种事情别做，人家就抓不着你辫梢子，饿就饿点，少吃就少吃点，反正死不了。"

说完，出门散步去了。美心嘀咕："哪来这么大脾气……"

常胜沿着河岸往姚家湾去，到朱老大的船口，他停了下来。他只有朱老大这一个朋友。船头，他递给朱老大一支香烟。问："你这船最远开到过哪儿？"朱老大想了想，说："那还是我小时候，我爹帮国民党运东西到上海。"常胜笑说："你也到过上海？"

"怎么，你也去过。"

"十几岁的时候去过，跟我爹，在德国人的电灯泡厂子里拧电灯泡。"

"然后呢，怎么到淮南这个地界了。"

"日本人来轰炸，有老乡被炸死了，我们就从上海跑回扬州老家，后来跑日本鬼子，我爹死了，然后毛主席来了，有老乡要来淮南建设新中国，我一听不错，也就跟着来了。"

"是不错，你现在过得也不错，总比我们船民好。"

"你才逍遥自在。"

"自在？"朱老大说，"船民是不能上岸的，只能漂在这大河上，上一辈人，这一辈人，下一辈人……"

"谁知道以后怎样。"常胜说。朱老大不说话。常胜忽然陷入回忆，口气有点沮丧："日本鬼子炸死那个人，真不是我们害的，让他走他不走，鬼催的一样。"

"你是说大老汤他爸？"

"你怎么知道？"

"何汤两家的恩恩怨怨，北头谁不知道。"

常胜咳嗽了一声，他想说说大老汤又开始找麻烦，但话到嘴边又咽下去了。时局不定。能不多说，就不多说。

大老汤给何常胜安了一个新罪名：污蔑革命烈士。说汤家三叔是在对敌斗争中牺牲的，根本没有跟着国民党跑去台湾。

"我没说过，从来没有。"审查室，常胜矢口否认。已经下班了，大老汤跟朱德启还揪住他不放。"不知道这个消息是从哪儿来的。"

大老汤道："你妈说的！就等于是你的立场！"

无稽之谈，常胜起身要走，大老汤一把将他按在椅子上："你敢跟组织对着干？别反抗了，交代吧。"

"交代什么？我什么也没说，什么都不知道。"

大老汤给朱德启使了个眼色，朱德启便拿绳子把常胜的手绑起来。"你们想干什么？绑架革命群众？我犯了什么罪！"常胜反抗。但两个人还是齐心协力绑了他。给大灯泡通上电，放在常胜眼面前烤。仿佛太阳挤压到眼前，常胜热得受不了，皮都快焦了。"有问题，一定有问题。"大老汤来来回回走，"你女儿就能提前回城工作，别人家的怎么就不行？干什么了？搞不好那个家丽在乡下做了无本的生意。"朱德启附和，说绝对是，又靠近常胜，"都招了吧。"

一口唾沫飞到朱会计脸上，常胜坚贞不屈。

"看你能扛多久！"大老汤恶狠狠地。

到饭点，常胜还不回来，一家子都等着他。家欢叫饿。老太太叫家丽："去你爸单位看看，搞什么呢，还不回。"

家丽换了衣服就要出门，家文要跟着，家丽不让，说一个人走得快。也是真快，家丽步子健，一会儿工夫，到地方了。问传达室，师傅说没见到何师傅出来。家丽往里走，朝有灯火的地方去。

恍惚之间，她想起当初跟为民一起去三仓库营救她爸那次。哦，那时候还有为民，这次只能她单枪匹马。二楼有灯光。她上了楼，朝那房间走，敲门。

"谁？"是大老汤粗壮的声音。

家丽有些紧张。撤退，来不及了；不撤，那就硬碰硬。随着年纪增长，家丽当初身上那股天不怕地不怕的劲头消了不少。所谓一入社会，棱角自然磨掉许多。

"我找何常胜！"

常胜听到女儿的声音，十分担心："家丽，你先回去，我没事。"

屋里头发出咚咚两声。家丽怕爸爸有危险，更猛烈地敲门。门开了，朱德启开的。常胜手被捆着，坐在椅子上，面前一只巨大灯泡，源源不断发散热力。

"爸！"家丽惊呼。

大老汤道："干什么？你以为你还是革命小将？商业局革委会是你乱闯的地方？再不走连你一起拿下！"

家丽气得胸中豪气顿起，说了声我跟你拼了就同大老汤厮打起来。朱德启要"参战"，被家丽蹬了一脚。肥大的身子砸在常胜身上，弄得常胜一时也不得动弹。

两个人从屋内打到屋外。二楼走廊的栏杆是水泥片柱，有处破了个口。家丽打不过就下嘴。大老汤疼得大叫，"你咬我……这狗丫头！"一推。家丽瘦，从栏杆缝掉下去，她一把抓住大老汤。惯性太大，大老汤整个身子卡在栏杆缝里，眼看也要往下掉。

大老汤喊救命。

朱德启连忙赶出来。谁知，大老汤还是瘦了点，慢慢地从栏杆缝滑出，他和家丽两人直摔到楼下去。

水泥地。咚的一声闷响。

拉到医院抢救，家丽一条腿骨裂，轻微脑震荡，大老汤一只胳膊骨折，都上了石膏。命还在，就是万幸。但何汤两家坚决不愿意共用一间病房，甚至连做邻居也不愿意。大老汤老婆用气吞山河的架势帮丈夫争取了高级病房，终于和家丽所在的普通病房隔开了，老远。幼民见到家欢还是怕。所以家欢充当"门神"，站在门口镇守。不允许七七八八的人进入。医药费，更是一笔糊涂账。后来外贸的同志介入调查，朱德启一口咬定是家丽推大老汤下去的。常胜对这个证词提出质疑，说明明看到家丽先掉下去。各执一词，最后大老汤捞了个"见义勇为"，属于救人受伤。

家丽听了，差点没从病床上跳起来。

"没天理！我要去说明情况！"家丽激动。

老太太弹压她："你行了！大难不死，就算你有福了，幸亏是屁股着地，要是其他地方先着地，还有你喘气的日子？你说你也是，去让你叫你爸，还能跟人打起来，你啊，就是托生错了，应该托生在唐朝。"

"干吗唐朝？"家丽跟不上老太太的思路。

"生唐朝，你就跟着薛平贵从军，去西凉征战。"

"阿奶！"

"反正动手是不对。"老太太还是讲理。

"那是因为他们对爸……"欲言又止。常胜不让说。

"对你爸怎么了？"老太太紧张儿子。

"不是……"家丽支吾。

"对你爸怎么了？"老太太着急，"说！"

家丽小声："他们拿着个大灯泡在爸脸面前，烤……"

老太太惊得眼珠子差点没掉出来。常胜来送饭，拎着小保温桶。老太太叫他出来一下。

两个人到房檐下人少的地方。老太太问："大老汤又跟你过不去了？"

"没有。"常胜嘴巴紧。单位的事，他不想妈妈太过操心。

"还瞒？家丽怎么跟他们打起来的？"

常胜不说话。

"他们拿大电灯泡烤人了？"老太太问得仔细。

常胜掏烟。

"因为什么？"老太太把烟夺过去，"到底因为什么？"

常胜这才为难地说："就是说我说他们汤家三叔跟国民党去台湾了，是污蔑革命烈士。"

"不就是跟国民党跑了吗？汤老三，我知道……"老太太自言自语说着，忽然想起她曾拿这个威胁过大老汤老婆，"不对，这是我说的，你没说过，这也是真实情况。"

"妈——"常胜道，"算了，人家现在调查说汤家三叔是革命烈士。"

"不可能。"老太太较真，"我去跟他说，革命烈士，他三叔就是个混子流氓，他不清楚我告诉他。"

"行了妈！别惹事了行不行！"常胜也急了，"过去的事老提它干吗？"老太太像被定住了，扯不清，两家的宿怨扯不清。

"不理他就是了。"常胜毕竟势单力孤。硬顶，汤家三兄弟整起人来，没个消停。"他就是想让他三弟当工农兵大学生，怕我反对，确实，之前我反对，那是因为汤老三根本就没那个水平。他来一句，交白卷也能是英雄，算了，我也不反对了，都消停吧。"常胜说深层原因。

走廊里，一个男的搀着大老汤老婆走过，打家丽病房门口过，大老汤老婆吐了一口唾沫，呸！家欢嚷嚷，说："你这人怎么回事，讲不讲卫生，这里是医院，不是你家痰盂。"那男的护着大老汤老婆，连声说了妈，算了。一偏头，男的朝病房里看，家丽一抬眼，正好也看到他。

汤为民！

为民呆了两秒！他妈一直没说"害"他爸的是谁，总用"小王八蛋"代替。莫非……

034

家丽把家欢叫进来，问刚才门口那人是谁。她不敢相信自己的眼睛。

家欢气鼓鼓道："咱们的仇人，癞癞猴（方言：癞蛤蟆）女人和他的癞癞猴大儿子。"

"不许这么说！"家丽下意识地维护为民。

"姐，你怎么了？"家欢不懂姐姐的激动。

家丽深呼吸，是的，为民回来了。然而前路一片灰暗。高级病房里，大老汤老婆还在嘟嘟囔囔说着，多半是诅咒的话。幼民拉着哥哥为民说："哥，你可回来了，咱们家都快被欺负死了，爸被打成这样，我也被欺负，他们家老大厉害，老四也是个活阎王，力气比男的都大。"

"你被她打了？"为民问。

幼民不肯掉面子，嘴硬："她跟我干还是干不过。"

汤婆子道："行了，还充男子汉呢，被人家按在男厕所里打！一点囊性没有！"她恨二儿子不争气，又对老大为民说，"儿子，你得替你爸你弟报仇，见到那丫头，要见一次打一次，咱们家怎么了，不就多生了几个儿子，他们老何家就那么嫉妒？那么见不得人好。"

为民小声说："是不是有什么误会？"他大概知道爸妈的脾性。有些地方他也看不惯。可天下无不是的父母。爸妈终究是爸妈。

"为民……"大老汤醒了，在床上做挣扎状。

汤为民连忙上前。

大老汤捉住大儿子的手，什么也没说，只是"老泪纵横"。汤为民的心缩了一下。"你可回来了……"大老汤鼻涕一把泪一把，"爸爸老了，谁都能来欺一下……"大老汤老婆见丈夫如此，也不禁号啕，幼民也跟着哭了。

为民不知所措。他有些不相信家丽会下此"毒手"，再怎么说，这是他汤为民的父亲，不看僧面看佛面，她也应该给他留点面子。再往远了想，如果将来想成为一家人，怎么相处？本来关系就不佳，现在真成了一团麻。

不行，他得找机会问问，当面问，说清楚。他也关心家丽的伤情。可是，几次路过何家丽病房门口，不是有她妹妹"镇守"着，就是大人也在。算了，还是等等，会有机会。为民一转身，猫在人群里逃开了。

刘妈拎着点鸡蛋来看家丽。老太太道："不是多严重，住几天就出院了，还那么客气。"刘妈放下鸡蛋，又看看家丽，寒暄道："伤筋动骨一百天，起码三个月，也好，趁这个机会赶紧补补身体，下放了得，又黑又瘦。"老太太道："刚说能挣钱了，就摔了。"刘妈又跟家丽问候几句，老太太说要上厕所，刘妈陪着她一起，出来后，两个人到医院车棚底下说话。

"这大老汤手够狠的，得亏没摔到哪儿，什么仇什么怨也不能对孩子下手。"刘妈听到不少传言。二人坠楼是个时兴的饭后谈资。

老太太不想从头再说细细解释："都吸取点教训，冤家路窄，也怪我，以后不能派老大老四出去找人，动不动就上手，还是老二稳当些。"

刘妈忽然小声："听说汤家老大回来了。"

"是看到了。"

"说分到一药厂。"

"哪个一药厂？"

"还能有几个，国庆中路那个。"刘妈说，"是以前市药材公司重新组建的，哦哟，这也有头十年地里了，经常吃的那些小儿奇应丸、六神丸、人丹、药酒，都是他们厂生产的。"

老太太没多说，只说那不错，又问秋芳什么时候回来。

刘妈说："我也急，打电报给她爸了，我是没脚的蟹一点办法没有，陆陆续续都回来了，秋芳还没着落，像家丽，多少都能挣钱了。"老太太笑笑。提起钱，刘妈又问家丽的工资怎么分配。这是私事，且很重大。老太太想不到刘妈会直接问。也是，街里街坊又是老乡，都不当外人。但老太太还是要面子，故意虚报。

"工资来了一把交，我管着呢，十八块两毛，一分不少，都做家用。"

"哎呀！真是好孩子！我什么时候能享到这福，他爸工资也不高，秋芳还没工作，我整天在橡胶管带厂累能累几个，毕竟是女工，级别上不去。"

见刘妈哭穷。老太太忙从口袋里掏出点钱，硬要塞给刘妈，说不能白吃她鸡蛋。刘妈推搡不要，后来干脆说："文婶，再这样我生气了，这么多年了，谁还在乎这点，我们还是一条船上的。"

老太太心暖，这就是情分了。

为民还没去正式报到。大老汤住院，就他看着。弟弟要上学，他妈要照顾振民，还有她老娘。为民着急跟家丽见一面，好多话想说。可家丽病房里老有人，家文、家艺、家欢三姊妹轮流陪着，她们不在，就是美心或者老太太在。为民总没机会。

病房在二楼。这日，为民摸清楚了从二楼窗户外小外沿，可以走到家丽的病房。只要窗户打开，就能说话。晚间，汤为民安顿好大老汤就开始行动。

很顺利，摸到窗户底下了。猫着，不敢露头，他得等病房里的人都睡了。还好家丽的床位靠窗。家欢进来了："姐，我扶你上厕所。"家丽忙道："先不用，你把窗户打开。"

"窗户？"家欢不明白大姐用意，"怪冷的。"

还是遵命，窗户打开了。"你先回去。"家丽说。

指令来得突然。

"姐，今晚我陪你。"

"不用不用，回去吧。"家丽心里有一盘棋。

家欢哦了一声，又说："太冷，姐，我帮你把窗户关上吧。"

"不用！"家丽连忙阻止。

家欢不知其中玄妙，就说要走，一转身，却想起来伞落在窗边，又回去拿。为民蹲久了，腿受不住，不禁调换双腿承力点，头自然从窗口露出一丁点。

家欢眼尖："什么人?!"辨认清楚是人的头皮，立刻用伞柄敲打，并尖叫，"色狼！色狼！有色狼！"

为民不得不战略性撤退。

护士被惊动了，进来问情况。家欢非说有色狼。家丽忙解释："我妹看花眼了，没事没事，老四，快回去吧，别磨蹭了，回去吧。"

"刚才明明有个人。"

美心进门，家欢把情况及时告诉了妈妈。

美心也觉得奇怪，医院里都是病人，病房里除了家丽，又都是老年女人，哪来的色狼。

"妈，别听老四瞎说，累了一天，眼花了。"

美心没再多问，差遣老四回家，这晚，她陪家丽，任凭家丽说多少个不用不用，她还是一意孤行。明天就出院了，她打算在最后一刻尽一点做妈妈的责任。

"想吃什么不?"美心温柔地。

"妈，真没事。"家丽忧心忡忡。

出院住家里，天天有人。家丽顶多由妹妹扶着，在院子里坐一会儿。暑假，家文、家艺、家欢都在家。小玲刚开始学说话，咿咿呀呀，还说不出什么正经词儿。老有同学来找家文玩，家文出门了。上次跳皮筋失利后，家艺也不再征战皮筋界。她老想着学艺术，最大的梦想就是跳红色娘子军。

可现实是：她和家欢必须带老五。老太太吃完饭串门去了，没带老五去。常胜这一向回家还是晚。大老汤休病假，他稍得喘息，但局里收的鸭毛鹅毛到夏天尤其要注意，一不小心臭掉，属于"重大损失"。因此，他也多在仓库忙活。同样的麻烦也在等着美心。酱园厂夏天也需要保卫酱油缸。不怕变质，倒怕那种小飞虫"绿豆狗子"钻缸里，一个虫子坏了一缸汤。得人看着。

水池边，家艺和家欢在追悼那块丢失的玉兔牌半透明皂。有了共同的记忆，她们又是 体的了。

所谓鹬蚌相争，肥皂逃生。

家欢手顶着腮帮子："唉，你说这大夏天要是能用玉兔牌香皂洗个澡，那应该有多舒服。"

家艺道："还不是你喇强（方言：好强），我洗，你也非要洗。"

家欢说："三姐，能不说这个嘛，我可没有责怪你的意思，我就是觉得可惜。"

"可惜大姐摔了，在床上躺着，下个月有没有工资还不知道呢，有的话，我们再求大姐买一块。"

老五小玲蹲着玩水，家欢阻止她。

"老三，你说爸妈会不会再要一个小孩？"老四家欢突发奇想。

"再要一个？还嫌不够乱？已经五朵金花了。"

"他们想要男孩。"

"那就不知道了。"家艺不太关心。

家欢问："假如爸妈再要一个孩子，你想要一个弟弟还是妹妹？"

奇妙的问题。家艺没考虑过，但不妨碍她现想。

"你呢？想要弟弟还是妹妹？"老三反问老四。

"肯定弟弟好一些。"家欢不假思索。

家艺道："如果是我，就想要妹妹。"

"你不是已经有两个妹妹了嘛。"

家艺这才说："老四你就是傻。"

"生妹妹就聪明？"老四脑子转不过来弯。

家艺慢条斯理说："我问你，假如爸妈生了个弟弟，这个弟弟在咱们家的地位怎么样?"

"那肯定高,是大宝贝。"

"生了妹妹呢?"

"那不高。"

家艺点了一下家欢脑门:"那不就得了,生了弟弟,我们等于都降了一级,成为家里不重要的人,但如果是妹妹呢,跟我一样,平起平坐,只有先来后到的区别,都是姐妹,没有等级的差别。"

家欢若有所思:"是有点道理。"又说,"可我们国家是男女平等。"

家艺哼了一下道:"是男女平等,的确平等,也提倡平等,可在咱爸妈眼里呢?哪头轻哪头重是永远不会改变的。人嘛,总有偏好,你喜欢枣子我喜欢桃子,爸,他就是想要男孩。但是,有了男孩就是对我们不利。"

家欢忙道:"三姐你真聪明,那还是女孩比较好。"

家艺双手合十,对着弯弯的月亮。这日是农历月初。适合许愿。"保佑是女孩保佑是女孩保佑是女孩……"家欢连忙跟着姐姐念念有词。仿佛两只狐狸在对着月亮修仙。

啪地一下。

整个北头瞬间陷入黑暗。

跟着是孩子们激烈的叫嚷。

有人喊:"停电了!"

035

是的,停电了。淮南市区六十年代初就已经全部通了电灯,但到了夏天,发电量供不上用电量,就经常容易停电。孩子喜欢停电,因为可以不用做作业，不用受寻常的拘束，放肆玩耍。停电是一个真空，对有些孩子来说是天堂。

家欢抱怨："看你，在这儿作法，电都停了。"

家艺道："不挺好，刚好可以玩灯。"

她们说的灯，是从电池厂弄来的土制"汽灯"。把电池原料放进小罐子里，上面封住，露一个小口，水注入，化学原料开始产生反应，冒出气体。气体从小口排出。在小口点火，就自然燃起一盏灯。要比煤油灯明亮得多。

家丽不能动，在里屋喊："老三老四！把灯点起来！"

老三把老五抱到床上。再回头去找家里的灯。汽灯原料用完，新的常胜和美心还没回来做。化学制品有危险，两口子通常不让孩子们操作。只好点煤油灯。火柴擦亮，一小星，摆在五斗橱上，拯救家丽于黑暗。

"姐，我们出去一下。"老三、老四交代一声便出门了。她们打算去秋林家玩，他家有汽灯。屋子里只留老五和家丽。

一停电，坝子上，人逐渐聚集。天热，河岸边还有些风，人们一边叙闲话，一边猜测着何时电力恢复。刘妈家，秋林和幼民凑在一处，盯着电池汽灯，手里拿着一根小树枝在玩火。

家艺、家欢进。家欢大声："玩火晚上会瀱尿。"幼民见家欢来，拔腿要跑。

"别跑！我不打你。"家欢道。

秋林拉住幼民，幼民果然没走。灯火映照，何家老四似乎也没那么可怕。家艺道："玩个游戏怎么样？"

其他三人问是什么游戏。

"摸瞎瞎。"家艺说，就是捉迷藏。停了电，正好适合玩这个游戏。家欢对秋林："灯吹了。"

"不行，我妈说了，不让我灭这灯。"秋林是听话的孩子。

不能灭灯，那怎么玩。家欢提议："那到咱家玩，咱家地方大。"其他三人同意。于是，四个小伙伴摸黑到何家，第一盘，幼民找，其他三人藏。何家一点光都没有。

一盏煤油灯，点尽了。家丽和老五就坐在黑暗中。干脆睡觉，睡一觉就能见到光。家艺和家欢躲在桌子底下，人前放张椅子作掩护。张秋林躲在门后头。幼民在院子里自己数了三十秒，然后，从锅屋开始找。

有人进屋了。秋林，还有家艺、家欢两姐妹都不敢动。不发出声响，就有"活"的希望。脚步很重，沉稳地，往厢房里走。家丽醒了，黑暗中，她感觉到危险，问了句："谁？"

那人不回答，还是靠近。

"站住！"像对特务。家丽虽然腿受伤，但凌厉声势不减。老五还在酣睡。"家丽，是我。"靠近了，那人坐在床边上。

这下听清楚了。一只手伸过去，捉住家丽的手。

家丽觉得自己身上跟过了电一般。是为民，为民来了。感谢停电，黑暗是最好的保护色。"你怎么来了？"家丽还是明知故问一下。"来看看你。"为民说。然而什么都看不见。但能感受到，触碰，聆听，呼吸。"你没事吧，你还好吧。"为民关切地问。来之前，有好多话想说想问，他想知道那天的真实情况，从楼上摔下来的来龙去脉，还有家丽的动机，等等等等，可真到了这里，为民大脑一片空白。

家艺、家欢惊呆了，不敢出声，她们知道了大姐的秘密。

秋林躲在门板后头，静悄悄地。

老太太进屋了："家里有人吗？哎哟，怎么这么黑。"老太太去五斗橱摸火柴，她从外面带了蜡烛回来。

家丽紧张，咳嗽一声。

老太太察觉："家丽，你在是不是？"

"嗯……在，睡着了刚才。"

脚步声近，老太太朝家丽房间来，为民急得无处可躲。床下都是箱子盒子，根本容不下一个活人，衣柜太小，也没有飞檐走壁的功夫。情急之下，家丽拉开床头的薄被，把为民盖在下面。老五翻了个身，睡得很香。

老太太进来了，问："怎么不点灯？"

"没油了。"家丽答。

"我带了蜡烛。"

"不用点!"

"嗯?"

"那个……别浪费,现在也不用干吗……"家丽很不自然。

"也是。"

幼民闭着眼,摸进来了。老太太嘀咕,说谁来了。正准备往外,幼民已经摸到里屋,抓住了老太太,随即睁眼嚷:"抓住了抓住了。"

老太太岿然不动:"这谁家孩子,抓什么抓住了。"

幼民见抓错了人,拔腿就跑,却不小心在门槛处绊住,重重摔了一跤。随即哭起来。"来来来,"老太太赶过去扶他,"跑什么慌什么,我又不是大猫猴,不吃人。"

弟弟摔倒,为民紧张,想起来。家丽隔着被子打了他一巴掌,压住他不让动。

美心进院子,听到有孩子哭声。"妈,这谁家孩子,怎么了?"

老太太道:"黑灯瞎火,我也看不清,估计是哪家玩摸瞎瞎的。"美心眼尖,看出是汤幼民,喝道:"小子,怎么跑我家来了。"

幼民还没来得及回答,里屋便传来激烈的哭声。

老太太美心循声而去,是老五在哭。

一睁眼,她发现被子里不是大姐,而是一个陌生人,怕生的本能促使这个婴孩暴哭。

人进来了,为民无处遁逃,只好继续藏于被中。好在停电,黑暗打掩护。

"怎么回事?"美心不耐烦,"老五也是个定时炸弹。"

家丽抱过老五,往老太太怀里送:"出去看看,是不是尿了?"

美心抱怨:"这老五,床都快被她尿成世界地图了。"

老太太笑道:"老五可是跟你姓的,这么埋汰人。"

美心说再跟我姓,该是什么是什么。

"没尿。"老太太伸手在孩子屁股后头验了验。

正说着，灯光大亮，来电了。这次停电，着实短暂。一时间，灯光还有些晃眼。美心一低头，见床上被子头露出一只脚，粗粗糙糙。

美心没往心里去，随口道："下放下得，这老大的脚都跟男人似的。"再一看，不对。老太太也发现了。家丽神情紧张。

美心和老太太对看一眼。美心突然大叫："外面有小偷！"家丽注意力忍不住转移。老太太一拉被子。

为民在灯光下显影，抓个现行！

浑身是嘴也说不清。

老太太面部抽搐。

幼民站在门口看着哥哥，冷冷的。

家丽急得一头汗："不是……那个……不是……"

美心大叫："哪来的鬼！"

为民迅速起身，鞠了个躬，说了声对不起，风一般拉着弟弟幼民走了。

"妈——"家丽尴尬，"不是你想的那样——"

美心一抬手，给了家丽一巴掌。

堂屋，秋林缩着脖子，悄悄逃走了。家艺和家欢吓得不敢出气。两个人慢慢从桌子底下钻出来，猫着腰，打算去外头先躲一躲。刚出门，迎面遇见家文。

"别回去！"家艺表情夸张。

"怎么了？"家文问，"出什么事了？不是来电了吗？"

"二姐，老三说得对，现在不能回去，家里正闹腾呢。"

家文不解："闹腾？谁闹腾？闹腾什么？"

路拐弯头，为民追上了弟弟幼民："站住，你跑什么？"

幼民被迫停住脚步。

"来这边。"为民拎幼民衣领子。大哥有绝对权威。

幼民就范。

"你刚才看见什么了？听见什么了？"为民问。

"看见……听见……"幼民表达不清楚刚才混乱的场景，但意思他明白。他虽然小，但不傻。

"你什么也没看见，什么也没听见，听到没有？"为民强调，"回到家，你什么也不许跟爸妈说，就算爸妈问你，你也要说不知道，否则我不饶你。"面目十分严肃。

幼民没见过这么严肃的大哥，立刻嬉皮笑脸冲淡紧张气氛："哥，放心吧，我什么都不会说的，我现在就什么都不记得了。"

为民看看幼民，那谄媚的表情，不知怎么的，他又有点看不起这个弟弟，如果他据理力争，跟他吵起来，他可能还会更高看他一点。立场，一个人怎么可以没有立场。如果在战争年代，幼民这样的人第一个做叛徒。

两兄弟并排往家里走。在路上遇到汤婆子，幼民叫了声妈。汤婆子道："一停电就出去野。"她刚从医院回来，大老汤住着院。为民道："妈，今晚上还是我看。"汤婆子说了声不用，说你爸已经可以自己在那儿待着了。又问："该去报到了吧，早一点去，早一天就多拿一天工资，你这个工作，多少人盯着。"

为民应付了一下。

淮河边，家文、家艺、家欢三姊妹蹲在河滩上。家艺把刚才发生的事简单跟二姐说了说。家欢最先表态："大姐就是做得不对。老汤家跟我们何家就是不和，怎么可能跟汤为民这样。"

"哪样了？"家文还是平静。

家艺缩了缩脖子，似乎有些不好意思，"他们好像在，谈对象。"说完吐了吐舌头。这对小孩子来说，还是禁忌。

家文站起来，捡了块小石头，往河面上打漂漂，一气三连环，"大姐已经参加工作了，谈对象也正常，参加工作的人，都要谈对象。"

"那也不能跟汤为民谈，爸怎么想？妈怎么想？阿奶怎么想？"

家文哼了一声，冷笑："对象是为谁谈的？为爸妈，还是为自己？这点自主权都没有，谈对象还有什么意思，只要大姐自己喜欢，为什么不能跟为民哥谈对象，只要他们彼此相爱，就没什么问题。"

家欢执拗："那也不能跟仇人的儿子……"

家艺脱口而出："我赞同二姐的观点。"

何家堂屋，常胜进门了。老太太抱着老五小玲，家丽和美心各坐在一边不说话。事实上，常胜回来之前，老太太和美心已经商量了，这事，暂时不告诉常胜。最好扼杀在襁褓。做家丽的工作，甚至做汤为民的工作。目前不知道汤家是否知晓。如果汤婆子知道，强烈反对，最后不了了之。就不需要她们再做工作。

常胜不知道最好。

"怎么了，都在这儿坐着。"常胜问。

美心冲他一句："你是什么都不用管，一人吃饱全家不饿，一撒手，这个家就丢给我们了。"

"你要我管什么？"常胜不懂妻子的脾气从哪里来。

老太太连忙打圆场，把脸盆递给常胜："去洗脸吧，吃没吃？没吃再给你弄点面条子。"常胜说吃了，不提。

刘妈家。来了电，她用湿布堵住汽灯的气孔，汽灯的火便熄灭了。秋林进门，叫了声妈。刘妈问他去哪里了。

没头没尾地，秋林突然说："为民哥跟家丽姐好了。"

"什么？"刘妈没反应过来。

秋林又说了一遍。

刘妈急道："你才多大，小小年纪你懂什么，别乱说。"

秋林闭嘴了。

想想，又实在感兴趣，刘妈问："你怎么知道，你看到了？听到了？"

秋林点点头。

036

家丽流了一夜的泪，当然是无声的。除了老太太以外，没人知道。老太太知道也装不知道。在老人看来，这是必经之路，就算家丽跟汤家老大是真感情——情窦初开不能自已，但如果坚持在一起，最终也不会幸福。太难处理的人物关系。而且，他们才多大？见过几个人？经过多少事？就是一股年轻的热劲，本能地，动物性地，过了那阵就过了。老太太认为还是冷处理，慢慢做工作。第二天，家丽起来就去上班，跟没事人似的。内心的伤口，她缝缝好，只有自己知道。跟汤为民短期之内不能接触，或者接触了也不能让人知道。好在家丽不是那种非儿女情长不可的女人。

淮滨路上的法国梧桐树叶子掉了一地。秋天到了。天气转凉，人似乎也冷静下来。这个秋天发生很多事。谈不上好，也谈不上坏，只是在变化。

为民正式开始上班，在一药厂辅料车间做学员，工资还比家丽高两块。偶尔下班，为民和家丽会在淮滨路遇上。那次"抓包"之后，他们再见彼此，似乎都有点不好意思。

淮滨大戏院后头，为民靠着自行车。这里是个隐蔽地点。

"反正我没变。"为民说。

"别傻了。"家丽说，"家里的态度你看到了，不可能。"

"滴水穿石，铁杵成针。"

"你爸妈知道吗？幼民告诉他们了？"

"没有，我没让幼民说。"为民道。

家丽听了，反倒有些失落。打心底里，她似乎更希望大老汤他们知道。知道了就闹出来，就革命，天地冲撞，宇宙爆炸，轰轰烈烈闹一场，成也罢败也罢，只是要个结果。

然后，才可以重新生活。

她讨厌这种滴水穿石铁杵成针，一点一滴地消磨。她的勇气都快磨尽了。

"那先这样。"家丽告辞。

"一起看电影!"为民连忙掏出两张电影票。

"以后吧，现在风口浪尖。"家丽苦笑笑。

大老汤出院，开始正常上班。胳膊坏了一只，他就更有理由拈轻避重。他对常胜的"审查"却变本加厉。

这日，下班，常胜刚收拾东西准备走。大老汤带着朱德启出现在门口："这就想走? 你的材料还没写完呢。"

"什么材料?"常胜问，"我没有什么材料要写。"

"你的黑历史、黑材料，好好回忆回忆，不写就不许走。"大老汤凶神恶煞。朱德启搬来把椅子，大老汤坐，两个人看着常胜。

"不知道写什么。"

"写你的经历。"大老汤打算以此为突破口。

白纸黑字，常胜不敢乱写。可被逼到这地步，又不得不勉为其难写一点。从楼上摔下来的事，两家暂时和解。但他担心大老汤一旦被激怒，还是有可能去蔬菜公司闹。家丽刚参加工作，常胜不能给她添麻烦。

"那就从在江都出生开始写。"常胜说。

"那段我知道，我都知道，瞎写一个试试。"大老汤威胁。

还有一件好事发生在秋天。至少对家丽来说是这样。秋芳回城了，因为表现良好，她也被推荐回城，安排在淮河商店做营业员。那可是个众人羡慕的差事。全区最时兴的商品，淮河商店的店员总是最先知晓。上班一个月后，秋芳送了家丽一个礼物：钥匙扣，带毛主席像章的。家丽十分喜欢。有一日，秋芳在家洗头，家丽找她玩。秋芳问她要不要也洗洗："玉兔牌半透明皂。"

家丽笑了。这香皂她也买过，只不过被老三老四争得溜进了下水道。她简单一说，秋芳也笑："姊妹多，少不了要争，你们家老四以后不得了。"

"她有什么不得了的，蛮不讲理罢了。"

洗完了，秋芳头发披散着晾干。她望望家丽的头发，问："你就打算一直留这个头?"

"不挺好，刘胡兰发型。"

"现在时兴别的。"

"什么?"家丽问，"才刚去淮河商店几天，就比我们普通群众懂得多了。"

"去，别瞎说，"秋芳道，"现在最好看的是烫头。"

"那是资产阶级的作风。"家丽立刻否定。

秋芳道："你这思想，落伍了，无产阶级就不能烫头了?无产阶级就没有美的权利了?凭什么风光都让资产阶级占了，我们也可以烫头，为了社会主义新妇女的美丽。"

家丽打趣："你都妇女了。"

"这死丫头，挑我的不是，以后咱们都得是妇女。"

"讲真的，你真要去烫?去淮南旅社那家?男女理发服务部。"

秋芳道："那家不行。"

"怎么不行?是最好的了吧，国营的。"家丽跟不上全市的流行。秋芳笑说："得去谢家集国营东风理发厅。"

谢家集在淮南的西部，是矿区。家丽从来没去过。

"那么远。"

"咱们周末一起去。"

"怎么去?"

"坐公交车好了，你没有零用钱，我帮你出。"

"话说的，我怎么没有。"

"听说你的钱全部交公。"秋芳说。

"胡说，我再大公无私，也得有点零花钱。"

秋芳不谈这话题，转而道："据说东风理发厅，专门做女子烫发的师傅就有十五个，那发型，绝对是最革命的。"

周末，秋芳跟同事调了个班，一大早，便和家丽出发了。真是次远行。因为特地去"变美"，家丽也第一次那么细心地注意起自己的形象来。公交车上，玻璃窗上反射出影子，家丽也不免多看自己两眼。

"你皮肤真不错。"秋芳夸家丽。家丽说："有吗，那么黑，下放晒的。"秋芳说："捂一冬就白了，你们家皮子都白，不像我们家，黑的。"家丽回馈秋芳："你脸形不错，鹅蛋脸。"

秋芳道："我这脸形，头发才难弄呢。"

到了东方理发厅已经是中午了。果然宾客盈门，烫发铁在电热板上烧着，一屋子妇女，头上夹着各种东西，冒着热气，乍一看像工业化大生产。女师傅给秋芳建议，让她烫"上官云珠式"发型，家丽烫"刘胡兰式"略变变，加点波浪。两个人都没意见，那就开始烫。烫头真是个费工夫的活，刚上器具，家丽就睡着了。

女师傅要喊她，秋芳打了个手势，意思说让她睡吧。

国庆中路，一药厂后头，美心去药店买小儿奇应丸。她怀疑老五肚子里有虫。跟汤为民迎面撞个大着。为民一只脚踏在自行车脚蹬子上，见到美心，又放了下来。"阿姨。"为民很礼貌。

美心瞪大两眼看着他。那天的"恐怖画面"还记忆犹新。

她饶不了这小子。

"让开！"美心冲他。

"拿奇应丸？"为民看到她手中的药，热心询问。他在药厂工作，算半个行家。"给小玲吃的？"

"我们家的事跟你没关系！"美心拒人于千里。

"奇应丸里头有朱砂，吃多了对孩子不好，我那儿有宝塔糖，回头我弄点给您送过去。"

美心的心动了一下，这孩子倒是懂事，但依旧不能被原谅。

"离家丽远一点！听到没有？"美心口气很重。

为民不正面回答，只是嘿嘿笑，缓解气氛。

美心道："占便宜不是这么占的！"

为民说："阿姨，其实我跟家丽，我们……"话说到一半，美心扬长而去。不知道为什么，她本来想狠狠骂这小子一顿，可见了真人，好多话她又说不出口了。到家，老太太问美心药买回来了没有。

见抓在手上，老太太接过去，和了点水，准备给老五喂进去。

"不能吃。"美心阻拦。

"怎么的？"老太太不懂儿媳的一惊一乍。

"里头有朱砂，吃多了不好。"

"那吃什么？老五肚子里有虫。"

"回头我看看宝塔糖。"为民的话美心听进去了。

家丽进屋就引发"轰动"。家艺嚷嚷的声音最大，满是羡慕。

"大姐，你这头发，真是太太太太太太好看了！"家艺凑近看。

"跟以前差不多？"家欢辨别不出来。

家文客观："比以前更成熟稳重了。"

"什么成熟稳重，"老三反驳二姐，"是漂亮，好看。"又问大姐，"什么时候我也能去烫这个头，我一定去淮滨大戏院门口站着。"

家欢不懂家艺的高调，问："去那儿干吗？"

"那儿人多，有这么好看一颗头，当然是哪儿人多去哪儿。"

老太太刚帮老五换完尿布，丢给老三："好看有什么用，还不是人头？烫了就成仙女了？顶多比猪头强点。"

家丽侧目，阿奶的比喻太奇葩。

家艺厌恶洗尿布："阿奶，怎么又是我洗？该老四了。"

"别，三姐，"老四家欢连忙，"昨天那块是我洗的，该你了。"

老太太道："别不耐烦，你以前的尿布，也都是姊妹们帮你洗。"

老三道："那也是大姐二姐帮我洗，老五又没帮我洗过，我凭什么帮她。"

美心进屋，听到女儿这话，随即教育："就凭你是姐姐她是妹妹！你们是一个爸生的是一个娘胎里爬出来的，做姐妹，都是有今生没来世，还不珍惜？这么斤斤计较能有个头？谁欠谁的？你奶欠你的？你们谁的尿布她没洗过？她让你们还了吗？再说这话，狗都不如。"

没人敢作声了。

家艺捏着鼻子，拎起尿布往外走。家欢抿嘴笑。美心扫手一枪："笑什么，不是单说老三，你也听着。"

家欢连忙恢复严肃。

美心走到家丽面前，仔仔细细看她的新发型，没夸赞："有钱存着点，可劲儿乱花，留着点当嫁妆！"

家丽没反驳。妈正在气头上，不往枪口上撞，沉默是金。反正新发型既成事实。她独立了，故而自主。

家艺还想磨大姐："姐，回头你带我烫一个。"老太太在旁边脸色不好。家文拉了家艺一下。家艺还在央求。

老太太道："行了！跟你大姐比什么，她上班了，成人了，你才多大？以后你参加工作，你就是把头发剃成秃瓢也没人管你，是学生就学生样！"

家艺瘪着嘴，老大不高兴。她只想着赶紧长大成人。

老五刘小玲扶着门框站着。她还不懂世间纷扰。家艺啐她一句："鸡屁股就是夹不住屎尿！"她讨厌给妹妹洗尿布。

老五属鸡。

家欢插嘴："兔子也臊。"

老三属兔。

家艺发火，尿布打过去："你好？"

家欢笑道："我属龙，大龙大龙，跟大姐一样，大龙干大事，嘿嘿嘿。"她做了个鬼脸，跑了。

037

大老汤家门口，秋芳和为民迎面相遇，一个朝南，一个往北。秋芳对自己的新发型——"上官云珠式"，很有信心。

大大方方走过去，为民低着头，擦肩而过，好像没看见。

"为民！"秋芳不得不喊一声。为民站住了，跟她打招呼。自从秋芳回来，他们见过几次，都在路上。现在都参加工作了，算是大人，不可能再像从前那样串门玩。

"手里拿的什么？"秋芳问。

"宝塔糖。"

"你弟肚子里有虫？"

为民愣了一下，才说："嗯……是振民。"

"感觉我今天怎么样？"秋芳鼓起勇气问。

"挺好的。"

"有什么不一样吗？"秋芳嫌他夸得不够具体。

为民打量一番："新鞋子。"

秋芳着急："头发。"

"头发？"

"新发型，在谢家集烫的。"

为民这才反应过来，讪讪地："挺不错，适合你。"

家丽出来倒垃圾，远远看到秋芳和为民。秋芳跟家丽挥了挥手。有秋芳在，家丽可以和为民说话，排除了"嫌疑"。

走近了，为民一眼就看出来："你换了新发型。"

秋芳有些不高兴，她的变动比家丽要大，可为民却看不出来。

"怎么样?"家丽拿手托了托头发，"还是刘胡兰式，但加了点波浪。"

"怪好看的。"为民不吝赞美。

秋芳脸上有点挂不住。家丽怕老太太出来，简单说几句，便拎着灰桶（方言：垃圾桶）回去了。秋林放学回家，打路边经过，见姐姐在，便一起回家。

刘妈还没回来，这一阵厂里忙。他们的爸长驻巢湖，有跟没有也没啥区别。

"姐，我饿了。"秋林说。

秋芳帮弟弟从大衣柜上的铁罐子里摸出两块饼干，她继续照镜子。

"我这个头发好不好看?"秋芳问弟弟。

"好看。"秋林不走心。只顾吃。

"跟你家丽姐的头发比呢?"

"你的好看。"秋林站姐姐这边。

"那怎么你为民哥却觉得家丽姐的比我的好看。"很拗口的一段话，秋芳觉得自己表达清楚了。

"为民哥说的吗?"秋林问。

秋芳转过脸，点点头。

"那是因为为民哥和家丽姐在谈对象。"秋林不假思索。他是那天"被中藏人"事件的见证者，知晓"内幕"。可他答应妈妈什么也不说。

"你听谁说的，别乱讲。"秋芳本能地不信，他们是仇家。

"不乱讲，就是!"

刘妈进屋，放下手里拎的布袋子，问什么就是。秋芳掩饰，说没什么。刘妈说你上楼把那个竹篮子拿下来。

秋芳答应，上去了。刘妈问儿子刚才说什么呢。

"我跟我姐说为民哥和家丽姐在谈对象，她不信。"秋林有一说一。刘妈批评儿子："你一个小孩子说这些干吗? 作业做完了? 又偷吃饼干了。"

"没有。"秋林否认。

"嘴边还有末末呢，"刘妈并不打算认真，"下次偷吃的时候，记得把嘴巴擦干净。"秋林哦一声，拿书包做作业去了。

秋芳把竹篮子拿下来。刘妈放毛线球用。未雨绸缪，天热的时候就要开始考虑天冷的衣服。打线衣是刘妈的绝活儿。晚间，秋林睡了，秋芳两手扯着毛线，那一头，刘妈在卷线球。

冷不丁，刘妈问："你弟跟你说什么了？"

秋芳的手停了一下："没说什么。"

"这个头不适合你。"刘妈又说这个，"我们就是普通人家，弄这么个头，不适合，这是上海老明星的头。"刘妈客观评价。

秋芳笑说："妈，我也就是罕好劲（方言：一时好奇），多洗几次头，就跟原来一样了。"

收尾了，刘妈放下线球，叹了口气。

"妈，怎么了？"秋芳不懂妈妈突如其来的忧伤。刘妈这才道："我也听说了，汤家老大和家丽在处对象，估摸着是下放时候产生的感情，不过现在两家的态度还不明朗，要我看，大老汤和汤婆子还不知道，不然早炸了。至于你美心婶和老太太，十之八九也是反对，这事只能盖着，不让你常胜叔知道。"

秋芳一颗心乱跳，但仍然强作镇定，笑笑："妈你知道的真多。"

刘妈正色："别人家怎么样我管不了也不想管，我跟你说这些，是为你好，是提醒你别陷进去。"

秋芳急了："妈，说哪儿去了！跟我有什么关系！"

刘妈不看女儿，眼睛朝下，手上理着毛线头，缠在竹棒子上："没有最好，就汤家老大'英俊潇洒，充满勇气，笔直的腰板，像电影明星，浓密的头发像一匹马'，咱们也不能跟他们家结亲家！"

秋芳脸色大变："妈！你偷看我日记！你怎么能……你怎么能这样！"日记是刘妈收拾行李时不小心看到的。可刘妈不愿意解释，她是这个家的一家之主，老张长期不在家，她又当妈又当爹，看看女儿日记怎么了？她不认为自己有什么不妥。

"我是提醒你，为你好！老汤家是什么家庭？儿子再好，老子娘不行谁嫁过去就是受罪！你要受罪不要紧，不要连累我们这个家，你爸甩手不管，我不能不问。我是你妈，也是你爸，我的全部考虑，都是为了你以后幸福！"

"你这样做我就不幸福！"秋芳抗争。

"那你去找你的幸福去！"刘妈忍不住哭了，她为自己这么多年的辛苦而哭。

见妈妈落泪，秋芳心软了："妈，我不是那个意思。"

刘妈抹去眼泪："你什么意思？"

"那只是我的想法，并没有付出行动。"

刘妈直言："还要什么行动？难道你想像家丽一样，把汤家老大藏在被子里？还被她妈她奶奶发现？张秋芳，如果你敢做出这种事，以后我就不是你妈！"

秋芳再次被震撼。藏在被子里？莫非就是……秋芳不敢想那两个字：上床。那是资产阶级的肮脏字眼。家丽真那么干了？她真大胆！她怎么可以……

"死了那条心吧。"刘妈说，"你能有家丽那两下子吗？没有。不过现在你工作了，以后有的是别的机会，还会有很多更好的男孩子追求你。我生的女儿，我有信心。就是你这一头头发，太成熟了，小姑娘就要有点小姑娘的样子，年纪轻轻怕什么，年轻就是资本……"刘妈喋喋不休着，秋芳却一个字也听不进去。

清晨，美心最早出院门，看到门旁边挂着一只小瓶子。拿着一看，是宝塔糖。不用说，是汤家老大干的。

握在手里，美心东看看，西看看，心情有点复杂。

昨晚，常胜跟她聊到大半夜。大致意思是说了最近在单位的苦恼。聊到最后，常胜小声说："能不能再……"

"再什么？"美心警觉，她早猜出常胜的心思。

"我对不起你。"常胜铁汉柔情一把。

美心推开他:"行了,是我对不起你。"

常胜又抱住美心:"我想还是得有一个,还是得辛苦你。"

"这话我听得耳朵都出茧子了,有了第一个,又有第二个第三个第四个第五个……"

"那不是因为迟迟没能达成革命目标嘛。"常胜道,"现在局势你也看到了,这一辈我恐怕是都斗不过大老汤他们家,可下一辈呢,也就一直这么输着?"

"不是有家丽有家欢?她们比男孩子还厉害。"

"她们不出嫁了?家丽都多大了,又参加了工作,我看也就这两年的事。"

美心紧张。她不知应不应该把家丽和为民的事告诉丈夫,但显然现在不是个好时机。

"最后一个?"美心妥协了。常胜立即道:"君子一言驷马难追!"不过生个孩子,搞得好像上阵杀敌。也就在这晚,美心和常胜认认真真,抱着最后一胎的心情,完成了造人的整个流程。

后来算算,老六就是在这个月圆之夜有的影儿。

不过第二天起来,美心还是跟老太太说了自己的担忧。关于家丽,也关于他们这个家。老太太考虑再三。决定先跟汤为民来一场偶遇。

国营回民饭店,为民坐下,面前是一碗牛肉汤。

老太太蹑手蹑脚,坐在他后面一桌,也要了一碗。人渐渐多了起来。老太太见为民一直没注意到她。便端着碗去加了点汤,再回来,座位被人占了,她名正言顺地坐到为民对面。然后哦的一声,"这不是老汤家的大儿子嘛。"

"偶遇"了。

"奶奶。"为民热情地跟她打招呼。两个人你一言我一语,多半说些不相干的话。吃完了,为民要走。老太太也跟着出店门。

"奶奶,您往哪边去,我骑车带您。"

"哎哟，我去得可远了。"

"没关系，骑车快。"

"去毛竹园。"老太太说。那儿人少，都是毛竹。为民不知是计，骑了车就带老太太往毛竹园去。到毛竹园，下车了，为民就要道别。老太太陡然道："那天的事就算了。"

为民想不到她提起，一时没反应过来。

"羊毛长不到牛身上，你们不合适。"老太太表现得并不强势。

"哪里不适合。"

"为民，我问你，你喜不喜欢家丽？"

"我愿意一辈子对她好。"为民鼓起勇气。

"好，你为她好，你就应该不要跟她有来往。你知道我们两家的关系现在到了一个什么地步，你真的认为家丽跟你有未来？就算家丽愿意到你们家去做媳妇，我们都不阻拦，你认为她能过得上舒舒心心的日子？为民，你现在太年轻还不懂，媳妇可以选择，但是你不能选择你的家庭你的父母，你生在哪个家，那里就是你最大的命运。如果你硬要和家丽牵牵扯扯，伤害的只能是家丽。你希望这样？那天的事，那种情景，无论换成哪个家长，恐怕也不能原谅，自己女儿自己孙女的被子里藏着男人，传出去对女孩子的声誉是多大的伤害！为民，奶奶知道你是个好孩子、明白孩子，才跟你说这些，我这样说，也是为了你未来的幸福考虑。一生一世，你是要在这个地界做人的，家丽也是，我不想要看到你们从一开始就抬不起头来，从一开始就跟家庭决裂，从一开始就走上一条错误的路，那只会是痛苦的，没有希望的。"

老太太毕竟是老江湖。就算汤为民读过几年书，下过几年放，可在老太太面前，他毕竟道行太浅。几十年在世事里打滚，老太太有着能去说书的言语水准。她追求的效果，就是一语中的，一击即中。活的能说死，死的也能说活。更何况，她认为这一切都发自肺腑是金玉良言，再苦口也应该吞下去。

一瞬间，汤为民对自己的感情也产生了几分疑惑。老太太说得对。他深知父母那儿的障碍有多大。所以直到今日，他都不敢也不能让爸妈知道。因为即便一切都没爆发，他就已经知道结果。

这里是淮南，是北头，是他们的老家，所有的一切像是个茧，牢牢包裹住每一个人。肥西的广阔天地，已经是昨天的梦。

038

这一胎倒是顺顺利利。足月，一切正常，生产的时候拉去保健院，没有太大痛苦，也没采用剖腹产，常胜和美心的第六个孩子顺利出生。

又是个女孩。

不过因为上回剖腹的伤口受影响，加之美心年纪渐长，子宫有些下垂。医生宣告美心已经不适合继续生孩子，这令常胜万念俱灰。

院子里，家艺和家欢聊着天，"老天还是有眼的，没来个弟弟，我们都还有饭吃。"家欢道，"说不定老天就是因为听到了我们的祈祷。"家艺连忙说这事可不能让爸知道。

因为来了老六，常胜已经在小事上找过好几次茬儿——借题发挥，大发雷霆。连他从来都不批评的老二家文，也被他吼过一次。美心虽然难受，可嘴上说不出什么。"联合生产"再次失败，生育的后路彻底断绝。他们都知了天命。这辈子不再想儿子的事。

家丽和为民还在偷偷来往。只不过，家里出了"这么大的事"，老太太也暂时无心过问。得照顾美心月子，老五刚会走路，又该伺候老六了。邻居们少不了说闲话。但好在都背后说。大老汤老婆和朱德启老婆给何家取了个新外号：无鸣之家。生的都是母鸡，没有公鸡，光会下蛋，不会打鸣。

只有刘妈来安慰美心，可翻来覆去就那几句话。事到如今，怎么安慰都显得徒劳，因为大局已定，希望已经破灭。

令老太太更加担心的是口粮问题。

一家六个孩子，都要吃饭，但只有老大开始挣钱。其余五个，等于都是张嘴的。老五已经开始能吃了。老三老四向来大肚，饭量顶两个大人。老六来了，吃更是个问题。因为有人举报，家丽不能从公司顺菜回来，导致何家一度餐餐不够吃。

这日，家欢迅速吃完了碗里的饭，自己起身去锅里又盛，孰料只剩一点锅巴，她不满，叫唤："阿奶，还有饭吗？怎么就剩点锅巴皮了，我还没吃饱，就给我盛半碗都不到。"说罢，亮亮空碗。

老太太道："行了啊，咱们现在是人民公社，共产主义，要有都有，要没有都没有，就那么多，吃个半饱行了。"

家欢抢白："不吃饱怎么干活，尿布又是我洗，这老五什么时候能干活呀？刚老五不用尿布了，老六又来了。"

家艺反驳她："老四，这两天尿布可都是我洗的。"她不许她争功。家文从碗里拨了一小块饭给老四。老四立刻说："谢谢二姐！"

家丽还没到家，说是晚饭秋芳找她。实际上，是为民约她走走。常胜进屋，老太太起身帮他拿饭，饭温在小锅里。家欢惊呼，不是没饭，只是不给她吃。家文给老四一个眼色。家欢连忙闭嘴。爸爸脸色不佳。

"吃过了。"常胜道。

"在哪儿吃的？"美心问。

"饭店。"常胜淡淡地。

家欢一跃而起，把老太太手里那碗饭"继承"过来，就着咸菜，狼吞虎咽。

老太太打圆场，笑道："吃过了就洗洗脸，早点休息。"

里屋，老六哇地暴哭。美心不得不去哄她。老六饿了，美心背过身子给她喂奶。一边喂一边嘀咕："人都吃不上了，她还要吃。"说的好像老六不是人。

外屋,老太太对常胜说:"给孩子取个名字。"

常胜这回没说不取,可一时又不知道取什么好。屋子里静悄悄的,美心却无端受了刺激。给老五取名字的时候就那个为难样,最后不许老五姓何,现在到了老六,又这样!算什么?甩脸子给谁看?生之前装孙子,生完了都是大爷了!

"要不送人!不要了!"里屋爆发一句,是美心的怒吼。

常胜被大老汤折磨得没脾气。美心的这一句却点着了他。

"好好好,送人好!都是张嘴的没有做事的。"常胜用玩世不恭的口气说。

"都少说两句!"

家欢放下碗,家艺扶着二姐家文。兔死狐悲。这个家,是会把孩子送人的,她们都觉到一丝恐怖。

"送!送!送!"美心赤着脚,旋风般出来,把老六塞给常胜,"你去送,现在就送!"常胜像抱了个烫手山芋,左也不是右也不是。老太太连忙把孩子接过来。老六感受到危险,暴哭。

家文上前安慰妈妈。

美心抱住二女儿,痛苦喃喃道:"看到了吧,看到了吧,你妈都不是人,我们都不是人!"

家丽回来了。进门。见到这一幕不知所以。

"都吃过了?"家丽说,"老四,把碗筷收了。"老四嘀咕,怎么又是我,但还是忙着去干了。"老三带着老五,别让她乱跑。"家丽迅速安排着,军中乱象,她必须迅速排兵布阵。

"怎么了这是?"家丽从老太太怀里接过老六,一个小可爱。

老太太插一句:"打算把老六送人。"拒绝的话让家丽说。她参加工作了,成人了,在这个家有发言权。

"送什么人。"家丽说,"生都生出来了。"

"没饭吃,家里嘴巴太多。"

家丽看看爸爸,又看看妈妈,笑说:"哎哟,她能吃几口?就当养个小猫小狗那么养着吧。"美心和常胜气过去点，都有点后悔自己的鲁莽。真要送，多少舍不得。可不送，在家里一时气不过。美心气常胜，常胜怨命运。

老太太对家丽道："你爸还不肯给老六取名字。"

家丽喊了一声爸。

常胜没好气："什么叫不肯，是想不出来，脑子都要炸了。"家丽随即说那我来取一个。说罢在堂屋踱了两步。竖起一根手指道："小名：惊喜，老六对咱们家来说是个惊喜。"家文、家艺都笑。家欢小声："是够惊的。"

"大名就叫：何家喜。"

老太太立刻叫好。姊妹们也都说好。老六的名字就这么定下来了。家丽道："妈，我听说你不打算再生了。"

"还生什么生，我都多大了，地都荒了。"美心怒气未消。

家丽又对常胜说："爸，你不是一直想要一个家，一个真正的老何家，团结一心，努力奋斗，一致对外，共同进退，热火朝天，朝气蓬勃，大有希望，这不，就在眼前了，你掌管的是红色娘子军哇。"家丽一开玩笑，常胜也不好意思生气。

"行了，别要贫嘴了，都让我少操点心。"常胜说。

家丽伸着脖子道："爸，想不想喝酒？来点儿？我陪你。"常胜一笑，正有此意。老四家欢连忙说："我也要喝。"

老太太轻拍家欢："酒是乱喝的？你才多大！胡来！"

老四耷拉头，嘀咕："我到底什么时候才能长大啊。"

家艺看了看妹妹，笑说："等着，你越不过我去，怎么也得我先长大。

翌日，又是家丽张罗。一家人收拾好，去红旗照相馆拍一张全家福，纪念美心和常胜就此打住，生育完成，纪念何家基本成员到齐。

摄影师搬来椅子，老太太坐中间。男左女右。常胜坐左，美心在右。常胜怀里抱着老六家喜，美心抱老五小玲。后排从左到右：家欢、家文、家丽、家艺。

"都笑一点，对，开心，笑，社会主义好——"摄影师拖着喜气的调子调节顾客的表情，一按快门，一道亮光，定格。

没多久，这张全家福就被红旗照相馆当作代表作挂在展示镜框里了。拿到照片，家艺看得最仔细。结果仍旧失落，二姐还是比她漂亮。家欢咧嘴笑着，没心没肺。老太太慈祥。美心笑得温文尔雅。常胜一脸严肃。家喜瞪着大眼睛，她对这个世界仍旧好奇。小玲心不在焉。家丽则端端正正站在后排中间，一眼望去，她已经像这个家的中心了。

区里搞人口普查，从各单位抽调了年轻人协助工作。为民也在其中。普查结果是，截至 1970 年 12 月底，全区实有 30924 户，159873 人，其中男 85764 人，女 74109 人，农业人口 37370 人，非农业人口 122503 人。普查完毕，区里打算庆祝庆祝，在淮滨大戏院门口搞一场文艺演出，且必须是群众性的——不能由专业团体来演，要表现群众的活力。负责人知道为民唱歌不错，就提议他报名。为民不喜欢出风头，可既然领导发话，不得不上，他便报了一个秧歌剧《兄妹开荒》。

是出名戏，延安时期创作并走红的。负责人问："兄妹开荒兄妹开荒，这是两个人唱的戏呀？兄有了，妹呢？"

"蔬菜公司的何家丽同志唱得不错。"为民很认真地。

没多久，家丽被请到了区委后面一个乒乓球室。见到为民，家丽一头雾水："我不会唱《兄妹开荒》。"

"学嘛！我唱兄，你唱妹，妹不会，兄教。"为民拍拍胸脯。

"你找别人吧，没那闲工夫。"家丽道，"我还得上班挣钱呢，家里都快没饭吃了。"

"这个月工资分你一半。"为民大方，"最主要这里没人看到我们，没人管没人问，跟在肥西一样……"为民忽然温柔，脸贴上去。推门声响，为民吓得连忙弹开，没站稳，笨拙地摔在地上。

是清洁工人："同志，走的时候灯记得关哦。"

为民连忙说好，家丽忍住笑。

家丽聪明，没练几次，这出秧歌剧已经很像样了。不过下了班排练，倒引发老太太的好奇。这日，家丽到家，老太太忍不住问："这三天两头的去哪儿了？回来都一头汗。"

"区里有事。"家丽一言以蔽之。

区里有事，跟她一个蔬菜公司的员工有什么关系？老太太没再多问。她知道家丽如果存心不想说，问也问不出来。

一大早，家丽吃了半根油条去上班。临出门跟老太太打招呼，说晚上不回来吃饭。理由依旧是：区里有事。

奇怪，老太太下定决心要看看到底是什么事。

039

老五老六离不开人，刚好美心在家，半下午，老太太假托要去淮河商店看看，出门了。守在公司门口的墙边上。到点，家丽下班了。没回家，而是往南走。老太太跟着，到龙湖路，一拐，进院子。果然区委大院后门。没撒谎。只不过家丽没上楼，而是进了后排的一户小平房。老太太观望了一会儿，才悄悄靠近，蹲在窗户底下。

屋里头有声音传出。是《兄妹开荒》，男的唱，"雄鸡雄鸡高呀么高声叫，叫得太阳红又红，身强力壮的小伙子，怎么能躺在炕上做呀懒虫，扛起锄头上呀上山岗，山呀么山岗上……"男的唱完女的唱，是家丽的声音："太阳太阳当呀么当头照，送饭送饭走呀走一遭，哥哥刨地多辛苦，怎让他饿着肚子来呀勤劳，挑起担儿上呀么上山岗，一头是米面馍，一头是热米汤……"

原来是排练，老太太的心放到肚子里。

探出点头，朝里头瞟：汤家老大！老太太差点没摔着。这个家丽！明修栈道暗度陈仓！不行！为民这小子不简单，那天的话竟然一点没听进去。老太太本想进去喝他们两声。再一想，不行，小不忍则乱大谋，得想办法。

回家跟美心一合计。美心提了个办法："反正是做事，做这样，就不能做那样，咱们想个法子，把家丽支开不就得了。"

没多久，机会来了。市里举办横渡淮河游泳活动，纪念毛主席畅游长江五周年。美心帮家丽报了名，代表蔬菜公司。领导找家丽谈话："小何，我们单位就看你的了。"

家丽着急："主任，那天我得参加区里人口普查会演。"

"小何，你这什么态度，单位需要你，你应该为单位争光，个人的活动放一放。"

胳膊拧不过大腿。家丽只能选择去游泳。为民得到消息，老大不高兴；但他安慰："要不我也不演了。"

"不行，这是区里的任务。"家丽顾全大局。

"兄妹开荒，妹都没了，兄怎么开？"为民把红布腰带丢在地上，懊恼。"找人帮帮忙。"家丽说。

想来想去，只有秋芳能救场。她唱戏不错，《兄妹开荒》她会唱。晚上，家丽来跟秋芳说这事。秋芳故作扭捏一下，答应了。刘妈过来问："丽啊，什么事那么高兴。"家丽表明来意，说是区里人口普查的演出，找秋芳来唱戏。

"哟，她能唱什么？笨嘴拙腮的。"刘妈客气。

"《兄妹开荒》。"

"这戏不错，跟谁搭戏？"刘妈问。秋芳急得打手势，不让家丽说。家丽机灵，自自然然笑道："这个还不清楚，区里会给配人吧。"刘妈也没多问，淡然道："这戏火过一阵，这几年唱得少了，"说着比画两下，自顾自唱，"一头是米面馍，一头是热米汤，哥哥本是庄稼汉那么咿呀嗨，送给他吃了，要更加油来更加劲来，更多开荒——"

秋芳、家丽鼓掌。刘妈蓦地落寞："以前我跟你爸倒唱过。"

秋芳不言。这是她唯一无法安慰妈妈的事。她爸又有日子没回来了。

没多久，为民妈汤婆子也知道儿子要唱《兄妹开荒》了。为民在洗手。汤婆子凑到旁边问："《兄妹开荒》练得怎么样？"

"还行。"为民不跟妈妈闲聊。

"跟谁唱？"她主要关心这个。

"张秋芳。"为民用水泼脸。

汤婆子笑了一下，没再问。晚间，和大老汤在床上，汤婆子用痒痒挠打了一下大老汤，"喂！儿子要唱《兄妹开荒》，在淮滨大戏院门口。"

大老汤不看他老婆，嗯了一声："这小子嗓子随我，亮。"

"得了吧。"汤婆子不同意他的观点，"随的是我，我嗓子才亮，《白毛女》从头唱到尾。"说着就哼唱起来，"人家的闺女有花戴，我爹钱少不能买，扯上了二尺红头绳，给我扎起来……"大老汤阻断她："行行，行了，大晚上的，号丧，孩子睡觉呢。"振民躺在他们旁边，睡得正香。

汤婆子道："你猜为民跟谁合唱？"

"谁？只要不是何家人就行。"

"当然不是，"大老汤老婆翻了一下眼，"跟——秋芳。"

"哪个秋芳？"

"还能有几个秋芳，刘妈家大闺女！"

"秋芳是不错，文文静静的。"大老汤应和。想了想，又说："朱德启家大女儿也不错。"

大老汤老婆立即说："朱燕子？我老天，不行不行，鬼头蛤蟆眼的，你猪眼？脑子怎么长的？别害了咱儿子，哼！就算儿子同意，我都不同意。"

大老汤诧异："就唱个《兄妹开荒》，扯那么多。"

他老婆抢白："你不为你儿子着急？多大啦，再谈两年，差不多啦，反正朱燕子不行。"

"行了睡吧。"大老汤翻了个身，"妇道人家，一点没有政治头脑，头发长，见识短。"

演出当天，秋芳早早就到现场准备。因为是广场秧歌剧，不需要什么舞台布景。秋芳到地方，借淮滨大戏院的后台梳化间化妆。新发型"上官云珠"淡化，编两条麻花辫扎着，再穿一件红褂子。家文、家艺、家欢得知秋芳姐要演《兄妹开荒》早早去广场等着。倒是刘妈，不太想去凑那个热闹。秋林感冒咳嗽，她带儿子去医院瞧病。为民妈倒十分积极。不过这回是她一个人来，没叫朱德启老婆。她怕她想法太多。以后把她的大闺女燕子塞到他们老汤家，委屈了为民。《兄妹开荒》第三个上场。第一个都开演了，为民才到。刚准备梳化，有个演员进门嚷嚷，说横渡淮河淹死人了，溺水了，是个女的，二十岁左右，说以前游泳可厉害了。另一个说："淹死的都是会水的。"

为民一听，立刻要离开，"不行，我去看看。"他对秋芳说。

"去哪儿？马上要演了。"

"河边，马上回来。"

"去那儿干吗？"

"有人溺水了。"

"河边有那多人，个个都是游泳高手，你去干吗？"

"我怕是家丽。"为民直言不讳。

秋芳一怔，心像被捅了个大窟窿。

报幕员上，第三个节目是《南泥湾》，《兄妹开荒》暂停。汤婆子也觉得奇怪，顺着路摸到简易后台，说找《兄妹开荒》的演员，有人一指，却见秋芳坐在一角暗自垂泪。大老汤老婆过去问："人呢？为民呢？"秋芳不说话。有人代答："去河边了，说有人溺水，他去看看。"大老汤老婆气得火大，"这臭小子！"又安慰秋芳："好孩子，这事是为民不对，他对不住你。"说罢，又连忙去河边找儿子。《兄妹开荒》的兄没了，妹一个人没法演。缺了一个节目，编导急得头大。问秋芳一个人能不能唱个别的，可她刚哭过，嗓子哑了。家文三姊妹到后台来，见此情状，家欢嘴快，说这有什么难的，我二姐能唱。

编导眼睛一亮："果真？"问家文。

"我试试。"家文说，纯为秋芳救场。

"唱什么？难度大点的最好。"编导说。

家艺也想唱，可姐姐珠玉在前，她终究没有底气造次。

家文说："唱个《翻身道情》怎么样？"编导说那歌难度很大，唱两句先试试。"有伴奏吗？"家文问。编导说清唱两句，上场就有，乐队在。家文不含糊，比了个手势，朱唇微启，一开口还以为她是陕北人，"太阳一出来呀，哎咳哎咳哎咳哎咳哎咳哎，咳哎咳哎咳哎咳哎咳哎咳，满山红哎哎咳哎咳哎呀！共产党救咱翻了哟嗬身哎咳呀……"全场震撼。编导说停，上场！

家文换了身衣服，就走上了广场的简易小舞台。

一开口，满堂彩。男青年都被迷住了。

家欢鼓掌。家艺道："我也能唱。"家欢打击三姐："你那两把刷子，在茅房里唱唱还行。"老三恨道："老四你什么意思，小看你三姐。"老四说："那你来试试，就开头那段。"

"来就来。"家艺守住气，准备跟着二姐唱，可一张嘴，连着那个哎咳哎咳哎咳……家艺瞬间乱了阵脚，后面根本唱不上去，最终败下阵来。家欢讽刺道："公鸡打鸣母鸡下蛋，鸭子就别装百灵鸟。"家艺拧家欢胳膊，家欢疼得嗷嗷直叫。

淮河边，人救上来了，是个女中学生。家丽在旁边围观。今个儿身体状态不佳，她不打算下水。老太太和美心在旁边陪着她。

为民下自行车，推着车，慌里慌张赶来，从人群中找到家丽，立车，扑过去，关切地："你没事吧！没事吧！"

家丽诧然："没什么事啊，还没下水呢。你不是去演出吗？"老太太和美心在一旁冷眼看着。家丽感受到压力，推了为民一把，"别管我了，去唱你的《兄妹开荒》。"转而小声："我妈和奶奶在。"

为民见家丽没事，恋恋不舍转头。汤婆子站在他面前："丢了魂了！临阵脱逃当逃兵！还不赶紧回去！"

为民哦了一声，骑着自行车风驰电掣。

到了地方，演出却已经结束，曲终人散。编导在收拾台子，见为民来，指着他道："给你处分！"

040

帮儿子整理被子。大老汤老婆发现为民枕头底下有张照片，拿起来一看，是何家丽。凭直觉，不妙。那天横渡淮河，为民突然放下演出，去看人游泳。她就觉得有蹊跷。家丽也在，他是看她的。难道是下放下出问题了？不排除。当天，趁为民还没回来，汤婆子便把这前前后后发生的事情跟大老汤说了。

大老汤一拍屁股就要起来："我去找何常胜！"

"找他干吗？"汤婆子不懂丈夫的处理方式。

"让他管管她女儿！"

"有病！"汤婆子道，"那如果人家说，她女儿根本没这意思，是你儿子一厢情愿呢。"

"那他就不是我儿子！"大老汤气性大。

汤婆子道："你啊，整天不是黑就是白，不是你儿子，你把他赶出去，丢了？断绝关系？舍得吗？不要说这种气话，现在关键是解决问题。"

"怎么解决？"

汤婆子道："年轻人，朝三暮四也是有的。"

"你的意思是？"

"何家老大有什么好？我们给儿子物色一个好的，他不就自动忘了那个人，为民选的这个人，太重要了，不光是他的媳妇儿，以后还是我们的儿媳妇，不能选个母夜叉。"

"朱德启的大丫头燕子……"大老汤还没说完。汤婆子立即拦话："你行了！我现在就听不得燕这个字……"大老汤喃喃："老朱是会计，我以后要当书记，会计书记……"

"那你们俩搁一块儿，你们俩过！别祸害我儿子！"大老汤老婆扬长而去，"这事你别管了。"

汤为民的"临阵脱逃"，秋芳难过了好一阵。她算明白了，为民心里只有家丽。她不服，不甘，不痛快，可感情的事就是没道理好讲。她和家丽，还是好姊妹，好朋友。家丽对她也没有变。这事过去了，家丽没表现出一丝尴尬。秋芳认为那是胜者的自信。

"他那人就那样！"家丽当着秋芳数落为民。

秋芳低下头，想了想，才说："家丽，你……"

"我什么？"家丽虎虎地。

"你和为民在……处对象。"声音很小。

"胡说！没有！"声音很大。

"他对你挺好。"

"没有的事情。"家丽否认，当着最好朋友的面，她说不出，也不愿意吐露全部真相。

"你怎么打算？"

"秋芳，你多想了。"

"你们家和他们家……"

"咱不聊这个，说说你们商店的新货。"家丽嘻嘻哈哈地。

何家小院门口，幼民站立着，伸着脖子探望。家艺在小院刚洗完头，见有人，凑过去。是汤老二，她不给他好脸。

"找谁？"

"我找家文姐。"

"找她？什么事？"家艺警觉。

"我想跟家文姐学《翻身道情》。"

家艺火气顿时就上来了。演出过后，不断有人上门拜访，要找二姐交朋友，却没人找她。二姐愈发"明星"，她就是丑小鸭。家欢从里屋出来。见是幼民，道："怎么着，来找打。"

家艺冲了她一句："去，人家是来拜师学艺的。"又对幼民，"想唱歌是不是？"幼民点头。"我教你。"老三家艺撸起袖子，领着汤幼民到泡桐树下。家欢咧嘴笑："三姐，要不等二姐回来吧，你那两下子……"

"闭嘴！"家艺气势吓人，姐毕竟是姐。

老四缩缩脖子，洗尿布去了。

"想唱什么？"她问幼民。

"《翻身道情》。"

"那有什么好听的，我教你唱一首《唱支山歌给党听》。"

幼民点点头。家艺扶着泡桐树，玉唇微启："唱支山歌给党听，我把党来比母亲……"刚到第三句，嗓子哑了。

"姐，你到底会不会唱？"

"怎么不会！"家艺好强，"这是天热，嗓子有点劈了，你再听，《冰山上的来客》里的《花儿为什么这样红》，听着！"

又唱。刚唱第一句，泡桐树上落下一坨鸟屎，砸在家艺额头上。幼民哈哈大笑。惊得家欢跑出来看，她也笑了。

家艺懊恼得哭了。她永远比不上二姐，永远！

她恨！

无事不登三宝殿。刘妈没料到汤婆子会登她的门，还笑盈盈的。

"他刘妈，我是来道歉的。"汤婆子先声夺人。刘妈一头雾水。

连忙让进屋坐，端茶倒水，礼数不能少。再问缘由。汤婆子把唱《兄妹开荒》前前后后的事情描述了一遍，并给为民安了个错儿——临时有事，对不住秋芳，所以特地来赔不是。

刘妈心惊得快跳出来。光知道女儿去唱戏了，不知道是跟汤家老大唱！早知如此，她打死也不会同意！

"这算什么？谁没个急事，"刘妈笑脸，"秋芳回来我跟她说，她汤婶也别放在心上。"

"事是不大，本来嘛，秋芳愿意去唱，就是给我们为民架相（方言：长脸，撑面子），结果为民还掉链子，太不应该，所以这周末务必请秋芳到我们家来吃顿饭，就算我们赔不是了。"

刘妈慌忙站起："这怎么话说的，她汤婶……哎呀，街里街坊的，就住隔壁，还请什么……不行不行不行……"

"不给我面子？"

"不是！"

"那等秋芳回来我再来请。"

"她汤婶……"

"那好，就这么说定了，礼拜天晚上那顿，到时我让为民来请，到时候，刘妈也一起来，还有秋林，小孩子挺可爱的。"

刘妈站在门口送客，一脸为难。没多大工夫，秋芳到家了，进门就坐在板凳上。站一天，腿受不了。

"你干什么了？"刘妈脸色阴沉。

秋芳不懂妈妈的质疑："没干吗啊，上了一天班，你都不知道这一整天那人，乌泱乌泱的。"

"你跟谁唱《兄妹开荒》呢？"刘妈发难。

秋芳一愣："不是没唱成吗？"口气也不好。

"你怎么没跟我说？"

"你也没问啊。"秋芳故作无辜。

"你行，长大了，有本事了能挣钱了，就不把我这个妈放在眼里了。"

秋芳拖着调子："妈——能不能不要这样，我刚下班，腿都站粗了，老弄些已经翻篇的事来不依不饶，算怎么回事。"

"为民他妈刚才来过了。"

秋芳起鸡皮疙瘩，那可是个难缠的主。"她来干吗？"

"请你吃饭！"刘妈道，"鸿门宴！"

"什么？"秋芳莫名其妙。

礼拜天，一切按照原定计划进行。去还得去，街坊四邻，不得不给面子。刘妈叮嘱女儿，只是走过场，你和汤为民不合适。秋芳道："行了妈，你女儿早都看得清清楚楚明明白白，为民喜欢的是家丽，我再掺和也没用，没有机会的事情，就不要勉强了。"

刘妈叹："这家丽也是，这不把自己往火坑里推嘛。"

秋芳道："你认为是火坑，可人家不一定那么认为，也许是过了火焰山，就能修成正果。"

到时间，汤婆子打发为民去请秋芳和刘妈。为民屁股钉在写字桌的椅子上，看毛主席语录，不动。再催，为民觉察出不正常，抱怨："妈，你这根本就是多此一举，那天是特殊情况。"

汤婆子道："男孩子，男人，要有担当，错了就要改。"

"我不去。"为民固执。

"幼民！"汤婆子扯着嗓子喊。反正还有另一个儿子可以差遣。小儿子振民已经会走路了。一家三子，大老汤老婆一直想要个女儿。可大老汤已不打算再生。为了生活质量。

幼民站在张家门口了。"阿姨您好，爸妈请您和秋芳姐姐还有秋林弟弟去我们家吃饭。"小孩子来请。刘妈不好意思，事实上她早都准备好了一身行头，准备出门。她是好面子的人，万事总想周全。刘妈跟幼民交代了几句，幼民先回去了。临行前，刘妈叮嘱秋芳到人家家不该说的别说。秋芳无奈，说："妈，我什么时候多过嘴。""斑鸠蛋拎着。"刘妈说，总不好空手去。

准备完毕，刘妈带着一儿一女出门。其实不过几步路，但弄得却像出远门，仿佛两国邦交，一丝一毫都不能错。

才踏上门槛，为民妈就一盆炭火似的迎上来，笑道："妹妹妹妹我的好妹妹，早都想请你来家里吃个饭，总是没有机会，这下好了。"

刘妈让秋芳递上斑鸠蛋。为民妈又是一惊一乍："哎呀，还带东西，太见外了，这么大的蛋，鸵鸟下的？"刘妈有些尴尬。为民妈总是过于夸张，赞也赞不到点子上。大老汤站起来，清了清嗓子。他对美心曾经十分倾心，对刘妈却寻常。刘妈是标准的良家妇女面孔，他不大感兴趣。也正因为此，为民妈对刘妈很放心。

入座了。为民妈非推刘妈坐首座。刘妈坚决不肯，一定要大老汤为首做尊。理由是："领导还是领导。"

大老汤听了很受用。

为民外婆端菜上来。是用心了，鸡鱼肉蛋，只缺个蛋。

为民妈笑着打趣："要不怎么说，刘妈是个善解人意的好大姐好妈妈，缺什么她就带什么来，那一篮鸡蛋，我都不舍得吃，看着都可爱。"

"见笑了。"刘妈不知怎么应答，只好端起酒杯，敬为民妈一杯山芋酒。秋芳担心，叫了声妈。刘妈向来不胜酒力。为民妈夸："看看，这丫头，知道心疼妈，那你来一杯。"

刘妈护着女儿，连忙说不行。为民妈说："有什么不行的，大姑娘，参加工作了，一点山芋酒算什么，为民，敬你妹妹一杯。"

为民机械人一样，倒酒，敬酒，全是遵命。

秋芳只好喝了。

大老汤让着吃菜。鱼上来了。汤婆子起哄，说："哎哟，看看，鱼头对着鱼尾，两个孩子，秋芳，你先下筷子，你是鱼头，为民，等秋芳夹了你夹，鱼头鱼尾是一家。"

说得秋芳和为民都不好意思，但还是夹了。秋芳低着头，面色酡红。灯光照着，明艳动人。为民夹了鱼尾巴的肉，往嘴里送，心不在焉。没怎么嚼就往下咽。细绒鱼刺卡在喉咙里，为民连连咳嗽。"饭！饭带一下。"刘妈指挥。

就秋芳面前有一碗饭。为民姥姥手脚慢，还没来得及盛。秋芳连忙端着碗站起来，用筷子夹了一口饭，递到为民嘴里。

不够，再送一口。

为民囫囵往下吞咽，带猛了，直眨眼。

041

好不容易，刺下去了，又开始吃饭。

大老汤奉命说话："今天吃这个饭，主要目的是让汤为民向张秋芳道个歉，上次演出活动，为民没有照顾到搭档的情绪，是不顾全大局的表现，是坚决需要改正的。"

秋林只顾吃。刘妈连忙说："不是，别，没那么严重，一丁点小事。"大老汤还是严肃："从小见大！这是立场问题。"

为民妈指示："刚刚，道歉。"为民小名叫刚刚。

只见汤为民一脸严肃，起立，鞠了个躬，九十度："张秋芳同志，演出那天是我考虑不周，没能顾全大局伤害了你，我向你道歉。"

秋芳半站着，慌乱无比。刘妈连忙劝，说行了，坐下坐下，快吃。刚坐下，为民妈又拖着怪腔调道："哎呀，所以说我呀，就是那没有福的人。"

没头没尾，突然蹦出这么一句。刘妈赔着笑："她汤婶，怎么这么说呢，你要没福，咱们岂不成乞丐了。三个儿子，到哪儿找去。"

"有什么用，"汤婆子瞟了丈夫一眼，"人这个东西就是没什么想要什么，隔壁老何，恨（方言：太想要）儿子恨了多少年恨不出来，恨出六个丫头，我们家呀，就是恨闺女。"

刘妈笑说："还能继续努力。"

汤婆子瞅瞅秋芳，笑道："多大了？我是没那个精力喽，就算再生，也生不出秋芳这么好的丫头，文静漂亮人也懂事，往哪儿一站，都是拔尖的。"

"过奖过奖。"刘妈被奉承得舒坦，转头对女儿，"敬你汤婶一杯。"秋芳喝得有些头晕。秋林放下筷子，直接夺过去要帮姐姐代酒。众人皆拦。汤婆子叹道："多好的兄弟，姐姐有困难立刻就上，我们家这小的可不行，不向着他哥。"

幼民申辩："妈，我向着我哥呢。什么都听他的。"

大人们都笑了。

汤婆子分析："老二不行，胆子小，不如他哥。"她欣赏大儿子。幼民急了："妈，我胆子大。"

"你胆子大能被何家老四打了?"一句话给他问住了。那是汤幼民"丧权辱国"的一役。这么单提出来，他更恨何家四妹。

喝到兴起，汤婆子又说："来，为民，上回没看到你们的《兄妹开荒》，择日不如撞日，演一段。"为民姥姥嘀咕："那不成堂会了。"没人听见。大老汤也想看《兄妹开荒》。

没办法，只好勉为其难演一段。为民厌恶透了，可天下无不是的父母，他不得不给爸妈面子。

欢声笑语，酒尽羹残。

汤婆子最后搭着刘妈的肩说："妹妹，今天是个好日子。"

"好日子。"刘妈肯定这一点。

"你们家老张的主你能做吧?"

刘妈借着酒劲："有什么不能做的，他顾得了吗? 都是我说了算。"汤婆子竖大拇指："女中豪杰。"

杯子一推。"今个儿大家都在，我就说一句，也是代表我们家，我们老汤，我仨儿子还有我妈，刘嫂，从今天开始，咱们就算同意为民和秋芳两个孩子处朋友，行不行?"

一下酒全醒了，刘妈愣在那儿，秋芳惊得背过脸。

"妈——"为民要反抗。大老汤喝道："坐下，现在轮不到你说话!"泰山压顶，为民只能就范。

汤婆子款款道："妹妹，其实自打你怀孕的时候，我就跟我们家老汤说，要不跟刘妈家结个娃娃亲。老汤一犹豫，错过了，谁知道一等就等到这个时候。"

话说得很白了。

刘妈为难，她不喜欢汤家。

汤婆子继续说："让孩子先处着朋友，不用有压力，不过我今天话搁在这儿，过了今晚，不管以后怎么样，秋芳都是我女儿，我都要照顾。有我们汤家一天，就有秋芳一天。"

刘妈必须发话了："她汤婶，真是感谢厚爱，只是这个事情大了点，一要看孩子的意思，二要看孩子他爸的意思，我一个妇道人家……"

"你能做主！"汤婆子豪放，又拍刘妈一下。肩头一沉。她又问秋芳："孩子，你什么意见？"秋芳红着脸，不说话。

"妈！"为民不得不揭竿而起，"你这是封资修！荼毒革命青年。"汤婆子道："儿子永远是儿子，你老子在这儿呢，注意你的态度，社会主义也有父母之命、媒妁之言，什么时候都不会落伍。"

汤为民往外跑，幼民拉住他。

秋芳脸上实在挂不住，带着秋林先撤了。

汤婆子还在说什么大人的态度确定了，小孩子们慢慢相处，不着急先这么定都还年轻……刘妈只好应付着，好容易告辞。

晚上躺在床上。大老汤责怪老婆："你也太心急了点，赶鸭子上架。"汤婆子哼了一声："不急？再不急你儿子就要犯下大错。"大老汤不屑，说他能犯什么大错，毛头小子。汤婆子哼了一声："跟你犯一样的错。"

"怎么又扯到我身上。"

"你不是喜欢那个刘美心嘛，见到人家眼珠恨不得长到人身上去，拔都拔不出来。"

"污蔑！"

"我跟你说你儿子有点想跟何家老大处朋友你信不？"

"什么?!"大老汤惊得坐起来。

"苗头，有这个苗头。"汤婆子道，"所以我才使出这招先下手为强，一来秋芳这丫头确实优秀，二来也纠正纠正你儿子的错误路线。一个萝卜一个坑，咱们有了儿媳妇，何家老大就别想了。我老天，那丫头，她要真进门，你我还有好日子？"说着，汤婆子碰碰大老汤的胳膊，"你想不想另一条胳膊也废了？"

大老汤打了个哆嗦。

汤婆子道："八成是下放时处上的，你这个儿子，什么都好，就是立场不鲜明。谁跟他一头的他永远分不清。谁娶了何家老大，整个家不被她搬回娘家我不是个人。那下面沥沥拉拉那些小的，整个一窝耗子。"

那一夜，张秋芳坐在床头，狠狠哭了一通。汤婆子的突兀，妈妈的批评，她都可以不在意。她在意的，是为民的表情，那种在饭桌上，着急，厌恶，急于想撇清，不愿意跟她扯上关系的表情。从那一刻开始，她百分之百确信，汤为民是不爱她的。就为这一点，她就能流出一条河的泪水。她少女时代的梦幻一夕破灭。她曾经在日记里写满他的名字。她还恨自己，恨自己忘不了他，戒不掉他，就算他不喜欢她，只要汤家愿意，只要他肯妥协，她还是会答应跟他处朋友。

她忽然想起排练时为民跟她说过的一句话。"兄妹开荒，那就是一个是兄，一个是妹，标准的兄妹，不能产生异性的感情。"

指的是他和她，只能一个是哥哥，一个是妹妹。不能有非分的感情。可她却觉得，《兄妹开荒》里，哥哥和妹妹是有感情的。哥哥干活，妹妹送饭。妹妹是喜欢哥哥的，将来很可能要跟哥哥在一起，或者根本他们已经就是一对。这是健康的，社会主义劳动人民的爱情，这没什么不对。但秋芳又不想勉强他。她还抱着一种幻想，有朝一日，汤为民会爱上她的。

可是再见到为民，在路上，两个人都没那么自然了。

"下班了？"秋芳说。

"你也下班了？"为民说。

"那天的事，别放在心上。"秋芳善解人意。

"不不，是我对不住你。"为民对她，总是相敬如宾。

"你有什么错。"秋芳说，"你也是跟着自己的感情走。"

"对不起。"为民翻来覆去道歉。

翻过年，见儿子和秋芳没动静，汤婆子着急。这日，汤婆子看幼民做作业，一检查，一百以内加减法，十个错了八个。

本子一摔，汤婆子拧二儿子耳朵："脑子呢？"

幼民嗷嗷直叫。

"你哥像你这么大，玩归玩，　道题都不会错！"

幼民长了年纪，嘴巴更会说了："哥好，哥也不听你的。"

"大人讲话不许还嘴！"

"哥都不跟秋芳姐处朋友。"幼民喃喃。

"胡说！"

"哥跟何家丽处朋友呢。"

"你从哪儿听到的，小小年纪关注这些乌七八糟的事情做什么？"

"我看到的！"幼民据理力争。

"看到什么了？见鬼了！"

"哥跟家丽姐躺在一个被窝里。"

"啊？"大老汤老婆眼珠子差点没掉下来。

直接问儿子，怕产生逆反心理。为民的叛逆汤婆子知道。完全按兵不动，也不是她的作风。汤婆子就想，自己阵营动不得，那就从敌人阵营下下功夫。再一个，多给秋芳和为民创造机会。

这日，汤婆子弄了两张红风剧院的电影票，放《智取威虎山》，为民一直说去看没去成的。"两张，你一张，秋芳一张。"汤婆子交代。为民道："妈你要这样，我就不去了。"

"你敢。"汤婆子道，"你不是为我看，也不是为你自己看，按道理说，你应该对秋芳感到抱歉，几次驳人家面子，我实话跟你说吧，这电影票，是秋芳送来的，你如果还是个人，还有点同情心，你就应该去。"

"我去我去。"为民不耐烦。

不就看个电影，想想也没什么。

"礼拜三，记清楚了。"汤婆子说。

接下来是找常胜。汤婆子看得清楚，在那个家，常胜说了算。而他又是个最要面子的。只要给常胜下一剂猛药，一个巴掌拍不响，保管散。儿子这边，就不用怎么费力气。先跟大老汤打听时间，不巧，常胜下乡跑猪鬃去了。大老汤问他老婆干吗。汤婆子说你别管了。"我不管，我不是一家之主？何常胜不过是我手下败将。"汤婆子道："跑你儿子的事，跟老何家说清楚。"

到礼拜三，常胜正常上班。半下午，汤婆子从味精厂溜出来，假装去商业局看丈夫，一拐，在办公室里堵住常胜。

常胜对汤婆子的到来感到奇怪，但还是很有礼貌，站了起来。

042

进办公室，掩上门。常胜吓得后退几步，差点踢到热水瓶。汤婆子是个不按理出牌的主。"请问——"常胜还是保持绅士风度。

汤婆子从上衣口袋里掏出一张小照片，递过去，"何常胜同志，这是你女儿给我儿子的，现在还给你。"

常胜接过来，一看，的确是家丽小影。

"两个孩子再这样发展下去，会有危险，对彼此的名誉也不好，尤其是你们家女儿，女孩子家，不要那么主动。"

常胜维护女儿，强撑着笑："谢谢提醒，这件事情我会调查。"

一阵旋风，常胜冲进家门，老太太正带着老五、老六在院子晒太阳。美心把尿布搭上晾衣竿。"老大呢？"常胜带着火。老妈老婆都看出他不对劲。"跟老三老四看电影去了。"老太太答。

"哪里？"

"红风剧院。"美心答。

又一阵风,出去了,太不正常。老太太道:"美心,你跟着,别出什么事。"美心擦擦手,出门,常胜已经走出老远了。一步赶一步,到红风剧院,已经停止检票。何常胜绕过去,从后墙翻墙头进。大银幕上智斗正酣,杨子荣来到威虎厅,座山雕种种试探。观众全神贯注,身体前倾。偌大的影院,一排一排找。

没有,还是没有。到第十排,却见家丽坐在当中。都是人腿,常胜过不去。他探身子伸手拽家丽。"爸!"家艺先看到常胜。家欢和家丽也发现了。常胜打手势让她们出来。家丽刚踏上台阶,常胜猛地一拽,家丽摔了个大跟头,膝盖破了。

前排人转头看,为民这才发现家丽也来看戏。他连忙跑过去,喊了声叔叔,又问家丽有没有事。剧场工作人员来了,请他们出去说话,不要扰乱剧场秩序。

"好,出去,外头地方大!"常胜本就高,虎虎的,跟杨子荣似的。家艺、家欢吓得揽着姐姐走。为民跟上,秋芳又连忙跟上为民,叫他回来。可为民哪里肯听。

剧场前小广场。

何常胜掏出那张一寸照,递给家丽。

"怎么回事?"他问。

为民眼尖,看到了,上前:"叔叔,那是家丽回城之前,我问她要的。"

"是这么回事?"常胜还是问女儿。

家丽点头。家艺、家欢吓得缩脖子。

"今天是约好来看电影的?"常胜问。

秋芳站出来:"叔叔,不是约好的,是我和为民一起,家丽和妹妹一起,您来之前,我们彼此不知道对方来。"

"听到了吧。"常胜对家丽说,"人家是约好的。"又问为民,"你喜不喜欢我女儿?"为民一时不好应对,看看秋芳,再看看家丽,支支吾吾。

常胜大声："你既然喜欢我女儿，为什么又跟别的女孩子来看电影？一脚踏两船。"他拉了家丽一把，"看到了吧，这样的男人，一点囊气都没有，你喜欢他什么？哼，他要真是个英雄，是个叱咤风云的男人，就算他是个土匪头子，找你去当压寨夫人，也不失为一段佳话！这种朝三暮四腰杆子都挺不直的男人，能要？"

一段话说得赤白。家丽窘得满脸通红。为民也不好顶撞。秋芳怕出乱子，挽住为民的胳膊，拉他走。家丽看着，不是滋味。

被爸爸一说。似乎是那么回事。到现在，为民还没正式告诉他父母。他没有勇气冲破家庭的牢笼。当然她也没有。从肥西回来之后，他们都只敢做"地下党"。爸爸说得对，如果一个男人不敢为你轰轰烈烈，怎么证明他是真的喜欢你呢。

想到这儿，家丽的心情更灰暗了。

到家，家艺和家欢都不敢说话。美心和老太太见个个脸色不对。老太太张罗吃饭。常胜嗷一声："不吃了，开会。"

无人敢反驳。何家家庭会议召开了。搬小板凳坐一圈，老太太和常胜坐椅子，位置最高。

常胜脸色铁青。

没人说话。老太太大致猜到是什么事，她跟美心对了个眼色。美心没理解。常胜从美心这个薄弱环节开始攻破。他点了美心一下："你先说。"

"说什么？"

"说你知道的情况。"

"什么情况？"

常胜清清嗓子："家丽处对象的情况。"

家文抿嘴笑。家艺捂嘴笑。家欢咧嘴笑。小玲傻笑。家喜不明所以地笑。

常胜一拍桌子。桌上茶缸、烟灰缸被震得跳起来。

"我不知道，"美心慌乱，"我只知道一点影儿。"

"那就是知道。"常胜定性，美心属于知情不报。美心连忙解释："就知道那么一点，不确定……"常胜转而问家文："老二，你知不知道这事。"家文不作声。

"说实话。"

"不太知道。"

"那就是知道。"

"听老三说了一点。"家文实话实说。家艺立刻紧张："爸，我什么都不知道啊，只是那天为民哥在屋里……"老太太喝道："老三!"家艺连忙闭嘴。家欢慌忙道："我跟三姐一样。"

常胜深吸一口气，脸转向老太太："妈——你们到底还要隐瞒到什么时候？全家都知道了，就我不知道，像话吗？我是这个家的外人，还是需要防范的阶级敌人？我们是一个家，一个整体，必须一致对外，共同进退，家庭是最重要的，必须一条心，不能吃里爬外胳膊肘往外拐，为什么都苦苦隐瞒我，为什么?!"

老太太："就是怕你太激动，而且……而且事情没有你想象的那么严重……"家丽见老太太为难："爸，是我不让她们告诉你的。"

"你?"

"对，我。"家丽大义凛然，"我不认为这是大逆不道，我们都是人，一个人喜欢另外一个人有什么错?"

"老子英雄儿好汉，老子狗熊儿混蛋!"常胜咆哮。

"为民这人不错。"

"他再不错，只要他是大老汤的儿子，那就是错，你就不能跟他!"

"我没说要跟他怎么样!而且我们也没怎么样!"家丽强势反驳，"爸，你这是法西斯!是封建专政!"

常胜一声怪笑："我们这是人民民主专政，举手表决!同意何家丽与汤老大处对象的举手。"

环顾一周。没人动弹——没人敢动弹。

常胜又说："不同意的举手。"他率先举手，美心连忙跟着举手，夫唱妇随。家艺、家欢同时举手。老太太不动。家文去上厕所。

"妈，你什么意见？"常胜给老太太施压。老太太慢慢举起手。家丽深吐一口气，连老太太都"投降"了。老太太苦口婆心对家丽："阿丽，我们两家的关系你都清楚，之前，你还把大老汤给打了，两个人从楼上摔下来，还有你爸，汤家三兄弟，多少年，都一直找麻烦，你和汤为民，如果是普通朋友，可以，我们没意见，但如果是要进一步发展，我们是怕你得不到幸福。汤家能嫁？大老汤老婆什么样你不知道？现在年轻，不管不顾，一激动，刀山火海都敢往上冲，将来日子还不是你过？真不是你想的那样，什么浪漫什么潇洒，不是的。"

家丽不出声。奶奶说的话，她都明白。这也是她迟迟没有"奋不顾身"的原因。

家文上厕所回来，重新入座。为保证投票的完整性，常胜问："老二，你什么意见？支不支持你姐跟汤老大的关系？"

家文道："我弃权。"

众人皆侧目，胆子太大。

"大姐的事情，大姐自己做主，大姐已经是成年人了，有工资，能判断。"一段话说得清楚明白，这就是家文。

弃权，就是支持。家丽打心眼里感谢家文。几个妹妹里，也就老二是明白人。常胜没再追究，"那好，一票弃权，五票反对，家庭会议表决结果，何家丽不得与汤为民发展超出同志之外的关系。"家丽听得不耐烦："结束了吧。"

"没有。"常胜拿出做父亲的威严，对美心，"去，拿纸笔，白纸黑字，立个字据。"

老太太嘀咕，又不是杨白劳。

立就立。家丽不相信一个字据能约束她什么。

纸笔拿来了。妹妹们都围着看。签字画押，感觉是旧社会的勾当了。常胜说我说你写。家丽不耐烦，握着笔。

"今何家丽立字为证——"常胜说，家丽写，一行字。常胜卡住了，他文采不华，一时说不出个子丑寅卯来。美心拍丈夫一下，说继续啊。常胜抖了一下肩，说等会儿，想着呢。女儿们都憋住笑。老太太道："看着心颤，还是三几年的时候，我跟我爹爹去地主家签过字画过押。""向天发誓，不再与汤为民有任何往来，如有违背，则自愿被……自愿被逐出家门，剥夺何姓，断绝父女母女祖孙关系……"常胜由着嘴往下念。老太太心惊，小声说会不会太狠了点……

美心道："快马不用鞭催，响鼓不用重槌，懒马破鼓，就得辣鞭重锤。"

写好了，画押。常胜让家欢把家里那块红印泥拿过来。家丽点了手印，"放心了吧？"她问爸爸。常胜面目严肃，点头不语。

老太太上前拥抱家丽，险些老泪纵横："我的好孩子。"

043

吃饭的时候汤婆子就眉飞色舞地跟大老汤描述她怎么智斗何常胜的。"我就把照片往他手里一塞，哎哟，他那个傻，他那个呆，好玩好玩。"

大老汤啐道："他们老何家人就那毛病，没尿性。"

汤婆子哼了一声："我就知道是他们家老大勾引我们为民的，我们这家庭，谁不想来？你，是吧，商业局的干部，我，味精厂的干部，人家一个礼拜吃一顿肉的时候，我们家就能吃两顿。嫁汉嫁汉穿衣吃饭，谁都会考虑。而且我们家为民，那是一表人才、玉树临风、相貌堂堂、才华横溢、工作积极、思想进步，那往淮滨路的梧桐树下一站，我保证有小姑娘扑上来。哎呀，遗传我，鼻子长得好，男人看鼻女人看眼，为民鼻子长得好。"

"鼻子随你？人家都说像我，鼻头大，有福气。"

汤婆子打了一下丈夫："有点自知之明！得有点自知之明行不？就你那蒜头鼻子，遗传给谁谁遭殃，儿子像妈，所以我就说，我嫁到你们老汤家就是来给你们改善品种的。原来是土鸡，经我那么一点化，立刻成洋鸡。"大老汤任凭老婆沾沾自喜，习惯了，不负责任的自恋，当自己是何仙姑，还点化。

汤婆子又神叨叨道："不过你看秋芳，脸盘子条子都不错，以后生出来的孙子肯定漂亮，哎我跟你说，今天儿子跟秋芳看电影去了，《智取威虎山》……"正说着，为民进门，怒气盘踞在脸上，一进屋就冲到床边翻自己的枕头。

一寸照片不见了，平日里他总是枕着"丽影"入眠。

"妈，你动我东西了？"

汤婆子翻身起来："没有啊。"佯作不知。

"我枕头底下的照片呢。"

汤婆子反应过来："不知道。"

"还扯谎，"为民激动，"家丽她爸都发现了，今天来电影院兴师问罪。"

"问谁的罪？他敢问你罪我去找他。"

"问家丽。"

"那不正好。"汤婆子不屑地笑，"女孩子就应该接受教育，要检点，知道什么叫妇道人家。"

"妈，照片是不是你给她爸的？"为民直接问。

"物归原主，完璧归赵。"汤婆子连用两个成语，显得很有气势。

"妈，我对你太失望了！"为民的话很重。汤婆子受不了，"儿子，你什么意思，妈妈不是为你好啊？我们这么一个革命家庭不要一点操守的啊？什么阿猫阿狗黑五类都想混进来？儿子你不要被一些坏分子蒙蔽，秋芳哪里不好？我看比那个什么何家丽好一千倍一万倍……"

汤婆子喘息的空当。为民打断她："说完了吧？"

汤婆子愣住，儿子从来没对她这么冷漠过。

"我要休息了。"为民倒在床上,用枕头蒙住脸。

农业学大寨,家丽第一个报名下乡学习,目的地:肥西。为民得知后,也很快报名,去肥西学习了。两家人一听,乱作一团,都觉大事不妙。肥西是温床,孕育了一段"孽缘",现在重返肥西,很可能弄出问题来。汤婆子找秋芳做工作,让她也去。秋芳为难,考虑再三,还是决定报名。刘妈得知,坚决反对。"我马上还要去一趟巢湖,你爸在那边被批得厉害,现在你去大寨,秋林怎么办?"秋芳为难:"妈,是组织的意见,要不我带秋林一起去?"

"荒唐。"刘妈放下手中的编织针,"真是组织的意见,还是你想去找汤为民?我看你是中了魔了。"

"真是组织的意见。"秋芳坚持。没办法,最后秋林托给何家老太太照看几天。老太太欣然应允,笑说多一个没问题。刘妈不好意思:"你看,我也是放下工作,老张在那边非让我过去一趟,你说他们这些知识分子就是毛病多。"老太太道:"老张是有文化的人,他让你过去,肯定有事,或者是想你了……"老太太说得暧昧。

没几日,秋芳下乡了。临行之前她想明白了。原本她觉得尴尬,但又想想,如果真是自己想要追求的,就应该去争取。下了乡,虽说都去肥西,但三个人一时还碰不上面,没有都分在木兰村。过了几日,家丽先到木兰村。没多久,为民也到了。还住知青住处,还有知青没回城。当晚,大家狠狠聚了一餐,喝了酒,趁着月光,为民又正式向家丽表白。

带着酒劲,知青们起哄。

家丽有些不高兴,太不庄重,她期待中的表白不是这样。喝多了,家丽出来上厕所。为民觉察到气氛不对,追了出来。

"对不起。"为民说。

"什么对不起。"

"刚才我说的是不是有什么……不妥……"

"这话你应该跟你爸妈说,应该去争取。"家丽说。

"你爸妈同意吗?"

"不同意。"家丽说,"所以我觉得我们不可能。"

"这是我们自己的事。"

"但我不能因为你就放弃我整个家庭,这样不好,也不应该。"

"那我放弃,我入赘。"

"别说傻话。"家丽觉得眼前这个男人有些幼稚,"你是家里的长子,入赘?你爸妈会杀了你,何况入赘我家。"

"那怎么办,总不能永远这样下去,我们要反抗。"

"反抗,"家丽叹了口气,"可是要反抗的是我们的父母、我们的家庭。"

"那我们一意孤行坚持到底,我们私奔,反正只要你喜欢我我喜欢你……"

"这种话能不能不要再说了?"家丽有些不耐烦。

"那再想想办法。"为民只能这么说。

接下来是学习。肥西也开始学大寨,组织会上,有人分析,"学大寨,最根本就是贯彻党的基本路线,批判修正主义,批判资本主义和一切反动没落阶级的意识形态,坚持无产阶级专政下的继续革命。""同是一个天,同是一个地,同是一个太阳照,大寨能办到,我们为什么就办不到?"

为民和家丽一前一后坐着。为民问旁边的知青:"小宋呢?"小宋是个女知青。同伴做了个嘘的手势。家丽觉得奇怪。开完会,几个人一碰头,家丽和为民才知道,小宋去镇医院住院去了。怀孕了,跟当地农村一个青年。同伴手舞足蹈地描述:"一开始也都是不同意,两方家里都不同意,男的家嫌小宋成分不好,又不能干活,小宋也看不上男的。"为民着急听接下来的故事。男知青说:"接下来就是现在了哇,小宋有孩子了,生米煮成熟饭,不同意也得同意。"

生米煮成熟饭,这句话在为民脑子中过了一下。他看了一眼家丽,家丽没领会,只当成个传奇故事听。

为民憋着没说。

一直到晚上。

月亮大而圆。两个人在小河边走，来回好几遍，快回住处了。为民支支吾吾说："其实，有个办法能让我爸妈，你爸妈，都同意。"

家丽就那么一听："什么办法？"

"就是……"为民说不出口，单纯的初恋。

"什么办法？说啊。"家丽急着回去上厕所。

"就是……"为民还在思想斗争。

"不说我回去了，憋不住了。"家丽说。

"就是生米煮成熟饭！"为民一秃噜嘴，快速地。

家丽愣住了。是，那个故事，小宋的故事，生米煮成熟饭……豪爽如她，也不禁难为情。"你混蛋！"转身就逃。

心跳如兔子，家丽脑子乱极了。是个办法，的确是个办法，虽然是个昏着。但一旦生米煮成熟饭，两方家长的确只能就范。

家丽躺在床上，为民的表情和话语，全都放大了，变慢了，反反复复在脑中盘旋。毕其功于一役。似乎也只能如此。可是，家丽想来想去还是有点无法接受。她有自尊。她有强烈的自尊。如果那样，她成什么了？他们成什么了？偷食禁果，奸夫淫妇，即便走到了一起，终究为人不齿。不，不行，不能那样。长征的路就应该一步一步走，不可能坐着飞机直接飞过去。

一夜到天明，家丽已经有了主意。她打算拒绝为民，她不能这样做。第二天忙，又是学习，分成小分队，分批再往别的村走。家丽和为民不在一个村。两个人只在出发前见面。家丽想说，但有点不知怎么开口。为民急切切地，凑到家丽耳朵边："晚上九点麦场后头等，不见不散。"说完，就跟着队伍走了。算了，不多想，家丽收拾好，便去邻村做宣传。这日，秋芳则跟着队伍进驻木兰村。一问，为民、家丽都不在，只能等晚上再见。

太阳落山，为民先回来。吃了饭，他便去河里洗澡。为大事做准备，他坚信家丽一定会来。

男知青住处，秋芳进屋，说："找一下汤为民。"男知青指路，说去河边了。秋芳对路不熟悉，往河边走了一段，又折回头，在麦场这边，她看到那头有个人影，身形跟为民有点像。喊了一声，那人没作答，她便跟过去看看。天上有云，遮住了月亮。

草垛后头，那人影准备好了铺盖。

秋芳刚踏过去，人影便一把搂住她。嘴亲上去，喘着粗气，"就知道你会来，一定会来。"

听着是为民，秋芳不知怎么了，拼命反抗。

为民开始脱裤子，秋芳尖叫。为民捂住她的嘴。"生米煮成熟饭就好了，他们都会答应，都会答应，就是要熟饭……"

秋芳抓爬着，尖叫声从手指缝漏出。

"汤为民！"背后一个声音大喝。竟是家丽。

为民回头，再细看看身下人，吓得顿时瘫软，连忙从草垛上起来，"这……"秋芳痛哭。家丽几个箭步上前，重重甩了为民一巴掌："你混蛋！"秋芳抱着家丽哭得更厉害。

为民回不过神："不是……这……不是……我其实……唉……"

太子怎么成了狸猫？

重叹一口气。

044

一夜惆怅。秋芳不晓得发生了什么，又为什么发生。家丽不能说出实情。只能说，是个意外，为民喝多了。

"这可不能说出去。"秋芳说，"不然以后怎么做人。"

家丽点点头。

"没受伤吧。"家丽帮秋芳检查，这儿摸摸那儿看看。

秋芳撑不住又哭了。家丽只好劝秋芳小声，免得其他知青发现。第二天一早，两个人去医院做检查。病房里，小宋刚生完，孩子抱进来看看，又送走了。家丽跟小宋打招呼。心头阴云密布。镇上医院小，只有一个全科医生，剩下的就是产科。全科医生是个男的，秋芳不愿意让他瞧，最后只能选产科。

诊室门口，秋芳踟蹰。家丽鼓励她："去吧，没事，我陪你。"

淮南，商业局，下班时间。大老汤吊着胳膊，在走廊窗户口抽烟。常胜拎着小包走过。交代个人经历的材料已经写过了，大老汤没找出什么毛病来，常胜可以正常下班。

"留步。"大老汤忽然说。

常胜停住脚步，扭过头，看他，眼神锐利。

大老汤笑笑："听说，你闺女迷上我儿子了。"

常胜一愣，回击："不对啊，我听到的正相反，是你们家为民缠着我们家丽。"

大老汤没打算动手，弹了弹烟灰，齿冷："不是我说，就你那闺女胖头大脸的，我儿子能看上？"

常胜反驳："你儿子脸上还有一颗大黑痣呢。"

大老汤急了："反正你别想，我不跟你做亲家，咱们汤家，和你们何家，尿不到一个壶里去。"常胜说："行了，老汤，我们家丽对为民没那意思，可为民老追着，家丽去肥西，为民也跟着，跟来跟去别出什么问题。"

"就怕出问题。"大老汤也忧虑。

"不行，这个问题得解决。"常胜靠近了点。

"我老婆警告我儿子了。"

"我还给我女儿开会了呢。"

两个人更靠近了。为了共同的目标。水火不容的两个人似乎有结成统一战线的意思。大老汤甚至还给常胜递了一支烟。

一来二去，真合计出一套办法。

两个男人严守秘密。一切如常，等家丽、秋芳和为民回来的前一天再行发难。

知青住所，张秋芳神情落寞。镇医院的检查结果是，处女膜破裂。这令秋芳羞愧难当。汤为民百口莫辩："我不是故意的，那天……不是……"家丽使眼色，让他闭嘴。他那"生米煮成熟饭"的策略太上不了台面。

"误会，是误会。"为民只能这么说。

秋芳低首，垂泪，无言。

"这个检查一定有问题，都是赤脚医生，她们懂什么膜不膜，都是乱说，那天我根本，根本就没有进去！"

言语露骨。家丽喝断他："不要再说话！"

秋芳的伤痛，家丽也不知道怎么办。这完完全全是个意外，是个事故。这件事需要有人"负责"。这个人，只能是为民。然而家丽还是觉得自己"连累"了秋芳。

无精打采，一路什么话也没有说，三个人分三个小组，辗转回到淮南。时间没有延宕。家丽刚进家门就听到屋子里一片嘈杂。她连忙放下包，进里屋探看，却见几个妹妹围在床畔。家文、家艺、小玲垂泪，家欢嚷嚷着要报仇，老太太抱着家喜。美心手拿老虎油在帮常胜点药水。常胜发出痛叫，仿佛刚从火线上下来。

"怎么了爸?"家丽不理解，才出去几天。她爸怎么鼻青脸肿的。常胜憋着气，不说话。美心恨道："还能怎么着? 被大老汤打的！"又是他！家丽气顶脑门，也没有思考。大老汤一个胳膊刚折将好的人，哪有能力把常胜打成这样。老太太阻拦："别去！"可家丽哪里听得进去。几个妹妹见了大姐要去"复仇"，也都跟着，除了老五老六太小不能去，二三四都随家丽直逼汤家门户。

狠劲敲门。为民带着幼民出来了。家丽隐约听到里屋有哭声。是大老汤? 她从未听过大老汤的哭声。这个专横跋扈的胖子从来不会哭。"出去说话。"为民还是很冷静。幼民故意拿出凶狠眼神，家欢回敬他。"就在这儿说！"家丽正在气头上。

两军对垒，大战一触即发。

家丽指着为民："你爸到底怎么回事？老揪住我爸不放！人都被打成什么样了！不行，我必须找你爸说个明白。"

说话间，家丽就要往里冲。幼民躲在哥哥身后，尖叫着："你爸才是坏蛋！我爸被你爸打了，鼻子都流血了！"

家艺、家欢一下就炸开了。家文拉了姐姐一下。

家丽袒护爸爸："你爸被打？哼，打人的人被打，作孽的人被虐，很公平嘛。"轻佻的口吻，是对汤家的挑衅。

为民竭力压制激动情绪，"现在不适合谈这个问题，我会再去了解情况。"

"不用，有什么现在说。"家欢道。七嘴八舌，都说现在说。

为民有点恼火："说什么？家丽，人不能不讲道理，我爸现在鼻青脸肿浑身是伤，上次从楼上摔下来，我不认为责任全在你，可这一次，你爸就是有一百一千个理由，也不能把我爸打成那样。"

他爸被打成那样？那我爸呢！家丽气不打一处来。"汤为民！你别贼喊捉贼！今天必须要有个说法。"说着，家丽上前撕扯为民，为民让着她。可越是这样，家丽的撕扯就越大力。为民道："要打架可以，咱们出去打。"家丽也不怵。一行人拉拉扯扯到了院门外。摆好架势，家丽打算给为民来个背摔，就像当初那样。可毕竟不是从前了。为民已是二十出头的大小伙子。家丽使出技法，为民却岿然不动，转身，一压，家丽的胳膊反倒被压住。

家丽愤然："我老何家跟你们老汤家，一辈子都好不了！"

不久之前还海誓山盟，一转眼，又成了不共戴天。汤为民和何家丽同时感觉到，两个人的距离太远了。走在一起，除非天地毁灭，两家都毁了。为民把家丽压在身下，小声说："现在你不应该火上浇油！要先弄清楚情况。"家丽眼神充满杀气："情况就是，我爸被打了，很可能残废！"

为民急得颤抖："问题是我爸也被打了，打人的是你爸！"

"那我们就各为其主！"手用不上，那就上嘴！家丽咬了为民一口。没办法，为民只好加大力气。家丽被压痛了。家文和家艺连忙上前帮姐姐，家文拽他胳膊，家艺用手指插他鼻孔。那边厢，家欢和幼民一人手里拿着根树枝，斗得正酣。自从上回淮滨大戏院男厕所战败后，汤幼民一直憋着股气。他不服。他不相信自己斗不过家欢。这段时间以来他苦练棒法，只为今天。

可是，平时练的都是虚招。所有的棒法，在家欢的一通乱舞面前似乎都不起作用。任凭他一根棒子舞得如暴雨狂风，家欢却总是直刺过去，一箭穿心，一招制敌。见姐姐被打，家欢嗷的一声，手劲加大，一棒劈至囟门。棒尖划过脸颊，幼民哎哟一声，捂住眼睛。跟着，血流下来。

为民见弟弟受伤，一把推开家丽，暴喝一声："够了！"

为民赶忙抱起弟弟往医院跑。

汤婆子出来了，手舞足蹈说怎么了怎么了，谁干的，谁干的？谁干的我饶不了他！没工夫吵架，救人要紧。

没了敌人。战场死一般寂静。何家四姊妹立在汤家门前的空地上，忽然觉得十分落寞。家丽强烈认识到，她和为民，不可能回到从前了。

生活突然变得一团乱，每个人都是。因为"斗殴"，常胜得了单位的处分，加上有伤，暂时在家中休息。幼民的视网膜受伤，包着一只眼，医生表示不会瞎，但可能会对视力有所影响。

家丽没再和为民碰面。即便是上下班，她也选择走小路。小路骑不了自行车，不会遇上骑自行车的为民。

最震撼的消息来自刘妈。秋芳从肥西返家之后三天，刘妈从巢湖回来了，带着秋芳爸的骨灰。秋芳爸是跳楼死的。可能在巢湖已经哭够了，刘妈回到家竟一滴眼泪也没掉。美心深以为罕，认为刘妈心太狠。后来消息曲里拐弯传回来。死因是受不了被批斗。刘妈没哭是因为老张在那边还有个相好，相好还有个孩子。平静的生活一下涌入那么多新内容。刘妈像被雷劈了一样，一时失去喜怒哀乐。直到老张的骨灰埋好了，刘妈才失声痛哭。不为老张，他活该，她为她自己这么多年的辛苦哭泣。

从巢湖回来，刘妈一下沦为整个区域最可怜的人。丈夫有外遇，还跳楼死了。一个寡妇，拉扯两个孩子。好在秋芳已经上班了。家丽去找过秋芳几次，每次都想要安慰她，可绕了一大圈子，正题说不出口。从肥西回来之后，何汤两家那惊天动地的一大闹，更加深了仇怨。可秋芳似乎不打算站在家丽一边。

"你不应该这么鲁莽。"

"可是我爸他被……"

家丽没说完，秋芳就说："冤冤相报何时了。"

"你怎么打算?"家丽换个话题。

"我妈现在变了个人，每天在家里摔摔打打，秋林都快被她骂出病了。我爸也是，不是人。"秋芳说。

"你怎么打算?"家丽问。

秋芳苦笑一声："怎么打算? 不知道，我只想在什么年纪就做什么，该承担的承担。她是我妈，我不能丢下她不管，但家里现在这个环境，我真是待不下去。"

"待不下去又怎么样? 家终究是家。"

"一个牢笼。"

"也是一个船塘子，一个港湾。"家丽乐观。

"到结婚年龄就结婚，结了婚，有了自己的小家就好了。"秋芳畅想。家丽意识到，在这方面，秋芳似乎总是比她超前，比她成熟，结婚? 即便是为民跟她海誓山盟，说未来要一起走的时候，家丽也没想过结婚这档子事。她认为那是遥远的事情。

现在更是如此。

从土坝子路口，家丽和秋芳路分两条。家丽故意避开经过汤家那条路。秋芳看着好朋友背影远去。才掉转方向，沿着那条大路走。到汤家门口，她停住脚，为民妈汤婆子刚好从里屋出来。看见秋芳，她有些奇怪，但连忙笑着打招呼，让她进来。

秋芳进了小院，双手垂着，依旧文文静静。

"有事吗?"汤婆子问。

秋芳道："阿姨，我来就是想跟你说个事情。"还没开始说，秋芳便哭了。

045

汤家很快便去张家提亲。街坊四邻皆惊，连刘妈自己都感到意外。汤婆子的意思是，秋芳她爸刚死，不适合大办，但两个孩子那么合适，就先把婚给定下来，等出了孝期再办。如果老张还在，刘妈铁定不同意这门婚事。可现在，老张犯了错误，搞了女人，死了之后名声还臭成那样，张家算衰落了。这个时候汤家还愿意结亲，无疑是对刘妈的巨大支持。更何况，当汤婆子小声跟她说了为民和秋芳在麦秸垛发生的那件事之后，刘妈更是觉得，秋芳不嫁这个汤为民是不行了。"这算不算犯罪?"刘妈忍不住问汤婆子。

汤婆子笑道："亲家，这怎么能叫犯罪呢，咱们都年轻过，都懂，这顶多叫那什么，情不自禁。"

刘妈问："将来他们住哪儿?"她不希望秋芳跟大老汤他们一起住。汤婆子立刻说："为民他们单位马上分房子，就在湖滨村附近，正在盖呢，等过几年铁定有，小两口单过去，放心吧，我这人，开明，秋芳一进门就自己当家。"话都说到明面上。刘妈很感动。秋芳还没到家，两个大人就算把这事定下了。

待秋芳到家，吃过晚饭，照例，秋芳帮刘妈按摩。她神经衰弱，一夜一夜睡不好。老张死就死了，死之后还摆她那么一道。从前，刘妈对自己的魅力充满自信。但老张去世后，这种自信人间蒸发了。她已经成为街坊四邻的笑柄。也是，还有什么比一个女人守不住自己老公更可笑。不，也许可以怪到两地分居头上。或者老张根本就是这样的人。只是隐藏得比较深罢了。

按了一会儿，刘妈安顿秋林先睡，才问秋芳："真有那事？"

秋芳愣了一下，问什么事。

"别装傻了，跟你亲妈也瞒着。"刘妈甩开秋芳的手，"就是汤家老大对你的……情不自禁……"刘妈这么老于世故的，说这话也有点不好意思。

"妈——"秋芳娇嗔。

"是你去跟汤婆子说的。"

秋芳点头："不敢跟妈说，只能去找他妈……要个说法……"

"行了，说法来了。"刘妈道，"他妈今儿个来提亲了。"

"真的？！"秋芳眼睛发亮。

刘妈啧啧两声："瞧瞧你，矜持点，汤老大就那么香？非他不嫁了？我算看明白了，男人没一个好东西。"

"妈——"秋芳拉长声调。

"不过现在你还要替那死人戴孝，订可以订，但结婚还要等等，老规矩还要守。"刘妈说，又叹气，"以后到人家家了，还能不能记得我这个妈就难说了。"

"不会，妈，不会的。"秋芳保证。

大老汤和汤婆子向为民传达这个订婚消息的时候遭到儿子的强烈反对。大老汤还是一贯愤怒："你想怎么样？还想何家老大？趁早断了这念头！你老子差点死在他们父女手里！"

"爸，你总不能不讲道理！"隔着门板，为民和父母谈判。他不肯开门。

汤婆子道："为民，男人要学会负起责任，你对秋芳，那是要负责的。"

"妈！你不懂！你不明白！事情不是你们想的那样！是谁告诉你们的？秋芳，还是家丽？"

汤婆子不满："怎么哪都有何家那位，为民，做了事就得兜着，秋芳多么好的姑娘，你这么对人家，让人怎么见人。"

为民道："秋芳是好姑娘，我会负责，但不是以这种方式，婚姻自主，谁也不能包办！"

大老汤砸了一下门："老子今天就包办了，怎么的?!"突然拿来一把锁，锁在门上，"想不明白就别出来！"

"爸！我得上班！"为民着急。

可门锁却严格执行大老汤的命令。

日夜轮转。一天，两天，三天。汤为民在屋里饿了三天。大老汤替他去厂里请假。不松口绝对不许儿子出屋。汤婆子心疼儿子，试探性地对丈夫说："要不，先把门打开了？总得吃东西。"大老汤道："还没上灯泡呢，我就不信，胳膊能拧过大腿，婚订了就是订了，不要改了。"为民躺在床上，饿了三天，头有些晕，眼前有小星星。他告诉自己，不能妥协，要坚持，坚持，再坚持。只要有一线希望，他就要坚持到底。这是革命，他是革命者。他相信在不远处，家丽也在承受这种炼狱。他有同伴。

用尽最后一丝力气，为民还在砸门，可一切坚若磐石。

秋芳来了，她替为民担心。汤婆子为难，对秋芳抱怨："这小子就是痰迷。"秋芳假装退缩："阿姨，谢谢你的好意，要不算了。"

"不行！"这话反倒激起了汤婆子的好胜心，"我跟你叔叔还有我们全家都认你这个儿媳妇，上哪儿找，这品这貌站整个区打着灯笼也找不到。你们做人口普查也查了，咱们田家庵，拢共就那么多年轻人。跟你们这个年纪匹配的就更少，然后在这些人里头挑，你说，能有几个合适的可心的？为民也是猪油蒙心不知抱着的是真金。他会明白的，也必须明白。"

"阿姨……"秋芳为难。

汤婆子握住秋芳的手："好孩子，放心，何家那位我来做工作。"

秋芳连忙："还是我来说吧，家丽跟我是好朋友。"

汤婆子有些意外。她料不到，秋芳这孩子能有这气度。大老汤和她，包括常胜，都喜欢背后用一些招数伎俩，可秋芳不。张秋芳是摊开了谈，奔着解决问题去。家丽打小跟她好，但她也敢去直接面对。是个能担事儿的人。自己选的儿媳妇，选对了。张秋芳走到为民房间前，敲敲门。为民以为是爸妈，又是嗷的一声。

秋芳却说："为民，我秋芳，那天的事，我不怪你，你肯定有你的原因。如果你觉得我们不合适，或者，你觉得那件事对你产生了困扰，我觉得可以再冷静一段时间，我已经把那事忘了，希望你也能忘掉，我们还是好朋友。"

为民哑口无言。他做错了，虽然是无心，秋芳却那么大度，显得自己的绝食、逃避、闹腾是那么幼稚。汤婆子也忍不住给秋芳竖大拇指。秋芳太成熟了。她早就知道成人的世界，胡闹并不能得偿所愿，她更相信铁杵成针滴水穿石。

蔬菜公司门口，秋芳在等家丽。待家丽一出门，她便捉住家丽的胳膊，手挽手去供销社，说去看看枕头皮子（方言：枕巾）。

家丽拿着一块绣着翠竹的，问："你们淮河商店没有这种？干吗特地来这儿？"

秋芳笑道："这儿花色多，绣工也好一点，你看这个牡丹花。"秋芳擎起一堆双头牡丹花的枕巾，"还有这个。"是鸳鸯绣工。家丽不解，说晚上一关灯，谁还管枕头皮子上面绣的是什么，反正别人也看不见。秋芳教育家丽："这不是要给别人看，是要给自己看，自己看着舒服就行，人总不能活在别人的眼光下。"家丽没再多言。选好了，秋芳非要给家丽也选一套。

这是个贵重礼物，家丽怎么也不收，但秋芳执意要送。家丽拗不过，收了。绣的是梅花。晚上不回去吃，去国营回民饭店吃牛肉汤配油旋子。面对面坐着，两个人不知怎么聊起小时候的事。

秋芳忽然说："为民妈前几天到我家去了一趟。"

"她去干吗？"家丽不走心，她对那个女人不感兴趣。

"提亲。"

连连咳嗽,家丽被牛肉汤呛得不能呼吸。"什么?"她怀疑自己是不是听错了字眼。

"提亲,是去提亲。"秋芳反复说两遍。字字如刀,刻在桌面上。

"提什么亲?娃娃亲?"家丽往这方面想。

秋芳并不羞怯:"是找我妈帮汤为民向我提亲,我妈同意了。"

家丽被这个消息震得差点没昏过去。

"你……那然后呢?"

秋芳据实相告:"我也同意了,家丽,我没得选择,检查你也知道,还有那天晚上的事,我没得选择,我必须跟为民结婚。"

"不是……"家丽猛吸一口气。

"我知道,"秋芳用话拦住家丽,"我知道你们在处对象,为民也很喜欢你,但是现在你们不是不可能嘛,你们家和老汤家那样,你们就算结婚,不,你们根本结不了婚,你心眼大,说不定以后就忘了,为民怎么办,他如果一辈子不结婚一辈子没人照顾就这么等着你,你忍心吗?"

"可是……"家丽仍旧回不过神。

"如果放在以前我妈根本不会答应,可现在我爸去世,还出了那么档子事,我妈也是没有选择,我还能有什么选择,谁会愿意找这么一个家庭的姑娘?关键是,"秋芳顿了一下,"关键是,家丽,我也爱为民,只是因为你在前头所以我想先来后到我不能说所以我一直没有说。但现在我不能不说了,为民妈来提亲了,不管为民怎么想,我必须给出我的回答。"

"可是你也不能代替我做决定。"家丽心痛极了。

秋芳说:"家丽,你是我最好的朋友,我只是说如果,如果你不能跟为民在一起,我愿意照顾他。"

"但是他喜欢的人不是你,你怎么办?"家丽放下筷子,大声。

"我不在乎,只要我喜欢的是他,我知足。"

　　何家丽说不出话来。这突如其来的坦白让她心乱如麻。她原本以为，就算两家家长不同意，那她也可以等，为民也会等。但没想到，秋芳还有两家家长的突然介入，让一切变得那么迅疾。必须有一个结果，然而她和为民不可能有结果。

　　难道再来一次，真像为民打算的那样，生米煮成熟饭。

　　不，那太不光明了。家丽还是希望活在阳光下。而且面对遍体鳞伤的父亲、忧心的母亲，还有一手带大她的老太太，她不忍心——她不能够抛下这个家庭，投入一个与何家敌对的家庭中去。她做不到。

　　"为民现在正在绝食。"

　　又是个麻头皮的消息，家丽抚了抚胸口。

　　"这是他的斗争。"秋芳说，"他忘不了你，所以一直无法进入新生活。"秋芳忽然捉住家丽的手，"我用我们十几年友情恳求你，劝劝为民，让他放弃，饶了你也饶了自己，让我们都走进新生活。家丽，我从来没求过你，这是我今生对你的最后一个请求。"

　　如果是平常，家丽一定会甩开这双手。可是，这一大通道理说下来，家丽不得不承认，秋芳有一点说得对。既然两个人没有可能，为什么不勇敢放手。说实话，她有点恨秋芳。可她又由衷地佩服秋芳的坦诚。她比自己勇敢，她敢于追求自己的渴望。只是，秋芳的追求不也是建立在"家破人亡"的基础上。如果她爸爸不去世，刘妈一定会反对她到底，她一定不会有这种自己做主的自由。笼子破了，鸟才能飞出来。从这个角度想，家丽又有点羡慕秋芳了。如果自己的爸爸也去了世……但这个念头只在脑中一闪，家丽便立刻否定了。不对，怎么能有这种大逆不道的想法。家不能破。何家刚刚周全，不能破。如果逃走呢？家丽很快又否定了自己的想法。肥西只是个旧梦。现在他们能逃到哪里去？这小小的田家庵区，就是他们的整个世界。

家丽沉思许久，终于说："成全你。"微笑着。然而，就在说出这句话的同时，她也深切地意识到，她和秋芳的友谊也即将不复存在。

也好，就算一切注定要结束，就让她亲手结束吧。

约了晚上八点在汤家见面。

家丽到家，一家人都在。老太太见家丽表情有点不正常。

"阿奶？我那个保证书呢。"

"什么保证书？"老太太早忘了那茬，"吃了没有？在外头游荡那么久才回来。"

"就是我签字画押，你说像杨白劳那个。"

老太太道："那个啊，就一份，你妈收着呢。"

美心皱眉："怎么突然想起来那个。"

"给我。"

"干吗？"

"我说给我就给我。"家丽伸手。

"想销毁？"美心缩了一下脖子，"那可不行，你爸不答应。"说罢，努了努嘴，朝常胜。常胜在里屋半躺着。

"我去跟汤为民绝交，那个要给他看。"家丽很认真地说。

常胜在里屋喊一嗓子："给她！"

美心连忙从被褥底下掏出个本儿，保证书就在里头夹着。家丽接过来，看看时间，朝院子外头走。几个妹妹都跟着。

家丽一回头："都别跟着！"

没人敢跟着了。

何家丽深吸一口气，一路走到汤家门口。里头有灯光，竟像个火海，那也要闯。

这是最后一遭。

走进屋，秋芳、大老汤夫妇，还有幼民、振民都在那儿等着。好像他们都是观众，在等着她上场。

一进去，话也不多说。家丽环顾，问："人呢？"

幼民指了指房门。

为民听到有声音，一骨碌爬起来："家丽，是你吗家丽，你是来营救我的，我就知道，我就知道你会来，现在轮到我被关渣滓洞了，家丽……"

"打开。"家丽下巴一甩，对大老汤说。

"按照约定的说，不许乱说！"大老汤需要保证。

"甭废话了，打开！说过的就不会变。"家丽豪气。秋芳和大老汤老婆都不说话。大老汤拿出钥匙，幼民接了，去开房门。刚打开，为民就跌跌撞撞扑了出来。胡子长了，邋里邋遢，憔悴得真好像坐了很久的监牢。

见眼前是家丽，他不管不顾，一把抱住。家丽挡开他。秋芳有些难堪，往汤婆子身后站了站。

"我们走。"为民掩不住兴奋，旁若无人，像个孩子。事实上，他内心深处，的确还有孩子气的一面。大老汤喝道："放肆！"

"汤为民！"家丽大喊一声。

全场肃静，连为民都愣住。

"从今以后，我们各走各的。"家丽说得清清亮亮。

"阿丽！"为民不敢相信自己的耳朵。

家丽掏出保证书，对着汤家二老和秋芳道："这是我的保证书，写给家里的，也给你们读一遍，让你们放心：本人何家丽向天发誓，不再与汤为民有任何往来，如有违背，则自愿被逐出家门，剥夺何姓，断绝父女母女祖孙关系。"读罢，又正面向几位展示一下。

"你疯了！"为民歇斯底里，"你是被逼的！是不是？我知道我知道我知道……你一定是逼不得已……一定是这样……何家丽你不能丢下我一个人……家丽……"

狠下心，家丽往外走。为民冲上去拉她，汤婆子扯住儿子，大老汤教育儿子，"醒醒吧，她不喜欢你，不愿意跟你过，你为什么非执迷不悟，这儿有对你好的心疼你的，头脑要清醒，儿子……"

几天没吃饭，又激动，汤为民晕了过去。

屋中人乱成一团。

家丽担心，想要回头看看，心一横，忍住，朝前走，出了院子，眼泪才止不住往外淌。她一路跑到河边，痛哭出声。河水无言，却是见证。家丽的初恋，就这么结束了。

远远地，河上有灯火，是朱老大的船。家丽哭够了，跌跌撞撞走过去。朱老大正拉着纤绳，天黑，见家丽来，他不大确认。

"朱叔！"家丽叫了一声。

"何常胜的大闺女？"朱老大伸出手。他女儿也走上甲板，迎接家丽。

"有酒吗？"家丽问。

朱老大呆了一下，嘿嘿笑道："有啊，管够！"

单位分了宿舍，为民很快搬去国庆中路住。他不想跟家丽打照面，但他也没接受秋芳。汤婆子认为是时间问题，她相信终有一天秋芳会成为她的儿媳妇。没过多久，秋芳也受不了家里的氛围以及家丽目光的审视，搬到淮河商店后头的小平房——职工宿舍去住了。家丽彻彻底底成为一个人，她属于家庭。

家庭中人却为家丽忧心。

转眼又是一年。这日，老太太正在腌咸菜，美心帮忙。做着做着，叹气："妈，你说这老大，别最后被弄神经了。"

"胡说，这不上着班呢嘛。"

"妈，你又不是没年轻过，这一个萝卜一个坑，咱们把这萝卜薅出来了，坑没填上，那可不行。"

"你的意思是？"老太太理解了美心，又说，"不行，家丽什么脾气你又不是不知道，直接介绍，她反感。"

美心不解："不都是这样嘛，父母之命，媒妁之言，后续发展怎么样得两个人接触了才知道，哎，你说这蔬菜公司，怎么就没有合适的小伙子。"

老太太连忙说："两个人都在同一个单位可不好，蔬菜公司，女同志待待挺好，男同志嘛还是应该做点别的。"

"妈，你要求倒高了。"美心左思右想。一会儿，问："你觉得家文那个英语老师怎么样？"老太太问哪个英语老师。美心道："就是自愿给家文补习英语的。"家文上初中了，开始学点英语。英语老师是个男的，二十出头，觉得家文是个好苗子。招了几个学生在家单教。有点类似义务教学，形成自己的一个小圈子。可家文不大愿，她宁愿跟同学一起走十里路到小潘庄做义务劳动。"我见过没有？"老太太问。

美心说："你怎么没见过，就在学校门口，我们给老三开家长会的时候迎面走过来那个人，我还提醒你说看这是老二的英语老师。"老太太这才说想起来了，好像是不错。

得到首肯，美心扯着嗓子喊："老二！老二！"

家文过来了，站着不动。

"你去，到你们老师家补习去。"

"什么老师？补习什么？"

"英语。"

"课上学了。"

"学了还可以再学，多学一点，深入一点。"美心讲大道理，"让你大姐带你去。"

老太太怕家文多心，解释："你大姐现在就是家长，代表我们，让她跟英语老师说说。"家文到底听话些，让学就学吧。跟家丽一说，家丽倒也不抵触，让送就送嘛，她是家长。换好衣服，姊妹俩往英语老师家去。到地方，英语老师正好在教学，家丽把拎的一点茶叶送上，再交代清楚来意。

英语老师是个戴眼镜的书生。

"我妹妹就拜托老师了。"家丽跟老师握手，一使劲，老师疼得叫。

老师让家文坐第一排。家丽好奇，听了一会儿，在讲第三课，"*Chair man Mao is our great leader.*"家丽听了一会儿，险些睡着，打了声招呼，提前退场了。到家，美心问情况。家丽便把英语小课堂的情况描述了一遍。

"那个英语老师怎么样?"老太太插话。

"还行，不错。"家丽概括。

"一会儿你妹下课，你还去接。"美心说。

家丽不愿意："就这几步路，用得着来回接送嘛，让老三去接。"美心道："你是家长，老三是吗?"这顶高帽子戴上了去不掉。家丽只好勉为其难，等家文下了课，再把她接回来。又跟英语老师打一次交道。如此这般一个月下来。家丽也觉得不对。

047

某日，老太太和美心在嘀嘀咕咕，说那个英语老师的事，家丽不小心听到，明白了几分。她走进锅屋，道："以后家文我不接送了啊。"美心立刻说，这接得好好的。

"我看出来了，你们有阴谋。"家丽直言不讳。

美心被猜中心事，连忙支支吾吾："能有什么阴谋……"

"你们想撮合我和英语老师。"家丽说。

老太太笑道："丽丽，其实那个英语老师我看……"

"阿奶，你怎么也这样。"

"这不是担心你嘛……"老太太气势变弱。

家丽说："我处了对象，你们坚决反对，我不处对象，你们又生拉硬扯。"美心放下手中的馍馍篮子："女儿，妈不会坑你，哪个好哪个不好一眼就能看出来，你现在就像一朵花，开得正好，这个时候不抓住机会，以后那可就麻烦了，你们不是也人口普查了嘛，全区青年就那么多，全区跟你差不多大上下三岁，不，说错了，还不是下三岁，下还不行，必须是上顶三岁，最多五岁的，能有几个?"

"妈，阿奶，遇到合适的，我自己会抓住机会。我也明白，人嘛，总是要结婚的，不过这个婚难度有点大。"

老太太笑道："这有什么难度大，我们不是那封建家长，反正就是那个什么，郎才女貌，豺狼配虎豹，王八瞅绿豆，对上眼就行。"

家丽被逗乐了："这概率可不高，得我满意，人家还得满意我，然后我爸、我妈、我奶奶都得满意，再然后对方的家长也得满意我，哼哼，这比打中敌军特务的侦察机还困难。"

家文在外头听了几句，明白了："妈，我不去补习了啊。"

美心还要维持面子，说这孩子，怎么说不去就不去。

老太太嘀咕："这老二，心里明白着呢。比老大还明白，只是嘴上不说。"

有人跑进院子，是汤家老二幼民。家丽看他来气：问，"小子，跑来干吗?"幼民也不怯生："我找家文做作业。"

老太太不耐烦："去！没有作业可做，回你家去。"

家文从里屋出来，"汤幼民，你的课本，这儿。"她递给他。幼民在三个大人的注视下，去接了课本，扭头走了。等幼民彻底消失，家丽也进屋忙自己的去，美心才提醒二女儿家文："老二，千万小心，不要走你大姐的老路。"

"妈，你又多心了，就是看个笔记，如果真有什么，能让你知道?"

美心喷了一声："你这孩子。"老太太拦住儿媳手臂，"没事，老二有成算。"家文道："你看，中国和美国还准备重新见面呢，咱们这也没什么大不了，留点路不是坏事。而且，就汤幼民，他能掀起什么风浪来，我也不喜欢。"

话说得很白，美心哑口无言。

老五小玲四岁，老太太不带她睡觉了。一条大通铺，跟老三、老四一起睡。家丽自己一间小屋。家文跟老太太一个屋，单独一张小床。家喜是美心带着睡觉。小玲的"到来"，令家艺、家欢不满。她们嫌老五占的床位太大，几个人呜里哇啦吵。老太太进屋看。家艺一把扯住奶奶："阿奶，这屋里不是还有空地嘛，让爸给我打一张床，我这马上也上初中了，二姐上小学就睡单人床了，我到现在还挤着，老四睡觉不老实，现在又来个老五，晚上还不跟打拳似的。"

老太太也没辙。再放一张床，屋子里连下脚的地方都没了。

想了想，老太太只能说："再等两年，你大姐出嫁了……你就去你大姐那屋睡。"家欢扑哧笑了。小玲依旧盘踞在床上不动，守护自己的地盘。家艺抱怨："阿奶！你这是糊弄我！就大姐那脾气，怎么出嫁嘛，要等死我嘛，猴年马月真是，你们也是，大姐当初要去汤家你们又不允许，他们家孩子少，地方大，也能解决点问题，嫁谁不是嫁，人家为民哥秋芳姐，不都是去单位宿舍单住。"

老太太讨厌三孙女的抱怨："那你就赶紧参加工作，也去住单位宿舍。"家艺道："我倒想小学毕业就去工作，可谁要我呢。"

"你也知道没人要你。"

"还是得大姐赶紧出嫁，保佑保佑。"家艺双手合十，念念有词。家丽如天神般降临在她身后。众人都笑，家艺不知所以，还念。家丽用手指戳了一下她的天灵盖。家艺浑身抖了一下，发现大姐的存在了，连忙讨饶："大姐，我不是那个意思。"

家丽命令："你有病，得治疗，晚上跟我睡。"

家艺连忙摆手。家欢哈哈大笑。

整党后期，全市准备吸纳党员，数量达到七千人，是解放以来发展党员最大的一批。常胜还是积极要求入党。申请递了不知多少次，但连预备党员的边也没摸到。大老汤还是反对。自上次合作后，他和常胜再度分裂。原因是：何家丽的分手太过激烈，导致他儿子至今走不出来，不肯结婚，也不太愿意回家。一切的罪魁，还是何家。这样的人怎么能入党呢。

反对，坚决反对。

不过，即便如此，何家的政治生活依旧很积极。老太太要照顾家文、家艺、家欢和小玲，家喜由美心带。生了六个女儿，老六是美心下定决心自己带的。因为她发现不是自己带的孩子，都跟自己不亲。这样长此以往，她在家中的地位也会发生变化。老五小玲虽然跟自己姓，可到了三四岁还迷迷糊糊。老三老四动不动就叫老五傻子。久而久之，人们觉得老五的确有点傻，进而有了新逻辑：正因为傻，才不准姓何，改姓刘。刘美心背这个黑锅。

告别初恋有日子了，家丽似乎已走了出来。她本就不是那种缠绵悱恻、沉迷于儿女情长的人，她是革命小将，只要一有风吹草动，她立刻又能一跃而起。七二年冬天，市里进行批林整风学习，区里也举办了集中学习班，实行"开门整风"，进一步肃清"林彪反革命集团"的"流毒"。在人堆里坐着，一偏头右看，身旁的同志似乎有点眼熟，但一时又想不起来。

是个军人。戴着军帽，眼窝深陷，鼻梁高高的。

那人也盯着家丽看。忽然，那人激动地："你是何家丽！"

家丽不明所以，越看越熟。

"你来报名参军。"

家丽想起来了。在区征兵办公室，有个小伙子接待过她，她还填了一张表。名字想不起来。家丽伸出手指，点点，眉头紧蹙："你是那个十五岁就参军的……老革命。"

这个记得挺清楚。那人连忙说是，我是老革命。

"我叫张建国。"他伸出手。家丽连忙握了握。

"你还想参军吗?"建国说，"有革命热情是好的。"

家丽说自己现在做一点跟蔬菜有关的工作。

"卖菜?"

"差不多。"家丽不想跟陌生人透露太多。

建国又说："做好后勤保障工作很重要。"

家丽觉得建国说话太古板，但都言简意赅，充满热情，两个人又聊了聊彼此的革命经历。下会了，到中午，建国提议一起用餐。家丽表示还是回家吃，有同事喊她，她便急匆匆走了。

笔记本放在座位上，建国看见，连忙拿起，想要喊家丽，已经太晚了。吃饭时间，一桌子坐好。美心问家丽："学习学得怎么样？"家丽道："该批的都批了，要严格学习。"

常胜叹道："真是想不到，知人知面不知心。"

美心让家丽细说说。家丽说都记了笔记。常胜问她要着看，家丽一看包，才发现笔记没了。

北菜市，张建国一身绿布军装，拎着包，东看看，西看看。国营菜场服务员问："同志，需要买什么？"

张建国有些为难："我想请问，这里有没有一位叫何家丽的同志。"女服务员是个小妹，新上岗没多久，自然不认识，她快速回了，开始服务下一位顾客。

副食品商店，排队，到张建国了。营业员是个中年男人，"同志，需要什么？"不要有点不好意思。建国低头，案板上只剩两只猪蹄。"要这两个。"建国指了指。

包起来了，拿网兜装着。建国讪讪地说："同志，请问你们这里有没有一位叫何家丽的同志。"

"没听过。"营业员言简意赅。

张建国拎着猪蹄，有些失落。走到菜场中间，他一拍头，哎呀，想起来了。周围人唬了一跳。一阵风，建国走进办公室。他的办公桌玻璃板底下压着一张折叠的纸。建国掀开玻璃板，拿出那张报名表，家庭住址一栏，写着：北头淮河路十七巷。建国打了个响指，拎起包和两只猪蹄就走。

淮河路十七巷。张建国停下脚步，礼貌地问路。这下好了，何家丽的大名，在这一小片，还是如雷贯耳。

到小院门口，依旧礼貌地敲门。因为穿着军装，这"文革"期间地位最高的一群人。路过的邻居已经开始狐疑，何家什么时候又惹上军事的祸。但看他拎着网兜，又像是串门的。

家欢先出来，虎里虎气："找谁?"

"同志你好，我找何家丽同志。"张建国一身正气。

"她不在，你是谁，找她什么事?"家欢连珠炮式地问。

老太太出来晒尿布，见门口有个穿军装的，她敏锐，三两步上前，拨开家欢："这位同志是?"

"我叫张建国，在区武装部工作，我来找一下何家丽同志。"

"你是……"老太太迟疑地，"家丽的朋友?"

建国笑笑："算是朋友吧。"

老太太忙不迭："快快快，快请进来坐。"美心站在门槛，梳头，随口问："妈，谁啊?"老太太催促："别梳了别梳了，赶紧扎起来，老三，烧水! 老四，把最好的那个茶叶，黄山毛峰拿出来。老五别在这儿乱转，看着老六去!"老太太迅速排兵布阵。

048

建国进来了，放下网兜。老太太让他坐，又说："哎呀，怎么还买东西。"建国愣了一下，哦，猪蹄，不辩解，送就送吧。

这盛情多少令建国有些不好意思。老四家欢扯着嗓子："阿奶，毛峰没了!"

老太太急得跺脚，这死孩子，客人在，没了也不能说没了，跌面子。"老三，把你的那个桂花拿出来!"秋天时，家艺攒了不少桂花，留着慢慢喝。可老太太下命令，自然不得不"大公无私"。桂花茶泡好，美心也捯饬好了，就位。两个女人对着建国，上下左右打量。

建国看看四周，又看看这些女孩儿，笑说："没想到，家丽同志有这么大一个家庭。"美心有些发窘，听着像批评。建国又连忙说："有大家庭好，革命的家庭。"

建国掏出笔记本："这个笔记本还给家丽。"老太太接了，说："哎呀，家丽前几天还念叨呢，笔记本借给一个朋友了。我们还说，什么朋友，没想到东风一来，朋友上门了。"

建国寒暄几句，觉得尴尬，起身要走。美心和老太太都拦着，说不行不行，家丽一会儿就回来，你现在走，她会有意见。

家文到家了。美心让她先进屋去。门框边，家文、家艺、家欢、小玲伸着头。她们都对突如其来的军人大哥十分好奇。

老太太和美心开启盘问模式。

"建国同志，哪年生人啊？"老太太文绉绉的。

"四九年。"建国说。

"哦哟，难怪叫建国。"老太太叹道，"比我们家丽大五岁。"

"老家哪儿的？"

"休宁。"

"皖南啊，新四军。"老太太笑呵呵地。

美心接过接力棒："家里几个兄弟姊妹啊？"

"就我一个。"

两人惊奇，老太太道："独生子啊，哦哟，现在可不多见哦，爸爸妈妈做什么的哦？休宁那边通常是种地。"

建国不卑不亢："我是孤儿，是党挽救了我教育了我，我十五岁就参军，一直革命到现在，目前在区武装部工作。"

两个人再度惊叹，可惜了好一会儿。离奇的身世。眼前的这个军人，竟然是孤儿。老太太连连说党真伟大。

几个丫头在里屋门框边听呆了。

"和家丽认识多久啦？"老太太笑容可掬。

"哦，"建国想了想，"有年把两年了。"他也记得不是太清楚。美心掐掐手指算日子，不满，这个家丽，说她没心眼心眼还不少，认识那么久，好端端的一个人藏着。

院子里有人进来。常胜下班了。老太太连忙叫儿子，常胜在单位不如意，下了班也无精打采。"来，给你介绍。"老太太向常胜招手。建国连忙脱了军帽。

"这位是?"常胜见了军人肃然起敬，精神为之一振。

美心介绍道："这是家丽的朋友，到家里来给家丽送点东西，还带猪蹄来。"

常胜连忙和建国握手，建国也大大方方的。

"家丽呢?"常胜拖着家长的调子。

"一会儿就回来。"老太太转头，"老三老四，去坝子上看看你大姐回来没有。"又看看天光，"天天这时候也该回来了。"

家艺、家欢不敢怠慢，溜溜往外跑。还没出院门，家丽回来了。建国迎面看见家丽来，连忙起立。

"你怎么来了?"家丽迎面。

建国伸出手表示友好。家丽伸手握了握。

"你的笔记本。"建国说。

"谢谢。"家丽并不激动，但还算有礼貌。

老太太微嗔："这孩子，没事就不能来? 早都该来! 人家还带了猪蹄来。"又对建国说，"好孩子，以后随时都可以来，千万别带东西。"

家丽一头雾水。美心又嚷嚷着做饭，要把那猪蹄先去毛。老太太和常胜也说留客。建国本来要走，但实在盛情难却，只好留下来。锅屋，家文和家艺一人拿一只小镊子，低头去猪毛。家欢小声嘀咕："这位肯定是大姐的新对象。"

"就你能。"家艺讽刺她，"谁也不瞎。"

"大姐这人，还是有两把刷子，一个飞了，一个又来。"家欢还在分析。老三见她不干活老卖嘴，威胁道："老四，这毛你不捏，你就别吃。"

家欢道："那可不行，这是建国大哥带来的见面礼，见者有份。"

家艺道："你有份，一个猪脚指头。"

为了两只猪蹄，弄到快八点才吃饭。建国健谈，跟常胜天南海北谈军事，从抗日战争谈到抗美援朝，两个人越谈越投机，竟不觉得等的时间长。美心叫爷俩儿吃饭。常胜高兴，一挥手："老四，去，把我的淮南特曲拿出来。"老四不明白，说："爸，上次不是喝了吗，哪还有什么特曲。"美心知道，连忙从床底下扒拉出一只大脚盆，里面果然有一瓶淮南特曲。

常胜问："行不行？"

建国拍拍胸脯："当兵的就爱这口，只是平时要工作，不能喝。"

"今天放开，管够！"常胜忽然有些江湖气，像刚从水泊梁山过来。美心拿出小酒盅，用抹布擦擦。

"唉，这不行，拿大的。"常胜说。

可哪里有大的呢。老太太急中生智，把喝水的搪瓷缸子贡献出来。酒具有了。满上。家丽哟嗬一声："爸，晚上不过啦，喝那么多。"常胜装豪迈："这算什么，这么一点。"

建国嘿嘿笑。

"会划拳？"常胜又问。

建国问什么样的。

"哥俩好五魁首六六六。"常胜说的是淮南本地酒令。建国说没问题。说着，两个人就拉开架势，真的划起拳来。常胜老输，输了就喝，喝了高兴。一会儿，一瓶大曲干掉，老太太见气氛正好，不忍打断，跑去刘妈家借酒。因为女儿秋芳跟为民的事，刘妈一直过意不去，总感觉秋芳像"半路截和"，对不住何家。所以近来走动也少。今见老太太兴冲冲过来借酒，知道有喜事，问："来了谁个？"老太太来不及多说，只说是家丽的朋友。"对象？"刘妈好事，问。老太太说差不多，说完就拿了酒赶紧回去。两个男人还在酣斗，再满上。

下酒菜来了，油炸花生米，还有两只现做的猪蹄。老太太亲自下厨，切成八块。端上桌，家欢第一个发馋，举着筷子要夹，被美心用筷子拦住："慢点，大人还没吃呢。"又对家丽，"给你爸和建国夹一块。"

家丽只好遵命，分别夹了。她实在看不惯一家子人发烧似的热闹。她吃完了，但还是陪坐着，家里好久没有这样喜乐高亢的氛围，她不忍心让这一切快速消失。一个是爸爸，一个是报名参军时认识的军人。这两个男人被一众女人包围着，家也更像个家了。酒喝多了，建国岿然不动。他皮子黑，酒精似乎根本无法让他脸色起变化。常胜就不同了，皮子白，从耳朵红到脖子根，话也多起来，"建国，你早就应该来，还应该常来，咱们爷俩儿喝喝酒，不对，是哥俩儿，咱们哥俩儿好……痛快痛快……"建国依旧清醒，但一点不应付。他从小没家，父母双亡，靠组织养大，培养成长。现在忽然介入到这么一个大家庭中，建国感到温暖，安全。他和屋里的其他女孩不同，她们都想要早日独立，脱离这个大家庭。建国却是渴望置身其中的。

"咚"的一声，常胜醉倒，趴在桌子上睡着了。女人们又手忙脚乱，要把他弄到床上。怎奈常胜身高体沉，家丽抬他的头，家文、家艺、家欢几个抬他的肩，挪动艰难。

建国站起来，道："我来。"说着，半弯下腰，几个人把常胜弄到他背上。起！别看建国个子不高，可背常胜这个大汉，却轻松自如。迅速安顿好了。

该告辞了，建国跟每个人握手，道别。

老太太高兴劲还没过去，一个劲儿说常来。又推家丽："去送送，去送送。"其他人都不许跟着。家丽只好把建国送到院子门口。老太太在后头撺："再多送两步，别那么懒。"

两个人无奈，只好出去再多走走。

"不好意思。"家丽笑着。

"怎么这么说。"

"你看我们这一大家子，"家丽欲言又止，"闹腾。"

"热火朝天的氛围，朝气蓬勃的状态，我很欣赏。"

"给你添麻烦了。"

"家丽同志，千万别这么说，这是我的荣幸。"

"别家丽同志了，叫我家丽就行。"

"家丽。"建国伸手，"我们还会再见吗？"问得直接。家丽好笑，打趣道："我还没作古呢，当然可以见。"

建国朝家丽敬了个礼，转身沿着巷子走了。何家丽目送，那不算高大，却十分挺拔的背影。她突然觉得好笑。没有任何征兆，老天爷把这个人送到他们家的生活中，给一家老小带来了欢乐。建国是个崭新的人。

他新到全家人都没有任何理由去讨厌他，唯有喜欢。他的出身，他的工作，他的素养，他整个人的状态，都和这个家庭那么契合。老太太骑瘦驴——严丝合缝。一顿饭，倒像是失落多年的朋友或者亲人重新回归。没有尴尬，哪怕处处是尴尬。没有防备，哪怕处处求表现。家丽觉得，跟建国相处是放松的。这是和为民在一块儿的时候不具备的。跟为民在一块儿时刻紧张。因为他们彼此都背着"原罪"。

049

一个礼拜过去，何家还沉浸在建国到访的余热当中。仿佛那日是高烧，而后一直低烧不退。老太太和美心蹲在水池子边，面前是大脚盆和西瓜缸。老太太用那种甜蜜的回忆调子："你说老天怎么就这么有眼呢。"

"怎么有眼，分对谁，对我就是全瞎。"美心说。

老太太不接她话，自顾自说："所以说，好饭不怕晚，刚飞了姓汤的，来了个建国，你看看多排场，样样合适，军人，对吧，等于是国家干部，人品好，样子好，脾气好，酒量好，关键跟常胜还那么对付。"

"最关键是孤儿。"美心强调。老太太叹:"孤儿是惨,可没想到别人的祸成了咱们的福,等于没有婆家,一旦在一块儿,那还不全都扑到咱们家?一个女婿半个儿,这种情况,我看跟一个儿也差不多。"

美心歪头想想,道:"这么说的话,老天还是有眼的,我们没儿,它就送来个孤儿,等于是个儿。"

老太太神神秘秘,指指天:"所以说,老天自有安排。不过咱们得盯家丽盯紧点,我看她对人家不咸不淡的,别回头被人捷足先登。"美心忧愁:"家丽这丫头,别的事情还算明白,一到处对象这个问题上,就跟脑子缺根筋似的。"

常胜提包进院子,问:"准备得怎么样?"

美心不懂他意思,嗯了一声。是询问的声调。

"周末准备一条鳊花,清蒸,或者做糖醋鲤鱼。"常胜思索着,"萝卜条还有吧?不要炸花生米了,或者喝那个老虎油补酒。"

美心不耐烦:"你这要干吗?摆宴席?你入党成功了?"

常胜不解,说:"妇道人家的脑子,上周不是说了嘛,建国这周末过来。"美心说:"我可没听说。"

"上周喝酒没说?"常胜自我怀疑。

老太太道:"的确没听到说这话。"

"那叫过来。"常胜说得轻松。

"你是他领导?说叫就叫?"

"建国会来,你去叫一下。"常胜指挥美心。

"让你女儿叫去。"美心一甩手,进屋去了。

吃晚饭,常胜拖着长长的调子:"家丽,大礼拜(方言:礼拜天)把建国叫来,吃个饭,聊聊天。"

家丽端着饭碗,转过身子,不理睬。

"你这什么意思?"

"要叫你自己叫,我跟他不熟。"

"这丫头,不是你跟他处对象?"常胜不讲理。家丽放下碗筷:"爸,我看倒像你喜欢建国。"

老太太嗔道："这丫头！不许这么跟你爸说话。"

美心向着常胜："老大现在越来越不上道。"

家丽反驳："就偶然遇到的一个人，偶然到家里来了一趟，你们就不依不饶，人家张建国指不定已经觉得，这家人怎么这么奇怪。"

"什么叫偶然？"常胜大声，"世界历史就是在偶然中推进的，个人命运也是在偶然中突转的，偶然，也有必然。你怎么没跟别人偶然。"近乎抬杠。

美心道："家丽，你爸让你去请你就去请！"

家丽急了，嚷嚷："哎呀妈我真不熟，我都不知道他们单位在哪儿，也不清楚这是个什么人。"

常胜嘟囔："什么人？军人，好人，同是天涯沦落人。"

家丽耳朵快起老茧，碗一推，出门散步去了。

土坝子，蜿蜒向东。淮河水最近枯了不少，河岸裸露，有不少螺蛳贝壳的空壳子留在那儿。迎面，家丽一抬头看到个人，面熟，近了，才发现是为民。家丽迅速岔上小道，想躲开他。为民却快速走来，拦住她。

又在眼面前了，为民喘着气。"干吗躲？"他说。

家丽没说话，往前走。为民跟着。"你我之间已经到了无话可说的地步了？"为民急促促地问，"就因为家里不同意？你这不是革命小将的做派。"

"说完了？"家丽说，"能不能把路让开？"

"我知道你是喜欢我的。"为民肯定。

家丽终于停住脚步，上次没说完的话，她现在必须要说："为民，人和人之间，不是仅仅只有喜欢那么简单。我们都不是小孩了。我们真的不合适。"

说完，家丽走开。为民对着家丽的背影："就因为你那个家！一个乌龟壳一样的家！难道你就要一辈子这么驮着！扛着！永远都不能有自己的想法自己的选择。"

家丽回头，肯定地说："这就是我的选择，为民，祝你幸福。"这一次她没有流泪。事实上，这一段时间来，她早已经理顺了，想清楚了。她和为民之间，只有过去，没有未来。结束了就是结束了。家丽快速走着，为民紧追不放。到淮河路邮电局门口，为民拽住了她的胳膊。家丽拼命甩开，但没用。

"撒手！"斜刺里一声喊。抬眼看，是建国。敦敦实实，依旧戴着军帽。为民愣了一下。

为民比他高半个头，但建国毫无惧色，垫步上前："这位同志，这位女同志不希望你拽着她胳膊，请你放手。"

为民不晓得此人什么来路，见穿着军装，有几分怵头，却是百般厌恶："关你屁事！狗拿耗子！她是我对象。"

家丽连忙否认："不是！"

建国气息平稳，丹田发音："这位女同志说了不是。"

"是不是跟你都没关系！"为民横起来也是真横。

"请你撒手。"建国声调不高，不怒自威。

"哪来的蛮子，滚！"为民不礼貌，他听出了建国的口音。事实上，建国的口音着实复杂，六岁之前在休宁，而后便跟随组织去了马鞍山，后来又到淮南。所以他的口音里夹杂着安徽南部、东部和中部的特色。

"这事轮不到你管！"为民声音更大，"你算哪根葱？"

建国挺了挺身子："我是她现在的对象。"充满自信。

为民一听，先是一怔，跟着就要上拳头："你是对象，你他妈是什么对象！"一拳挥过去，建国一闪，搗了个空。再用另一只拳头，建国一把握住。为民动弹不得。建国稍微发力，为民不敌，身子软下来，疼得直叫。他的业余武术在建国的专业格斗面前，太小儿科。"够了！"家丽喝止。

建国松手。为民疼得直甩胳膊。

"都回去！"家丽说。为民注定讨不到好处，只好先行撤退。家丽觑了建国一眼，她厌烦他刚才的鲁莽，转身就要离开。

"家丽同志。"建国喊她，笑呵呵地，"我来这边给战友寄封信，私人信件，不走单位的传达室，所以自己来投了。"

家丽觉得这人好笑。她都没问，他自己便交代了。

"刚才我说我是你对象，那是为了战胜敌人才说的权宜之计，"建国摸摸头，"即便是打仗，也必须师出有名，很抱歉，没有事先征得你的同意。"

"算了。"经他这么一解释，家丽的火消了不少，兀自走开。

"家丽！"建国喊她。

她回头，疑惑的眼神。

"没什么。"建国说，"有需要帮忙的随时找我，我的地址是……"家丽笑笑，拦话道："谢谢，你的地址我知道。"

"哦，对。"建国摸摸头。

全区小学办忆苦思甜会。家艺、家欢在读，必须参加。一个小礼堂，实际就是过去的仓库改的。上午十点，学生们搬了小板凳去排排坐。各年级各班，分好区块。坐好。跟着老师上台介绍，大致意思是说今天我们给同学们请来的，是田家庵码头的张爷爷，让张爷爷为大家讲述他的故事，忆苦思甜。

然后就是张爷爷上台。他是码头工人，解放前就在田家庵码头扛大包。他不会说普通话，就说淮南话。

一上台，一张嘴。孩子们哄堂一笑。老师勒令肃静，没人敢出声了。码头工人继续讲述："以前田家庵子哪像现在这样好，没有，吃不上饭，扛大包也都只能吃窝窝头，四三年旧社会，过年我都吃窝窝头子，一点力气都没有，后来还是个算命的胡瞎子给我一口面汤喝才活过来。资本家剥削，让你干活不给饭吃，钱有时候给有时候不给，旧社会的穷人真苦。孩子们，你们真幸福，生活在新社会，有党的关怀，长在红旗下，有毛主席的伟大领导……"

孩子们静静听着。眼下的生活不算宽裕，但听上去，比旧社会还是要强很多。家艺脑子里却梦着自己的艺术梦。她想跳红色娘子军，也想唱歌，唱《洗衣歌》，做女主角。家欢比家艺低一个年级，所以坐在前面，张爷爷越说，她越觉得饿。

报告完毕。音乐老师上台，举起两手，打着拍子，带领大家唱忆苦歌《不忘阶级苦》。这首歌的曲调家艺不太喜欢，但只要是歌，她都认真唱。家欢五音不全，唱歌不在调上，则只是张张嘴，混在群众中。歌曲起，悠长的调子，真如泣如诉，"天上布满星，月牙儿亮晶晶，生产队里开大会，诉苦把冤申。万恶的旧社会，穷人的血泪恨，千头万绪千头万绪涌上了我的心，止不住的辛酸泪挂在胸……地主逼债好像那活阎王……"好多孩子被唱哭了。虽然他们不知道地主逼债是什么样。

唱完歌，到中午了。转移阵地，去食堂。师傅已经准备好了大馒头。是面粉混合着麸皮和糠做的，个头比大人的拳头还大。大锅里盛着不带油的炒野菜，是为吃糠咽菜。

老师站在高处，拿着喇叭喊："每个班排好队，领忆苦饭，一人一个馒头，一碗菜，领完之后还到小礼堂集合！一起吃忆苦饭！"安排好，孩子们开始按部就班行动。家艺最怕这个，上次吃忆苦饭，是领了带回家。她半路就丢到淮河里了。家欢是第一次参加这种活动，还觉新鲜。领了馒头和菜，端着碗，跟同学打打闹闹到小礼堂。

准备就绪。老师再发言："好了，同学们，忆苦思甜，不忘党恩，旧社会害苦了咱穷人，新社会咱们翻了身！吃忆苦饭，谁都不许剩下，吃干净了。吃着苦，想着甜！"

家艺刚吃第一口，就哇的一声呕出来。

050

全场瞩目。老师过来问情况。

家艺委屈："我嗓子眼细。"

老师很严肃："为什么别的同学都能吃，不知苦，哪懂甜?"家艺压力太大，只好小声说，那我再试试。继续吃，吃糠咽菜。麸皮片片和糠混合面疙瘩一下涌进喉咙。

"闭眼咽!"老师指挥。

家艺硬吃一口，一竖脖子，苦饭顺着食道向下，刚好在喉咙处堵车。家艺被呛住，一口气上不来，脸憋得通红。

"姐!"关键时刻，老四家欢冲上来，猛拍家艺后背。终于，家艺咳嗽两声，饭出来了。她重新恢复呼吸。"喘气!"家欢对姐姐进行急救。在家天天吵，出门还是个小集体，她不得不帮。

家艺握住家欢的手："老四，我嗓子眼细……"

一大块馒头只吃了一口。忆苦流程没完成。老师批评家艺，说这么娇气可不行，更不能浪费粮食。旧社会，穷人连饭都没得吃。老三央求四妹："老四……"

家欢不得不顶上，小声："让我一个月的肉。"家艺连忙点头同意。家欢望着馒头，鼓足勇气，一鼓作气吃糠咽菜。终于完成任务。老三紧握妹妹的手。

说到做到。接下来一个礼拜，家艺果然不再吃荤，家里但凡有荤腥，分到她碗里，她一律让给家欢。老太太叹："做姐姐的，真懂事了。"家欢嚷嚷，不是阿奶，那是因为……没说完，家艺拦阻："吃你的饭。"她不想让家里知道她在忆苦大会上出丑。建国两个礼拜都没出现，常胜心情低落，但饭依旧做起来了。家丽为了应付爸爸，每次都不严词拒绝，而是说，可能来。

就因为这个可能。第一个礼拜烧了鳊花鱼，第二个礼拜烧了鸡。穷尽了家里的全部资材，人都没来。鳊花鱼被家欢一扫而光。

到了第二个礼拜，人还没到，常胜立即下令把鸡收到菜橱。

等真正的客人上门，才能拿出来。

凌晨饿醒了。老四用胳膊肘捣了老三一下，打手势，让出去。老三睁眼，老大不情愿，但因为欠老四一个人情，不得不勉为其难起身，跟着往院子里走。月亮很大。泡桐树影一晃一晃。老四小声说："走，去锅屋吃两块鸡。"老三骂一句，饿死鬼投胎。"下次忆苦饭不帮你吃了。"老四不满。

菜橱太高，锅屋没有板凳。从堂屋搬动静太大。家欢打算让家艺抱着，挡她上去。月光下，院子里突然现出个人。老三老四唬了一跳。定睛看，是老五。

"老五你干吗?"老四轻喝。老五不说话，就跟着姐姐走。老三不耐烦，对老四说她要跟你就让她跟。

三个人蹑着手脚到锅屋。菜橱分三层，红烧鸡在最上面一层。"老三!"老四指挥。老三得令，拦腰抱住老四，可老四体重不轻，老三本就瘦弱。根本抱不起来。老四及时调整战略，"我抱你!"她去抱老三。抱起来了，可菜盆放得深，还差一掌的距离。老四气馁，对老三说："这样，我抱你，你抱老五。"等于来个叠罗汉。一试，果然可以。老五挨到鸡了，立刻抓了两块，塞进自己嘴里。"老五，拿了就下来!"老四发号施令。老五连忙胡乱又抓了一块。下来了，给老四。

老四看看，道："好像还挺肥。"正观摩着，有人大敲院门。三个孩子吓得不敢露头。躲在锅屋，大气不敢出。老五年纪小，不知道怕，只是吃自己的。老三勒令她别出声。老五只能含着鸡。美心披着衣服起来开门。来客呼啦一下站满了整个院子，有十来个人。家艺、家欢只认识大老汤。

"带走，都带走! 有特务，都可能是特务，都带走。"大老汤带领这些人迅速行动。家丽反抗，嗷嗷叫，但立刻就被制服了。常胜嚷嚷着："我犯了什么法! 你抓我! 别抓我老婆孩子! 我妈年纪大了放开我妈!"

可来者没打算留情。何家人，包括常胜、美心、老太太、家丽、家文，还有年幼的家喜全部被带走。

等人走光了。家艺、家欢和小玲才探探头，到院子里看看。家艺喊了声爸，又喊妈，再喊奶奶大姐，都没人应。家欢也有些慌。小玲迅速吃了"战利品"。家艺哭了："他们都被坏人抓走了。"家欢跑出院门看看，光白的巷道，并没有一个人。

夜寂寂的。一贯胆大的家欢也感到一丝恐怖。一抬手，她才发现偷着拿的那块鸡还没吃。天有点亮了。

家欢一招眼，发现这块鸡有点不对。是个圆锥体，有小孔。什么？看清了！是鸡屁股！真叫福无双至，祸不单行！伸手要丢。老五拦住："姐，给我。"伸手接过来，塞进嘴里。

老三不像两个妹妹那般，"商女不知亡国恨"，急得跺脚，"还吃？全都被抓走了。"

因为怕被抓。姊妹仨躲在船塘子避风口等天亮。老五少不更事，还是个孩子。只能家艺和家欢商量营救办法。家欢提议找刘妈想想办法。"不行，"家艺没有力气，但还有些脑子，"刘妈不过是个普通工人，她能怎么样，而且她跟大老汤家关系那么好，我们去找刘妈，搞不好我们也被抓去。"

家欢不明所以："刚忆苦思甜完，不会是特务反攻大陆了吧。"家艺让她别乱说。不过家欢倒是不小心猜中了一半。就在一天之前，市里挖出了一个藏匿二十三年的中统特务副组长郑彬。跟着掀起了反特风。各单位严查，抓捕郑彬的同党。可实际上，郑彬二十几年来始终孤军奋战，并无羽翼。何家的"落网"，纯属无妄。

"要不去找为民哥？"家欢提议。

家艺恨妹妹没脑子："你等于没说。"小玲还傻乎乎地跟着。家艺犯难。突然，她想起一个人，在老四耳边说了几句。"找他行！对，找他！"老四兴奋地说，"走小路。"天空下着小雨。风里雨里，姊妹仨悄悄到龙湖中路。当她们站到武装部门口的时候，建国也感到意外。"你们怎么来了？"他认识她们。家丽的妹妹，吃饭的时候都见过。只是叫不出名字。"建国哥，"家艺欲语泪先流，"我姐，还有我们全家都被人抓走了。"

惊人一语。建国也有些意外，但他还是迅速稳住家艺、家欢以及小玲的情绪。努力了解情况。谁抓，什么时候抓，为什么抓。老三也只能说清楚时间，以及其中有大老汤。建国又问大老汤属于什么单位。家艺年纪大，知道得多，一五一十说了。建国听罢，先把三个姑娘安顿在宿舍，他则带了几个战士，直奔商业局。

门开了，是被撞开的。女眷们都关在材料库，黑灯瞎火。家丽本能地护在老太太妈妈还有妹妹们面前。"谁？不要过来！"

"是家丽同志吗？"建国把声调放柔和。

建国身后的战士拉开灯，材料库重现光明。老太太和美心见是建国来，比家丽还激动，呜里哇啦嚷开了。在她们眼中建国简直就是天神下凡，也是包青天。家丽有些出神。雪中送炭，她有些感动。

建国看了看，问："伯父呢？"

家丽哽咽："被他们抓走了。"

"知道在哪里吗？"

"可能在保卫科的审讯室。"家丽去过一次。

建国安排一位战士照顾妇孺，家丽领路，几个人一路上楼朝保卫科去。

门推不开，反锁上了。

建国给其中一名战士使了个眼色。所有人靠后。一个侧踢，势大力沉，门哐当一声，开了。

大老汤跟几个"同党"吓得朝一侧跳了跳。大老汤嚷嚷："谁这么大胆！敢炮打司令部！"

建国两手叉腰，威风凛凛似杨子荣："今儿个咱们倒见识见识，是哪门子司令部，哪一路的司令！"

家丽钻进去。常胜被绑在椅子上，头顶一盏大电灯泡，整个人被烤得奄奄一息。

几个战士，一身军装，还有个为首的，看上去来路不一般。大老汤等几个人瞬间认怂，但还不肯承认失败，"你是哪一路的？我们在审特务。"

"哪一路的特务？"建国冷笑，"区武装部早就下达通知，郑彬已经被抓，经排查没有同党，为什么你们还在动用私刑，假公为私！"

大老汤等人吓得不敢说话。

"人我要带走。"建国说着，一挥手，战士们迅速解救了常胜，"有什么问题，来武装部找我。"话没说完，大老汤等几个人已经吓得夺路而逃。建国把常胜扶起来，关切地问："伯父，你不要紧吧。"常胜深垂的双目这才睁开，竟含着泪水，他双手扶住拯救者的胳臂，百感交集："建国——"

太阳出来了。乌云被赶走。常胜非常确定，张建国就是这个家一直在等的那个人。何家丽也望着建国，这个似乎谁也打不倒的人。自小以来，家丽立志要超过男人。而现在，有建国在，她似乎不需要再"充当男人"。是到了卸去武装换红装的时候了。

051

打这天起的很长一段时间内，张建国成了何家人口中的高频词。当然，因为有了建国"撑腰"，常胜在单位的地位陡升。连大老汤见到他也要礼让三分，不敢再找他麻烦。七三年五月，淮南市总工会恢复。商业局也恢复了工会活动，常胜竟然破天荒当了工会委员。当然，经风历雨，家丽对建国也颇有好感。尤其是他身上那股男子气概，舍我其谁。而且从客观说，有建国在，这个家似乎更立得住了。显然，相对于为民，建国是个更理想的对象。只是何家丽并不知道张建国的意思。至少迄今为止，他们还只是朋友。常胜严肃地跟家丽谈过这个问题。

"阿丽，这样的男人你如果还不满意，我只能说，田家庵区你找不到更满意的。"

"爸——"家丽不喜欢爸爸这种口气。是，她对建国没什么不满意。

但也不像当初跟为民那样，怦然心动。她跟建国，是要计算的，家世、工作、年龄、长相、个头，等等。

"你挑人家，人家还挑你呢，咱们这种家庭，建国愿意付出，帮助，挽救，是多么不容易的一个事情。"常胜忽然没了自信。

"他个头好像，不高。"家丽挑一个毛病。

常胜立刻反驳："你要多高？你自己才多高？而且建国哪能算矮？别鸡蛋里挑骨头，抓主要矛盾。"

家丽道："爸，话别说那么早，就怕是剃头挑子一头热，我自己几斤几两我自己知道，我不像秋芳，温柔体贴，我也没有那么高的文化那么好的素质。"

美心进来，笑道："这个人和人哪，不好说，建国革命，你也革命，革命对革命，正好是革命夫妻。"

越说越离谱，家丽不理论。

周末，建国名正言顺来家里吃饭，这回还带了礼物。一个一个拿出来。麦乳精，给老太太的，是稀罕货，上海产的。老太太笑得嘴都合不拢，一个劲说："金贵，稀罕，建国，你怎么就这么大能耐呢。"

口子窖，淮北产的酒，是他战友来淮南出差带给他的，建国一直舍不得喝，送常胜了。常胜道："建国，这个酒，你不来，我不喝。"

一双女式军用劳保鞋，厚厚实实的，是给美心的。美心拿在手里，笑说："我这整天围着醋坛子酱油缸子的人，穿这鞋，怪可惜的。"

然后是妹妹们的礼物。家文的是一支毛管钢笔。家艺的是供销社的蝴蝶结。家欢的是一副乒乓球拍。小玲的是小人书《钢铁是怎样炼成的》，连家喜也有，是一小袋冰糖。老太太叹道："你看看，建国对我们家有恩，还给我们买这么多东西，这些个，一个月的工资都没了吧。"建国笑说："没什么阿奶，反正我也是一人吃饱全家不饿，组织管着我，这些钱也没用处，还不如花在该花的地方。"

家欢愣头愣脑，问："大姐怎么没礼物？"

美心打了她一下头，不让她多嘴。

建国说差点忘了，这才从裤子口袋里掏出一个小盒子，递给家丽。家丽问是什么？建国说，你的生日礼物。

"我还没过生日呢。"

"那就当是补五年前的。"

"怎么是五年前的？"

"五年前你去登记，刚好是你生日。"

原来是这么个说法。家丽的心动了动。一家人催着她打开。万众瞩目，何家丽打开了盒子。

是块手表，女式，上海牌，是全国人民眼中的奢侈品。

妹妹们发出赞叹声。

"这个我不能收。"家丽知道这表的分量。在没确定和建国处朋友之前。不，是没打算结婚之前，都不能收。

家文懂行，一五一十说："上海牌手表，周总理戴的，这么一小块，起码就得三个月的工资。"

这么一说。家丽更不能收了。

"这个不行。"家丽把手表还给建国，太贵重了。

常胜着急："阿丽，建国的一片心意，收就收下。"

家丽不说话。

"建国，今天没有外人，都是家里人，你表个态，你对家丽到底什么意思？"

是，建国从未表白过。没有父母教育，组织也不会教怎么处对象，他心目中的"恋爱"，不过是拼了命对人好。比如用好几个月的工资买礼物。美心挽着老太太，她比家丽还紧张。几个小的竖起耳朵擦亮眼睛，谁都不肯错过这一幕。大姐的恋爱，对于她们每个人来说都是范本和启蒙，如果失败了，那就是"反面教材"。

家丽静静坐着，十分放松。她对建国有好感，但在正式确立关系之前，她不能主动。必须被动。这样才有利于后续的发展。多少年后，家丽才晓得这一招原来叫作：欲擒故纵。

建国摸摸头，清了清嗓子。他有个优点，考虑问题考虑得深，准备做得充分。所谓知己知彼百战不殆。

他坐在小板凳上，腿蜷缩着，姿态看上去有些滑稽。他从裤子口袋里掏出一张信纸，上面写得密密麻麻。

建国看了看在场诸位，一本正经地说："今天，我针对我和何家丽同志的关系，做一个思想汇报：我与何家丽同志是在六八年夏天第一次见面的。那个时候何家丽同志去武装部登记想要参军，她的热情很高，积极要求登记，我作为工作人员，带她去做了基本情况的登记。从那个时候起，我对何家丽同志有了一个比较深刻的印象。因为她跟一般女同志不一样，她不是娇滴滴的林妹妹，而像红色娘子军一样充满朝气，对革命工作充满热情。在那之后，因为市里没有征兵计划，我和何家丽同志暂时失去了联系。去年，在一次思想学习会上，我和何家丽同志再次相遇。我认为这是一种缘分。我惊喜地发现，家丽同志没有变，她依旧那么有劲儿，对革命，对生活，都保持着春天般的温暖。这次相遇，让我对何家丽同志有了更深的好感。我非常强烈地感觉到，何家丽同志是一位非常好的革命伴侣。我想我是爱慕何家丽同志的。为此，我已经向单位的负责人做了报告，他也支持我勇敢追求自己的幸福。另外，作为一个孤儿，我也很喜欢何家丽同志的大家庭，在这个家庭里，我能感受到温暖，仿佛又有了奶奶、爸爸妈妈和妹妹，我喜欢到家丽同志的家里。这也是我希望和家丽同志在一起的其中一个因素。以上是我的真实想法，请大家批评指正。"

听着听着，老太太和美心眼眶已经红了。常胜带头鼓掌。家文、家艺、家欢、小玲，还有小家喜，都跟着拍手。

建国站起来，走到家丽面前，端端正正递上思想汇报书，敬了个礼："家丽同志，请批评指正！"

家丽接过那张信纸，忍不住笑了："别同志同志的了，叫家丽。"

"是！家丽！"建国又敬了个礼。

家丽把手表递给建国。建国以为又是拒绝，愣了一下。老太太提醒："傻孩子，给她戴上。"

建国仔细帮家丽戴好手表。

从这一刻起，张建国和何家丽，正式开始处朋友了。

大礼拜，家丽想去上窑山看"王母遗踪"。美心跟下乡宣传队去看过。"没什么意思。"她对家丽说，"就两个小坑，一个王母娘娘的脚印，一个张果老的驴蹄印。"不说还好，一细说，家丽更有好奇心。建国坚决表示陪同。家丽笑说："王母娘娘是女人当家，厉害的女神仙本来就少。"老太太道："那不是还有玉皇大帝吗？神仙跟人一样，也是男女搭配，以后你当家，建国在外头奔。"一席话，说得家丽不好意思，她说："阿奶你扯哪儿去了。"

家文要去同学家一起做作业。家艺、家欢闲着无聊，也想跟着去看王母脚印。老太太坚决不允许。恋爱没谈牢固。跟着两个小的，不方便家丽和建国加深感情。

淮南三面环山，北面邻水。西面八公山，南面舜耕山，北面是淮河，上窑山在东面，古时候是个烧瓷器的地方。王母滩在上窑洞山寺大雄宝殿东侧。相传很久以前瘟疫流行，王母娘娘为拯救万民，特令太上老君炮制消除瘟疫的仙丹，丹形如麦仁。情况危急，仙丹尚未晾干，就被王母急忙带下界来，在这宽敞的岩石上晾晒。张果老骑驴经过，丹被驴偷吃，王母发现后施法赶走了驴子。故而岩石上留有王母三寸足迹和张果老神驴蹄印。从此，王母滩得名。

站在王母滩上。家丽感叹："王母娘娘原来也是小脚。"

建国笑说："虽然她是王母娘娘，也是旧社会妇女，解放了之后，才是大脚。"

"我脚大吗？"家丽问。建国瞅了瞅，以为她想让说大，便说，是挺大的。"才三十六码。"家丽说。"那刚刚好。"建国顺着她说。家丽不高兴："我发现你这个人有个毛病。"建国不懂，问什么毛病。"你喜欢顺着人说话，我说什么好，你就说什么好。"

建国想了想，说："只有对喜欢的人，我才喜欢顺着说话，如果是阶级敌人，我坚决不顺着。"

家丽望向远方，重峦叠嶂。她忽然想起什么，问："你处过几个对象？"

"就你一个。"

"不信，你的条件还不错。"

"武装部里没几个女同志，我认识的人也不多，有单位大姐给我介绍，叫什么朱燕子，看了照片，不喜欢。"

"朱燕子？"家丽对这个名字有些熟悉。是朱德启的大女儿？

何家小院，美心和老太太在拣毛刀鱼，是那种河里塘里出产的本地小鱼。

朱德启老婆端着个小筐进来。打春过后，她去长青社附近弄了不少榆树钱子，准备和面吃。

"她文婶！"朱德启老婆叫得亲切。

052

"弄了点榆树钱子，尝尝鲜。"朱德启老婆递上。美心不客气，接了。无事不登三宝殿。老太太一招眼，大概知道她有事相求，便让美心从里屋拿个小凳子。她自己坐椅子，一高一低说话。"老了，小凳子坐着拗得慌。"老太太笑着给自己找理由。其实她只是想要个"睥睨"的视角，有优越感。

三个人闲说了一会儿身体、天气、吃的用的。

朱德启老婆才问："家丽呢？"

美心笑道："一早就出去了，跟她那个对象。"

朱德启老婆连忙说："就是那个武装部的？"坏事传千里，好事也能传千里。老太太满足，笑呵呵地："对，武装部的。"

"这就算定下来了？"朱德启老婆斜着眼。

"定下来了。"美心光荣。

"哎呀，家丽还是有本事，记得不，胡瞎子算过命，说她如果在战争年代，起码就是个连长，我看和平年代也一样嘛，找个连长对象不就得了，有本事。"朱德启老婆一个劲戴高帽，"找个武装部的，自然比找老汤家那小子划算多了。"

美心打了她一下："可别乱说，是汤家那小子死追我们家丽，烦都烦死，怎么就没个眉眼高低。"朱德启老婆忽然小声，鬼鬼祟祟："说现在还在家里闹呢，对秋芳也冷冷淡淡。"

"不说这个。"美心手一挥。老太太毕竟老于世故，见火候差不多，便问："她朱嫂，今儿个来，有事？"

朱德启家的笑得眉眼凑到一块儿，"你别说，还真有。"说着掏出一张一寸小照片，手心托着，送到老太太眼前，"愁死了。你看看，我们家大丫头，年纪不小了，好像比家丽还大点月份，没个对象。"

美心捏起照片，对着光，仔细瞅了一番："挺俊。"当然是瞎话。朱燕子是三街四巷有名的丑姑娘。朱德启老婆忙道："我们家燕子，细看好看，得细看。"

老太太问："她朱嫂，你的意思是？"

朱德启老婆于是掰开了说："我是说，你们毕竟人面广，女婿又在部队武装部，那里头还不都是干部，都是军人，我就想看看能不能托家丽，哦不对，托你们二位厉害人物，帮我们家燕子留意留意，你说这街坊四邻住了那么长时间，关系一直不错，以后要是再找了军人，那就都是军属，亲上加亲紧密合作……"美心犀利，打断她："她朱嫂，你是不错，但你们家老朱对常胜好像有点不满。"

朱德启家的一拍大腿，喝道："他就是脑子糊涂，没有立场，其实没有坏心，就是容易被别人带着走，你放心，老朱他早改了，批林批孔认真学习，以后咱们就是统一战线，不存在敌对。"

老太太和美心对看。尽在不言中。

"行，等家丽回来我帮你问问。"美心接过照片。

"代问家丽好。"朱德启老婆还是罕眉耷眼的。

等来客一出院门。美心站起来，手抚前胸，顺气："哎呀，舒坦，怎么就这么舒坦。"有了这个"半子"，何家脸面大长，抬头挺胸。"也有求到我的一天，哼!"

随手把小照片往灰桶里一丢，美心拍拍手。老太太见了，走过去捡起来，吹吹灰："别作孽，大人可恶，孩子无辜，做什么事都别做得太绝，留一步，给自己也给别人。"

美心道："妈，你这可是两条路线两个标准啊，汤家也是大人可恶，孩子怎么就不无辜了? 换到朱家，孩子就无辜了。"老太太叹气："跟汤家，是几辈子的仇疙瘩，解都解不开，唉，幸好幸好，来了个建国，当初跟为民分开，我就说哎呀我的家丽啊，家丽怎么办，现在好了，各就各位各得其所。不过，委屈了秋芳这孩子。"

"那也是秋芳愿意的。"美心道。正说着，刘妈来借酱油。因为孩子的事，两家好一阵不走动。如今家丽尘埃落定，刘妈才又主动恢复邦交。美心去拿酱油。老太太探刘妈的话："秋芳现在还不怎么回来?"刘妈道："一个礼拜回来一次，嫁出去的女儿泼出去的水，婚订了，我就当这个女儿没养。"当然是赌气的话。

老太太劝："汤家跟我们何家有过节，跟你们老张家该怎么还怎么，汤家两口子对人虽然苛刻，但我看对秋芳还不错，你这一步算走对了。"刘妈一贯心气高，但丈夫去世，又摊上那么个"丑闻"，她一个寡妇带着两个孩子，争荣夸耀的心早淡了。汤家愿意结亲，一来为她减轻负担，二来姐姐嫁得好，以后能多帮衬帮衬兄弟。她将来还是指靠儿子秋林。

刘妈不语，似有无穷心事。

老太太像看透她心事，道："别愁了，再怎么，你还有儿子。"

说到点子上了。刘妈笑道："那都是未知数，现在想想，儿子未必比女婿管用。"老太太说还是不一样。

美心拿酱油来了。刘妈看看，说你们春燕酱油的新产品不错。美心说："老缸老酱，谈不上新产品，厂里现在也没心气做新产品了，乱着呢。"刘妈打趣道："可不，你马上都是要做丈母娘的人了，再过二年，抱外孙了。"美心假装打她一下："还说我，你不一样。"刘妈忽然惆怅："早呢，起码二年，总得等她爸的孝出了，死鬼对不住我，可秋芳还是他女儿。"老太太又赞了刘妈的忠孝节义一阵才放她走。

从山上下来，到淮滨路已是黄昏。路过武装部，家丽不让建国再送。建国不肯，死活要把她送到家。家丽说："送到路口吧，再到家里，又是一顿喝，明天还怎么工作。"

"那就路口。"建国爽快。

到淮河路十七巷，家丽跟建国说再见。一转头，迎面见秋芳推着个自行车。家丽认得出来，是汤家那辆，凤凰牌。亏得秋芳小小身子还能驾驭二八的车。撞个正着，不得不说话了。那一天八点过后，家丽和秋芳没有这样面对面相遇过。家丽再不去淮河商店，秋芳搬走了，偶尔回来，多半遇不着，有一回在北菜市。远远见着了，两个人都躲着走。

"回来了。"家丽先打招呼。

"看看我妈。"秋芳礼貌地说。顿了一下，又说，"那你男朋友？"

男朋友。秋芳又用新词。她们店员总是走在时代前端。

"我对象。"家丽耸耸肩，努力大大方方地。她还用老词。

"恭喜你。"秋芳笑笑。

"你呢？怎么样？"

"还是老样子。"秋芳说。

"有时间一起去做头发，还去谢家集。"一句话拉近了距离。秋芳有些感动，鼻酸，但必须忍住了，"你都不适合烫头，只适合刘胡兰式。"两个人笑了一阵，好像又回到了读书的时候，一起上学放学，走过那条种满法国梧桐的路。终于，秋芳说："对不起，家丽……当时我……"

家丽云淡风轻："你有什么错，路都是自己选的。为民是个好人，你和他挺合适。"

秋芳忽然哭了："为民马上要走。"

"去哪儿?"

"皖南,泾县,说去援助陈村水电站建设。"

"胡闹,他一个药厂职工。"

"说那里缺医少药,省里抽调人,他就报了名……"

"家不顾了?"

"谁劝都没用。"秋芳为难,"家丽,这话按说我不该说,但是现在这个情况,你偷偷劝劝他或许管用,说是一去两年,谁知道,本来还说去三线建设,现在转二线,皖南那地方你也知道,就是大山里,跟三线有什么区别……"

家丽想了想,道:"秋芳,这话更不该我说,我和为民已经没什么联系了。"

"我知道我知道……"秋芳声音颤抖,"两年,说不定更长时间,谁知道发生什么,我就是去不……如果能去……我早报名了。"有人路过,是朱德启家的。秋芳和家丽怕她看到再说闲话,交代了两句,分开了。

到家,院子里站着几个人,女的。家丽打了个招呼,看着面熟,听她们说几句,知道是计生委的人。只听为首的矮胖女人对美心和常胜说:"现在国家的宣传是,一个不少,两个正好,三个多了。"常胜不耐烦:"你跟我们这儿宣传什么,我们都是要当爷爷奶奶的人了。"女人笑道:"哎哟,可别说,你们这还算青年同志,现在儿子跟孙子同岁的都有,还有孙子比儿子年纪还大呢。你们家这情况,够了。"

常胜本就没打算再要孩子。可计生委的人一叮嘱,一分析,他却有了逆反心理,好像断绝了他的后路和可能性。

"同志,我跟你保证,不会,六个女儿,够了,打住。"

矮胖女人笑着对美心说:"劝劝老何,早点结扎,对妇女也是一种保护。"常胜憋着气。结扎二字对他来说跟送命差不多。可计生委催得紧,有优秀例子,说朱德启已经结扎了。

反正他不怕断子绝孙,他有儿子。

计生委的同志又发了些子宫帽和避孕套,走了。

美心一把抓了，进屋塞在半截柜抽屉里。小玲和家欢趁大人不注意，摸出来两个，跑到淮河边灌上水，跟几个小孩打打闹闹。有个男学生路过，停下车，脚点地，问："你姐呢？"看样子像是高中生，瘦高，留着革命者的头发，带花尖。

"哪个姐，我姐多着呢。"家欢道。

"二姐。"男学生说。

"还没回来，找她什么事？"家欢虎虎的，像男孩。

"有个东西你帮忙转给她。"男孩说。

"什么东西？我有什么好处？"家欢问。

"好处？"男孩把车立好，从坝子上下来，打书包里掏出一颗糖，"这个好处够了吧，食品厂的新货。"

家欢拿着糖，瞅了瞅，"东西拿来。"小玲见是糖，要从老四手里抢。老四搡了她一下，"我带东西我得好处，一边去。"小玲打不过四姐，只好去一边玩"气球"。男孩郑郑重重从书包里掏出一封信，叮嘱："保证带到，一定带到。"家欢嗯了一声，揣在怀里。临了，男孩打趣道："你们怎么玩这个？"

家欢大睁两眼："气球，怎么啦？"

男孩笑着，骑着车西去。

坝子上，老三家艺梳着独辫子，慢慢走来，她放学了。

053

家艺走近了，问老四："那人找你干吗？"

"托我给二姐带个东西。"

家艺警觉："什么东西？"

"喏。"家欢从怀里掏出来。那封信被对折，窝窝囊囊的样子。

"给我看看。"家艺说。

家欢只顾着玩，顺势交出来。她实在不适合做保密工作。

"那人你认识？"

"很熟。"家艺撒了个谎。她认识人家，人家不认识她，"批林批孔"运动上见过，男孩是风头人物，他是区革委会副主任武绍武的儿子，武继宁。

家欢没在意。家艺笑道："放心吧，我拿给二姐。"信就这么被拿过来了。一路往船塘子走，家艺急于找个没人的地方。可越着急，越有人。刘妈下班，迎面撞见，问家艺去哪儿。

家艺只能继续撒谎："哦，我去那边找个同学。"

起风了，一会儿可能要下雨。家艺左观右看，最后只好跳上朱老大的船。朱老大和她女儿都不识字，安全。进入船舱，朱老大女儿给家艺安顿了个地方看信。她问："这是什么？"

家艺继续撒谎："这是我们的家庭作业，读雷锋同志给我们的信。"

"读来听听。"朱老大女儿说。

家艺干笑笑，稍等，我酝酿一下。打开信，就几行字。上书：

何家文同志：

你好！

最伟大的领袖我们心中的红太阳毛主席教导我们说：世界是你们的，也是我们的，但归根到底是你们的。我们年轻人朝气蓬勃，正在兴旺时期，好像早上八九点钟的太阳。春风杨柳万千条，六亿神州尽舜尧。在毛泽东文艺宣传队，我们结下了革命的战斗友谊。我希望我们的友谊能够发展下去，海内存知己，天涯若比邻。现在有礼拜日淮滨大戏院《闪闪的红星》电影票一张，希望你能来观看。

此致
无产阶级的战斗敬礼！

看看信封里，果然有一张电影票。

家艺不动声色。朱老大女儿催她读信。家艺只好发挥自己的想象力，支支吾吾道："家艺同志：你好，我是雷锋同志，毛主席教导我们说，要全心全意为人民服务，希望见到老奶奶的时候，能够扶她过马路，见到老爷爷的时候，要送他回家。见到苍蝇要打，见到老鼠要捉。"

"没了？"朱老大女儿听了，意犹未尽，"好像不止这么多。"船女不认识字，但还不瞎。

"我就是说个大概意思。"

"雷锋叔叔不是已经去世了？"朱老大女儿善于思考，反问。

"天堂来信。"家艺越扯越离谱。

船女指着信头两个字："这上面是不是在说家文？"尽管不识字，但家和文两个字她不陌生。她经常看到宣传语上有，诸如，"无产阶级文化大革命"，还有"阴谋家"。

"你看花眼了。"家艺迅速收起信，跳下船，冒着雨跑回家。进屋刚好看到家文回来。老四也在。家欢道："三姐，那个……"信字没说出口。家艺就把妹妹拉进屋，小声道："那事儿别提了，我在外头把信的事跟二姐说了，二姐很不高兴，那人是坏分子。"

"怎么坏？"家欢对这个感兴趣。

"别问了，没几个好东西。"家艺掏出一粒面糖，"这个给你，安静点。"家欢喜出望外，一会儿工夫收到两颗糖。

有糖当然闭嘴。

开饭。吃毛刀鱼，辣椒炒，特下饭。家欢一口气吃了两碗。美心用筷子敲她："收着点。"老太太道："让她吃让她吃。"常胜没怎么动筷子。美心知道，是计划生育的事。

心理上还有个疙瘩。

吃完饭，老二老三洗碗。家丽问常胜怎么了。老太太拽大孙女过来，小声道："计生委催你爸去做结扎。"

家丽哦了一声。她不认为有什么。这事提了半年了。

"还是应该响应国家号召。"

"你爸心情不好。"

"为什么?"家丽毕竟是女人,又没结婚,无法理解爸爸的心情,"是结扎,又不是阉割,反正也不打算生了。妈都多大了,难不成?"家丽发挥想象力。

"难不成什么?"老太太还动这个脑子。

家丽诡异一笑:"难不成想跟刘妈丈夫学,在外头找别的女人生一个?"老太太立马要撕家丽的嘴。常胜踱进来,清清嗓子。

一时无话。

过了一会儿,常胜才对家丽:"那个事情你也知道了,计生委刚来过。"

家丽怔了一下,她没想到这种事,她爸会跟她说。这不是应该和美心同志商量?没办法,家丽只能劝:"爸,迟早的事,只要没想法,就不要多想。"

常胜忽然道:"你知道你爸这一生有多遗憾。"语轻话重。又是那个永恒的主题。何家没有男孩。常胜继续悲叹:"以后我死了,下了阴曹地府都没法向你爷爷交代,连个顶门传姓的人都没有。"

又是老调重弹。只是放在结扎前夕提起,格外悲壮。老太太叹气:"也怪我。"

"阿奶,怪你什么。"

老太太道:"那时候要是多生几个,那机会就多一点,你爸就没那么大压力。"家丽不满:"都什么时代了,男女平等,都一样,爸,要不这样,以后我有了孩子,也姓何。"

常胜立刻:"那你得先有孩子,得先结婚。"

家丽不说话了。常胜继续说:"阿丽,你跟建国也谈了有日子了,建国做了思想汇报,我看他对你没问题,是过日子的人,能照顾你一辈子,爸爸这辈子没儿子,好容易你找的这个女婿,全家都满意,又是个孤儿,等于半个儿子。别等了,爸妈没希望之前,你给爸妈一点希望。"

"怎么给希望?"家丽觉得头皮发麻。

"把结婚证领了。"常胜说。

她当然想过结婚。处对象的尽头,就是结婚。可是,家丽总觉得这事还遥远。

"二十三了。"老太太提醒。当然虚岁,算年纪都算虚岁。家长总希望子女快点长大。

"只是……"

常胜拦话道:"还什么只是,建国偷偷跟我们说了这事。"建国说了?怎么没听他提。家丽感到有些奇怪。可爸爸说他说了,他肯定就说了。老太太也道:"结婚这个事情不能想太多,合适,就下手。你知道朱德启家的那个什么燕子,也盯着建国这样的军人呢。她妈还来找你妈说过,阿丽,要有危机感。"

家丽始终危机不起来。但仔细想想,阿爸和阿奶说得也有道理。"这种事情,总不能我主动吧。"家丽笑着说。

常胜连忙:"这个事情你放心,我跟建国说。"

"爸,你别说,得他自己主动,发自内心有想法。"

"知道知道。"大关节同意了,小的部分怎么着都行。

"我先声明,打了证我还得在家待一阵,太突然了。"

常胜笑呵呵地说:"想待到什么时候待什么时候,这不是给我和你妈吃个定心丸嘛。"

是的,定心丸,也是紧箍咒。老太太急着找户口本,恨不得明天就去开介绍信。登记结婚。登记之后,一辈子就定下来了。夜里,躺在床上,何家丽扪心自问:爱张建国吗?好像是爱,应该是爱。但想到最后,连她也不确定什么叫爱。跟建国在一起,一切都那么稳固,没有和为民在一起的心跳感。但是,理性告诉家丽,现在她需要的是稳固,她的家需要的稳固。仔细想想,确确实实,张建国出现之后,何家才真正有了几天舒心日子,挺起腰杆,成为三街四邻羡慕的对象。况且建国对她很好,错过了建国,她很可能别无选择。

第二天下班，蔬菜公司门口，建国推着自行车等家丽。一伙人出来，有工友起哄。家丽跑过去，有些不好意思，"你怎么来了?"本能地，她感觉到家里人指点了建国。

"找你有点事。"建国忽然腼腆。

"说吧。"两个人并排走。

"先去吃点东西。"建国骑车，家丽跳上后座，一路到春华酒楼。家丽诧异："随便吃一点，干吗这么隆重。"建国执拗，说好久没来了，进去吧。何家丽揣着疑惑进门，饭店二楼，小隔间，一进门，却见一家人在座，菜已经上好了，显然是准备好的。说风就是雨，家丽有些不好意思。

常胜说："把那门关一关。"家文起身关门。常胜道："建国，表个态。"建国立刻笨拙地，不敢看家丽："我从小没爹没娘，以后你爹就是我爹，你娘就是我娘，我向毛主席保证，要对你，何家丽，一辈子都好，家丽，我们结婚吧!"

家丽羞得满脸通红，更加光彩照人。

老太太站起来，笑道："男大当婚女大当嫁，没想到我何文氏还有这个福气，能看到自个儿孙女出嫁。"

美心着急，对家丽说："傻子，表个态呀，一点不出趟子（方言：能出场面）。"

"不行。"家丽说。

全场静止，建国面子上下不来。

常胜着急："家丽!"

家丽笑呵呵说："光嘴上说可不行，三转一响，四十八条腿，一个都不能少。"

建国连忙掰着手指算算数："这个我研究过，手表有了，自行车、缝纫机，是三转，收音机一响。双人床四条腿，饭桌四条，四把椅子十六条，两个箱子八条腿，一个平橱四条，一个大衣柜四条，一个小衣柜四条，一个小茶几四条，总共四十八条。"听着建国笨拙地算着，家丽忽然有点感动。落到实处，建国总是那么落到实处。实打实，没一点虚头。对比起来，为民那种人，是绝对不会在这种事上操心。三转一响四十八条腿，她只是听社会上有人这么说说，跟跟时髦，具体是什么，她真没计较过。如果真打算跟这个人结婚，四十八条腿重要吗？一辈子都投进去了，还在乎这几条腿？

老太太站起来，喜笑颜开，"老二老三老四老五老六，快，每人送姐姐姐夫一句吉利话。"

054

突如其来。几个妹妹都必须随机应变。老二家文第一个说。好在她才思敏捷，站起来便笑道："我祝大姐，百年好合，白头到老。"说完坐下。该老三了。家艺道："我祝大姐，早生贵子，洪福齐天。"

越说越不像。

老四家欢犯难："都被她们说了，我都没的说了。"

老太太鼓励："好话就行。"

老四看看桌子上的菜，终于"灵机一动"："祝大姐，吃喝不愁，周周有肉！"不失为一个实在的祝愿。

到老五了。刘小玲上小学了，算刚懂点事，但讲话做事，通常差把火，老四说完了她就说："大姐好。"

好一个好字，也算祝福了。老六家喜年纪小，这时候不过四岁，但从小就是个鬼灵精，听大人说话说多了，难免鹦鹉学舌。家喜一本正经道："大姐生男孩。"

全场轰然，笑得前仰后合。真是实在的祝福。

开吃，风卷残云，但也吃得欢乐。全家一起到春华酒楼还是第一次。

吃完，建国抢着结账，常胜不许，两个人差点打起来，一路往收银台去。女眷们下楼。一楼大厅，家丽一抬眼，为民就在眼前，他也看见了她。

他刚喝过酒，上脸，一片红。借着酒劲，他跑到家丽跟前。"借一步说话。"他说。家丽怕他闹事，便跟美心和老太太交代一声，两个人到大厅一角说话。打心底里，家丽想劝劝为民。为秋芳的嘱托，为她自己的心。

"听说你要走。"家丽平静。

"你不让我走我就不走！"为民激动。

"该说的都说清楚了，现在说这些没有意义，为民，我们都是成年人。"

"我们不能投降！"还是一贯的意气风发。

"为民，我们以前是朋友，以后也只能是朋友，作为朋友，我只是想劝劝你，不要去陈村，你家里还有人要照顾，你还有你的事业。"

"我也不想去，可是我不能不去，家丽我忘不了你，我不能没有你，我们一起走，好不好……"说着，为民捉住家丽的胳膊。女眷们惊呼。何常胜从收银处回来，见女儿被人捉住，三两步向前，一把拽开。见是汤为民，火气腾地上来，吼道："离我女儿远点！"

为民只能撒手，叫了声叔叔。

常胜一挥手道："我不是你叔叔，你有两个叔叔都姓汤，我姓何！你们走你们的阳关道，我们走我们的独木桥，井水犯不着河水，汤为民，我最后一次警告你，不要再烦我女儿，家丽已经结婚了，领了结婚证了。你再骚扰她，就是犯法，我们随时可以报警。"

这消息如一声巨雷。"家丽！"为民痛苦地。

张建国出现在准老丈人身后，拉住家丽的手。家丽看了建国一眼，没有挣脱。为民做最后的挣扎："家丽，你怎么可以……怎么可以骗你自己……"

家丽的心揪在一处。

那一点朦胧的感情算什么。她要的是家和万事兴，是何家的崛起，风调雨顺世事太平。他给不了她。

汤为民像是淮河里的暗流漩涡，充满诱惑和危险。

"爸，建国，我们走。"家丽狠下心，转头离开。

"你们走，我断后。"常胜叉开两臂，义薄云天的样子。

汤为民当然没有再有作为。时隔多年后，就当初的选择本身，家丽没有后悔过。她只是对选择之后，带来的一系列结果感到遗憾。在这次春华酒楼聚餐后一周，经单位开介绍信，何家丽和张建国拿着户口本去民政局登记。正式结为夫妻。但按照家丽的说法，暂时不离家，等个半年，待建国在洞山军分区的房子正式分下来，才从家里搬走。也就在两个礼拜之后，汤为民果真去了陈村水电站支援。按照家里的要求，他和秋芳也领了结婚证。婚礼等秋芳出了孝期再办。平日里，张秋芳已经开始在大老汤家帮忙。是个名正言顺的儿媳妇。

家丽没有婆婆，所以依旧踏踏实实做女儿。这也是何家三老希望看到的局面。

家艺上中学之后。小学部只剩家欢、小玲两个人。每天放学，家欢受老太太之托，必须等小玲一起。家欢觉得很不耐烦。这日，家欢在小玲教室门口等。

刘小玲出来了："姐，今天我值日。"

"那我先走了。"

"不行，阿奶说得一起回去。"

"扫哪一排？"家欢不得不帮忙。谁让她是姐姐。拿起扫帚，帮小玲做值日，一边做一边嘀咕，"又不跟我们一个姓，还总拖后腿。"

"刘小玲！"有人喊。是个大块头，甩出个本子，"今天作业你做。"小玲不敢出声。这人是出了名的"恶霸"。

家欢听了来气。扫帚抄在手里，指了指"恶霸"："自己的作业你让她做？凭什么？"

"恶霸"哼了一声："臭娘儿们，你他妈是谁，报上名来，我北头三虎赵天雷的名号你没听过？"

"何家欢！"家欢行不改名坐不改姓。

"帮刘小玲出头？你他妈是谁呀？"天雷道。

"我是她姐。"

天雷大笑："我还是她哥呢，你叫何家欢，她叫刘小玲，你是她姐，你当我聋了还是不识字？"

家欢扫帚梗一甩，噼里啪啦如雨点般打在天雷头上，打完一丢，拉住小玲："快跑！"天雷猝不及防。身高体沉本就跑不快，家欢和小玲一会儿就跑到安全区了。

两个人大喘气，对看，会心地笑了。

小玲满足，对家欢："你还是我姐姐。"

"当然。"

"可明天怎么办？北头三虎会报复。"

家欢举拳头："报复了再打，你就说何家欢是你姐！看谁敢欺负你。"

小玲点点头。走在淮河边。小玲又问："为什么我叫小玲，你叫家欢，我姓刘，你姓何，但你又是我姐。"

"你跟妈妈姓。"家欢大一些，听过这个说法。

"为什么只有我不一样。"小玲说着说着快哭了。

"不一样就不一样，有什么大不了的。"家欢不懂老五感伤的点。

淮滨大戏院，电影《闪闪的红星》即将放映。武继宁站在电影院门口，眺望着，始终不见何家文的身影。检票时间到，他只能独自进了电影院。人满满的。《闪闪的红星》是热门影片，一票难求。"对不起让一下。"一个甜美的声音飘过。

人们纷纷让开腿，让这个刚到的女孩进入。

武继宁旁边有个座位。那女孩到了，稳稳坐下。武继宁连忙说："对不起这位同志，这里有人。"

女孩出示票据。正是这个座位。

等女孩坐好，电影还没上映前，女孩转过身子，伸出右手，对武继宁道："你好，你是武继宁吧。"

继宁感到奇怪。两人素未谋面，她却能叫出他的名字。但还是礼貌地握了握她的手。

"我叫何家艺，艺术的艺，是何家文的妹妹，你的信她收到了，但是我姐今天有点事，所以把电影票给了我，呵呵，这么好的电影不能浪费了，所以姐姐让我来看，顺带跟你见个面，了解了解，我喜欢艺术。"

姐姐没来，妹妹来了。继宁感到奇怪，但只要跟家文有关的，他必须认真对待，何况来的是家文的妹妹。他想要跟家文接近，通过她妹妹也是个好途径。

"你好你好，我叫武继宁。"

"我知道。"家艺笑着说。电影开始放映了，两个人连忙坐正。家艺很享受，尤其是有武继宁陪着，更享受。他是那么有名，那么出风头，家世显赫，站在人堆里永远是最拔尖的一个。

因为有重要人物在旁边。家艺看电影都比平时"带感"——她投入得有点过分，而且特别敏感。潘冬子被胡汉三吊打拷问，家艺哭了。潘冬子母亲壮烈牺牲，家艺又哭了。逼得继宁不得不递上手帕。家艺礼貌地说声谢谢。

电影看完了，两个人一起到门口。家艺还不忘解释："对不起，我这人就是这样，特别多愁善感。"继宁忙说，有阶级感情是对的。为了讨好家艺，进而寻找接近家文的机会，继宁说："要不，我请你喝汽水吧。""文革"后期，汽水还是稀罕货。在淮南，食品厂生产的天乒牌汽水，永远供不应求。

"我代姐姐谢谢你。"家艺羞怯地。

沾姐姐的福，她能喝上汽水了。站在国营食品店里，继宁和家艺一人一瓶汽水，拿着。总得说说话。家艺问："你是我姐姐的朋友？"

明知故问。

继宁答："算是吧。"

"你在追求我姐姐？"家艺说话很大胆。

继宁反倒被她弄得有些慌乱，连忙否认。

"那有什么，喜欢我姐姐的男生很多。"家艺若无其事。

"哦?"继宁有了危机感。

"不过二姐都看不上。"

"你二姐能看上什么样的?"

"不好说，二姐眼光可高了，"家艺引导着，"不过小武哥哥，你喜欢我二姐什么? 告诉我，我保证不说出去。"

继宁有些不好意思，喝了一口汽水，才说："不知道，单纯，善良，玉洁冰清，可望而不可即。"

家艺听不下去，抢白道："别人都说，我跟我姐长得很像。"

继宁端详了一番，显然不像，但不好说。

"我马上也上高中了，期待长大。"家艺伸了个懒腰。外头有鸣笛声，是那种三轮摩托车。继宁出去招呼了一下。叫上家艺。继宁说要送家艺回去。家艺连忙说不用。她怕送到家被家文看到，只好借口说那边路不好走。继宁有绅士风度，坚持要送。家艺只好说："那就送到路口，不要往里走了，爸妈不希望看到姐姐有男性朋友。"

"你爸妈还管这个? 都高中了，马上可能都要下放。"继宁说。家艺不再解释，上了摩托车。司机开车，继宁坐在司机后头，家艺坐小车厢。到北头淮河路路口，家艺让停车，挥手和继宁告别，又说："学校见。"

摩托开走了。一转头，看到家欢跟几个孩子在路口摔皮卡。

家欢敏锐，怪笑着逼近家艺，一个劲儿点手指头。

"三姐……嘿嘿……"

"干吗? 玩你的皮卡去。"家艺冷面孔。

家欢伸手："给好处。"

"什么好处? 你疯了。"

"坐了那么拉风的摩托车。"家欢还是怪笑。

"关你什么事。"

"最少两颗面糖。"家欢提具体条件。

"莫名其妙。"

"你乱处对象。"家欢威胁。

"疯了，闭嘴！"

"两颗面糖，要不我就跟刘美心同志汇报！"家欢敬了个礼。

家艺没办法，被抓个正着，刘美心同志知道事小，二姐知道，一切都泡汤了。她还想跟小武哥哥多交流几个来回。"一颗面糖，多了没有。"家艺绷起脸。

"成交！"家欢伸出手，要跟三姐击掌。家艺躲开，快速走进巷道。

055

翌日，家艺果然按照约定，给了家欢一颗糖。可成日里，老四家欢还是觉得吃不够。饭吃得最多，菜吃得最多，零食吃得最多。就连老太太的"秘密铁罐"里装的饼干，也是家欢偷吃得最多。但她还是觉得不过瘾。她力气大，食量大，脾气大，比家丽小时候还争强好胜。这日放学，家欢没等小玲，打巷子里走，看见巷子中间蹲着个中年妇女，头上顶着围巾，怀里圈着个小篮子，篮子上盖着一块旧布，鬼鬼祟祟的。家欢见了，没多理会，绕着过去了。到家，只有妈妈美心和家喜在。其余人均不在家。见家欢回来，美心随口问："老四，今天礼拜几啊？"家欢答礼拜三。美心哦了一声，便让老四看着妹妹，她匆匆忙忙出去了。老四觉得好奇，嘴上应承着，美心一走，她便命令老六：不许动！然后跟着美心出门。探探头，能看到，巷子中间，美心在跟那个蹲着的中年妇女说话。一会儿，美心掏出粮票，向那个农妇买了几只鸡蛋。

家欢心里咯噔一下。连忙退回来，带妹妹。

买了鸡蛋，美心返家。忙了一会儿，又说："老四，看着家，我带老六出去走走。"

老四哦了一声，不理会。美心一走，她立刻翻箱倒柜。没有鸡蛋。压根儿找不到。

老五回来了。家欢自认有了同盟军，抓住妹妹，道："老五，妈买了几个鸡蛋。"

"哦。"老五反应并不强烈。

"一起找找，分你一个。"

"找了也不会做。"老五从实际出发。

"你傻，白煮啊。"家欢是熟了就愿意吃。

"不喜欢吃白煮蛋。"小玲还挺挑。

"你帮不帮?"老四不高兴，"不帮忙北头三虎再找你麻烦我可不出手了。"小玲连忙说帮。两姊妹找了一会儿，还是没踪影。几只鸡蛋好像长了翅膀般不翼而飞。

"四姐，会不会你看错了?"

老五这么一提醒，老四似乎有点自我怀疑，可眼见为实，"不可能，我看到妈买的，就是巷道里那个女的卖的。"小玲说没见到巷道里有女的。两个人出去看。那女的已经不见了。

又过一个礼拜，还是周三。老五课外活动，又是老四一个人先回家。在巷子当中，她又看到那个妇女，还是怀抱着篮子，鬼鬼祟祟。到家，妈妈刘美心居然也在。跟上周一样，她让老四照看老六，又一个人出门。家欢多嘴问一句："妈，去哪儿啊?"

美心支吾了一下，才道："去刘妈家一趟，一会儿就回来，你别乱跑。"老四偏跟着。一看，哼，妈妈又去买鸡蛋了。买回来，没几分钟，她便带老六出门。

跟上个礼拜一模一样。

老五回来了。家欢还是那个话，妈买鸡蛋。

老五诧异："四姐，你是不是饿晕了。"

"别废话了，找吧。"家欢发号施令。

一番翻找，无果。见着鸡蛋被买进来的。可却总找不到踪影。出门再看，那农妇也消失不见。

"见鬼了。"家欢嘀咕。

第三个礼拜，一切照旧。农妇该卖还卖，美心该买还买，买了之后依旧找不到。农妇依旧不见踪影。家欢着急，一挥手跟老五说："走，找妈去，不行当面问清楚，次次买鸡蛋，次次我们连个影也没见着，鸡蛋呢？也没见孵出小鸡来。"

说罢，姊妹俩便外出寻找。坝子上，船塘子，均不见美心和老六踪影。风中，家欢的头发被吹起，凌乱乱的。她好像个侦探，面目严肃。猛然间，她伸出一根手指，分析道："妈买了鸡蛋，但我们从来没见过鸡蛋，也没见过她吃鸡蛋，为什么？"

小玲做冥思苦想状，道："可能妈真的没买鸡蛋。"

家欢唾道："老五，说你傻你就是傻，我都说了多少遍了，我眼睛看到妈买了，就是买了。"

"买了怎么没有？"老五合理提问，"要么是你眼睛不好，近视眼。"

"一点五的！"家欢眼睛好着呢。

"那你说为什么？"小玲向来不愿意动脑子。小学二年级数学就开始不及格。

"有一种可能，那就是鸡蛋妈是买了，但是后来她把鸡蛋带出去了，吃也是在外面吃的。"

"外面吃？怎么吃？吃生的，你当妈是傻子？"小玲翻着白眼。老五尽管没用，但她的这句话却刚好提醒了家欢。在外面吃。如果刘美心同志藏奸，开小灶，那一定不会在家里做。原因很简单，人多眼杂，不可能不被人发现。那么，去外面吃就可以避免麻烦。

对，刘妈家！想来想去，只有刘妈家！

"走！"家欢的架势，像反特片里的女警察。

小玲一个趔趄，差点摔倒："哪儿？"

"刘妈家！"家欢指哪儿打哪儿。

几乎是破门而入。在堂屋做作业的秋林吓了一跳，喊了一声妈，家欢来了。家欢一阵风入，小玲跟着。小厨房，刘妈、美心还有家喜围着小方桌坐着。桌子上放着两碗炖蛋。点了酱油，还有葱花。嫩黄鲜绿浓褐，格外可爱。

家欢暴脾气，掌不住性子，道："妈，这是什么？"

美心愣了一下，忙解释："你刘妈做了两碗炖蛋，吃不掉，倒掉怪可惜的，我也抿两口。"掩饰地笑。刘美心向来不会撒谎。

"骗谁！"家欢恨不得撕破一切，"鸡蛋是你去巷子里找那个女人买的，好几个礼拜了，你老带出来吃，不给我们吃，为什么，一样是女儿，老六就金贵些？我们就是抹布？想怎么丢怎么丢？！"为了占据道德高地，家欢必须和其他四姐妹联盟。现在美心和老六是对立面，阶级敌人。

美心的确偏老六多一点，无他，这是她的老女儿（土话：小女儿），也是唯一的她亲手带的女儿——前头五个都是老太太带。所以格外上心点。可没料到老四现在当着刘妈的面点破，美心本来存有的一点愧疚也瞬间烟消云散，她必须咬牙坚持到底。"老四！你别在这儿胡扯，都说了，是刘妈家的蛋，本来做一个另一个破了才多做来一碗！小小年纪胡搅蛮缠，非要你爸治你你才舒服！"

事到如今。只能搬出常胜来压一压。

"不信你问刘妈！"美心求助老朋友。刘妈识眼色，笑着说："老四，来，还有一点，你尝尝。"刘妈递过碗底子，还有一绺鸡蛋羹。"也是你秋芳姐给的粮票，家里多买了点鸡蛋，下次叫你就一起来，老五也叫上。"她不得不顾全大局。

"骗人！你们串通好了！不公平！就是不公平！"家欢受不了委屈，终于哭着跑开了。老五傻站着，美心点拨她："还不去跟着你姐，安慰安慰，脑子是死的。"老五这才连忙跟上。

老四一路跑到河边。对着滔滔河水。她突然感到前所未有的疲乏。她是个斗士。生来就是。此时此刻，她还不知道她尚是婴儿时，在南京火车站发生的那一幕。那一回，也是她自己救了自己。但老四至今不理解的是，为什么她没有大姐那么有钱，没有二姐那么漂亮，没有三姐的心眼，没有六妹的运气。哪怕她想要得到一点点，她都必须要去争，去抢。

一转脸，老五站在她身后。

哦，还有老五，傻老五。一瞬间，家欢甚至觉得，只有老五跟她亲。她们都是这个世界的弃儿。

"老五——"家欢哭着抱住老五，紧紧地。老五大睁两眼，不知道发生了什么，她头脑简单。还没来得及细究这个世界的种种烦恼。

"是刘妈的鸡蛋。"小玲傻不愣登冒一句。

"傻老五傻老五，你怎么就这么傻？"家欢破涕。

过去就过去了。晚间，家欢没再跟任何人提这事，但这口气她到底没出。憋着，找机会再说。

又一个礼拜。还是周三，农妇又来了。这回是在码头看到，那农妇刚坐了渡船，从河对岸过来，应该是高皇来的。一路跟着，农妇又在巷子中间蹲着了。家欢看着来气。都是这个农妇，偷偷卖鸡蛋给她妈。气不打一处来，不能报复自己妈妈，还不能找点她的麻烦。下定了主意，家欢跑去敲朱德启家的门。

朱德启老婆开门，她跟"市管会"的人熟。

市管会，全称"市场管理委员会"，专门负责抓私人摊贩。市场没开放，私营经济是严令禁止，只许国营。

"那边有个私卖鸡蛋的。"家欢指了指，带路。朱德启老婆天天走大路，没注意这小巷子里还有个人卖鸡蛋。

"看着她，我去叫人。"朱德启老婆说。

家欢别在巷子口，一会儿，朱德启老婆果真带人来了。三四个妇女，都是"市管会"的。气势汹汹冲进巷子。农妇一见来者不善，连忙起身，挎着篮子要逃。可抓捕者更熟悉地形，两边堵。一下瓮中捉鳖了。农妇委屈地哭。但没用。鸡蛋没收。秤没收。人要扣留一会儿，教育教育才准走。

一转脸，没收的鸡蛋就被"市管会"的人分了。家欢举报有功，也分了两只鸡蛋。拿到家，她见炉子上坐着茶炊，随手把鸡蛋丢进去，等着熟了吃。

门口一阵哭嚷。农妇丢了蛋，折了秤，接受了教育，在巷子口见到美心，就哭起来。老太太路过，也安慰。农妇抽抽搭搭告状："有个小孩带她们来的。"

美心问："哪个小孩。"

农妇道："从你家门里出来的……"

美心警觉。老太太向来惜老怜贫，见农妇如此可怜，便扶着她到院子里休息，拿缸子，提茶炊倒点水。老四从里屋出来，见老太太提茶炊，警觉，忙说我来我来。她怕茶炊里鸡蛋晃动发出声响。慢慢地倒，倒完赶紧进屋。

美心吼："老四！出来！"

056

"干吗干吗……"家欢半低着头，出来了，不看农妇。

老五进门。老三、老二也回来了。只有家丽、常胜还没下班。

老太太问农妇："你说告你的人是从我们的门里出来的，不要怕，你说是哪个？"农妇抬抬眼皮。

"你说，不要紧。"美心给她撑腰。

农妇迅速一指，对着家欢。家欢立刻炸了："不要诬陷好人，血口喷人！我刚到家什么时候带人去抓你了，我不是黄世仁，你也不是喜儿，我不是胡汉三，你更不是潘冬子，说什么胡话呢。"

家艺口渴，去茶炊倒水，没人注意。炊子里当啷当啷响。打开盖子，里头有两只鸡蛋。"里头有蛋！"家艺及时汇报了这个神奇发现。众人连忙来看，果真。老太太用筷子把鸡蛋夹出来。农妇见了，又开始挤猫鱼子，嗫嚅道："这……这就是我家大黄鸡下的红皮蛋……"

坐实了是家欢。

"何老四！"美心彻底愤怒了，"还说不是你。"

做了带路人，抓了农妇，家欢原本是有些愧疚的，可美心这么一吼，她原本那点愧疚心也不见了。是谁先做错？还不是她刘美心同志！一样是姐妹，老六家喜就有炖蛋吃，她们就没有。一碗水端平过吗？

"是我！怎么啦？"家欢挺起腰杆子，大义凛然。

"你还有理了！"美心一弯腰脱下布鞋，鞋底子往老四身上打。家欢情绪失控，不管不顾，嚷嚷着："还不是你！你就没有偷买鸡蛋，偷吃鸡蛋，只给老六不给我们，只有老六是你女儿，我们都不是你女儿？老五还跟你姓呢，也没吃到一口。"又转向农妇，"你说，这个人，这个家的女主人，我们的妈妈，有没有找你买过鸡蛋？连续好几次，礼拜三买，有没有？怎么样，不说话了吧。都是事实。"

所有事情掀开。各说各的理。老太太蹙眉。家文、家艺、家欢都不说话。不敢说话。老太太问美心："是不是这样？"

"妈！连你也不信任我。"

"老四说的是不是真的。"

美心着急，对老二家文："老二，去把刘妈叫来。"

别扭劲儿！都站着。风来了，院中梧桐树沙沙作响。

一会儿，家文陪着刘妈进来了。美心一把上前拉住刘妈胳膊，"刘妈，你说，一五一十说清楚那鸡蛋是怎么回事，就是每个礼拜三的鸡蛋。"

刘妈看这一院子人，估摸着是家欢那事东窗事发了。幸好，美心早都料到有这天。她和刘妈早就对好点子。如此这般，刚好应对。刘妈打量了院子里的人一周，笑笑，定定神，才道："误会误会，都是误会，要怪都怪我。"

所有人不说话。怎么怪她？奇了。

刘妈见关子卖足了，才继续说："秋林身体不好，嘴又馋，还得给秋芳一点，我们家的鸡蛋票，月月不够用。可孩子又长身体，不吃也不行。刚好有次我看到巷子里有卖鸡蛋的，就是这位大姐。"又对农妇，问："这位大姐，我们见过。"农妇点点头。刘妈缓缓说："我下班晚，每次再买都迟了，刚好礼拜三美心下班早一些，我就托她帮我买一点，然后美心心好，每次都等我下班就送过来。次次麻烦美心，我不好意思，所以那回就特地炖了两个蛋，一家一个。美心带着家喜来。所以就顺带给老六一口。结果上次老四老五突然闯进来，家欢一通大闹走了。可母女俩哪有隔夜仇？我当早好了，怎么，今个儿又怎么了？"

"真相"大白。家欢作茧自缚。姜还是老的辣。她不嚷了，也不闹了。显然是她不懂事，还做了"蛋奸"，找朱德启老婆拉来"市管会"，还贪污了两个鸡蛋，藏在茶炊里，现在人赃俱获，再无话说。

老太太对刘妈叹道："老四恨她妈，以为她妈一碗水没端平，头脑一昏，带着朱德启老婆把这位农家大嫂给举报了，割了资本主义尾巴。"刘妈连声念阿弥陀佛，罪过罪过。老太太对农妇兴叹，"大河北乡下日子就艰难些，偷偷来卖点土货，弄点钱、粮票，也好买买油盐酱醋。再举报，怎么忍心，再说市管会那帮子人，哪个不是贪吃要拿的，说着是割资本主义尾巴，还不是都割到自己腰包里了。"再对老四，教育道，"所以老四你这么做特别不对，跟阿姨道个歉。"

如此这般摊开来说，老四也认识到自己的错误，走到农妇跟前，鞠了个躬，"对不起，阿姨，我不该举报您，两个鸡蛋还您。"孩子道歉，农妇也不好意思，连忙说鸡蛋不用还，不是什么大事。但就是秤丢了麻烦，在农村，少不了用个秤。

美心自告奋勇："行了，我去找一趟朱德启老婆吧。"

老太太疑惑："你去，她能卖你面子？"美心笑道，肯定卖，她不是求着咱们嘛。

"求什么？"老太太一时想不起来。

"给燕子介绍对象那事。"美心眨眨眼。哦，有这事打底，秤估计能要回来。说着，刘妈陪着美心，再拽上农妇出门了。家丽进门，见家里这么热闹还有些奇怪。她喊："老二，门口有人找。"

"找我？"家文指了一下自己。家丽点头确定。家文便出门去看看。武继宁推着最新式的凤凰自行车站在门口。

家文看着他，没先说话。她在学校也是一贯如此漠然。

"我其实来是想问你借一下英语课的笔记。"继宁说出事先编好的理由。家文是好学生。问她借学习笔记，应该是个好理由。"什么时候还？"家文问，依旧平静脸。

"明天，明天到学校就能还。"继宁连忙说。

家文扭头回屋，一会儿，拿出个草纸本子出来。那是她的英语笔记本。家文是班里的英语课代表。淮南七中很重视英语教学。

"没事了吧。"家文问。

继宁摸摸头，他一贯风云，可遇到家文这个冷美人，便风云流散，威武不起来，"上次的信，收到了吧。"继宁不敢看她。

家文美得让人瑟瑟发冷，犹如冰山。她是武继宁心中的珠穆朗玛峰。越攀不上，越想攀。

"什么信？"

"就是一封信。"继宁说，"交给你妹妹了。"正好，老四站在院子里，继宁隔着门指了指，说就给她了。家文不动声色。跟继宁又说了几句话。家艺从屋里头走出来，问老四，二姐跟谁说话呢。老四刚被这么一批，情绪低落："不知道，就上次那男的。"

"哪个男的？"家艺伸头去看，却见武继宁站在院门口。随即大惊，糟了。万一姓武的跟二姐一说话，那天的事很可能就得露馅。家艺连忙朝屋里躲。在学校操场上，她后来又遇到小武哥哥好几次。她喊他，他总是没听见——忙着打篮球。

"老四。"院子里，二姐家文叫道，"是不是有封信在你那儿？"

"什么信？"家欢今天被质疑了太多次，神情有些恍惚。

"一个男的，给你一封信，说让你转给我。"家文细说。

"有，被老三拿去了，她说她给你。"家欢话音还没落。家艺就从里头冲出来，大声道："老四，你今天是不是脑子坏掉了，一会儿说妈偏心偷做鸡蛋，一会儿又说我拿了二姐的信，能不能有点准头，一张嘴红口白牙乱讲什么，也不怕闪了舌头。"

一通抢白。家欢也被弄得头晕，两手抓头："我招谁惹谁了，都说我！我说的都是事实！怎么就没人信？什么是真什么是假？"说着，走了。

"信呢？"家文依旧冷冷地。

"跟我没关系。"家艺不动声色。

"老四不会撒谎。"

"怎么不会，刚才还错判了妈呢。"

"信拿出来。"家文的话里透着股狠劲。

"二姐，你不能不讲理吧？有就是有，没有就是没有，别说是一封信，就是金银财宝，我也不会私藏你的。"

家文瞪她一眼，一阵风进屋："别被我搜着！"家艺连忙："喂，二姐，你可别乱来！"家文手脚本来就快，家艺跟上来，她已经翻开了。枕头下，褥子下，鞋窠里，书包里，书本里，方方面面翻了个交（方言：翻了个遍）。没有。

"我跟你说了没有，二姐你这个疑心病必须改改……"

家文目光如隼，扫一圈，直扑向五斗橱，里头有家艺的"梳妆盒"，一个铁皮罐子。"不要！"家艺大叫。

晚了。盖子已掰开，家文从中掏出一张纸。

"给我！"家艺如一头猛虎，扑上去。

家文一只手应付家艺，一手抖开信纸。首先映入眼帘的是，武继宁哥哥几个字。家文头一蒙，明白了点什么。一晃神，信被家艺夺过去。"说了没有，懂不懂尊重别人的隐私！"家艺歇斯底里。说的都是时髦词儿。

老太太迈进门，对老二、老三："又怎么了，一天不吵就不能过日子？手上拿的什么，谁的信？是你姑来信？"

"不是。"家艺迅速折上信，跑出去了。

完了，二姐一定看到了。二姐那表情，至少看到了武继宁哥哥那五个字。她少女的心事就这么暴露了。这封信她写了好多天。本来随身带着，但怕下雨，才放进"梳妆盒"。现在好了，成了一大"罪证"。继宁给二姐的信，她早就当擦屁股纸用了。现在这封看来也必须毁掉。淮河边，风吹起家艺的长头发，蒲公英似的。何家艺满怀心事，对着河水。一封信，撕了又撕，变成碎末末。一撒，漫天飘舞。飞进河里，打转转，向东去，仿佛也能带走家艺的心事。家艺又哭了一阵。然后等风吹干了眼泪才回家。她不能被二姐笑话，更不能被老四看到。老四惯于促狭。

057

建国分了房子，在洞山武装部，一室一厅，三楼。在当时已算非常好的住宅。家丽正式搬出去。收拾东西，老太太落泪了："养了这么多年，真走了，还舍不得……"

家丽笑道："又不是充军，不还在市里，不远，肯定常回来。"

"女大不当留，"老太太叹，"再一样也不一样，洞山在山边呢，到咱们这儿，骑自行车都得半小时。"

美心从外头进来，帮家丽把洗漱的东西都包好了。家丽搬家，她还送了新被面新褥子新枕头。"还能老留在家里？建国该有意见了，正儿八经领过证的人了，说了半年缓冲早都过了，还不过人家的小日子，怎么要孩子？"

美心说得直白，家丽不好意思。老太太忙说："对对，要孩子，年头要，年尾生，正好，生了孩子好过年。"

家丽说这也不是说想要就要的。老太太道："既然搬家了，选个好日子，把这酒席摆一摆。该摆了，明媒正娶光明正大，总不能偷偷摸摸的。"美心道："何止，撒出去的份子钱都不知道多少了，总该收收。"

家丽微嗔："妈你急什么，这后头还有五个呢。"

美心一抖床单，笑笑："也是。"

这一片除了第一道巷子的老陈家生了七个，没有比他们家孩子多的。几个人谈论着家庭人数，美心道："北头这边是少，南菜市新淮村那边就不一样了，好多家七八个，那个欧阳。"

老太太问哪个欧阳。美心说就那个在淮滨大戏院门口卖瓜子小糖的老头欧阳，家里十个孩子。老太太想起来那人，她带孙女们去看电影时还买过他的瓜子。她怎么记得不是十个，刘妈说过，美心坚称是十个，不抬杠。

晚间吃饭，建国来了。常胜喝着小酒，问："怎么样，三转一响四十八条腿都准备好啦？"

"准备好了，墙刷一下，就搬进去，现在都在区里仓库搁着呢。"建国依旧敦厚。又对丈母娘美心道："妈，我和家丽商量了，缝纫机我们暂时也不会用，搁在家里还占地方，不如送给妈，物尽其用。"美心连忙嚷嚷着说那怎么好意思，但推了推，还是收下了。

美，这个女婿没白找。

又过了一个礼拜，家丽正式乔迁，选了个大礼拜日，妹妹们都在家。建国从武装部借了个车，又找了几个战士，连人带车，全都拉到洞山军分区武装部大院。热火朝天，搬东西，布置家具，一上午弄好了。老太太和美心去买菜，办了一桌饭，招待客人们。喝酒聊天，一直弄到下午三点。

几个丫头深深沉浸在对大姐的羡慕中。

大姐有自己的家了。单独的房间，单独的梳妆台，单独的卫生间，单独的厨房，单独的客厅，一切都是单独的。家文、家艺坐在大姐的新床上。家欢和小玲在床单上打几个滚。

"我什么时候长大？"家艺惆怅。

家文道："你不是已经长大了嘛。"

家欢插嘴："长大没用，长大之后还得能找个姐夫这么能干的才行，你找欧阳家那些浑小子试试，嫁到南菜市新淮村，跟卖瓜子小糖还有搬运公司那些流氓地痞住在一起，还不如咱们家呢。"

家文讽刺家欢："老四，小小年纪懂那么多，学习没见你上心。"家欢道："我不着急，反正排队，大姐过了是二姐，二姐过了老三，老三过了才是我。"

家艺不满："别老三老三的，我是你三姐。"

"就大一岁，别那么多讲究了。"

"大一天大一个时辰，大一分一秒也是大。"家艺较真。

家文道："对，老四，该怎么怎么，叫三姐。"

老四很不情愿，叫了一声三姐，又转头对老五："老五，叫四姐，我可比你大好几岁呢。"

老五小玲也不反抗，让叫就叫，然后傻傻问："这就一张床，大姐和大姐夫谁睡?"霎时安静。三个姐姐对看，忍不住笑喷。

"傻老五。"老四叫她外号，摸摸头。

累了一天，一家几口返回北头。遍插茱萸少一人了。不过家丽搬走，几个小的倒欢欣鼓舞。少一人，就多一点空间。家丽原来住的小房间空出来。给谁住，成了个大问题。按理说，家丽走了，该家文住。论资排辈。但家艺、家欢都不愿意。她们认为自己具有竞争实力。老五老六没法争，也不用争。老五暂时离不开老太太。老六整天美心圈在怀里，加之年纪太小，用不着单住。家欢、家艺至今滚在一张床上，独立意愿强烈。

"阿奶，论资排辈不公平，我们小的，永远在后头，什么都是捡人家剩下的，衣服，鞋子，书包，课本，现在可不，房间也是，一样是女儿，怎么就不能一碗水端平。"家艺伶牙俐齿。

老太太道："有什么不公平的，先住后住而已，人本来就没有绝对公平，要怪，只怪老天爷没让你早点投胎。"

家欢也跟着嚷嚷。实际上她皮实，单住混住无所谓，反正晚上沾了床就睡。可家艺不一样，她心思多，写写画画，罗曼蒂克，这都需要空间。

家欢之所以跟着家艺起哄，是因为家艺允诺她三颗面糖。

"阿奶，这样吧，"家文提议，"最公平的办法就是轮着住，跟学校值日一样，一人住一个月，这样就不厚此薄彼。"

家艺反驳："那春夏秋冬还不一样，肯定春秋天住最舒服，夏天，谁也不愿意在那小屋闷着。"家文笑道："好办，一年十二个月，咱们仨一人四个月，月份你们挑，挑剩下是我的。"

老太太拿着尺子比衣服，随手打了家欢一下："看看看看，看看你姐这心胸，要不怎么老天爷让你姐比你们都漂亮，心善人才能美。"常胜进来，问怎么了，老太太简单说了。

常胜一声吼："老二老三进屋住，老四老五还是在外头住！哪这么多道道！这个家还没轮到你们民主！就这么办！"

一锤定音，不容置疑。住的问题算是定下来。

当晚就挪东西。老三最宝贝她那铁罐，藏着秘密的梳妆盒。家文看了看铁罐，又看看家艺。家艺被灼灼目光盯得发毛："看什么看，什么也没有！"

家文不理会，忙自己的。

家丽腾出来的小屋只有十平方米左右。两张床，一张放东一张摆西。床脚各一只床头柜。两床中间是走道，门上的铁栏和窗户之间拉一道绳，能挂衣服。到晚上，把美心的藤黄色乳胶雨衣借来，挂在绳上，权当帘子，挡开两姊妹，好让她们有基本的隐私。

突然跟二姐"同处一室"，家艺感到不自在。二姐是个有距离感的冷美人。快睡觉了，按照"住宿章程"，家文把妈妈的黄雨衣拿出来，挂在绳子上。

看不到彼此了。

"关灯了。"家文说。家艺表示没意见。

灯熄灭了。两个人躺在黑暗里，彼此听得到对方的呼吸。家艺不由得感到紧张。二姐不闲聊，老四才嘻嘻哈哈。但她知道二姐心里有数。那天她发现了她的秘密，但至今隐忍不发。

翻了个身，两个人都没睡着。

"老三。"家文忽然喊了一句。

"嗯?"家艺翻过身，面对着二姐的床。

家文本来想问问武继宁的事，但话到嘴边，又觉得既然知道，何必再问。于是便说："睡吧，不早了。"

已经过十二点。两个人侧身要睡，迷迷糊糊，吱呀一响，门被推开了。家文家艺同时警觉，都坐起来。大晚上的，小偷还是闹鬼?

一个人影，有人进来了。家艺拿着枕头，要打，家文见来者身影有些熟悉，忙说慢着。打开灯，是老四。

灯开了她也不睁眼，伸着两手，继续走。

"梦游?"不可思议，家艺觉得好笑。

家欢走到墙跟前，自言自语，说："骑不动骑不动。"

"骑车呢。"家文也笑了。

"我叫醒她。"家艺说。家文忙说不行，说是梦游的人不能直接叫醒，会死。

"那么严重。"家艺一脸不可置信。

家文想了想，让家艺把门关好，免得吵到老太太。然后悄悄走到家欢跟前，对着耳朵小声说："开饭啦! 今天吃红烧肉，好大一盘!"

"哪儿呢!"家欢瞬间惊醒，寻寻觅觅，垂涎欲滴。

家文家艺笑得肚子痛。

在学校，武继宁又来找家文。上次的英语笔记还了，这次来借数学笔记。家文还是慷慨借出，她看透了继宁的真实目的，但依旧给他留着面子。继宁是革委会副主任的儿子，家文不得不留点余地。"看好了?"家文问。

"很受益。"

"我数学最差了。"

"那也比我强。"继宁很谦虚。

"一会儿有事吗?"

"没事！"继宁连忙说。终于等到了。家文要约他。

"老师找我，音乐老师，"家文说，"不过，我有个事想让你帮忙。"

"你说！"继宁十分积极。义不容辞。

"我大姐弄了点便宜菜，要让人去拿回我家，我刚好没空，你能不能帮这个忙？"家文难得露出笑容。家丽现在在蔬菜公司混熟了，又是二级工，公司剩的"残次品"，一毛钱一大堆，她总乐于往家运。但现在她下班要往洞山军分区走，往家里拐不方便，所以叫妹妹们帮忙。

"没问题。"

"你有自行车？"

"我来驮，放心吧。"

"真不好意思，让你当一次白龙马。"

继宁不失时机表达心意："你要是唐僧，让我当白龙马也愿意。"家文依旧大大方方，开玩笑应对："我是女的怎么当唐僧。"

"那你就是观音菩萨。"继宁改口。

"据说，观音菩萨最开始是一位男子。"

"那你就是王母娘娘。"

"我还没结婚呢，怎么就是王母娘娘。"

"那是嫦娥仙子。"

"是说我嫁不出去？"

家文嘴利，继宁被弄得一头汗。家文笑，说："你不认识路，我给你找个向导。"

058

说着，两个人一路往低年级去。家艺刚从教室里出来。家文介绍："老三，这是我同学，武继宁。继宁，这是我妹妹，亲妹妹哦，何家艺。"继宁笑呵呵说认识认识。

家艺发窘，怕过去的心机被戳破。

家文心里当然明白，但并不理会，直说正事："老三，大姐公司里有一堆蔬菜，晚上要拿回家，但我今天刚好有事，继宁有自行车，让他陪你一起去拿。"

在武继宁面前家艺有些害羞，何况当着姐姐，低头哦了一声。继宁便去推车子。家文上楼，站在走廊里看下头。

车子推来了，继宁和家艺往学校大门走。

出了大门，继宁左脚踩在车镫子上，右脚滑了两步，右腿一后伸，上车了。家艺留在原地，连忙追，哎哎两声。

继宁一转头，才发现家艺没上后座。停车，退回去，笑说不好意思。家艺十足少女情态，自责道："小武哥，对不起，我不会上活的，只会上死的。"

车先骑起来，自己跳上后座叫上活的。先坐好，车再走，叫上死的。"那上死的。"继宁表示没问题。于是他先跨上车，脚点地，控制住车子，家艺再侧着身子，淑女般端坐在后座上。

"好了吗?"继宁问。

"好了。"家艺柔声，很旖旎。

"扶住点。"继宁叮嘱。

家艺扶住车坐垫的后缘。车启动了，从七中往西是条灰泥石子小路，一路骑行，颠颠簸簸。家艺险些坐不稳。

"扶住我！"继宁说。

"扶……扶哪里……"家艺疑惑。

"腰，扶住我的腰！"继宁的声音在风中飘。家艺一颗心狂跳。是的，扶住腰了。这可是全校的风云人物，区革委会副主任的儿子武继宁的腰。甜蜜的旅程。

上了大路，一辆解放牌大卡车疾驰而过。轧到一个水坑，水花飞溅。家艺刚好中招，她惊叫。

完蛋了！她的白裙子立马变成一幅水墨画，脸上还有几个污点！关键还当着武继宁的面。狼狈。

继宁停下车，掏出手帕，安慰她。

家艺一边说没事没事，一边在心里把那解放汽车骂了千万遍。

"怎么办？要不先回你家？明天再拿。"

"不行，菜搁一天就坏了。"家艺不想错过这个和小武哥哥相处的机会。

"要不我去，你别去了，我一个人能行。"

"不行，你不认识路，也不认识人。"

"知道，蔬菜公司，到了我就问传达室，你姐姐叫什么告诉我。"继宁解决问题的能力很强。

家艺为难了，口不择言："不行，得听二姐的，二姐说让我们俩去，就得是我们俩去。"

这个理由继宁完全接受。调整好状态，两个人又上路了。

到蔬菜公司，家丽已下班走了。菜用苇绳子捆着，量不少，一大堆。继宁提上菜，两个人往回走。

怎么运是个问题。

"我抱着吧，反正衣服已经脏了。"家艺倒不矫情。只要能坐继宁的车，她就知足。继宁同意，还是上死的，停好车，家艺坐上后座，一大捆菜抱满怀。上路了。

为避免走大路再被汽车碾水溅了身子，回去他们选择走小路。从三仓库往坝子上去，这条路小而窄，不会有大车经过，但骑起来有难度。因为有好一段上坡路。而且路面不平整。

车子骑起来了。一会儿，继宁喘气明显有些粗了。

带人，还带菜，他第一次干这体力活儿。

"小武哥哥，要不停下来一会儿，走回去，反正不远了。"

"有车干吗走，没事！"继宁豪爽，他有他的执拗。他是男人。尽管高中还没毕业，那也是男人，面子不能掉地下。正说着，车轮轧到一颗石子。个头不小，车猛一颠簸。

家艺屁股坐不稳，加上怀里有菜，重心瞬间失衡，冷不防，连人带菜摔了出去，且滚了几滚。家艺的裙子彻底脏了，还连带蹭破了胳膊上的皮。

不能哭！家艺疼得直咧咧嘴。那也不能哭。在武继宁面前不能露丑相。家艺连忙起来，很自强地。继宁连忙停车救人，关切地问她怎么样了。"菜——"

那菜顺着坡子滚下去了，溜溜地。继宁只好去追菜。一会儿，菜追回来了。家艺已经整理好情绪。虽然皮破了，流了点血，但继宁问，家艺只说："革命总是会流血牺牲的，我们的长征会胜利的！"实际上，她是为这份喜欢才愿意流血。

"那走。"继宁推上车，再度起程。但显然不能人和菜同时坐在后面。继宁像个战略家一般指挥，"这样，菜就夹在后面，你坐前面。"

什么?！家艺简直不敢相信自己的耳朵。

坐前面。那根横梁上?！那等于坐在武继宁怀里。她知道这种新式的坐法。那是大哥哥大姐姐们的游戏。

"可以吗?"家艺战战兢兢，如履薄冰。

"没问题，我车技好着呢。"继宁打包票。

家艺小心地，真坐上去了。继宁两臂圈住她，这辆神奇的凤凰牌自行车再度行驶。稳稳地。家艺如坐在春风里。他的气息一次次从头顶吹过来。家艺陶醉了，闭上眼，不问前路，她希望这条路可以一直走下去，没有尽头。

值，今儿个就算胳膊蹭破了皮也值！

家艺面带微笑。

然而没几分钟，目的地到了。家欢、小玲出来帮忙拎菜，家文还没到家。继宁不怕生，径直走进院子。老太太出来，见高高大大一个小伙子，心生欢喜，问："哟，这是？"继宁自我介绍，说了名字，又说来意，还说把菜和家艺都送回来了。最后说了，家艺胳膊皮蹭破了。家艺望着继宁，他说话都放光。

提到她的胳膊，家艺这才感觉到疼。老太太连忙进屋找碘酒。又让继宁进屋坐。继宁却果断告辞了。

美心进门继宁出门。老太太正给家艺抹碘酒。伤口受刺激，家艺轻声叫唤。美心问："那人谁啊，眼生，不是咱们这片的吧。"

老太太不抬头，道："问你三闺女。"

美心看家艺。

家艺内心得意，她愿意把自己跟武继宁扯上关系，但表面上，还得云淡风轻，"就一个朋友。"无限内涵，自己想去。家艺的虚荣心得到充分满足。

"什么朋友？地痞流氓小混混？没见一个女同学跟你是朋友，倒弄出这么个葫芦头朋友，我可跟你说，上学就上学，马上准备下放，去农村劳动去，不过可别跟你大姐学，胡来。"美心发散性思维能力很强。

"妈！"家艺见她妈理解歪了，不得不多说几句，"瞧你说哪儿去了，你女儿就这么上不了台面，认识的同学交的朋友都得是地痞流氓小混混，知道他是谁吗？孤陋寡闻。"

美心眉毛一横："谁？哪吒三太子？还是从石头缝里蹦出来的猴子？"

"武绍武认识不？"家艺第一次那么有政治头脑。

听着有点耳熟，美心皱眉。

家艺叫小玲："老五，把我床上那张《淮南日报》拿来。"

小玲接令，麻溜去拿了。是份过期报纸，前一阵的。家艺递给她妈，洋洋得意，好像跟她本人有什么关系似的："妈，仔细瞅瞅。"

美心接了，不明所以："怎么了，一份破报纸，收着，回头包油旋子用。"报纸是美心常用的早餐包裹材料。

"不读书不看报。"家艺不屑。老太太涂好碘酒，拿着小瓶去里屋。家艺拉开架势，用那种最夸张的姿态拿着报纸，读："本报讯，田家庵区革委会副主任武绍武同志出席区青少年教育工作会议，并作了题为《切实抓好青少年教育工作，为巩固无产阶级专政而奋斗》的报告。"

"他是武绍武？"美心指了指外头，哼了一声，"偏小了点。"

家艺关子卖足了，这才道："是武绍武的儿子，武继宁。"

美心惊得下巴差点没掉下来。她一向怕官，但又希望女儿都能嫁入官家。老太太毕竟见得多经得多，虽然也很惊讶，但面上却不露出来的，"凭他是谁，不也两只眼睛一个鼻子一张嘴，都是无产阶级。"

家欢凑过来道："三姐，少狐假虎威了，那个男的我见过，是二姐的朋友，还给过二姐一封信。"

家艺怕跌了面子，大声反驳："是二姐的朋友，怎么送我回来呢？你才知道多少，就冒充判官。"

"为了拿菜啊。"家欢火眼金睛。

家文回来了，放下书包。家欢为了证明自己，抓住二姐，问："二姐，刚才家里来了个男的，姓武。"美心想知道更多细节，也凑上去，事事儿地道："对，叫武继宁。"

"认识，同学。"家文没当回事，"怎么了。"家欢当即拍手，看了一眼老三，道："看，我说对了吧，那个武跟二姐是朋友，跟老三没关系。"家艺的面子快掉地上了，可家欢说的也近乎事实，无从反驳。

家文看了一眼老四，又看看老三，淡然道："跟我是同学，跟老三是朋友。"

"不是……"老四瞬间落败。

家艺得意，二姐给面子。美心道："不得了不得了，别看老三学习一般，人际交往能力还是不错的。"

老太太附和："龙生九子，九子不同，你生六女，个个也不同，正常。"孩子们进屋了。美心还沉浸在畅想中："妈，你说，这老大嫁得算不错。如果个个都能嫁得跟上楼梯似的，那我们家的日子，可就有指望了。"老太太看不惯美心那样子，打击她："嫁女儿不是做买卖，孩子过得好是最重要的，哪怕是自由恋爱，只要孩子能过好，我们也同意。"

"妈，你说得伟大，那家丽自由恋爱，你怎么不同意？"美心忍不住抬杠。

"那是因为她这个自由恋爱就过不好！"老太太生气了。美心连忙去锅屋做事。不点这炮仗。常胜到家，吹着小曲，这一向他心情不错，进门就问："妈，日子选好没有？"

老太太问："什么日子？"

"家丽和建国的喜酒啊，再不摆，孩子都要出来了。"常胜说。

"你听谁说的？"美心和老太太异口同声。

059

常胜笑笑，道："下午建国到我们那儿坐了一会儿。"

"说重点！"美心没耐心听男人们的故事。

"还没怀上，就是说想要，明年是龙年，年头也好，生在龙年能做大事。"常胜说，"妈，宴席就定春华吧，总要点面子。"

老太太没意见，美心也同意。

没有婆家，所以出嫁回门酒一起办，酒席钱常胜出。

三转一响一添，建国的存款估摸也耗得差不多了。当然，常胜和家丽明说，办酒席的钱，家里出，但收的份子钱，一对一半，得留给家丽百分之五十。事实上，自从家丽搬走，每个月，她的钱只拿出30%贴补家里，另外70%得投入小家了。分割办法，都是当着妹妹们说清楚的。算是家规。以后都这么办。但这个办法依旧引得家欢不满："出嫁了只要给家里30%，没出嫁要给90%，整整三倍！那意思是，早出嫁早占便宜，晚出嫁就多吃亏，那要是一辈子不嫁人呢？岂不是一辈子给家里干，永远交90%，天，这可是比过去地主老财盘剥得还厉害！"

家文敲打她："少抱怨，你才多大？还要下放，将来什么时候参加工作还不知道呢，家里也不指着你那点钱，别整天打小算盘。"家艺打趣："老四，你不会一辈子不嫁人吧。"

"要你管！"家欢反弹。

家艺继续揶揄："就怕到时候想嫁也没人要，只能一辈子做老何家的包身工。"家欢追着家艺要打。

小玲拉着家喜进来。家喜四岁了，能说会道，比老五还机灵点。"二姐，还有糖吗？"家喜问。家文进屋摸出来两颗，握在手心里。小玲一颗，家喜一颗。家喜仔仔细细挑了一番，选了左边那颗。小玲自然拿右边的。

家艺瞅着，好奇："一样的糖，有什么挑头？这个老六。"

家欢道："还不是妈惯的。右边那颗大一点，老六要选大的。"

家艺叹息："真是，一个鬼子六，一个傻老五。"

家喜二话不说，三两步上前，搂头给家艺一下。家艺诧异，这么小的年纪就会打人。那么霸道。家欢咯咯笑："你叫她鬼子六了。"老六迅速跑过去，也给家欢一下。

轮到家艺笑了。

睡觉前洗脚，一个脚盆，家文给家艺先用。

"谢谢你。"家艺忽然说。

家文没在意，看自己的书，《钢铁是怎样炼成的》。

家艺强调："是朋友那事，谢谢你。"

家文愣了一下，放下书，抬起头看妹妹："没事。"她轻描淡写，不愿意深聊。都明白就行。点到为止。事实上，她愿意帮家艺。她想，或许只有家艺能应付武继宁的家庭。她不行。事实上，在感情这件事上，或者说在婚姻这件事上，家文并不打算找一个比自己家条件好太多的。差不多就行。她受不了那个气，也没有那么强的信心。而且继宁太过漂亮，太过出风头，不是好的接触对象。

"他喜欢跟你打交道。"家艺挑明了。

家文不得不回应："我不喜欢他。"给老三一颗定心丸，"不过你年纪还小，先不要考虑那么多。"

"只是做朋友。"家艺强调，笑呵呵地，"姐，你也就比我大三岁。"

家文科学分析："女孩懂事早，一岁等于男孩三岁，表面大三岁，其实内心等于大九岁。"

"那大姐内心比你大二十多岁。"

"大姐的确比我们成熟。"家文坐正，捋了捋头发，"如果是你，你怎么选，是选为民，还是建国。"

"当然是姐夫。"家艺说，"为民哥有什么好。"

"如果他不是汤家的儿子呢。"

"问题他就是。"

"我是说如果。"家文强调。

"如果是那样……"家艺一时也说不清。

家文这才说："为民哥适合处对象，潇洒，浪漫，建国姐夫适合过日子，又是军人，正派。所以大姐很聪明，她知道取舍，当然，如果两全其美更好。"

家艺暗想，武继宁就是这样两全其美的人。

"姐，你想没想过未来？"家艺问。

"不知道。"

"喜欢你的人那么多，我看你一个都不喜欢，你只是喜欢把他们玩弄于手掌中的感觉。"家艺抱怨。

"胡说。"家文否认。

"姐，你马上也要上山下乡了吧?"家艺问。

"走一步算一步。"家文说，"农村是个广阔天地，很多人不是也在那儿扎根了。"

家艺道："话是这么说，我们也有一双手，不在城里吃闲饭，但现在不都回城做工了嘛。"

订桌前先算人头，粗算算，怎么也得六十个人。一桌十二位，得五桌，再留一桌富余的。免得太可丁可卯到时候难看。因此统共要订六桌。

商量好，常胜掏钱。春华饭店，老太太去订的桌。算了日子，年头，一九七六年一月十日，礼拜天。跟家丽、建国说了，他们都说好。

然后要下帖子。按照老礼，提前一个月就该下好。眼见已经过十二月，时间紧迫，这日，家丽建国都回家来。建国从单位领了结婚请柬。一张对折的红卡纸，封面四个印刷宋体金字：结婚请柬。翻开，封二印"百年好合"四个字。

正文处空白，等待填写。

常胜自告奋勇承担写请柬的工作。一来，他以懂点文化自居；二来，他认为自己的字好看；第三，这也是一个做爸爸的人的幸福。美心把账本拿出来了。硬壳，黑面皮，这是全家最高级的一个笔记本。里面密密麻麻记录着各种多少年来与这个家庭有关的数据。从后翻，第五页，是随礼的账，这些年婚丧嫁娶，什么时候，什么事，送给谁，送了什么，都"一本清账"明明白白。送出去的，必然要收回来。

美心看了看大女儿和大女婿，又对老太太说："舍出去这么多年，终于能收了。"老太太看了看屋里头那些小的，笑道："以后有的收呢，看来多生也有多生的好处。"

美心道："是，如果只生一个，那就真是菜瓜打锣——就那一锤子了。"都在围着看，常胜握着狼毫毛笔，誓要写出漂亮的小楷。建国知趣，随口赞道："爸，您这字快比上颜真卿了。"

常胜一挥手："唉，颜真卿不革命，我不跟他比，我要学就向毛主席学习，不过学不来，人家那气魄，是伟人气魄，我就写写楷体字，端端正正写字，仔仔细细做人。"美心认为丈夫这话很高明，又教育女儿们。孩子们耳朵早听出老茧，但没办法，还要听。他是老子。在这个家有特权。

写到朱德启，常胜问："老朱请不请？"

家丽道："爸要是不喜欢，就不请，他和他老婆都是麻包里装菱角，里戳外揣的货。"美心指着账本，道："干吗不请，朱德启他爸死我们随了礼的，还有，朱德启老婆的妹妹结婚，我们也随了份子，该收回来了。"美心还有半句话没说，朱德启家的找她帮忙给燕子介绍对象，她趁机显摆显摆。人生风光的机会太少，抓住一个是一个。

老太太道："挨边住着，别自己把自己孤立了，该请还是请，常胜，你写，帖子我去送。他们再怎么不讲理，也不会当面打我这张老脸。"常胜问："写几个？"老太太说一个门头一张。没结婚的就不算独家独户。美心道："那他们家占便宜了，三个都还没结婚，一张帖子，倒七八张嘴来吃。小玲突然插嘴，扳着手指头，数数，顶真："他家只有五口人。"

美心气不打一处来："你看看，就是那一说，老五这会儿倒开始聪明了。"老太太劝慰："一口饭的事，小孩不算人头，给只碗就行了，写。"

写了一会儿，按账本上的名字抄，到刘妈了，自然要请。她丈夫去世何家给了一大笔。况且刘妈跟何家，是多少年的老朋友，虽然中间因为大老汤家有些别扭，但情意还在。

"写几个？"常胜问。

"秋芳要不要单请？"美心看家丽的意思。

当着建国的面，家丽有些为难。建国不知道这里头的弯弯绕，她和为民、秋芳的故事，如前朝往事，层层深埋，是不出土的文物。"要不算了。"家丽说。

"不见面了？"老太太反问。

"再怎么不愉快，礼数要周全，何况都过去了。"老太太有分析，"不但要给帖子，还得你亲自送。"

老太太说得有道理，不至于。她和秋芳之间，不存在谁抢了谁的，路，都是自己选的。彼此都应该释然。

写就写吧。

一会儿，写到大老汤。常胜大手一挥："这个人就不要请了。"积怨太深。家艺却插嘴道："爸，照我看，大老汤是最应该请的一个人。"

哦？奇谈怪论。一屋子都看老三家艺，愿闻其详。

家艺娓娓道："要说有仇有怨，大老汤跟爸那难解难分，这个仇是结得很深。但越是这样的人，越要请，因为在这个世界上，还有什么比让仇人看着你风光更舒坦的事，他越生气，你越得意。"

"万一他闹场子呢？"家欢问。家文笑说："借他三个胆子，也不敢闹武装部的场。"家艺接话："二姐说得对，闹场子，得看是谁的场子，大姐夫的场子他敢闹？那就打翻在地，再踏上一万只脚，叫他永世不得翻身！"

众人哈哈大笑。家丽却有点犯难，她多少还是希望给秋芳和为民留点面子。

090

敲朱德启家的门，老太太笑盈盈的。

朱德启老婆开门，表情显得意外，但立刻调整为欢迎模式："哟，她文婶，请进请进。"虽是街坊四邻，大人不像孩子，轻易不上门，上门准有事。朱德启不在家。他老婆忙着给老太太倒茶。大女儿朱燕子出来打了个招呼，又进屋去了。老太太忽然猫着头，指了指燕子，小声道："上次你说那事，在托建国留心，燕子这姑娘老实，不能找个捂屁拉稀的。"朱德启家的连忙说是是。两个人又聊了一阵，老太太见火候差不多，才从怀里掏出喜帖，吹气如兰的样子："她朱嫂，下个月十号，春华酒楼，家丽和建国的结婚酒，一定赏光啊。"朱德启老婆收下，忙道了好几遍喜。老太太免不了回赠几句："哎呀，我也是老不死老不死，没想到还真能熬到嫁孙女。"朱德启家的忙说："哎哟，老太太，我看您能四世同堂。"

"不敢想。"老太太说着就笑了。

起身出门，挨着门送，一会儿到大老汤家。老太太站了几秒钟，做好心理建设，进去了。除了为民、秋芳，一家人都在。大老汤在抽水烟。汤婆子的妈在做家务。幼民带着振民在地上拍画片。汤婆子在打毛线。老太太先笑着跟汤婆子的妈打招呼。汤婆子的妈比她还大。"老姐姐，来看看你，也不见你出来。"

汤婆子妈道："带孩子，淘，男孩皮，一个就够受的，真佩服你，都是你带吧?"老太太不大高兴，这是说她家没男孩。

但依旧不动声色。"别那么当回事，贱着点养，一眨眼也就长大了。"大老汤不想跟老太太多说，打了个招呼，出院子，把战场留给女人们。汤婆子约莫知道老太太的来意，她早听说了。老太太前脚去春华，她后脚也到。

汤婆子道："文婶，你不来我还想去找你。"

"什么事?"老太太微微笑。

"你先说。"汤婆子谦让。她希望自己压轴。老太太便也当仁不让，从怀里掏出喜帖，又是一套话，哪年哪月哪天哪时，家丽和建国结婚喜宴，请他们过去。

汤婆子道了声喜，收下。转身回屋，从五斗柜里摸出一张东西来。笑呵呵走到老太太面前，笑道："你说巧不巧，刚好秋芳和为民的酒席，也摆在那天，也是春华，你们在一楼，咱们二楼，刚好在你们楼上。"

不可思议。根本是存心!打擂台!老太太接了帖子，翻开看看，果真，都进行到这个时候，也不好再换日子。老太太笑说："缘分这个东西是巧妙啊!那省事儿了!恭喜啊。"说罢出门，走到黑地里才骂道："好好走个路也能见鬼!"

灯下，何家三个大人商量对策。

美心瞅了一眼丢在一旁的汤家请柬，"同一天同一场办，摆明了就是对着干，客人好多是重复的，都是熟人，你请我也请，那人家到底是来我们这儿吃还是上二楼吃？都不来？都上二楼，我们就难看了。"

是这个理。常胜蹙眉，不语。他没料到大老汤来这招。

不能退缩。

老太太道："帖子发出去，吃不吃是客人的事，只要收了帖子给了礼金就行，吃不吃，不管。"

"妈，你心真大，难看哪！嫁头一个闺女就这样。"美心打了常胜一下，让他说话，表态。

"还是得办！"常胜振臂一呼，"实在不行，让建国弄一个加强排来等着，要饭吃饭，要打架，我们也不输。"

老太太阻止："能不能不要打打杀杀？"

美心又觉得不对，问老太太："秋芳跟为民要办酒席，刘妈应该知道，我去问问。"

老太太道："别让家丽去给秋芳送了，就算两个帖子，直接给刘妈，免得孩子见面尴尬，没得话说。"

翌日，还是晚上，美心拿两张帖子去刘妈那儿。秋芳秋林都在，家丽搬走过后，她在家也多。为民没回来，她一个人住宿舍也不方便。丈夫不在家，她偶尔还应当去照顾照顾公婆和小叔子。美心进门，见都在，笑说这下好。一人一张，递过去。"不说外道话了，下个月十号，家丽的酒席，我听说秋芳也在那时候办？"刘妈大惊小怪，说天啦，撞到一块儿去了。

"缘分。"美心说。

刘妈反倒不好意思："都是闷头做事，也没商量，错开就好了。"又问秋芳："能不能跟你公婆商量商量，为民回来也没个准头。"秋芳面色为难。她上头几个老人压着，不像家丽，进门就当家。在汤家，还轮不到她说话。

"别为难孩子。"美心体恤，"一天就一天，集体办，吃了这家吃那家，不挺好。"又问为民回来是休假还是什么。

"回来了，不走了。"秋芳说。

刘妈帮腔："也该回来了，老支援，水电站，要个拿药的大夫做什么，也该顾顾家，要个孩子。"说得直白。秋芳不愿意多听，带着秋林进屋了。美心这才道："你们亲家是不是故意的?"

刘妈一怔："故意什么?"

"故意选一天。"

"应该不至于，黄道吉日就那么几个，说是早都定下了。"刘妈解释。

"这都不跟你商量?"美心撇撇嘴，"也太不当你是个人。"

刘妈面子上挂不住。美心口无遮拦，继续道："当初虽说是汤家上门求亲，但做亲家，不能这么委委屈屈的，秋芳不当家，你这个当妈的再不硬气点，大情小事不过问，以后怎么弄。"

刘妈悲叹："就这个命。哪像你，找个军人女婿。"说的都是掏心的话，美心反倒不好意思说风凉话了。只能安慰，说："还有盼头，秋林再大些，上班挣钱，你日子就好过了。"

不提儿子还好，一提秋林，刘妈叹："儿子不要娶媳妇啊?都是娶了媳妇忘了娘。"

"我看秋林不会，再说，你把把关不就行了。"

"你看看这两个孩子哪个是我能管得住的，小时候看着都听话，其实个个主意大着呢，秋芳要是像家丽那样听劝，识时务，现在也不会过成这样，一个东一个西。"美心说这不快回来了嘛。两个人又聊了一会儿。美心突然劝："说句不该说的，你年纪也不算大，想没想过再找?"老张去了也有日子了。

"这把年纪了，还找什么，有份工作，有孩子，自己过算了，再找，再伺候着?自己给自己找麻烦。"而后，两个女人又感叹一番。刘妈提到秋林似乎有点容易疳积。那么瘦，头发也不好，肚子撅着。美心推荐捏脊。刘妈不太会。两个人又让秋林趴在床上，美心施展手法捏了一通。疼得秋林吱哇乱叫。但捏过之后，果然舒服一些。刘妈佩服美心不迭。

美心笑道："都是家丽奶奶教的。"刘妈赞说到底是经过见过的长辈。

一晃，还有几天就到日子了。八号，家丽回娘家，美心和老太太帮她裁了一身衣服，让她回来试试，再谈谈宴席准备的事。他们怕家丽不知道为民秋芳也在那天办，措手不及。

穿衣镜前，家丽还穿着一身革命装束。冬天，又不能穿少，妈妈和奶奶给她多裁了一件罩衫。还算低调，暗红色。

家丽担心地说："会不会太抢眼了？"

"一辈子就这一回。"美心说。

老太太道："按说这布料还算暗沉，不抢眼，就是这掐腰这块，显得太苗条了。"美心笑道："这个时候不苗条，什么时候苗条？像我，生过这么多，想苗条都苗条不起来。"

妹妹们都来看姐姐，娘儿几个感叹一番。老太太忽然道："家丽，秋芳的帖子你收到没有？"家丽说什么帖子。老太太和美心对看一眼，"秋芳跟你一天办酒席，都在春华酒楼。"

家丽有些吃惊。但还是笑说："一天办就一天办。各家办各家的。"老太太道："那么多熟人，回头都被大老汤拉去了，你不介意？"家丽强打精神，还是笑："自己家人不被拉过去就行。"妹妹们纷纷表示坚决支持大姐。

晚上建国来吃饭，又跟常胜一番痛饮。一家人都劝，但没用。男人们高兴。常胜醉醺醺的，冒胡话："小老弟，努力！加油！"美心看不惯丈夫这样，还小老弟，辈分都错了。建国端着酒杯，表态："谢谢爸爸，一定努力，一定加油！"

"别学我，"常胜拍拍胸脯，"生了六个，还是丫头！"

建国笑说："我倒挺喜欢女孩，掌上明珠。"

常胜连忙："可别，头一个给我生个大外孙，后面男的女的随便你们。"建国连忙说是。大姐晚上住家里。妹妹们临时腾地方，家文把床让出来，她自己和老太太挤一晚上。

家丽忙说不用，她跟老二亲，说我就跟家文挤一挤。所以晚间休息，等于是家丽、家文、家艺三个人一个屋。家文给大姐腾地方，她跟老三挤。让家丽单睡。

家丽不依，笑说："怎么，这么嫌弃你大姐，我出了这个门，以后姊妹们睡到一块儿就难了。"话说到这份儿上，家文只好从命。灯熄了，三姐妹都有些兴奋，不肯睡。家文问家丽下放的事。家丽便把下放的种种注意事项都跟家文交代一番。

家艺感叹："听上去就苦，肥东肥西凤阳绩溪，那都是苦地方，还要干农活，我不会。"家文也有些担忧，不知道一去做到什么时候。家丽说，不是一定的，现在城里需要人做工，也有不下放的了。下放的，也有闹的。听说云南那边闹得厉害。

家艺念了一声佛，说："希望到我就停止。"

家丽批评她："你就是拈轻怕重。"家艺连忙换话题，大姐唠叨起来，也是没完。家丽说："都别急，说快也快，高中一毕业，或者下放或者参加工作，然后就是结婚生孩子。"

家艺说："那得二姐优先，我学着点。"

家文道："没影的事呢。"

家丽笑说："老二，你很受欢迎，都有人提亲提到公司里，找我说合，我说你年纪小，暂时不考虑这些。"

家艺连忙问是谁提亲，家丽把话挡回去。家文道："别听大姐胡说，要提亲，也应该找爸找妈，怎么会找大姐。"

家丽道："那是因为我是大姐，到什么时候，也是我管着你们顾着你们。是真有这事。区干部，武绍武，武主任家，知道吧。"

家艺惊呼："武主任找你提的！"

"不是。"家丽说，好奇，"你急什么？"

"那是武主任的老婆？"

"也不是。"家丽道，"就是托了个熟人来问问情况。"

家文斩断话题："行了，都睡觉，八字没一撇的事情，捕风捉影。"姊妹仨这才侧身躺下。家艺死活睡不着。武家有行动了。目标是二姐，不是她。她的幻梦随时都可能破灭。

次日，美心起得早，在院子里梳头。

朱德启老婆慌慌张张跑来叫美心赶紧去单位，准备治丧。

"谁死了？"美心诧异。

朱德启家的还没说话，已经哭了："上头传来的消息，周总理去世了。"

周总理？美心一下没反应过来。过了几秒钟，才恍然领悟，原来是日理万机的人民的好总理去世了。

她想哭，眼泪在眼眶里打转。但忽然怀疑昨夜煤炉子没封，忙着跑去锅屋先瞅瞅，再去单位。

061

周总理的悼念活动定在十一日举行。十日办婚礼显然不切实际。没那心情，悲伤。一家人紧急开会，最终决定喜宴延后。老太太出面，去春华酒楼沟通。酒楼方面表示理解，顺延十天，改在二十日举办。老太太多嘴问了一句："楼上那家呢？照办？"春华酒楼负责人说也取消了。

哦，汤家撤了。大老汤可不会做赔本的买卖。

接下来是挨家挨户通知，延期。上班上学的都忙着悼念总理，一天到家，悲伤无力。这工作只好老太太承担。朱德启家、大老汤家都跑一趟。晚间，到刘妈那儿。老太太和刘妈又感叹一番，总理日理万机，去世是国家一大损失。末了，老太太问："你们那个酒席延到什么时候，也没人来通知。"刘妈这才一拍脑门，说差点都忘了，主要为民回来的日子没定。

"不是因为总理去世取消的？"

"也算是，两件赶巧了。为民在那边有工作要做，夏天，南方本来雨就多，又是水电站。"

家丽和建国的心情似乎并没有因为总理去世进而取消喜宴受影响。他们都是理性的人。该做工作做工作，晚上下班，回到小家，尤其十日那天，家丽下厨给建国炒两个菜。就算庆祝了。家丽说要不算了，春华不便宜，大张旗鼓摆宴席没必要。

建国笑说："一辈子就这一次，还是摆吧。"

家丽打趣："看不出来你还挺注意仪式。"建国劝解："结婚，不光是为自己。"

电光石火，这话打到家丽心尖上。她结婚就不仅仅是为了自己，更是为了这个家，何家。为了父母，为了奶奶，为了一门六个姊妹。"那为了什么？"家丽故意问。

建国说："往大了说是为了全人类，为了国家，往小了说是为了小家，办婚礼仪式，吃喜酒，更是给别人看的。你不办，爸妈该多难受。"

建国总是考虑周全。家丽问："怎么你就为了全人类为了国家了。"建国连忙说："人类需要繁衍，国家需要下一代，人口的生产也很重要，所有的一切最宝贵的都是人。"

家丽立刻明白，他想要孩子了。最近几次"办事"，两个人都没采取措施，顺其自然。

"万一我生的不是儿子呢？"家丽说自己的担忧。女儿魔咒笼罩在何家头顶上。"女儿我也喜欢。"建国当即表态。

"也。"家丽抠字眼，"那就是说男孩是最好，女孩其次。"

"我可没这么说，"建国讲理，"理想情况是，有男有女，所谓凑成'好'字，男的将来要当兵，女的将来学音乐。"

"学音乐？"家丽挑毛病，"没听你说过喜欢音乐。"

"女的会音乐，高雅。"

"我就不会。"家丽道，"你是不是看上过部队文工团哪个唱歌的？还说没处过对象。"

"那是暗恋，没用。"建国偶尔也顽皮一下。

"你！"家丽举手要打。

建国环抱住家丽，温柔地说："不管你以前有什么，也不管我以前有什么，现在我们在一起。"

家丽陷入沉思。取消酒席后，她一直有些牵挂为民，不是爱。内心深处，她早已划清界限，她，秋芳，为民，建国，各得其所。更像在担心亲人，她希望他们过得好。

过了总理的头七。何家又开始准备喜酒了。家丽又回家试衣服，老太太和美心给她换了一套，暗红弃用，还是用藏青色，更低调。再走一遍，家丽的兴奋劲似乎过去了。

老太太道："都说龙年好，照我看，龙年保不齐有大事。"美心接话，"已经有大事了，总理去世，国家怎么办，谁来日理万机？"家丽道："不是还有朱老总，不是还有毛主席，有毛主席在，天塌不下来，我们继续走我们的革命路。"

老太太握着个毛刷子，沿着家丽的裤缝刷了刷："我心目中的大事，是我们家能不能添丁进口。"

家丽不以为意："不是添了嘛，你孙女婿。"

美心接话："你奶是要添个曾孙子。"

家丽不耐烦："妈——"

自打领了结婚证，生孩子就提上日程。家丽和建国都觉得顺其自然。但过了一阵，迟迟不见动静。如今家里人催，家丽更有压力了。"最好生个男孩。"美心继续畅想。

"要生你生。"家丽一甩手。

"这孩子。"美心横眉。

自己没完成的，自然寄希望于下一代。

一晃到日子了。不是周末，吃中午这顿。建国和家丽有婚假，十点钟到位，在春华酒楼门口，手持毛主席语录，迎客。常胜带着家文、家艺、家欢在内场招呼客人。美心、老太太则带着小玲和家喜，在入口处摆了张简易桌，收份子钱。美心收款，道谢，老太太戴着个老花镜记账。宾客来得不少。在总理去世后不久办喜酒，很考验人品。汤家没在这天办。美心认为他们是知难而退，"建国认识多少人，他们才认识多少人？建国什么身份，他们什么身份？跟建国打擂台，那是标准的鸡蛋碰石头。"

老太太道："汤婆子好像跟人说过也延后到二十号，不知怎么变了。"美心不屑，撇撇嘴："大老汤家的那位，拜佛都不会说真话，信她？"又一拨客人来。美心收钱道谢不迭。

常胜迎着客人，握手。是区生产指挥部的同志，跟常胜有些交道。他身边站着个人，一身中山装，巍峨挺拔。

"这位是？"常胜带着笑问。来者是客，都是给他何常胜面子。生产指挥部的同志道："老何，这是区革委会的武绍武主任。"武绍武伸出手，何常胜忙握住了。"欢迎欢迎，武主任肯赏光，荣幸荣幸。"

听到武绍武三个字，家艺脑中的弦一下绷紧了。武绍武，报纸上出现的名字！革委会副主任，武继宁的爸爸！他怎么来了？不寻常。

"喜酒办得不错嘛。"武绍武说。常胜连忙说艰苦朴素艰苦朴素。"这都是你的革命小将？"武主任朝常胜身后指了指。

常胜让了让身子。家文、家艺、家欢露了出来。

"对，结婚的是老大，这是老二，这是老三，这是老四。"常胜依次点过去。生产指挥部的同志笑说："还有老五老六呢，老何家，是六朵金花。"

武主任并没有笑容。而是伸出手，向家文："你是老二。"

家文叫了一声叔叔好。

"叫什么名字？"

"何家文。"

"很好，革命小将，要继续为革命做贡献啊。"

"吾当勉力。"家文说得很有文化。

家艺见此情状，急了。武绍武单单跟二姐握手，这还得了，一定是预谋。是武继宁告诉他爸武绍武的。所以武主任才特地出现，就为了看看二姐。不行，家艺觉得自己必须采取行动。

一个踏步，敬了个礼，伸出手，三个动作行云流水："叔叔好，我是老三，我叫何家艺，我喜欢音乐、美术、舞蹈。"

成功吸引了武主任的注意。

"哦?"武主任笑笑，"会唱歌不错嘛。"

"我会唱《红梅赞》。"家艺继续自告奋勇。

"唱两句。"

家艺立刻摆出架势，可一张嘴，嗓子就劈了。家艺连忙解释："有点感冒。"家欢差点没笑出来。

"会跳'忠'字舞吗?"

"会!"家艺响亮回答，说着要跳起来，可忠字舞是集体舞蹈，得多人配合。家文、家欢显然没有这种热情。

武主任却并不在意，又说了两句便踱到一边去了。

"你没感冒。"家欢揶揄三姐。

"要你管!"家艺不是小绵羊。她对二姐老大不满。可家文究竟没做错什么。如果说有"错"，充其量只能说是"既生文，何生艺"。二姐从来轻而易举就能出风头，她何家艺却不能。现在好了，武主任都注意到她，显然是在家里商量好的。唉，也难怪，肯定是小武哥大力吹捧，有可能还十分激动，非家文不娶。才终于能够"劳师动众"，请他爸爸借此机会来瞅瞅这未来的"准儿媳妇"。家艺透过人群默默观察武主任，他的目光就没从家文身上挪动过。可恶的家文!凭什么她永远是女主角!

家欢凑到家艺旁边，讽刺道："别想了，你永远都比不过二姐。"气得家艺脸绿。可到底是大姐的喜酒，不好发作，只能憋着。

门口，美心看看表，嘀咕，说："这刘妈秋芳怎么都没到，我还跟她说了，来早点帮帮我的忙。"老太太道："人家有人家的事，刘妈答应的事一般不会食言，应该是别的事绊住了。"

到时间了，喜酒开始。

老太太和美心收拾东西进去，朱德启家的带着燕子匆忙赶来。燕子还是大头大脸。美心远远见了为难，转头对老太太小声嘀咕："这个样子，怎么给她介绍。"老太太说你少说点。家喜尿急，告诉老太太，老太太忙带她去卫生间。朱德启家的走近了，给份子钱，美心收了，道谢，而后微嗔："怎么这展子（方言：这会子）才来？"

朱德启家的也是个藏不住话的，连连道："出事了出事了。"

062

为民受伤的消息是从刘妈那儿传出来的。陈村暴发山洪，汤为民为了抢救群众和国家财产，被石头砸到，失去了右腿。送到淮南时已经完成小腿截肢。人住在市第一人民医院。

"先不说这个，吃喜酒。"美心对朱德启家的说。

震惊是真震惊，可人已经伤了，不可挽回。美心认为现在还不是让家丽他们知道的时候。

一团喜庆。家丽和建国得到了他们人生中该有的风光。

市第一人民医院病房里，刚恢复体力的为民却在砸东西，送来的水果、送饭的饭盒、笔记本，凡是能触及的东西，他都抓住，丢掉。

一地颓唐。

那个该死的石块毁掉了他的右侧小腿，连带也毁掉了他的希望和人生。

汤婆子哭着劝儿子，没用。大老汤一脸严肃，忍住不落泪。幼民、振民站在一旁一言不发。秋芳进来，两道泪止不住。她上前，为民还想用投掷东西阻止她。但周围已经清了，只剩他自己。秋芳上前抱住为民。起先他还挣扎，她死死抱住不动。两个人都哭了。释放，近乎号啕。

喜宴结束，美心和老太太拿着饭盒在叨剩下的菜。还能吃个几天。建国被灌醉，家丽扶着他。老太太笑道："洞房花烛，喝成这样。"家丽说那些战友太能喝。老太太才想起来，说刘妈今天也没来，还有秋芳。美心比了个嘘的手势。

服务员在一旁叫："有家属吗？这位同志不行了。"

众人一转头，常胜躺在地上吐黄水。是胆汁，喝太多。

美心、老太太、家文、家艺、家欢吓得一同去扶。一阵手忙脚乱，好歹用建国的自行车驮着迅速朝人民医院去。

老太太迅速排兵布阵："家丽，你带建国回去，老三老四，带两个小的回去。"家丽不放心，着急地说，"建国没事，一起过去。"建国也迷迷糊糊说没事，但走路却已然不是直线。

兵分两头。家艺、家欢拿了家钥匙，领着两个小的走。老太太美心他们一路护送常胜到人民医院，挂急诊，诊断为急性酒精中毒，轻度肝损伤。建国也服了点解酒药，清醒了点。

医生给开了点药。楼上楼下跑着累，家丽让妈妈和奶奶歇着，自己去取。酒水喝多了，这时候才想着去个洗手间。

刚往里进，家丽抬头看到个熟悉的身影。大老汤老婆！她正在水龙头底下洗眼睛。待她抬头，一双眼睛肿似桃子，神情哀伤。惜老怜贫，家丽瞬间抛却门户之见："阿姨，怎么了？"汤婆子抬眼见是家丽，触电般甩开，跌跌撞撞跑了出去。

家丽顾不得上厕所，跟着她去，心像压着一块石板。出事了，一定有事。她见汤婆子迅速上楼，拐弯，消失在骨科病房门口。家丽心跳得厉害，放慢脚步，病房里一片死寂。

她不敢往前，怕事实太过残酷。

有护士从里头出来，家丽拉住她。小声问："这位同志，里头的病人叫什么名字？"

"几号床？"护士十分冷静。

家丽答不上来。只好问："里头病人有姓汤的吗？"

"有一个姓汤的。"

"多大年纪?"家丽心揪起来。

"二十多岁。"

"长什么样?"

护士不耐烦,翻开查房表单:"病人叫汤为民。"

"他怎么了?"家丽惊叫。

"事故,右腿小腿截肢。"护士冷静陈述病人情况。

家丽一阵眩晕。差点没站稳,扶住墙。

具体情况是第二天从刘妈那儿得知的。至少名义上,她还是为民的丈母娘。事实上,从护士那儿得知为民的情况之后,家丽一夜未眠,百感交集。建国倒睡得很实。

刘妈说着说着也哭了。女婿遭此大难,她首先想到的是女儿以后怎么办。"刚嫁过去,正经一天顺心日子还没过,丈夫就残疾了。"刘妈都是委屈。家丽无言以对。人生没有如果。只是,如果当初她再勇敢一点,接受为民。为民就不会去陈村,如果他不去陈村,就不会遇到这种事。如果她跟为民结合,秋芳也就少了这个劫难。牵一发而动全身,所有的局面或许都会改观。可是,没有如果。这就是命运,太过残酷。

家丽想去见为民,安慰安慰他。但还能说什么呢,在现实面前,所有的言辞都是徒劳。为民残疾了。

秋芳回来了,面容憔悴。见家丽在,明显有些意外。"妈,"秋芳跟刘妈说话,"爸留下那个尿壶给我找出来。"秋林懂事,没等刘妈动手,他就去床底下找。

家丽像不存在一样。秋芳忙着自己的事。家丽痛苦地上去抱她,秋芳推开她,两个人都哭了。在秋芳看来,当初为民要走,家丽就没认真劝。如果她尽心,为民不会是今天这样。

为民截肢,落下残疾,迅速成为继周总理去世后,北头最大新闻。有感叹的,有骂的,也有说可怜的。老太太叹:"可惜了,汤家老大人不错。"美心道:"所以说,人不能作恶,你作恶,报应也许不报到你身上,或许就报到你孩子身上。"老太太连呸三声，教育儿媳妇："要留口德，话别说那么绝，谁都有难的时候，谁能一辈子甩到头？"

美心笑道："妈你不就是一辈子甩到头？"

老太太瞧不上儿媳妇说话，纠正道："我还没活足一辈子呢，而且我甩什么到头了？旧社会的苦吃过，新社会的苦也吃过，老牛拉破车，一点一点朝前崴，才有这么一家子，我还甩到头。"

美心换话题："你说汤家老大出事，大老汤两口子不会拉歪屎怪到家丽头上吧。"老太太诧异："都不是一家人，也不在一个地方，跟家丽有什么关系？"

"他们会想，如果当初家丽要跟他们老大在一起，是不是就没这事故？"美心跟家丽想到一块儿去了。老太太理直气壮："他们自己都不同意，要怪，首先得怪自己。"老太太叹了一口气："他们那两口子，或许会怪秋芳。"

"怪秋芳什么？"美心不懂。

"克夫。"

"还真是。"

"但未必会说出来。也不至于把秋芳赶走。"老太太分析，"儿子残疾了，就算儿媳妇克夫，不留着，等以后二老归西谁管他们儿子？"

"妈，你想得真远。"美心说，"不过妈你放心，你儿子，我还是管到底的。"老太太道："哎哟，那真谢谢了。"

家丽打算在为民出院前见他一次。她怕他一出院，住进家里，父母和秋芳围着，再见面很难。她确实关心他，也想安慰他。但她必须摆正彼此的位置。他们两个人都结婚了，有了家庭。她和为民之间，只有老故事，不可能也不应该有新故事。

建国觉察出来一点。家丽和为民的事，他听一个战友提过。大致意思是两人相恋，家庭反对。建国是个军人，打心眼里，他认为这并不是问题。如果有问题，也完全可以光明正大提出来，解决。就像当初他和为民打的那一架。

"找时间一起去看看汤为民那小子。"家丽洗菜的时候，建国率先提出来。

"怎么去?"家丽一直在找机会。想一个人偷偷去，但不容易。

"光明正大去啊。"建国说，"中国和美国还能破冰呢，我们这又不是敌我矛盾。"建国心胸的确宽广，家丽对他更佩服了。

"他家人不欢迎。"家丽说，"我们两家有仇。"

"多大的仇?"建国说，"比黄世仁和杨白劳的仇还大? 放心吧，有我在。"他打包票。

是，有建国在。即便大老汤夫妇都在场。也不会说什么。但就是不能跟为民说体己话了。想到这儿，家丽觉得自己好笑，还有什么体己话。蜜语甜言? 早不是那时候了。她现在对为民说的话，都应该是能摆到台面上说的。

谁在都不怕，就是单纯关心。她鼓励自己。

"为秋芳也该去看看。"建国说，"你们不是多少年的好朋友嘛。"家丽打心眼里感谢建国的周到。

买水果，冬天能吃的本来就少，只有橘子。还是紧俏货，要粮票，要钱。就那都买不到，没办法，建国找人弄了几只黄桃罐头，用塑料网兜提着，不空手，算有面子了。吃罐头是病人的特权。到病房了，刚巧只有为民在。建国有笑脸，家丽面目严肃。她疼他所疼。

为民愣了一下，跟着是大叫："出去，出去——"周围已经没有可扔的东西。连饭盒都摆在远离他的板凳上。

好在他还有声音，可以呐喊，对命运。

他接受不了，接受不了昔日的恋人和情敌来看他。他觉得是看他的笑话，是剥开他的伤口仔细瞧。

歇斯底里的声音在走廊里回荡。秋芳、汤婆子连忙往回跑。

汤婆子顾不了那么多，上前撕扯家丽，嘴里嘟囔着："你干什么，你敢动我儿子一根毫毛我跟你拼了……"秋芳连忙阻拦。家丽苦笑，这就是为民的妈，对儿子好，却永远不得法。她以后不要做这样愚蠢的妈妈。

建国拉家丽过来。严肃地说，"汤为民！你是为革命做了牺牲，我来看你，是敬佩你是条汉子！但你现在这个样子，我看不起你！"

以毒攻毒。竟然奏效。

为民沉默。他知道自己已经永远失去家丽。但他必须活得像个男人。他不需要任何人可怜。不需要。

"我迟早跟你干一架！"为民握起拳头。

"随时奉陪。"建国道。

"建国！"家丽阻止。

建国有自己的主意，向前，站到为民面前。为民单手撑床，半个身子跃起，迅速给了建国一拳。建国身子晃了一下，又站稳。

"怎么不还手？"为民咆哮。

"这拳是欠你的，再来我不客气。"建国道。

果真又来一拳。这回是硬碰硬、刚对刚。两个男人真打起来。吓得旁边三个女的大喊住手。为民占上风了。陈村岁月，锻炼得他手臂很有力量。建国的脸颊中了一拳。为民一声怪笑："我单凭手就能打赢你！"建国假晃一下，为民又出拳。怎奈用力太猛，身子失去重心，整个人从床上跌落，坐在地上。

残脚露出来了，一层层绑了绷带，但已无脚的形状。

为民惊慌失措，连忙扯被子盖住。

他的自尊心一时无法接受自己的残缺。

汤婆子去扶儿子。秋芳对家丽，连声："走吧走吧，你们先走吧，别刺激他了，走吧。"家丽也觉得闹得太不像话，死活拉走了建国。到医院门口。她跟他生气："你干什么？哪有你这样的，他是病人。"

"男人就该有男人样。"

"如果是你，你会怎么样？"

"我会站起来。"建国依旧豪气。

"你就不懂换位思考，他失去的是一只脚，脚，明白吗？"

"为革命，牺牲在所难免，志愿军战士好多命都没了，不也是为了保家卫国。"

"跟你说不通!"家丽气急。

眼前,建国的鼻孔流出一道血柱。为民的袭击现在才有效果。家丽看了又心疼,提醒他:"抬头!"建国不以为意。

"抬头!流血了!"家丽指挥。

建国嘿嘿笑:"流点血算什么,我当兵的时候……"建国又开始说他艰苦卓绝又光荣无比的成长史。

家丽望着这个男人,说不清是什么滋味。自己选的,认吧。

谁知没过几日,刘妈那儿又传来消息:为民要跟秋芳离婚。

063

何家,老太太和美心在绕毛线。几个小的在旁边帮忙。说起为民闹离婚。家欢插嘴:"我倒挺佩服为民哥的,反潮流,不怕离婚,不怕坐牢,不怕杀头。"她又沉浸到革命话语中去了。"反潮流"是当时的潮流,号称马列主义的一个原则。

"胡扯什么!不懂不要乱说。"老太太批评孙女。

家欢道:"阿奶,这叫不破不立,破字当头,立也就在其中,为民哥,那是自尊心受不了,以前他多有优越感,革命小将,去北京见过毛主席,现在呢,为了革命事业丢了一条腿,秋芳姐跟他在一起,得照顾他一辈子。为民哥不想接受这个怜悯,所以只能离婚。离了也好,都自由了,不是有老话说,夫妻本是同林鸟,大难临头各自飞。"

家欢说的一套一套的,老太太和美心竟也无言以对。老四说错了什么没有?没有。事实就是这样,残酷的事实。唯有叹息。家文冷不丁说:

"我看不会离婚。"

家艺说："一个要离，一个不要离，最终可能就是不离。"

家欢不明白什么意思。

刘妈家，秋林趴在小桌子上看书，丝毫不受刘妈和秋芳争吵的影响。秋芳站着："不离，这婚不能离，离了我成什么人了。"

刘妈本来是坐着的，一听这话，从椅子上起来，着急："不是你要离，是他们要离，你还不借坡下驴就此撒手？不是你不仁义，是事情到了这一步了，你不为你自己想想？以后都守着个残疾人过？为民这孩子懂事，不想拖累你，你应该了解他的一片苦心。"

秋芳执拗："不，不离，不能离。"

"现在不是贞节烈妇的年代了，不是反潮流嘛，离婚算什么。"刘妈激动，"而且街坊四邻都知道是怎么回事，没人会说什么，现在又没孩子，何必把自己一辈子搭进去。"

秋芳道："哪有劝女儿离婚的妈。"

"他残疾了，以后生活都不能自理，更别说工作了。"

"以前也没让他理什么。"

"你这孩子怎么这么固执！妈能害你吗？"刘妈激动。

秋芳也激动："我不怕拖累，照顾就照顾呗，无非少了一只脚，也没什么大不了的。"

"你脑子有病！"刘妈忍不住骂。

"我还爱他。"秋芳低着头，"妈，你不懂。"

刘妈怔住，说不出话。她自己爱过吗？好像有，结婚前那会儿或许是爱。但也是个遥远的影子，想都想不起来。老张，可恶的老张！那个女人有什么好！就非要反潮流？

秋芳收拾东西，悄然出门，穿过巷子，回到汤家。大老汤和汤婆子在客堂坐着，带着幼民、振民。沉默，死一般的沉默。秋芳进屋，几个人眼神交流一下。秋芳明白了，为民还在里屋，一个人躺着，拒绝交流。"我来吧。"秋芳微笑着。这个时候，她必须微笑。推开门，进屋，再关好。

地上的衣服、杂物，她弯腰收拾好。

"明天去民政局。"为民看似冷静，实则心里压着一座火山。

"这婚不离了。"

"不行。"为民口气深切，"我不能拖累你，让我一个人过，没事的，反正我们也就是扯了个证，其他没什么。"

"嫁了就是嫁了，我不怕拖累，也不觉得是拖累。"秋芳不看为民，铁了心。

"总不能非要两个人捏在一起过吧。"

"我愿意。"

"我不愿意！"为民有他的骄傲。

秋芳不说话，手上没停，继续收拾东西。一会儿，屋子里的物件各就各位了。她抬起头，看着为民的眼睛，"为民，你跟家丽已经不可能了，你该醒一醒面对现实过自己的生活，现在你的妻子是我，是张秋芳，不是何家丽，这辈子的缘分这辈子了。有什么过不去的，你少了一只脚，我不在乎，你还是我的丈夫，我尊重你，支持你，无论什么时候我都是你的坚强后盾，为民，咱们好好过日子吧，小车不倒只管推，一直推到共产主义。"

"我不要你的怜悯！"为民失控。

秋芳坚定地说："这不是怜悯，我喜欢你，我爱你！"

天地寂静。

汤为民的心像被重锤砸了一下。秋芳这个名字似乎从这一刻起，才真正进入他的心。她爱他。千回百转地失去一只脚之后，此时此刻，他才真正相信并感知到这三个字的分量。

他望着她。秋芳，一个贤惠的女人。

秋芳上前抱住他，他靠在她肩膀上，两个人都哭了。

屋外，汤家一家几口耳朵贴在门板上，仔细聆听。

"过去的，扫进历史的垃圾堆，"秋芳说，"我们重新开始。"

为民泪眼婆娑，点点头。

两个月之后，汤为民和张秋芳在春华酒楼摆了喜酒。北头几乎所有的街坊都去了。当然也有常胜一家，建国一家。再见到家丽，为民似乎已经没有那么介怀。医院已经去订义肢，还没到。北头的姚铁匠帮为民打了一只假脚，暂时先用着。喜宴当天，为民撑着，也俨然正常人一样。

家丽和为民握手，又是朋友了。秋芳端着酒杯在一侧。

建国上前，也握手。"祝贺新生！"都喝了一盅。

"以后怎么打算，继续在一药厂干？"家丽问秋芳。秋芳看看为民。为民道："区里支持，街道支持，还有几个待业人员一起，就在河边那小仓库里，办个修旧利废的小厂。"

众人都说好。秋芳呕了一下，家丽敏感，当着男人们不好问，等再有人找为民敬酒。她悄悄拉过秋芳，问："老实交代。"

"交代什么？"

家丽指了指她的肚子。

"就你聪明，什么都瞒不过你。"秋芳笑着。等于承认了。

家丽笑说："我们又赶上同班车了。"

"你也怀上了？"

"可能。"家丽比了个嘘的手势，"还得去保健院一趟，你可别说出去，还没人知道。"

"建国能不知道？"

"还没告诉他。"

"真行。"

"你月份比我还大。"家丽轻轻摸了秋芳的肚子一下，"为民这小子可以啊。"

秋芳赧颜："厉害着呢……别看丢了一只脚。"

家丽说荤的："不该丢的没丢不就行了。"秋芳要打她。家文在旁边听着，笑而不言。武绍武这回又来了。大老汤盛情邀请的。家文见了，刻意低着头，躲着他点。

家艺却迎面走过去，大大方方伸出手："武叔叔，还记得我吗，我是革命小将何家艺。"

武绍武做回忆状，终于："记得，见过。"

"我给您演一段忠字舞。"说着，家艺拉了幼民和另一个女同学——她事先已经跟幼民和女同学交代好。一通舞蹈，斗志昂扬地。

武绍武鼓掌，表扬："有这种热情和信心，革命何愁不成啊！"

家艺敬礼，表态："革命战士是块砖，哪里需要哪里搬！"

远远地，大老汤向常胜走来，嘴里嘟囔着："老哥们儿老哥们儿……"常胜如临大敌。

吃完酒席到家。常胜感叹："这个大老汤，一个瘸腿的儿子，还搞出优越感来了。"美心问优越什么。

常胜道："他说他儿媳妇有了。"

美心眼一白："他的功劳？还值得一说？哪个母鸡不下蛋。"

常胜手拍大腿："你还不明白啊？那是给我难堪，意思是他瘸腿的儿子能播种，我们家丽迟迟不长庄稼。"

老太太拿着笼布进屋："常胜，你这话让建国家丽听到，像什么样。"家文在一旁笑道："大姐估计也有好事了。"

三位家长立刻来精神，异口同声："你听谁说的?"

家丽怀孕的确切消息三天之后才公之于众。是美心押着她去保健院检查的。回到家，美心跟老太太抱怨："你这个大孙女，没有比她心更粗的，都两个月了，也不知道采取措施。新婚小夫妻本来兴头就足，别后面的影响到前面的。"老太太听着这话荤，说也没那么金贵，是儿不死，是财不散。

常胜刚进门，兴奋，听岔了，以为家丽怀的是儿子，高兴得拍手。美心觑他一眼，"耳朵塞驴毛了。"

待周末家丽再进门，她自然然成为家里的头号保护动物。

三个老的不必说。就是文艺欢玲喜几个小的，也是一切以大姐为重。

家文送大姐一本《古代诗歌选》。

家欢让座给大姐："这个椅子舒服。"

家艺说："姐，我给你唱歌，让外甥也接受接受艺术的熏陶。"

小玲冒傻气，问建国："姐夫，姐姐肚子怎么这么大？"

家喜开始上学了，性子比老五机灵："老五，大姐要生弟弟了。"到底是孩子。说聪明，却还不懂辈分。美心搂过家喜，悉心教导："大姐不是生弟弟，大姐生你的外甥。"

家喜反问："外甥是什么？"

美心耐心地回答："外甥就是你姐姐的儿子。"

家丽微嗔："妈，还不知道是男是女呢。"美心刚要说话。刘妈进门，来借酱油，见家丽，也是一番感慨。秋芳和家丽两个好姐们儿，同时鼓肚子。说到男女，刘妈又发挥自己的判断功夫，啧啧两声："我说句实在话。家丽这一胎，男孩百分之九十。"

美心道："老姐姐，你的话，我就一听，我生了那么多胎，除了生家丽在老家你不知道，其余的你都断是男孩，结果一生下来，相反。"

刘妈笑道："那时候你们盼儿子，就算我看出来是女儿，我也得说是儿子，讨个口彩，但现在家丽是我女儿辈的，那我就是有什么说什么了，你看，家丽的肚子呢，是尖的。"

"还没多大呢，就尖的圆的了。"美心反驳。

刘妈再举证："再看，儿子丑妈妈，看家丽，这斑，蝴蝶斑吧，肯定是儿子。"

常胜从院子里抽完烟进来，听到刘妈的预测，转头对建国说："听到了吧，咱们这一片，刘妈的预测最准，想个名字，给我孙子，你儿子，想个名字。"

建国说："我是孤儿，也不知道族谱上的辈分，只能想到哪儿是哪儿了。"

常胜大手一挥："你取，咱们就是要横扫一切，让老何家的腰杆子挺起来。"

建国想了想说："要不，叫向东？"

常胜一掌击在泡桐树上："这个好，向东，张向东，我何常胜的孙子张向东！"

美心远远看丈夫癫癫狂狂，小声笑道："明明是外孙子，非说孙子。"

建国说："爸，老大就姓何，叫向东。"

常胜没想到建国有如此想法，如此心胸。

家丽听了上前，对建国："别乱允，这不是闹着玩的。"老太太、美心也惶惑。

"反正不止生一个，爸，妈，奶奶，"建国各方面打招呼，"我也不靠孩子光宗耀祖。头一胎不管男女，都叫何向东，第二胎不管男女，都叫张向南。"

雪中送炭，深明大义，何家终有传人。

常胜一掌拍在女婿肩膀上，大笑道："好！好女婿！好儿子！好战士！也会是个好爸爸！横扫一切牛鬼蛇神！"

于是，家丽头一胎，孩子还没降生，便有了名字：何向东。

064

刚进七月没几天，朱德启家的又来通知美心去厂里开会。这次是因为朱德朱老总去世了。天一直下雨，半个月没见太阳。

朱德启老婆刚走。美心和老太太站在房檐下，抱怨："这个朱嫂整个一个瘟神，前一阵刚来，说周总理去世了，这又来，朱老总去世了。"

老太太看天，雨幕深垂："龙年！龙王震怒，行云布雨，老天爷一个劲收人回去。"美心听着头皮发麻，撑伞出去了。

学生不上课。全区进入紧急防汛状态。七中的学生都在坝子上帮民兵运沙包。家文、家艺在，武继宁也在。忙完，学校又有事，纪念朱老总的活动，学生们蹚水回。家文在前头，继宁撵上去，"何家文同志。"他还是革命式的打招呼。

家文停住脚，拉家艺到房檐下高处站着。"明天是家父寿辰，想邀请你去我们家做客。"家文笑道："我跟令尊并不熟悉。"家艺在一旁着急，这个二姐，就算对武继宁没有意思，多跟革委会副主任接触有什么坏处？就那么坚壁清野，拒人于千里之外？真不知为人处世之道。家艺不管不顾，笑着道："小武哥哥，二姐不是那个意思。"武继宁忙解释："哦，是家父想接触接触年轻人，了解了解年轻人的思想发展状况。"

家文揶揄："周总理、朱老总先后离我们而去了，令尊的工作肯定更忙，哪有时间体察民情。"继宁窘得说不出话。家艺不过意，对家文说："二姐，你就别为难小武哥哥了，不过为革命前辈庆祝个生日。"继宁连连说对，也算是个革命人的小聚会吧。

话说到这个份儿上，家文不想得罪人，便说带妹妹一起去。为了不厚此薄彼，家文提出带家艺、家欢两个人。继宁表示同意，又说了具体时间，并强调到时候来接她们。

"不用，地址说一下，到时候我们直接过去。"家文说。

待武继宁远去，家艺才开始抱怨姐姐，"自己不想去就算了，干吗还让家欢去？"家文道："我是不想去，但怕硬拒绝爸妈将来难做人，才勉强答应的。"

家艺尖声笑两声："你高贵，是大户人家的小姐，人家请都请不去，我们就是下贱丫头，上赶着去社交。"

"我可没这么说。"

"那干吗让老四去，她就是个搅屎棍！"家艺非要要一个答案。家文被闹得没法，只好问："知道《红楼梦》吗？"

"一本书，挺厚的。"家艺说。她当然没看过。

"知道里头有个尤二姐和尤三姐吗？"

家艺着急："别卖关子了，我读书读得没你多，什么二姐三姐的。"家文不疾不徐，"里头的二姐三姐被人接到大户人家取乐，我们去给副主任祝寿，有什么区别？"

"能一样吗？那是封建社会，咱们现在是社会主义社会，反潮流。"

"都一样，"家文说，"所以要把老四也带去，冲一冲格局。"

"行行行，你说什么是什么，我们都要沾你的光。"家艺气愤地，"总有一天，我会让副主任和小武哥哥单独请我去家里做客。"家文当作没听见，蹚水先走。

朱老总去世后，建国暂调古沟区工作，只有周末能回田家庵。家丽一个人，肚子越来越大，没人照料诸多不便，所以暂时搬回家来住。家文让床给姐姐，她跟老太太暂时挤一挤。

家文没到家。家艺进屋，放下书包就炫耀，说武绍武要请她去家里做客，了解革命青年的思想状况。又拍拍老四，说带她去。

"用不着，不感兴趣。"老四家欢不在意，"我没什么思想，整天饿得什么都想不起来。"又喊："阿奶！晚上能不能别吃菜叶子了，早上就差没直接拉绿屎了。"

家艺故意撇开家欢，对小玲道："是去给武主任祝寿，可能有生日蛋糕吃。"家欢一听激动："我去！"

"晚了，定了小玲了。"

"小玲才多大，有什么思想可汇报的。"家欢强词夺理。

"小，思想才单纯。"家艺故意地，"你不是说你也没什么思想嘛。"

家欢滔滔地说："我怎么没有思想，毛主席语录、毛泽东选集我都学习了好几遍，要说思想，我老四比你老三要高得多，就拿武主任来说，他邀请我们去是对的，毛主席都说，见群众不宣传，不鼓动，不演说，不调查，不询问，不关心其痛痒，漠然置之，是不对的。"

家文进门，收伞，搁在屋角："你有什么痛痒？"

家欢忽然沮丧："我的痛痒就是吃不饱，穿不暖，精神富裕，物质匮乏。"老太太端鱼汤进来，批评她："顺嘴扯，今晚的汤你别喝。"家欢连忙改口："别啊，阿奶，你是我的灶王奶奶。"

家文道："老四，过几天跟我去武主任家一趟。"

"老三跟我说了。"老四盯着鱼汤，如猫。

"叫三姐！没大没小。"家艺不满地。

家欢不看她："我就知道人家请的二姐，根本没你什么事儿！"一语道破。家艺面子上挂不住，是，是请的二姐，但这个大好机会，她实在不想轻易放弃。她坚信，人是需要相互沟通了解的，武绍武和小武哥哥，只是不够了解她。本质上，她觉得自己比二姐还要优秀。不对，应该是比二姐更适合小武哥哥以及小武哥哥的家庭。一个上流社会的家庭，是需要一名长袖善舞的女主人的。是会适当迎合奉承，进退自如的女人，而不是二姐那样的冰山。

家文笑笑，纠正："老四，这回你可要感谢你三姐，是请的她，你和我都是作陪。武主任是特地要感谢她在秋芳喜酒上跳的忠字舞才邀请的。"一句话，面子捞回来了。家艺用眼神感谢姐姐。家丽和美心同时到家，见屋里吵吵嚷嚷，问怎么回事。常胜去支援防汛，这几日不在家。老太太见人齐了就说开饭。

一屋子女将，叽叽喳喳。

当得知要去武绍武家做客，美心比女儿们还激动："吃不是关键。"家欢冷不防："吃还不是关键？"

老太太用筷子敲她："吃你的，饭都堵不住你的嘴。"

"这是个亮相。"美心感叹，"我以前觉得，生六个女儿，我这一辈子都失败，但现在我又感觉，自己挺成功，关键是这六个女儿都长得漂亮，一个个的，都给妈妈长脸。"

家喜嘴甜："妈，都是因为你漂亮。"美心顿时笑开花。老五傻，冒一句："爸爸不漂亮。"美心脸色一变："所以你随你爸，苞谷嘴。"老五不识相，又来一句："我跟妈妈姓。"

美心气得要放筷子。家丽肚子起来了，坐不了小板凳，所以一个人坐在大方桌边，眼看要吵架，她忙换话题："总不能空手去，第一次上门。老二，到时候把你姐夫弄的那几个罐头拎着，还剩几只，黄桃的橘子的。"

老四诧异："我怎么不知道家里还有罐头？"

家丽骂："在你姐夫单位搁着呢！搁家里存得住？还不早被你们啃光了！"

睡觉前，家文在院子里刷牙。家艺从后面上前，小声说："姐，谢谢你。"家文吐掉最后一口水，沉静地说："有什么好谢的？"家艺停一停，忽然："我知道你是照顾我。"

"姊妹妹，什么照顾不照顾的。"

"你根本不想去，为了我才勉强去的。"

"不是为了你，是为了我们家，整体，大局。"家文解释。家艺忙道："就算为了我们这个家，我也在其中，我也受益，所以我感谢二姐。"家文说没什么，转身要走。家艺叫二姐，欲言又止。

"还有事？"

家艺扭扭捏捏，为难。

"有事直说。"家文向来爽利。

"去武主任家的时候，你能不能不要表现那么优秀？"家艺吞口水，有些难以启齿，但还是说了。

家文立刻明白了："那我少说话。"

家艺急切切："光少说话不行，还得……还得做一点错事。"

家文莫名其妙："错事？"

里屋，老太太戴着老花镜，在灯下打毛线。是为家丽即将出生的孩子准备的，是藏青色。"这个颜色，会不会太老气？"家丽问。老太太道："保险，这颜色男孩女孩都管穿。"

家丽不想提生男生女的话，有压力，便换一话题："都有人到我们单位提亲了。"老太太停住手："提亲？"

"给老二。"

老太太叹气："也是个难事，老二长得太漂亮。"

"漂亮还难？"

"老话讲，红颜薄命，为什么？就因为长得太漂亮了心气就高。"

"这不马上就去武主任家做客，估计也是那方面的意思。"

"意思归意思，但老二没那意思也没用。"

"老三有那意思。"

"人家看得上老三？"老太太直说，"长相，做派，都不够稳重。"

"这就难办了。"

"老二过了秋天就要下乡，再磨几年再说。"

"不怕在乡下弄出故事来？"

老太太轻拍家丽胳膊："你以为个个像你。老二眼睛在头顶上，除非她自己喜欢，别人再塞给她也没用。"

"那老三呢？"

"老三？"老太太哼哼两下，"如果你有儿子，你愿意儿子找老三这样的？"

"不愿意。"家丽果断。

"那不就得了。"老太太继续打毛线，"有小姐的矫情，却没有小姐的命！这丫头，以后迟早跌跟头。"

065

是日，姊妹仁拎着水果罐头去了。一人手里握一本毛主席语录。天还有点毛毛雨。刚进区委大院，家艺就感叹环境就是好。家文、家欢没理她。到武家，鞋子是潮的，继宁妈——宫老师，招呼她们换鞋。穿洞山宾馆专供的简易拖鞋。家艺暗暗称奇。她第一次穿这种拖鞋，白色毛巾布面子，软底，踏上去脚特别舒服。到底是干部家庭。

"不要拘束，都坐。"宫老师朝沙发一挥手。

家艺、家欢再次震惊。三人的皮沙发一只，单人的两只，只在电视上看过。家文带头把罐头放在茶几上，家艺、家欢连忙跟着姐姐，也放在茶几上。宫老师笑说："还带什么东西。"也没谦让，收下了。"武主任一会儿过来，在书房忙点材料。"在家，宫老师也称丈夫武主任。"继宁出去打球了，马上回来。"宫老师笑呵呵地。

一会儿，武继宁果然抱着篮球进门了。一同进门的，还有汤幼民和朱燕子。这二人手里都拿着"红宝书"。

看来同样有备而来。

何家三姊妹头脑一震，老邻居也来。家欢和幼民过过招，她悄悄握拳头。吓得幼民连忙避着她坐，靠近家文。

"去擦擦汗。"宫老师亲昵地拍拍儿子。这是她和武绍武的独子。家艺盯着继宁看。运动过后的小武哥哥，额头上有汗珠，格外迷人。为什么要擦掉，她不满宫老师的决定。

还有，幼民和燕子怎么也来了。家艺愤恨，输给二姐她尚且有些不忿，这两个不入流的怎么能与她何家艺平起平坐。不看他们。家艺翻了白眼，看头顶的灯。武家的灯都比别人家高级些。家艺脑子中冒出个词：资产阶级作风。但立刻又自行擦去了。武主任是最革命的。

宫老师端水果上来。葡萄、香蕉、西瓜。家欢如获至宝，这就是她来的目的。不客气，挨个吃。家文吃了几颗葡萄。家艺怕吃相不雅观，只掰了根香蕉，一小口一小口吃着，不露齿。

又等了会儿，武主任从书房踱步出来。他走得慢，却很有气度，一步是一步。一身中山装，半旧的，但在田家庵区依旧不常见。宫老师招呼了一声，去做饭。朱燕子连忙起身说要去帮忙。"不用，你们聊，"又笑着探探头向里屋，"这个继宁，换个衣服这么磨蹭。"朱燕子只好坐下。家文和家艺对看一眼，心照不宣。朱燕子也是来竞争的。家艺眼白对燕子。家欢只顾吃。

幼民翻着毛主席语录，两腿并拢，做小学生状。他也是继宁哥的朋友。准确点说是：跟屁虫。

继宁来了，风风火火的。穿着件背心，前面印着两个红字：中国。武主任批评他："客人面前，像什么样子！没有衬衫？"

"热。"继宁摸后脖颈，还有汗。

"别人怎么都不热，就你热？你就能主动脱离人民群众？没有衬衫？套起来！"下马威，在座的都被震住了。继宁嘟囔着，换了件白衬衫来。家艺偷瞄他。小武哥哥穿什么都好看，都精神。

武主任换了笑脸，但还是有距离的，招呼孩子们："你们吃，别停，革命工作不能停，好身体是革命的本钱。"

幽默，众人笑了。

"你们都是继宁的朋友，我愿意跟年轻人接触，多了解了解革命现状，你们知道，今年，我们国家已经失去了两位伟人。"说到这儿情绪有点悲伤，顿一下，继续，"所以革命的接班人一定要锻炼好自己，将来好接班。"

众人都说是。

家艺为求表现，抢先冒出来："武叔叔，祝您生日快乐！"伸出手，要握。武主任有些意外，但立即和蔼地笑："谢谢这位小同志，革命人永远年轻，不过生日，都是继宁乱传达。"

继宁申辩："爸，没乱传达！"

家艺坐下来，一颗心怦怦跳。老实说，她有些失落，武主任叫她"小同志"，似乎并不记得她名字。

嗨——家文、家艺、家欢、家喜……也难怪，她家的名字都太难记。容易混淆。除非叫小玲。可家艺又不愿意从姊妹的队列里独立出来。不光荣。

朱燕子名字好记，两种动物的组合。脸盘子也有点猪相，胖头大耳。家艺瞧不上她。

菜摆好，"你们对当前的形势怎么看？"武主任端着腔调问。

朱燕子做了个举手的动作，武主任点她一下，燕子进一步，一本正经答："形势是大好的，不过'我们应当相信群众，我们应当相信党，这是两条根本的原理。如果怀疑这两条原理，那就什么也做不成了'。"

后面半句是毛主席语录。

武主任一拍沙发扶手："好!"除了朱燕子,其余人都吓了一跳。武主任指着燕子,"出自毛主席,《关于农业合作化问题》,你是朱会计的女儿? 理论水平很高嘛!"燕子莞尔,露出娇羞姿态。但本来长得就不大如意,一娇羞,反倒突出了五官的缺点。继宁不喜欢,看得直缩脖子。

家艺毛主席语录背得不多。她不是不背。是记忆力不佳,背了也记不住。见燕子出风头,她有些着急。

家欢记忆力却很好。她不愿落下风,张嘴就来:"政策和策略是党的生命,各级领导同志务必充分注意,万万不可粗心大意。"也是毛主席语录,出自《关于情况的通报》。但有点文不对题。武主任笑笑,宽宏大量地:"小同志,各级领导同志的心就不用你来操啦,管好你自己,武装好你自己。"

家欢不甘心,急说:"在阶级社会中,每一个人都在一定的阶级地位中生活,各种思想无不打上阶级的烙印。"

武主任满意:"这话对,出自《实践论》,但关键是怎么看,就比如我们这次聚会,你怎么看?"

从理论到实践,家欢还没掌握。聚会就聚会,吃饭就吃饭,还能怎么看,她觉得武主任真是高深。继宁听不惯他爸掉书袋,道:"爸,能不能别为难我的朋友。"

武主任转脸,看儿子,变色:"荒谬,这叫为难? 这叫政治生活,你就是思想觉悟一直无法提高,才无法进步,你的朋友是在帮助你。"

家艺见大家都对毛主席语录如数家珍,她左思右想,终于记起来一句,便道:"叔叔,我的理解跟毛主席的指示是一致的。'革命不是请客吃饭,不是做文章,不是绘画绣花,不能那样雅致,那样从容不迫,文质彬彬,那样温良恭俭让。革命是暴动,是一个阶级推翻一个阶级的暴烈的行动'。"

武主任顿时拉下脸:"你的意思是,我们今天吃饭,就是不革命的?"

家文见妹妹多说多错,忙圆场:"武叔叔,家艺不是这个意思。"又对家艺小声，"少说两句。"

菜办好，宫老师请大家上桌。

大圆桌，继宁要坐在家文旁边。家文屁股还没沾凳子就又起来，安排家艺坐。自己再坐家艺旁边。家艺领了姐姐的情。幼民坐继宁另一侧。家欢坐幼民旁边。

寿星武主任自然坐首位。朱燕子帮忙端菜，和宫老师一起，最后入座。"燕子！去坐，在班里总操持，在家里就不用了。"

家文、家艺这才明白。原来朱燕子是宫老师的学生。难怪能够攀上这高枝。继宁是少爷脾气，一直都饭来张口。端菜来，别人都起身，就他坐着。"妈！饭给我多盛点，饿了。"

武主任暴喝："自己没长手！"

燕子忙拿碗帮忙盛。手脚迅速。家艺想抢都没抢到，失去表现机会。

"放那儿！让他自己去盛！"武主任对儿子很不满，"懒成这样，是不是裤子掉了你都不提？就该送你去下放！"

宫老师不满丈夫的粗鲁："这么大孩子，什么裤子掉了不掉的。"

武主任矛盾转向妻子："就是你惯的，革命后代就这样下去，一个字：毁！"

孩子们噤若寒蝉。一会儿，武主任意识到有些失态，又让孩子们吃饭。大家静悄悄地吃。宫老师也上桌了，跟孩子们谈谈家常。多半是问家里有几个兄弟姐妹，父母在做什么工作。问到家文、家艺、家欢，听说家里有六姊妹。宫老师煞是惊异，连生六个都是女孩，也算小概率事件。她一直想要个女儿。可第二胎宫外孕，就此失去生育功能。幸好有继宁。

武主任听不得这些婆婆妈妈。平地一声雷，问："对文化大革命，你们怎么看？"

都要表态，挨个说。

燕子最先："文化大革命是一场前所未有的革命。"

正确的废话，武主任点头不语。

该家欢了，她还是背语录："毛主席说了，'在拿枪的敌人被消灭之

352

以后，不拿枪的敌人依然存在，他们必然地要和我们做拼死的斗争，我们决不可以轻视这些敌人'。"

理论水平够了。武主任进一步问："这是主席的话，你怎么理解，不拿枪的敌人在哪里？"

家欢说不出来，这问题超出她的见识，只好说："炮打资产阶级司令部。"

该幼民了。幼民更没理论水平，只谈一点口号式的感受，"文化大革命就是横扫一切牛鬼蛇神。"

说了等于没说。

轮到继宁，他放下筷子，说："那是为了保护革命的成果，人民拥护毛主席。"武主任问："人民为什么拥护毛主席？"

"毛主席对人民好。"

"怎么个好法。"

"想着人民，念着人民。"继宁的回答很浅。武主任摇头。家文接话说："人民拥护毛主席的原因很简单。"

"哦？"武主任被吸引了。

家文进一步："忆苦思甜会我们都开过，没有毛主席，中国的农民被地主压迫了几千年，工人为了有口饭吃，拼命给资本家卖力。那时候有平等吗？资本家地主官僚有几个把老百姓当人？毛主席一直反对的，就是一个'私'字，私心私欲私念，他把儿子送到朝鲜战场上去，他还说干部如果有私心，那老百姓就得遭殃。发动文化大革命，就是怕有些干部退化了，走修正主义，演变成过去的地主资本家，老百姓又该遭殃了，所以要'斗私批修'。人都是有私心私念的，所以这条路还很长，要我们继续奋斗。"

霎时安静，只有客厅内一只座钟左右摇摆发出声响。跟着，武主任带头鼓掌，站起来，伸出手，越过餐桌和家文握手，赞叹："小小年纪，有这样的思想觉悟，革命何愁不胜利！"

090

燕子、家艺均傻眼。家文一不小心，又出了风头。

此时此刻起，家文彻底成了这场聚会的中心。

家艺憋着气，想起在家里叮嘱过姐姐，让她避避风头。二姐答应了的。可一到现场，一切变味。骗人！家艺瞪了家文一眼。家欢见了，憋住笑。家文一偏头，看到妹妹扭曲的脸，连忙找点错误犯，左思右想没啥可犯的，只好胳膊一拐，瓷勺落地。当啷碎了。这可是瓷器厂产的荷花套瓷。碎了一只，就不完整了。为了三妹，家文只好"铤而走险"。

"真对不起。"家文立即说。

宫老师有些不高兴，但又不好批评。武主任发话："没事！坐下吃，好孩子，碎碎平安嘛，不打破旧世界，怎么迎来新世界！"

碎了个勺子，正合他胃口。

继宁帮家文夹菜，是块梅菜扣肉。家文为了补偿家艺，小声对继宁说："夹给家艺，她喜欢吃这个。"

"哦？"继宁疑惑，夹了一块递到家艺碗里。家艺受宠若惊，笑呵呵说我最喜欢吃这个了。家欢戳穿她，"你不是不吃肥的吗？"家艺不满："谁说我不吃，我吃，肥的也有营养。"

家欢立即把碗里的半块肥肉给家艺夹过去："那你多吃点。"当着武主任和宫老师的面，家艺不好意思拒绝妹妹的好意。只好闭着气，咬着牙，慢慢吃。

吃完饭洗碗，五个人抢着要洗。

武主任招呼家文："你不用去了，坐一会儿，你的思想很深刻嘛。"

欣赏之情溢于言表。继宁见家文坐下，也就跟着坐在沙发边。厨房站不下那么多人。宫老师对幼民和家欢说："你们出去歇会儿。"留家艺和燕子两个人洗。

"能行吗？会用抹布吗？洗洁精挤一点就行。"宫老师拗不过家艺和燕子的盛情，只好让她们动手。

家艺忙说："没问题的宫老师，放心吧。"

可刚洗了没两个，家艺手上湿滑，一只碗跌在地上，当啷，碎了。是荷花碗，金贵得很。

宫老师闻声进来看情况，啧啧道："哎呀，今天这套瓷器不知道遭什么殃了，整个一个破四旧。"

家艺用惋惜的神态对燕子说："怎么不小心点？"

燕子虽然鲁钝，但也不肯受这个冤枉："喂，是你砸破的。"

"碗是你没拿稳，敢做不敢当啊。"

燕子一摔抹布："我对毛主席发誓，不是我。"

家艺笑道："我也可以发誓，不是我，那这里就两个人，不是我，那就是你了。"兔子急了也咬人。"是你!"燕子推了家艺一下，家艺反抗，一来二去，两个人竟当着宫老师的面撕扯起来。太难看!

"住手!"最后是家文一声吼。

两个人都停住了，这客做的。

"走!"家文到底是姐姐，"老三，老四。"又对武主任、宫老师和继宁，"添麻烦了，我们先告辞了。"家艺撒了手，恢恢地跟在家文后头。家欢临走不忘偷偷拽一颗葡萄塞嘴里。

一出门，家艺就哭了。

"你还委屈了？"家文不解，"碗是不是你打的？"

"谁说是我？"家艺哭着申辩。

"燕子不会撒谎。"家文看人很准。

"都怪你!"家艺忽然把气撒到姐姐身上。

"怪我？"家文也来气，"我故意摔碎一只勺子，为了你。"

家欢听不懂，吐出葡萄皮。

"到哪儿你都要出风头，你能，你行，我们都不行，我们都是废物，我们思想都不进步，跟不上形势，看不到未来，你满意了?!"家艺彻底释放，不管不顾。

家文正色："老三，人人都在照顾你，我也在照顾你的情绪，可你不能因为想让别人衬托你，就都变成傻子呆子，我们都是有思想有头脑的人。你如果想鹤立鸡群，应该提高的是你自身的素质！而不是摔碎了一只碗都不敢承认！这不是社会主义好青年应有的样子！"

一席话，如电闪雷鸣，劈得何家艺外焦里嫩，哑口无言。

她只好一转身，哭着往家的方向跑。

细雨笼罩着世界。

眼泪滑过脸颊，和雨水混在一道。

又弄砸了。家艺恨自己，恨家文，恨老天，恨命运。她又弄砸了。继宁不会喜欢她了。武主任和宫老师也不会喜欢她了。

一进家门，家艺就冲进小房间。

大人们不在家，老太太带着小玲和家喜在择菜。

"又怎么了？整天跟头野驴似的，乱撞。"老太太嘀咕，"别惊着你大姐！"

里屋，家丽还是被愣冲进来的家艺吓了一跳。

"怎么了这是？"家丽问，"被雷劈了？"

头蒙进被窝里，家艺号啕大哭。

家丽不管她，起身，慢慢出门，嘀咕："糟糕的音乐，别吵着我这孩子。"

家文和家欢后脚到家。老太太问情况。家欢要说，家文阻拦她："别说了，都清静清静。"

老太太猜到个大概，道："家丑不外扬，不过在家里扬扬没关系。"正说着，美心到家。雨更大了。老太太问常胜什么时候回来。美心说常胜让人带话了，去上窑支援了。

"上窑，那么远，去那儿干吗？"老太太问。

"说是窑河闸边的墙壁倒塌，砸死十个躲雨群众，多人受伤。"

老太太走到屋檐下，看天，叹息："老天到底要收走多少人才罢了。"摸摸肩，酸疼，老风湿，天阴下雨就犯。

老太太坐到小板凳上，小玲上前帮她捏捏。

老五傻，但还肯下力气，可惜手小，按不周全。美心过来，接替老五，帮老太太按着。

老太太沉重地说："年份不好，总觉得今年还有事儿。"

"妈，别多想了，过一天是一天。"这是美心的人生哲学。

"胡瞎子要在就好了，还能帮算算。"老太太追忆。

"都哪年的皇历了。"

老太太想起什么来："我怎么记得胡瞎子以前说过，像是个打油诗，叫什么'巨龙怒触不周山，雄狮惹恼何方仙，天塌地陷人何堪，大事总遇龙年间'。"

美心安慰，"已经有大事发生，应了劫了，下半年应该平平顺顺。"老太太问："今个儿什么日子？"

美心道："七月二十七。"

"阴历几号？"

美心记不住，进屋翻翻墙上的日历牌，出来道："刚巧七月初一。"

老太太道："晚上给你爸和老太爷老太奶烧点纸。"

美心连忙应承下来。老太太双手合十对天，"保佑咱们家平平安安。"常胜一夜没回。翌日一早，老太太第一个起床。一晚上迷迷糊糊，似睡非睡。雨停了，头天夜里在土坝子路口烧了纸钱，心还是不踏实。等人都起来，几个女孩站在院子里梳头发。老太太见朱德启家的扛着个大包慌慌张张打门口经过，笑问："她朱嫂，一早忙叨什么呢，这么大的东西。"

朱德启家的哦了一声。没多说，先朝坝子上去。过了一会儿，折回头，老太太又看到她。朱德启家的气喘吁吁，进院子。家艺一见，立马缩回屋。家欢问："你怕她？"家艺靠在日历牌边，撕掉一张，搓成团子，

"八成是为她女儿报仇来的。"

"出大事了！"朱德启家的大睁两眼。活见鬼的样子。

老太太还没来得及说话。美心踏出来："我的朱嫂，每回你来，必出大事，上回是朱老总去世，上上回是周总理去世，这回又是什么？再这样，都没人敢见你了。"

"这回没人去世。"朱德启家的耷拉着眼皮，又改口，"不，有人去世。"

老太太和美心同时啊了一声。几个姊妹一听，也都扒在门框边。"昨儿夜里，唐山地震了！"

"哪儿？"老太太细问。美心没反应过来。

"河北唐山，地震了，昨儿夜里，一个城市几十万人都没了。"

"死了？"美心是不可置信的表情。

"死了。"朱德启家的说，"天崩地裂，都埋里头了，唉，说不尽，龙年，要出大事。"

老太太疑虑："消息可靠吗？"

"绝对可靠。老朱有亲戚在河北，这会子都疯了。"

"那你忙什么呢一大早？"老太太问。

"上坝子抢地盘啊，"朱德启家的说，"都开始抢了。"

"抢什么地盘？"美心总是迟钝。

朱德启家的好笑："你还敢在家里住啊？就咱们这房子，稍微来个四五级，保管屋倒房塌！唐山，可是 7.6 级，造了孽了这老天爷。"说罢，朱德启家的便往家跑。朱燕子和她弟弟已经搬椅子凳子出来了。老太太和美心对看一眼。

这消息，需要消化。地震，老太太在三几年经历过一次。级数小，家里的床晃了晃。但邻村也听说有房子塌了半边。7.6 级，光听这数字已然十分恐怖。"妈——"美心喊她，常胜不在家，老太太和美心必须拿主意。美心又是个大事拿不定主意的。

老太太回头："家文、家艺、家欢，去坝子上看看！"

仨孙女得令，套上鞋赶忙往坝子方向跑。

淮河大坝上已经聚了不少人。有家庭已经开始搭棚子，搬床。放眼北头，也只有大坝这一块天高地阔，是避震的最佳场所。家欢道："得赶紧抢啊！"家艺还在生家文的气，道："老四，你们选地方，我回去报信。"晾着家文。

家文并不在意。站在坝子上眺望淮河，一湾巨龙卧着。料不到何时就突然跃起，搅动天地。

067

坝子上搭满了简易棚。何家也不肯落后，要保命。

材料是常胜弄来的。

牛毛毡做棚顶，毛竹搭架子，地上铺苇席子，也搬床进来。家里重要的东西基本上都挪进来。坝子上的大棚就是暂时的家。

唐山一震，惊动全国。没人敢掉以轻心，关于地震的传言什么都有。但地震的不可测性、迅速性，却让人们产生恐惧。

地震当天下午四时，淮南矿山救护队就乘飞机赶到唐山。同样作为工业城市，淮南对唐山的遭遇深切同情。

八月中旬，根据上级安排，淮南第一矿工医院接收治疗唐山地震灾区伤员八十四人。一些关于地震的细节不胫而走。

"说是下半夜，都睡觉呢。"酱园厂减产，暂时停业。美心在家照顾孩子和老人。"躲都躲不及，几十万人，哗啦一下就没了，人真没意思。"家丽肚子更大了些，不能沾地，怕太凉对胎儿不好，所以通常坐在床上。建国去古沟支援，还是周末回家一次。

为武家的事，家艺依旧不理家文。家欢她也懒得理，所以只能和小玲、家喜说话。

两个小的根本不懂什么是地震，整日在坝子上欢跑，只当是一次夏季放风。

汤家也住在坝子上，离何家不远。为民装了义肢，但还是要借助拐杖。上坝子不是很方便。早晨和傍晚，秋芳会在坝子上散步，偶尔遇到家丽，两个人并排站在河边，看长河落日，倒是难得有几分诗情画意。

生死突然逼到面前，秋芳和家丽都更看开了些，就这么过吧。生要十月怀胎，十几年教育，死呢，一瞬间的事。

还计较什么。

家丽看着秋芳的肚子："你月份大，你先生。"

"你比我也差不了几天。"秋芳笑说。

家丽随口说："这俩孩子真该结拜，地震生的，又都在坝子上，缘分。"

秋芳点醒她："结拜？你怎么知道两个都是男孩，或者两个都是女孩？"

家丽恍然："如果是一男一女，反正我同意他们做夫妻。"

秋芳道："别乱说。"

"怎么是乱说，未尝不可。"

"两家的仇你忘了？我公婆能同意？你爸妈能同意？"

家丽高声地说："多大的仇？再说等这俩小的长大，也就该我们当家做主了，只要孩子们自己有感觉，那还不是我们说了算。"

秋芳故意撇嘴："哎哟，我可没能力做我公公婆婆的主。"

"人老了，就不一样了。"家丽说，"你们家那幼民能靠得住吗？还有老三振民，老小。老小一般最自私，你这么贤惠，以后他们二老还不是靠你养老送终。既然靠了你，你说话到时候自然就有分量。"

秋芳笑："你想得真远。"又说，"那要是建国不同意呢？"

"他敢。"

两个人正说着，幼民拉着振民从后头上来。家丽连忙闭嘴。幼民对秋芳："大嫂，振民想吃冰棍。"

秋芳停了一下，不含糊："多少？"

"一毛。"幼民伸出一根手指。

家丽戳穿他："冰棍五分钱一根。"

"我也想吃。"幼民怪笑。秋芳不多问，掏钱，给他了。家丽不满秋芳太过仁慈："就这么给？"

"不是什么大事。"

"公婆知道吗？"

秋芳摇头。

"那你好人做到黑豆地去了。"

"无所谓了。"

"起码要让为民知道，这零打碎敲的，多了也可观，一个月工资才多少。"

秋芳笑笑，没说话。

幼民拿了钱，便带着振民去买冰棍。拿了冰棍，在路上走。迎面遇到家欢，她问："冰棍多少钱一个？"幼民揶揄，"你不会连冰棍都没吃过吧？还问多少钱一个？老价格，自己想去。"家欢刚问美心要钱失败，心里正有气。冲上去要打幼民的冰棍。落地沾灰就不能吃了。幼民拉着振民一闪，得意又轻蔑地说："就知道你会来这招，抢过去就能吃？做梦呢吧。"说着，用舌头囫囵个把冰棒舔了一遍，怪笑，"还吃不吃？给你？穷样！"

家欢受了侮辱，简直要奋起。秋林拉住了她："别打了。"家欢回头看他，诧异。"我这儿还有钱，够两根。"话音落，秋林果然去买了两根冰棍，自己一根，家欢一根。

忽然受到如此礼遇，家欢不适应，还有点不好意思。在她的印象里，好东西，没有送上门来的，都要拼要抢的。

"谢谢……"她嘟囔一句，声音很小，她还没太学会感谢，"回头钱还你。"

秋林不当回事:"不用。"

"你也住在坝子上?"家欢问。

"搭了个小棚子,我妈不愿意住坝子。"秋林说。是,刘妈在坝子上住了两天,又回去了。她的意思是,死也要死在家里。并且打心眼里认为:生死有命,富贵在天。

"那危险。"家欢危言耸听,"地震知道吗?"

秋林笑笑。当然知道。

"我可以告诉你几个关于地震的秘密。"家欢投桃报李。吃了人家的冰棍,总得回馈点什么。

"秘密?"秋林好奇。两个人在坝子上坐着,对着淮河。

家欢忽然低声:"北方人睡觉都不穿衣服的,光溜溜睡。"

秋林皱眉。女孩子谈这个,少见。"你怎么知道?"他问。

"大地震啊,说唐山地震后来很多拖出来的,都是光溜溜的,睡觉不穿衣服的。"家欢煞有介事。

秋林并不感兴趣:"哦,可能不穿舒服点,或者太热了。"

"你睡觉穿不穿衣服?"家欢有点犯愣。

"穿。"秋林硬着头皮答。

"还有一个事情。"家欢继续分享,"说地震把房子震塌了,压住了一家人,后来妈妈出来了,营救的人也来了。这个妈妈有两个孩子,一个姐姐,一个弟弟,人家问,先救姐姐还是先救弟弟。妈妈说,先救弟弟。"

秋林看着她,不知怎么接话。

家欢自言自语:"多危险,地震了都先救弟弟,重男轻女,幸亏我没有弟弟,不然压在下面的是我,也得完蛋。"

"你的冰棒化了。"秋林提醒她。

家欢连忙用嘴去嗍。吃亏了吃亏了,光顾着讲故事。

地震棚子边上。常胜背回来一筐萝卜。家艺拿着小铲子在棚子沿线挖小坑,再把萝卜一个一个埋进去。这是他们的"战备物资",没人知道地震威胁会持续到什么时候，没人知道要在这大坝上住到什么时候。

旁边伸出一双手。家艺抬头看，是二姐家文，她厌恶地，故意往旁边躲了躲。家文又挪了挪，靠近妹妹。家艺愤怒地，把萝卜筐一推，"想干？你来！"

"老三——"家文是来求和的。她反思那天的话，觉得有些不妥。毕竟是姊妹。

"你满意了？"家艺冷笑。

家文不说话，继续埋萝卜。她知道自己并没有做错什么，然而，她的存在，在家艺看来，就是个错。

"我是你姐姐，你是我妹妹，我怎么可能害你。"

家艺带哭腔："何家文！你知不知道从小到大你给别人多大压力！无论是什么，别人费尽心思都无法得到的，你总是轻轻松松得到，毛主席语录你都比别人读得深一点。你让我怎么活？怎么活？我宁愿你不是我姐！我宁愿你生在汤家王家李家张家，这样我就可以公然地与你为敌！恨你骂你！"

家文冷静，并没有被激怒："你骂我也不能解决问题。"

家艺把手中的萝卜一摔："我懒得跟你说。"

"你是真想跟武家建立联系还是只想跟我抢？"家文在家艺身后说。

"你不明白。"家艺痛苦地说，高中生的痛苦。

"你喜欢武继宁。"家文说得明明白白。

被说中心事，家艺语塞。

"你也看到了，他可是个饭都需要别人盛，需要人照顾的大少爷。很多事情很多人，并不是我们表面看到的那样。"

"那我也愿意！"家艺忽然说。

"那就说清楚，当面说清楚。"家文建议，"我可以告诉他，我不喜欢他，不要继续来往，你也可以告诉他，你喜欢他。"

"不要！"家艺阻止。她不希望那么快有结果，她也预感到这样做不会有好结果，等，还是等，等机会。她觉得还是有机会的。马上二姐要下放，小武也是，只要他们不在一个地方，将来就都不好说，她还有时间提高自己，充实自己，多读几遍红宝书，对于革命的理解也会加深，过了高中，她会更漂亮，更出众。女大十八变，她对自己有信心。

"你想怎么办，说说，按你的来。"家文宽容大度。

"你减少和武继宁的接触。"家艺真开出一二三来，"不，不是减少，是杜绝，杜绝接触武继宁，还有他爸武主任，还有宫老师。"

"可以杜绝。"家文答应。毕竟是姐姐，"还有什么？"

"还有，不许比我出风头。"

"这个可不好判定。"

"就是在外人面前，不能比我出风头。"

"这我不敢保证！"

"反正我让你停你就得停。"

"那好办。"家文笑说，"我尽量不跟你在同一个地方出现。"

"你全都答应？"

"全都答应。"

"姐——"家艺换了一张脸，去拥抱家文。警报解除了，就那么点小心思。"武继宁就那么好？"家文用质疑的口气。

"好，人好，家庭也好，我要能住上他们家那种房子，我后半辈子也值了。"

"你才多大，就后半辈子了，你这是封资修思想。"

"姐，"家艺变柔和，"我就知道你会帮我，让着我，心疼我。"

"这回叫姐了，刚才不还叫何家文嘛。"

"我比不过你我着急。"

"每个人有自己的命，自己的路，不好比的。"

"大姐出嫁了。"家艺忽然说。

"嗯？"家文不懂她意思。

"马上就是二姐你。"家艺口气怅惘，又期待，"然后是我，我们都要出嫁的。"

"该怎么怎么。"家文似乎并不发愁。

"反正你可以慢慢挑。"家艺赌气似的。

"记住，找个喜欢自己多过你喜欢他的。"

"那你容易了，到处都是。"

"你也得喜欢他才行。"家文说，"这样少辛苦一点，日子舒服一点。"

"没想到你也是图懒省事的人。"

"谁不想把日子过得轻松一点呢。"家文说。

朱燕子拖着一筐萝卜打棚子前经过，狠狠瞪了家艺一眼。家文忍不住笑："这才是你的竞争对手。"

家艺鄙视地笑着："跟她不用比。"

家文道："燕子有燕子的优点。"

"我怎么没发现。"

"老实，听话，本分。"家文说。

068

小厂多半停工或半停工。

为民跟几个残疾人办修旧利废厂却热火朝天。从工作中，他似乎又找回了自信。偶尔跟家丽在坝子上遇到，两个人只是点头而过。结了婚，有了家庭，马上又都有了自己的孩子，就往前奔吧。

家，从来都是最重要的。

都住在大坝上，人更集中了。平时见不着的，如今也能见着。貌美的家文日日打坝子上经过，就好像模特走过天桥，做时装表演。陆续，有人来找常胜说道儿女婚事。

常胜自然得意，但嘴上还说："这才多大年纪，还没上山下乡呢，我何常胜还想多留闺女几年，舍不得！舍不得！"说着，还配着摆手的姿势。

上坝子这一个月，入秋了。唯一的好事，是何家喝了一次喜酒。是船民朱老大嫁女儿小阿朱。家丽大着肚子没去，小玲和家喜太小，也没带着。美心上班。老太太留守。最终是常胜带家文、家艺和家欢去赴宴。

小阿朱嫁到河北高皇农村，一样的穷。那户姓魏。小伙子人不错，黝黑黑的，身子骨梆硬，走路说话带风。这恐怕是小阿朱愿意嫁的重要理由。嫁人嫁人，嫁的还是人，要看这个人本身。

阿朱比家文大，跟家丽是好朋友，但也和家艺喝过酒。回门酒在岸上摆。婆家来了几个人。家欢愕然发现，小阿朱的婆婆，竟然就是当年她举报的那个卖鸡蛋的妇女。这房媳妇，就是她来田家庵偷偷卖鸡蛋才搭上边的。她庆幸自己当年的"越轨"。

家欢有些不好意思，躲在姐姐们后头，阿朱婆婆却一改往日抠抠搜搜，豪饮。家文、家艺拿着饮料去敬阿朱。地震过后的婚礼，让人印象深刻。"恭喜恭喜。"家文带头说。家艺也跟着恭喜。下船也是件好事。

"刚上岸还不习惯。"阿朱笑说。她前头二十年做船民，水上漂荡惯了，忽然下地，还得重新学走路。"慢慢就习惯了。"家文笑着说。新郎过来叫新娘子。阿朱连忙到别处应酬，脸上是真心的笑。人走远了，家艺撇了一下嘴，对二姐说："看到了吧。"

"又怎么了？"家文不懂老三为何总是那么多感慨。

"人就是这样。"家艺又感叹一句。

"想那么多。"

"像阿朱，在船上，能上岸就满足了，大姐找个能照顾我们这个家的也满足了，那你呢？我呢？人总是要往高处走的。"

"大姐夫对大姐不错。"

"大姐喜欢的是为民哥，要不是两家阻拦，他们没准就成了。"

"过去的事还提它做什么。"家文说。

"所以我们不能受束缚。"

"放心。"家文说,"你如果非要跟小武,爸妈不会反对。"

简易防震棚,常胜进棚子。简易床上还搭着帐子,家丽坐在里头。"还行吧?"常胜问。家丽说没什么大问题。

"亏得建国去古沟了,不然还真没地方住了。"常胜摁灭烟头,又问老太太哪儿去了。家丽说回家去了。

老房子,锅屋,老太太在炖鱼汤。家丽怀孕,营养要跟上。常胜进院子,叫了一声妈。

老太太直起腰,应答。手里握着把蒲扇。

"妈,不是不让你往这边来吗?"常胜轻微抱怨,"地震怎么办?"

老太太笑道:"白天不怕,主要是晚上,阿丽现在不能总吃青菜萝卜。"常胜心疼:"妈真是辛苦。"

"还不都是为了老何家。"

"妈马上是四朝元老了。"

老太太摇蒲扇:"见第四辈了。"

美心进门:"真香。"

常胜鄙夷:"又不是给你的。"

美心诧异:"我就说一句香,犯了什么法了?重要人吃肉,咱们喝口汤总可以吧?莫名其妙。"

老太太劝慰:"都有,一大锅呢。"

美心嗔怪:"我算看明白了,女人,就那十个月金贵。是全家的中心,重点保护对象,过了那十个月。"美心随手捡起锅台上一块抹布,"就是这。"

愈演愈烈。老太太必须灭火。她舀了一勺汤,吹吹,送到美心眼跟前:"尝尝咸淡。"美心气鼓鼓喝了。常胜也意识到刚才的话有点过分,急忙转换话题。"又有人来给老二提亲了。"

老太太和美心即刻被吸引,常胜的策略奏效。

"都什么人?"美心问。

"好几家,南菜市的欧阳家,淮滨村的蒯家,姚家湾的宋家。"老太太问："欧阳家？就是那个在淮滨大戏院门口卖瓜子的？"

美心坚决地："那不行！一家十个儿子，嫁过去不得伺候完老的伺候小的。"常胜憋住笑。美心惊讶，问："什么意思？你答应了？"

常胜说没有。

美心道："那你还没糊涂，几个姊妹里头，老二最漂亮，可不能随随便便嫁了，或者再找个孤儿。"

老太太听不下去："哪儿那么多孤儿给你当上门女婿。"

美心进一步："不是孤儿，起码也得是武主任那种家庭吧，水往低处流，人往高处走，反正，欧阳家那种是不行。"

常胜挑重点地问："哪个武主任。"

美心喜滋滋："区革委会副主任，在老大喜酒上跟你握过手的。"常胜想起来了，又问跟他有什么关系。美心道："你脑子怎么一点不记事情，老二老三老四，不都到他们家做过客，还拎了水果罐头去。"

"那不代表什么。"

美心道："所以你一直无法进步，做客是一方面，另一方面也是看看人，他们家儿子跟老二是同学。"

常胜想了想，严肃地说："咱们不巴高望上。"

美心道："这种事情，咱们不能主动，姜太公钓鱼，愿者上钩。但是选哪个，就是咱们的自由了。"

老太太插话："想得都很好，老二可不比老大。"

美心问有什么比不了的。

"老大肯牺牲，为了咱们这个家，有所取舍，"老太太分析，"老二主意可大着呢。"

美心掀开锅盖，又舀了一勺鱼汤："主意再大，这是不是她爸，我是不是她妈，你是不是她奶奶？"

朱德启家的慌慌张张打院子门口跑过，带哭声。美心叫她。朱德启老婆停下，转身，一脸泪痕。

"又怎么了，每次遇到你准出事。"美心拿着锅盖，到院子里。

朱德启老婆泣不成声，几乎站不稳，只好扶着院子里的泡桐树。老太太上前："她朱嫂，出什么事了哭成这样。"

"毛主席……毛主席他老人家……不在了……"朱德启老婆艰难地说出这话。锅盖掉地上，美心怕自己听错了："你说什么?"朱德启老婆又说一遍。

这下确认了。

美心和老太太同时哭了。常胜眼神呆滞，一时接受不了。一小的喇叭响了。播音员声音哽咽，"……我们的伟大领袖毛主席……"

河岸笼罩在一片悲伤中，好像天真的要塌下来了。

哦，龙年，可怖的一九七六。地震，还有三位伟人先后离去。直到夜间，走在坝子上，还能听到呜咽。群众自发用简易棚的余料搭了灵堂。

第二天一早，人们穿素衣素服，臂戴黑纱，浓悲厚痛，不能自已。

家丽足足哭了一夜，躺在平板床上，睡不着，眼神空洞。

毛主席。

她曾经渴盼着在天安门广场见到毛主席。她的青春。似乎就在昨天。然而已经逝去了。她过去从来没想过毛主席也会离开。在她心目中，毛主席和天地，还有这河水一样，是永存的，不灭的。可是这个完整完美的世界，在今天被打破了。

常胜站在棚子外抽烟。家文陪着姐姐。家艺、家欢年纪小，"文革"开始她们才两三岁，对毛主席的感情不及大姐、二姐，她们拿着红宝书，戴着黑臂纱。老五小玲和老六家喜还不太知道是怎么回事，在她们看来，这也许也是夏天游戏的一部分，只是跟喜宴不同。

这个游戏需要悲伤。

小玲拿着小铲子，带着家喜到别人家挖菜。一会儿，挖出个小萝卜。两个人去淮河边洗洗，直接吃。

大坝上，大老汤和朱德启迎面正撞上常胜。商业局也准备办纪念活动。朱德启眼眶发红，大老汤似乎也哭过。三个老对手碰面，因为毛主席的逝世有着共同的悲伤，仇也冲淡了。无言，三个人站在坝子草坪上，一人一根烟。大老汤叹气。朱德启跟着叹了一声气。他们都是信奉毛主席的人。他们深信不疑，毛主席救了中国，毛主席领导人民走向胜利，是毛主席让这个世界运转，让中国屹立于世界。没有毛主席，怎么办。

是阴天。风很大，萧萧地。肃杀。大老汤的头发被吹得立起来，有点滑稽。

"以后怎么办？"常胜叹息。男人就该操心点大事。

"还是得上班，好好工作。"朱会计说。

常胜摇头，朱会计显然没懂他的意思。

大老汤泪满眼："中国，是中国，中国该走向何方？"

常胜从未从大老汤口中听到如此沉重深远的话。他在为中国的命运担忧。仅凭这一点，大老汤的觉悟就比别人高。

690／

老太太也哭，但毕竟经得多些，悲伤之余，她必须让这个家正常运转。家丽怀孕，必须保证营养、休息。美心和常胜还是要工作。几个小的，应该去学校的，还是应该去学校。

北菜市，国营卖菜的人似乎也少了点。老太太遇见汤婆子的妈，一个比她年纪还大些的老妪。小时候在地主家做过工，深知旧社会的苦。好不容易见到熟识的同龄人，汤婆子妈一把抓住何文氏的手，老泪纵横："妹妹，怎么样办喔，毛主席不在了怎么办喔，这要变了天怎么办喔，我们又要吃二遍苦，受二茬罪啊。"

老太太也没主意，只好劝："老姐姐，不用愁，吃好点穿好点，咱们都是黄土埋到脖子的人了，还怕什么？天要真变了，大不了往河里一跳。"

都是些老理，得过且过式。

"你不管你儿子了，不管你孙子了？他们不过了？天变了，咱们穷人不好过。"

老太太有儿子没孙子。这话不好接，尴尬。只好假借说自己要去买点豆饼，脱身。

建国抽空从古沟回来，神情黯淡。但他更担心家丽。全市行政、企事业单位均设灵堂。

何家的棚子里挂着"高举毛主席伟大旗帜"的宣传画。建国进门，就家丽一个人躺在床上。

"再吃点吧。"建国扶家丽坐起来，"为了孩子吃点。"建国带回来一点奶片。家丽放下毛主席语录，忽然抱住建国，再次痛哭。

简易棚子背面，小玲和家喜一路寻寻觅觅。挖了萝卜，捡了卡子、布偶。她们是"寻宝"的人。

大老汤家棚子后头。东西太多，有的从牛毛毡和地面的缝隙中伸出来。小玲每个都拽拽，家喜也跟着学。冷不丁，拽出一个本子来，密密麻麻都是字。

小玲伸手要："给我看看。"

家喜递给她。

小玲上小学三年级——原本应该是四年级。跟不上，留过一次级。但也颇识得几个字了。小玲对着本子，一字一字念标题栏："少——女——之，对是之——心……"

少女之心？她喜欢这个名字。本子揣怀里，姊妹俩继续"冒险"。

傍晚，小玲和家喜到家。美心和老太太回老宅厨房忙活。建国回古沟了。家丽躺在床上，见妹妹回来，问她们做什么去了。小玲脱口而出，说去捡……家喜拦住老五，说出去玩去了。家丽见家喜手里抓着布偶，问是哪儿来的。

"路边捡的。"家喜撒谎。

再问老五。"地震捡的。"老五不但一根筋，脑子也有点不好使。

"哪里地震?"家丽问。

"唐山。"老五说。

"唐山地震跟你有什么关系,捡了个布娃娃回来。"家丽不懂老五的逻辑,"告诉你们,不准偷人家东西。"

"没偷!"老五老六异口同声。

家丽累了,说要躺一会儿。小玲和家喜便到棚子外头玩。常胜回来,见家丽在睡觉,也到外头,对着河水抽烟。他见不远处的坝子上,女儿小玲和家喜正拿着一本书,翻来翻去,不禁好奇。老五老六最不喜欢看书。尤其老五,学习成绩差,还留了一级。如今在残阳下看书,精神可嘉。他何常胜的女儿,到底都识字了。

烟抽尽了。常胜走过去,慈祥地说:"看什么呢?"

小玲和家喜唬了一跳。小本子跌出去,骨碌碌往下滚出几米远。常胜步子大。未待小玲动步他便过去捡起,一看,少女之心,手抄本,字密密麻麻,本子快被翻烂了。

是黄书!常胜脑中轰然一响:"这哪儿来的?"

小玲和家喜吓得面容失色:"捡的……"

"哪儿捡的?"简直是雷公。太凶。

"汤振民家后头。"振民跟小玲、家喜年纪相仿。

"回家去!"常胜喝道,小玲、家喜拔腿就跑。常胜又喝,"这书的事,不许跟任何人说!"小玲、家喜唯唯。

走远了。家喜问小玲:"那本子上到底写的什么?"她没有小玲认字多。孰料小玲也是个半吊子,但她不愿意承认,没面子,"讲七仙女的事"家喜十足关注:"快,说说,七仙女怎么了。"小玲见家喜有兴趣,也就有了叙述欲望,便摆足架势,用那种娓娓道来的口气,"说以前,王母娘娘有七个女儿,个个都很美。"家喜插嘴:"那不跟我们差不多,不过咱家少一个,才六个。"小玲看了老六一眼,继续说:"七个女儿有一天觉得天界无聊,就打算下凡看看,谁知道一下凡出事了,老七不愿意学红宝书,被革委会关起来了。"

离奇，还有红宝书，革委会。家喜追问下文。小玲说："关起来之后，监牢里面有个知青小伙，叫董永。他偷偷把这个仙女放出来了，两个人坐火车，要去北京找毛主席告状。"

家喜较真："毛主席前几天去世了，还怎么告状，你胡说。"

"这是故事里。"小玲解释。

失却了真实感。家喜不愿意听了。到家里棚子前，遇到老四家欢。家欢见家喜手里抓个布娃娃，问："老六，哪儿弄的。"

"要你管！"老六冲她喊。老四遇到对手，不忿，"哟嚯，我是你姐，你就得听我的！"

家喜不服压，把门口水舀子往地上一摔："姐又怎么啦？谁有理我听谁的！"家欢急得跳脚，说这小丫头片子，以后不得了。

河堤上，常胜借着最后一点天光，一口气读毕《少女之心》，好看，有吸引力，看得人血脉偾张。即便是他这个生过那么多孩子的大男人，也有点脸红心跳。这是个跟一般读物不同的东西，手抄本，他听过。七五年三月全市禁娼、扫黄，据说收缴不少淫书和手抄本。再翻翻看，不对，字迹有些熟悉。大老汤家流出来的。像大老汤的字，又有点不像。

常胜留了个心眼，手抄本先保存。

毛主席的追悼大会初定在淮南一中操场举行。家丽一定要去。老太太劝："家里摆了像，挂了画，要纪念一样的，你大着个肚子走那么远真不方便，建国又不在家，你爸妈单位有事，我陪着你去也不顶事，这么大的老婆子了。"

"没事，我自己去。"家丽执着。必须去，不得不去。是为对青春的告别。"我陪大姐去。"家文自告奋勇。

老太太揪心："想想都怕，你妈好几胎都差点没生在外头，淮河路、淮滨大戏院，还有那个什么集会，每次都是，现在又轮到你。"家丽说我还没足月呢，不至于就生了。

老太太手上拌凉菜，嘴不停："那可保不齐，前有车，后有辙，有什么妈就有什么女儿，你跟你妈，都是不安分的人。"

家文劝:"阿奶,就让大姐去吧,为了毛主席。"

这话打到家丽心坎上了。为了毛主席,家丽眼眶湿润。

九月十八日。淮南一中广场人头攒动,密密麻麻,来了十万人。呜咽声排山倒海。家文、家艺两个大的陪家丽来,一边一个,搀着。家丽手拿红宝书,泣不成声。她的世界坍塌了一部分。她的青春埋葬在九月九日。广播喇叭响着,是哀伤的乐曲,广播员在广播中已经哭了。主席台上,大大的毛主席挂画中,那个微笑的伟人似乎还在指引着人们前进。此情此景,家文、家艺也哭了。抬眼间,家艺看到人群中有个熟悉的身影:小武哥哥。不由自主,家艺撒开手,跟家文知会了一声,便撇开大姐,朝小武哥的方向去。家文理解,不多问,不多说,单独照顾家丽。

挤得一头汗,更多是急切。家艺到武继宁旁边了。继宁哭得投入、真挚,毛主席是他的精神导师、人生偶像,神一样的人物。他发自内心悲痛。小武压根儿没注意到她。水滴入大海。家艺混在人群中并没有什么特别。

家艺挤着眼泪。是的,悲伤。她很悲伤。但她的悲伤显然没有其他人那么浓那么重,她的眼泪怎么都无法同武继宁的混在一道。忽然,家艺滚倒在地,哇哇乱哭,像个翻了盖的甲壳虫,四肢乱蹬。继宁注意到她了。"家艺?"他还记得她的名字。

何家艺感到十分满足。哭声止歇,云开雾散,家艺露出了一点笑容,但转瞬觉得不行。再次乌云密布,眼泪跟着下来,她上前抱住武继宁,只有这个时候,她才有资格这样抱他,抱头痛哭。

"姐,喝点水。"家文打开行军水壶。家丽嗓子哭哑了。后面一阵骚动。人群中让开一条道。家丽先看到一条拐杖,再见真人。是为民,他来晚了。

汤为民,这个曾经去天安门广场见到过毛主席的人物。如今丢了一条腿,沧桑憔悴。为民丢掉拐杖,扑通跪在地上,面对主席台,重重拜了三拜。然后,放声大哭。

周围哭声再起。家丽和他们混在一道。恍惚之中,她和为民眼神交错。往事历历在目。才二十出头,他们却好像活过好久似的。那些只有他们经历过的青春，那些激情，那些痛苦，那些期望，今天都随风飘散。为民和家丽都清楚地知道，今天也是为自己哭泣。悲痛之中，家丽翻开红宝书，仿佛要给自己力量一般，大声朗读：

"世界是你们的，也是我们的，但归根结底是你们的。你们青年人朝气蓬勃，正在兴旺时期，好像早晨八九点钟的太阳。希望寄托在你们身上……世界是属于你们的。中国前途是属于你们的……"

读着读着，又憋，又闷，家丽眼前一黑，晕倒在地。家文大喊阿姐，又喊，老三！老三！……家艺听见了，连忙赶过来……现场早配备好了医护人员。家丽被抬了出去。

070

保健院。是为民、继宁、家文、家艺四个人送家丽来的。等老太太和建国赶到，为民和继宁为避免误会，先行离开。为民叮嘱家文、家艺不要说他来过，帮过忙。家丽只是低血糖，已经醒了。老太太到了，问是谁送来的。

家艺立刻邀功："我和二姐，还有武绍武主任的儿子。"

老太太和建国只顾着问家丽的情况，没在意。

老太太握着家丽手："我说什么来着，不听，有其母必有其女，你们娘儿俩，都这毛病。"建国关切地说："丽，要不最近跟单位请假，好好休息休息。"家丽点点头，哭得太累，一会儿就睡着了。没几日，家丽出院，依旧住在大坝上。

十月，美心下班回家，带回来一封加急信。

灯下，老太太把信交给家文，"念。"

"大文嬢嬢好，我是何贵贤的儿子秀江。家父沉疴已久，如今病重在床，恐不久于人世。遵家父嘱托，特去信邀文嬢嬢返乡一见，家父思念胜哥心姐亦甚，同来为盼，切切。随信附上路费少许。还请笑纳。"

家艺听到路费二字，连忙从二姐手里拿过信封。果然有几张票子。"拿来！"美心勒令。家艺乖乖交了。

文白夹杂，老太太听得似懂非懂："什么意思？"

家文做翻译官："这是何贵贤的儿子写来的信。信上说，这个何贵贤生病了，快不行了，想见你最后一面，也想见见我爸和我妈。"老太太伸出手指，会意，对常胜说："你四叔不行了，得回去，我们都得回去。"

常胜看看美心。美心道："回就回呗。"

老太太对家丽，担忧地说："我大丽怎么办？谁照顾，要不让建国回来几天。"家丽忙说不用，没什么大问题，还没到临产期。

"等你们回来，我也生不了，怎么着也到冬天了。"

回一趟扬州江都老家不容易。老太太还没去，就打算多待几天。小叔子是见最后一面。那之后她还打算去她女儿那儿看看。少不了耽搁几日。所以，家里更要安排好。

最担心的还是家丽。"真没问题？"老太太反复求证。

家丽笑道："老二陪着我呢。"

家文忙说："放心吧，我陪着大姐，寸步不离。"

"你不上课了？"

"学校现在也没什么事。"家文道。

"吃饭呢？一天三顿，几张嘴呢。"老太太进一步。

美心提议："吃饭我看家欢能安排，她会吃。"

家欢立即嗔怪地说："妈，我会吃，又不会做。"

美心反唇："早干吗了，女孩家不会做饭，说出去又是我们没有家教。"常胜听着这话心烦，躲出去抽烟。

老太太想了想，道："生活费和粮票菜票，家丽管着。家文陪同你大姐，寸步不能离。家艺、家欢负责买菜、做饭。小玲、家喜，跟着打下手，每天都回老宅看看。最重要的，晚上都在棚子里睡，九点之前必须回棚子。家文，你清点人数。你姐夫如果来，暂时让他住小棚子。"家欢还想反驳，被家艺拉住。家欢只好作罢。跟家长作对没有好下场。

预计来回怎么也要半个月。次日，常胜、美心跟单位请了假，开了证明，当天下午去买了车票。第三天，老太太并儿子媳妇便一路往东，先去坐火车到南京，再转长途车下扬州。

山中无老虎。猴子们解放了。

家艺和家欢站在锅屋说话。"你傻，"家艺"指点"老四，"让我们采购还不好？"

"不是光是采购，是做饭，我不会。"家欢的不满尚未消除。

"你不会我会啊。"

"那都你做？"家欢见巧就上。

"可以。"家艺见老四上钩，开始收杆子，"不过不能白做。"

"就知道你没好事。"

家艺教育妹妹："老四，采购是个肥差，我们应该统一战线。"

"怎么统一？什么战线？"

家艺细说："菜是不是我们去买？"

"阿奶是这么说的。"

家艺笑道："买菜是不是一个价？"

"废话，菜都有价。"

"我们告诉大姐是不是也有一个价？"家艺笑着。家欢眼睛一亮，开窍了："老三，真有你的！你这叫假公济私。"

家艺不满，道："什么假公济私，还不是为了你那张嘴，你想想，一块肉，六个人吃，你能吃多少，但如果把那肉割掉一部分，偷偷吃，那就不一样了。"

家欢垂涎欲滴，对家艺竖大拇指。

家艺道："反正咱俩对好点，钱我来算，不会亏待你。"

主意已定，第二天就实施。每天，家艺和家欢都会找到大姐家丽拿钱。只不过，她们会故意把价格报高，差价的那部分钱，自己留着，算小金库。一个礼拜下来，吃了一次荤，家欢还私自割下来一半，裹了防水布，浸在水缸里。待没人注意，切了片，用根铁丝穿着，撒点盐、胡椒，烤着吃。

钱统一由家艺管着。菜由老三烧，她故意多放酱油和盐，咸一点，下饭。

一个礼拜下来，家文感觉有点不对。这天吃饭，她问："老三老四，怎么这天天吃萝卜白菜？大姐需要营养，钱也没少拿。"

家欢缩着头，不说话。

家艺理直气壮，笑呵呵道："二姐，你真是不当家不知柴米贵，现在是什么世道，大姐是蔬菜公司的，让大姐说，多艰难，毛主席走了，天下大乱，以后会不会吃二次苦受二茬罪都难说，有菜吃，已经算万幸了。你让大姐说是不是。"

一提到毛主席，家丽又有些伤心，她叹了口气，对二妹家文说："是，老三说得没错，毛主席不在了，什么都会差一点，会差一点的。"

大姐发话了，家文不好再理论。

到晚上，两张大床拼在一块儿，姊妹几个并排睡。

老五放了个屁，又响又臭。家丽捏鼻子："这萝卜屁！谁这是？"老五不敢承认。老六揭发她："是小玲！"跟着，老六自己没忍住，也放了一个。家丽受不了，棚子拉开一条缝，让风进来点。家文翻个身，对老三老四："明天不能吃萝卜了。"

正说着，老四放了个屁，也臭，但臭得不一样。

"老四！你吃什么了！这个味！"家丽怀孕，对味道敏感。

"萝卜！萝卜吃多了！"家欢极力跟大家保持一致。猪肉吃多了，屁出卖了她。

家文留了个心眼，但暂时不表。次日，家艺和家欢又问大姐要钱，去买菜，家艺还是如法炮制。家欢因为一个屁，成"惊弓之鸟"，"老三，那钱怎么分了吧？"刚出北菜市，老四提出来。

"这才哪儿到哪儿？"家艺说，"他们回来还得几天呢。"

"不行，得分了，大姐二姐都怀疑了。"

"怀疑什么？"

"那个屁。"家欢在这个问题上充分敏感，"她们闻出屁味不一样了。"家艺抢白："真滑稽，屁还分成三六九等了？什么屁是香的？什么屁是臭的？再说谁会抢着闻屁？有肉就吃肉，想那么多干吗？"

"就是有分别，肉是肉屁，萝卜是萝卜屁。"

"那你别吃。"家艺背过身子，她不想聊这个话题。

家欢垫步上前，追问："三姐，见好就收，该吃的也吃了，该攒的也攒了，分了吧，一人一半。"

家艺停了停，面无表情地说："没了。"

家欢着急，变色："老三，你什么意思，什么叫没了。"

"没了就是没了。"家艺依旧冷静。

家欢毛躁："老三，这么着可不合江湖道义！我可得告诉大姐去！"

"你去，"家艺并不发怵，"肉我可是一口没吃，全被你吃了。"说罢双手抱臂，"我说老四，你会不会太贪了点，又吃肉又拿钱，世上有这种好事，你也带你三姐我去见识见识。"

"何老三！"家欢指家艺鼻子。

家艺不理她，手一拨："让开！别耽误我做饭，你不吃，我们还要吃呢。"家欢没辙，只好让老三过去。

傍晚，何家艺一个人躲在船塘子湾里数钱。一分两分，一毛两毛……积少成多。她何老三硬是从大家的口粮里省出一笔款项。不容易。想在这个家见到钱不容易。有工资的就三个人。爸妈和大姐。大姐结婚后，交到家里的钱也少了。吃穿用度都紧巴巴的。给她们的零花，充其量分儿毛把，少得可怜。

家艺抓住机会崛起。

这笔钱，她打算派上个大用场。

淮河商店，何家艺走了进去，柜台边，她看了又看，终于选中一只制作精美的海螺工艺品。"这个拿给我看看。"

店员拿出海螺，介绍："东海产的。"话没说完，家艺就从口袋里把事先准备好的零票子和硬币全都一把抓出。有从菜钱里省的，也有自己的多年锱铢累积的压岁钱之类。

买到了。家艺迈着轻快的步子，一路到区干部住宅小区，直奔篮球场。武继宁果然在打篮球。他似乎已经从毛主席逝世的悲伤中走出来了。"小武哥哥！"家艺喊。继宁一个上篮，得分了。听到有人喊，跑过来。

家艺直接递过礼物："给你的。"

继宁觉得奇怪。

"拆开看看。"家艺露出少女甜美的笑容。

武继宁打开盒子，海螺浮现。"你们马上要下放了，送你的礼物，"家艺接过海螺，举到继宁耳朵边，"你听听这个声音，大海的声音，艺术的回响，代表我。"

说罢，还没等继宁说话，家艺便转身跑开了。多日的节省与奋斗，终于有了个结果。二姐和继宁这批马上就要下放。她一心要给继宁买个礼物。

饭还是她准备。东西送了，今天不用省钱。

不管家欢，今天好好吃一顿，好像不用管明天似的。买菜，豆芽，豆腐，萝卜，老三样要有。再加上鲫鱼和猪肉。今天不能让家欢吃独食。何家锅屋，家艺打算大显身手。家文过来。她是来监督的，伸着脖子。家艺系上围裙，对二姐说："看什么看，有鱼有肉，专供大姐。"家文没理论，走了。她本就不是多事的人。何家房间内，搬不走的大床上，小玲和家喜在上面蹦蹦跳跳，空了的房间成为她们的儿童乐园。

黄昏时候，家喜摸出五斗柜里的蜡烛。跟小玲玩过家家。蜡烛点得到处都是。床底下藏着常胜的半瓶喝剩的酒。蜡烛靠近，沾着火星，酒瓶子轰地一下，火炸出来，蹿到窗帘上。一瞬间，屋子被火光映得通明。

小玲和家喜这才意识到闯了祸。匆匆忙忙往外跑。

坝子上，何家简易棚。一桌菜摆着，家欢随时准备开动。家丽拦着，问家艺、家文："老五老六呢。"

"还在家里皮呢估计。"家艺擦汗。这顿饭废了不少心思。

家文说我去看看。

刚出棚子，就听到外面人群轰然，不远处冒烟，火光冲天。辨方向，家文觉得不对，立刻转身喊家艺家欢，三个人撒开腿往家的方向跑。

已经有人自发救火。小玲和家喜发蒙。这场景，她们没经见过，这祸事，她们担待不起。"往后站！"家欢大嚷。

家艺大喊救火救命。哪有消防队，全靠人工提水来救。朱德启和大老汤家的人来了，他们就在隔壁。城门失火，必然殃及池鱼。大老汤连忙联系弟弟二老汤，让他通知救火队过来。

折腾了两三个小时。火终于救下来了。

但整个何家，也烧得只剩墙壁筋骨。幸好防地震搬出来不少东西，短时间内，几姊妹还不至于无处可住。

烧光了，烧尽了。家丽带着妹妹们站在家门口，仿佛面对着一个古战场。家丽虽然心大，但这种局面，仍旧是她无法收拾的："这怎么跟爸妈交代。"

家喜和小玲缩着脖子。

家艺见其中必有蹊跷，厉声喝："怎么回事，我端菜的时候就你们俩在家！"

小玲和家喜异口同声说不知道。

家丽道："怨谁也没用。想想怎么把损失减到最小，让爸妈能接受。"

071

失火这事，建国认为家丽处理得不甚妥当。最终还是报了警。警察一来，小玲和家喜吓得魂飞魄散，立刻招认。家丽当即家法伺候，跪搓板。

水落石出了。建国不建议体罚。

家丽肚子大，靠在床上："不是体罚，得分什么事！家都烧了，跪个搓板怎么了！要是爸知道，不剥了皮。"

小玲和家喜呜呜哭，求饶，求救命。家喜一个劲说是意外，不知道怎么回事，后来又忽然想起什么："都怪爸那瓶酒。"

家欢哼一声，好笑："怪到爸的酒身上，你不玩火，酒瓶子会自己爆炸？"又对家丽，"大姐，就该实话实说，谁干的谁承认，这个黑锅，我们不能背。"家文不作声。她不赞同老四的建议。但现在她不能说话，她知道大姐肯定有主意了。

家丽问家艺："老三，你什么意见？"

家艺想了想，道："老五老六虽然罪该万死，但即便她们承认，对我们也没有什么好处，我们是大的，爸妈肯定说，小的犯了错，大的为什么不监管。"

家丽沉吟，一会儿，才让老五老六起来，对姊妹几个说："咱们家遭了一个难，谁也别说了，爸妈回来，就说是打雷劈着了树着的火。"众人皆称是。家丽又说："老五老六，这几天就留在家里，收拾家。"又对建国说，"你去弄点涂料回来，怎么着也把墙粉一粉，好歹像个样子，幸亏值钱的东西都搬出来了。几样家具，看能不能再买一点，爸妈回来，如果不问就不提这事。"建国点头同意。事到如今，也只好瞒天过海。

刘妈过来串门，敲敲帘子。

家丽请她进来。刘妈笑吟吟进门，后头跟着个中年妇女，满脸是笑。

家被烧了，她帮衬了点吃的用的，聊表邻居情谊。秋芳来过一次，她肚子比家丽还大，不便行动。家丽不晓得这会子刘妈又来干吗。还未待细问，刘妈就介绍："我也是领路，这是区妇联的魏大莲同志。"家丽连忙撑着起身，待起又起不来，妇联的同志连忙让她好生歇着。

魏大莲是自来熟，几个姊妹迅速扫了一圈，笑道："听说常胜同志、美心同志不在家，所以我来看看你，听说你是主事的大姐。"家丽忙说谢谢谢谢。魏大莲又看一圈，面色有些为难。刘妈是聪明人，立刻抬腿要走，连声说我家里还有事，你们聊你们聊。家丽明白了，连忙让建国带五个妹妹先出棚子。

"坐啊，同志。"家丽十足礼貌。

魏大莲还是带着官方微笑："虽然常胜同志和美心同志不在家，但既然来了，跟这个家的大姐通通气还是有必要的。"

"您说。"家丽点头，微笑，做洗耳恭听状。

"我是代表武绍武副主任一家来的。"魏大莲说。

常胜等三人回来已是十月中下旬。

家收拾好了，只不过变了个样。常胜他们在路上，就听到有旅客在庆祝，说"四人帮"被打倒了。他们接收信息慢，还不太清楚，老太太不愿惹事，让儿子媳妇先别掺和进去。到家门口，才见朱德启家的匆匆而过。这回是笑脸。

美心问："朱嫂，又怎么啦?"

朱德启家的笑说："你们还不知道? 好消息，'四人帮'被打倒啦! 一会儿从淮滨路开始走，有庆祝粉碎反革命的游行。"

老太太道："回家回家! 今天起了，明天倒了，不管这个，回家。"天凉了。地震的恐慌过去了，陆陆续续有人往家里搬。三个人上坝子。何家大棚里没人。又回家看看，家丽、家文在。老太太一眼就看出不一样："这家怎么这么新? 粉了?"

美心惊惊乍乍："树呢，泡桐树呢?"

按照原定计划，家丽把那套说辞搬出来，天雷打中了树，树着了火，烧了屋子，然后又怎么重建，粉刷，买了家具。好在贵重东西都在。三个大人不得不信。

老太太叹息："不是粉碎'四人帮'嘛，怎么把咱家也粉碎了，哦，这龙年到底要出多少事?"

家艺、家欢、小玲、家喜都爱热闹，都参加到粉碎反革命的游行中去。仿佛是个节日。阴霾过去，艳阳高照。有曲艺人员站在淮滨大戏院门口说快板，用的是一位著名文学家的词作"水调歌头"。群众围着看。

"哎哎——大快人心事，揪出四人帮，政治流氓文痞，狗头军师张，还有精生白骨，自比则天武后，铁帚扫而光，篡党夺权者，一枕梦黄粱。野心大，阴谋毒，诡计狂，真是罪该万死，迫害红太阳，接班人是俊杰，遗志继承果断，功绩何辉煌，拥护华主席，拥护党中央。"

汤幼民也混在人群里。家欢用胳膊肘拐了他一下，这是她打招呼的方式。幼民道："喂！知道谁是华主席吗?"

家欢不服输："知道。"

幼民道："一看你就不知道，就你那点政治觉悟。"

家欢不满："毛主席语录我记得比你清楚。"

幼民鄙夷地："会唱《交城的山来交城的水》吗?"是一首最时兴的政治歌曲。家欢当然不会。幼民在这方面走在了前头。"你啊，就是一个妇道人家，头发长，见识短，"幼民教训她，"以后可能不用下放了知道吗?"

是个大消息。家欢更不知道。"你胡说!"家欢只能用声音大来否定他。关于知识青年下放的问题，粉碎"四人帮"之后，这件事暂时不提，没说下放，也没说不下放。市里已经暂时不做下放安排。家艺凑近，问他们说什么呢。家欢说："汤幼民这小子说以后知识青年不用下放了。"

"谁说的?"家艺警觉。她的海螺白送了。

何家屋内，柜子一新，床一新，五斗橱、梳妆镜、脸盆架，都是新的。常胜问："这东西都从哪儿弄的? 怪时兴的。"

家丽说："建国和我出钱买了一些，还有一些，是区里武主任的老婆宫老师非要帮忙弄来的。"

"哪个武主任?"常胜问。

美心连忙道："是不是那个革委会的副主任武绍武?"

老太太还在打量屋子："就说毛主席走了要变天，我看汤婆子她妈说得没错，这不等于受了二茬罪。"

家丽不得不跟常胜和美心汇报："爸，妈，区里妇联的魏大莲来过。"美心政治觉悟敏锐，忙问她来做什么。家丽简单说说。美心立刻说好。常胜却不言声，现在局势变化大，他吃不准。

老太太听说，责备家丽，无论如何不应该先收人家东西。"这种家庭，能不高攀，还是不要高攀，攀得高，摔得重。"

美心争执："妈，别搞错了，不是我们要攀，是人家非要俯就，我们也没有办法。"

家丽不得不为自己解释："我也不想收，搬来了，我和建国当时就说退回去，可这么大的物件，我又大着肚子，实在不便，所以暂时放着，等爸妈回来再做定夺。"

"先放着吧。"常胜说。

没几天，魏大莲正式上门，把提亲的事挑明了。一对一。她代表武绍武，帮他儿子武继宁，向何家老二家文提亲。美心不敢说话，常胜给她上过课。这种场合，女人不要乱讲话。有男人在前头顶着。

常胜赔着笑脸："这个……魏同志，这个婚姻大事，家里头还得商量商量，我们不封建，对对，我们不是封建家长，不包办，主要还是看孩子自己的意思。"

魏大莲忙说："对对，两个孩子早都认识，说是文文还送了继宁一只海螺做定情信物。"

美心拍大腿："哎哟，这个老二。"

常胜脸有点挂不住。在他看来，女儿家不应该那么主动。他只好笑着敷衍敷衍，说稍后再给消息。他打听了消息，"四人帮"粉碎，武绍武的政治前途说不清。他不着急押宝，如果没事自然好，一旦有事，他怕耽误女儿后半辈子。

武家上门提亲的事街坊四邻迅速传开了。最不高兴的是朱德启家。朱德启老婆找美心帮过忙，想让建国给她女儿朱燕子介绍个军人。美心虚与委蛇，并无实际行动。于是她又想把燕子推给武家。现在看来，当然是徒劳无功。这还不打紧。最可恶是被何家老二半路截和。朱德启老婆恨得牙根痒痒，没少制造谣言。背地里，她称美心把女儿们当摇钱树，因为刘美心自己就有个梦，她想做全淮南最有权势的丈母娘。

家艺也听到一点影儿，但她没处问去。自从听说知青不再必须下乡，她就觉得有点不妙。因为一旦不需要上山下乡，这些哥哥姐姐高中一毕业，就进入适婚年龄，家里自然会操心。而她还是个孩子，来不及长大，来不及成为小武的新娘。

上山下乡对于家艺来说，只是个拖延战术。

如今，这个战术没有了。一切加速，超出她的预期和掌控。

这日晚间，老太太让家欢、小玲和家喜去坝子上把以前简易棚子边埋的萝卜挖出来。家艺不肯出去，自告奋勇在院子里洗衣服。家丽仍旧在床上躺着。老太太、常胜、美心三个人叫家文去小卧室。

关上门，家艺的心一下提起来了。

直觉告诉她，家里开始跟家文谈那件事了。

她了解二姐家文，她不会答应。可是，即便家文拒绝，也不代表她何家艺就有机会。门刚关上，家艺就冲了冲手上的泡沫。蹑手蹑脚贴在门边，企图窃听房间内的声音。

她告诉自己，必须掌握全局，了解全部情况，包括每个人的态度、立场、选择。然后，她才能不失时机地赢得这场人生中最关键的一次战斗。

072

小卧室内，家文坐在床上，美心和老太太一左一右坐她旁边。常胜站着，和二女儿面对面。家文大概猜出是怎么回事，近些天，她也听到些风言风语。不过武家送家具来她就坚决反对，怎奈大姐夫不在家，大姐又大着肚子，来送家具的是搬运公司的人，他们只是负责搬来而已。美心先发话，是说给常胜听的，她问家文："你跟革委会武绍武副主任的儿子武继宁，认识吧。"

家文平静地说："我同学，我去过他们家，他也来过咱们家。"

美心立即兴奋地连声说对对对。

老太太不说话，她拉住家文的手，她知道老二的脾气。

常胜点了一支烟。

美心继续问："你觉得继宁这孩子怎么样？"

"是个好人。"家文脱口而出。

"对，是好人，优秀的青年。"美心急促地，仿佛又接近目标。老太太伸手越过家文，轻拍了美心一下，她嫌儿媳妇说话不爽利了，蝎蝎螫螫反使老二腻烦，转而面对家文，郑重地说："老二，中学你也读完了，今年一直没听说要上山下乡，估计黑不提白不提的多，现在你面临两个问题，都是你的人生大事。"

这么一说，气氛紧张了。家文也不由得坐正。

老太太进一步："工作是大事，但现在还可以等一等看一看，随大溜最好，你爸也在帮你留意。还有就是你的个人问题，家文，这话你爸妈还有我从来没跟你提过，高中毕业之后你就是大姑娘了，得留点心了，可以处朋友，现在这个武继宁的爸妈找了区妇联的同志来我们家说合，希望和你交朋友，进一步发展，你什么看法？老老实实跟我们说，这样你爸、你妈，还有我才能应对，老二，我们是一家人一条船上的，家里人不会害你，你怎么想的你就怎么说。不过我们也考察过了，人我们都见过，一表人才，家庭条件也还不错。哦不，不是不错，是很不错，跟我们住北头的比那是好很多了。他父母都有一定的社会地位，这种情况跟你大姐不一样。你大姐嫁过去等于还在家，没有公公婆婆，自己当家，这一家的情况不一样。这种机会不是经常有的，这种家庭也不是经常有的。"

话说得白，但里里外外都说清楚了，无处逃避。家文必须说个明白。

常胜伸手去够烟灰缸，摁灭烟头。

家文深吸一口气，低沉地说："我认为我跟他不合适，门不当户不对，他的家庭条件优越，我算是苦出身，他吃饭都要人伺候着，是个大少爷脾气、作风，我跟他志趣不同，理想不同，追求不同。我不欣赏，我不喜欢。我仔细想过了，我要找，就找一个跟我们家差不多的，就过平平淡淡的日子，男方对我比我对男方更好一些就更好，这样我也不累，我们这种家庭，不要总想着巴高望上，累的是自己，爸妈、阿奶，我想清楚了，他们有提亲的自由，我们有回绝的权利，如果你们不好意思回绝，我去说，坏人我来做，后果我来承担。"

美心急了："都什么年代了，还有门当户对这种封建思想！"

老太太白了儿媳妇一眼，说话太不着调。

美心忽然站起："武主任家你还看不上，还说要找门当户对，老二，我看你就是眼睛长在头顶上，区主任家的不行，非得找市长的儿子、市委书记的孙子才罢休。"

家文见妈妈越说越离谱，故意揶揄，冷笑道："找了市长的儿子你不是更高兴，最好找市长本人，这样你就能做市长的丈母娘了！"

美心气得语颤："何常胜，你管不管你女儿！我算看透了，这个家，个个都是孙悟空，我就算是太上老君，也还是挨打。"

常胜不耐烦："好了！都别吵！"

美心不甘心，追问道："不喜欢人家，还送人家什么定情海螺，算哪门子的事。"

"什么海螺？"家文诧异。

家丽循声而来，见家艺趴在门板上听，问怎么了。家艺撺掇："大姐，你快管管吧，二姐快被逼死了。"家丽一听，连忙推门进去。她现在在这个家有发言权："怎么回事？又弄渣滓洞白公馆？"

老二不说话。

家丽对常胜说："爸，怎么回事？是为二妹处对象的事？"

美心对家丽说："跟你没关系。"

家丽反驳："跟我有关系，家具那事是我做得不对，不应该收人家的，当时也是实在没办法，搬运公司几个小伙子来了，我总不能让人把东西再抬回去。实在不行这么着吧，我让建国从武装部找几个兵来帮忙，改天我先去知会一声，就给人抬回去。"

常胜一挥手："不用抬了，折现钱吧，我出。"

大气。

说罢，又问家文："老二，你想清楚了，开弓没有回头箭，这也是菜瓜打锣，一锤子的买卖。"

家文当机立断，表示想清楚了，不跟武继宁处朋友。

常胜道："那行！这事就这样，魏大莲再来问，就回说不行，我何常胜的女儿，不愁嫁不出去！"

老太太柔声安慰家文。

家艺站在旁边，还算满意，第一步算达成了，一个萝卜一个坑，二姐得把这个坑让出来，她才能有机会去占。

刘美心一跺脚，出去了："我跟你们何家人八字不合，什么都说不通！"家丽对老太太笑道："你看妈，又想包办婚姻，有瘾。"老太太纠正，"唉，别这么说，你妈也是着急，你如果有六个女儿试试，那真是过五关斩六将，一生的儿女债，半世的子孙劳，不过家丽，你别抱怨，你那可不算包办，你跟建国是自谈的，我们只是投了赞成票，话说回来，你还有什么不满意的，上头没有老公公老婆婆压你的头，下头没有小姑子小叔子坠你的腿，进门就当家，想怎么怎么，你还想怎么样？这孤儿，你算找对了。"

魏大莲有日子没出现。高中毕业合照，家文也没去参加，只和几个要好的女同学到红旗照相馆拍了几张照片留作纪念。有女同学打趣家文："文文，听说武家去你们家提亲了。"家文冷静地回答："谣言，不要信。"好事的女同学笑道："那朱燕子该高兴了。"有人问："燕子高兴什么？"

"燕子妈一直想让燕子打进武家。"

"哎哟，那个房梁可不好蹲。"

家文听不下去，一甩手，先走了。女孩们看着她的背影，嘀咕："狐狸精，还看不上武继宁，也不看看自己什么德行，配不配得上人家。"继宁在学校有不少拥趸。

周末，美心早起，去北菜市买菜。家艺自告奋勇帮拎篮子，美心觉得奇怪，平时老三老四一向懒。

"别想骗吃骗喝。"出门前，美心给家艺打预防针。家艺橡皮脸，笑："不会，放心吧妈。"母女俩沿着坝子走，家艺忽然叫了声妈，美心嗯了一下。家艺刚想说话，迎面走来个熟人，两个人打招呼，站着说话，东家长西家短，一说半小时。家艺只能等。刚聊完，刘妈又从后头上来。她也去买菜。两个人边走边聊，家艺只好陪在旁边。

"秋芳快生了吧?"美心问。

"还有个把月。"刘妈道，"家丽呢?"美心说可能要晚点，到年底了，搞不好得翻到七七年去。刘妈笑说，七七年，这一年闹腾的。美心又问秋林怎么样。刘妈说在家看书呢，净看些外国小说。美心说："你还别说，你们家秋林以后没准能有点水平，喜欢看书。"刘妈忙道："有什么用，运动一来，保不齐被打倒，你看老张，有点水平，打倒不说，还当了陈世美，知识越多越反动。"刘妈已经从老张的阴影中走出来，能调侃了。

美心不好接话，两个人进了北菜市。

刘妈忽然竖起大拇指："美心，你们老二，是这个。"

美心嗤了一声："屁!"

"怎么屁，花香自有蜜蜂来，好事。"刘妈道，"不像我们秋芳，一根筋，傻，女的追男的能有好结果?"

美心恨道："现在是花不肯开。"刘妈忙问怎么了。美心摆摆手，说不说了不说了。

不说那就买菜，家艺只好跟着。挑挑拣拣，一家九口，不，连家丽肚子里的，有十口人。买一次菜，也跟搬家似的。梅豆、土豆、芹菜、包菜，最要命，是美心还选了冬瓜。

家长们聊天，家艺得担着菜，累得一头汗。

她还有任务在身。

快买好了。家艺不得不想辙："妈，我去个厕所。"刘妈笑说自己还有事，先走了。家艺根本没尿，去厕所溜了一圈，出来了。"走。"美心说，"一人一边，抬着。"

"妈。"家艺终于找到了空当。

"又要买零食？"美心一副未卜先知的样子，"好好，给你买一个。"

"不是，妈。"家艺连忙说。

"那你要什么？"美心防备。

"妈，我想跟你说个事。"家艺认真地。美心放下篮子，擦擦汗。"妈，我都上高中了。"家艺说。

"怎么突然说这个？"美心不解。

073

"我是大姑娘了。"家艺攥着两手。

美心摆出家长的样子："嗯，算是了。"

家艺故作扭捏："妈，你们冤枉二姐了。"

美心不懂她说的意思，轮得到她为老二叫屈吗？

"那个所谓的定情的海螺，是我给武继宁的。"终于破题了。

美心的第一反应是："你哪来的钱买的海螺？"

家艺一愣，百密一疏，她没想过这个问题，毫无心理准备，只能撒谎，现编："那个是我一个同学的爸爸在船上工作，她爸给她带了好多海螺、贝壳什么的，她就送了我一个。"

美心一听跟自己家没关系，便不再理论，小孩子之间，送个海螺，也没什么。家文已经拒绝，那事早告一段落。等魏大莲来，回了她就成。家艺见妈妈反应不够激烈，忽然声音一沉，下猛料："其实要和武继宁处朋友的人，是我。"

"什么?"美心皱眉。惊诧。在她心里,六个女儿是有次序的,老大之后是老二,不应该是老三。怎么能超车?她把女儿拉到一边,仔仔细细问情况。家艺便也就把事先想好的一套说辞认认真真跟美心说了,美心真听进去了,末了,家艺才说:"妈,我这是从我个人的真挚感情出发说的这些,但同时也是为家里,你说我们这个家,都像大姐那样找个孤儿,现实吗,对家里也没太大帮助,都是杨子荣,都去威虎山,能行吗?还是得有人去威虎山,有的人去奶头山,有的人去沙家浜,这样才能布局,妈,以后你一定是个风风光光的丈母娘,咱们老何家,一定会兴旺发达。"

美好的畅想。刘美心紧蹙的眉头渐渐舒展。

老三说的不是没有道理。东方不亮西方亮。老二不愿意还有老三。"这事我知道了。"美心故意控制情绪。她还得回去跟常胜商量商量。到家一想,又觉得不妥当。老三小的时候就想顶替老二去唱戏去学体操,每次都失败。这回婚姻大事,她又没有老二漂亮,会否铤而走险。憋了一夜没说。

次日,美心跟厂里请了假,打算去区里找魏大莲说道说道,她是中间人。她如果肯帮忙说道说道,或许还有缓冲的余地。刚走到区委大院,迎面碰到朱德启家的慌慌张张经过。

美心本能地觉得反感。碰到她,十次有八次是坏消息。又迎面撞个正着,不能不打招呼。朱德启家的喊她。美心问她怎么在这儿呢。实际上,朱德启老婆是来为燕子做最后的"争取"。谁知刚走到区委传达室,就接到个坏消息。

"你去找谁?"朱德启家的率先问。

美心不能说实话,只好说,路过。朱德启家的这才说:"路过还好,出事了!"

怎么又出事。美心讨厌朱德启老婆这张乌鸦嘴。

"武绍武被抓啦!"朱德启老婆叹一口气。

谁也没料到,粉碎"四人帮"之后,武绍武立即被隔离审查,成为"历史的罪人"。晚间,美心带回来这个消息。何家上下甚为震惊。常胜认为自己此前的预感得到了印证。

老太太怕事，抚胸口："幸亏老二不愿意，这要是老二愿意了，定了亲，武主任再倒了台，那不等于进了泥坑了。"

家文反驳："阿奶，不要做这种假设，武主任有没有被抓，我都不会进他们家的门。"

美心道："这年头真是摸不准，得小心小心再小心，昨天还是武主任，今天就成了阶下囚。"老太太低声："自古以来就是这样，登高跌重，高处不胜寒，老二的想法挺对，我们是普通家庭，就找普通家庭的，没那么多起起落落。"

几个人说着话。家艺眼眶噙满泪水，盛不住，滴落下来。家欢率先发现，打趣："三姐，你眼里迷沙子了。"

家文和美心知道家艺的落泪缘由。但常胜和老太太还有大姐家丽在，不能明说。家文只好说："老三，形势比人强，认清形势才能找到正确的路。"美心连忙说："对对，老三，别想那么多。"

"家具钱给他们了吗？"常胜问。

美心忙道："这就拿给他们。"

家艺抹掉泪，说："妈，钱给我，我去给。"

老太太不解："这老三什么时候腿这么勤了？"美心模糊焦点，道："妈你就别管了。"晚上睡觉前，家文不放心家艺。家艺洗了头，她叫她："老三，过来，我帮你梳梳。"

家艺坐在床头的小桌子旁，看得到外头的月亮。

家文拿毛巾帮她擦了擦头发，拿梳子仔细梳着，不经意间，才柔声说道："老三，我理解你，知道你震惊，失落。"

"没有。"家艺不承认，可眼眶瞬间又湿润了。

"武家出事，你再想跟继宁处朋友，也不现实。"

家艺一下转过身，大声："你们这些人才是最市侩最可耻的！今天出了点事，就把人抛弃了，明天人家要好了呢，起来了呢，是不是就贴上去了。"

家文并没有被激怒:"家里人不会害你。"

"小武哥哥哪儿不好,就这么不入你的眼?"家艺道,"反正我不管,他爸被抓也好,被判刑也好,跟他本人没关系,我等他,我愿意。"

"你这样是害了你自己。"

家艺激动:"什么叫害?我算看清楚了,你跟大姐一样,都自私,小家庭的自私,为民哥那么好,大姐都能放弃,秋芳姐才是真的伟大,为民哥丢了一只脚,她还是坚贞不渝,秋芳姐才是爱情里的江姐,你们都是叛徒!"

突然的寂静。家文深吸一口气,而后才慢慢说:"老三,就算你要奋不顾身,像秋芳一样,你总得知己知彼吧,武继宁心里根本就没有你。你怎么做都不会有结果。"

"我不许你这么说!"家艺站起,"秋芳姐能把为民哥感动,我也会感动继宁!"

家文终于迸发:"武继宁不是汤为民!他也没丢一只脚!他比你任性,他不会认输,也不会接受自己不接受的任何东西!"

"你胡说!"何家艺哭着跑出去。老太太被惊着,问怎么回事。家文说没事,老三去上厕所。

天很冷,十二月了。家艺冲到河边,头发没全干。一会儿,发硬,似乎有结冰的迹象。家艺哭了一会儿,没人理,河水黑黝黝的,泛光。一个人哭也没什么意思。哭累了,再站一会儿,感觉到冷了。家艺一转身,右侧有个影子,她吓得顿时大叫,那影子跟着也叫起来,跟着地上滚了许多黑不溜丢的小块块。

定睛看,是个人。月光照下来,一切显影。是个男人。确切地说,是介于男人和男孩之间的一种人。高高的个子,窄窄的脸,瘦得很。

借着愤怒,家艺竟然忘记了怕,进而怒吼:"你要死啊!"

那人有点委屈地说:"大半夜的,你站这儿干吗,我当你是……鬼。"

悲伤丢身后,家艺大声:"大半夜大冷天,你也在这儿闲逛吗?"低头看地上,是煤块,家艺恍然大悟,指着他,"喔——我知道了,你是偷煤的，偷煤贼！来人哪，抓贼啦！"

半夜遇"贼"，应保命为主，迅速撤退，可家艺今夜肝气郁结，正愁没处释放，所以失去理智，不管不顾大闹一场。

河岸没人，只有几处还没拆的棚子，立在土坝子上，像守望者。那"贼"一把上来捂住家艺的嘴。

家艺挣扎得更厉害，指缝间，她的声音又蹿出来："救命啊！杀人啦！"

那"贼"着急，哀求似的，嗓子下了狠劲："别出声！我们家真缺煤！我弟弟都快冻死了！我哥手上都是冻疮！我手上也是，不信你摸摸。"那"贼"撒开手，把手伸过去。家艺不吵了，摸摸，果然，一根根手指肿得跟胡萝卜似的，在月光下显得粗粗笨笨。"实在没办法。"贼还在诉苦。

家艺动了恻隐之心，但嘴上仍旧犀利："那……那你也不能半夜装鬼……装鬼吓人。"

"田家庵电厂的拉煤车晚上才走。"那"贼"据实相告。

"走开！"家艺吼。这喊声，鬼都能吓走。那"贼"迅速收拾地上的煤块，一起身抬头，看到家艺头发上的冰凌。

"你的头发……"这"造型"，连贼都有些担心。

"不用你管！"家艺做冰之女王，矗立在冷风中。誓要用冷风与冰雪，浇熄她心中爱情的火焰。

那"贼"不管她，拎着炭筐子，灰溜溜走了，刚走出几步，又回头。他不放心。于是脱下那一层薄袄子，折回头，给家艺披上。

家艺惊诧，没拒绝。冷是真冷，这是她需要的。她看着他，双目炯炯，似探照灯。

"待够了就回去吧，要生病的。"那贼冷得搓手。家艺不说话，那贼只好走了。

"站住！"家艺朝他的背影喊。

"唔？""贼"紧急刹车。

"你叫什么名字?"家艺问。

"干吗?要去派出所举报我?""贼"还有点幽默感。

"废什么话!"家艺气场十足,"问你你就说。"

"欧阳宝。"

"什么?"

"欧阳——宝。"贼人强调,"姓欧阳,宝盖头下面放个玉的宝。"

"还算识字嘛。"家艺揶揄。

欧阳宝摸后脑勺。

"哪个学校的?"家艺查户口。

"七中,"欧阳宝说,"我知道你也是七中的,天黑,差点没认出来。"

"你认识我?"

"何家艺,七中的何家艺,有名。"

不知为何,家艺听了挺舒坦。

"去吧。"家艺打发他。

那"贼"也不多说,只叮嘱了一句别着凉,转身消失在茫茫夜色中。河水依旧。有了这个插曲,家艺的愤怒似乎平息了些。火山暂时不爆发。又站了一会儿,她便回家睡觉去了。

她打算改天去还家具钱的时候,跟武继宁说个清楚。

074

邮政储蓄门口。

"妈,我一个人去就行。"家艺快速数着票子,"人多反而面子薄,这种事,哪能让你们大人去。"说的是去武家还家具钱的事。

"你真行？不胡闹？"美心有点不相信。她总觉得家艺得整出点什么事来。

家艺掩饰："杀人偿命，欠债还钱，有什么可胡闹的，就是把钱拿过去，说清楚了，就这么点事。"

还算爽利。美心勉强相信，又说："我让你二姐陪你过去。"

家艺着急："妈——你是不是糊涂了，让二姐出现，不等于火上浇油嘛，万一武家人恨起来，把二姐打一顿怎么办？"

"那让老四陪着。"

"老四？更不行了。鲁莽人，不出趟子（方言：出场面），老五也不行，傻，脑子不灵，老六太小，大人磨不开面子，妈，你就别操心了，算来算去，只有我，只有我能干这事。"

"你对姓武那小子没想法了吧？"美心担心这个，直说。

"妈，你女儿有这么傻吗？明知道是火坑还会去跳？"家艺怪样地笑。

"遗传我，可能聪明点，要是遗传你爸，难说。"

"放心吧妈，保证完成任务。"家艺打包票。她只能这么说。但是，说一套，做一套，最后一次争取，她打算"力拔山兮"。她从来没这么紧张过，要说的话，她早都写在小本子上，反复演练，做作业都没那么积极。

上山下乡又传了一阵，家文她们偶尔去学校看看。家艺估摸着能在学校找到继宁。武绍武被审查后，宫老师带继宁搬了家，地址不详。现在所有人都远离武家，只有她何家艺向前冲。如果继宁还有心，就应该被她感动。就像当初为民被秋芳感动一样。找了两天，没找到人。第三天，七中煤渣操场，武继宁出现了。有牛毛雨，下得密，操场没人。就他一个在一圈一圈跑。突然从顶巅坠落，他只能独自承受。

家艺站在入口处，撑着伞。她今天穿得很漂亮，一身粉红。继宁跑过来了，一脸的水，不知是雨还是泪。"小武哥哥！"家艺喊他。天时地利，她喜欢这场细雨，喜欢这氛围。

武继宁停下脚步，到她面前。他高，稍微有些俯视她。

家艺伸高胳臂，用伞罩住他头顶。她愿为他遮风挡雨。

"有个事情要跟你说。"

"你说。"继宁面无表情，躲开她的伞。

"雨大。"家艺又给他打上了。这次继宁没闪躲。

先办公事。钱和票证掏出来了，用一块手帕包着："这是你们家帮我们家置办家具的钱，二姐让我来退给你们。"家艺篡改关键信息，说是二姐让她来的。

听到二姐两个字，继宁眼睛一亮："她还说什么了?!"

"没了。"家艺说。

"也是，她都说清楚过了。"继宁失落。

"哦，她还说了一句话。"家艺突然想起来似的。

"说了什么?"继宁激动。

家艺婉转地说："她说让你好好找个人，无论是工作还是上山下乡，都要好好过日子。"

"这不像她说的话。"继宁怅惘，"家文不会这么安慰人。"

"是她说的是她说的，"家艺解释，"她还说，人就是这样，总是迷恋着远处的风景，其实最好的风景，就在自己眼前。"

"她真这么说的?"

家艺重重点头。

继宁喃喃："就在眼前……就在眼前……"

"继宁哥!"家艺急切地，"其实我可以……我可以等你……我可以陪你的……我不怕，谁被打倒都没关系，只要你不变，我不变，世界就不会变。"

武继宁错愕，"你……"

家艺委屈："我哪一点比不上姐姐? 姐姐能为你做的，我都能为你做，我还能比她做得更多!"

"别闹。"继宁快步往操场外走。

家艺紧追上去，一到现场，她在家里背诵的那些台词全派不上用场。

方寸大乱。"我是真的!"家艺快速说,"我是来真的,继宁哥!我不是孩子!别把我当小孩子了,我是大人了!再过二年,我都能结婚了!继宁哥!"

武继宁还是快步走着,路过学校门口的国营小卖部。家艺步子小,跟不上继宁的步伐,她着急抓他的袖子。他一甩手,家艺后退,一个踉跄,险些摔倒。忽然来一阵风,鼓着伞面,家艺吃不住劲,风推着伞,伞牵着她。终于摔倒在地。

冬天,穿得棉墩墩的,像只小狗熊。家艺终于撑不住,哇地哭了。路上有车往来,声音隆隆。继宁听不到家艺的哭声,一个人往前走。他想甩掉这些烦恼。

商店里出来几个人。"等会儿。"其中一个举起一只手,喊暂停。其他人停住脚步。那人跑下阶梯,去扶家艺起来。

家艺还在哭,伤心地,抽抽搭搭。一抬眼,是欧阳宝,深夜在岸边遇到的那个"贼"。

"怎么啦?这谁弄的?"欧阳宝真着急。

"他……他……"家艺泣不成声,只能说一个他字。

"他怎么你了?"欧阳宝来脾气了。为家艺,他愿意两肋插刀。

"打断他的腿!"家艺恨。欧阳宝仿佛明白了,他把家艺扶到商店门口,安顿好,一招手,对几个同伴,"哥儿几个,走着,没别的,就他妈干!"

一窝蜂拥向前方雨幕中的那个小点。那是武继宁,一个伤心失落的人。家艺发愣,没反应过来。她只是随口一说。待欧阳宝等几个人冲上去,家艺又想,对,打断腿!断了好!为民哥就是失去一条腿之后才跟秋芳姐在一起的。对,断了好!

欧阳宝一群人堵住继宁的路。

继宁不明白怎么回事:"让开。"

"是你欺负的何家艺吗?"欧阳宝用下巴看人。

"好狗不挡道。"武继宁是什么人?他哪懂示弱。

"行不改名坐不改姓，南菜市欧阳宝。"欧阳宝自认懂江湖规矩。

"不认识，不感兴趣。"继宁择路前行。

"慢着。"欧阳宝用手挡，"不管你是谁，欺负何家艺就是不行！"他原本不是那么凶悍的人，但为了家艺，拼了。一挥手，几个弟兄一拥而上。继宁虽然是条好汉，但终究双拳难敌。一会儿工夫，便被打趴在地上。欧阳宝抄起路旁一块碎砖头，几个人按着继宁的胳膊。"留下一条腿，让你走。"欧阳宝听何家艺的。继宁奋力反抗，没用。

欧阳宝高举砖头，正要行刑。

"住手！"

众人回头，是家艺，她一脸泪。她想明白了，不能让小武哥哥丢腿，为民那是意外。她不能代替老天造这个孽。他错过她，以后一定会后悔！

就让他后悔去吧！

"怎么着？"欧阳宝问家艺。继宁趁众人注意力分散，猛然跃起，一个擒拿，夺了欧阳宝手中的砖头，猛掼。那顽皮的砖头，正打在欧阳宝额头上。

一声惨叫，血流淌过面庞。

"欧阳！"家艺吓得丢掉伞，扑上去救欧阳。

继宁也呆了，站在旁边，喘着粗气，不动。

"还愣着！"家艺抬头对周围几个人，"救人！喊救命！"其他几个弟兄都没救人经验，只好按照家艺的指令喊："救命啊！救命啊！"

几个小时后，老太太和美心出现在医院急诊室门口。是警察"请"的家长。急诊、包扎的费用是家艺垫付的。用原本给武家的家具钱。一进医院，美心脸上就蒙了一层霜。她早就担心老三去送钱会出问题，但怎么也没想到这问题大得会进医院。

家艺在门口坐着。见妈妈和奶奶来，局促地站起。欧阳宝的头不是她打破的，但总归因她而起。她又不愿意把武继宁供出来，只好自己背这个黑锅。

美心愤怒中带埋怨："不是还钱嘛，怎么把人弄医院来了？"

"不是，妈……"家艺一时无从说起，里面的弯弯绕实在说不清。

老太太抓重点："人怎么样了？"

医生走出来，问："谁是病人家属？"美心往后缩。家艺语塞。老太太只好顶上去，"我算是。"

"颅骨破损，住院观察。"

"啊？"美心和家艺同时惊叫。

"还能治不？"老太太问。

"能治是能治，"医生铁面无私状，"不过不能保证恢复原状，患者的伤口触及面部神经，看恢复情况。"

老太太问："恢复得好怎么样，恢复得不好又怎么样？"

医生道："他这个俗称，面瘫，恢复得好，那自然就跟正常人一样了，恢复得不好，那就口眼歪斜。"

"那不成鬼了。"美心嘀咕，越想越恨，对家艺说，"你到底怎么把人弄成这样的，还钱就还钱，哪来这么多事，就算人家跟你讨价还价，也不能打人呀！"家艺有口难言，"不是那样的，我的妈……"美心想想，觉得不对，老三才多高，那个武继宁人高马大，她怎么还能打他？三人正踌躇。走廊里来个老头，佝偻着腰，眉毛是白的，脸上沟壑纵横，一脸的劳碌相。

"老三，老三……"老头叫唤着，摸进病房门。老太太觉得这老头有点熟。可一时想不起在哪儿见过。美心有同感。老头摸到病床前，依旧老三老三地叫。美心问家艺："他是谁？"家艺摇头。护士进门喊："病人家属。"老太太和老头同时哎了一声。

老头诧异地看着老太太。

娘仨这才明白，来的这个老头是真正的病人家属。保不齐是这个男孩的什么人。"你是病人的什么人？"护士问。

"我是他爸。"老头答。

"药一天三次，一次一片。"护士把药递给他。

老头拿了，掖在裤腰里。他还穿那种老棉裤，老式老样的，解放前流行。那棉衣棉裤也不知道多久没洗了，油乎乎的。站近了，还能闻到一股怪味。

美心诧异，对家艺说："武家那小子什么时候有了这么一个爸？"她不相信自己眼睛，揉揉，再看，还是不像，"武绍武主任才被抓进去就被折磨成这样了？"老太太不满媳妇的不着调，翻翻眼："少说两句。"又对老头，"老人家，这个真是对不住，我孙女儿……"

老头忽然愤怒："怎么能把我儿打成这样！就算我儿子多，也不能这么造！"骂着骂着，老泪纵横。

"爸……"病床上，欧阳宝醒了，他听到爸爸的吼声，怕连累家艺。老欧阳忙簇到儿子病床前。"不是她，不是她……不是她打的……"

美心又着急，对家艺说："到底怎么回事？"

情急之下，家艺只好言简意赅："是别人要为难我，这位阶级弟兄为了救我，挺身而出，才受了伤……"逻辑清晰。这下大人们明白了。老太太笑呵呵道："那算见义勇为，小伙子，你了不起。"竖大拇指。

美心不依不饶："谁为难你？你干吗了？"

"坏人，流氓。"家艺低头，嘟嘴。

欧阳宝挣扎起身，俨然木乃伊忽然复苏："阿姨，不要为难家艺，她是一个好女孩……"

美心瞪家艺，小声："回家再找你算账。"一转脸又是笑，对老欧阳和欧阳宝，"小兄弟，你伟大，见义勇为活雷锋，社会需要你这样的人，一定多多休息，多多保重啊。"

075

出医院门，刚好碰到刘妈。刘妈问美心来忙什么的。美心口不择言，说来看看。刘妈笑道："还有来医院看看的?"

老太太不遮不掩，觑了一眼家艺，道："老三惹了点事，不大，我们来医院看看。"老欧阳往外走。刘妈瞧见了，打量一番，没吱声。等老欧阳走远了。

美心问刘妈："你认识?"

刘妈道："你忘啦? 这不就是淮滨大戏院门口卖瓜子小糖那个老头欧阳嘛，家里有十个儿子，穷得裤子都穿不上。"

一经提醒，老太太想起来了，她带孩子们去看电影，还买过他的瓜子。怪道（方言：怪不得）面熟。刘妈追问："怎么，家艺惹到他家啦? 那可是属热粘皮的，粘上就甩不掉。"

美心连忙否认。到家才发火，对家艺："你说你一整天净弄些狐朋狗友搞什么名堂! 欧阳家能沾吗? 何老三我跟你说，小心点。"家艺不说话。老四老五老六躲在屋里听，咯咯笑。

老二家文进门，问她妈怎么了。美心懒得再说，甩手去锅屋，一会儿，又折回头，问家艺："钱呢，给了没有。"

家艺嘟囔："人家不要。"

美心道："不要就不能怪我们了，给我。"家艺把钱掏出来，一把交。美心迅速数数，不对，问情况。家艺说医药费垫了一点。美心立即发火："你倒会见义勇为。"老太太端着菜盆子进门，营救孙女："行了，美心，厨房的锅你看着，别烧煳了。"她心疼孙女，对老欧阳和他儿子，多少也有点恻隐之心。

美心出门。家文问家艺："你不是去见武继宁了?"家艺瞪了二姐一眼,一甩手,回自己屋:"我不认识这个人。"进屋,关上门,又哭了。她忽然看到床边上有个薄棉袄,走过去,拿起来,慢慢陷入沉思。忍不住笑了一下。老四突然从二姐床上被子里翻身起来。家艺吓了一跳,本能地:"老四!你干吗?"

老四家欢目光迟滞,饿的,她必须减少活动,她把脸凑到三姐脸跟前,她不懂她们的情情爱爱,也不感兴趣。她伸出食指去摸摸家艺眼脸下的泪,再放进嘴里,尝尝。

"你哭了。"家欢陈述事实。

"谁哭了,有病,风吹的。"好拙劣的谎言。

"又哭又笑鼻子冒大泡。"家欢念咒语,一拉门,出去了,仰着脖子,拉着绝望的腔调,"阿奶——什么时候开饭哪——"

老太太在院子里:"你爸还没回来哪——"

正说着,常胜进院子,神色匆匆。老太太喊他一声,常胜应了声,迅速进屋。老五老六正在大床上玩,常胜撵她们下来,让她们出去。从床底下拉出一只木箱子,拿出个本子,装进公文包,夹在腋下,匆忙出院门,留下一句话:"妈,晚上我不在家吃,你们先吃。"老太太诧异,嘀咕,说怎么又不在家了。美心接话:"别管他,他就那臭德行!"

堂屋传来家欢的叫喊:"阿奶!饿得动不了啦!"

美心伸脖子:嚷:"来端菜端饭,老三老四,老二!老五老六洗手了吗?"建国今天回家,家丽陪他,回洞山武装部了。

老四来端菜。美心拿手指戳她头一下:"饿死鬼投胎!"最后一道菜,鱼汤。老太太亲自端。真需要一点技术,汤水齐至汤盆边沿,一不小心就会洒出来。老太太手皮厚,也不怕烫,稳稳地,端上桌了。老四家欢笑呵呵地拿过勺子,迅速舀了一勺,盛在碗里:"爸不在家,我当试菜员了,毒死算我的。"

喝一口,老四闭眼,享受状。

家文、家艺连忙各舀一勺。小玲和家喜也嚷嚷着先喝汤。家文问美心:"妈,这是鲫鱼汤?"

美心笑对老太太:"要不怎么说是小孩子,能经过多少见过多少?"老太太说:"别说她们,就是我以前也没见过这个鱼。"

"这鱼长胡子。"美心说。

家艺接话:"长胡子的,那是鲇鱼了。"

"不是一般的鲇鱼,"美心一副老师教育学生指点江山的样子,"这是凤台县淮河峡山口的淮王鱼,是淮河里头的王。"

一听这么稀奇,众女儿皆抢着品尝那鱼汤,又吃鱼肉,好像那是唐僧肉。

家欢突然大叫一声:"妈!感谢你把我生出来!"

没头没脑,一桌诧异。家欢笑呵呵继续:"让我有机会吃到这人间美味,嘿嘿。"

美心半打趣半嗔:"你就是属猪八戒的。"

回民饭店,常胜夹着公文包进入,拣了个僻静的座位坐下,要了两碗牛肉汤,四个烧饼。服务员端上来,没多会儿,大老汤进店门,打量了一圈,见常胜在一角,径直走过去。

"不用这么客气吧。"大老汤坐下,口气很硬。

"饭总是要吃的嘛。"

大老汤坐下,吃了两口烧饼,喝了一口汤,舒坦。来淮南这么多年,早已入乡随俗,喜欢喝几口牛肉汤。"说吧,什么事?"

常胜道:"也没什么具体事。"

大老汤冷笑一声:"行啦,你我之间,就不用这样了,多少年的'交情',你有几根花花肠子,我还能不知道?何常胜我告诉你,想加入党组织,就是要经过党组织严格的考验,没有那么多人情后门可走,那歪门邪道跟四人帮一样,最终是会被打倒的。"说着,吸溜一口牛肉汤里的粉丝,教育的口吻,"你这小子,一辈子想冒泡,我跟你说,没那么容易。"

常胜并不动怒,反客为主地:"老汤,想多了想多了,要不要来点酒。"大老汤一愣："那来点，来点。"常胜掏钱，酒上来了。服务员给了小开口杯。两个男人对饮。喝得有点兴致了，常胜才说："老汤，过去我们一直有误会。"

"什么误会？"大老汤已经有点醉意。

"你爷爷那事儿，绝对绝对绝对跟我爷爷没关系。"常胜同样微醺。

大老汤道："你爷爷那就是见死不救！"忽然泫然，喉头哽咽，"我爷爷死了以后，你知道我爹吃了多少苦吗，扒树皮，挖草根，要饭，在镇江被人折了一根手指头，还被日本人打。"

"那你应该恨日本人！"

"日本人恨！你老何家我也恨！没有你们我的日子好过得多！"

常胜道："你现在过得不好吗？你就不想想，如果你们家当初还留着那几亩地，土改反右四清，你能躲得过去，当了富农你还想入党？老汤，都是命，都是命！咱们不要在这命疙瘩里绕绕，要向前看。"

大老汤举杯："你前头都是屁话，就这句我赞同，往前看，'四人帮'打倒了，咱们往前看！"两个人喝。

一会儿，常胜言归正传："老汤，最近区里又开始扫黄。"

大老汤抬起头，莫名其妙地："你说什么？"

常胜又说一遍。

大老汤怪笑，右手食指乱点："你小子，不学好是不是？"

常胜迅速从包里拿出一个小本子，递到他眼跟前。

大老汤嘟囔着什么东西，慢悠悠翻开，酒瞬间醒了："你从哪儿弄的？！什么目的？"

常胜不改笑容："老兄，别紧张，就是坝子上捡的，那会儿不是地震嘛，我看字迹跟老兄有点像。"

大老汤不说话，脑子在迅速转。

常胜道："老兄，我是真把你当成朋友才请你来吃这顿，完璧归赵，要真有什么，或者藏了祸心，直接往上头一送不就得了，费这工夫？以前的事我看都过去了，还是那句话，向前看。"

旁边桌子来了新客。大老汤连忙把手抄本抓了，掖在裤腰里。面子上下不来。转脸一看，是他二儿子幼民跟几个男孩来吃饭。大老汤一见有些火气，"汤幼民！"叫他大名，问题严重了。幼民的朋友一见大老汤在，深知其脾气，匆忙四散，只留幼民一人。"爸……"汤幼民怯怯地。

在老爸面前，他不得不是个屁包。

"晚上不回家吃饭，来这儿浪什么？"大老汤质问。

"不是，有个同学过生……"幼民支吾。

"这是你来的地方吗？"

幼民干脆不说话了，任由风吹雨打。

"你是死的，不知道叫人？"

幼民诧异，汤何两家，势不两立，过去他爸从未让他叫常胜。强按牛头，只能叫："何叔叔好。"

常胜忍住笑，且看大老汤演戏。

"你一天到晚政治思想不提高就知道手抄一些东西，给谁看啊？现在的年轻人，坏完了，社会主义靠你们这帮浑小子建设，我看得完蛋！"

幼民委屈，不明白，申辩道："爸，我没手抄……"

"还狡辩！"

只好再次闭嘴。常胜又要了一碗牛肉汤给幼民。三个男人吃干了，才出门回家。到门口，大老汤忽然说还想带幼民去张老师家一趟。常胜心照不宣，没理论，先走了。待常胜走远，大老汤才折回饭店，问服务台要了几根火柴，一片火柴皮。

带幼民到人少的三岔路口。

从裤腰里掏出那本手抄本《少女之心》，点着了。幼民眼尖："手抄本！"大老汤打他头："小点声！"

刘妈下班晚，抄小路回家，到三岔路口，看到火光，便凑过去看。"哟，亲家。"刘妈见是大老汤，笑着打招呼。

火还在烧。

刘妈探着脖子问："这给谁烧纸呢？"

"烧……烧给老太爷……"大老汤尴尬。

刘妈掐指算，疑惑地问："今儿什么日子？不年不节的。"

大老汤忙掩饰："老太爷又来缠，幼民趔己（方言：死人的灵魂来找活人导致的病症，诸如发烧等），估计在下头没钱花了。"说罢，念念有词，"老太爷老奶奶，都来收钱吧……"

刘妈嘀咕："烧这么点。"去摸幼民的头，再试试自己的，"好像是有点烧。"幼民一脸蒙。这一天，中邪了。

076

家艺再去医院看欧阳宝他却已经出院了。

她打算还他薄夹袄。

去学校等，他却请了长假，估计脑子一时半会儿好不了。家艺想来想去，还是打算去他家找一趟。再怎么说，人家也算"见义勇为"。可一想到南菜市，家艺又有些发怵。田家庵南北两个菜市，南菜市搬运公司的人多，大多是从前的小商小贩，码头扛包的，没什么文化，不做技术，有的还是流氓地痞。

要么找老四，她胆子大。家艺辗转想了一夜。老四那张嘴，除了吃饭，就是挖苦讽刺。不能让她知道太多。

还是单刀赴会。薄夹袄塞进军包里，斜挎着。

进南菜市，家艺见着个老太太便问欧阳家住在什么地方。老住户，肯定知道。姓欧阳的没几个。"巷子口往里，第二个路口往右拐，最里头那家。"说得清楚明白。

昨儿刚下过雨，地上湿漉漉的，些微泥泞。家艺拣着路下脚，不长的距离，也走了好几分钟。拐弯，一路插到底，是个窝棚似的门脸，还是泥土房。有两个小男孩抬着被子，正往门口斜拉的晾衣绳上放。绳太高，人太矮，放着吃力。家艺连忙上前搭把手，扶上去了。两个男孩直愣愣看着家艺，天冷，他们都穿着单褂子，鼻子吸溜吸溜的。何家艺刚想搭话，他们又迅速跑回屋。家艺朝里伸头，屋里头黑洞洞的，统共就那么里外两间，家具除了床就是个脸盆架子。男孩们看有人来，又一股脑跑出去，小麻雀似的。

只听到里屋传出声音："这什么他妈稀饭，都能当镜子照了，老八，不知道多放点米。"

是欧阳宝。家艺忍不住想笑，欧阳宝在她眼里，是个喜剧人物。

"老八！"欧阳宝扯着嗓子喊，"人呢！老八！老九！老七！老六！老十！"胡乱喊。屋子里静悄悄的。家艺在鼻子前扇了扇风，这是个"纯阳"的家庭。有臭味。

"老八！死哪儿去了！赶着投胎！"欧阳宝四仰八叉坐在床上，没个正形。这个家，也只有床能给他坐。

家艺出现在门口，带着笑容。欧阳宝瞬间呆了。手一抖，一碗稀饭倒扣在地上，溅起汤汤水水，家艺连忙往后退。"对不起对不起对不起……"欧阳宝忙跳下床，赤脚，忙忙活活，"真不知道你来，哎呀你看这……我这……哪儿能让你坐的……真是，我这家……真是不好意思也没打扫，你屁股估计都比这床干净……"欧阳宝讪讪的，不由得自卑。粗话是真粗，屁股脸的。家艺倒觉得有点趣味，她径直道："还你袄子。"说着，从书包里拽出那件薄夹袄，放在床上。欧阳宝拾起碗，一时不知怎么应对。家艺接过碗，"厨房在哪儿？"欧阳宝连忙指路。

"你到床上去。"家艺用命令口吻。欧阳宝遵命，跳上床。心还是七上八下。家艺端稀饭进来了。"拿着。"她让他端住碗。

他连忙乖乖端了。

"哪儿有勺？"她问。他从屁股后头摸出个铁勺来。家艺皱皱眉，担心卫生状况，"这能用吗？"欧阳宝虎了吧唧一笑，脸直抽抽，他面瘫还没好："不干不净吃了没病。"

家艺接过勺，说："我喂你。"

欧阳宝脑门子一炸，活了二十年，没人这样对她。加之脸还瘫着，喝稀饭嘴都闭不拢。他连忙说不行不行。家艺却已经搋了一勺送到他嘴边。面瘫，一边脸不能动，导致上下嘴唇不能完美闭合。喝稀饭对他来说是个难事。为了避免出丑，欧阳宝仰着脖子接了，一口吞下去。家艺再喂，频率挺快，欧阳宝来不及处理，稀饭汤子刚进嘴里，呼噜噜，又从嘴角流出来，有点像痴呆病人，也像小孩子流哈喇子。家艺看了好笑，越发想要捉弄他，连着快喂，欧阳的豁嘴一边喝一边流，煞是滑稽。家艺撑不住哈哈大笑。当看了一场喜剧电影。欧阳宝放下碗，嘿嘿地笑："对不起，给你难看了，我这丑相。"

几个"小麻雀"扒着门框偷偷看。

家丽不像她妈这么没成算。快足月，肚子有点动静，她就跟蔬菜公司告了假。建国托了点关系，家丽提前住进保健院。马上到一九七七年。家文高中毕业，区里在动员下乡，但似乎不那么强迫。她听说武继宁报名了，全区统共就三十个人报名下乡。她告诉家艺继宁的最新消息。家艺似乎不感兴趣。家文想想也是，老三这人，来得快，去得也快，便不再提继宁。

家文不想下乡。她想早点参加工作，一来为家里分担一点，免得大姐和爸妈这样累，二来一参加工作，就等于正式走上社会，基本等于独立了。她渴望独立。有工资，有自己的住处最好，然后，才是考虑个人问题。她不急不躁，但心里有主意。

家丽住院，老太太和家文陪得多一些。老太太还有几个小的要顾。主要是家文陪。姊妹俩难得有机会单独相处。家丽免不了为二妹打算打算。"下乡缓一缓就缓一缓。"她说。

"我想早点参加工作。"家文不遮着掩着。

"那就三条路，招工、招干、参军。"

"参军就算了。"家文道。

"参军有什么不好，我像你这么大的时候，就想参军。"家丽又想起她的光辉岁月。勇闯武装部，结果遇到了建国。

家文笑道："谁有你那胆子，我看家里，除了你，也就老四是参军的苗子，不过你也无所谓，不参军，找了个参军的。"

家丽道："再等等，'四人帮'刚打倒，待业青年安置工作上头肯定会考虑。"家文点点头。

产房门口，亮着的灯熄灭，跟着才是孩子的哭声。建国攥着的拳头松开了。医生走出来，摘了口罩，一头汗。家丽整整生了十二个小时。再过几个钟头，就是一九七七年。

"男孩。"医生平静地。

常胜和建国同时欢呼，跳起来，抱在一起。老太太眼泪下来了。美心和几个女儿笑逐颜开。

一九七六年十二月三十一日晚上九点零九分。何家迎来了第四代。因为还有几个小时就到新的一年。这孩子小名：小年。大名还是按常胜和建国约定的来，叫：何向东。

秋芳赶在家丽头里生了个女儿。在第一人民医院生的，取名汤小芳。坐月子都在娘家坐。秋芳是因为刘妈照顾得仔细些。家丽是没婆家，只能娘家妈照顾。

家丽产后虚，日日坐床，老太太照顾得多。美心反倒照料得少，日日出去晃。她自己生了六个女儿，在这一片一直有些气弱，如今大闺女头一胎就"旗开得胜"。美心忍不住想显摆显摆。去刘妈家借醋。美心笑着进门，摸摸秋林的头，世界都是美好的。"哟，秋芳在啊。"美心故意装模作样，"也是，汤婆子能伺候好什么人，刘妈，拿你点醋啊。"

刘妈知道她来意，也不戳破，笑说："真没天理了，自己是酱园厂的，还来找我借醋。"说着，让秋林把醋瓶子拿来。美心凑到秋芳跟前："哎呀，这小脸，这大眼睛，跟秋芳一模一样，以后也是个漂亮坯子。"刘妈故意回馈："恭喜你啦，来了孙子。"

美心受用："是外孙子，不过跟孙子一样，"忽然小声说，"跟我们老何姓。"窃喜。刘妈故意惊诧："哦哟，伟大，那不真成倒插门女婿了。"

"什么倒插门不倒插门，他们毛主席教导的一代才不管这些，姓啊名啊就是个符号，就算姓何，不还是他张建国的儿子？跑也跑不掉。"刘妈叹："这建国你们真是找对了，哪像我们这个，一天也见不着个影。"秋芳替为民申辩："妈，别胡说，谁说没来，不是上午才来的嘛，为民厂里工作忙。"

刘妈送美心出门，两个人站在院子里，小声说点体己话。

"都你一个人伺候？"美心问，"汤婆子呢。"

刘妈撇嘴："来都不来。"

美心义愤："我怎么就看不惯这种人呢，孙女不是人？儿媳妇不是人？我生六个丫头，我们家老太太也没对我这样。"

刘妈委屈犯难："生虫的拐杖靠不住，我自己丫头自己伺候，不指望别人。"美心道："秋芳这丫头也是，嫁出去了，还真就向着别人了。"刘妈叹："千金难买她愿意，由她去吧。"

美心拎着醋瓶子往家里走。越想越气，为刘妈气，越想也越得意，为自己得意。到汤家门口，一低头，她进去了，"她汤嫂！"美心喊着，有外孙子壮胆，敢闯虎穴龙潭，"她汤嫂在吗？"

汤婆子从里头出来，到院子里。"哟，哪来的贵客？"

美心拿着劲儿："不巧，家里炖老母鸡没有味精了，能不能饶一勺子（方言：好心给一勺）我们。"汤婆子是味精厂的。

"有。"汤婆子倒爽快。

077

美心真去拿。跟着到锅屋，故意惊诧："她汤嫂，你这怎么清锅冷灶的，不做饭啊，秋芳呢，不坐月子。"

"坐，在家里坐几天，到她妈那儿坐几天，秋芳是香饽饽，婆家娘家都抢。"汤婆子早有思想准备，滴水不漏。

美心一拍手，道："这样就对了！新社会，男女平等同工同酬男女都一样，不像以前了，所以啊，生了儿子也没什么可骄傲的，生了女儿也没什么可气馁的，都是社会主义接班人。"

至此，汤婆子全然了解了美心的来意，伺机反击："一样！对我们来说都一样，生孙子生孙女，还不是都姓汤？"

美心立刻申辩："我们外孙子，照样姓何。"

"跟老何姓？"

"对。"

"外孙子成亲孙子了？"

"可不就是亲孙子。"

汤婆子半笑半讽："你们家可真会做新闻，以前是六个丫头耸人听闻，现在是外孙子跟妈姓笑掉大牙。"

"怎么就笑掉大牙了？"

汤婆子纠正："用词不当，我文化不高，用词不当。"

两个人正说着，小玲跟振民在院门口一阵疯跑。美心看着生气："老五！疯什么？家去！"

汤婆子的讥讽当然没搅乱美心的好兴致。小年满月，她便经常抱着大外孙出门晃荡。人越多越好，比如淮滨大戏院门口。还勒令几个小的，小玲、家喜跟着，一幅太后抱皇子出行图。

老太太提醒："天冷，小心别冻着孩子。"

美心不顾："有小抱被呢。"街上有熟人遇到了，忍不住多问，美心便细细解释，她享受这个过程。重复多次，大抵内容是：

熟人问："哟，这谁啊？小刘，又生啦？这回是小子了吧？"

美心半娇半嗔："还生呢，生一辈子？开什么玩笑，我都官升一级做奶奶啦。"

熟人奉承："哎哟喂！你做奶奶，谁信啊，这太年轻了这……我看看我看看……你们家老大生的？哎哟，真俊！这大眼，还是个儿子，有福啊小刘！闺女的福能享到，以后还能继续享大孙子的福。"美心多半客气着，笑逐颜开，享受这奉承。多少年了，她一直压抑着。是家丽帮她出了这口气。

小玲和家喜跟在后头。小玲不长心，听见跟没听见一样，只要美心不短她吃的、少她穿的，还给她玩的。她才不会放在心上。有时候她还叫错，叫小年弟弟。美心听了，喝止："顺嘴扯！"小玲眨巴眼，不晓得自己错在哪儿。

"这不是弟弟！"

"哦。"小玲一副云淡风轻的样子。

"差心眼！"美心只能教育，拎到一旁，开小灶，和老五刘小玲一对一，"辈分，辈分懂不懂？"

小玲似懂非懂，不点头也不摇头。

"我是谁？"美心指指自己。

"刘美心。"小玲给官方答案。

美心着急，恨不得跺脚："不是问我的名字，是问人与人的关系，我是你的谁？"

"你是我妈。"小玲答。

还没彻底糊涂。

"家丽是谁？"

"我姐。"

"好，你和你大姐，是不是都是我生的？"

"是。"小玲若有所思。

"你和大姐是平等的关系，就是一辈儿，同辈儿，明白了吧。"

"不平等，"小玲纠正，"大姐睡单人床，我们几个人睡一张床。"

美心发火："我说平等就平等，平辈，辈分，你们的辈分平等！"

小玲被吓退："那就平等吧。"

美心继续教导："小年，是你大姐的儿子，你大姐是小年的妈，所以小年就是你的外甥，你就是小年的五姨，你们不是平辈，你比小年高一辈。你是长辈。"

小玲自言自语，仿佛懂了："我是长辈。我是小年的五姨。"

回家，小玲把这套关于人物关系的教导传达给老四家欢。家欢压着气："我们当中几个最吃亏了，从前是晚辈，得尽着长辈，老大老二老三都睡过单床，我们还没有，没人让着我们，我们被教导要孔融让梨，得让。现在呢，我们成长辈了，还是得让，小年的奶粉你吃过吗？我是从小到大没吃过几口淮南农场的奶粉。反正，规则都是他们大人定的，长辈吃香的时候，爸妈就让我们当晚辈，晚辈吃香的时候，再让我们当长辈，跟谁说理去。"

小玲听了，并不随着家欢动怒。仿佛事不关己，高高挂起。家欢见无人响应，十分不满："老五，我说话你听到没有。"

老五玩自己的，嘟囔："听到了听到了。"

家欢哀其不幸怒其不争："你就是个猪大肠，拎都拎不起来！你就应该多唱国歌！"

"国歌？"小玲反应迟钝，哦，想起来，开始唱，"起来，不愿做奴隶的人们。"

家欢打断她："听到没有，起来，不愿做奴隶的人们！起来，知道吗？我们不能做奴隶，一样是人，一样是这个家里的成员，别人能吃，我们为什么不能吃？"

"吃，吃。"小玲玩羊骨骰子，高锰酸钾染红了的那种。

"没救了你。"家欢愤愤然。

老五没起来，老六倒起来了。六个姊妹中，她是唯一由美心带大的，跟妈妈最亲，得爱最多，也最霸道。小年来了，美心炫耀似的疼，带到东，带到西，还让家喜跟着。

家喜受不了了。

晚间，床铺好了。家喜上小学了，一周还有三天跟美心睡。另外四天，在老太太床上凑合。常胜脱了衣服，准备进被窝，美心在中间，家喜靠墙睡。

　　快关灯了，美心帮家喜梳头发。家喜冷不丁说："妈，我想吃奶。"
美心措手不及："这个点了，吃什么奶。"

　　常胜惯着女儿，笑呵呵推推美心："她想吃你给她点，老长不高。"
美心顿时来火："什么叫长不高？一天三顿没少过，这个家，你永远是好
人，我永远是坏人，你就不想想，这个点还吃奶，牙要不要了？都快成虫
子窝了，蛀吧！"

　　"我要吃。"老六拧劲儿上来了，八头牛都拉不回来。

　　常胜再次劝："给她一点。高高兴兴地。"他这一向心情不错。到处
施善举。美心道："你去，奶粉罐子只有她那儿有，都几点了，还摸到妈
那屋，妈该怎么想我，馋嘴的媳妇。"

　　"就说是我要吃。"

　　"不去。"

　　"就说她六孙女要吃。"常胜改口。

　　美心道："说得轻松，那一点奶粉，是给妈补充营养用的，六孙女要
吃，那她那屋躺着的四孙女五孙女要不要吃，老四又是个听到吃，梦里都
能醒过来的主。"

　　常胜没办法，套上裤子，说行行，我去我去。偷偷摸摸到老太太那
屋，孩子们都睡了，常胜拿着小碗，悄声悄气凑到老太太耳边，小声说美
心要吃，不然不给他近身。老太太一听醒了大半，还当常胜美心又要"交
公粮"，忙说老六还在你们那屋呢，别胡来。常胜笑呵呵说不会不会，老
六睡着了。

　　老太太提醒他："小心点，别又弄出一个来，儿子还没孙子大的，难
看。"常胜叹息，"哎哟妈，这辈子没儿子命，都结扎了，还什么一个两
个的，多虑，休息休息。"

　　奶粉端过来了，属于珍贵营养品。拿开水冲，小勺在里头搅拌，化
化，端到床头柜上。

　　"吃吧。"头梳好了，美心把小勺递给家喜。

"我不吃这个。"家喜看都不看牛奶一眼。

常胜和美心诧异，对看一眼。美心道："不吃这个，你什么意思，你这孩子大晚上的别给我作妖啊，你爸在这儿也护不了你。"

家喜转头，看着妈妈美心，认真地："我要吃的，是妈妈的奶，妈妈的乳汁才能哺育我。"

错愕，十足错愕。常胜对美心："年里头没烧纸？老太爷来缠孩子了？"美心嘀咕，说烧了啊。美心只能教育："老六，你丑不丑，你都多大了，还吃妈妈的奶，你要到学校这么说，同学都会笑你。你已经上学了，是大孩子了，不是奶娃子，还吃奶。"

"我不，我要吃。"家喜迷到哪儿是哪儿，一条道走到黑。

常胜两口子急了。常胜道："阿喜，你怎么回事，不许胡闹，吃什么奶，为什么吃奶，你不是这么不懂事的孩子，再这样爸爸要生气了。"

冷不防，家喜哇地一下哭了，泪哗哗的，边哭边说："小年吃奶，你们就喜欢，我吃奶，你们就不喜欢，你们只喜欢小年，对家喜不理不睬，以前我吃妈妈奶的时候，妈妈对我可好了，现在妈妈只知道对小年好，不对家喜好。"

这才是孩子的心底话。常胜和美心像被击中了，无言以对。家里孩子多。身为家长，他们不可能面面俱到，六个女儿，六份爱，都摊匀了，不大现实。可家喜的爱的呼唤，还是勾起了美心作为母亲的慈爱一面。美心一把抱住家喜："我的小乖乖，妈妈当然最喜欢你了，你是妈妈带大的。每个妈妈都最爱自己的孩子。小年是你大姐的孩子，你大姐最爱她。你是我的女儿，我当然最喜欢你，最疼你。"

"是不是因为小年是男孩，我是女孩？"

常胜尴尬，立刻否认："胡扯！家喜，你这样说爸爸要生气了，你是爸爸的掌上明珠，是妈妈的小棉袄，无论到什么时候，你都要和爸爸妈妈一条心。"

美心接话道："对，你跟我一条心，不跟你爸一条心，我们都是女的。"一会儿，又道："你大姐跟小年，就在这儿住一阵子，以后这个家，还不是你们的，我怎么会疼小年多过疼你呢。"

有了爸妈给的"定心丸"。家喜不再吵闹，乖乖进被筒，陷入梦乡。

078

农历年加上过满月，何家这个年过得热闹。建国翻过年就从古沟调回来，还回区武装部工作，加之又添了儿子，双喜临门。年三十儿，常胜好好跟他喝了一回。划拳，叫令，玩杠子老虎鸡，借着酒劲，常胜还要喊两嗓子，诸如，"大海航行靠舵手，万物生长靠太阳，雨露滋润禾苗壮，干革命靠的是毛泽东思想。鱼儿离不开水呀，瓜儿离不开秧，革命群众离不开共产党……"唱罢，常胜对建国："建国，你就是鱼儿我都是水，你就是瓜儿我都是秧，"又对孩子们，"我们何家，以后无论怎么发展，好也罢歹也罢，你们——你们——对对对——就是你们几个小的，都要尊敬你们的大姐夫，听大姐夫的话，听到了没有！"

带着醉意，却是真心话。

建国连忙说："爸，言重了言重了。"

常胜不管："听到了没有？"

几个小的连忙说听到了。

常胜满足了："哎——这就对了，国有国法家有家规，大海航行靠舵手，一个家也得有个舵手，一群老娘儿们可不行，得有个老爷儿们！以后，我是说以后，万一我何常胜不在了，建国，就是这个家的家长。"

家丽劝道："爸，你真喝多了。"

常胜嚷嚷着说我没喝多没喝多……人却有点发晕，站起来，却险些歪倒。美心连忙扶住他。常胜喃喃："我没事，我还等着十二点放鞭炮呢。"

家艺嚷嚷："十二点之前还有件事没办呢……"指的是压岁钱。众人没反应过来。小玲这次倒有脑子，忽然开始唱歌："我在马路边捡到一分钱，把它交到警察叔叔手里边，叔叔拿着钱，对我把头点，我高兴地说了声，叔叔，我还没有压岁钱。"

老太太笑呵呵，道："我先来当这个财神爷。"说着，从裤腰里拿出一块手帕，方方正正包着，每个孙女一块钱，加上小年，总共出了七块。真是一笔巨款。美心立刻阻止："妈——哪能这么惯着。"老太太摆摆手，笑得开怀，一年到头就这一次，都图个乐和。家丽退回来："阿奶，我都成家立业了，不用再拿了。"家艺忙说："大姐，你不要给我。"家文打了她胳膊一下。

老太太对家丽说："你就是到八十岁，也是我孙女。"

美心道："我跟常胜不能比老太太的份儿还大，一人两毛，去买点小糖意思意思吧。"众女儿齐声叫："妈——"表示抗议。

美心笑呵呵，眼一翻："怎么啦，嫌少，那不给了，生那么多都够费事的，哪个不是吃我的奶长大的？现在没要你们反哺，还要压岁钱。"家艺连忙把那两毛钱夺过来，撒娇似的："那可不行妈，蚊子腿上的肉也是肉，我们不嫌少。"

美心给完，该家丽了。把好人让给建国做，她点了个头，建国从容地掏出几只信封，对妹妹们道："这是我跟你们大姐给你们的，祝愿你们健康成长，都能在未来的人生，劈波斩浪。"家丽嫌他讲得古板，补充道："给了钱了，不要乱花，都用在刀刃上。"小玲傻不拉唧，"姐，怎么用在刀刃上，刀刃在哪儿？"家欢不屑，嘀咕："跟老五什么都说不通。"家丽统一说明："用在值得用的地方。"老太太喜欢这景象，四世同堂，拍手："还不谢谢大姐夫！"

众丫头山呼："谢谢大姐夫！"

饭后是拜祖先。熬到十二点，常胜酒醒得差不多，起来喝了点茶，准备放炮仗。大的带小的，已经在外头放开了。小鞭儿、呲花、钻天猴、提溜金。小玲和家喜年纪小，就拿着呲花绕啊绕。家文、家艺玩提溜金。家欢胆子大，敢玩钻天猴、小鞭儿。放了一气，美心出来叫人。众姊妹进屋，一大盘炮仗卧在方桌上。建国对常胜："爸，您这炮仗可不一般。"

常胜得意："盛世祥的头牌货，出口东南亚的，三千响的闪电小鞭加两百个大雷坠，今年'四人帮'被打倒了，咱们家也放卫星，所以动静也要最大！"

好大喜功，豪情万丈。

家欢和建国帮忙把鞭炮散开，缠在树杈上。

常胜嘴上叼着烟，快抽尽了，捏着烟屁股。要亲自去点。建国连忙拦住："爸，我去。"常胜醉意尚未全退，手一扒拉："没事！我去。"家丽抱着小年朝后站了站，并说："爸，你让建国去，黑灯瞎火的，别炸着。"常胜气壮如牛："这点炮仗算什么，我都能学董存瑞炸碉堡。"老太太和美心都劝："行啦，都抱孙子的人了，还不服老，让年轻人干吧。"

家欢自告奋勇："我年轻，我来。"

家文拦住她："老四！这可不是闹着玩的。"

建国接过烟头，定定神，大踏步走到树边，胳臂伸得老长。烟头凑到火信子跟前，轻轻一触，冒火星了。建国连忙朝后跳，闪电小鞭噼里啪啦炸起来。

一瞬间，常胜憋在胸中的几十年的闷气似乎都被炸出来，舒坦！自在！火光在黑暗中乱跳，常胜憨憨笑着。美心扶着老太太，从扬州到淮南，拓荒十八载，终于有了点气象。她们衷心祝愿这个家庭，日长夜大，兴旺发达。

三千响炸完了，到大雷坠戛然而止。

欢笑暂停。常胜诧异："怎么回事？说好了一炮到底。"

家欢耐不住，手握电筒："我去看看！"

众人同时阻止，可家欢已然像匹野马般蹿出去。电筒光直直打在树干上，家欢刚靠近。啪！一声炸响。大雷坠重新启动，惊天动地。家欢捂住左眼，嗷一声后坐，跌在地上。

一家人手忙脚乱。最后是建国骑车，送家欢到第一人民医院急诊科。

经紧急处理，家欢的左眼好歹保住了，但因为火药过猛，眼球重度受伤，黑眼珠变灰白，左眼视力降至 0.1 以下，几近失明。

还没出年，街坊四邻又传开了，说何家老四瞎啦，何家老四瞎啦！很长一段时间，家里人不敢给家欢看镜子。

锅屋，老太太和美心在煮肉。家欢意外受伤后，全家人在吃上一律尽着她，以期弥补她的心理创伤。

美心犯愁："这以后怎么办？"

"人各有命，吉人天相。"老太太只能安慰。

"这等于是……有点残疾，"美心叹气，"本来长相就中等，脾气吧像男孩，再落个残疾，怎么嫁人？"

老太太嗔怪："想那么远。车到山前必有路，端进去吧。"家欢出事之后，老二家文把小房间的床位让出来。家欢不愿意见人，就先躲在小屋里。

美心把炆好的酱肉端进屋，家欢一见到，就来个饿虎扑食。毫不客气。老太太稍后进屋，看到孙女这样狼吞虎咽，反倒有些心酸。坏了一只眼，才得到这个机会。

美心苦笑："这一阵倒养胖了。"

吃完一盆，家欢抬头："还有吗？"

老太太予取予求，忙对美心："把锅里那点再端过来！"

美心只好遵命。端过来。还没冷凉，家欢就生扑。三下五除二，消灭干净。

老太太道："好了，这腱子酱牛肉也吃了，现在春也打了，你该去上学了。"

家欢立刻跑跳着缩回床上："不去。"

美心着急："你要在这小屋在这床上过一辈子？永远不见天日不见人了？"

"反正我不出去。"

美心拿出一只亲自缝的黑色眼罩："戴上，遮遮光，一只眼看不清，另一只眼不是还行嘛，一点五的，我也跟老师求情了，你现在就坐第一排，上课也能听见，不读书怎么行，都疯传政策要变。"

美心生硬的劝说，让家欢更反感。她一动不动。自眼睛炸伤之后，她一直没从"自己是异类"的心理暗示中走出来。开学了，也不肯出门。

家艺探头进来："老四，走不走？"

老太太说你先走吧。美心没办法，上班去了。开学第二天，第三天，第四天……以至一个礼拜，家欢依旧如故。

家丽带孩子回娘家，也进屋劝："老四，一辈子真打算这样了？"

"不要你管。"家欢脾气大得很。

家丽故意用激将法："就算你想在屋子里待一辈子，爸妈也不可能养活你一辈子，老四，这是个意外，但你必须走下去，因为以后你还得靠你自己，你不去读书，不去做工，以后怎么办？大姐跟你说的都是实际问题，走出来，真的，你自己不在意，何必在乎别人在不在意？"

理儿是这个理儿。可家欢一时就是走不出来。

"大姐，你别管我了，让我自生自灭！"

家文这一向也不在家待。七七年春末，淮南小城里飘着各种消息，继续下放的也还有，但人少多了。也有招工的，名额不多，很多是照顾职工子弟。比如造纸厂就招了工。木材公司也招了几个。还有肉厂、电化厂、东风化肥厂……多半是田家庵东部的企业，那边是新的开发的地界，工业品种良多。每日，家文和三五个女同学一起，沿着淮河土坝子一路向东。先走到最东面的肉厂，然后往回走，一家厂一家厂看布告栏，如果有招工的信息，她们便立即报名。怎奈，这些厂子多半是内招。而家文她们的父辈多半在商贸系统，很难打进去。所以忙活了一阵，均徒劳。不过家文她们倒乐此不疲，从春初一直走到春末，眼见河岸绿草发芽，候鸟归来。陶情冶性。

这日，常胜为家欢闭门不出实在恼火。冲进屋，把她拖了出来，胳膊撞在桌子角，磕破了皮，流血。家欢也不哭，瞪着一只眼恨恨地看爸爸。另一只眼用黑圈布遮着，像海盗。

老太太惊喊："慢点！常胜！你要杀人？"

常胜口气软下来："老四，是我不该买那个大雷坠，是爸爸不好！要不这样，你把爸爸的眼睛挖下来，爸跟你一样，行不行。"

老太太错愕："这叫什么话，你真是她爸，她真是你女儿，一对糊涂蛋！"家欢吱哇哭了，跑回屋里，重重摔门。

079

家里红汞用完了，老太太忙着去刘妈那儿借。刘妈问："老四还不肯出门。"

"属驴的，跟她爸一样。"

刘妈递过红汞："这少了一只眼，走路也不稳当。"

老太太纠正："不是少了一只眼，是视力下降。"

张秋林在旁边听着，不作声。刘妈打发他上学。晚上到家，秋林问："妈，家里有没有黑布？"刘妈诧异，"黑布？五斗橱上的铁皮桶里你看看，你爸死的时候剩了一点。"刘妈如今已全然不介意丈夫过去的事。说出来才觉得不对，她在厨房一边刷碗，一边问儿子，"你找黑布干吗？"

秋林应付一句："没事！"

出了春，秋芳带着女儿小芳和为民搬出去单住。秋林的活动空间更大了。刘妈家本来就有两层。秋林搬到二楼，自有一方小天地。夜深了，张秋林的屋子还亮着灯。

秋林坐在书桌旁。桌面堆着书，他最爱看书，什么都看，从无线电杂志到外国小说。桌角，放着一台无线电收音机，熊猫牌，是他死去的爸爸留给他的遗产，可惜已经坏了，一直没去修。

拿剪刀，剜出一块圆形，叠三层，用线缝边，再缝上两条布带子。秋林向来手巧，可针线活是第一次做。穿针引线，笨笨拙拙地。刘妈敲门："还不睡？"秋林惊，针刺到手指，出血，他快速吸了一下，"马上！"刘妈嘀咕，"干吗呢这孩子。"说着要推门。秋林连忙："别进来！"

"这孩子。"刘妈止步，她总是给儿子留足够的空间。

做到深夜，两只黑色单眼罩做成了。翌日一早，又该上学。背着书包，出了家门，张秋林把黑色眼罩戴一边，果然像个小海盗了。他轻快地走入何家小院，美心在院子里梳头，唬了一跳："秋林，你这是干吗呢。"

"找家欢。"秋林笑着说。邻里邻居，不认生，家文早已出门，家艺、小玲和家喜都背好书包，准备开始新的一天。"何家欢在哪儿？"秋林问。家艺诧异，指了指屋里，秋林大大方方推门进去，家欢正坐在窗前发呆。背对着门。

"何家欢。"秋林发出信号。眼罩已经戴好。

家欢转头，看到这样一个秋林，震惊。

"你……你的眼……"

秋林道："我做的眼罩，我陪你戴，一起去学校吧。"家欢感动得险些要哭，但还是控制住，故意闭上那只坏眼不让秋林看见。"你的眼没事，你是装的，为了可怜我，我不喜欢这样。"

秋林笑说："你不是怕戴眼罩别人议论吗？我陪你戴。"

家欢不信："你戴一天可以，能戴一辈子？"

秋林诚恳地说："你戴到什么时候，我就戴到什么时候。"

"不会变？做铁哥儿们？"家欢虎虎地。

"绝对铁哥儿们。"秋林比她温柔。

"拿来。"家欢伸手，要秋林的眼罩。

一会儿，两个人拉开房门，出来了。石破天惊的样子。两个人对看一眼，举拳头，相互打气状。

家欢忍不住喊出一句毛主席诗词："雄关漫道真如铁！"

秋林接："而今迈步从头越！"

家艺哎哟一声："这两人，成神了！"

教室门口，何家欢犹豫不前，秋林拉她到身后："我先进去，你打掩护。"说得像一场战斗。秋林进教室了。哄然大笑。秋林保持平静。跟着是家欢，当她再站在教室门口，众人又沉默了。跟着是叽叽喳喳的议论声。秋林和家欢看了看彼此，一起走了进去。有秋林的陪伴，家欢逐渐做到了不在意别人的眼光。她发现人就是这样，你越躲躲藏藏抠抠搜搜，别人便越好奇，越把你当成异类。仅仅一周，因为有秋林陪伴左右，家欢已经能够戴着"海盗"眼罩，自信地走在校园里。

家欢跟秋林好得现在都能"勾肩搭背"。

"怎么谢你？"学校操场，家欢来个"倒挂金钩"，"包你一个礼拜的小糖。"秋林笑笑说不用。家欢说不行，必须必须，我还有压岁钱，小糖得有，还要请你吃牛肉汤。

"哥儿们不用这样。"

"我心里过意不去。"家欢翻身下来。

"其实……你现在真的还需要眼罩吗？"秋林鼓励她。

"你戴烦了？"家欢异常敏感，"还说我戴到什么时候你就戴到什么时候，全是撒谎。"

"不是这个意思……"秋林连忙解释。

"那什么意思。"

"我是觉得你完全可以把眼罩摘掉了。"

"摘掉？不行。"

"如果我说我想看呢。"

"你想看？"家欢沮丧，"一只瞎眼有什么好看。"

"就好比眼罩，习惯就好，现在还有人说我们怪吗？"秋林自有一套理论，"就好比一个女人嫁了一个很丑的丈夫，刚开始觉得丑，但久而久之，看习惯了，也就不觉得丑了。"

家欢追问："你的意思是，我很丑，但是看习惯了，也就不丑了。"秋林连忙申辩，"不是直接说你，是打个比方。"

家欢伶牙俐齿："那我也打个比方，《水浒传》里，潘金莲嫁给武大郎，武大郎很丑，潘金莲看久了，还是觉得他丑，怎么解释。"

秋林无力地说："你不丑……就是一个眼珠子，怎么扯到武大郎了。"

家欢执拗："你就是那个意思。"

秋林："那好吧，当我没说，不看。"松口了。

可家欢就是这样，你追，她就跑，你不追，她反倒送上门来了。"给你看看也没什么。"她笑嘻嘻说。

秋林不动。四周没人。操场单杠区，静悄悄的。草坪上忽然落下一只鸟。秋林跑过去把它赶走。家欢"脱敏"的过程，连鸟都不能知道。

双杠下，家欢慢慢摘掉眼罩，左眼露了出来。

秋林屏住呼吸。家欢的左眼呈灰白色，半透明，像孩子们玩的一种弹珠。只是眼神不对焦，看人有点奇怪。

"挺好看的。"秋林尽量发自内心，"很特别，像水晶的。"

"说的好像你见过水晶似的。"家欢把眼罩朝沙坑里一丢。

"你这是……"秋林惊诧。

"摘了也就摘了。"家欢说，"疤瘌大了不疼，我算明白了，遮遮掩掩没用，眼睛不舒服，咱们还是一条好汉。"

一百八十度转变。这就是家欢。想通了，一切都不是问题。

秋林说不出话。

家欢伸手把他的眼罩也摘了。秋林一时不适应自然光，用手捂着眼。

家欢促狭："我都给你看了，你给我看什么？"

"我？"秋林没料到。

"一个对一个。"家欢忍住笑。

"我不知道，你说。"秋林是老实孩子。

"你转身。"家欢指挥他。秋林果然背过身。"往沙坑那儿走。"家欢继续指挥。秋林这么做了。

两个人隔着十多米的距离。

"裤子脱了。"家欢顽皮。

"啊?"秋林意外。从没做过这种事。

"不许回头!"家欢大喊,"裤子脱了。"

"真要脱?"秋林为难。

"那可不,谁来假的。"家欢拿出本子,拿出笔。

秋林一咬牙,脱了裤子,屁股蛋露在外面。后头没声音了。

"行了吧。"秋林问。没人应答。"行了吧?"又问一下。声音提高。秋林连忙把裤子提上去,再回头,双杠处空无一人。只留他的书包在地上。他走过去,包上压着块石头,石头下面一张纸。他拿起纸,上面写着三个字:谢谢你。

一股暖流从秋林心底穿过。

淮滨路,道两旁的梧桐树遮天蔽日。家艺在前头走,一辆破自行车跟在旁边,骑骑停停。欧阳宝焦急地,一头汗:"艺艺,你就上车吧,这车稳着呢。"

家艺好笑,不满:"别乱叫,好好回家休息。"

欧阳宝连忙说:"不用休息不用休息,都休息好了,我跟你说你上次喂我的稀饭,简直就是灵丹妙药,喝了之后第二天就全好了,你看我这脸周周正正没一点问题。"

家艺停住脚,转脸对他:"我看看。"

欧阳宝连忙让五官做广播体操,怪相,"真的没问题,你看,这都能动,嘴也合拢了。"

"那你回家吃稀饭去吧。"

欧阳宝坚持:"这路挺不好走的,我送你,你不是喜欢坐在后座上吗?以前我看到过你喜欢坐在后座……"

这话勾起了家艺的痛苦往事,她大喝:"谁说的?我不喜欢,我很讨厌!"欧阳宝连忙求饶:"好好好,不喜欢,不喜欢就不坐,我推着,陪你。"

家艺真急了:"你这人是不是有点自作多情?那架不是我让你打的,欠你的人情我也还了,你还总是纠缠不休做什么,无聊。"

欧阳宝委屈："交个普通朋友也不行？"

家艺纠正他："就不能用朋友这个定义。"

"那你说一个定义。"

家艺说："我知道你们的阴谋，不知道从哪儿弄来一辆破车，然后让我坐，我坐上去以后，你呢，就骑着车拉我在城里头转一圈，主要就是给你那些哥儿们看看，你欧阳宝也可弄一个女的坐你车座后头，光荣，得意，满足小小的虚荣心，我告诉你，本姑奶奶不做这个道具！"

欧阳宝百口莫辩："哎呀冤枉，不是这样的，根本不是这样的，冤枉，我一个贫下中农八代贫农，怎么一下就成反革命了。"

家艺冷笑："再敢无端打本姑奶奶的主意，就不是反革命了，我得去扫黄办举报。"

欧阳宝直出冷汗。

080

常胜帮家文找了份工，外贸办了个集体小厂，做兔毛。夏天，家文顺利进厂，技术合格，拿到了人生第一份工资。

家文把钱都拿出来，全家一起去春华酒楼吃了一顿，剩下的钱，除了百分之十自留，其余一律上交给老太太。

美心和老太太都感叹家文懂事。连常胜也说，六个丫头里，就家文不用操心。到九月，有风传马上要恢复高考。

十月，家丽从建国那儿拿到具体规定细则，回家告诉家文。

大人们都在家。小年由小玲、家喜带着。家丽站在堂屋读："《关于1977年高等学校招生工作的意见》，凡是工人、农民、上山下乡和回乡知识青年、复员军人、干部和应届毕业生，符合条件均可报考，老二，你可以报。"

家文不作声。

常胜鼓动："家丽，你也可以报考嘛。"

美心轻拍了一下丈夫："顺嘴扯，老大考什么，家不顾了？丈夫不顾了？孩子不顾了？工作不顾了？你们男人就是自私，或者说话根本不经过大脑，要不你也去报，做个老学生。"

老太太维护儿子："活到老学到老，这个态度是对的，老二，你合适，你报一下。"

"我不报。"家文道。已经参加工作了。而且"文革"这些年也没怎么学习。没有太大信心。

老太太道："秋芳都报了。"

家丽诧异："听谁说的？"老太太说是刘妈，说是为民支持她去上学。

"都多大了，还上学。"美心道。

老太太补充说明："说也是为了为民。"

"为他什么？"家丽不解。

"秋芳打算报医学院，将来帮为民治疗那条腿，不用铁匠打的腿了。"老太太说。美心说："妈你胡说什么，人家早都不用铁匠给的假脚了，用的是医院的义肢。"

"对对对，义肢……"老太太喋喋不休着。一瞬间，家丽似乎什么也听不见，她为秋芳和为民高兴，那么恩爱，但隐隐约约，她仿佛又有些嫉妒秋芳。如果，是说如果，如果当初她像秋芳一样勇敢，现在的局面会怎样。

不敢想，不能想，不必想。这世上没有如果。她知道何家曾经多么弱小，她就是从那个弱小的时代里走过来、抗争过来的，她知道建国的加入多么重要，也知道为民不具有这种力量。和汤为民在一起，只会让何家分崩离析，或者干脆成为汤家的附庸。她做不到。

打散了杂念。家丽一锤定音："老二，你还是应该参与一下，大事，重在参与。"家文哦了一声，答应了。她一向尊重大姐。只是她并不对这场考试抱多大希望。她只是想早点独立，早点离开家，哪怕是在现在的兔毛小厂，但也已经能挣钱了不是吗？为什么要放弃眼前所有，去抓一个虚无缥缈的东西？从小到大，她从来不缺机会，但也放弃不少机会。因为家文始终知道自己要的是什么。只是，此时此刻的她远没有能力料到，错过这场考试对她的影响将持续一生。

揭批"四人帮"的活动还在继续。就是所谓"一批双打"。有人揭发大老汤，找常胜作证。常胜拒绝了。仇恨不能继续。现在是新的时代。下班有一会儿了，常胜还没走，他在办公室里看书，关于皮毛制作技术。这是他的绝活，安身立命之本。但他从未故步自封，单位订的杂志他每期必读。

大老汤经过门口，他忽然站住。常胜感觉到，抬头，看着他。两个男人都没有说话。面容平静。大老汤摘下帽子，朝他挥了一下。常胜笑笑，继续看书。一切都那么平静。仿佛何汤两家几代的恩怨都没发生过。

又看了一会儿书，常胜才回家。进院子，收音机嘤嘤作响。是建国弄来的，熊猫牌。小玲和家喜在抢一件玩具。常胜走过去阻止她们。锅屋飘来香味，老太太正在做饭，是他喜欢的西红柿汤的味道。进屋，放下皮包，美心正对着账本，算这个月的开支。他从包里把托关系从新华书店买来的复习资料——《数理化自学丛书》递给家文。

家欢嗷一嗓子："阿奶，什么时候开饭，爸回来了。"老四已经对左眼的事免疫。她又成了个天不怕地不怕的姑娘。

这一瞬间，何常胜感到前所未有的满足。这是他的家，他苦心孤诣几十年创造出来的家。那种幸福的感觉，藏在每一个细节、每一段气息里。他爱它们。然而他又深深知晓，一切都注定那么短暂。从家丽出嫁开始，他就知道开始了。他的女儿们注定被一个又一个男人带走。成立新的家庭，拥有自己的生活。而他，终将孤独。尽管这样，他还是愿意成全女儿们的幸福。

饭后，常胜站在院子里抽烟。他习惯饭后一支烟，老大家丽工作后，家庭的担子稍微减轻，他不打算戒烟了。家文从里屋出来，冲到院子里深呼吸。

父女俩对看一眼。常胜淡悠悠地："读不下去？"

家文低声："不是，差得有点多。"

"不想考就不考。"

"还是应该试一试。"家文说，"我答应了大姐。"

"努力一把是没问题的。"常胜说，他早已经把家文当大人了，"问题是你们都想早点离开这个家。"

"爸！"

"早点参加工作，早点独立，去读书，哪有挣工资好？"常胜说到这儿苦笑笑，眉头涌上淡淡的忧伤，"再往后，你们都是要嫁人的，难道个个都像你大姐那样，找个孤儿。"

"爸，我哪儿也不去。"家文宽慰他。

"别说傻话啦，爸爸不是小孩子。"常胜把烟头掷进下水道，柔和地，"说说你的打算，需要爸爸做什么？"

家文想了想，轻声："想换个大点的单位，国营最好，最差大集体。"兔毛厂是街道办的企业，属于小集体。

常胜点头，不语。过了一会儿，才说："你拒绝了武继宁。"

家文吃了一惊，他没想到爸爸旧事重提。

"他哪里不好？"

"门不当户不对。"家文只能抽象概括。

"没了？"

"没了。"家文说。常胜摸摸下巴，他第一次跟二女儿谈论这种敏感话题。这原本是美心该过问的。可他对美心不放心。那个他从扬州老家带来的女人，鲁莽，没有脑子，时常为了眼前利益失去立场。这一点很致命。女儿们的婚事，他这个做爸爸的必须把关。工作问题落实之后，很快就轮到老二了。

十二月，考场外，家文跟许多考生一样，在门口等着，她呵呵手，太冷。一会儿，看大门的师傅放人进去。家文坐在座位上，等待发卷子。

考试铃响，家文低头答题。

另一考场，桌角放着一张准考证。姓名：张秋芳；性别：女；号码：32052；年龄：25。

当天考语文，作文题二选一。一是"跟着华主席，永唱东方红"，二是"从'科学有险阻，苦战能过关'谈起"。

家文选了一。写下题目：永远的东方红。

秋芳选了二。写下题目：我的科学梦。

全科考完这天，家丽来接妹妹。她比家文还重视这场考试。学校门外，家丽关切地问："怎么样？"家文笑："马马虎虎。"秋芳也出来了。看到家丽，两个人没说话，只是点点头。

这年安徽高考并不公布分数，只通知录取与否。最终家文迟迟没接到录取通知。秋芳却接到了，皖南医学院大专班。

汤家靠媳妇放了一颗卫星。

朱德启老婆忍不住嚼舌根，"心真狠哪，孩子那么小，非要去读书，丈夫也不管，也是，本来就是个瘸子，也没人抢着要，放心。"刘妈经过巷道，篮子里放几个鸡蛋。听着不入耳，气愤，忍不住背在墙根，朝朱德启老婆头上砸过去一个。

中弹，朱德启老婆一头黏黄，大叫！

刘妈窃笑。

晚间，秋芳一个人回娘家。刘妈帮她摆下一桌。就三个人，她，秋林，和老母亲。刘妈两鬓已经白头发了。

喝的是本地的山芋酒。秋林也要，刘妈破天荒给他匀了一小盅。"敬你姐姐一盅。"刘妈对儿子说。

秋林很有劲儿地说："姐，我祝你，学业有成。"

秋芳也喝了一盅。又斟满。她敬刘妈："妈，以后小芳多辛苦你。"刘妈喝了，叹气道："我辛苦点没什么，一辈子苦惯了，问题是为民真的支持你去上学？"

"就是他支持我才去考的。"

"老婆不在家，自己带着孩子？"

"不是还有公婆，有妈你，还有幼民、振民，一大家子呢。我会经常回来。"

"难以置信，"刘妈喃喃，"除非，除非……"当着儿子的面，她说不出口。她原本想说，除非为民对你根本就没有感情。

秋芳道："妈，别多想了，为民跟我感情很好。"

刘妈惊讶，她不晓得女儿秋芳能读心读到这个地步。对于人生，她感觉秋芳比她想得还明白。刘妈心疼："只是你……太辛苦了……"秋芳笑笑："只要值得就行。"

娘仁吃了一会儿，秋林上楼去了。秋芳和刘妈灯下面对面，这才是说体己话的时候。刘妈总觉得过去一段时间，秋芳好几次欲言又止。一定有事。一定。

081

是时候解开谜题了。刘妈低声，用非常关心的口气："秋芳，你在婆家没受欺负吧？"秋芳诧然，看着妈妈："妈——想哪儿去了。"

"看你总是心事重重。"

"妈，我去读书，你注意提醒为民，少吃糖。"

"糖？"刘妈不明白什么意思，但直觉不妙。

秋芳深吸一口气："其实他们家人有遗传病。"

"病？"

"我也才知道。"

"什么病？"

"不能吃糖的病。"

"公公家，婆婆家，上头人老几辈都有这个问题，我婆婆的妈，就是老奶奶，现在已经看不见了。"秋芳说。刘妈差点杯子都没拿稳，定定神，抓住了："那怎么办？"

"去瞧，去看。"秋芳依旧冷静，"所以我才报了医，学三年，总归懂一点。"

"你意思是，这病会遗传？"

"不好说。"

"为民也这病？"

"妈，现在说不准。"

"结婚前他们家就知道？"刘妈有些激动，"故意不告诉我们？这不等于把你害了？一个传一个，一代传一代……我的老天。"

秋芳急促地："妈，你想哪儿去了，没那么严重！真是一点事都不能跟你说。"

刘妈泫然："我早就跟你说过，这家的事不能掺和，你不听。"

"现在说这些有什么意思，"秋芳忍不住批评妈妈，"路都是我自己选的，我没后悔过。"

刘妈抹一把脸："行，我不管你，也管不了你，随你。皖南皖北，天涯海角，你想去哪儿去哪儿。"

秋芳心痛，她说这些，原本是想取得妈妈的支持，谁料，刘妈净是责备，虽然她的出发点是为她好。

母女俩都冷静一会儿。酒尽羹残，多少有点萧索气。

秋芳深沉地："妈，现在这个家，我必须站出来，我总不能在淮河商店站一辈子柜台，我公公现在的情况你也知道，揭批'四人帮'，他差点进去，为民肯干，可到底有点残疾，那小厂能撑到什么时候难说，幼民指望不上，振民还小，咱们家这边，妈你年纪也一天大似一天，秋林也还小，我去学校，学点真本事真技术，将来总好办些，这是个大机会，多少人抢，我也是啃了多少夜的书才争来的。退一万步，我不为汤家想，我总得为为民和小芳想一想。路就这么个路，我跟为民结婚那天就下定决心了，再难也要走下去。"

刘妈有些发蒙。她没想到秋芳有这样的心胸，顾全大局，放眼未来。她已经想到了几十年后的事。刘妈欣慰。有这样一个女儿，就算以后秋林不争气，指望不上，她好歹还有个女儿可以依靠。"好……好……"刘妈一边哭一边点头。

何家小卧室。家丽对家文说："要不再复读一年，我供你，再考一次。"

"姐——"家文有些无奈。家丽有鸿鹄志，她却执着于简单生活。"这可是个大机会。"家丽劝解，"新华书店的资料人家都排一夜队去买。"

家文耐心地："姐，我理解你，这或许是你的理想、你的愿望，你对我有一个美好的寄托，希望我去完成，可这不是我的愿望。"

"你的愿望是什么？"家丽叹息。

"有一份工作，有一个小家。"后面半句家文省略没说——有一个爱我的丈夫，有一个可爱的孩子。

在兔毛厂干了一年。到七八年，家文终于等到一个机会。粮食局下属淀粉厂要办一个小厂，用粮食下脚料做再加工，办个小厂，出产的特种淀粉做出口，跟外贸有些联系。小厂算大集体制。比兔毛厂要更好一些，工资收入也更高。常胜颇费了点力气，把家文弄进去了。

到新厂工作第一个月。家文又请全家吃饭。家丽的儿子小年已牙牙学语。家艺一边吃，一边叹气，想着自己什么时候才能参加工作。她高中还没正式毕业。对于未来，家欢没想那么多，有菜，她就猛吃。小玲脑子依旧缺根弦，不是笨，是仿佛完全不懂人情世故。家喜紧挨着美心，她还是黏着妈妈。

饭桌上，家艺直言："爸，我这也快毕业了，我又不打算考大学，也没那本事，工作你得替我想办法。"

老太太道："老三，你不说，你爸也会放在心里头，你不是她女儿？

整天就生怕自己掉队了。"家丽给三妹吃定心丸,"家艺,就算爸管不了,不还有我呢嘛,还有你姐夫,肯定不会不管你。"

"那我也得去一个有艺术氛围的地方。"家艺嘬嘬嘴,撒娇似的。美心夹了一筷子拌豆苗给老六家喜,转头对老三:"学的又不是艺术,搞什么艺术。"

家艺半嗔半怪:"妈,还说呢,还不是怪你,差点把我生在淮滨大戏院,打娘胎里我就有这个艺术细胞。"

家文道:"老三,那你考艺术院校好了,跟秋芳姐学。"

家艺懊恼地:"从小没培养,唱歌?嗓子不行,演戏?模样不行,跳舞?腿脚不行,我的艺术梦,早就不做了,我就想着,要是有什么绣花厂,鲜花厂之类的挺好,实在不行,天一袜厂,做袜子,也算是个艺术吧。"

家欢嘴里填满食物,仍不忘说:"总算承认一回模样不行。"

家艺登时大怒,"你这瞎……"话刚出口有些后悔。瞎,是家欢的死穴。果然,何家欢顿时站起,扬长而去。家丽、家文异口同声:"家欢!"常胜沉着脸。美心骂家艺,"惹事!"

老太太对家文:"老二!去!把老四找回来。"家丽也让建国去追。美心拦住,说让老二去行了,小孩子闹脾气。

家文连忙追出去,开门,下楼。

"老四!"饭店门口,家文拽住家欢的胳膊:"给二姐一点面子。"打人情牌。"给你加点餐,再加个牛肉丸子。"诱之以美食。"老三像话吗?!"家欢道,"谁她都看不上,谁她都嫉妒。"

家欢重回座位。常胜发话:"老三,向老四道歉。"

家艺嘟囔一句:"对不起。"声音小到没人听见。

常胜脸上罩了一层霜,"站起来,态度端正点,诚恳一点。"

家艺只好慢慢站起来。

"对着你四妹。"常胜继续发话。

家艺扭转身体,对着老四家欢。

"看着她的眼睛，发自内心地。"常胜一个字一个坑。

家艺深吸一口气："老四，刚才我那么说很不对，对不起。"

常胜点头，满意了，这才是一家人。他喝了一口酒，道："老三，还有其他人，你们都要记住，我们是一家人，老三老四，你们是一个爸一个妈生，都是爸爸的孩子，都是从妈妈肚子里出来的，能一样吗？不一样，一定要团结，一定要拧成一股绳，合成一股力，一致对外，这样我们这个家族才能在北头，在田家庵立住脚，才能兴旺发达。不能有内讧。以后，就算你们一个一个都出嫁了，每个礼拜最少也得回来一趟，大家都凑到一起聚到一起。"众人都嗯一声，表示赞同。

家丽笑道："爸，那我可是超额完成任务，这一周回来不止一次。"众人皆大笑。老太太叹息："我这老太婆，不知道还能不能看到六个女婿。"美心连忙呸呸呸三下："妈，您这胡说什么呢，这有什么看不到的，一年一年快得很。"

趁大家说闲话，家文起座出门，允诺家欢的加菜必须办到。老二向来是"女子一言，驷马难追"。服务台，一个高高的男孩，拎着份油炸馓子，老朝家文瞅。家文觉得别扭，以为又是那种无聊的爱慕者。

见惯了。她早已麻木，只是觉得厌烦。

她快速结账，往楼上跑，那人竟也跟着。家文小跑入座，喘气。美心诧异，问："干什么去了，这么大喘气。"家文平息："加个菜，有个人老跟着。"小玲冒傻气："二姐招色狼！"

老太太慌忙轻拍："小小年纪！胡扯！"

那男孩站到饭桌外缘。

家艺率先看到他，诧然："你怎么来了？"

是欧阳宝。老太太和美心也认出来，是上次那个"见义勇为"受伤的青年人。卖瓜子的欧阳家的。

"我看这位姐姐跟家艺有点……像。"欧阳宝底气不足。他是来买馓子的，春华酒楼零售窗口的馓子不错。

"坐，吃点儿。"老太太让欧阳宝坐，又喊服务员加碗筷。家艺不客气："那你也不能跟踪我二姐。"

美心心里有火："哎呀行啦老三，别不依不饶的。"

碗筷拿来，加凳子。欧阳宝接过凳子，硬塞到家艺旁边坐。常胜见这男孩高高大大，还蛮喜欢，便随口问了问家庭情况。欧阳宝如实说了。常胜赞："工人阶级出身嘛，光荣。"美心用胳膊肘拐了常胜一下。

常胜不懂妻子提醒，问："家里姊妹几个啊？"

欧阳宝如实答："十个。"

常胜惊讶："嚯，英雄的家庭，有几个哥哥姐姐弟弟妹妹？"

"十个弟兄。"

"十个？都是弟兄！"常胜惊叹，由衷羡慕。他就没这个命，没这个缘分。十个儿子，如果换成他，砸锅卖铁也成。"这老天爷也太分配不均，饱的饱死，饿的饿死。"

082

当然是句玩笑话，但美心不高兴，生儿生女是她永远的痛，筷子一放："吃不吃了？差不多走。"建国打圆场，说再吃点再吃点，还有一个菜呢。一家人只好再坐一会儿，等菜上来。家欢继续狼吞虎咽。吃完了，才抬腿走人。家艺快速出门，欧阳宝跟上。

家艺一脸不高兴，猛转身，对欧阳："你是故意的吧？"

"没有啊——"欧阳委屈。

"故意跟踪我二姐，故意出现在二楼，故意在我们家人面前露脸，故意给我妈难堪，故意搅坏我们的家庭聚会！你就是存心故意！"

欧阳被批得退了半步，太阳底下，他罕眉耷眼，小声说："我就是想来看看你……"

家艺的心猛地缩了一下，但理智不允许她同情这个人，她眼一翻："莫名其妙！"

晚间，家喜轮着跟老太太睡。美心得空"教育"常胜，一边给常胜洗脚一边翻旧账："什么叫饱的饱死，饿的饿死？"

常胜一下没反应过来。

美心把脚一推："自己洗！在外头孙子在家里就是大爷了？我伺候完老的伺候小的，生了一大家子，到头来，就落了一句饱的饱死饿的饿死，饿着你什么了？人，别不知足！"

常胜自己擦脚，讨好地说："我就那么一说，你看你这人，特敏感。"美心道："你知道今天饭桌上来的那人是谁吗？"

"谁？孙猴子？放心，那我也有五指山。"

美心哼了一声："你五指山，那是淮滨大戏院门口卖瓜子的老欧阳的儿子。还十个儿子好，哼，你知道南菜市欧阳家困难时期连裤子都穿不起的故事吗？出门只能出去一两个，其余的在床上猴着。"

常胜道："那都是过去年代，现在不是好了嘛。"

美心伸出双手，张开十根手指，对天摁了两下："十个儿子，十个儿子，是个什么概念！你六个女儿家里都已经快鸡飞狗跳了！十个呢，还儿子！我听了头皮都麻。"

"跟咱们有什么关系，人家不是照过嘛。"

"你瞎了？"

常胜脖子一缩，领会不了妻子的深意，思维跳跃太大。

"他看上老三了！跟住跟住的。"

"哦？"常胜在这方面缺根弦，必须点透，他做深思状，"那未尝不是好事……这样我们家的力量一下壮大那么多。"

美心嗷的一声："你疯了！让老三嫁过去洗衣服还是缝袜子！"当然，自那以后，家艺更加注意和欧阳宝保持距离。但欧阳始终没放弃。时不时地，他就以一种喜剧的形式出现在家艺生活中，不是今天偶遇，就是明天调皮捣蛋，或者是时不时送家艺一个小礼物。但家艺心思根本不在这上头，她着急参加工作，像二姐那样，有独立收入，将来还有可能分到单位的宿舍，有自己的一方小天地。不过家艺也在观察着二姐。她等着看二姐究竟选什么样的人处朋友。

有一天，也是晚上。家艺忍不住问家文："二姐，你工作也有一阵了，还没打算处朋友？"如果在过去，家文可能分析分析，可现在临到眼跟前，她又反倒要藏一藏。免得实现不了，落人笑柄。老三直问。家文便说："这种事情哪里说得好，只能随缘，看着舒服就行，毕竟以后要过一辈子。"

等于打了个太极。

"那别人上门提，你也不理。"

家文纠正："不是不理，是时候未到。"家艺始终不理解家文的"时候"是什么时候。家艺早已没心思读书，工作、感情，都没落实。倒是欧阳宝走了狗屎运，顶替了妈妈的职位——他死去的妈原本是外贸的保洁员，虽然去世得早，但好歹算正式员工，七八年之后，知青们正式不用上山下乡，政策落实。欧阳宝便顺着进了外贸，并且在收鸭毛、鹅毛的岗位上做了下来——下农村收毛子是个苦差事，一般的外贸子弟都不愿意做。

正式参加工作，有了工资。虽然大部分上交，贴补他那个十一口人的家。但好歹有了"小金库"，自己能够调度一点钱，欧阳宝追求家艺的攻势，更猛烈频繁了。

家艺还是不为所动。她告诉自己，要像二姐那样，冷若冰霜。哦不对，冰山！冷若冰山。这不是欲擒故纵，而是她对欧阳，从一开始就提不起兴趣。

家欢不理解老三哪来那么多多愁善感。用她的话说，该吃吃该喝喝，事情没到想那么多干吗？小玲就更不想了。十多岁，讲话做事，还是不着调，固执，想当然。美心都叹，怎么刚好选了小玲跟她姓。

只有家丽欣欣向荣，小年已经开始上幼儿园了。家丽彻底腾出手，忙忙自己的工作。其余的时间，忙完大家忙小家。建国的工作更忙，现在是上升期，她不得不撑他一把。

这日，家丽带小年回娘家。人都不在，只有老太太在家。老奶奶问："家丽，听说市里有新计划生育政策。"

家丽帮小年换衣服："听了一点。"

老太太道："说是开始抓了，坚决刹住第三胎和三胎以上的，以后都要计划生育，提倡晚婚晚育，一对夫妇只许生一个孩子，看样子这第二胎应该还可以，你们抓紧时间，再生一个。"

家丽随口说："这一阵建国单位忙。"

老太太不满："他忙他的，他白天忙，夜里也忙？好笑。小年一个独苗苗，太孤单了，得有个弟弟或者妹妹。"家丽应承着，她也打算再要一个。

家文去淀粉厂小厂上班有日子了。日日干活，又基本都是女工，所以"相安无事"，除了厂里的三两个适龄青年对家文表示过好感，家文并不喜欢，坚壁清野，便再无"狂蜂浪蝶"。打春后，粮食局系统举办了一场职工趣味运动会。粮食局机关、淀粉大厂、淀粉小厂、杂品厂、饲料公司等各单位都派人参加，以年轻力量为主。家文也参加了，报了一个项目，花式跳绳。结果一露面，引发轰动。当天，整个系统都知道淀粉厂来了个大美女，巧笑倩兮，美目盼兮。是外贸何师傅的二女儿。最关键的是，还没有对象。在运动会上，家文也瞧上了一位男青年。

他姓陈，叫卫国。巧了，跟大姐夫一样，名字里都带个国字。这个人在家文看来，一切都刚刚好。他比大姐小三岁，比她大五岁。下过放，回来之后进了饲料公司，在科室里工作。他长得不算太"漂亮"，个头不算高，但身材健壮，且有股英气。他家里有四个兄弟姐妹。最上头有个大哥。中间有两个姐姐，都已经成家立业。本来还有个最大的大姐，但因病早早去世，丢下丈夫和两个孩子，目前他姐夫和两个外甥都跟卫国妈过。卫国妈是个善良勤劳的女人。老家安徽寿县。新中国成立前很富过一阵，贩卖烟土，最富的时候，家里的洋钱都用凉席圈。各房人丁兴旺，每个月都有小孩过生日。后来跑日本鬼子反，财散，家破，每房分了钱，再给一个随身的丫头，各自逃难。卫国妈作为陈家的儿媳妇，在战争中病死了丈夫，钱也跑没了，新中国成立之后，她带着五个孩子流落到淮南田家庵北头，扎下根来。卫国妈还有几个兄弟，或者在蔡家岗，或者在凤台县，过去帮衬，到了六七十年代，各人都有一大家子，往来也少了。

这些消息是家文托一个女同学，从卫国家的邻居那儿打听来的。约莫知道后，家文认为，卫国符合她的择偶标准，这个人几乎就是老天爷为她"量身定做的"：第一，自己喜欢；第二，他喜欢她多过她喜欢他；第三，谈不上漂亮但又有魅力；第四，家庭相当出身相当；第五，工作上比她优秀一些，更有发展前途；第六，身体好；第七，为人还算风雅，有趣味；第八，能吃苦。直觉上和理智上，家文都认定了卫国。

但她有策略。她认为现在还不是确定关系的时候。这需要有个过程。轻易得来的东西没人会珍惜。

下班，卫国又来找家文了。

拿着两张电影票，淮滨大戏院的。男人都喜欢约女孩去看电影。"对不起，我家里还有点事。"家文婉拒。

电影票要浪费了。

"我送你回家。"

"不用，路不远。"

"我陪你。"

"真的不用。"家文要拒绝到底。

卫国笑呵呵地："那一起走。"

"你不看电影了？"

"没什么好看的。"

"浪费了多可惜。"家文还是省钱，"去淮滨门口等等看，转给别人。"

"你不是家里有事？"卫国说。

"你等，我不用等。"

"那我也不等。"卫国执拗。

"算了，陪你等两分钟。"家文说。两个人并排走着，家文大多谈他的工作情况，还有她的。并没有"谈恋爱"的意思。然而这样，就已经算谈恋爱了。迎面来了个人。是个男青年。大老远就跟家文打招呼。家文没看清，等近了，才发现是高中同学李良。过去的小麻虾，现在这么高大，英俊。

083

一聊，他现在在造纸厂工作，卷烟纸车间，重要部门重要职位。两个人大大方方站在路边聊了一会儿。有说有笑。卫国就等着，有点吃醋，但必须忍着。家文用余光看看他，效果达到了，李良来得刚刚好。她就是要制造一种"抢手"的氛围。让他有危机感。谈完了，路程继续，两个人到淮滨大戏院门口，卫国拿着两张票，站在离售票口不远的地方，问问这个，问问那个。没人要买。家文笑笑："死脑筋。"说着，拿过票，高举，大喊："八折转让！"立刻，就有人来买了走。

"还是你厉害。"卫国摸摸头，憨憨地笑。

到巷道口。家文摆摆手："行了，到地方了。"

卫国还想多说点什么，但一时又不知从何说起。他原本是个很有自信的人，可面对家文，似乎又有点失去自信。

美心下班回来，远远看到老二跟一个男人立在巷子口说话，只顾看，没注意脚下。硬踩到一块石头，皮鞋跟子一歪，哎哟一声，崴到脚了。家文和卫国的目光被这声喊叫吸引过去。

"妈！"家文惊诧。

美心一边说没事，一边哎哟哟地叫。卫国一听是家文妈妈，二话不说背起她："去医院吧。"美心连忙说，不用不用。

只好先回家。

就这么着，卫国背着美心，家文帮卫国和美心拿着包，陈卫国第一次上何家的门了。常胜还没到家。小字辈们也不在。家里只有老太太一个人。见此场景，老太太愕然："怎么了这是，刚从战场回来？怎么还负伤了。"家文忙着去搬大椅子。

摆在堂屋中央，卫国"卸货"。

"扭着脚了。"美心难受，但眼睛还不忘打量着卫国，"幸亏这个小伙子帮我背回来，要不这几步路真不知道怎么走。"

卫国连忙："阿姨，别客气，我是家文的朋友，应该的。"

家文的朋友。老太太也瞅了瞅卫国。一脸笑意，态度诚恳。"红花油，家里的红花油呢？"老太太打发家文去找，又说："老二，给你这朋友倒点水。"家文笑着抱怨："阿奶，我只有两只手。"老太太也笑了，亲自去倒。卫国连忙说不用不用。

红花油没有了。现买，来不及。美心还说疼。

卫国问："家里有酒吗？"

老太太不知他卖的什么药，"酒？好像有点酒底子，老二，去看看。"又对卫国，"你想喝一点？"

卫国连忙说："不是不是，崴着脚，最好用酒火擦一擦。"

酒火？家文第一次听说。"什么火？别烧着我妈。"

"不会不会，放心吧。"卫国对老太太，"来只小碗。"

家欢到家了。老太太吩咐："老四，去拿只小碗。"家欢嘀咕："刚回来就使唤……"堂屋，卫国已经帮美心脱了鞋袜，他自己坐在小板凳上，抱着她的脚。美心觉得不好意思，即便是女同志，那也是脚啊！是脚，多少会有点味道，何况是在酱园厂工作了一天的脚。"不用不用……"美心温柔地拒绝着。

卫国却擦了一根火柴，朝碗里一丢，酒被点燃了，冒着蓝色火焰。卫国迅速把手指伸到蓝火里去，蘸着酒，再快速揉搓美心脚踝扭伤处。如此来回数次。

家艺也回来了，看着酒火表演，忍不住："嚯，这表演杂技呢。"不经意问老四家欢，"这人谁啊?"

老四说不知道，又说："十之八九是二姐的拥护者。"

家艺一听，躲进屋里去了。二姐的拥护者总是有模有样，她的拥护者，只有欧阳宝那样的"瘪三"。其实细想想，欧阳宝并不难看，要个子有个子，要鼻子有鼻子，但他那气质，活脱脱一个南菜市三教九流里泡出来的油腻味。还不是土，是油腻，令人见了烦。哪像二姐的拥护者，随便拉出来一个，都那么脱俗。跟艺术沾边的样子。

卫国忙好，美心要留他吃饭。卫国自知第一次上门——还是意外上门就留吃饭不好，婉拒。家文也晓得自己家，如果留吃饭，爸妈肯定一番盘问。卫国的家庭，并不占优。老妈没工作，还有他大姐留下来的两个外甥，一个比他大一岁，一个比他小一岁，家庭负担很重。只能从长计议。

再一个。她也不能让卫国太容易"得手"。必须"长征"。这样才能保证未来的日子过得舒心。

美心目送卫国出院子，嘴里还嘀咕："不错，这孩子真不错。"又问家文，"他爸妈是干吗的，这哪家的孩子? 北头的吗? 我怎么没见过。"老太太接话："北头那么大，你要都见过还得了。"

家文不作声。美心又问一遍。家文轻描淡写："就粮食局系统一个同事。"美心道："哪个单位，什么同事? 同事还要送到家门口。"家欢帮二姐解围："妈，二姐说是同事，那就是同事，哪这么多花花绕，你们大人就是这样，恨不得看到水里漂着两只鸭子都想帮人家凑成一对鸳鸯。"

美心来火，啐道："那不是你二姐嘛，如果是你，我没任何想法。"老太太觉得这话太打击老四的自尊，连忙拦住："老四，去看看锅屋火上没上来?"老四翻个白眼，去了。

老太太能理解美心的"紧张"。六个丫头里，老二最漂亮，也最聪明，是家里的王牌。女人出嫁，等于第二次投胎。老大家丽的"投胎"，投得还算不错，基本完成她作为大姐的使命。老二呢，老太太能感觉到美心和常胜的期待。要嫁得好，嫁得风光。对自己是个交代，对家庭也是个交代。

家文看透了这一点。所以，过程不能省。省了，对她自己，对父母家庭，对男方及其家庭，都没有好处。这关系到她未来在家庭中的地位。主意打定，家文又暗中断断续续跟卫国来往了一阵。家里人见她工作稳定了，感情一直没着落，都着急。可又不能明说。家丽又怀孕了，预产期要到一九八〇年初。大礼拜，家文去看姐姐。家丽按照老太太以及常胜、美心的嘱托，打算委婉地"点一点"家文。

吃午饭，建国也回来了，小年已经三岁多，会叫二姨。

家文笑说："听人叫我姨，才觉得自己老了。长一辈了。"

家丽抓住机会，带笑不笑地说："你以为，"摸摸自己肚子，"等二的出来，你更升级呢，老二，你个人问题，该考虑考虑了。"家文顺着她的话说："我倒想考虑，可现在厂里都是女工，平时朋友也不多，根本没处接触人，都不了解。"

家丽对建国："听听，老二都说困难了，这全区的姑娘们都该急死了。"建国打趣："二妹一招手，一个排的人跟着走。"

家丽瞪了建国一眼，油腔滑调。

建国只好立即端正态度："二妹，你想找什么样的，做什么职业的？是医生、老师、军人、技术员还是干部？"

未等家文回答。家丽立刻说："医生不好。"秋芳快毕业了，回来探亲过，说毕业之后打算去第一人民医院。家丽本能地不喜欢医生，她蹉跎了几年。唯一的收获是即将到来的孩子。

建国讲理："医生有什么不好，家里人有个头疼脑热，都能随时问诊，而且对老人也好，会保健。"

家丽抬杠："你没听说过？医生自己不能给自己看病。"

为了避免夫妻吵架，家文插话："反正姐姐，姐夫，我的事，就拜托你们还有爸妈多操操心，我年纪也不小了，在什么年纪做什么事，该考虑个人问题了。"

家丽拍案："这么想就对了，这是头等大事！"

何家丽明确传达给父母和老太太，四个人凑到一起，决定集中发力，为老二找一门好亲事。四个人的路子各不相同。但在价值观上，他们达成了共识：何家文不能"下嫁"。她必须找一个比她高一点，比何家高一点的家庭。这样她的美貌和聪慧，才算充分体现出价值。只可惜，如今已不像数年前，上层建筑刚刚稳固，而且各家情况都差不多，根本没有像武绍武那种家庭的人来说亲。

消息放出去，来说媒的，多半和何家旗鼓相当。家文的同学、造纸厂的李良，还有纺织厂的赵伟的家里都来人说合了，这算是"明媒"。

除此之外，还有发电厂、橡胶厂、制药厂、化肥厂、塑料厂、电化厂、轴承厂、机床厂、矿车厂、轴瓦厂、小岛上的船舶修造厂、人民路的淮南油厂、食品厂，更有酒厂、肉类加工厂、印染厂、建材加工厂、自来水厂等的男青年托媒人来说媒。何家的门槛快被踏破。可家文看了人家照片，却什么都不说，只是淡淡地放下，飘然回屋。求亲的人太多，拒绝的次数也多，弄到后来，美心和常胜两口子都觉不好意思。主动躲避。只让老太太应对。周围的流言又起来了。

以朱德启老婆为首，她恨。她家燕子始终"滞销"。她老叹："老屋藏着老燕，怕是飞不出去喽。"一边是门庭若市，一边是门可罗雀，朱德启老婆撇嘴，跟三街四邻掰扯："真是天上的仙女下凡，这还不行，随便抓一个，都比董永强。可人家正宗七仙女，不还是找了董永？女孩子家，不要那么心高气傲，我看八成是在等市长儿子上门呢。做梦！人哪，别不知足，饱汉子不知饿汉子饥，以后就怕也有你饿肚子的时候！"

流言散得广了，深了。刘妈也忍不住趁着买鸡蛋的空儿问美心："就说你们家老二，到底想找什么样的啊？"

美心来火："随她去！"手一抖，一只鸡蛋落地，碎了。

店员眼尖，嘴快："碎的按二两算。"

美心火气更盛："二两？你卖的是鸡蛋还是鸵鸟蛋？还是你下的蛋！"

店员着急："这位同志怎么骂人哪！"

084

老太太送一位媒人到院子口。挥手，目送。家艺和家欢在坝子上吹风。家欢道："又一位撞枪口上的。"

家艺抽一根狗尾巴草，弯个圈，一只草戒指。不说话。她羡慕二姐。家文是只蝴蝶，轻轻扇动翅膀，就能引起一阵旋风。她永远没有二姐出风头。

家欢依旧念念有词："整个一个比武招亲，皇帝的女儿也不过如此。"

家艺又抽一根狗尾巴草，丢到家欢头上："干吗？羡慕？"

家欢嘴硬："我才不羡慕呢，我这辈子，只要能吃到好吃的，就满足了。"

"你还想吃什么？"家艺道，"淮王鱼也吃了。"

"天上龙肉，地下驴肉，都没吃过。"家欢真说。

"龙肉你就别想了，龙肉，只有二姐这样的嫦娥仙女能想想。"家艺沮丧。家欢一贯喜欢讽刺老三，可这会儿见家艺情绪低落，她又忍不住鼓励："每个人的福气不一样，你有你的福气。"

"什么福气？唱歌跳舞演戏体操，一样我没一样。"

"你不是还有一个铁杆拥护者吗？"家欢指的是欧阳宝。

家艺来气："别提他，蛤蟆洞爬不出条活龙来。"

家欢道："姐，你可别把人看扁了，人家三宝，好歹也是正规单位的正规职工，管鸭毛、鹅毛的，好人一个。"

家艺啧啧两声："还三宝，肉麻不肉麻，你喜欢，让给你！"说罢，起身朝姚家湾方向走去。

门槛踏破，也没见卫国找人来提亲。家文开始怀疑，是不是自己的判断有误，或者整个局面中，还有着她掌握不到的因素。她在淀粉厂小厂，卫国在饲料公司。不在一个厂区。她不可能主动去找卫国。而且，更奇怪的是，这一阵卫国也没来找她。要不，算了？她也动摇过。毕竟从小美到大，家文有这个自信，人多着呢，她不信非谁不可。然而思来想去，还是觉得卫国人不错。只能等。这个时候，必须比耐力。

晚间吃饭，一圈都是妹妹们，常胜不好多问。吃完了，院子里，常胜抽烟。他把家文叫过来，问："怎么样？一个都不合适？"家文不作声，就算是回答了。

"全区的适龄适婚男青年，差不多也就这样了。"常胜的口气是柔和的。他心疼女儿。二女儿的知心和家丽不同。家丽过去像男孩，是共同进退的。家文那真是前世的情人。

"我再想想。"家文说。

"多了，就挑花眼了，抓主要矛盾。"常胜丢掉烟屁股。

同样，卫国家，一场谈话，同样决定着这个年轻人的未来。

卫国的大哥大嫂为这事也特地回来一趟。他大哥原本叫陈春贵，后来去市委党校教书，改名：陈克思。追随马克思的意思。大嫂是个会计，姓陶，是寿县一个破落户的女儿。嫁进来之后，按照陈家风俗，大嫂不叫大嫂，一律叫"陶先生"。女的也是先生。

陈老太太坐在中间，一圈是大儿子大儿媳，二女儿春荣，三女儿春华，女婿孙黎明，大外孙大康，二外孙小健。卫国站着。

陈老太太道："卫国，你坐，大家都说说。"

没人说话。陈老太太一个人拉扯几个孩子，从解放前到解放后，太不容易，捡煤砟子抠树皮什么都做过。因此，在家中的地位也格外高。

陈老太太看大儿子克思。克思神游，陶先生拉了他一下。克思立刻跷着腔调："俺娘，我们不搞封建主义，啊！不搞封建主义，不过从历史上看，这个这个，有一句话叫红颜祸水，比如夏朝的妹喜、商代的妲己、周朝的褒姒、春秋的西施、西汉的吕雉、三国的貂蝉，还有唐朝的杨玉环，都没有起到好作用。"

陈老太太听不下去，打断他："行了！黎明，你说说。"

孙黎明是陈老太太的女婿，也属于孤儿，家里没什么人，所以尽管老婆陈春富已经去世，他依旧跟着丈母娘过。两个儿子，也由陈老太太照顾。他清清嗓子："外貌当然也很重要了，相由心生嘛，不过还是要看为人处世。"

陈老太太对两个女儿："春荣春华，你们怎么看。"

春荣老实沉闷些，只说听妈的。春华自小跟卫国感情深，便说还是要看卫国的意思。卫国插话："娘！我的意思是，现在就让二姐或者三姐去提亲，慢了，就来不及了。"

克思道："老四，这也得两情相悦，琴瑟和鸣，好比我跟你大嫂……"陈老太太打断他，对小儿子说："卫国，你真喜欢这个人？"

"非她不娶。"

"人家喜不喜欢你呢？"

"这个我不确定，"卫国没有充足信心，"不过我感觉，是可以的，还是应该勇敢一点。"说着说着，"娘，您要不安排，我自己找人去提了。"

陈老太太道："卫国，怎么也得等大康把事办了，才能办你的事，大康比你还大一岁，也没这么着急。"

孙黎明连忙说："娘，卫国先办卫国先办，你就卫国这块心病，办了之后，早点抱孙子。大康虽然大卫国一岁，但按辈分，卫国还是他舅舅，哪有舅舅不结婚，外甥倒先结婚的道理。"

陈老太太点头。克思和陶先生不高兴，黎明的话戳到他们痛处，结婚多年，一直生不出孩子。因为这，陈老太太对大儿媳陶先生很不满意。

谁去提亲是个问题。让克思去，绝无可能，他也磨不开这个面子。春荣太死板，春华年轻，压不住。黎明虽然是女婿，到底算半个外人。思来想去，陈老太太决定亲自走一趟。

选了个吉日，陈老太太上门了。何文氏一个人在家。陈老太太敲了敲院门。何文氏开门，问："找哪位？"

陈老太太笑着说："我是北菜市东面那片的。"

"有何贵干呢?"何文氏来句文的。

"陈卫国是我儿子,我是他妈,我来替儿子向何家管事商量点事情。"口气和善。

何文氏端然："我就是管事的,有什么事进来说。"

进了屋,何文氏给陈老太太倒茶,一叙年庚,相差不多。说着说着,又都谈些过去的事,陈老太太把自己家怎么从寿县到的淮南基本讲了讲,何文氏则说了自己家从扬州江都流转到田家庵的历史。两个人又都爱听京剧,都是梅兰芳的铁杆儿,于是更加心有戚戚,引为同道。

陈老太太这才把卫国的基本情况,包括年庚、经历、工作单位、一个月多少工资都说了一遍。又说:"两个孩子有一定的交往,算是有感情基础的。我生了七个孩子,活下来五个,最上头的老大已经走了,其余三个都成家立业,一个在市委党校,一个在第四小学,一个在田东的机床厂,都有正式工作,我虽然没有工作,但多少有点积蓄,也在做工,孩子们孝顺,也月月给钱,现在就一个卫国没结婚是我的心病,如果家文肯过来,进门就当小家的家,大家我帮她扶着,事事包在我身上,就当女儿待,房子准备好了,先在一起住,等孩子出生,我能照顾照顾,再过二年,卫国单位分房子,他们愿意搬出去单住就单住。再一个,卫国也在粮食局系统,多少算个干部身份,家文也在,如果能凑到一块儿,两个孩子多少能相互帮衬。"

此前说媒,都是介绍人上门,一番吹嘘。这一回,却是亲妈亲自上门,说的都是实的,且态度诚恳。何文氏见陈老太太说话进退也是懂礼的人,年纪不小,头面收拾得却很干净利索,这就存了几分好感。

待陈老太太说完,何文氏问:"可带了照片?"

陈老太太忙笑说差点忘了,头一回做这事,生疏。说着,从右衽褂子里头掏出一张黑白一寸小照。卫国意气风发。

何文氏老花,比远了看,皱着眉头,喃喃:"有点面熟。"一会儿,忽然想起,"哦,你们这个卫国是不是会用酒火治伤?"陈老太太道:"会一点，跟我学的。"

"来过我们家一趟！"

"哦？"

"还治疗我儿媳妇的崴脚。"

"那真有缘分。"

"是个好孩子。"何文氏下定论。

两个人又说一会儿话。天色不早，该告辞了。陈老太太起身，这才从怀里掏出东西来。手帕包着，四方四正。放到桌子上，小心地，四个角打开。陈老太道："第一次上门，也不知道带什么好，这对玉镯，不成双了。独个是独个。翠是好翠。都是前清的东西了，宫里头流出来的，那时候家里有，我就分到一些，破'四旧'时我给藏在鞋壳篓里头，躲过去了。你和家文妈妈，一人一只。"这大礼，何文氏忙说："不能收不能收。"

陈老太道："老姐不用有压力，亲家做成做不成，看天，朋友做成做不成，看你我。我整天干活也实在戴不上这些，不过是给它找个应当应分的主人罢了。"停一下，又说："还有一支金钗，日子更久了。色头有点乌我没去洗，但金子是好金子款式也好，古的东西就戴个古味，只是现在的年轻人哪还有打髻的。不像我们这些老古董。这二年我头发少年纪又大，戴这些人家要笑话，所以给家文，就当是个小玩意儿。以后逢着个灾啊难啊的，当了，能顶几天饭钱。老实说，家文那模样，俊俏、伶俐，别说北头，就是放眼整个田家庵，也挑不出几个正儿八经的后生能跟她一登一对的。我本来也不好意思来，但为了儿子免不了厚脸皮了。"话音落，陈老太已经站起来，就要往外走，不给何文氏拒收礼物的机会。何文氏只能跟着起身送客。

085

翠绿的镯子戴腕子上，美心称叹，是说给老太太和常胜听的："瞧瞧，我这不懂的都能晓得这是好东西，它翠呀！看到了吧常胜，这就叫老家老业，总有点底子，随便拔出根汗毛，也比劳动人民腰粗。所以说破'四旧'破得还不彻底。哎呀，你说我结婚的时候，也没能摸出这么个东西来。妈，咱们家怎么就没点传家宝呢？"

老太太何文氏枯笑："饭都吃不起了，还金钗宝玉呢！"

美心换话题，对常胜说："我觉得这家也还凑合，那小子用酒火按脚的功夫一流，手脚灵着呢。"

常胜问他妈："在饲料公司工作？"

"说还是个干部身份。"

美心插话："多少干部身份的来过了，老二都不满意。"

正说着，家文进门，招呼了一下，要往屋里走。美心喊："老二，有你个东西！"家文停住脚步。美心把用手帕包着的金钗递给她。家文怔了一下。"一个叫陈卫国的妈送的，这个是给你的。"美心说着，又把照片往前一推，"认识吧。"

家文瞅了瞅，故意说："不太熟。"

老太太道："老二，这个我看不错，别太挑，女人的青春就几年，二十五岁之前，多交交朋友，二十五岁之后，一定要给自己找一个丈夫，不然你会后悔的。"

卫国终于出现了。卫国妈她还没见过。听说他们家人都有个显著特点，苞谷嘴。有点像没进化好的猿猴。卫国也有些那个样子。男孩随妈，想必卫国妈也是。

"知道了。"家文压住兴奋。她必须再忍几天。这样对她更有利，卫国那边觉得来不易。家里这边，也会觉得得来不容易。

这日，饭后散步，家欢拿着个蒲扇在家艺旁边，忽然道："工作也没落实。"

家艺不说话，爸爸常胜在帮忙托关系找路子。

"更别提感情了。"家欢火上浇油。

"能不能别说废话？破锅足屎的嘴。"

"要不就在二姐的这些拥护者里头选一个，慢慢培养……"家欢还在叙说，活灵活现地。

"行了！"家艺喝止，"二姐二姐二姐，你还嫌二姐在我们这个家不够出风头！一样是妈生爹养，老四，我们要活出自己来！"

"活，活——"家欢不懂家艺的愤怒。许久，家欢才冒出这么一句，"长大真烦。"两个人沿着河岸往东。夏天，鸟叫虫鸣，烦闷闷地。后面有人打响铃。姊妹俩一抬头，坝子上是欧阳宝，推着那辆破旧的自行车。家艺拉住家欢，让她加快速度。

欧阳宝追："有内参片！"

家艺心一动。

"《魂断蓝桥》！"欧阳宝报电影名。

家艺十分感兴趣。

"有三张票！"

家艺拽了家欢一下，眼神里都是光，"老四，一起去吧。"为了《魂断蓝桥》，跟欧阳宝一起看电影也在所不惜。家欢对艺术不感兴趣，一边嘟囔着什么是魂断蓝桥讲的是什么呀，一边还是跟着三姐走了。粮食局大院，小会议室，窗帘深垂，捂得严严实实地。欧阳宝知道家艺喜欢艺术，费了好大劲儿，托了好几个朋友，担了老大人情才弄到几张票。本来是要弄两张。但他担心单独来看，家艺不愿意，所以格外多弄了一张，供"电灯泡"陪伴使用。

门口有个工作人员在检票，查得不算严。到家艺了，工作人员皱皱眉，问："成年了没有？学生不许看啊。"欧阳宝连忙帮她解释，说就是粮食局系统的职工。工作人员又瞅了瞅。家艺义正词严："杂品厂女工，参加工作多年，一直辛勤劳作，手上都是老茧！很革命的。"说着，她伸出双手。天黑，根本看不清。工作人员不耐烦，一挥手，说进去吧进去吧。

再检家欢的票，问都没问，让她进去了。家欢心情有点复杂。欧阳宝和家艺偷笑。家欢嘀咕："我有这么老吗?"

这个是简易放映室。椅子一排排，还沾着面粉。是从面粉仓库搬过来的。人已经不少，三个人只有倒数第二排的位子，好在离屏幕不远。放映开始了。从第一分钟开始，家艺就已然如痴如醉。黑暗降临，前面的闪亮的方块中上演的，是她渴望的世界。俊男、美女、乱世，忠贞不渝的爱情……

黑暗中，欧阳宝伸出右手，想去捉家艺的左手。不巧，家艺伸手擦眼泪。欧阳扑了个空。

家艺右侧。看了不到十分钟，家欢已发出轻微鼾声。家艺厌恶地，皱眉，踢了她一下。不解风情的家伙！

家欢换了个姿势，不打鼾了，继续睡。

看到动情处，尤其是玛拉和罗伊战后再次相逢，家艺泣不成声。有人回头看，她明显扰乱了观影情绪。欧阳只能小声劝她控制点再控制点……家艺完全沉浸在艺术的世界了，那段台词她看一遍就深深刻在脑子里，语文课文、英语单词、数学公式她全都记不住。但台词可以。尤其这段。

"幸福吗?""是的。"

"幸福极了?""是的。"

"陶醉了?""是的。"

"不怀疑了?""不。"

"不犹豫了?""不。"

"不泄气了?""不。"

"亲爱的，那为什么你的眼睛里含着恐惧？为什么？"

电影结束，家艺仍旧沉浸其中，坐在椅子上不肯起来。欧阳拍拍家欢，"起来了，别睡了。"家欢揉揉眼睛，大梦初醒。恍惚中，家艺看到前排有个背影是那么熟悉。二姐？好像是她。一个人？不对。她旁边有个男伴。不是还没挑选好对象吗，怎么就出来跟人看电影了。口是心非！说一套做一套。家文一转身，也看到了两个妹妹。但她并不想跟她们多说，拉着卫国就往外走。家艺想喊，起身，连着过了好几个椅子，却撞到个人。男生，高高大大的，一抬头，却是武继宁。

都说过去了，都说不想了，可遇到真人，一瞬间，家艺还是有些心旌荡漾。家艺不知说什么好。继宁却先开口，他看到了欧阳，指了他一下，对家艺笑笑："跟朋友来看的啊。"

朋友，哪个朋友。欧阳宝？他不是她朋友。

继宁认出了欧阳。欧阳也认出了他。

"身手不错。"继宁打趣欧阳。

"别让我再见到你！"欧阳开始斗鸡模式。又好像瓦尔特要保卫萨拉热窝。继宁一笑，并不接招。

有个女孩从座位上走下来，到继宁旁边，挽住了他的胳膊。家欢率先，叫道："燕子姐！"

家艺头一蒙，再定睛看，是朱燕子！朱燕子正挽着继宁的胳膊。他们？家艺不愿意深想，但又不得不想。得逞了，朱德启家的得逞了，她终于把这个丑女燕子塞进了武家！可是，家艺怎么也不明白，为什么？！为什么继宁连燕子都能接受，却不能接受她！这一点她完全不能接受！

家艺对继宁，依旧低沉："借一步说话。"

继宁愣了一下，还是跟着走。燕子要上前，继宁转头说："你等我一会儿。"

欧阳跟上，家欢把他拉住了。

路灯下，武继宁双手插在裤子口袋。和燕子交往，是他妈宫老师极力撮合的。在财务审查问题上，朱德启帮了大忙。而且，经过家文的事后，武继宁本身对"美女"已经失去了兴趣。他宁愿找个真正"贤惠""柔和"的女孩。比如朱燕子这样的。他妈妈也喜欢。家艺不在他的考虑范围之内。因为她是家文的妹妹,就更加不可能。

"为什么?"家艺喉头有些哽咽。

继宁明白她的意思,但不作回答。不回答也是回答。

"为什么?"她又问一遍。路灯下,将将《魂断蓝桥》的台词在脑海中浮现。她反客为主,用男主角的台词问:

"幸福吗?"

继宁一愣,答:"是的。"

"幸福极了?"

"是的……"

"陶醉了?"家艺继续问。

继宁却不回答了。

"去你的幸福!"家艺扬手要打。燕子冲上来了,勇敢护住继宁。家艺打在燕子后背。朱燕子痛苦地叫了一声。

"你别过分!"继宁发火了。欧阳和家欢上前。

"怎么着,还想练练?"欧阳必须为家艺出头。

"谁要你管?"家艺对欧阳咆哮,一个人在路灯下跑了。家欢不知所措,只好追过去:"姐——姐——"欧阳用手指戳了戳继宁的肩头:"你小子,等着!"说罢也去追家艺。

一阵风跑进家门,家艺用冷水冲脸。欧阳跟家欢到门口,家欢打发他去:"行了,我姐到家了,安全,你赶紧回去吧。"

"不是……"欧阳担心家艺。

"没事了!"家欢提醒他,"今天的事,忘掉,就当什么都没发生,一夜,过!"她比男孩还爽利。

冲好脸,家艺回自己房间。老太太睡觉轻,醒来,问:"一个个的都去哪儿野了这是。"家艺没理睬,进屋了。家欢进门就躺在床上,把老五小玲往旁边挤了挤。老太太翻身,问老四:"干什么去了?"

家欢道:"看电影。"

"什么电影?"老太太问。

980

家欢一时想不起来:"叫什么桥。"

"讲什么的?"老太太追问。

"好像是……"她睡了一晚上,当然不晓得。"反正就是一个电影。"

"以后撒谎先打打草稿。"

"阿奶,真的是看电影,老三和二姐都去了,不信你问问,还有那个……"说到一半,她意识到不该继续说下去,忽然大脑恢复电路,"《魂断蓝桥》!看的《魂断蓝桥》!"

老太太淡悠悠地说:"这个电影我看过。"

"你看过?"家欢不信,"我们是在粮食局大院看的。"

老太太又动了动,侧卧着,面对家欢,月亮的散射光从窗户照进来,映得她像一尊卧佛。老太太柔声道:"那年我去上海。本来我是不想去的,但是亲戚有事情,家里没人有空,只有我能去,那就我去。到了之后亲戚说请看电影。那就看。刚好就是这个《魂断蓝桥》。"听奶奶这么一说,家欢忽然对《魂断蓝桥》又感兴趣了。老太太继续,"它就讲一个跳芭蕾舞的女的,在一座桥上遇到一个男的,但是,突然打仗了,男的要去参军,走了。女的因为要去见男的最后一面,把工作丢了。"

"这女的真倒霉。"家欢听进去了。

"后来来了一个名单,说这男的打仗死了,这女的很难过,又没有工作,那只能……"少儿不宜,老太太停了一下,调整叙述内容,"只能去做一些不那么体面的工作，结果呢，这个男的忽然又回来了。"

家欢追问："那他俩咋办？结婚了。"

老太太道："还能怎么办，男的回来了，是英雄，家里也好，女的呢，不体面，她觉得自己配不上他。但也不是她自己想这样的，就是命，偏偏她又是个贞节烈妇。"

家欢快嘴："这个女的到底去做什么不体面的工作了呀，是不是去做妓女。"

"去！"老太太微嗔，"小孩子别乱说，反正这个女的最后痛苦不堪，不愿意欺骗那个男的，跳桥自杀了。"

"那男的怎么办？"家欢还问。

老太太翻过身，拖着悠长的调子："没有了，睡觉。"

家欢只好睡觉。

小卧室，家文和家艺一人一边。美心的黄雨衣又挂起来了，是屏障。家艺心里有气，重手重脚。家文批评她："老三，动作轻点。"家艺失去理智，索性拉了灯绳。灯光大亮。

"只许州官放火，不许百姓点灯！"家艺词不达意，家文听着莫名其妙。"该睡觉睡觉，不知道你在说什么。"

家艺愤然："何老二，你这人怎么这么两面三刀，一边说这个看不上那个看不上，一边又和人家去看内参片。"

"别胡说。"家文不想跟她纠缠。

家艺抖抖绳子上挂着的那件家文的衬衫："看看，还有面粉迹子呢，还不承认。"

家文很少动怒，可老三既然逼到跟前，甚至有些损害她名誉，家文也不得不理论几句："老三，我是成年人，参加工作了，确切地说，也到了适婚年龄，我处不处、跟谁处、到什么地方处，都是我的权利我的自由，是爸妈鼓励社会允许的，我知道你这是气话但你不应该针对我，今天在粮食局大院，我看到你了，但为了给你留面子，我故意没跟你打招呼，你，还有老四，整天跟南菜市那个欧阳家的小子混在一起，爸妈就不同意，何况你现在还没正式参加工作，不算独立，吃着家里的用着家里的，更不应该给爸妈添麻烦。而且你这样跟这个出去跟那个出去对你名声也不好。至于我，我跟卫国出去，那是因为我们都想清楚了，非彼此不可，过几天他就要上门拜见爸妈奶奶，他妈来求过亲，还给了一对镯子一支金钗，给我面子，也算给我们家面子。所以根本不存在你说的踏船不踏船的问题。老三，以前你小，我当你不懂事，你想跟这个那个做朋友，我都尽力帮忙。但你现在如果把家里人都往外推，我无话可说。你就当没我这个姐姐，但我还是把你当妹妹。老三，我比你大几岁，这些话也是大姐告诉我的，我传给你，女孩，最重要的是名声。常在河边走，就没有不湿鞋的。我们家容不下那些乱七八糟的事，爸妈不容，奶奶更不容。很多时候，就算你自己够坚定，也保不住外头有人打你的主意。今天这话，比过去一年说得都多。我点到为止，听不听得进去在你，但我作为姐姐，我觉得有义务跟你把话说明了。"

震撼教育。

家艺只是使一些小性子，没料到，二姐竟突然来这么一段。排山倒海，不容置喙，入情入理，里外里都说清楚了。家艺呆在那儿。她和家文还隔着一层黄雨衣布。她还能说什么呢。二姐的嘴巴，不说则已，一说惊人。家艺像被人抽了筋一般，脚一软，坐在床上。

"关灯了。"家文告知。一伸手，拉了灯绳。

家艺陷在黑暗里。

第二天家文就把自己的决定跟爸妈和奶奶说了。选卫国。几个"家委会"成员为顾全面子，也没立刻答应，只说回头找一天让卫国正式上门。他们还要再考察考察。家丽肚子更大了，她听说老二的选择，多少有点担忧。

"家庭还是有点复杂，大伯哥大姑姐，还有坠腿的。"家丽忧心，她怕老二应付不了。老太太道："哪能个个有你这运气，一找找个孤儿，卫国这人我看是个顶个的优秀，主要图这个人。"

家丽听了，就没再多说。她知道二妹的性格，自己认定的，别人再劝也没用。她说多了反对意见，反倒影响姐妹感情。但有些话她还是觉得应该跟老太太知会一下。"我是听说他们家那个大哥大嫂比较够呛。"家丽和陈家老大克思都住在洞山一片。多少能听到点。"到现在还没孩子呢，结婚有十多年了。"家丽道。

老太太对生儿育女的事本来就感兴趣，便问："怎么的？是谁不能生？"

"说不好，"家丽说，"这种事谁会对外说？不过按理说，是女方问题。"老太太道："哎哟，若在旧社会，立马休了再娶，或者必然讨一房小。"家丽笑笑："现在是新社会了，哪能歧视妇女。"老太太特别叮嘱："不生孩子的女人都毒，要注意。"

三伏天，卫国正式上门。

日子是常胜选的。他还有一个考量。

自十几岁出去做工，当学徒，何常胜便学得一门手艺：制作动物皮毛。俗称：缩皮子。动物皮毛扒下来之后，需要经过一系列处理，才能做成皮草。成为人的衣料。公私合营之后，除了五十年代时有一阵市场开放，他做了点皮毛去卖之外，就再没靠这个赚过钱，做，也是少数。家丽就业安排工作的时候他做过一点羊皮袄子、坎肩，偷偷做，不为卖，为的是打点人情关系，处理哥儿们义气。如今，市场再度开放，常胜又想拾起这个手艺。

缩皮子是个巧活儿，更是个力气活。一年两季，三伏天缩皮子，靠的是老天爷的热劲，三九天制作皮子，剪裁缝合，最终成衣。常胜原本打算把这门手艺传给大女婿建国。可建国毕竟是在政府部门工作，忙，而且自小当兵，也不是个手艺人。加之常胜觉得自己年纪还不算太大。传，可以再等等。如今，准二女婿准备进门。常胜打算在手艺以及意志品质上试试他。

太阳当空照。院子里的大缸摆好了。缩皮子，是个男人的活儿，女人们自然靠后。一大早，常胜就光着膀子在水池子边用钢刷子刷羊皮。缩皮子，得先把皮上沾的肉刷下来。

建国、家丽带小年进院门。建国见岳父在忙，立刻要伸手帮。常胜一挥胳膊："不用不用，你们进屋歇着，你也不会做。"家丽拦住："听爸的。"她把小年交给建国，自己去锅屋找妈妈美心和老太太。两个女人正忙活着，三伏天下厨房，基本跟洗澡差不多。家丽客气客气："阿奶，我来。"

美心把菜倒进锅里："行了老大，你去歇着，肚子里还有一个在这儿趁什么乱。你去帮老五老六看看作业，我没工夫辅导。"

家丽自惭："哎哟，就我那水平，我让建国辅导辅导。"

里屋，建国翻着老五的作业本，是数学作业，上面都是大红叉叉。建国选了一道，看了看，讲解了一番。老五摇头，还是不懂。家丽在旁听了着急："老五，加减乘除，有那么难吗？"

老六家喜已经长成个伶牙俐齿的小姑娘，"老五会算账。"

算账。家丽缩了一下脖子："算什么账？"

"算小账。"家喜说。

"怎么才叫算小账？"家丽问。

小玲喝住老六："老六，别胡说！"

家喜才不怕她，直说："比如，你周一借了小玲一毛钱，周二周三周四周五都借了一毛钱，那么，你最终应该还小玲多少钱？"

建国和家丽对看一眼，家丽说话："五毛钱。"

"错。"家喜立即，"应该是还六毛，因为老五借你钱的时候会说，借一毛，得还一毛加一根冰棍。借五毛，自然就还五毛加五根冰棍。一根冰棍两分钱，五根一毛钱。当你还老五钱的时候，她会说，冰棍她不吃了，直接给钱，所以最终得还六毛钱。"

家丽对小玲："老五！有没有这回事？数学不行，算这种账脑子倒挺快。"

小玲连忙求饶："大姐，不是这样的，是老六把自己的钱花光了，所以问我借，可我又不能白借。"家丽正想教训老五老六几句。家文带着卫国进了院子。

087

　　家文各处打招呼，看到老爹光着膀子在刷皮肉，家文吓了一跳。卫国为了今日拜访，特地穿了白衬衫、蓝布裤子、新皮鞋，衬衫口袋上还插了一支钢笔。文质彬彬。可她爸却弄得像个屠夫，真不讲究。

　　卫国上前，对常胜微微鞠躬："叔叔好。"

　　常胜伸出手，上面还有羊血迹，卫国愣了一下，还是笑着握了握。家文站在一旁，不说话，聪慧如她，当然明白这不过也是"组织"考验的一部分。卫国进屋放下随手拎着的麦乳精。家欢一见就扑上去，如获至宝："麦乳精！"

　　家艺看不惯老四难看的吃相，故意拿劲，不去看卫国拎来的礼品，只是坐在里屋窗下，暗中观察。建国出来，跟卫国打了个招呼，笑着说："咱们俩名字里都有个国。"

　　常胜接话道："有国好，有国才有家，也就是建国来了之后，我们这个家才更完整了。"美心从锅屋出来了，笑着说："行了，一套一套的，人家年轻人可不喜欢听你的大道理。"

　　常胜回头，对卫国，试探性地："行不行，来搭把手。"

　　卫国连忙说行。建国也要帮忙。常胜却说："你不用，你忙你的，让小的来。"家文只好帮卫国把白衬衫袖子挽起来。

　　常胜唉了一声："这哪行，文绉绉的，脱了脱了。"

　　卫国愣住，有点不明白什么意思。家文看不下去，第一次正式上门，这闹哪出？"爸——"家文口气拖得长长的。家艺憋住笑，等着看戏。麦乳精老四已经吃上了。干吃。老五老六和小年也都围着要吃。

"男人嘛，怕什么，对不对？"常胜带点调侃。卫国不含糊，立刻脱了衬衫。一身肌肉露出来，十分漂亮。是下放的时候干农活练出来的。"身体不错嘛。"常胜道，"喏，拿这个铁刷子，慢慢刷，用力一点。"常胜手把手教。卫国也就认真学，他本来就聪明，动手能力也强，没几分钟便掌握其中关节，迅速操作起来。刷完皮子是洗。洗完该入缸。皮子要泡，带毛一起泡。选择三伏天泡，正因为天热，化学反应最充分。泡皮子完全是个手感。皮子上包上布，缸里放上"秘密配方"，主要是用硝。泡上之后，再用力搅拌。每一步，都马虎不得，每一步，都必须结合技巧与力量。常胜怎么教，怎么安排，卫国就怎么学。在常胜面前，他完全虚心，且话恰到好处。

饭菜摆上了。老太太来叫人："行啦，该吃饭啦！这大热天，要累死小陈？看看看，雨头汗淋的。"说着递上两条白毛巾。

常胜和卫国一人一条，搭在脖子上。

"妈，你们先吃，我们这个活儿不能停，一停，前功尽弃，你们吃你们的，不要管我们。"常胜笑呵呵地。

老太太知道儿子的脾气，只能依着。她对里头人招呼："别管他们，咱们吃咱们的。"建国看不过去，又要帮忙，被家丽拦住了。她是家中大姐，自然明白这一切全是常胜的安排，是个考验。家文不多问，去叫老四她们几个，叫了也不听。美心耐不住火，拿着个鸡毛掸子过去。几个小的吓得四散。美心低头看，一罐子麦乳精，快被吃得见底，气得她大嚷："这玩意儿上火！屁眼子不要了！回头拉的全是羊屎蛋子！"

老太太听得直皱眉，她这个儿媳妇，细起来是真细，粗起来也是真粗。女婿到底是外人。当着女婿面，哪能这么不文雅。"行了，把桌子布一下，我们先吃。"老太太打断美心。

常胜和卫国还在忙。

饭桌上，众人一时无话。为打破尴尬，家丽对家文："老二，你选人看身体选的吧。"家文有些不好意思，身体健壮，的确是择偶的重要因素，但不能提在嘴上。老太太解围："这么想就对了！咱们这是城里，要在农村，男耕女织，那更要找身体好的，所谓留得青山在，不怕没柴烧，我看卫国挺好。"

家艺听不下去，对建国："大姐夫，我工作的事，帮忙留意了吗?"建国笑道："现在都是招工，你的年龄还不够，我和你姐都在帮你留意，有消息第一时间告诉你。"

"几岁才够?"家艺问。

"差三岁。"建国说。

家艺对美心道："妈，朱燕子都参加工作了，她跟我年纪差不多，户口本上改了年纪，改大。"家艺对燕子抢了继宁耿耿于怀。朱燕子在工农信用合作社工作，女承父业，做出纳。因为单位不错，宫老师才松的口。家艺辗转得知，更觉得工作太重要。

美心道："你也想改大? 咱们家没那本事。"

老太太对建国："建国，你如果有路子，给想想办法，老三老在家待着也不是事，该花钱花钱，我们出。"家丽维护建国，道："阿奶，这不是钱的事。"

建国笑着说："放心，一定尽力。"

家丽道："老三，你也别太挑，现在不是挑工作的时候。"

家艺只好服软："给什么干什么。"

饭都吃完了。常胜和卫国还没忙完。大缸子边，常胜指导，卫国操作，奋力搅动硝水。老太太收碗途经，对儿子："差不多行了，一天能干完? 别中暑了。"家文不作声，这是卫国的表现时间，那就让他尽情挥洒，她对卫国有信心，不说大了，方圆五里，卫国算是个挑个拣的优秀。美心切好了西瓜，从锅屋端出来："常胜，饭不吃，西瓜总让人吃几口吧。"

常胜大手一挥："吃西瓜!"

卫国洗洗手，进屋吃西瓜。常胜把建国叫到跟前，三个男人凑到一块儿同吃。常胜对卫国说："以后，这就是你大哥。"

"大哥!"卫国叫得豪气。

建国道："爸给我挑的这个弟弟，我看行。"

常胜爽朗大笑，"她妈，酒呢。"

美心微嗔："大夏天的，喝什么酒，还不嫌热。"老太太道："今个儿高兴，喝点不妨事，我来拿。"说罢，果然从屋里头床底下摸出一瓶酒来。是淮南大曲。瓶子里还泡着一条小五步蛇。

老太太笑道："地震的时候，在坝子上打的，丢了可惜，泡在酒里，强身健体，敢不敢喝？"家欢嚷嚷着要喝。小玲、家喜害怕蛇，往后退。美心皱眉："妈，卫国第一次来，就别弄玄乎的了，床底下不是还有酒嘛。"

卫国笑说："蛇酒是大补，奶奶愿意拿出来给我们喝，是我们的福气。"常胜又叫一声好，三个男人果真喝起蛇酒来。一瓶不够，再来一瓶。划酒拳，敲筷子，酩酊大醉。

家欢带着老五、老六出去了。家艺一个人坐在窗前，神色落寞，这热闹与她无关。家丽、家文并肩站在门槛外，看着爸爸和建国、卫国喝酒，无限满足，这是与她们有关的故事，这是与她们有关的男人。家丽抚着肚子，对家文说："倒是个懂事理的人。"家文打趣："不懂事理不准进门。"

卫国喝酒有架势，但酒量一般，喝完不免到里屋躺一会儿，傍晚起来喝了点稀饭，才由家文陪着出了院门。淮河岸边，两个人并排走着。

"让你受苦了。"

卫国嘿嘿一笑："没有，这哪儿叫苦。"又补充说，"为了你，我愿意。"家文不含糊："找机会，我得上你家一趟。"

卫国连忙说："那我可得让家里人好好准备准备。"

"准备什么？"

"准备接仙女下凡。"卫国说。家文笑笑，她想选个好时机。正巧逢着卫国妈过生日。家文觉得是时候出现，拿出上班以来的存款去淮河商店买了一台环球牌收音机。二十厘米长，跟老式的大块头比，已经算小巧货。

当天带过去，当面送了。卫国妈果然高兴得眉毛直挑："你说这孩子，怎么跟就在我心尖尖上一样呢，我就说家里的收音机声音刺刺啦啦的，说再过二年就换呢。"家文笑道:"阿姨,早用早享受,您不是也爱听戏,新的跟旧的用着就是不一样。"卫国有面子,挺着腰,站在一旁不说话。

这日,陈家人几乎都来了,虽不是陈老太太整大寿,但老太太要求都到。一来给家文面子,二来也充充自己家门面。春荣只带了大女儿来,丈夫加班,春华没带女儿来,大哥大嫂没孩子,她怕老大想要过继,所以让她丈夫带着回婆家去了。死去的春富的老公,也就是家里的"大姨夫"本来就跟老太太他们住在一起,所以自然带着大康小健一起见家文。

大哥克思和他老婆陶先生自然也来了。一样是媳妇,哦不,家文还是准媳妇呢。陶先生见老太太明显偏爱家文,心中颇不快,所以待家文提及新的旧的话,陶先生便不冷不热插一句:"新的有热度,旧的有温度,新的有时候未必就比旧的好。"

陈老太太听出来酸味,看了一眼大儿媳妇,笑道:"当然新的好,要不怎么有破'四旧'呢。"春华是聪明人,打圆场道:"新的旧的,只要自己看着舒服,就都好。"

自家文进屋,一大家子都盯着她看。漂亮,真是漂亮。漂亮能让人无声,唯有欣赏。偏春荣的大女儿敏子年幼,藏不住话,又都掏实话,忍不住上前,趴在家文的腿边,认真道:"小舅妈,你真漂亮。"众人皆笑。

家文笑吟吟的,不承认,也不否认。

088

饭菜自然丰盛。陈老太太也点了点小酒,一高兴,道:"家文,要不看看哪天日子方便,你跟卫国,就正式办事,春华酒楼我去定。"

卫国怕家文不高兴,对他妈说:"娘——"

春华提醒："娘，定是定下来了，总得准备准备。"

陈老太太笑道："你看我这，只顾着高兴了，把老礼都忘了，路要一步一步走，饭要一口一口吃。"又抓家文的胳膊，"好孩子，什么都不会少你的，你放心，房子、家具、彩礼都有。我都准备好了。"

家文说："谢谢阿姨，上次你送的金钗和玉镯，我妈说还没还礼呢。"老太太忙说："还什么礼，一点小东西，你妈你奶奶喜欢就行，我现在头发少，也戴不了这些，你看看，还是家文头发好，这一把都攥不过来。"春荣、春华对看一眼，不作声。金钗玉镯是家里的"传家宝"，两个人也想过，但她娘不给，她们就没再提。没承想如今给了家文家。陶先生更气，放下筷子，朝外走。陈老太太根本看不见，有她没她一样。

陶先生在锅屋站了许久，直到散场，走出陈家的小院子，她才对克思发火："你也是老大，怎么就这么不入你妈的眼，我嫁给你的时候有什么?"克思只能解释，说："跟老小计较什么，咱们是大的，让一让。"陶先生更来气："让? 这些年我们就是让得太多了，家里给过我们什么? 那个大姨夫，整天拖着两个儿子横吃竖喝，便宜占尽，现在又来个活凤凰。"

克思只好拿出撒手锏："要不我们搬回来?"

陶先生冲道："我可住不惯。"

两个人上了公交车，并排坐在后头。陶先生又说："你看看敏子，当初过继过来多好。"克思只好耐心解释："敏子是老大，都懂人事了，我们抱过来也养不熟，要抱智子你又不要。"

陶先生道："春荣三个丫头，智子太小，惠子长相平平，就敏子合适。"克思道："娘不是说要了智子她给带嘛。"陶先生抢白："娘就是那么一说，你还真信，算了算了，再说吧。"

挨晚子（方言：傍晚）家文才走，卫国去送。春荣带着敏子先走了。春华和她死去姐姐的丈夫孙黎明站在巷子口说话。

孙黎明对春华嘱托道："大康的事你就给操操心，这没娘的孩子寒蛋（方言：可怜）。"大康比卫国还大一岁，早到了适婚年龄，只是模样性格都不如卫国，老太太也为这大外孙操了几回心，都没成。孙黎明这才托春华多给掌掌眼。

"放心吧大哥。"春华一口答应，停一下，又说，"今儿个陶先生好像有点不高兴。"孙黎明本就看不上克思两口子，哼一下道："她就那样，驴脸子挂拉。"春华道："也是可怜人。"孙黎明立即说："可怜之人必有可恨之处，做人不厚道，老天爷也不饶。"春华想了想，说："这老大结婚也十多年了。"孙黎明道："想要春荣家老大，可能嘛，人家让你掐这个尖？就算春荣愿意，她男人也不会答应，生个孩子容易吗，当玩的？看着吧，等家文进门，老太太更不会给她好脸，处处要强，处处没人强，这叫什么，命！这胡瞎子是死了，不然可以找他算算。"春华不再接话，告别："回吧大哥，大康的事我一定留心。"孙黎明道："不用太拔尖，大康条件就那样，不指望找家文那样的。"春华没有多说，走出巷子。

打那天起，陈老太太就在忙活小儿子娶亲的事，房子要全重新粉，家具要重新打，每一样都做得细细致致。克思两口子周末来家看到，见他娘忙成这样，巨细无遗，心里很不痛快。但也没办法。这个家，陈老太太说了算，她是权威，是当家人，这是历史形成的，不容撼动。

邻居大兰子经常来陈家串门，也看出陶先生脸色不好看。大兰子本就是个话多的，又是陈老太太的干女儿，少不得跟她一条心。这日，家里没人，陈老太太正在纳鞋底，她来了，冷不丁一说："干娘，您这一碗水不端平，老大两口子不高兴了。"

陈老太太蘸一口唾沫："她就那驴脸，挂拉。"跟孙黎明的话一模一样。这是陶先生的标准风评。

大兰子道："您这样，对卫国和家文以后也不好。"

陈老太太放下针摘下老花镜，哼哼两下："心摆在我肚子里头，我清楚着呢，我想对谁好就对谁好，谁也管不着，春贵当初要找她，我就不同意，哪能找会计，算账算那么精，算盘都打到家里来了，她给我买过一件像样东西吗？二两徽子都舍不得称。春贵就是昏了头，说什么要自由恋爱，恋的什么东西？就恋爱个这？结婚也头十年了，有什么用？一个羊屎蛋子也拉不下来，没用。"

克思改名前叫春贵。在陈老太太看来，改名前改名后，根本是两个儿子。春贵变化太大，多半是老婆带歪的。

大兰子道："老大两口子也是，早领一个不也是一家子，你看我妈，领了我跟我弟弟回来，一样养，孩子一样孝顺。人心都是肉长的。"大兰子妈解放前是妓女，解放后从良，抱了一男一女，就是大兰子和她弟弟。

陈老太太道："姓陶的有你妈那本事？你妈是透亮人，她是草包。以前让抱不抱，以后再想抱，可没那么容易，等卫国结婚有了孩子，我不可能正经孙子孙女不带，带外屁股沟的。"

大兰子劝道："干娘，走一步看一步吧。"

陈老太太叹气："只能这样，按说我这辈子没做过坏事呀，跑日本鬼子反的时候，见到那穷的苦的，但凡手里有块馍馍，我都分一点出去，真是行善又积德，你说说，怎么我就得不着一个孙子，都这年纪了，也不知道还能见着见不着。"

大兰子忙安慰："干娘，你肯定能见着。"

"能见着？"陈老太太反问。

"能！"大兰子掷地有声，仿佛她是送子娘娘，铁口直断。

到八〇年底，何家迎来三件大事。一是家丽又生了。用常胜的话就是"争气"，还是男孩。建国也高兴。这回怎么着也跟建国姓。名字是常胜取的，倒也与时俱进，叫：张学平。老大何向东，老二张学平。常胜少不了又摆酒，散红鸡蛋，弄得三街四邻都来道贺，热热闹闹的。秋芳还没毕业，但趁着寒假休息，也来给家丽道喜。

计划生育正推行，为民有残疾，孩子多了负担重，秋芳以此为名便不打算再生，好好培养小芳罢了。大老汤家传宗接代的棒子，交到幼民、振民身上。

幼民也开始偷偷谈女朋友。家艺知道，但她瞧不上幼民，也瞧不上那女的，就没多说。欧阳宝还是紧追家艺，可家艺死活不动心。在她眼里，欧阳跟她，根本不是一个世界的人。她是天鹅，欧阳是癞蛤蟆。

欧阳宝着急，正面进攻不行，那就侧面包抄。大老汤三兄弟积极运作，幼民已经不上学提前参加工作了。安排在外贸，跟欧阳宝是同事。

篮球场边，喝水歇息，欧阳不失时机向幼民求助："老弟，给点主意，小艺不是你青梅竹马吗？她到底喜欢什么，到底喜欢什么样的？"幼民干笑笑："反正不喜欢你我这样的。"

欧阳宝急道："你我这样的怎么了？你我这样的，拉到哪儿不是响当当的，有工作，有收入，有模样，有人品，小艺现在还没工作呢。"幼民想了想，盖上水壶盖子："何家艺她喜欢她二姐的。"这话说得有些别扭。欧阳一时没理解，追问什么意思。幼民重新组织一下语言，道："她二姐喜欢什么样的，她就喜欢什么样的，她是她二姐的跟屁虫。"欧阳着急："胡说，她二姐不喜欢武继宁，小艺不还是喜欢武继宁？哪是二姐的跟屁虫。"

幼民啧了一声："你这不是知道她喜欢什么样的吗？还问我，明知故问。"欧阳好声说："弟弟，你跟小艺接触多，你分析分析，她以前喜欢武继宁什么？"幼民放下篮球："晚饭你请啊。"

"请，请。"

幼民得了实惠，这才仔细思考，一会儿，说："照理说，她刚开始应该是喜欢武家的家庭环境，武绍武那时候是革委会副主任，但这样也说不通，后来武家栽了，何家艺还是不嫌弃，仍旧喜欢。"欧阳宝抢着说："小艺才不是那种嫌贫爱富的人。"

幼民不屑："是不是你怎么知道，你才认识她几天，就算她不嫌贫爱富，也是争强好胜，什么好东西都往自己怀里搂。"

"行了，继续分析。"欧阳宝听不得别人说家艺不好。

汤幼民继续："说明何家艺看人不是光看家世背景。"

欧阳宝庆幸："有希望了。我们家十个老几（方言：十个弟兄），小艺不会嫌。"

幼民突然伸出一根手指："有了！"

"什么？"欧阳等他传道。

"她喜欢武继宁身上那股劲儿。"

"什么劲儿？说明白点。"

幼民比画着，一副可意会不可言传的样子："就是那股……就是那股……看上别人……劲儿劲儿地……自我感觉良好……自信！对，比较自信，不对，自恋！对了，自恋的劲儿！"

"自恋的劲儿？"欧阳参不透其中三昧。

"对，说白了就是感觉自己特牛。"幼民详细解释。

欧阳宝一下力，篮球被拍得老高："牛个屁！我单手都能把他撂倒！"

幼民恨铁不成钢："哎呀不是指这个牛！没法跟你说了，完全对牛弹琴。"欧阳宝也急了，"怎么牛你说呀，对牛弹琴都出来了。"

话粗语莘，幼民听得头疼："不说了不说了。"抬腿要走。

欧阳宝拦着："不行，我还得请你吃饭呢。说清楚了，咱们吃饭去。"为了这顿饭，幼民停住脚步，再想了想，说："这么说吧，牛是一种感觉，高人一等的感觉，如果说何家艺跟你谈，能让她觉得自己高人一等，那你就牛呀！"

欧阳给了幼民一掌，势大力沉，幼民身子瞬间矮了半截，"高人一等才叫牛，就毛主席领导咱们闹革命之后，佃户比地主牛一样。"

幼民嘿嘿一笑："就是这意思，老兄，找感觉，找找。"

欧阳单手玩球："对，得找找，好好找找。"

689

年头，何家第二件大事是家艺的工作。户口本上改年龄是建国找人办的。改大三岁，变成和家文同岁，这样就符合多家用人单位招工要求，方便常胜托关系运作。

人家小姑娘怕老，但家艺不，改大三岁，跟家文变成同年龄。家艺仿佛真变大了。

家文跟卫国还在处朋友，按家文的打算，怎么着也得谈个一年半载才能修成正果。所以家文依旧在家里住。户口改好当天，家文刚下班，家艺就喊了姐姐一声。

"什么事？"家文放包，倒了点水喝。

"你来。"家艺招呼她进卧室。

家文跟着进了卧室，问怎么了。家艺郑重地说："我现在长了三岁。"

家文没反应过来。

"我户口本上改大三岁。"

"哦。"家文并不在意，"大姐夫帮办的吧。"说完就要出门。

"我现在跟你一样大。"家艺道，"月份比你还大呢。"

有点意思。重新关上门，家文打算听听老三的下文。

家艺继续说："既然这么改，就要对外这么说了。"

"没问题。"

"你不用叫我姐姐，"家艺礼貌地说，"我也不叫你二姐。"

"那你叫我什么？"

"都叫名字，我叫你家文，你叫我家艺，我们平起平坐。"

家文一笑，并不放在心上："没问题。"

夏天缩的皮子冬天来缝。这活得常胜和老太太做。美心的针线不行，心也不够细致，常胜不大瞧得上。羊皮要做成衣服，散皮子要缝到一起，还得懂点裁缝。缝纫机有，只是做皮衣服，只能手工。

羊毛雪白，摊在床上，常胜和老太太对坐着。

"今年缩得不错，"老太太摸摸羊皮，"怪肉津的。"（方言：摸起来手感肉乎乎的。）

"这一批皮子不错，卫国也肯下力。"常胜赞道，"这老二找的这人，真难得。"老太太道："卫国妈也挺明事理。"

"妈，这你都知道。"

老太太笑道："我是来的时间不长，其实往北菜市一站，谁不知道卫国妈，那是出了名的会做人，有客来家里，借钱也会请人家里吃饭，一个寡妇，养大五个孩子，大女儿心脏不好早早没了，留下两个儿子，也就是她的外孙子，也是她带。了不起啊，将心比心，我没这能耐。"

常胜道："妈谦虚，这么多孩子，你不也带过来了。家丽那两个，估计也要给你带。"老太太说："没办法，能带一天是一天。向东学平两个毛小子我还喜欢。"说到这儿，母子俩低头纫了一会儿手工，羊毛坎肩现雏形。老太太问："这一批又是给谁的？"常胜说："几个朋友要打点，跑老三的工作，也要找人，总不能空手，做几件皮子，送人也像点样子。"

老太太叹息："多少年了，皮子总是送人，自家倒没见着。"

常胜自觉不周，忙说："今年留一件最好的给妈。"老太太忙说不用，又说要留，孩子们该有意见，还有美心，没有个七八件，别留。

"能有什么意见，皮子本来就是长辈穿的，家里有老人，媳妇不能穿大毛的，何况小字辈，妈，留，兔毛的留一件。"

老太太笑吟吟的，不说话，算认可。这一批皮子做好，常胜果然去上下打点，多半自己跑，偶尔也让建国跟着一起。年里面忙，一直忙到春末，家艺的工作终于有了着落。

去东风工艺厂，区属集体工业，离家也不远，就在国庆中路。前身是街道办的童装刺绣厂的一个车间。一九七三年厂子开始自己设计火烙画工艺品，上过广交会，产品对外出口。

家艺对这份工作感兴趣，也很满意。工艺厂，有个艺字，跟她的名字一样，多少跟艺术沾边。至少比大姐的蔬菜公司、二姐的淀粉厂听上去高雅。

刚上班，家艺就带回来不少木头盒子。都是残次品，但也挺漂亮，不耽误用。美心见了道："老三，不能偷拿单位东西，这是原则问题。"家艺道："我师傅给我的，放着也没用。"美心拿起一只盒子对着光看，盒面上画的是个侍女。

美心端详："这画的是李香香还是白毛女？"

家艺半撒娇半嗔："哪来的白毛，头发乌黑的。"

老太太端着豆腐汤进门，放在桌上，凑过来，随口一说："是林黛玉吧。"家艺立即说："还是阿奶有文化。"

盒子分一分。给家丽的自然最大。给家文一个八角盒子，家欢得的是长方形的。小玲和家喜每人一个正方形小盒子。家艺一下在姐妹里抖起来，自我感觉好极了。一顿饭吃得神气活现，豆腐也吃出了肉的感觉。

常胜对待这些小东西不感兴趣，只教育女儿："工作了，就是大人了，人家也会把你当成个大人看，不能任性，不能不讲组织原则，不能占公家便宜，以后像这种往家顺东西的事情，就不要做了。"

"不是，爸……"家艺想要申辩。

美心喝止："你爸说话你就听着！"

家艺不说话了。家欢、小玲和家喜偷笑。

"也是说你们，都听着，以后都要怎么说做，你爸说你三姐也是说给你们听，不要走出去，人家说我们何家的女儿没有家教。"家欢只顾吃菜，小玲、家喜点头称是。

吃完饭，家文、家欢帮着收拾碗筷，家艺说有事出门。家欢不满，鼻子哼了一声："赚工资了，就牛起来了。"

家文笑道："再过二年，你也就上班了。"

"那倒是。"家欢无限畅想，"我上班以后，第一件事就是去新星大酒店吃一顿。"新星大酒店是外贸新开的高端酒店，餐饮住宿都有。"然后，再去要一个房间，住一晚上。"家欢越说越陶醉，"姐，听说新星大酒店的牛角面包特别特别特别好吃。"

没人回应，再一回头，家文已经不在了锅屋。

小卧室，美心跟老太太关着门说话。"这老三，第一个月工资全花掉，常胜也忘了提醒，钱要上交一部分。"

老太太劝解："算了，不行下个月再说，头一个月，新鲜劲还没过去，就饶她一个月，让她也快活快活。"

美心笑道："都像妈这么做好人，国库早空虚了。"

"不是做好人，现在老大老二给钱，你和常胜也上班，老三能自给自足，剩下三个小的，日子比以前好过多了。能松点就松点，让孩子们透透气。"

沿着坝子走，一回头，小玲和家喜追上来。

"什么事?"家艺直问。

小玲和家喜有些扭捏，欲言又止。

"说啊。"家艺不耐烦。

小玲推了推家喜。家喜支吾不言。

"不说我走了，神神秘秘的。"

家喜不愿放过这个机会，撇开小玲，上前一步："三姐，给我们五毛钱。"

家艺停了一下："要钱干吗?"

"买铅笔橡皮作业本。"小玲撒了个谎。她不擅长撒谎，表情漏洞百出。家艺嗤了一声，不屑地："你们是买铅笔橡皮的人嘛，课本都多久没摸过了?"说着就要转身离开。

"三姐!"家喜大叫一声，充分引起了家艺的注意，"反正，反正你不给我们五毛钱，我们就去跟爸妈说。"

"去说吧，想说什么说什么。"家艺毫无惧色。

家喜快速地："我们就去跟爸妈和奶奶说，你这个月发了工资没交公粮，二姐都交了，你没交。"

一下打到七寸了。

是没交。也不能交，她何家艺马上还要去眼镜店配眼镜，去照相馆拍照，去商店看衣服，人生刚开始得意一回，怎么能交? 绝不。算了，五毛就五毛。不能因小失大。

何家艺从裤子口袋里掏出一把子钱，挑出两张两毛的，一张一毛的，窝成团子，丢在地上："喏。"

家喜连忙捡了，又说："是一人五毛。"

"鬼子六! 你怎么不去当地主!"家艺愤怒，但还是不得不又挑出五毛，甩出去。家喜又连忙捡起，揣裤兜里。

家艺哼了一声，快步走了。

淮河上吹来清风，神清气爽。小玲和家喜得了一笔外财，喜滋滋的。小玲摊开手掌："给我。"

"什么给你？"家喜不认账。

"五毛啊，"小玲说，"一人五毛不是说好了吗？"

家喜反问："你出力了吗？屁都不敢放一个，没有。"说罢，小跑而去。空留小玲一人在原地。

小玲委屈着急："这……不是……这……"

每个家庭，总有最受欺负的那个人。

田家庵钟表眼镜公司，家艺站在柜台前，一会儿要看看这个，一会儿要拿拿这个。她打算配一副眼镜。

做的是个累眼的活儿，老员工们大多有眼镜，她测了，自己有一百度散光。那年头，散光这个词还不多见，听上去那么高级。有个散光的眼睛，能专门为散光的眼睛配一副眼镜。令家艺感觉良好。

欧阳宝凑过来了。"配眼镜呢？"明知故问没话找话。

家艺没理他，继续对着镜子搔首。

"那样茶色的流行。"

家艺翻他一眼。欧阳连忙闭嘴。

"喂，有好看的。"欧阳小声说。

家艺不懂他意思，微微皱眉。欧阳用手拢着嘴："有好看的书。"家艺问："什么书？"欧阳连忙摆手，不让说。又说找个僻静的地方。"不说什么书不去。"

"《少女之心》。"欧阳悄悄地。家艺果然来兴趣了，这书她听过，有同学看过，说特别吸引人。

"去哪儿？"家艺问。

"你说去哪儿就去哪儿，指哪儿打哪儿。"

"快点说，我不想动脑子，别那么没主意行不行，最烦这种男的。"

"要不去钟郢子，菜地，没人。"

"那么远。"

"咱有车呀！"欧阳对自己那辆破二八自行车很自信。

"不行。"家艺拒绝，她不想让人看到她和欧阳搅和在一起。

060

"我给你找辆车。"欧阳宝努力想办法。

"我不会骑车。"家艺说，"要不就在这儿看吧。"

欧阳小声："逮住要进局子的。"

家艺心里也有些打鼓。

"除了钟郢子，没有其他地方了？"

"最近的就是钟郢子。"

"书带了吧。"

欧阳拍拍书包："在里头呢，不知托了多少关系，我爸跟姚登峰是拜把子，我才能拿到这书。"

"姚登峰是谁？"

"书摊摊主，以前田家庵码头旧货市场一霸。"

钟郢子在六里站和田家庵电厂之间，属于长青社，是一块辽阔菜地。钟郢子是古村，在工业建设的包围下，反倒有点世外桃源的意思。这时节，油菜花遍地，欧阳和家艺找了一块平坦地，欧阳把草踏平，两个人坐在里头，这才拿出书。家艺一把抓过来，狼吞虎咽地读，欧阳头凑过来跟着看。

家艺一目十行，欧阳有点跟不上。他微微抱怨，"翻慢点儿。"家艺也不理他，自顾自翻，翻到直接性描写的地方，家艺瞄了一眼，迅速翻过去。欧阳嚷嚷："别啊，慢点，还没看到呢。"家艺批评他："看什么，少儿不宜。"

"都不是少儿了啊。"

"那也不宜。"

没多会儿工夫，《少女之心》读完了，本来就是个不厚的小册子。家艺问欧阳："你说，曼娜到底是喜欢林涛还是表哥少华？"

"我还没看明白呢。"

"少来了，你拿到，偷偷没看？谁信。"

"我对天发誓，真没看。"欧阳一副委屈的样子。

"你拿这种东西给我看什么意思？居心不良，我现在就可以报案让警察把你抓起来，判你个流氓罪。"

"冤枉哪，"欧阳叫屈，"有好东西，我第一时间只想跟你分享。"家艺没多说。油菜花田里有条灰影。一闪。

是只野兔。家艺属兔，向来最喜欢兔子。

"兔子！捉住！"家艺下令。欧阳为显示自己"牛逼"，立刻大展身手，孰料那兔子也不是吃素的，三两下跳开，猫在油菜地里。必须抓住。在家艺面前不能出这个丑。欧阳悄悄脱了外套，两手抓着，布成个棚网。光着上身，准备捕灰兔。

"老三！"有个声音劈空而来，跟着一阵风，吹透人肌肤。

家艺吓了一跳。欧阳宝也一哆嗦，腿上力道不够，扑了个空，兔子惊跳，转眼不见。

"老三，你干吗呢？"家丽随蔬菜公司收菜队下长青社做工作。来看油菜花头开得怎么样，不承想遇到了妹妹。

"这是干什么呢？"家丽本能地觉得不妙。

孤男寡女，光天化日……后面的故事，她能想到的无非那些少儿不宜。

"大姐，什么都没干，捕兔子呢。"

欧阳结巴，连忙穿上衣服。家丽指着他，对家艺："什么都没干来这儿干吗？这还叫什么都没干？"又厉声对欧阳，"你这是流氓罪！"欧阳宝慌忙解释。包上的那本书赫赫然。

家丽迅速捡起来，翻了两页，摔在地上，怒发如雷，对家艺，"这要是爸知道了，活剥了你！"家艺胆子小，已然吓哭了："姐，你别跟爸说，真的什么都没做，就是看看书，没有其他的……"

家丽对欧阳："你还不走？留下来过年。"

欧阳慌忙捡起东西，跌跌撞撞走了。

家艺还在解释。家丽教育她："你多大了？参加工作了！整天还干这些着三不着两的事，你是女孩，要知道什么事该做什么事不该做，整天跟这些捂屁拉稀的人混在一起，你自己慢慢也成猪大肠，提不起来。"

家艺呜呜哭。

"你还委屈了？挤什么眼油！"家丽喝道。

家艺忙止住哭，鼻涕不受控，往下滴。

"若要人不知，除非己莫为。一罐子不响，半罐子咣啷！都不知道整天烧包什么！"

家丽忙工作去了。家艺一个人站在油菜地里。小灰兔见没人追它，又返身回来，探头探脑，望着家艺。

"滚！"家艺对兔子喊。灰兔轻松弹跳，逍遥而去。

晚上家丽特地回了趟北头。家艺一进门见大姐在，心一沉。进屋，包放下，洗手吃饭，爸妈和老太太态度平缓。似乎并没有责备之意。家艺的心稍微放了点，白天的事，看来大姐没往外透露。去端饭，家丽在前头，家艺跟在后头，小声："大姐，以后我肯定听你的话，今天真是冤枉。"

家丽皱眉："行了，该吃饭吃饭。"

吃完饭，常胜出去抽烟。娘几个围着小桌说话。

小年已经开始上幼儿园。学平还没断奶，家丽跟老太太商量，说打算再大一点，等奶断了，就接老太太到洞山去住，帮带带孩子。老太太笑说："这得听你妈的，这一大家子。"

美心忙说："妈，怎么让我当这个坏人，要去就去，家里孩子都大了。"家丽道："谢谢妈，这个月我多给点，就算借奶奶走的补贴。"美心笑道："哪用得着这样。"

"是建国的意思。"家丽解释。老太太赞叹："建国心细。"

几个人又谈起三街四邻，美心说秋芳毕业分配到第一人民医院，家丽说真是不容易。老太太说听说朱燕子也订婚了，就是跟那个武，武家现在穷家破业，也亏得朱德启家的愿意。

美心拦话："有什么不愿意的，女儿不就那个样子。"

家文一直没言语，她跟燕子关系还不错，所以忍不住辩护一句："燕子人还不错。"家艺立刻抢白："哪里不错，表面上云淡风轻，背地里阴谋诡计。"

"不许这么说别人！"家丽对家艺不满，白天那事，她一直没理论，"嘴别长在别人身上，要做好自己，老三老四老五老六，以后女孩要有女孩样，要有女孩的一份尊贵一份矜持，不要整天支棱啪嚓的。"

家欢不解其意，问："大姐，怎么尊贵，怎么矜持，不会。"

老太太道："老四，大姐说你就听，不明白的自己想去。"

冷不丁地，小玲道："三姐的工资还没交给家里呢。"她还为家喜夺了她的五毛钱心疼，怪罪在家艺身上。

没人说话。老太太和美心对看一眼。家艺石化。家文拉了拉她。家丽问："怎么回事？"家艺连忙掏裤子口袋，笑呵呵地："我就说交呢，老五提得好，不然我都忘了。"

钱放到桌面上了。众丫头都盯着，老太太不得不执行家法，做个表率，拿了记账本来，当着面，把钱记了，该多少上交，该多少自留，清清楚楚。家艺看上去也毫无怨言，但家文感觉她有点不对劲。晚间休息，家文问家艺："你刚挣工资，没余下什么，要急用钱，找我拿。"家艺说了句不用，便翻身睡了。

次日，家艺去上班，小玲和家喜去上学，两个小的走在前头。欧阳宝跟上来，跟家艺问了声早，尴尴尬尬地，他还在为油菜地的事愧疚。

"书我烧了，放心，不会有事，我们坚决不能承认。"

"过去的事还老提它干吗？帮个忙。"家艺说，"算你将功赎罪。"

"你说，保证办到！"

家艺指了指前面的小玲和家喜："看到那两个女孩没有。"

"看到了。"欧阳宝视力很好，"那不是你妹？"

"你现在不要管是我妹不是我妹，你就是去执行任务。"

欧阳敬了个礼："坚决完成任务！"

"分别拧她们胳膊一下，给一点教训。"家艺下达指令。欧阳一时没理解。那可是她妹妹。家艺又说一遍，见欧阳不动，略微不满："听不懂，那算了。"

"别别别，我去，我去。"欧阳有些为难，好男不跟女斗，好男更不能欺负女的。说着，欧阳便真跑过去，刚好遇到大老汤家的老三汤振民从岔路口过来。欧阳拦住振民，因为二哥幼民的关系，振民认识欧阳大哥，且对欧阳比较尊敬。

"振民，"欧阳摆出混世大哥的样儿，单手叉腰，"看到前面那俩女的了吧。"振民点头。欧阳说："哥给你两毛钱，你去分别，记住，是分别啊，分别掐她们一下，让她们受点教训。"

振民不懂。眨巴眼看着他。

"行了，给你五毛！"欧阳以为这小子嫌钱少，果断加价。而且是立刻结算——当即他就掏钱出来。振民是个闷葫芦，也不多说，伸手接了钱，挎着书包就朝小玲和家喜追过去。

到跟前，站住，不声不响。

小玲跟振民还算熟悉，她诧异："你干吗？"

振民还不出手。

家喜白他一眼："有病。"

一伸手，汤振民拧了家喜一下。何家喜疼得大叫。

又来一下，这次袭击对象是小玲。

"你疯了！"小玲振臂一呼，家喜立刻和她组成同盟。两个人围攻振民，小手变鸟嘴，在振民身上猛啄，汤振民还算有牙扣（方言：有忍耐力），坚决不叫出声。欧阳在旁边看着，大为后悔，连忙上前营救。小玲、家喜连忙小跑着走开。家艺见情势不妙，也从小路岔下去，丢欧阳和振民在身后。

晚间，大老汤家，秋芳帮振民擦药，一言不发。为民站在院子里抽烟。他的小厂经营还算不错，但"文革"过后，汤家的气势明显不如以前，大老汤下来了，二老汤有经济问题被审查，三老汤因为造反，判了一段时间，后来又放出来。但汤家的气势，终究不如从前。反倒是秋芳家一改前颓。秋芳她爸被平反，恢复名誉，据说马上外贸分房子，根据上级指示，单位会拨一套给刘妈，算照顾受难家属。

幼民在旁边拱火："人哪，都是势利眼，也是，柿子都是专挑软的捏。"

大老汤老婆嗷一声："我们家是软柿子吗？"说着，一把拽起振民，又喊幼民，"走！去讲讲理去！"秋芳喊了一声妈，拖着长长的调子，是劝的意思。

"我不去，不找那霉头。"幼民说。

大老汤老婆对为民说："老大，你跟我一起去。"

秋芳忙劝道："妈，为民累了一天了，你让他休息休息。"

大老汤躺在里屋床上，他瘦多了，但人也懒了许多。里屋传来他的声音："有造反精神是好的！"他口号支持。

大老汤老婆见没人响应，只好自己拉着振民，朝何家小院去。

091 /

"你看看，这儿，这儿，还有这儿，小胳膊小腿有一块好的地儿没有，这下手也太狠了，"大老汤家的在展示儿子振民的伤痕，"要不是朱德启家的亲眼看到你们老五老六在行凶，我都不敢相信是两个丫头干的。"

常胜还没到家，美心和老太太主持大局。

美心正色，对老五老六："怎么回事？"

家喜伶牙俐齿："妈，是他先打我们，我们才反击的。"小玲也跟着附和："是他先打我们的。"

大老汤老婆道："他打你们，打在哪儿了，我看看。"

家艺心里有鬼，忙上前，带着笑说："汤婶，小孩子之间打打闹闹也是常有的，有时候打急眼了，下手没个轻重，见谅，都上门了，要不这样，医药费，我替我妹妹出，"说着她走进屋，拿出来一罐麦乳精，是她偷藏的，"婶子，这个也拿回去，知道你们家什么都不缺，但也算我们家的一点歉意，"又转头，对老五老六，摆出姐姐的架势，"老五老六！跟振民说对不起，跟汤婶说对不起。"老五老六就是再不识趣，这时候也低头了，唯唯道歉。大老汤家的有了台阶，得了便宜，见好就收，抱着麦乳精，带着小儿子走了。人走后，老太太对美心叹："这老三什么时候这么顾全大局了。"

"人都会变的。"美心道。

都安顿好，家艺心里气不过，忍不住在妈妈和奶奶面前数落老五老六一番，"妈，阿奶，不是我说，这老五老六也太不像话，哪有一点女孩子家的矜持，传出去，又是爸妈不教，家教不严！自己名声不好，还带坏了我们这些做大的！人家可不分那么多，总不过蛇鼠一窝！"

老太太不解，等家艺进屋，才对美心说："这老三哪来这么大的气。"美心忙着打毛线，"可能娘胎里带的，真该去唱戏。"

次日，家艺还是跟欧阳算了账。欧阳委屈，"不是你让我那么做的吗？"

"我让你哪么做了，我让你自己动手，你差遣汤振民做什么？"家艺颐指气使。欧阳及时道歉："我错了，你罚我吧。"

见欧阳态度良好，家艺又心软了："算了，我折了一罐麦乳精，你赔给我吧。"欧阳笑颜立展："赔你两罐！哦不，三罐！"又怯怯地，"我们还是朋友?"

"普通朋友。"家艺强调。

"对,普通朋友。"欧阳宝顺着说。

两个人正说着,迎面走来个老头,这是淮滨路,离淮滨大戏院不远。欧阳远远见了,对家艺说:"我们去那边走走吧。"

家艺觉察出来:"你干吗?"

"没什么。"

"你认识他?"

欧阳不说话。老头走近了,一脸和善,只是面上纵横的皱纹,无声诉说着过往的风霜。欧阳背过脸。

"你背着脸干吗?"

"没事。"

老头见欧阳跟家艺在一块儿,也连忙避着走。

家艺当即叫住:"老头你别走。"那老者只好站住脚。家艺又拉欧阳过来,道:"你躲什么,你做了什么对不起人家老爷爷的事情?偷了还是抢了?"

欧阳犯难地:"他是我爸。"显然,他嫌他这个卖了一辈子瓜子小糖的爸爸在家艺面前出现不体面。

老头连忙说:"姑娘,我们家三宝人很好。"前头两个大的儿子都打光棍,老欧阳为儿子们的婚事愁得头白。三宝工作不错,是个加分项。家艺明白了,瞬间生起恻隐之心,她斥责欧阳,"你如果再这样对你爸闪着躲着,我以后也不理你,人不能忘本,你爸就是再……"忽然觉得失言,连忙调整,"你爸就是再朴素,也是你爸爸,没有他哪有你。"

欧阳宝不好意思:"知道了……"

老头又对家艺说:"姑娘,谢谢你挽救我们家三宝。"

欧阳宝着急:"爸,你怎么说话呢,怎么是她挽救我,我也没犯什么错误,说什么挽救。"

老欧阳正色,对儿子说:"你这么捂屁拉稀一个人,这么好的姑娘愿意跟你说话跟你做朋友教育你帮助你，怎么不是挽救！"又转向家艺，"姑娘，我说话粗，别介意啊，我们家穷，儿子多，我累了一辈子，就想他们个个过得好，这个老三是还算有出息的，有个正经工作，能自己扒个安生饭碗子，姑娘你是天鹅，我们家老三就是癞蛤蟆，他冒犯你的地方，你担待，癞蛤蟆也有垫桌腿的时候。"

家艺道："叔叔，您放心吧，我一定好好帮助他。"

老欧阳笑说："没事来家里玩，就是地方小点，没处落脚，再就是那些毛头小子不听话，上不了台面。"

家艺被奉承得心里舒服，礼貌地说："叔叔，我一定上门拜访。"自打这日相遇过后，欧阳宝就一直惦记家艺上门拜访的事。逢着机会便说："小艺，我们家都准备好了，跟接天神一样等着接你呢。"

"你们那个家我又不是没去过。"

"破是破点。"

"我是嫌贫爱富的人吗？"家艺反问。

"你不是，当然不是。"欧阳宝说，"主要我爸他觉得你人特好，现在天天夸你。"

"真的假的？"家艺很想听，"你爸怎么夸我的？"

欧阳急中生智："我爸说你身上特有艺术气息，一举手一投足都跟普通的女同志不一样，说你似乎天生带着一种诗意。"

"你爸不是卖瓜子的？还懂什么叫艺术？什么叫诗意？"

"我爸在淮滨大戏院门口卖过这么多年瓜子，没吃过猪肉还没见过猪跑？那艺术家进进出出，他有这个眼力见。"

家艺得意："你爸还真说对了，我差点就在淮滨大戏院出生。"欧阳恍然大悟，说难怪名字里有个艺字，又说："我爸还说，你这个艺术气质是从人民群众中来的，因为你见了他这个糟老头子，也那么关心那么尊敬，他很感动，吃饭的时候他都哭了。"

"真的？"家艺觉得不可思议。但她下意识地相信了。

过了五月端午，家艺拎着一包粽子上门了，纯去做客。为着欧阳家的盛情邀请。当然没跟爸妈和奶奶说，也不能让大姐家丽知道。在家艺看来，这俨然一次微服私访，有点公主下民间的感觉。南菜市最破的那条巷子，家艺刚踏进去，两个小男孩瞄到一眼，就飞奔着朝巷子深处去，嘴里嚷嚷着，来了来了。家艺一笑，步子更婷婷袅袅，她今天是那么光彩照人，性子也很柔和。到拐弯头，又两个男孩见到家艺来，赶紧在地上放一块木头板子，地上有个小水坑，他们用板子给家艺铺路。家艺感到很受重视。轻步踏过去。到门口，再两个小男孩在打苍蝇，噼里啪啦的，家艺走到跟前，屋里出来个大点的男孩，说别打了，客人都到了，洗手端饭。再进屋，两三个大男人坐在屋里，老头居中，手里拿着烟袋管，他见客人到，连忙站起来。未待开口，家艺先叫了一声叔叔好。老欧阳忙说："这些个都是欧阳的兄弟们，上不得台面，哦，三宝去买米酒了，马上回来，快快，坐，真是天女下凡，我们这破屋头，墙壁都放了光。"他儿子纠正他："叫蓬荜生辉。"

老欧阳连忙说："对对，我文化不高，是蓬荜生辉，生辉。"

陈家小院，陈老太太和春华坐着择豆角。老太太问："怎么样？见面了没有？"春华道："见面了，大康还满意，黎明也见了，也说姑娘长得不错。"

豆角择尽了，陈老太太拍了拍手："跟家文比怎么样？"

"跟家文当然不能比。"春华略微尴尬地。

陈老太太道："大康他妈死得早，他又比卫国还大一岁，我这个当姥姥的有时候顾不上，你做小姨的，多操操心。"

"也是介绍了不少。"春华道，"主要大康嘴笨，模样也差一点。"

"怪我，"陈老太太说，"对大康关心不够，不过我看大康不成问题，倒是小健，也不小了，只比卫国小一岁，等大康卫国都办了事，就该他了。"忽然想起什么，老太太继续问："跟大康见面的小君，是不是你师父家的？"春华在机床厂工作，进厂都要拜师父。

小君是机床厂赵师傅的女儿。

"是。"春华如实答。她为了关系融合，把师父家的女儿推优给大外甥。亲上加亲。

"我怎么听说她脑袋瓜子有点不灵光。"

"都是谣传。"

"你师父是跟他表妹结婚，生出来的孩子怕是不成。"

"也不是一定的。"春华说，"小君马上也上班，师父在帮她码拾（方言：留意）着，性子柔和，跟大康配，最关键是要看大康喜欢不喜欢。"

"对，这是关键。"老太太道，又问，"家具打得怎么样了？要么我出钱，打两套，大康结不结婚，都先给他一套，免得有人说闲话，至于小健，以后再说，我看这孩子还不怎么通人事。卫国这事，你和春荣找机会侧面探探家文，一定要委婉。家文年纪不大，可卫国不小了。你娘我也都古来稀了。"

春华嘴上答应着。娘俩儿又开始和面，剁馅儿，晚上包包子。老太太叮嘱多放点猪油。旧社会过来的，都觉得猪油香。手上忙活着，春华不经意，口气轻缓，商量的样子："这卫国马上都结婚了，老大两口子是不是也该抱个孩子？"陈老太太不看女儿，道："早让抱不抱，拿劲！现在看弟弟外甥们都要结婚了，急了。八成是那姓陶的主意。争强好胜，倒得有那个命！是不是老大让你来做我工作的？"

陈老太太明察秋毫。春华不敢忤逆她娘，连忙说不是。

陈老太太轻声说重话："抱不抱的，反正三点：一不许抱男孩，二抱女孩不许抱她娘家的，三抱了我不带，这三点你帮我记住了，老大两口子要提，你就替我答了他们。"

春华哎了一声，一脸尴尬。

092

鸡年的头件大事是搬家。外贸分了房子，常胜要的一楼。这次算个大迁徙。从老北头南迁，过了龙湖，就定居在新星大酒店旁边的龙湖菜市旁边。北头是田家庵的发源地，也一度是淮南的中心，但北头挨着淮河，总不能再向北发展。所以随着时代向前，尤其是改革开放之后，田家庵不断向南发展壮大。

常胜一家从此住上楼房。北头老房归还单位。新楼房四层，常胜家人多，选第一层，前后两个院子，美心和老太太打算在前院喂鸡，后院种花。正屋三室一厅，厅小，房间还算利亮。老太太被接到洞山军分区带向东、学平，等于人少了一个。但老太太的床位总得留一个。

分配屋子是大事。这日饭后，常胜公开征求意见。

"说吧，怎么住。"

家艺先说话："我跟二姐得要单独一间。"说罢看家文，家文不置可否。家欢跟着说："那我也得单独一间。"

美心道："一共就三间，你们都单独一间，老五老六怎么住？"家喜道："我跟妈住。"她是美心带大的，跟妈妈亲。

老五表态："要不我跟四姐住。"

家欢道："我不跟你住。"

常胜发火："你不跟她住你跟谁住！都是姊妹妹，水火不容啦？是阶级敌人？还是不能民主！一点民主就乱了套了！老二老三一间房，两张床。老四老五一间房，上下铺。老六暂时跟我们住。"老四家欢举手："报告！谁住上铺谁住下铺？"

常胜看美心。美心发话："老四下铺，老五上铺。"

老四连忙："妈，我要住上铺。"

美心道："你有梦游的习惯你自己不知道？住上铺再摔出个好歹来。"家欢不说话了。家文是都没意见。住哪儿，都是暂时的，有盼头了。卫国已经开始申请饲料公司的房子。顶多再过二年结了婚，在北头家里住一阵，也就搬出去单门独户，自己掌家。一切指日可待，家里这点空间也就不计较。熬都熬多少年了，不在乎这点日子。

朱德启和大老汤连带刘妈，也都分到房子搬了家。大老汤家和朱德启家选的一楼。刘妈选了二楼。她住二楼住惯了，嫌一楼潮。秋芳和为民带着小芳在外头住。大老汤要了三室一厅，也带前后院子。他们两口子住一间，幼民住一间，大老汤的丈母娘带着振民住一间。房大人少，还有点不自在。

跟着就是搬家，又是一场大清点。老太太特地从洞山回来一趟，主要是怕美心乱丢东西。这些年积攒的零零碎碎，线头布脑，老太太都舍不得丢。美心宽慰道："妈，放心吧，一根针都不会落下你的。"

搬家当天，美心先去新家，点几个炮仗炸炸屋子。小鬼退散，神仙庇佑，乔迁大吉。建国、卫国找了三五个老几（方言：三五个人）帮忙，东西虽多，但架不住人心齐泰山移，很快就落户新家，各就各位。大的忙好了，卫国就帮着家文收拾她的床铺，写字桌，床头柜。家艺看着不是滋味。

中午留吃饭，建国有事先走了，卫国的几个朋友见家里实在乱，人又多，喝了点茶也走了。午饭是卫国去菜市买，回来洗，再下厨。到点，真端出像模像样的菜来。

美心真心夸："哎，卫国还会这一手，以后老二有福了。"

家欢插嘴："二姐从小到大都比别人占便宜。"

常胜喝道："吃你的！嘴贱剥磕，轮得到你说话吗？什么叫占便宜，你二姐人善懂事，知道心疼家里，才得了好报是有福气的人，哪像你们这几个小的，没个高低没个成算，我在一天还能护着你们一天，出了这个大门，谁护着你们。"

卫国灭火："爸，没那么严重，我看几个妹妹都很懂事。"

常胜不饶："你别帮她们说话，我的女儿我知道，几个小的鬼着呢。家文也是，卫国偶尔做一次饭是可以的，以后成家立业，你可不能这么辛苦卫国，回头让人知道了笑话，烧锅做饭洗衣缝补，还是女人做好。"

卫国连忙："爸……没那么多讲究，我做没关系的，我愿意做……"家文唯唯应着。家艺不干了："爸，你这思想觉悟对入党可是只有坏处没有好处，毛主席都说了，妇女能顶半边天，那家务劳动男人们为什么不能承担，你这是大男子主义，姐夫要干，那是好事，你不鼓励，反倒阻拦。"

"少说两句！吃饭！"美心阻拦。常胜被老三家艺说得有点蒙，只好说："天地玄黄，宇宙洪荒，阴阳平衡，男女有别……"美心不耐烦："行啦！人家关起门来的事，你们操什么心，爱干的多干不爱干的少干，都是商量着来，哪这么多上纲上线，老三你这个霸道脾气得改改，你二姐算是找到人家了，你呢，为了你自己改，不是为我们。"美心转向常胜，"还有你，一辈子你烧过几次饭洗过几件衣服，自己身在福中，别不知福。"

一番训斥。众人皆撇嘴，不提。

天黑透，卫国该回去了，临走还说过两天就送鸡笼子来，顺便给带点饲料。"太麻烦了。"美心客套。

卫国笑："靠山吃山。"

常胜和美心把准女婿送到门口，还不住挥手。前面的路，让家文送去。待二人走远。美心自言自语："真不错。"

常胜问："什么？"

"卫国真不错。"美心赞叹，"能文能武，又懂事又活络。"

常胜忽然想起："我什么没洗过衣服没做过饭，地震那年住大坝上，衣服不是我去河里洗，饭不是我烧？"常胜喋喋不休着。一转头，美心已经进屋了。

送卫国到巷子口家文就折回来了。

进自己屋，家艺在收拾东西，随口问："二姐，你这个卡子还要不要?"

"给你了。"家文没放在心上。

"这裙子呢。"

"你穿吧。"

"这纱巾呢。"

"喜欢就拿去。"

家艺半笑半揶揄："哟，这还没过门呢，都开始散东西了。"家文不说话，幸福也得藏着掖着点，免得刺激别人。

"那这床呢，你这张床大点，是不是也给我。"

"你想睡就睡吧。"家文真让出来。

家艺麻利收拾床铺，忽然泫然："你这猛一说要走，我还怪不得劲（方言：不舒服）的。"家文望着妹妹，她当然理解她的心情，比了多少年，可到底是亲姊妹，年纪又相当，免不了有些伤感。她只好往乐观了说："有什么不得劲的，又不是昭君出塞，探春远嫁，不过还在北头。"家艺破涕："嫁出去，就不是我们这个家的人了。"

"谁说的，我不姓何，你不姓何? 我到什么时候都是这个家的一分子，你也是。"

家艺懂感情："你说这，大姐比我们大那么多，老四老五老六小的小，不着调的不着调，你再一走，我在这个家真是一个说话的人都没有了，我真想像你一样，赶紧飞出去。"

家文打趣："别急，再过二年，你不飞，爸妈也会逼着让你飞。"家艺微嗔："我哪有你这么好命。"

另一屋。小玲住上铺，家欢住下铺。家欢是这屋子里的霸主。

"老五，把那点瓜子拿来吃吃。"家欢跷着脚丫子，悠然。

小玲差心眼，并不知道服从四姐："你离得近，你去拿好了。"

"我是大你是小，让你去拿就去拿!"

"腿疼，不去。"小玲愣劲上来，谁的话也不听。

权威受到挑战，家欢一骨碌翻身起来，站在床前，伸手去拉老五的耳朵，老五疼得大叫。家欢又去捂她嘴巴。两个人你一拳我一手。小玲终于被家欢打哭了。

美心穿着棉毛衫，探头进来问情况："怎么搞的！才住第一天就闹腾！不睡啦？不过啦？"

"她想偷瓜子！我不帮她偷她就打我！"老五哭着申冤。

"她在床上乱蹦，不让我睡觉！"老四撒谎，为自己辩护。

美心喝道："行啦！有一个好人吗？一个蜈蚣一个蝎子，都不是好东西，关灯，睡觉，不许动！"

泰山压顶。好容易安静了。美心回屋，钻回被窝。常胜来抱她。在旁边睡小床的家喜醒了，喃喃："我要跟妈睡。"

两个大人尴尬。美心让步："来吧来吧。"她最疼小女儿。

家喜钻过布帘，钻进美心被窝，夹在美心和常胜当中。"公粮"只能缓交了。

洞山军分区，学平夜里撒吱挣，一阵吱哇乱叫。老太太轻拍他，嘴里哼着儿歌，这些年虽然早学会了淮南话，但一开口唱歌，唱的还是老扬州的调，老扬州的词："早上起来日已高，只觉心里闹嘈嘈，茶馆里头走一遭。拌干丝，风味糕，蟹壳黄，千层糕，翡翠烧卖，三丁包；清汤面，脆火烧，龙井茶叶香气飘。吃过早饭想午饭，狮子头菜心烧，煨白蹄酱油浇，醋熘鳜鱼炒虾腰，绍兴酒，陈花雕……"向东醒了，小声地："老太，我饿了。"老太太愣一下，都是这民谣，唱饿了别人也唱饿了自己。

老太太起身，向东跟着，他也快上小学了。话不多，但心里有数。老太太嘘了一下，让向东别出声。曾祖带着曾孙到小厨房，开煤球炉子。火一会儿上来，老太太下面条，配点白菜叶子，又打了个鸡蛋。做好了，一人一碗，鸡蛋让给向东。

两个人端着碗到门口走廊吃，热气腾腾。

放眼望去，天空满是星光。

093

　　家具打好了。趁着五月端午，陈老太太让儿女们都过来看。家文也去吃饭。一大家子，得两桌才够坐。老屋子里原本住着五个人。陈老太太、大女婿孙黎明，两个外孙子大康小健，还有小儿子卫国，五个人。克思两口子，春荣和她丈夫鲍先生，并三个丫头敏子、惠子、智子，共五个人，春华和丈夫鲁先生并女儿小忆，三个人，再加上家文、大兰子，一共十七个人，都挤在屋子里。

　　家具摆堂屋。床头、床板、大柜子、小柜子、梳妆台、食品柜、脸盆架子、菜橱子、四把椅子、六个小凳子。老太太摸着大柜子，笑着说："都是好木头，水曲柳的。"

　　克思笑："娘，这么大排场，屋里都放不下了。"

　　陈老太太说："能放几天，能住几天，等卫国分了房子，家文生了孩子，就搬出去单住。"说者无心，听者有意。克思和陶先生脸色都不好看。陶先生一直不生，陈老太太烦她。如今有了家文作对比，就更烦她一成。

　　孙黎明道："卫国家文，别等了，早点办事吧。"

　　家文有些不好意思。卫国笑着叫："姐夫！"

　　孙黎明说："你当你还小啊，过了年都二十七了。"

　　陈老太太纠正："哪有二十七，虚两岁啊？二十六。"众人皆笑。吃了午饭，陈老太太打发卫国、家文、大康、小健，带敏子、惠子、智子、小忆去红风剧院看电影。其余人留守祖屋，围坐一圈开会。

　　准备就绪，陈老太太发话。

　　"卫国结婚，各家准备给多少？"

卫国结婚是大事。各家给钱是肯定的。但这个钱数多少，还得老太太首肯。没人说话。

"老大，你说。"

克思看陶先生一眼，陶先生给他使眼色，让他说。克思说："艰苦朴素是优良作风。"陈老太太道："说数。"

克思磕巴一下："给五百。"

"少了。"老太太立即说，"给一千。"

克思只好应承下来。陶先生不动声色，但已然能感觉到不高兴。老太太转脸，对春荣和鲍先生。鲍先生在家是老大，但对老太太还有几分忌惮，忙说："妈，我们跟大哥一样，也给一千。"大的都发话了。春华和鲁先生自然也说给一千。

孙黎明说："我也给一千。"

老太太明理，道："你一个人，还带着两个孩子，弄点钱都是外地出差跑来的，减半吧，给五百。你不用愁，两个儿子结婚，将来我再补给你一点。"孙黎明忙说不用不用。

"行，那就这么办。"陈老太太爽利，起身，意思是送客了。家里小，这些个人坐着也难受。陈老太太又说回头几个小的让卫国并大康小健送回去。话说完了就散了。各回各家。孙黎明则去坝子上看人打小牌下象棋。

陈老太太让春华留一下，她打算问问她介绍的小君的情况。陈老太太侧面打听了，不能说小君脑子有问题，但起码，不聪明。

"问你姐夫的意思了没有？"

"姐夫是愿意。"

"老大两口子最近没什么情绪吧。"

"没找我说什么。"

陈老太太道："抓紧时间再生一个，就一个丫头，打住啦？"

春华为难："娘，不是我不生，是现在计划生育抓得紧了，我跟鲁都在厂子里，生了，工作就没了。"

陈老太太叹："早让你生，你们不听。"

春华笑道："现在生男生女都一样，不管男的女的，有一个就行。"陈老太太道："说是这么说，就一个孩子，风险太大，以后谁管你。"说多了也厌烦，陈老太太又跟春华交代几句，便让她早点回去。春华出了巷子，猫在巷子那头的克思才重新溜进门。陈老太太诧异："怎么又回来了？"

克思气压低沉："东西落下了。"

"什么东西？"老太太问。

"钥匙。"

找了一圈没有。克思说："娘，你去帮看看是不是落在锅屋了。"陈老太太不知是计，便只身去厨房找寻。踅摸了一圈，没有。反身回堂屋，克思说找到了。陈老太太教育他："东西别乱放，钥匙随身挂着，皮带上不能放？这要丢了，被小偷捡去家里又该遭殃了。"

克思嘀咕："家里也没什么东西。"

陈老太太瞬间明察秋毫："什么叫没什么东西？你老婆又眼红你弟弟媳妇的家具，让你来跟我说？"

"妈——"克思被猜中心事，"不是小陶的意思。"

陈老太太噢一声："谁的意思也没用，一码是一码。"

话赶话到这份儿上，克思不得不挑明了："娘，我跟陶子结婚的时候，什么都没有，就一床被子一个箱子就结婚了，到卫国了，瞧这富丽堂皇的家具，这排场，我也是儿子，卫国也是儿子，儿子跟儿子，差别怎么就这么大。"

陈老太太哼一声道："老大，你简直就是被你那个老婆的枕头风吹得脑子都没了，你是读过书也在教书的，难道不知道什么叫世界上唯一不变的就是变？你结婚什么年代，现在什么年代？你结婚都头十年地里了，那时候哪兴什么柜子橱子？你跟陶子结婚，我们家可是一分钱彩礼没少，她陪嫁的什么？几根破笤帚头子，几个暖水瓶子，我们也不计较，兄弟姊妹之间，怎么能这么算账？"

陈克思急道："那以前没有现在有，就应该补。一碗水端平了。"

"不补!"老太太言辞铿锵,"前清的债能到民国补吗?民国的钱能在新中国用吗?你怎么越来越不明理。"

克思气鼓鼓地说:"娘,不补也行,这份子钱,我们给五百。"

"随你!"陈老太太气极,把抹布摔在桌子上,出屋了。

大兰子在门口见老太太,忙问:"干娘,怎么了这是,快到我家喝口水压压,刚才还好好的,是不是老大呀?将将看他在那儿猫着。"

"别跟我提他!"

"不提不提,"大兰子搀着老太太进屋,"这老大两口子,也是太好强。"

"好强没用!心强命不强。"

"春贵哥以前,"大兰子忙改口,"那个克思哥以前不这样啊。"

"都是他那个歪屁股沟子老婆带的。"

大兰子道:"我娘有个小姐妹,家里孩子刚生了个女儿,第四个了,想送,要不咱们给老大牵牵线?"

"那两口子不是好货,不能多这个事。"陈老太太摆手。

"一直没孩子,总不是事。有个孩子,也就安生了。"

陈老太太叹了口气,动了心思。

隔周就让春华特地去党校一趟,侧面敲了敲抱孩子的事,没想到老大两口子态度很坚决:不要。

陈老太太得知,气得骂:"让她自己屙去!"就此不提。

过了没几日,卫国果真自己动手扎了鸡笼子给美心送去,就放在前院。改革开放后不像从前,不准私养,现在自家能养点鸡,下点鸡蛋,日子松快点。鸡笼子扎起来了,卫国又拿来饲料,再教美心和几个妹妹怎么喂养。

"用不了多久,就能吃上鸡蛋了。"卫国擦擦头上的汗。刘妈从楼上下来,看见卫国也喜欢。等卫国走了,她才对美心说:"你啊,就是先苦后甜。"美心道:"苦在哪儿?甜在哪儿?"

刘妈笑说:"生六个孩子还不苦?甜是你现在,熬过来了,这女婿用着，比儿子还顺手。"

"那是。"美心满足。

刘妈叹："这老二找的这个，真不错，横看竖看挑不出什么毛病，都是好。"美心道："老二心里有成算，不用我们操心。"

美心这话引发刘妈心事。她又无限感慨："谁像我们秋芳，那么傻。"美心就势问秋芳现在怎么样。

"工作倒是顺利，就是守着那么个女婿，身体残疾，又不知冷知热，我也说不得什么，所以说人哪，二十年河东二十年河西，说不好，你看大老汤，以前神气，现在，瘦得什么样。"

"他怎么了？"美心问。

"糖尿病。"刘妈说，"都要打胰岛素了，也亏得我们秋芳是学医的，前一阵在家好好的就摔一跤，拉到医院，人家说再晚一点治眼睛都能瞎了。"美心惊诧。刘妈道："亏吃过一次了，秋林不能再吃这种亏。"美心道："秋林还小，哪至于。"

刘妈道："小？一年一年快得很，你这老二算有着落了，跟着就是老三，跟着就是老四。"

美心道："不想那么多，各人有福各人享，各人有罪各人受。"

刘妈奉承："你们家的闺女是不愁，搞不好嫁个大官，你什么都不用做了。"美心笑得嘴歪，说就你会想，能处理出去就不错了，还大官。正说着，远远走来两个人。一老一少，美心定睛看，却认不清。待走近了。那少的对刘妈笑着说："是家文妈吗？我是卫国的二姐，这是我妈。"刘妈忙拉着美心，道："这是家文妈。"陈老太太笑道："真是有眼不识泰山，上次来是你们家老太太见的，还在北头，这会子七拐八绕，我也糊涂了。"

刘妈见人来，很识趣地走开了。美心忙把陈老太太和陈春荣请进屋，又打发家欢、小玲和家喜出去玩，留足够空间说话。

陈老太太问："你们家老太太呢？"

美心笑道："去洞山给我们家大闺女带孩子去了。"

陈老太太看一眼春荣，又对美心说："我倒想带孙子，没得带。"美心劝慰："会有的，会有的。"陈老太太拖着口气："我今年也是七十的人啦。"春荣不得不提她："妈——"

陈老太太忙从感叹中抽身，又从随手拿着的布包里拿出两个纸口袋，放桌子上，推到刘美心面前。

"亲家，我也不知道你们老家老路的规矩，"陈老太太一团和气道，"这是三千块钱，今儿我上门，就算正儿八经地来替卫国求亲，还希望亲家能够同意、祝福，让两个孩子结秦晋之好，百年同心，有什么不到的地方，亲家一定告诉我，我们去办。"

三千块！美心哪一次见过这么多钱，她忙说太客气了太客气了。

陈老太太又说："再就是选日子。"说着让春荣拿出皇历，递到美心面前，"怎么着也得选个黄道吉日出嫁。"

美心连连说："必须黄道吉日，必须黄道吉日！"

094

美心把钱收了。晚上常胜回来，她把事情原原本本说了一遍，常胜没什么意见，该办，正常办就可以。至于提亲的彩礼钱，常胜觉得给得太多。

美心道："这哪算多，十月怀胎生下来，又养了这多年，哪能算多，我们还要给陪嫁呢。"常胜不喜欢她这小市民样子，严肃批评："你是嫁女儿还是卖女儿？"

美心反驳："给钱的多少，代表人家对咱们家文尊重的多少，哦，一钱不值，半卖半送，那样不值钱，就算嫁到人家也没好日子过。"

"钱钱钱，"常胜不耐烦，"你现在别跟我提这个字。"

美心道："怎么？跟钱有仇？你不要我要。"

"谁说我不要！"常胜不糊涂，"一千留家里，剩下两千存银行，明天看谁在，陪着你一起去。"

"干吗找人陪？我自己能行。"

"现在市面上乱，估计又要严打了。"常胜说。

美心问："陪嫁陪什么？要不要跟妈商量商量。"

"不用，我们不就是家长，再说了，人家大气，我们也不能小气，小的自然要陪，大件也得有一个，门面要撑起来。"

"大件？什么大件？"

"或者买个电视机。"

"你发财啦？"

"不然什么拿得出手？"

"那都是万元户才买电视机，咱自己家里还没有。"

"那就买两台。"

美心不作声。其实她想看电视有日子了，但家里这种情况，没好意思提。如今常胜提了，正好顺势而为。

翌日，家里只有家欢在，美心就和她一起，揣上存折，到淮滨路邮政储蓄存钱。存好了。美心在填单台边借用计算器对数。

家欢问："妈，我能办存折吗？"

美心不耐烦："你要存折干吗？"

"存银行有利息，我压岁钱还有一点。"

美心道："脑袋瓜子倒不错，回头让你二姐教你，拿了户口本就能存。"

家欢又问："妈，怎么才能在银行上班？"

美心想了想："那得是会计。"

"怎么做会计？"

"得学。"

"会计就是算钱？"

"估计是，但肯定数学得好。"

"我数学好啊，特会算钱。"

美心听着有意思，存心要给老四出点难题，便说："那考考你。"

"尽管考。"家欢毫无惧色。

"7+7＝？"

"14。"

"29+38＝？"

"67。"

"109+283＝？"

"392。"家欢几乎脱口而出，"妈，能不能有点难度，太简单了。"

美心着急："那乘法，56×36＝？"

家欢掐指算算："2016。"

"86×105＝？"

"9030。"

"259×996＝？"

"257964。"

"行啊你这丫头！"美心拿着计算器又捣，"1888×1999＝？"

家欢想了想："3774112。"

周围已经有人鼓掌。美心有点回不过神，她也是第一次知道女儿家欢在算数方面有如此天赋。

此时此刻，她当然更不会知道，她最顽皮的四女儿，将一生与数字结缘。从储蓄所往回走，美心半路要去一趟北菜市，家欢不愿意跟她同去，便一人先回家。到家门口，她听到有人叫她。抬头看，是刘妈的儿子秋林，他趴在二楼窗户上朝她喊。

没多想，家欢上楼。秋林一个人在家，他的小卧室，到处都是各种跟半导体有关的零件器械，家欢几乎没处下脚。

秋林让她坐床上。

"啥事？"家欢问。

"你准备报哪个学校？"

"什么哪个学校?"家欢不明白。

"高考啊。"秋林兴奋,"考大学。"

家欢道:"我不考大学,等着上班就业呢,我爸给我想办法。"秋林着急:"高考是我们这些平民子弟最好的出路。"

"你叫我上来就为了说这个?"

"我想问你报哪个学校。"

"问这个干吗?"

"不干吗。"

"你报哪个学校?"家欢问。

"打算考合肥工业大学,半导体专业。"

"嚯,专业都想好了。"

"你应该去考会计学。"

"还有这个?"

"当然。"

"就我这视力,我不打算再读书。"

"你数学那么好,不考大学可惜了。"

"就这些?我走了。"

"等会儿!"秋林鼓起勇气,"这个给你。"他递过来一只收音机。"是我自己组装的。"

"行啊你。"家欢拍拍他肩膀,手重,秋林被拍得晃了晃。

何家新宅门口。欧阳宝推着自行车,跟在家艺后头。

家艺不耐烦地说:"行了,你回去吧,回头我爸妈看到。"

欧阳宝委屈:"我不怕被看到。"

"我怕!"家艺眼睛瞪得滚圆。

欧阳宝道:"小艺,你什么时候才愿意公开我们的关系,我什么时候才能有个名分?"

家艺摆手:"打住!欧阳宝,我没让你跟着我,是你非要跟着的,我们就是普通朋友关系,没有更多其他的关系,你不要多想。"

"我可以等。"

"那是你的问题。"

"天荒地老海枯石烂。"

"你知道你自己在说什么吗?"

"反正我就等。"

"那你等吧。"家艺抬腿走路,先进家门。留欧阳在外头。

其实自从去过欧阳家,何家艺对于欧阳和他的家甚至有几分好感。只是如今二姐家文要结婚,嫁得又是那么如意称心。她现在接受欧阳,等于认了输。她绝不允许自己这样。

家文回来了,见欧阳在外头,问:"找家艺啊?"

欧阳有些不好意思,摸摸头,支支吾吾。

"进来吧。"家文说。欧阳跟着进院子,把车停在鸡舍旁。家艺端脸盆出来。见家文和欧阳,愣了一下,又对欧阳:"谁让你进来的。"欧阳为难:"二姐让我进来的。"

家艺不满:"二姐,你要请算你的,妈回来,别说是我的朋友。"

家文笑笑:"行,请个朋友回来坐坐有什么。"

美心进门,看到欧阳,也打招呼说:"小伙子,来啦,进来坐进来坐。"欧阳叫了声阿姨。美心道:"我知道你,见义勇为的,在外贸上班。"欧阳忙说是。

家艺解释:"妈,人不是我让进来的。"

美心奇怪:"这不是你的朋友吗?"

欧阳宝道:"阿姨,其实……"

家文拦在头里:"妈,是我下班回来看欧阳推着车子站在门口,就让他进来喝口水。"美心道:"是该喝一口,老三,去倒水。"老四进门,见欧阳来,口无遮拦:"欧阳哥,忙什么呢,你弟弟篮球打得不错。"

"我打得也不错。"欧阳自夸。打篮球,他还有点自信。

"你爸现在还卖瓜子吗?"家欢道,"淮滨大戏院门口没看到他啊。"

"年纪大了,身体不太好,不让他去卖瓜子了。"

家欢道："这也是，以前不让卖，偷着卖，现在让卖了，身体又不行了。"家文听不下去，打发家欢进屋。

家艺在屋里头倒水。家欢见了，打趣姐姐："三姐，怎么，等不及了？二姐还没结婚呢，就急着往家带啦。"家艺二话不说，直接一杯水泼过去，家欢被浇了一头。

"老三！你疯啦！"家欢不示弱，跟着便上去跟家艺撕打。美心、家文、欧阳闻声而来，拉这个拽那个，好容易拉开了。

两个人怒目相对，跟仇人似的。

家欢大吼："你就是一辈子比不过二姐！"

家艺哇的一声大哭，欧阳去扶她，家艺逮住欧阳一阵猛打。欧阳也不躲闪。急得美心直跺脚，"这反了教啦！反了教啦！"

家文连忙让欧阳先走。欧阳没办法，一低头，到院子里推车走了。待常胜到家，火灭了。一片平静。只是老四一上桌，家艺就说吃饱了。回屋，关门。

常胜问："这又怎么了？"

美心道："你别管，没事。"那就不管。常胜才不在乎这些鸡毛蒜皮。他今儿个心情不错，吃饭的时候，竟然唱起小曲。

"怎么啦？"美心问，"吃了仙丹啦？"

"好事。"常胜神态悠然。

"你能有什么好事。"

"我怎么就不能有好事，大好事。"

"提了？"

"比那还好。"

"行了，说吧，"美心不耐烦，"这家里晦气半天了，就靠你这好事冲冲喜。"

常胜还是憋着："这是我梦寐以求的大好事。"

美心站起来端碗："行了！不说我抬腿了，哪有工夫在这儿跟你猜哑谜。"

常胜神秘一笑："我入了。"

"入什么了?"美心没理解。

"我是预备党员了。"何常胜无上光荣。

"真的?"美心为丈夫高兴。入党,是常胜一直以来的心愿。"大老汤没搞鬼了?"

"全票通过!"常胜骄傲地。

美心道："你不早说,我做几个好菜。"

常胜道："什么都不吃我也高兴,心里甜。"

美心把抹布塞到常胜手里："给。"

"什么?"常胜不懂妻子的意思。

"给你机会表现啊。"

"表现什么?"

"刷碗啊。"

"这跟我是预备党员有什么关系?"

"展现你党员的觉悟啊,一屋不扫何以扫天下,一碗不刷何以定太平。"

"刷,刷。"常胜乐呵呵地,端着碗往厨房走,迈过门槛,手不稳,当啷,摔在地上两只碗,碎了。

美心痛心疾首："行了,放那儿吧!"

095

建国托人找关系买电视机。有,但人家说要等。可陈何两家选的黄道吉日不能等。

和家丽不同。家丽只有娘家没有婆家。家文则是婆家娘家都有。她的婚礼，格外周正、盛大。连衣服也有了时代气息，是红色的礼服套装，已经不是家丽结婚时的革命装束了。

时间到，陈家派人来接亲，克思不愿意来，陈老太太也不勉强，春荣、春华带着大康小健还有哩哩啦啦一群孩子一起，热热闹闹把家文接上汽车，一路开回北头，这才新娘新郎见面。中午吃酒席，照例春华酒楼，十几桌子，热热闹闹，吃完了照例闹洞房。就在陈老太太的隔壁房间布置出一间新婚房，新床上摆着：大枣、花生、桂圆和莲子。寓意为：早生贵子。

三天之后是"回门"，即回娘家。家丽陪着父亲常胜、母亲美心和奶奶何文氏一起张罗二妹的回门酒，常胜当了预备党员，也存心热闹热闹。

回门酒请的多半是女方的亲戚朋友、街坊四邻。

大老汤来了。美心存心看着，是瘦很多。他老婆跟着，不让他喝酒，可他偏要喝。举着杯子到常胜跟前："老弟，人生就那么回事！以后咱们是一个战壕里的啦！先干为敬！"一仰脖子喝了。常胜也高兴："战友！兄弟！自己人不打自己人！"也喝了。

刘妈敬了新人，又去敬美心："恭喜啊，要什么来什么。"

美心不懂她的意思。

刘妈更进一步："养了鸡，缺鸡饲料，这不就来了个饲料公司的女婿。"美心听了哈哈大笑。

为民和秋芳也来了。为民装了假肢，不刻意瞧，看不出太大问题。向东带着学平找小芳玩。为民和建国说话。秋芳和家丽说话。

"怎么样，听说最近开了个新公司。"建国递过去一根烟。

为民笑说："什么公司，个体户罢了。"

"这是个新鲜事物。"

"摸着石头过河吧。"

家丽拉着秋芳的手："好久没见你了。"

秋芳笑笑："家里家外忙。"

"你一忙好像更漂亮了。"

秋芳故意揶揄:"就你会夸人,一个黄脸婆罢了。"家丽本想问问为民的近况,但又怕秋芳多想,便谈孩子的教育问题:"我听说了,你们家小芳回回考试第一。"小芳和向东在同一所学校同一个年级。"我们家这个混世魔王,可怎么办。"

秋芳道:"男孩和女孩不一样,男孩皮点好,有点男孩样子。"

家丽笑说:"我就希望他整天少动,舞枪弄棒做什么,不是那个时代了。"说罢又随口问:"你公公现在瘦得够厉害的。"

"都打胰岛素了。"

"糖尿病?"

"家族遗传。"

"那可得小心。"

"我婆婆现在天天烧香拜佛呢。"

"哎哟,以前破'四旧'的时候她最有劲。"

秋芳叹息:"此一时彼一时。"

家丽说:"多亏了你。"

"唔?"

"你现在是汤家的顶梁柱。"

"说哪儿去了。家里还是为民和他爸做主。"

家丽挽住秋芳胳膊:"啧啧啧,你这样一个女的,如果我是男的都会喜欢上你,又能干,又懂得避让,什么事都打点好了,还把风头让给男人们。贤良淑德四个字最配你。"

秋芳喟叹:"什么贤良淑德,不过是随遇而安。"

远远地,家艺一抬眼,见欧阳宝走来了。他是外贸员工,算常胜的小同事,没给帖子,但也自己来了。

欧阳举着杯子,径直走到家艺跟前:"那天的事,对不起。"

态度良好,家艺的气消了几分。"谁让你擅闯民宅,你这是犯罪知不知道。"欧阳转而嬉皮笑脸:"行行行,你是警察,逮捕我吧。我愿意被你抓。"

家艺见他没正形，扭头走了。欧阳宝在后头追。刘妈眼尖，瞧见了，指着给美心看，"看看，我说你好运道吧，这老二刚出嫁，老三屁股后头又跟着一个。"美心瞧一眼："哎呀不可能，家里不会答应，而且老三也看不上那小子，老三的心，在天上，比太阳还大，比星星还远。"

家文回门，何家老太太最高兴，她拉住二孙女的手："老二，今晚上跟我一张床，陪奶奶好好说说话。"

家文眼泪啪嚓："阿奶，这一走，还真舍不得。"

老太太心宽："这有什么好挤猫鱼子的，不就几步路，结了婚好，结了婚成了家，生儿育女有丈夫有孩子，以后也有个指靠，不要学你奶奶，老不早就守了寡。"

家文破涕："阿奶，你喝多了。"

"这点酒算什么。"老太太不当回事。又说，"你嫁过去，要处处小心。"家文答了句知道。老太太神色忽然严肃："人心是猜不透的，嫉妒两个字最可怕，虽然你聪明、低调，但架不住人家恨你，所以做事情千万给自己留点余地。"家文不懂老太太为何突然说这个，只是嘴上应着，并没往心里去。

最边沿的一张桌子。秋林坐在家欢旁边。他问："你到底考不考大学。"家欢道："说了不考，你这人怎么回事。"

"考大学才有出路。"

家欢不屑："没考大学的人都饿死了？我得参加工作。"剩半句话她没说。将来她也要成家立业，自己做主。现在二姐结婚了，过了三姐，就是她了。再加上她一只眼睛视力不好，她现在是能不看书就不看书。

旁边，老五正和汤家老三汤振民玩手绳。振民弄出个"巴黎铁塔"。小玲不会翻了。

"重来。"小玲说。

"你耍赖，输了就要重来。"振民说。

小玲把绳一扎："说了重来就重来。"

老六家喜正在搜集猪蹄。桌上盘子里的几只猪蹄，陆续被挪到了她的碗里。家欢看到，批评她："老六你干吗呢！吃得完吗？别没够！"

家喜不理她，继续搬运。

"我说话你听到没有！"家欢来气，拿出四姐的威严。

"我属猪，应该多吃猪蹄。"家喜编了个理由，"不然我走不动路。"

"歪理。"家欢懒得跟她理论。反正也不吃她的，随她去吧。

家文要在家住三天。以孝敬爸妈，感念出生之地。家丽和老太太也回家住几日，两个孩子交给建国带。

晚间，家文跪着给老太太和常胜、美心奉了茶，又分别磕了几个头。家丽结婚的时候是除旧立新移风易俗，没走这些老礼。家文结婚，老礼又回来了。磕过了头，一家之主何常胜清清嗓子，对着丫头们，朗声说道："你们二姐出嫁了。但即便是出嫁，也还有回门三天。为什么？那是因为就算我们何家的女儿嫁到别人家去了，但永永远远都还是我们何家的人，是你们的姐妹，是一个妈生一个爸养的亲姐妹，家丽，你是老大你特别要记住，是不是，这个家，到什么时候都不能散。何家的门头，到什么时候都得有。你们几个，到什么时候都不能做对不起何家，给家里抹黑的事！记住了没有！"

常胜中气十足，声震八方。

众女儿忙说记住了。

常胜又说："你妈和我不要你们孝顺，我们将来都有退休工资，但无论到什么时候，你们一定要心里存着一个人的好，那就是老奶奶。"老太太被说得不好意思："常胜，喝醉了吧。"

常胜动情："妈，我没醉。"又对女儿们，"你们要知道，是谁一个一个把你们拉扯大的，不容易，真不容易。"

美心笑着抱怨："妈不容易，我就容易了？妈拉扯大的，我还一个一个生出来的呢。"常胜拉她一把，啧了一声："一会儿才说到你。"众人皆笑。常胜又说："再说你妈。你们的妈这个人很神的。生了七个女儿。当然，最上头的那个没了。但还是算七个。七个呀，所以我说你们的妈其实是王母娘娘转世，七仙女呀！"

美心打断他："别给自己脸上贴金了。"

常胜不解，直着脖子。

"我是王母娘娘，你是玉皇大帝？"美心揶揄。

"我就是玉皇大帝怎么啦！"常胜一挥手，人倒了下去。他真醉了。

晚上凑合挤挤。老太太带着老三老四睡一屋。老五老六跟美心、常胜睡。家丽和家文一个屋。

上了床，熄了灯。姊妹俩都睡不着。酒席上喝了不少，到夜里，反倒清醒。家丽住在洞山，跟家文的大伯哥克思和陶先生在一片。少不了听了他们不少故事。她觉得自己有义务提醒妹妹："你要小心处理家庭关系。"

一天之中，第二个人跟她说这话了。头一个是老太太。

"知道。"家文听话。

"你那个大伯哥和嫂子不是好缠的。"家丽担忧，"家里又住着个姐夫和两个外甥。"

"不招惹他们就是了。"家文口气柔和。

"你不招惹他们，架不住人家嫉妒你。"家丽追一句，"那个大伯哥，结婚多少年都没有孩子。"

"跟我和卫国有什么关系？"

家丽慢慢拆开来说："道理上是没关系，可你想想，你嫁过去，过二年，添上个一男半女。你有孩子，婆婆疼爱，他们没有，他们什么感受？对你又什么感受？这叫不患寡而患不均。"

家文直道："那我管不了。人的命，天注定，谁有福谁享，谁有罪谁受，又不是我不让他们生孩子。我生我的，用不着因为他们就不好意思。"话说到这份儿上，家丽也不便再多说，两个人又聊了一会儿老三老四老五老六的状况，便沉沉睡去。

096

卫国和家文用结婚的份子钱蜜月旅行，从淮南出发，一路向东，镇江、无锡、苏州、上海、杭州，把整个江南都玩了个遍。克思和陶先生得知，十分不满。还是比，他们结婚的时候没有这套。可陈老太太的意思还是原模原样："你们结婚是什么时候？那展子（方言：那时候）不兴这个，现在你们想旅游，自己旅去，没人拦着。"

旅行回来，家文便有了身孕。

陈老太太高兴得合不拢嘴，大呼旅行正确，同时更加确信自己没看错人。

八三年农历年前，电视机到了，金星牌。大年夜，一家人围坐在电视机旁看"春节联欢晚会"。院子里站的都是人。这热闹，陈老太太觉得应该归功于家文。

"那是刘晓庆吧。"大兰子指着电视机在后头嚷嚷。

陈老太太让她坐过来。"明儿个你陪我过高皇。"高皇在河对面，属于大河北。大兰子一听，就知道干娘的意思。去大河北不是一次了，那里有娘娘庙，庙里供着送子娘娘。这回可能是去许愿连带还愿。陈老太太去大河北惯于让大兰子陪着，一来大兰子懂事，二来她毕竟是外人，不相干，也自然少了许多嫉妒。次日一早，大年初一，陈老太太果然带了果品作供，由大兰子陪着坐渡船到北面，进娘娘庙，恭恭敬敬念了拜了，出庙门，陈老太太孩子似的对大兰子道："能得个孙子吧？"大兰子不禁笑："干娘，肯定能。"

陈老太太自言自语："我这辈子没做过坏事，怎么就不能有个孙子呢?"大兰子只好劝:"这不马上就有了嘛,家文一进门,我看一切都不一样了。"陈老太太肯定地说:"是不一样。"

家文的待遇也不一样。家里所有的鸡蛋,陈老太太恨不得变着法儿地都给家文吃了。煮的、炖的、炒的。至于鲫鱼、母鸡、牛肉,但凡有,陈老太太一定尽着家文。

家文不好意思:"妈,您也吃点。"

陈老太太道:"你吃你吃。"

卫国对家文笑道:"你现在是重点保护动物。"

自从家文怀孕。孙黎明为避嫌疑,带着两个儿子大康小健要分开吃。老太太不许:"一家人干吗分两个灶,一起吃。"孙黎明只好遵从。大康是肉性子,春华给他介绍了小君过后,两个人恨不得半个月才见一次面,感情好是好,但难免进展慢了点。陈老太太这个做姥姥的,不得不推一把,她对大康说有时间就带回来吃个饭。可几个月过去,也没见人影。倒是小健,谈了个朋友,是个搬运公司的女工人,叫小云,早不早地领回来吃饭。个子不矮,就是黑,瘦,像刚逃荒过来的。

孙黎明免不了拿小云和家文比,一百个不满意。"黑,枯树皮!"可小健条件有限,在一家私营小厂打铁,能找个老婆已经算阿弥陀佛。孙黎明也无心打散,就让他们这么先处着。

不过,自家文怀孕,克思两口子来得更少了。春荣、春华还正常来,每次都不空着手,要不带牛奶,或者麦乳精。老太太下令:"别带这些虚的了,甜不叽歪也不中喝。就带点鸡蛋鸭蛋鹅蛋什么的就行。"听了娘的令,春荣、春华不敢不从,照办。不过老大两口子偶尔说话也让家文生气。比如这日,克思和陶先生在床边坐着,老太太陪着家文——家文肚子已经起来了,脸上也开始长斑。克思忽然带笑不笑:"娘,以后让家文也给咱们生一个。"陈老太太没接话。家文当然也没说什么。

待卫国回来,家文只能跟他抱怨:"你大哥大嫂说话也真是。"

"怎么了?"

"他说赶明儿,让我们再生一个,过继给他。"

卫国只好打圆场："老大以前想抱过二姐家的敏子。"家文笑说："这谁不知道，都快成笑话了，要给智子，不要，非要敏子，谁家会把头一胎送人？只有一种可能。"卫国问什么可能。家文道："他们压根儿就不想要，或者说不想要家里的孩子。"卫国毕竟护着大哥，说怎么会，大哥大嫂想孩子有日子了。

家文叹了口气说："是有日子了，我也是最近才想明白，有的时候，你什么都不用做，只要你存在，对别人来说就是个阻碍。"卫国开了瓶黄桃罐头，递过来，"想哪儿去了，不会的。"

家文道："这话按理我不该说，可是卫国，你觉没觉得自打我怀孕，大哥大嫂有点急了。"卫国说没看出来，不会吧。家文严肃地说："陈卫国，我可得跟你说清楚了，第一，我不会帮他们生，第二，就算生了，我也不会抱去给他们养。开玩笑，生个孩子容易的？那得吃多大苦受多大罪。"

卫国还是笑呵呵地："瞧您说的，那咱妈生七个，不也过来了。"家文说那是以前，愚昧，现在别说不愿意生，就是你愿意生，国家也不允许，听说计划生育越来越严了。

卫国只好说："没事，别想那么多，咱们生自己的孩子，不给别人，大哥大嫂也就是说说。"家文留半句话没说。哼，说说，一贯占便宜占惯了的。这是拿话试她，如果她一不小心松了口，那可就糟糕了。

秋林还在劝家欢考大学。家欢觉得这人很无聊。她在等老爸常胜帮她安排工作。羊皮祆子已做好，等送了人，家欢认为自然就有了工作。一旦走上工作岗位，她就彻底独立自主，开始新的人生。

欧阳宝仍苦苦追求家艺。家艺一直没松口。她始终认为自己能够找到更好更优秀的"白马王子"。小玲已经虚岁十五了，还是没怎么长心眼，一根筋，经常被人骗。家喜则不，她能骗别人。

何家人也在期待着家文这一胎。

美心分析："老二这一胎，只能生男不能生女。"

常胜批评她："哪来的谬论。"美心说怎么是谬论，计划已经开始了，城里不像乡下，尤其紧，一对夫妻只能生一个孩子，陈家几代单传，都盯着呢。常胜打趣："那危险了。"

"为什么？"美心瞪着眼。

"随你啊。"

"胡扯巴咧！"美心给了常胜一拳。

自从家文怀孕，克思两口子也的确忙，忙着找孩子。其实陶先生心里已经有数，但为了不刺激克思，她先按住不发。无论如何，得等家文生了以后再说。陶先生娘家弟弟在寿县农村，弟媳妇也怀孕了，比家文早些日子。陶先生打算着，如果弟弟生了女孩，就抱过来自己养。就是有点担心。她弟弟脑子不是特别清楚，属于"半傻"，就怕生出来孩子质量不高。

一切都是未知，只能等。

好容易，由春到夏，由夏到秋，已经有些入冬。家文肚子里的孩子尚未足月，就赶着要出来，一家老小手忙脚乱把家文送到妇幼保健院。卫国急得在产房门口来回走。陈老太太直皱眉，大兰子陪着，安慰她说干娘没事没事，月份算够了，没问题。事发突然，春荣、春华还没赶到。孙黎明、大康、小健都在上班，也没到。何家老太太、常胜以及美心到了。远远地就喊亲家。陈老太太急得手足无措，拉住何老太太和美心的手："这可怎么办。"众人只好安慰她，何家老太太拉着她在楼梯上坐下。

陈老太太碎碎念道："怪我怪我，就是我没小心，我就说今天那茶倒出来感觉有点凉，莫不是惊着了。"何家老太太道："哪有这么娇气，正常的，会顺顺利利。"陈老太太攥着美心的手。

美心感觉得到，亲家手心都是汗。

生了足足八小时。除了克思两口子，人都到齐了，万众期盼小生命的到来。陈老太太顾不上其他，大兰子一个劲帮她顺胸口。寿县人把男孩看得重，陈老太太又是千难万险带出这个家，到了这一辈，她七十岁上，还没见着一个男孩。抱孙子，始终是陈老太太的心病。

同一产房连着生出好几个孩子。护士出来报，都是"小妹"，女孩。陈老太太愈发紧张，这怎么弄。

大兰子安慰:"干娘放心,都是男女搭配,女孩生完了,就该是男孩。"

"真的?"陈老太太满面忧愁。

正说着,灯一黑,医院停电了。产房内开启应急灯,产房外一片混乱。陈老太太一头汗:"怎么都赶上了,都赶上了,这怎么生,这摸黑怎么生……这早不停电晚不停电。"

黑暗中飘来护士清亮的声音:"何家文。"

呼吸暂停,没人说话。陈老太太更是石化了一般不动,盯着护士看。

"小弟。"护士说。

陈老太太顿时跳将起来,两手拍了个大掌,快活地叫:"哎哟好!"美心、常胜并何家老太太都去祝贺,一群人欢天喜地。

灯突然又亮了。

陈老太太不知怎么办才好,忙着要去看孙子,又要看家文。卫国说:"娘,孩子出来得有点早,送去保育室了。"

陈老太太一惊一乍:"那不行,被人换了怎么办,我得去看一眼。"众人皆笑,只好陪着去看。

家文产子,母凭子贵,在家中的地位更高了一层。坐月子,没让娘家操心,陈老太太并春荣、春华伺候着,鸡蛋吃了不知道多少,为了奶水好,家文也不忌嘴,尽量吃。

对孙子,陈老太太更是不知道怎么疼才好。

"妈,别抱着了,怪累的。"家文要接过孩子。陈老太太抱着孩子坐在床边打盹。

"不累不累。"陈老太太醒了,连忙说,"这有什么累的,我抱我抱。"家文笑道:"都抱了一天了,也该歇歇。"陈老太太这才听劝,把孩子递过去。"哎哟"她叫了一声,"家文,我这胳膊,胳膊麻了,动不了。"家文连忙帮她揉揉。

好半天,血脉才畅通。

"妈,小孩子不用包那么多被子。"家文解开孩子的小包被。陈老太太连忙："不行不行，这孩子有点早产，不能冻，赶紧包上。"

家文没办法，只好听婆婆的。

卫国到家。晚间，家文忍不住说几句："妈这疼孩子疼的，也太少见了。"卫国劝说："多理解妈吧，谁让孩子少呢，想孙子想了多少年了。"家文笑说是，有了孙子，什么都不顾了。卫国说："怎么会，照顾你不也照顾得好好的。"

家文说："那是因为我是功臣。"

"你确定是功臣。"

"想想真后怕。"

"我如果生的是女孩，或者生不出来，像你大嫂那样，我在这个家可怎么过？"

"就爱瞎想，这世上没有如果。"

"老大两口子没提要孩子的事了吧？"

"没跟我说过。"卫国说。

"那就是不要了，死心了，也可怜。"

"妈给宝宝取名字了吗？"

"妈说让我取，或者你取，她说她文化不够。"

卫国翻了个身："你这个聪明人，在这上面倒糊涂了，娘那是客气，估计她早有主意了。"

097

隔日，再提起取名字的话。家文便说："妈，还是您取，到底经得多些，总比我们瞎取好。"陈老太太想了想，说："要不就叫光明，原本就是光字辈，再加一个明字，你生产那天，本来保健院是停电了，可孩子一生下来，又来电了，正应在光明二字。"家文道："还是妈想的名字有意味，那就叫光明吧。"

光明一百天。陈老太太又是一番大宴宾客，热热闹闹的。卫国一向会为人处世，多让人几分，因此他得了一子，少不了许多人前来道贺。家里光收的东西都摆不下。他便让哥哥姐姐外甥们分分，又给家文娘家拿了不少去。

百日宴过去没几日，家文带着光明回娘家。春华挑着日子上门了。都去上班，家里只有大兰子陪着老太太择豆角。见春华来，大兰子心想应该有事，等豆角择完就先走了，留陈老太太母女两个说话。

"没上班？"陈老太太问。

"今儿个不忙。"

"来了正好，再把麦乳精带回去两盒，人家送的，实在喝不了。"

"娘，你留着喝。"春华道。

"带回去带回去。"陈老太太道。春华拗不过，只好应了。春华心里有事，一时竟不知道挑些什么闲话填补，两个人尴尴尬尬的。陈老太太道："又是小鲁有什么事？"小鲁是春华丈夫。春华忙说："不不，没他什么事。"

陈老太太说："你今天来总有事吧？跟娘还憋着？"

春华见她娘心里有数，不得不摊开了，试探地说："俺娘，大哥大嫂，也该要个孩子了。"

陈老太太立即说："早都该要了，头十年地里就该要了，这不是没有嘛。"

"要不还是抱一个？"

陈老太太顿一下："这又绕到话轱辘里了，过去说春荣家饶一个给他，挑来挑去怎么都不行，前一阵大兰子牵线说抱一个，你也去问了，也说不要。这会儿怎么又说抱了？多大的人了，大事小情，一会儿一个主意。"

春华解释："上回说是没考虑好，所以错过了，这回是又逢着个机会。"

"什么机会?"

"肥西有个人家,是大哥同事一个村的,有一户实在困难,生了个女孩不想要,也就刚见天没多少日子,老大的意思是,看能不能抱过来,也了一桩心事。"

陈老太太心里跟明镜似的,她冷笑一声:"肥西,还同事,还困难,就怕没那么简单。"

春华道:"家底子干净,简简单单的。"

陈老太太在女儿面前不藏着,直言刺道:"八成跟姓陶的有什么拐弯亲,她那样的人,一分钱算到骨头里,有那么善? 愿意给别人养孩子? 扒家门框子都不知道扒成什么样了。"

被猜出谜底,春华大惊,但又不得不强作镇定,依旧带笑:"娘,您想得……真远……保证非亲非故,就是一个村的。"

"谁保证? 你保证? 你保得了这个证吗?"陈老太太追问。

春华不言声。

陈老太太带笑不笑:"怕是都抱回来了吧? 先斩后奏。"

春华顺着说:"娘不同意,他们不敢。"

陈老太太说:"老大还有我不同意不敢的事? 也就是我在,哪天要是我不在了,他两口子要不把这个家捣散了我都不是个人。老三,你也得有点判断,别整天在里头和稀泥,和到最后,没一个人说你好。"停一会儿,又说:"唉,为娘的能不心疼孩子? 你们四个里头,要说对老大是最用心,以前没饭吃,勒紧裤腰带还让他上学,不然有他陈春贵今天? 还给我改名字,陈克思,他能有马克思那觉悟?"

春华忙调节气氛:"妈您还知道马克思呢……"

陈老太太道:"多少知道一点,还没老糊涂,卫国前一阵买了马克思全集,他偶尔看。"说罢老太太端着择好的菜去锅屋。

春华跟着:"娘,您就算同意了吧。"

陈老太太手一挥:"就这么着吧,我得了孙子,也想做善事,这孩子不管是谁，就让她来咱们家吃口饭。"

春华得了应允，忙不迭去跟克思两口子回禀。克思和陶先生自然高兴，这孩子抱过来有日子了，这才算有了名分。能往家里带了。克思想来想去，给孩子按照光字辈取名，叫陈光彩。

逢个礼拜天，克思和陶先生果然抱着光彩上门了。陈老太太也不装孬，既然认了，她就是奶奶。当着众人的面儿，她声明："光彩以后就是我的亲孙女，废话谁也不许提。"

陶先生听了一百个满意。克思也高兴。抱来的孩子最担心身世泄露，能瞒一天是一天。家文抱着光明出来。陶先生抱着光彩。这好歹算平起平坐。算日子，光彩还比光明大一点，所以叫姐姐。

蓦地，光明哭。家文对陈老太太说："可能是饿了。"说罢转身去里屋解衣喂奶。听到光明哭，光彩也带哭了。

陈老太太说："可怜见的，快，到屋里让家文喂喂，家文奶水多，一个孩子都吃不掉。"克思和陶先生对看一眼。

陶先生自己自然是没奶水。可她偏好强，她不能比家文差，老太太让喝，她偏矫情："娘，不行，光彩还是喝牛奶习惯，其他不习惯。"说着，果然冲了点牛奶，小心喂光彩，不哭了。

等都走了，陈老太太和大兰子站在院子里说话。大兰子看着众人远去的背影，嘀咕："这大嫂子也太离奇，我第一次听说喝不惯人奶的。"陈老太太一语中的："她就那德行，自己是不产奶的牛，就嫉妒别人有奶水，瞧着吧，过几天他们还得来。"

没多久，果不其然，克思拿着个奶瓶子来了。

"干吗?"陈老太太在缝尿布，不够用。

"娘——那个……"克思有点难以启齿。

"光彩拉不出来屎了?"陈老太太又猜到了。

"娘——"克思赧颜，"拉的都是羊屎蛋子。"

"我让家文给，你们不要，现在又说是羊屎蛋子。"

"孩子哇哇哭，屁眼子挣得疼。"

"我说话你就没听过。"

"现在不是听了嘛。"克思能伸能缩。

"这个我可不能做主，奶水是人身上流下来的东西，金贵着呢。"

"咱们这个家哪还有妈不能做主的。"

"你跟卫国商量去。"

大伯哥不好直接跟弟媳妇说奶水的事，但他可以找弟弟说。克思最怕求人，可为了女儿，不得不张这个嘴。所幸卫国一来心善，二来一向尊重哥哥嫂子，克思提，他立刻就同意了。晚上再跟家文商量。家文的奶水旺，又稠，滴到脚面上，一会儿都能结成奶粉。卫国提了，家文一时没说话。卫国好生劝："就当作做善事，孩子是无辜的。"给是给，但话要说出来，家文直言："你那个大哥大嫂，就是拉硬屎，给不要，现在又来求。不是我的孩子按说我不该给，就是攉掉，也不能流出去。我愿意给，一是因为有你，二是因为娘，明白了吧。"卫国连连说明白明白。家文松了口，卫国便找来个奶瓶，日日取一点，克思不辞劳苦，日日来拿。光彩喝了人奶，不拉羊屎蛋子，胖了许多。陶先生礼拜天来家里，免不了说些客气话，只见她抱着光彩，对家文："记住啊孩子，以后上班第一个月的工资，一定要拿出来孝敬婶子。"当然是说给大人听的。

她这么一说，家文就那么一听。老大两口子，虚惯了的，理论居多。襁褓里的奶娃子，谈什么上班。

陈老太太也觉陶先生说得不像，便道："不扯远的，老大，你在党校路子多，多帮家文留意，看看能不能调个工作，一个女同志，总在淀粉厂干也不是事。"克思应承下来。

卫国道："嫂子，家里小床用不着，带回去给光彩用吧。"陶先生立刻收下了。对于卫国，家文无话可说，他就是这样一个好人，对谁都不错，对家里人，尤其是。当然，也正因为如此，卫国才有这么好的人缘。

只是，在家文看来，为人处世，还是应该有亲疏远近。她跟卫国提过。卫国也接受批评。但一转脸，他依旧故我。从谈恋爱到结婚到生孩子，家文算看明白了，这个家四个兄弟姊妹，卫国虽然是老小，但其实承担的功能却是老大的。谁有事他都去帮忙，都不求回报。也因此，陈老太太也格外倚重偏爱小儿子。

陈老太太是旧社会摸爬滚打出来的，人世洞明。她自然也知道，大儿子靠不住，两个女儿都出嫁，有自己的家庭，以后生病害灾，能倚一倚的，只有小儿子。家文也明白这一点。她早想清楚了，她愿意带老太太，就算将来真有躺在床上那一天。卫国会伺候，她只需要表明态度，坚决是要给娘养老送终的就可以。她绝对不会做那种让自己的丈夫在娘和老婆之间选择的傻事。

生孩子之后，家文回娘家的次数也少了些。但这回常胜叫大家回去，家文必须在场。

老爸说要宣布个大喜事。

098

猜来猜去想不明白，到了家，上了桌，家文才知道老爸何常胜已经转正，是正式党员了。

"改革开放好！"酒桌上，常胜醉意浓重，"一改革开放，我就入了党。"建国陪了一阵，单位有事，先走了。卫国陪着常胜，喝大酒。

"卫国，你说说，我这辈子入了党之后，还有什么运？"

卫国想了想说："财运。"

"哦？"常胜自己都没想到。

"现在市场放开，你看，东城市场马上就搭起来了，都是做小生意的，以前那叫资本主义尾巴，现在合理合法个体户多了，爸又有手艺，开个皮草铺子，肯定能成万元户。"

美心插嘴："你爸早都是万元户了。"

常胜打她一下："胡说。"

家艺进门，气鼓鼓的。老太太道："老三，怎么才回来，你爸入党，让你们都早点回来。"家艺躲在屋里："吃过了！"

老太太嘀咕："在哪儿吃的。"

家艺在生闷气。白天她和同事去洞山烫头发，竟然发现洞山前进照相馆的橱窗里，摆着武继宁和朱燕子的合照。他们正式结婚了。武家搬到洞山。因为武绍武被判刑的关系，他们结婚没开宴席，所以老邻居也没收到请束，一切从简。她听人说，武和朱是旅行结婚，到杭州、上海走了一圈。

老实说，家艺很羡慕。她也有点想结婚了。

家欢进门，到床底下摸东西，家艺斜躺在床上。"起来点。"家欢拍拍家艺。

不动，心情不好懒得动。

"让你起来一点。"家欢不耐烦。

"懂不懂礼貌？"家艺也毛了。

"是你不懂吧。"

家艺起来了："这是我和二姐的屋子。"

家欢道："二姐嫁人了，凭什么你独占，让老五到你这屋。"

"你出去！"家艺送客。

"不出怎么样，什么都你占好，反正现在我们那屋三个，你这屋才一个，不公平。"家欢打算好好理论理论。这事她憋很久。家艺道："这床是留给阿奶的，你急什么，也轮不到你分配，出去出去。"

家欢岿然不动。

"让你出去听到没有。"

家艺开始推家欢。家欢力气大，并没有让步的意思，像兵马俑一样立在门边。"独眼龙……"话刚说出口，家艺就意识到问题严重，家欢最忌讳别人拿她那只眼睛说事儿。只听到家欢一声怒吼，把家艺摔到床上。匆忙之间，家艺随手抓起床头柜上的一块镇纸，往空中一丢。

一声惨叫。

家欢倒在地上，捂着头，指缝流出血来。

家艺也没了主意，恐惧地："爸！妈！姐！"

家丽、家文第一时间冲过来。

家丽怒道："怎么回事？"老太太和美心在后头。美心要拿纱布。老太太道："送医院吧！"

因抢救及时，家欢并无大碍。只是有点轻微脑震荡。医生说，短期内可能会有眩晕呕吐的症状。

家欢乐观主义："我是铁头。"

可对老三家艺，她并不打算原谅。病者为大，家欢说自己耳鸣，头疼，不能住多人间，她要求跟家艺换房间，她住单人间，老三过去和小玲、家喜挤。

"凭什么？"家艺当然不愿意。

美心高声："让你换你就换！你爸的好日子都叫你搅和了！"

"妈！是老四……"

"闭嘴！换过来。"

家艺收拾东西，搬到老五和老六的房间。家欢是受害者，受害者就可以"为所欲为"得到优待？可事实明明是，她在屋里坐着，老四来招惹她。然后又是老四先动手，她才反击。

只是姊妹之间，这种事情跟谁说得清楚？父母只看谁受伤比较重。家艺深感有冤没处申。自家文出嫁之后，家艺心情始终沉郁。现如今，她甚至有种在这个家待不下去的感觉。

这日，她跟单位请了一个礼拜的假。到家，美心正在打扫鸡舍。家艺对美心说："妈，下个礼拜我出差。"

"出差？去哪儿？"

"上海。"

"去做什么？"

"有个展会，厂里要派人过去。"

"这一般不都业务员跑吗，怎么让你去？"美心多问一句。

"要出口，对外国人得介绍制作过程。"

"几个人去？"

"五个人呢。"

"多注意点，出远门特别要小心。"美心唠叨起来，她自视有出远门的经验，来来回回从江都老家到淮南好几次。"知道了。"家艺答着。抽空，她去长途车站买票。她是要去上海，但不是出差，纯粹是去外面透透气。这个家，她待够了，住够了，活够了，她迫切想要自己的一方天地，如果暂时不能有，那就去外面的世界看看，比如上海。

票买到了。家艺出站。外头突然一阵骚动，一个中年男子拿着刀在人群里跑，家艺吓得连忙跑进站门，检票员关上门。几个警察追着那人，一个跃起，按住了。惊魂甫定，家艺凑在人群中听情况，才听到有人说："最近社会治安不好，全国严打呢，乱，就是得重拳出击。"

家艺忍不住问："那上海呢，上海治安怎么样？"

一个中年妇女答："也不好说，大城市，更是鱼龙混杂，再说就算上海不错，但去上海这一路呢，说不准，车匪路霸，谁知道有没有。"一席话，家艺心里打鼓。一个人去上海，看来真有点危险。可一时半会儿，找谁陪她去呢。厂里的小姐妹？不现实，谁也不会为她请假。家里的小姐妹呢，大姐上班带孩子，二姐带孩子，老四不用说了，结仇了，老五老六太小。家艺一时犯难。一抬眼，她忽然想起一个人来。

淮滨路邮政储蓄门口，梧桐树下。

欧阳宝和何家艺站着说话。

"你敢不敢离家出走？"家艺问他。

"为什么？"欧阳不懂她的心。

"就说你敢不敢？"家艺大声。

"为了你就敢！"

"为了我？"

"对。"

"为了我丢了工作也在所不惜？为了我离家去流浪也在所不惜？"

欧阳宝看着家艺的眼睛："为了你我死都不怕。"

"真的？"家艺眼睛里带着笑。

"千真万确。"欧阳宝说，"我发誓，发毒誓！"

家艺觉得好笑："那行，你爬到这棵树上。"

"什么？"欧阳没反应过来。

"上树。"家艺指了指高大的梧桐。

欧阳一咬牙，挽起袖子，开始爬树。好在小时候爬高上低惯了，这点功夫还有，三两下，欧阳就爬到树杈上，离地有近三米高。"上来啦！"欧阳低头朝树下喊。

"跳吧！"家艺下指令。

"啊？"欧阳宝又没料到。

"你不是愿意为了我去死吗？"家艺手廓在嘴边，像喇叭，"跳吧！"

"好嘞。"欧阳声音有点弱。

"怎么啦，反悔了？"家艺笑着喊。

"没有！"

有人驻足，树被围满了。

欧阳大叫一声："我喜欢何家艺！为了她我愿意去死！家艺！万一我死了你告诉我爹一声！"说着真要跳树。

"停！"家艺说。

"啊？"

"下来！"家艺说，"我又不想让你死了。"

欧阳连忙抱着树干，慢慢下来。

"敢不敢去上海？"家艺问他。

"什么时候？"

"明天。"

"那有什么不敢的！"欧阳宝说，"为了你我可以随时出发。"

当天欧阳就强行找领导请假，并去车站买了长途汽车票。第二天，他便和家艺一起，登上了开往上海的长途客车。欧阳在外贸负责收鸭毛鹅毛，经常在外面跑，算个老江湖。家艺自出生没离开过淮南市区，基本没受过什么罪，也不太懂外出需要注意些什么，只是带了些钱、粮票。凭着一股热情，就一路向东走了。因为是私自外出，两个人都没出公差，欧阳带了户口本。家艺走得急，连户口本都没带，也没法带。她不想让父母过问太多。坐了十几个小时的车，连带过夜，终于抵达上海。一路上欧阳虽把家艺照顾得不错，但两个人还是筋疲力尽。

欧阳到底熟悉些，三询五问，便领着家艺一起进了一家国营招待所。

"介绍信?"服务台工作人员问。

欧阳讪笑着："走得急，忘记带了。来这里是办急事。"

工作人员是个大姐，在上海滩混了这么多年，见多识广，不屑笑笑："是挺急。"瞬间绷脸，"不行，没有介绍信不能入住。"

家艺实在太累，着急："这位大姐，我们真是正经人，来上海办事的。"

"同志，照章办事好不啦? 正经不正经不是自己说了算的，介绍信拿来，看清楚了，入住，明明白白的。"

两个人又央求一阵，见实在不能通融，没办法，只好另寻他途。出了门，家艺就对欧阳发脾气："还说什么都懂!"

"不是，小艺，谁知道这里跟别的地方不一样，这个上海人讨厌的，十里洋场，势利眼……"欧阳追在后头解释。

最后还是家艺在弄堂里发现一间私人小旅社，叫顾伯伯旅社。不用问，是个姓顾的开的了。进去一看，还是那种木质结构的二层房，中间有天井，一圈是客房。洗漱都在外头。服务台旁边写着提供热水。服务台后面站着个中老年妇女，应当是顾伯母了。"住店啊?"顾伯母笑着说。服务态度不错。

欧阳宝忙上前，把家艺挡在后头。

"还有空房吗?"他问。

"巧了，将将好还有一个房间。"顾伯母满面春风。

"那就要一个房间。"欧阳忙说。家艺偷偷拧他胳膊一下。欧阳没理解，睁大两眼看她。

"要两个房间，谢谢。"家艺对顾伯母说。

099

"小姑娘，不是不给你们，真没有喽，现在旺季，都往上海来，实在没有地方了呀。"

那不行。不能两个人睡一间房。

欧阳用商讨的口气："这位同志，看能不能再匀一间出来，小点没关系的。"顾伯母说："那要不就是锅炉房了，师傅住的，看你能不能凑合。"欧阳忙说："能凑合能凑合。"

"那这样好了，锅炉房，房钱减半，不占你外地人的便宜。"

欧阳忙说好。商量好了，两个人一人一间，入住。锅炉房地方小，欧阳暂时把行李放在家艺的房间里。再一起下去吃了碗阳春面。歇了一会儿，便去外滩瞧瞧。

回来已经是晚间十点。欧阳端水擦了擦，钻进锅炉工人的房间。不多会儿，有人来敲门。"兄弟，要不要画报？"是个獐头鼠目的中年男子。

"什么画报？"欧阳问。

"香港的。"

"拿来我看看。"欧阳接过去，一翻，全是穿三点式的美女。看几眼就欲火偾张。

"怎么卖？"欧阳问。那人说一块钱一本。欧阳想了想，要了一本，掏钱拿过来，翻了一会儿，难受得很，垫在身子底下，锅炉房又实在太热。他把那画报掖在裤腰里，站在门口抽烟。

家艺打那儿经过："太热了吧？"

"有点。"欧阳笑着。

"进来吧。"家艺说。欧阳迟疑了一下，连忙跟上，进了屋。家艺说你就在地板上睡吧，天热。

"别人看到了对你不好。"

"我们又没什么，天知地知你知我知，纯纯洁洁。"

地板是木质的。家艺撂给他一只枕头。欧阳就势躺下，裤腰里那本画报却顽皮地跳了出来。

"那什么？"家艺眼尖。

"没什么！"欧阳怕暴露，护着。

"给我看看。"

"不行。"

"拿来！"家艺不饶。欧阳只好交出来。

到手一翻，家艺脸也红了："哪儿来的？"

"刚才有人来卖的。"

"真是大上海。"

"对不起。"欧阳下身还支着帐篷。家艺看到了，觉得好笑。又问："你说实话，这个世界上谁对你最好。"

"你。"欧阳不假思索。

"为什么不说是你爹？"

"我爹给我了命，你让我觉得活着有意思。"欧阳据实说。一路上，欧阳对家艺悉心照顾，再加上他对她千依百顺，她已经有点离不开欧阳。

"我让你活着有意思，"家艺不屑地笑笑，"这话也就说说罢了，谁能对谁一辈子好。"

"我能。"

"如果你背叛我呢？"

"不可能，"欧阳立刻表态，"我只能为了你背叛其他人，工作我都能不要。"

"你喜欢我？"

"一直都喜欢。"

"可是我们不能结婚。"

"为什么？"

"结婚，我要独立的房子，我要五千块彩礼，我要一进门就当家，你们家做不到，给不了。"

"不，我能做到，只要你开口，我什么都能做到。"欧阳情绪激动，匍匐到家艺跟前。她坐在床上。他趴在床沿子边。

"让我想一想。"家艺说，"爸妈没那么容易同意。"

"那我们就努力。"欧阳说着，一把抱住家艺的腰。

家艺不动。好像她是女神，他是她的奴仆。

家艺情绪也上来了。她早隐隐感觉有这一天，从油菜地那天起，她就预感会有这一天。如今，真的来临了。她没有意外，只是享受着当下。欧阳脱了上衣。依旧一身好肌肉。

家艺问他："你有过吗？"

欧阳如实回答："没有，你是第一个。"

"假的。"

"我如果说假话我就被雷劈死！"

"你应该对我负责。"

"小艺……"

"你发誓。"

"我欧阳宝发誓，一生一世对何家艺好，如违此誓，我自断一只胳膊！不得好死！"

"行了。"黑暗中，家艺喘着气。空气里都是荷尔蒙的味道。

何家大卧室，刘美心在帮常胜整理衣物，往行李箱里放，手上忙着，嘴上说着："你们单位也真是，派你去巢湖做什么，明知道你家里一大摊子。"

常胜得意："没办法，皮子只有我懂，我又是党员。"

美心揶揄："做了党员，觉悟立马提高。"

常胜道："我告诉你，卫国说得对，做皮子这个手艺，将来要赚大钱。"美心不认同："赚什么大钱，一年就一季子，夏天做，冬天才能出来，就做那么点，什么大钱？而且你总不能外贸的工作不要，出来做这个。"

常胜说："你妇道人家思想就是打不开，我不能做，还不能带徒弟做？我教会了卫国，再教几个人，出来开个小店，当个体户，总能赚钱吧，我跟你说就在公园门口摆个汽水摊子都能挣钱。"美心不理解："你慢慢挣吧。"

常胜补充道："你妈传给你的那个酱菜方子，没丢吧。"

"箱子里压着呢。"

"手艺流程还记得吧。"

"大概记得。"美心说，"不过也没用，厂里不要。"

"厂里不要是厂里的，以后你还是可以单干，跟做皮子一样，你妈传下来的那个方子，我看不错，吃来吃去，还是她那个八宝酱菜最得味，我们就是小手工业者家庭出来的，一点老本老技术，到什么时候都不能丢。"

美心把衣服整理好了，包拉上拉链："去几天？"

"顶多三天，加上来回，最多最多五天回来了。"

"记得老四的工作。"美心提醒。

"等我回来，就开始走走关系。"

"我看这老五读书也读不下去，也应该早点出来工作算了。"

"我会留心。"

"还有老三，也该处朋友了。"美心操心，"之前那个欧阳家的老来，我看不行，家里十个葫芦头，又穷，我不赞同。"

"十个是有点多。"常胜躺下，"别想那么多啦，车到山前必有路，我现在满足得很。"

"出去别喝酒。"美心记挂。

"知道。"常胜欢快地说，他感觉这一年是他一生中最美好的时光。到巢湖是去一家黄牛厂接洽，参观并谈了几天，还算顺利，这日，常胜打算去巢湖市区转转。厂里人陪着，要喝酒，白的，常胜记起美心的叮嘱，忙说不喝不喝了。"我一个人溜达溜达，明天就坐车回去了。"

傍晚，何常胜忽然想早点回家，他在路边摊喝了点啤酒，吃了东西，手里拎着巢湖特产———一包干银鱼，顺着高速路往下走，看能否拦到过路车。有点下小雨。晚近，路滑天黑。是个上坡路，迎面，则是车子往下坡开。坡子挺陡，有近四十五度倾斜。轰轰隆隆。是车轮轧过马路的声音。常胜哼着小曲，步子有点斜，往马路中间偏了偏。一抬头，一辆大灯晃眼，光柱通过雨幕搭过来。常胜大吃一惊，来不及动弹。大卡车已经冲下来，紧急刹车。常胜被撞出几米远。

"哎，"老太太坐在床上，美心陪着她。周末，建国、家丽自己带孩子，老太太回来歇两天。"我这右眼皮老跳。"

"没那么多讲究。"美心劝她。

忽然，停电了。一片黑。美心喊："老五！把那蜡烛拿出来！"小玲听话摸出蜡烛、火柴，点上。

重现光明。

老太太斜靠在床上，悠悠地问："常胜去几天了。"

美心想了想："也有四五天了，该回来了。"

老太太又说："你看看我这眼皮，啵啵地跳。"美心举着蜡烛去瞧。右眼皮似乎真的在簌簌抖动。美心转身去柜子里摸出个笔记本，从一角撕了一小块，蘸点唾沫，贴在老太太眼皮上。寓意：白跳。"这下行了，压一压。"美心说。

"常胜去巢湖哪里出差?"

"说是一个黄牛厂。"

"给他打个电话，去小卖部打。"

"那怎么打，不知道那边的电话号码。"

家丽老在床上翻身，建国问她怎么了。

家丽道："我这心里嘈嘈杂杂的。"

"晚上没吃什么乱七八糟的啊。"

"就吃了一点稀饭。"

家丽翻身朝建国："明天回家看看，把那点花生油拎回去，爸吃不惯菜籽油。"建国答应了一声。家丽柔声："我老顾着我家，你会不会有意见？"建国笑说："什么你家我家，不都是咱家，我是没家的人，我还得谢谢你呢，给我一个家。"

家丽欣慰，道："我们这个家，风风雨雨，现在总算好一点，爸入党了了了心愿，二妹嫁人，老三也算工作了，剩四五六三个，起码经济上压力没那么大。"建国道："都是这样的，一点一点往前挪吧，以前我的日子，更难过呢。"

"你爸妈几岁没的？"家丽没细问过这个问题。

"刚解放那会儿。"

"不敢想。"

"都过去了。"

一大早，朱德启家的就来敲门。美心在前院梳头，嘀咕问是谁。"快开门！开门！"

美心听出来是朱德启老婆："每次来准没好事。"

开了门。朱德启老婆喘着气，有点结巴。

"局里接到电话。"

"接到电话怎么了。哪儿又地震了？还是伟人去世了？"

朱德启老婆咽一口唾沫。

"你快找人去巢湖。"

"怎么了？"美心把梳子从头上拔下来。

"常胜……常胜……"

"常胜怎么了?!"

"我也不清楚，电话打到老朱那儿的，说是交警队，说好像……好像你们老何出车祸了……"

梳子掉在地上，美心呆住。

老太太出来问，见朱德启老婆在，问："怎么了？"

100

快，一切都要快。

女人家出远门不行。建国和卫国立即去巢湖。"平平安安的，平平安安的。"老太太双手合十，对天祷告。

建国找武装部要了车，直接开过去，到地方，有关部门却只是领着他们认尸。没人说话，房间里静悄悄的。白布下盖着人，卫国、建国屏住呼吸，走到跟前，卫国伸手揭布，顿时呕出来。

眼前的常胜，面目全非，血肉模糊。

建国上前，看了看，跟有关人员确认，的确是老丈人何常胜。"建议尽快火葬。"交警队的人说。建国对卫国说："去弄点酒精和水。"卫国哎了一声，立即去找。

一会儿，医用酒精和水来了。卫国端着脸盆。

建国揭开白布，把常胜脸上撞烂的肉复位，血迹擦干，下半身的肠子复位，全部用酒精清理一遍，再用水擦拭。卫国到底年轻，第一次这么直面死人，他不大敢靠近。交给建国处理。清理完毕，常胜恢复了本来面目，安安静静躺在那儿，建国和卫国都不说话。一个人的一生，就这样戛然而止。

建国又把自己的衣服脱下来，给常胜换上。

"大哥！"卫国叫。

"没那么多讲究。"建国说，"准备上车吧。"

星夜赶回，遗体拉到火葬场。家丽最先知道，痛哭。但她必须控制自己，这个消息，还要告诉妈妈和奶奶。

必须说。但怎么说，由谁去说。是个大问题。

家艺不在家。家欢、小玲、家喜都靠不住。家丽和家文一起回家，美心站在门口眺望，见女儿来，忙上前捉住："回来了没有？"

家丽搀住美心："妈，我们到外边走走。"

"走什么，回来了没有？"美心问。家文也说，妈，走吧。美心没办法，只好跟着两个女儿往外走。到大路，建国站在车子旁。美心问："建国站那儿干吗？你爸呢。"

家文的眼泪止不住流。

家丽还能强行控制住自己："妈……爸他……"

美心着急："别磨叨了，你爸怎么了快说，他人呢。"

家丽哽咽："妈，你可要挺住，上头还有奶奶。"

美心猜到了几分，怔住，先看远方，再把目光掉到家丽脸上。等她说下文。家丽小声地："爸他出车祸……没了……"

话音刚落，家丽和家文就一把抱住妈妈。

刘美心双眼看天，整个人往下出溜，瘫软了。

上车，去看常胜。见面时才哭出来。那种悲痛之声，闻着落泪。一个妻子失去了丈夫，一个家失去了顶梁柱，一群女人失去了男人，几十年夫妻，刘美心从未想过何常胜会走在她头里。人生百年，常胜却半途下车。死在夫前一枝花，死在夫后豆腐渣。以后怎么办？刘美心不敢想，前途茫茫，她只能用哭声送常胜一程。唱着老家的哭丧调："哎哟的常胜哥呀……丢下我们不好活……还有六个女儿呀……让我们怎么过生活……苍天老爷不长眼呀……夺我夫君去天国……人间苦楚他不管呀……吃苦受罪今生错……"

家丽、家文扶着阿妈，默默流泪。

家艺闯进门，她刚从上海回来："爸怎么了？"没人回答她。"爸——

爸!"家艺扑上去,哭得一塌糊涂。

家文拉过她,小声问:"你跑哪儿去了?家里家外没人。"

家艺发窘,不吱声。

家丽、家文、建国、卫国、家艺和美心商量。怎么跟老太太说。讨论的结果是,暂时不说。遗体火化。仪式缓办。家艺说:"阿奶这么能,一下就猜到了。"

"慢慢透露也好,自己猜到,也有个消化时间。"家文说。

家丽道:"外贸肯定要办追悼会,到时候自然就知道了。"

建国的建议是不要瞒,长痛不如短痛。

可老年丧子,白发人送黑发人,谈何容易。

遗体必须火化了,时间不短了。还是不要让老太太见,车祸太过惨烈,见了只会更加刺激她。车祸的后续处理,赔偿款,单位的抚恤金等等,都交由建国、卫国处理。

一众女眷,陪着美心到家。进门前,都必须处理好眼泪。刘妈站在门口。美心见了老邻居,忍不住又哭了。刘妈抱住她:"好好的,好好的,你不能倒下,不能,家里还有孩子,还有老人。"句句说在点上。

推院门,老太太正在喂鸡。

"怎么一块儿回来了。"老太太抬眼,发现个个眼泡都是肿的。心里有种不好的预感。

美心道:"妈,你歇歇。"

"不累,歇什么。"老太太说。

众孙女跟着都说阿奶你歇歇。老太太只好放下喂鸡的饲料簸箕,被扶着进了屋。坐稳了。喝点茶。美心才道:"妈,常胜出差还得几天才能回来。"

老太太哦了一声,没露声色:"具体几天?"

美心无措,望望家丽。家丽答:"七八天。"

老太太继续问:"在那儿干吗?"

"还是出差那点事。"美心答,"羊皮牛皮。"

"给他打个电话，让带点银鱼干回来。"

美心哎了一声。

"眼泡子怎么肿成这样？"老太太继续问。

家艺道："最近流行红眼病。"

老太太问她："老三，见到你爸了？"

"见到了。"家艺嘴一秃噜。

众人着急，要制止。家艺改口："没见到。"为将功赎罪，家艺急中生智，"阿奶，实话跟您说了吧，爸在巢湖被抓了。"

老太太站起来，惊愕地问："怎么了？犯什么事了？"

家艺罕眉耷眼："说不好，老天爷的事。"

老太太思忖："偷抢扒拿？吃喝嫖赌？不会，他不会的。"正说着，屋里进来几个人，都是外贸的领导。满面悲伤。进门什么也不说，一个女同志上前握住美心的手。为首的大领导上前捉住老太太的手："老太太，节哀。"一屋子大乱。

"怎么回事？"何文氏慌了。

"何常胜同志是一位好同志，刚刚加入了共产党。"

"领导，常胜是好。"老太太惊异而无主地。

"常胜英年早逝，谁也没料到。"领导用忧伤的调子。

何老太太当即晕了过去。

"妈！"

"奶奶！"

一屋子人彻底乱了。

死去的人死去了，活着的人还得活。老太太被送到医院，抢救，无大碍，活得好好的。儿子去世，她不接受也得接受。悲痛，只能用时间冲淡。一家人必须把常胜的身后事处理好。

遗体告别，火化，选墓地。按照当地规矩，埋在山上。舜耕山，海拔不过三百米。相传舜帝在此耕作过，是风水宝地。淮南电视台的接收塔修在山顶，因此也叫电视台山。

选的地块请风水先生简单看过。入土那天，欧阳宝也来了。家丽没顾上细问。家文问家艺："谁让他来的。"

"他自己要来，说送送单位前辈。"家文就没再多说。

然后是处理赔偿。一方面是肇事方的赔偿。对方是个运输公司，经协调，赔了一万八。外贸给了抚恤金。常胜去出差的黄牛厂也给了抚恤金。鉴于何常胜还有两个女儿未成年。每个月单位补贴五十元给小玲和家喜作抚养费。

最后也是最关键的，家里怎么安顿。常胜去世，老太太搬回龙湖菜市宅子，抱团取暖。美心无心工作，日日愁苦。家艺整天在外头晃荡，不怎么回家。家欢没参加高考报名，等着就业，可老爸突然去世。她的就业大事也陷入困顿。

老六还在读书。老五读不下去，辍学在家。多半跟大老汤家老三振民玩。

家丽看着心急，跟建国商量："这个家这样下去不行。"

建国问："那怎么样才行？"

家丽道："我得先搬回去，向东学平你照顾点。"建国表示同意，向东已经上小学，学平上幼儿园，接送即可。

"爸虽然走了，但家不能散了，还是要打起精神，好多任务没完成，往后事多着呢，三四五六都没嫁人，还有工作。老四的工作也是个难题。"

建国道："爸这算因公殉职，按理说可以顶替。"

家丽才想起来，说那有空我去外贸问问领导，能顶替最好了，解决一个是一个。第二天，家丽便收拾了几件衣服搬回家住。老太太和美心睡一个屋。家丽和家欢一个屋。家艺和老五老六住。家丽先把老爸常胜的东西收拾收拾，放到后院自家盖的小储藏室去，免得二老睹物思人，更难受。老四、老五在家没事，家丽就安排她们一个买菜做饭，一个陪着老太太，免得老人家出什么状况。家文孩子小，只能周末回来。卫国他妈陈老太太听闻常胜去世，也来安慰，给了钱。三个寡妇面对面，无限感慨。何家老太太道："跟谁讲理去，这世道就是这样，不该死的死了，该死的还活着。"

陈老太太接话："地府也缺人，能干的都被收过去了。"

美心恍恍惚惚地："这人活着到底是为了什么?"

陈老太太劝她："亲家，你千万不能这么想，就算这屋子里的人都倒下，你也得站着，孩子还没成家立业，亲家公未完成的事都担在你肩上了。"

美心想想又落泪："有时候我下班走在河边我就想，干脆一头扎进河里死了算了!"

陈老太太与何家老太太同时："别! 不能做傻事!"

101

抽空家丽去找外贸的领导谈了一次。常胜是因公殉职，按照惯例，是允许一名子女顶替工作的。但目前待业青年较多，领导有些为难，想推一推。家丽不放松，连着去了好些次，日日在领导门口站着等。领导终于说："等下一批招工完毕，一起进来，给你们一个名额。"

"谢谢领导。"家丽舒一口气。

家欢和小玲通过不同途径得知了顶替的事，都想上。家欢跟家丽睡一个屋。先发制人。

晚上熄灯。家欢问："姐，爸的公职，是不是可以顶替?"

家丽嗯了一声，没接下茬。

"我看我可以。"家欢自告奋勇。

"八字没一撇呢。"

"大姐，这次该轮到我了。"

"先问问再说。"

"我视力不好，脑袋瓜子也不聪明。"家欢自言自语。家丽道："你不是一直想学会计嘛，妈说你数学不错。"

家欢道："学什么不重要，我就是想参加工作。"

家丽说："要么你去高考试试？"

"我才不去呢，我这眼睛，还能读书吗？读到什么时候是个头？现在是半瞎，读出来就是全瞎。"

"我听刘妈说，秋林报名了。"

"我不去。"

"还有几天呢。死马当成活马医。"

家欢翻身面朝墙。

翌日，秋林遇到家欢，问："你还没报名呢？"家欢不理他。秋林着急，"你先把名报上，考不考再说。"

家欢急了："张秋林，你到底什么意思，反反复复劝我报名，是老五找你了吗？"

"老五？跟老五有什么关系？"

"老五巴不得我不去顶替。"家欢扬长而去。

秋林跟在后头，莫名其妙："家欢！要不我帮你报……家欢！"

家欢不理他，去北菜市买菜去了。

向东来看妈妈家丽。他比家喜只小五岁。现在是个混世魔王，洞山军分区的扛把子。家喜和向东站在龙湖公园旁边的人工池塘边。家喜说："听说这里头有癞癞猴（方言：癞蛤蟆）。"

"哪个池塘都有癞癞猴。"向东说。

"这里头的不一样，"家喜煞有介事，"这里头的特别大，比人还大，说以前有小孩在旁边站着，癞癞猴上来一拉，就把小孩拉下去了。"

"真的？"

"当然。"

向东卷起裤脚就要下水。

家喜喊他："你干吗，小心，被拉下去不是闹着玩的。"

向东不管，还往池塘中间走。

"你上来！"家喜意识到问题的严重性。

向东一意孤行。走到池塘当中，水已经到脖子了，何向东一个猛子扎下去，瞅准池塘底部的抽水塞，用力一拉，水流迅速形成个漩涡，下漏。向东果断回身，往水面泅，朝岸边去。

全身湿淋淋的。家喜和向东站在池塘边，看着池塘当中的漩涡，一点一点吸尽池塘中的水。水落石出。池塘中的鱼露了出来，在浅薄的淤泥地里挣扎。

向东对家喜说："老姨（方言：小姨），没有癞癞猴啊。"

"躲起来了。"

池塘中间，一条巨大的红鲤鱼在浅水中挣扎，向东跳进去，一把抱住它，带它上岸。"拿回家养。"向东笑嘻嘻地。

何家厨房，家丽忙着做饭，自从搬了家，原来宽敞的锅屋不见了，取而代之的是现代化一些的厨房。当然，现代化的只是格局，更紧凑，有桌台，有洗手池，但依旧用蜂窝煤。

老五刘小玲凑在大姐跟前。一根筋地念叨："大姐，反正，爸的工作不给顶替，我就跳楼。"家丽听了生气，这算什么，威胁？爸刚去世，她来个跳楼。

"你去跳吧。"家丽说。

"大姐，我什么都没有，不能没有这份工作。"小玲又强调。

家丽不耐烦："你出去吧，会考虑你。"

小玲出去了。却来了个人拎着向东和家喜进门。"你好，我是环卫管理处的，请问哪个是何向东的家长？"

家丽连忙在围裙上擦了擦手："我是。"

"何向东私自把公园外人工池塘的水给放了，鱼都死了，损失特别巨大，需要赔偿。"向东和家喜都不敢看家丽。

"什么水？什么赔偿？"家丽也急了，越是事多，这小子越给她找事。

忙活一天，又找来建国，这才有了处理结果。赔款一千，免予报警。

"站好！"建国晚上开始给儿子上教育课。他没法管家喜，但有资格教训向东。向东连忙站好了，不作声。

"谁让你去拔那塞子的？"

向东委屈："说那池塘里有癞癞猴，经常把小孩拉下去，吃小孩，我是为民除害！"奇葩的理由，建国笑了。他喜欢向东的这股劲头。虎父无犬子。

"为民除害是好，但你的方式不对。"

"怎么样才对？"

"好男儿不应该去打癞癞猴。"

"该做什么？"

建国笑道："应该去当兵，保卫祖国。"

向东用手比出个手枪的形状，对着建国："缴枪不杀。"

因为早产，光明生下来身体不太好，经常生病。最常见的病症就是嗓子容易发炎。一发炎，就是高烧。家文认为可能是她婆婆带得太暖了。这日，家文和卫国又带光明去保健打针。医院门口，家文见家艺和欧阳宝走了出来。

"你怎么在这儿？"家文有些吃惊。

家艺打发欧阳先走，拉二姐到一边说话："欧阳有个远亲，在保健院看病，我陪他过来看看。"

"没什么事吧。"

"没事。"家艺说，"光明不舒服？"

"嗓子发炎，我跟你姐夫带来看看，快去吧。"家文打发她去。家艺没多说，快步走了。卫国问家文："老三怎么了，慌里慌张的。"

"看一个远亲。"

"她跟那个外贸的欧阳走得挺近的。"

"原来深恶痛绝，现在我看，有点日久生情。"

"大姐和妈不都不同意？"

"奶奶也不同意。"家文说。

"是不太般配。"

"现在兵荒马乱，也管不了。"

卫国说："这个月咱们往家里多交点钱。"

家文本来想提，毕竟爸爸走了，家里少一个人挣钱，肯定困难些，但这话要让她提，多少有点不好意思，毕竟连着两家，婆家这边没多给，单给娘家，显得太扒家门框子。现在卫国主动提。家文心里暖暖的。夫妻俩一阵忙活，挂号，看病，打针。光明脾气犟，怕打针，护士一拿针出来，他就哇哇暴哭。针扎下去，屁股肌肉紧张，打完了，针头都拔不出来。好容易完成整个流程，已经筋疲力尽。两口子抱着光明出医院。

一抬头，家文看到马路对过有个熟悉的身影，是家艺。

家艺对她招手，家文让卫国带孩子先走。

"去吃点馄饨。"家艺说。过了保健院，往龙湖菜市去，路边有馄饨摊子，搭着遮风棚，姊妹俩猫身进去。家艺抢着去点，付钱。一会儿，馄饨端上来了。薄皮少肉，鸡汤味。是本地特色。两姊妹吸吸溜溜吃着。家艺嫌不够，又去旁边买了两个烧饼，一人一个。

吃到一半，家艺忽然坦白："二姐，跟你说个事。"

家文早有预感，放下勺子，看着她。

"我跟欧阳在一起了。"家艺轻声说。

家文没接话。风从姊妹俩中间吹过。

"意外吗?"家艺说。

"想清楚了?"家文这样问。

家艺笑道："就是想清楚了才跟你说的。这些年，我有很多不切实际的幻想，现在回想起来有些可笑，如今再看看周围，可能欧阳才是那个对我最好的人。"

家文问："家里知道了吗?"

家艺道："还没说，说了八成不同意，所以想先争取你的支持。"家文刚要开口。家艺拦话道："我知道妈看不起欧阳家，奶奶可能也看不起，大姐更是瞧不上了，但事情走到这一步，感情来了就是来了，没有办法。"

家文道："你想得很清楚了。"

家艺说："得尽快跟大姐说。"

"尽快？"

"我得嫁人。"

"爸的孝期还没出，恐怕大姐不会同意。"

"所以要快，"家艺说，"不用大办，简单办办，不过家里的陪嫁，你有的，也都得给我一份。"

"你是想让我找大姐吹吹风。"

家艺道："你的话，大姐还听，二姐，你就当帮我一个忙，我一辈子都记着。"

没办法。老三这么求。家文只能同意，说准备看找个合适时机透透风。

"要快。"家艺央求。家文叹一口气。

在家丽的打点下，顶替指标终于落实。回到家，家丽和老太太及美心关起门来商量，这指标到底给谁。

常胜走后，老太太一直没缓过来。家丽问。老太太便说："老三过后是老四，就让老四顶吧。"

家丽提醒："老五也可以就业了，也得考虑考虑老五。"

老太太没深想："都是自家人，谁去顶不都一样。"

美心有主意，说："老四老五都可以去，但我看老五去比较合适。"家丽问为什么。

美心解释："外贸是不是个铁饭碗？很稳定的工作？"

"是。"家丽答。

"那老五合适。"

"为什么？"家丽不懂妈妈的深意。

"老五傻呀！"美心忽然大声，"一个傻子，二性头（方言：二百五，缺心眼），只能趁这个机会让她稳定下来，给她顶替算了，不然让她流到社会上去，她有什么本事再找？就算建国、卫国肯帮忙，去考工，以老五的脑子，她能考上？"

不得不说，美心的话很有道理。知女莫若母，她太了解自己的孩子了。

"那老四怎么办？"家丽问。

美心不担忧："车到山前必有路。"

家丽问老太太："阿奶，你说呢？让谁顶替？"

102

"让老五顶吧。"老太太一锤定音，停一会儿，又说，"不过老四性子烈，得说和缓些。"

美心道："到时候我们几个都在场，好好安抚一下。"

家丽说："好多事情也不能只看眼前，你看秋芳，去读了书，也没耽误，现在在人民医院工作不是挺好？老二那时候真该再考一年。"美心叹了口气说："去考大学也无非过日子，老二现在过得不是挺好，卫国对她不错，又生了儿子，婆家也对她不错，一个女人日子过成这样，就是有福的了。"

主意已定。三位家长便寻思着什么时候宣布这个消息比较合适。考虑来考虑去，还是决定趁人少的时候说，给家欢留点面子，一旦闹起来也好安抚。

这日，晚饭后，老太太、美心、家丽端坐客厅，家艺还没回来，家喜被打发出去玩。就小玲和家欢二人站着聆听教诲。

坏人由美心做。

美心问:"老四老五,你们两个,哪个脑袋瓜子好一点?"

家欢当仁不让,以为脑袋好的可以去顶替,连忙说:"当然是我,我闭着眼,数都能算出来。"

美心对老太太:"家欢的算数是厉害。"老太太道:"遗传她姑,她姑会算账。"是指老家的女儿。

美心又问:"你们两个谁能力更强?"

小玲正待说话。家欢又抢前头:"当然是我。"

老太太笑说:"老四就是聪明能干,这几个丫头里头,除了家丽,恐怕就是数老四喇稍(方言:利索、强势)。"

家欢信心满满:"爸的工作给我顶替,我肯定能干好。"

小玲争抢:"我也能干好!干得比老四还好!"

家丽教育她:"叫四姐!"

小玲只好服从,不情不愿叫了一声四姐。

家丽继续说:"刘小玲你要记住,你四姐到什么时候都是你四姐,比你大,是你的姐姐。姐姐会照顾你,帮助你,姐妹只能做今生今世这一辈子,下辈子没得做!你要多跟你四姐学习,为人处世,待人接物,宽宽厚厚大大方方的,听到没有!"

"听到了。"小玲气弱。

家欢洋洋得意。

铺垫够了,家丽这才好声好气地说:"老四,爸那个工作,还是给老五顶替吧。"

晴天霹雳!何家欢目瞪口呆。哦,明白了,前面的夸奖,都是伏笔,就为了给老五顶替铺路!

家欢手一挥:"谁说的,大姐?你说的?还是妈的意思?"又凑到老太太旁边,"阿奶,你说句公道话,是不是该我顶替?我是老四,她是老五,论资排辈先来后到也应该我顶替,怎么能让老五跳到我前头?我不服,我不同意,阿奶,你得替我做主。"

老太太沉吟半晌,说:"给老五。"

"为什么?"家欢情绪失控。

"因为老五——傻!"老太太加重声音。

"傻?她才不傻,她是聪明过头了!难道我不是亲生的?你们这样对我!"家欢泫然。

家丽再劝:"老四,你是大的,要高风亮节。"

家欢抢白:"凭什么!小的还应该孔融让梨呢!"

美心搂住家欢,柔声安慰:"手心手背都是肉,怎么可能不考虑你,但是你仔细想想,你让老五流到社会上去怎么办?她哪一点都不如你,你让她怎么活?你是做姐姐的,你忍心让老五这样吗?老五生下来就不受你爸待见,可怜,不许姓何,你爸欠她的,就用这个还吧。"

家欢忍不住呐喊:"欠我的谁还!我眼睛不好,走到社会上一定比老四更容易生存吗?就是偏心!偏心!"

家丽道:"家欢,不许这么说妈妈!"

家欢往后退,家丽要去追她,她却一转身,摔门出去了。哭,眼泪横飞,家欢很少哭,但这次她却纵情号啕,她不知道为什么命运对她这么不公平,明明排行老四,却被老五抢了先。不是长幼有序吗?为什么到她这里就不灵了,变化了。她穿过龙湖菜市,朝公园走。

"家欢!"有人叫她。

一转头。是秋林。

"顶替有那么重要吗?"秋林早听他妈说了顶替的情况。五上,四下,可秋林并不觉得这是一件坏事。

"你懂什么?!"家欢推了秋林一把,"我要走出那个家,拥有自己的生活,参加工作是最快的出路!"

"最快不一定最好。"秋林说,"工作给小玲顶替了吧。"

"你怎么知道?"

"我妈说的。"

"你妈也这么认为?"

"是个人都会这么决定。"

"你也站在她们一边？"

"没办法。"秋林循循善诱，"就好比一窝麻雀，有的已经快饿死了，有的却能自己出去找点食吃，那如果麻雀妈妈带回来一点食物，是给快饿死的先吃，还是给自己能去找食物的先吃。"

家欢愤然："你这是歪理！我找食，我去哪儿找食。"

秋林道："眼光要放远一点，你看我姐，原来是售货员，现在成医生了。"家欢道："医生怎么了，都是为人民服务，谁高谁低，你思想有问题。"

"不是说谁高谁低，而是有了更多的选择。"

"我知道你要说什么，老生常谈。"

秋林耐心劝慰："你有天赋，为什么不发挥出来呢，为什么一定要顶替父母的工作，走跟父母一样的路，你完全可以走自己的路，拥有自己的一片天空。"

家欢站住脚，不说话，似乎有些动摇。

"还没截止，表我帮你领了，去报名吧，我陪你。"秋林给她鼓劲。

"我都没复习，课都忘了。"

"我帮你弄复习资料。"

"你觉得能行？"

"肯定能行。"秋林笑着说，"你数学那么好，学好数理化，走遍天下都不怕。"

何家，美心和老太太进屋躺会儿。家丽在跟小玲交代。她担心小玲年纪小，又不太懂事，进外贸工作会闯祸。

小玲保证："大姐，放心吧，我肯定肯定肯定一定会把工作做好。"

家丽道："等你四姐回来，你跟她服个软，她就是嘴硬心软，这么好的机会，让给你了，她心里能好受吗？"

小玲委屈："姐，可问题是我不傻呀。"

"傻不傻不是自己说的，以后说话做事都要长点脑子。"

小玲哦了一声，没说话。家艺进门，跟大姐家丽打了个招呼。家丽问："老三，你天天跑哪儿去了，上班见不着人就算了，这休息也不沾家。"家艺道："大姐，你就让我出去透透气吧，整天在这个家，憋都憋死了。"

家丽不满，她现在是何家的主事人，她必须接过爸爸常胜的棒子，把家维护好，管理好，老三这样的言论，有分裂家庭的嫌疑。这是家丽不能忍的。"老三，这个家该你的还是欠你的？你这个态度。"

家艺哼哼一下："家里不欠我的，我也不欠家里的，每个月工资我大部分都上交，也没白吃白住。"

家丽来火，一招眼见家艺胳膊上空空荡荡："你的孝呢？"长辈去世后晚辈要戴黑袖章，俗称戴孝。

家艺连忙从衣服口袋里掏出来，戴在胳臂上。

"嫌丢人？"家丽质问。

"不是这个意思。"家艺申辩。

"那你什么意思？爸生前最疼你。"家丽哀恸。

家艺忙道："大姐我知道我知道，是个误会，我一直戴着的。"

家丽努力控制悲伤："你给我小心点！"

家欢一回家就躲在帐子里看书。为缓和关系，小玲从厨房偷了一块肉过来，是条鸡腿。"给你。"小玲把鸡腿杵进帐子里。

家欢愣了一下："干吗？良心发现了。"

"你是我姐，你肯定会让着我。"鸡腿还是举着。

接过去，叼在嘴里，家欢道："贿赂我没用，指标我是不得不让给你了，但我不甘心。"

"姐，妈都说了，我脑子不好，傻，才给我工作的。"

"你不是傻，你就是喜欢占便宜，我可告诉你，占便宜可容易吃大亏。"家欢说。

小玲问："姐，你是不是要参加高考？"

"你小孩子懂什么高考低考。"

"隔壁幼民哥要参加，还要考清华北大。"

家欢不屑："就他，清华北大？能在家里蹲着就不错了。"

家文一晚上都在想家艺的事，忧心忡忡。卫国问她怎么了。家文说："你知不知道外贸的那个欧阳宝？"

"知道，有点捂屁拉稀的。"

家文叹一口气。

"他怎么了？"卫国关切地。

"老三要跟他。"

"哟，那可得考虑清楚。"

"刚刚在保健院门口，老三找我帮忙，让我帮她和大姐通融通融。"

"大姐不同意？"

家文嗯了一声，又说："爸在的时候就不同意，家庭太复杂，大姐也不同意，妈更不同意。"

卫国说："不同意也不能围堵，跟大禹治水似的，只能疏导，一围堵，绝对洪水泛滥。"

"你懂的还挺多。"

卫国递过来一只奶瓶子："辛苦娘子了。"是让她分一点奶给光彩。家文接过奶瓶，道："真不能想象家艺嫁到欧阳家会闹成什么样。"

"怎么会闹？"

"咱们这不就是例子，才四个，我就得这样那样，换成十个呢，会怎么样？"

卫国说："那也不一定，人多力量大。"又补充道，"我知道你对我好。"

家文叹息："不过老三那个小姐脾气，也只能找欧阳那样的。"卫国不明白。家文说明："只有欧阳能整天追着她捧着她，无条件地跟着她疯。换二旁人（方言：别人），估计有困难。"

"一物降一物，"卫国笑笑，又问，"爸工作谁顶替？"家文说大姐她们准备给老五。卫国不懂为什么。

"老五傻，指望自己不行。"家文道。

谁知老五刘小玲第一天去外贸报到，就哭着回来了。

103

一进屋就躲进帐子里，趴在枕头上，小玲哭声震天。

老太太闻声而来，急问："怎么了？别光哭！"

小玲不回应，在床上打滚。

"乱了套了！乱了套了！这个家出妖怪了！"老太太认为这都是常胜意外去世导致。没多会儿，家丽回来，美心也到了，三堂会审，反复问，小玲这才哽咽着说："他们……他们不让我报到！"

家丽诧异："谁不让你报到？凭什么不让你报到？都说好了，有一个顶替名额，我们也讨论好了，就让你去，怎么不让你报到？"美心怀疑是不是小玲走错了地方，"你去哪儿报到的？"

"外贸。"

老太太嘀咕："是不是今天日子不对？"

家丽走到墙壁跟前翻翻日历："礼拜一，没错啊，是不是走错办公室了，找的人不对，小玲，是去人事科找人事主任，找新来的张主任。"

小玲依旧梨花带雨："是找的张主任……我是找的张主任……"

家丽不懂了："那怎么不让你报到，不应该，是不是你闯什么祸了？"

小玲哇地一下哭得更大声。

老太太不耐烦了，"老五你别哭，说情况，到底因为什么不让你报到，你说说，我们给你做主。"

刘小玲嚷开了："我以后不要叫刘小玲！"

家丽更不懂："跟你叫刘小玲有什么关系？"

小玲抹泪："他们……他们……他们说我是骗子！"

美心着急："骗谁，骗什么？"

"他们说我不是何常胜的女儿！"

老太太也急了："这怎么说话的？"

"爸叫何常胜，姐妹们都叫何家什么，就我姓刘叫小玲，根本不是一家子，他们说我不是爸的女儿，不许我顶替！"

"滑稽！"家丽拍案，立即带着小玲去外贸，这不胡闹嘛，如假包换的女儿，这怎么还成假的了。

中午休息，人事科没人，家丽怕妈妈和老奶奶着急，领着小玲在街边小饭店吃了点东西，又仔仔细细把小玲去报到的过程问了一遍。等到下午两点，便带着小玲上门。"张主任。"家丽换上笑脸，去握手。张主任是个中年男人，有点旋顶光，戴着个方框眼镜。端着茶杯，正要去倒茶。

"坐吧。"张主任没有任何情绪。

"我是刘小玲的大姐，带小玲来报到，之前都跟局里的领导说好了，我爸何常胜因公殉职，我妹妹刘小玲自然顶替，所以今天来报到。"说着，把小玲往前推了推。

"跟哪个领导说好了？"张主任反问。

"局里的领导。"家丽强调。

"你也说了，你爸爸是何常胜，你妹妹是刘小玲。"

"对啊，没错。"

张主任捏着茶杯盖挥斥方遒："一个姓何，一个姓刘，怎么能是一家子呢？我们也是有调查的，你们家姊妹几个，都姓何，偏偏就一个刘小玲，为什么？"

家丽赔着笑脸，好声好气："她跟我妈姓。"

张主任说："这位同志，真的就是真的，假不了，假的就是假的，真不了。"

家丽略微着急："不是，主任，她确实是我妹妹，如假包换这都十几二十年了，怎么能是假的。"

张主任把茶杯往桌子上一磕："怎么证明？"

怎么证明？成了个大问题。这好比要证明是先有鸡还是先有蛋一样困难，刘小玲天然就是这家庭的一分子，没人质疑过，也无须证明，可现在就因为她姓刘不姓何，就被挡在门外，就需要拿出证明来。

美心抱怨："都是你爸，那时候非不让老五跟他姓。"老太太不满："行啦，想办法吧，说这些屁话还有什么用，人都没了，还扯几十年前的事。"家丽道："明天我去街道问问。"

正说着，家艺回来了，一脸妆。见屋里几个都在，家艺一猫身子，进屋去了。如果在平时，家丽肯定要问问怎么回事，脸上跟鬼画符似的，可今天她没心情。快到晚饭点，家欢回来了，她已经报名高考了，在积极复习，每天都去学校空教室看书。当得知小玲没报上到，家欢忍不住幸灾乐祸，故意揶揄老五："我跟你说命里有就是有，没有就是没有，还不如给我呢，"又伸着脖子："大姐，老五如果报不上到，名额该轮到我了吧，总不能下放给老六，我这书也不用看了。"

家丽没好气："看你的书！"

家欢问："晚上吃什么呀？"

家艺洗了脸上的妆，准备吃饭了。家丽还是没忍住，问："老三你天天在干吗？"家艺道："没干吗啊。"家丽叮嘱："别给我惹事。"家艺低头，小声说知道。

逢着常胜的大期，饭后，天黑透，家丽扶着老太太，美心抓了火柴，三个人一路到龙湖路路口。家丽去小卖部买了点草纸。到三岔口，三个女人蹲下，家丽用手把草纸旋开了。美心到路边找了根树枝。老太太随手在地上摸了块石头子，在路上画了个圈，东南方留口。草纸点燃了，火光映着三个人的脸。

老太太悲叹："该走的没走，不该走的走了。"

美心劝："妈，别这么说。"

老太太苦笑，对着火堆："也是，黄泉路上无老少。"又抬头看美心娘俩儿，"走了的，就算完成任务了，没走的，还得继续，这个家不能散。"美心嘀咕，不散不散。

家丽对着火堆："爸，放心吧，下面几个小的，我都会帮你一个一个安排好，我们这个家会越来越好，兴旺发达，爸，来拿钱吧，你下面也多保佑保佑我们，别捣乱。"

最后三个字逗笑二老。美心道："他就会捣乱，非不让老五姓何。"老太太立即："行啦！姓何姓刘有什么关系，一个大大（方言：爸爸）一个娘的，还能变了？老大，你去保健院看看，那儿有出生证明的记录，弄出来不就证明了。"家丽一拍大腿："有你的，阿奶！"

次日去保健院，果然出生证明还留着。写得清清楚楚，出生日期，父亲何常胜，母亲刘美心。家丽让建国找关系借出来半天，拿着去给外贸的人事主任看了。通过。刘小玲能去报到。这事算了了。近几天，家文一直记挂着家艺的事。去家里不好说，怕老太太跟美心听到被动，她便找了个日子在蔬菜公司门口等家丽。下班点，家丽出来了。家文叫了声大姐。

"你怎么来了？"

"有点事。"

家丽立刻意识到问题严重。老二是稳重的人，不会轻易出现。家丽推着车子，两个人沿着淮滨路走，到邮政储蓄门口，站在梧桐树底下说话。

家丽问："什么事啊？家里的事？你那个大伯哥又开始闹了？"

家文说："不是。"

"工作不顺心？"

"也不是。"

"跟卫国吵架了？"

"没有。"

"那什么事你说啊。"家丽脑门出汗了。

"是老三的事。"

"老三什么事？"家丽紧张起来。当然，何家文尽量平静描述，家丽还是炸了。"真在一起了？"她问。

家文点头。

"不行。"家丽说，"爸生前就不同意。妈也不同意，老太太也不同意，都不同意，那就是个球痞子，球场上混的。"

家文受人之托："会不会正好合适呢？"

"合适什么？那个穷家。"

"大姐，你也不是恨人穷的人。"

"不是我恨人穷，"家丽说，"那个家庭，太复杂，十个儿子，这开玩笑的，不行，我去跟老三说说，这不行。"

家文连忙道："姐，你也别立刻就说不行，老三让我跟你说，你立刻说不行，闹一通，这不许那不许，老三得怪我了，再一个老三的脾气你还不知道？越说不行她越要干，还不如缓一缓，拖一拖，没准她自己就不愿意，而且退一步讲，没有调查就没有发言权，欧阳家里虽然乱点，但欧阳自己是有正式工作的，并没有那么差，还是应当调查调查。"

家文的话，家丽听进去了。晚上到家，她果然没跟家艺多说，又过了几日，何家丽借着单位去南菜市配货的机会，跟着去了一趟，最西头的巷道往里，拐两道弯。天热，臭水沟气道得很。家丽捏着鼻子，伸着脖子，里头呼啦出来一群孩子，抬着破席子、烂裤子、臭袜子，其中一个嚷嚷："老八！今天该你洗！"另一个孩子道："都不脏，洗什么呀！再穿几天。"第三个人说："不脏，你闻闻？"说着，真拎着袜子到那孩子跟前，那孩子跳着跑开了。

家丽呕了一下，连忙退回。不行，绝对不行，老三怎么能嫁入这种家庭。微服私访，更加坚定了家丽的想法。她甚至觉得这事不用再告诉美心和老太太，父亲常胜刚去世不久，两个人都有些受不了刺激。

周末，家丽回家两天，建国带向东，真有些辛苦。学平平时是老太太带，礼拜天家丽也把他接回来。自己的孩子，终究要自己教育。向东现在整天打打杀杀，已经成为整个军分区的孩子王。她和建国隔三岔五就要去这家道歉，那家赔不是。多半是向东闯了祸。家丽埋怨建国："你也不管管。"

"小孩子嘛，又是男孩子。"建国宽厚。

"还小，都上小学了，男孩子怎么了？男孩子就能无法无天？这个家个个都无法无天，我还管不管了？"家丽抓着锅铲子，挥舞。建国忙后退两步："怎么了这是？"家丽这才意识到自己的失态，把家艺和欧阳的事跟建国说了说。

建国道："这个欧阳，我也留意过，是有点捂屁拉稀，但如果他对家艺不错，是不是也可以考虑？"

104

"他那个样子，他那个家那个样子，而且爸现在还在孝期，关键爸生前就看不上那个什么欧阳宝。这个老三，不是这个极端就是那个极端，以前非要找区主任儿子，结果人家找了朱德启女儿，现在倒好，找了恨不得全田家庵区最困难的一家，欧阳家卖瓜子的，弟兄十个，以前穷得裤子都穿不上。"

"人多力量大，也许士别三日当刮目相看。"

"就是一百日他也放不了卫星上不了天！"家丽激动，"结婚过日子哪那么简单，哦，有感觉了，好吧结婚了，那要都这样，世界上也没那么多爱情故事了，像我以前结婚也做过妥协，不是说想怎么样就怎么样……"由着嘴说，说到自己，家丽才猛然察觉，说过了。险些把自己的爱情故事曝光了，关键是，还当着建国。家丽停住，改口，"不是那意思，我那时候可是一心一意的。"

建国被她逗乐："我知道。"

"你知道什么？"家丽追问。

"知道你的那点事。"

"我什么事？"

"你的那点小故事，前因后果。"

"胡说。"

"行啦，我会在乎那些吗？你现在是我老婆，就够了。"

"算你有脑子。"

"为民现在发展挺不错，说准备再开个小厂。"

"是吗，你还关心他？"

"他们家幼民前一阵订婚，我跟同事去了。"

"怎么没听你说，怎么也没请我们家去？"

"小范围的。"

"汤家什么时候这么低调了，也没听刘妈说，他们是正经亲戚。"

"本来不想这么早的，女方家也不愿意。"

"那干吗订？"

"说是冲喜。"

"冲哪门子喜？"

"好像说是大老汤身体不好。"

"知道，糖尿病。"

"说是眼睛都快看不见了。"

"这么严重。"

家艺的事，家丽打算缓几天。老二说得对，不能火上浇油，最好釜底抽薪。不过大老汤的事家丽倒跟美心和老太太说了。老人免不了又是一番感叹。时过境迁，两家的仇啊怨啊随着常胜的离开，似乎不再那么深重。剩下的，是对生命本身的喟叹。"人真没意思。"美心说。老太太笑道："哦，都不老不死，地球不早爆炸了。"美心说："我是说，该死的不死，不该死的死了。"又说到常胜身上了。老太太悠悠地："谁知道呢，命，都是命，有的人活了一百岁还不死，有的可能在娘胎里就死了，老天这么安排的，跟谁讲理去，要怪，只能怪上辈子没积德，这辈子才没有福分，不过既然老天爷没让你死，还活着，那就肯定有活着的道理。"美心道："妈就是有福分的。"

老太太轻啐一口，吐在地上，常胜去世后，她也没那么多讲究了："什么福分，不过是个老芋头罢了。"

晚饭后，美心去刘妈那儿串门，刘妈正在择苋菜。美心说苋菜也快过季了。刘妈放下菜，眼中无限内容："都得老。"

美心本来就是打探消息来的，也不藏着，问："汤家老二订婚了？"刘妈道："我都没去，说找了个大河北高皇的。"

"天，一贯心高，怎么找到那儿去了。"

"弄得急。"

"听说老汤眼睛有点……"

"还没瞎，也快了，糖尿病，要不是我们家秋芳保着，不知道死多少回了，秋芳现在天天还给他按摩。"

美心感叹："唉，秋芳这丫头，整个田家庵也找不出一个来，人又好，又漂亮，又孝顺，又有成算。"刘妈叹："好有什么用，还不是掉到无底洞里去了。"美心笑道："也不能这么说，自己愿意，苦也是甜的。"刘妈又问美心家艺是不是处对象了。

"没有啊。"美心没在意。

"哦哟，可能是我看错了。"刘妈把菜撸进篮子里。

"你看到什么了？"美心惊，低声。

刘妈说："上次我往南菜市那边去，说那边毛刀鱼不错，结果看到你们老三跟一个高高的男的，估计也是在那儿玩的。"

南菜市，跟一个男的，还高高的。美心忧心忡忡。她听到南菜市三个字就觉得不妙。

晚间吃饭，小玲欢天喜地，她拿了第一个月工资，贡献出绝大多数，自己给自己买了一套新裙子，美滋滋的。家喜心痒痒，跟老太太提："阿奶，我也要工作，我也要挣钱。"老太太劝："你才多大，还没成人呢，再读读书。"家喜道："读不进去。"小玲促狭，工作后她更自信，胆子也大了，从家喜书包里摸出作业本："阿奶，看看，都是错的！红叉叉。"

家喜一跃而起，跟小玲撕打起来。

美心端汤进来，西红柿蛋汤。她问老太太，"老大呢？"

"今儿个好像去给小年开家长会，回军分区了。"小年在市直机关小学读书。学校在舜耕山脚下，离家丽家不远。

"老三呢？"美心问。

"估计还在厂里。"

美心朝板凳上一坐："妈，这老三得出事。"

"什么事？"

"我也是听刘妈说的。"

"她说什么了？"

"老三还是跟那个什么欧阳家的好上了。"

"就是那个淮滨大戏院门口卖瓜子的那个。"

"哪还有第二个。"

"家里是有点复杂。"

"那不是有点复杂，是相当复杂，三街四邻，有谁敢把丫头往他们家送的，那不是飞蛾扑火自取灭亡嘛。"

老太太稳得住："也没那么严重，等老三回来问问。"

美心道："连外人都看出来了，我们还蒙在鼓里呢。"

老太太又问："老四呢？"

美心想了想，才说："去考试了。"

"什么考试？"老太太舀了一碗汤。

"高考。"

"就是考大学？"

"应该是。"

"我说呢，早晨带了个馒头走了。"

夜幕下，何家丽走在前头，大儿子何向东，小名小年，跟在后头，两个人距离有三四米。家丽停，小年也停。家丽压不住火，转头骂："你下次再惹事，把人家这个弄坏了那个头破了，你别说我是你妈，就把你抵押在人家那儿，干苦工做力工，随便。"

小年跟紧了："妈。我那不是见义勇为嘛。"

"你那是多管闲事。"

"妈，下次注意。"

"你还想有下次？"家丽伸手拽他耳朵。小年躲过了。

"别跟我爸说。"

"怎么啦，敢做不敢当？"

"不是，我向我爸保证过，要当英雄不当狗熊。"

"你这不就是英雄嘛。"家丽不屑。

"没当好。"

淮南市第二中学外，家欢和秋林碰了头，两个人情绪都不错。秋林问："中午没找到你，跑哪儿去了。"家欢说："我带了馒头，随便啃了两口。"

"考得怎么样？"秋林问。

"我感觉还行。"家欢说，"你呢。"

"有一题不会。"

"你还报无线电？"

"必然啊，合工大无线电专业。"秋林意气风发，"你呢？"

"总得看分数吧，我也打算报合肥的学校。"

秋林道："你不是要学会计吗？合肥有。"

两个人一边走，一边对题目，一会儿大笑，一会儿又捶胸顿足。夕阳映衬下，渐行渐远。

家艺到家还带着妆。美心喊她："过来。"家艺没听见，进自己屋。老太太拍了美心一下："收着点。"

美心调整口气："老三！"

家艺在里头回应："哦妈，我吃过了，你们吃吧。"

美心大声："不是让你吃饭。"

家艺换了身衣服，出来了："什么事啊？"她现在在家里已经有点待不住，心往外飞。

美心用手指头敲敲桌子："坐下。"

"干吗呀？妈。"家艺坐下了。

"脸怎么回事？"

"没怎么啊。"

"鬼画符样，搞什么？"

"哎呀妈——你不懂，这是最新的妆，"家艺说，"广州那边的人都这么弄，回头给你也弄一套。"

"弄给谁看？"

家艺紧张："没弄给谁看啊——妈，你哪根筋又不对了。"

老太太伸手拦住美心，柔和地对家艺说："老三，我们都知道了。"

家艺神色大变："谁说的，大姐？"转而又平静了，"知道了更好。"

美心厉声："你什么态度！"

家艺当即反驳："妈，我成年了，参加工作了，不是小孩子了，按照改后年龄，我现在就可以结婚，我有我自己的生活自己的判断自己的路，我为什么不能走？我就知道你们不会同意。大姐也不会帮我说话。"

老太太诧异："同意什么，你到底说的什么？跟你大姐有什么关系？老三，别犯糊涂，一失足成千古恨。"

家艺任性："恨不恨的，也就这样了。"

美心喝道："不许这么跟奶奶说话！"

家艺大声地："还要我怎么样？月月工资按时交，该做的我做，不该做的我也做，大姐带孩子，凭什么让我去买菜，从小到大，家里为我争取过什么，大姐占了个先，二姐老天爷对她好，老五捡了个漏顶替，老四去考大学，老六是妈亲自带的，我呢，活该我就是个倒霉蛋，样样吃瘪，样样落后。"

老太太道："老三，参加工作就算成年了，不能说话做事不靠谱不着调，你工作不是你爸给你安排的？还有年龄，不是你姐夫帮你去找人改的？你永远是家里的一分子，家里永远不可能不顾你。"

家艺抢白："是，爸顾我，我感恩戴德，肝脑涂地！但也就爸一个人顾我，他现在不在了，没人顾了！"

不提常胜还好。一提常胜，老太太心如刀绞，忍不住捂心口。盛怒之下，美心一抬手，一个巴掌稳稳打在家艺脸上。

"没良心的东西！"美心愤然，"谁生的你？谁养的你？你奶当初为了给你洗尿布，大冬天，十个手指头冻得跟胡萝卜似的，你知道多少？！"

家喜和小玲不敢说话，躲在屋里偷偷瞧。

家艺哭着跑了出去。

105

家艺一夜没回家。

次日，家丽、家文都回了娘家。老太太道："也没说她什么，就我和你妈问问情况。"家文问："问了什么情况？"美心说："刘妈说在南菜市看到老三和一个男的，我们就打算问问，谁知道她一下扯那么多，又是家里人对她不好，又说就把她剩下了，怨气太重。"

家文不作声。

家丽这才说："老二，你说。"

家文有些意外，但事情出来了，必须直面。老三既然拜托她做工作，现在也只好变着法儿说道说道。家文随即道："老三的脾气都知道，从小到大，跟我比了十几年，我都让着她，这接下来就该老三成家立业，她这个脾气，找谁谁受得了？所以其实老三能找着一个愿意受她的气，捧着她惯着她的人，也是福气。"

"别绕，老三找了谁？"美心直达病灶。

家文只好说："听说是南菜市欧阳家的老三。"

美心立即说："我不同意。"

老太太叹气。美心继续说："你爸在的时候就不同意，现在他不在了，就胡来了？老大，你现在当家，你去跟老三说，让她早点断了。那个欧阳宝就是诱骗少女，老太太靠墙喝稀饭——卑鄙无耻下流！"

老太太戳了美心一下："别扯老太太。"美心申辩："就是个歇后语。"

家文劝："没那么严重，欧阳也是有正经工作的，跟爸一个系统，收鸭毛、鹅毛，以后说不定对老三老五的发展都有帮助，我是觉得，只要这个人本质不错，都没有必要一棒子打死，现在爸不在了，我们更要团结一切可以团结的力量。说白了，不过欧阳家穷一点，家里人多一点，其他也不是什么大毛病，劳改犯还有出狱的一天呢，三十年河东三十年河西，不要把鸡蛋放在一个篮子里。"

美心蘸点口水，擦桌子上的一个灰点子："不是穷一点，是穷极了，不是人多一点，是多极了，咱们家嫁女儿，你爸也说过，不巴高望上，起码门当户对吧。"

老太太忧心地："老三脾气倔，如果完全反对，反倒弄巧成拙。老大，你先稳住她，不要强烈反对，也不支持，以后咱们再给她介绍更好的，等她有了大红枣，自然就会丢掉小黑枣。她刚参加工作，急吼吼的，不知道自己的优势，没有判断能力。这女人啊，二十五岁之前，你能挑人家，二十五岁之后，就是人家挑你了，时间就那么点时间，不把握住，以后后悔都来不及，你看你妈，十几岁就知道把握机会，进了我们家。"

美心不禁笑出来："妈，这话能不能别说了，我把握机会，这个家是多有钱一个家？有金山银山等着继承？进来了还不就是一个字，累。光生孩子都快生了小半辈子。"

老太太肯定地："多子多福。"

几个人正说着，院子里进来个人，美心忽然起立。家欢进门，见几个人都在，笑道："开会呢。"家丽问："都弄好了？"

家文问弄什么。家欢说："填志愿，我填了财贸学院，会计专业，秋林填了合工大。"家文觉察出来，笑着逗她："跟秋林有什么关系？"家欢道："都去合肥读书，有个老乡做伴呀。"

美心道："你有把握就好，家里真是不能再乱了。"

老太太说："没什么事，你先出去玩会儿，我们说说话。"家欢哦了一声，放下书包，出去了。没几分钟，又有人进院门。一进来踩到前院的鸡爪子了。鸡疼得乱飞。

美心不耐烦："这个老四，让她出去玩，瞎胡闹什么！"随即放声，"老四！老四！干吗呢！别闹腾——"说话间，客厅门口已然站着两个人——何家艺和欧阳宝。

"阿奶阿妈大姐二姐，这是欧阳，我带他来见见大家。"家艺笑容恬淡，心早铁了。美心错愕，手足无措："不是……"

家丽站到前头："谁让你带来看的？奶和妈说要看了吗？"

家艺往前踏一步，欧阳跟上一步。十指紧扣。

老太太急得说不出话。美心指着他们下垂的手："这什么意思？撒开！"欧阳吓得连忙要撒手，家艺抓紧了。

家文咳嗽两声，给家艺使眼色。家艺似乎接收不到信号，依旧我行我素，拉着欧阳朝客厅中间走。

家丽是大家长，必须站出来，声如雷霆："何家艺！放肆！撒开！"家艺也被震住。只好撒开手。家丽上前隔在她和欧阳当中。

一个牛郎一个织女，鹊桥断了。

老太太轻声对欧阳说："孩子，你先回去。"欧阳哦了一声，转身要走。

家艺命令地："不许走！我还有话说。"

刘美心痛心疾首："老三！你到底要出多少丑作多少怪?!"

家文上前扶着家艺，小声道："先避一避，避一避。"

可家艺抱定了主意，万不肯更改："阿奶，妈，我今天带欧阳来，就是想告诉大家，我打算跟欧阳结婚。"

平地起炸雷。老太太感觉凉气从脚底透上脑门。

美心急得要拿鸡毛掸子。家丽和家文对看一眼。鸡毛掸子拿出来了，美心连着往家艺身上打了三下，咆哮："你疯啦！知道不知道你在说什么！"

家丽道："老三！奶奶心脏不好，你乱闹什么？"又对欧阳，"还不快走！"

欧阳被家丽的气势震得三魂七魄发抖，但依旧得按照家艺的吩咐办。六尺男儿，膝盖一软，扑通一下跪在地上，头朝老太太捣蒜般猛磕，嘴里念叨："求奶奶成全我们……求奶奶成全我们……"老太太也被激得站了起来："这孩子……起来起来……这是干什……"

家艺也跪下了："妈，大姐，反正你们今天要是不同意，我们就跪着不起来。"家文拉家艺，老太太拉欧阳，美心气得一屁股坐在椅子上，丢掉鸡毛掸子，对着常胜的遗像，眼泪长流："死鬼死鬼！你要不死哪来这么多妖孽事！你死得太早呀常胜……"

家丽对家文："老二，把阿奶和妈扶到屋里去，门关好！"这个时候心肠必须硬起来。

家文哦了一声，照办。二位女长辈被扶进去了。

家丽这才说："想跪到什么时候跪到什么时候，随便！"又对欧阳，"你小子车路不走走马路，主意是老三出的吧，"再转脸对家艺，"老三你也真行，翅膀硬了，能挣钱了，玩邪乎的，你再把老奶奶和妈气出什么好歹来！我饶不了你！"家艺不说话。欧阳斜着眼睛用余光看大姐。

家丽立即发现，斥道："都不是三岁两岁，结婚有结婚的规矩，想结婚，按照规矩来。"

家艺凛然："我不懂什么规矩，也不信什么规矩，我是来拿户口本的。"

"户口本？"家丽道，"我现在就可以告诉你，在我那儿，你拿不到。"

小玲进门，见地上跪两个人，吓一跳："这干吗呢，刑讯逼供，还是抓到特务了？"

家丽喊："老五你先出去！"小玲吓得连忙出屋。家喜进门，小玲拦住她："别进去，大姐正发火呢。"家喜问："发谁的火?"小玲简短说："三姐跟一个男的跪在地上呢。"

家喜立刻来兴趣："我去看看。"小玲拽住她："别惹事，你没看大姐那脸。"

"脸怎么了?"

"能把你吃了。"小玲做大老虎状，"走，出去玩会儿去。"

家喜问："去哪儿?"

"听说大老汤瞎了。"小玲说，"看看去。"

家喜道："一个瞎子有什么好看的。"

小玲说："就是他以前不让爸入党的。"家喜隐隐约约想起来这茬，便抱着报仇的态度说去看看。汤家前院也养鸡。小玲和家喜进了院子，四处探看，没人，朝客厅进，还是静悄悄的。两个人蹑手蹑脚往卧室去，大老汤一个人坐在床上，隐约觉得有风动。"谁?"大老汤问一句。家喜和小玲连忙定住不动。家喜学了一声猫叫。大老汤以为是野猫，定下心，重新坐好。小玲和家喜对看一眼。两个人屏气来到大老汤面前。家喜伸手在大老汤面前晃了晃。

是真看不见。

小玲促狭地在他面前摇头晃脑，做出指责样子。

家喜一招手，小玲连忙撤。两个人出了客厅，家喜说："他以前对咱爸那样，爸去世了，但咱们还是得替爸出气。"

小玲问："怎么出气? 你说吧。"家喜朝前院的鸡笼子瞧了瞧，两个人都有了主意。抓起鸡，大的小的，往大老汤卧室一放，效果立显，鸡飞狗跳。大老汤吓得滚下床，嚷嚷着："什么东西，这什么东西! 出去，死鸡!"家喜端着一窝鸡仔，往大老汤身上一掀。真仿佛开了杂货铺子，叽叽喳喳七嘴八舌。大老汤滚在地上，好不狼狈。小玲和家喜逃开了。

"会不会有点过分?"

家喜道："有什么，一报还一报，老五，你上班，晚饭你请。"

小玲心情不错："我请就我请，想吃什么。"

"牛肉汤，加四个烧饼。"

"管够。"

何家客厅，家丽进卧室，门一关，客厅只剩家艺、欧阳和家文三个人。

家文轻轻责备家艺："老三，你这太急了，我刚跟大姐通了气，已经有点松口了，你们这么一闹，不前功尽弃吗？"

家艺呆滞地："我等不了了。"

106

这一闹，家艺暂时不能在家里住了。为缓和矛盾，家文暂时带老三回北头婆家住，二楼有个小房间。陈老太太当家艺是来走亲戚，日日茶饭好好招待，不提。倒是卫国的姐夫孙黎明，对家艺的到来十分兴奋。

大兰子来串门。孙黎明跟她扯闲篇："哎哟，你说家文家这姊妹妹们，个个跟豆腐样。"

大兰子跟小健的对象小云是朋友，她听黎明叔这话风向不对，忙说："也不能光看外表，驴屎球子外面光，没用。"

孙黎明道："这话说的，怎么就驴屎球子了，找个好看点的，也能改善下一代，我看小健找的那个不行，黑不溜秋，跟炭样，瘦不拉唧，跟棍样，大康那个也不好，春华非说好，我看那个小君，看人眼都是直的，跟家文不能比。"

大兰子道："都跟家文姐比，那没法弄了，你看看老奶奶家几个，个个拣漂亮的找，他大嫂子陶先生，大眉大目，个子也不矮，还有春荣姐的鲍先生，春华姐的鲁先生，连带卫国找家文，个个不丑，但有利就有弊，找漂亮的，一不小心家就被人家当了，还不如找那丑丑笨笨的，听话。"孙黎明听着也有道理。但睡一夜，还是觉得应当找丈母娘陈老太太争取一下家艺。

陈老太太听了便说："你这也是乱点鸳鸯谱，她老三本来就是逃婚过来的，正在感情纠纷上呢。"孙黎明忙说那造次了，又问是跟哪家的事。

陈老太太说："南菜市欧阳家。"

孙黎明当即："哎哟我天，牛屎厄厄一堆，还不如找我们家呢。"陈老太太缓缓地，"姻缘天注定，谁也算不清，鲜花有时候就是得配牛粪才能茁壮。"

大礼拜，春华来看她娘。听说家艺在，不由得紧张。孙黎明想到的，她也都想到了。如果家艺再嫁进来，亲上加亲，那对她肯定是不利的。家庭中的力量配比，此消彼长。再回去，春华便立刻推动小君和大康的婚事。巧了，小健那边自由恋爱，和小云也要结婚。一时间，陈家等于两个第三代等着办事。房子紧张，是个问题。

晚间，家文跟卫国商量："大康小健要结婚，总得腾出点地方，家里就这么大。"卫国笑说："我早想到了，单位正在分房，我要了，估计能分到一间。"家文兴奋，问："什么样的房子？"卫国道："大通道的，单门独户，厕所是一层一个公用，锅台子自己砌。"

家文高兴："楼房？"

"楼房，要的四楼。"卫国说。

两个人又聊起家艺的事。家文说："现在是翻了船了。"卫国说："光这边闹，欧阳家那边知不知道？"家文说："应该知道吧。"

卫国道："按理来说，应该是男方家去提亲，诚恳一点，奶奶和妈，还有大姐，觉得有台阶有面子，可能就松口了。"

家文道："现在关键不是松口不松口，而是欧阳这人到底怎么样。"卫国说："你不是说挺适合老三的嘛。"

家文叹口气："说不清，一物降一物，卤水点豆腐。老三这个性子，拗到哪儿是哪儿，谁劝都没用。"

卫国问："妈那儿饲料是不是不多了。"家文说好像是没多少了。卫国说那我回头再弄点去。家文道："饲料鸡下的蛋到底差一点。"卫国道："缺乏运动。"

这日，何家前院，老太太正在喂鸡。有人敲门，打开，是个满面沟壑的老头。老头说："我找小艺的妈。"

老太太怔了一下，觉得面熟，但一时又对不上号："我是何家艺的奶奶。"老头伸手，老太太低头看，指甲缝里都是黑灰，老头自己也发现了，连忙缩回去。

"我是欧阳宝他爹。"他自我介绍。老太太这才想起老早就在淮滨大戏院门口见过他。卖瓜子小糖的老欧阳。

"进来坐吧。"老太太有礼貌。进屋，老太太给老欧阳倒了茶，欧阳客客气气坐了。还没说话，他便拿出个信封，交到老太太手上。何文氏接到手里，两根手指撑着信封口一看，是钱，连忙说不行不行。老欧阳硬塞到老太太手里，道："第一次上门，不知道规矩，今天来，主要是说说两个孩子的事情。"

老太太道："有事情就说事情，也不是钱的事。"

欧阳道："老太太，您是明事理的，我说道说道，您再决定这钱收不收。"老太太只好让他说。

欧阳道："我生了十个儿子，偏偏儿子他娘走得早，这些年我爹妈都当了，把儿子们拉扯大，跟小艺处的，是我们家老三，叫欧阳宝，他上头两个哥哥都还没结婚。挺难的，都嫌俺们家穷，葫芦头太多，负担重。不过小艺和小宝是自谈的，完全是两个人有感情。所以我今天上门，就是帮他们两个求求情。"说着自惭形秽地笑笑，"我知道我这张老脸不值钱，但提亲就按提亲的来，该给多少给多少。"

老太太到底老江湖，兵来将挡水来土掩，随即笑道："老人家，这钱我不能收，孩子们自谈是孩子们的，现在社会开放了，香风毒雾都进来了，人也晕头转向的，小孩子说话做事有时候不能当真，年纪太小，没定性，三天新鲜劲。今天喜欢，明天可能又不喜欢了。不过国有国法，家有家规，就算现在不讲父母之命媒妁之言，不得到家长的祝福，这婚姻也长不了。老人家，你说的这事我知道了，你上门来说情，我们也领了，这一阵家艺也不在家，等回来了，我们再好好商量商量。"说着，便把那信封塞回去。

老欧阳抵死不收。两个人你推我搡了一阵，老欧阳顺地跪下："你不收，我就不起来。"

老太太无法招架，一边搀扶一边说："你这是干吗？这不是折我的寿吗？不行，快起来快起来。"老欧阳还是不愿意起。他在戏院门口卖瓜子卖了一辈子，三教九流什么没经过见过，自然比老太太更放得下身段。这么顺地一崴。老太太真没办法。

"行行，我收下我收下，暂时保管。"

见老太太松口了，老欧阳一骨碌爬起来，拍拍身上尘土。老太太微微埋怨："老人家，说话就说话，这么随便一摔，摔坏了怎么办。"老欧阳又憨憨笑："穷苦人，不怕这个。"老太太已然有点软了："礼金先在我这儿存着，等家艺妈还有大姐回来，我跟她们说说，看看都什么意思。"老欧阳转而眼泪下来了："老妹，其实不瞒您说，我之所以厚着脸皮上门，一是家艺这丫头是真好，不是那势利人，我们全家都爱戴她，我向您保证，家艺要是跟小宝处了，以后结婚，肯定是住新房楼房，小宝也分房了，也是你们外贸，龙园宾馆后头新盖着的，再一个，进门就当家，没有老婆婆，什么都是她说了算。第三个……"说到这第三条，老欧阳哭得更厉害了。老太太忙掏出手帕子给他擦。老欧阳接过去，擤鼻涕，惨兮兮道："老妹，有些话我谁都没说过，我只跟你说。"老太太紧张，"你说。"

"我也就一两年好活。"

老太太失色，轻呼。

"累的，多少年累的，大夫是这么说，这话我跟他们几个都没说过，可怜天下父母心呀老妹，我不能成孩子们的拖累。"

"你得去医院，我们这儿有个街坊在人民医院，我帮你联系联系，去医院。"

老欧阳摆摆手："不用不用老妹，我自己的身体我自己知道，人哪，活多少岁是个够呀，没够，我只要能见着我们家三宝跟小艺开开心心的，这辈子我就知足了。"人上了年纪比往日更怕死，自常胜走后，老太太心情沉郁，想得也多，老欧阳一席话，一番情，自自然然勾起了她那惜老怜贫的心。老太太也便觉得，尽管常胜不同意，可如果家艺自己愿意，嫁过去又能自自在在的，两情相悦相敬如宾，也不失为一桩好事。

送走老欧阳，晚上美心到家，老太太把信封里的钱递给她，又把老欧阳来提亲的前前后后说了说，话里话外，向着欧阳家多一些。美心听罢道："妈你不会糊涂了吧，他老爹上门灌点迷魂汤，我们就把女儿送他们了？这才多少钱。"

"也不能光看钱。"老太太说。

"不是钱的事。"美心道，"根本就不适合，常胜也不答应。"

老太太着急："老常胜常胜，现在常胜不是没了吗，都在变化。"美心道："妈，我知道，一见那老的穷的，你心就软了，下回啊，你别接待，人来了你就装着没听见敲门，或者说自己要出门，这钱回头让家丽送回去。"

老太太没辙，又问家丽呢，怎么到现在还没回来。

美心说："回去弄她那俩儿子去了，一个比一个能惹事。"

老太太揶揄："那还不是你外孙子。"

美心道："我现在真庆幸自己没生男孩，生女孩个个都这样，要是男孩，还不把天掀了。"

一阵风。刘妈进门，满面堆笑："恭喜啦恭喜啦！"

美心和老太太还不知道怎么回事。

刘妈嘴都合不拢："考上啦，都考上啦！"

美心问："考上什么了？"

"秋林考上合工大了，家欢也考上了，财贸学院，大专。"

老太太高兴得站起来："哎哟，家欢这脑子好使，我们家也有大学生了。"美心叹息："行吧，出去一个是一个。"

老太太和刘妈站着说话。少顷，家欢进门，无精打采。美心问："老四，怎么了，不是考上了吗？"

家欢嗯了一声。

"那怎么了？"

家欢见刘妈在，没作声，进屋，躺在床上。美心怕女儿再出什么幺蛾子，追到屋里问："老四，没事吧，跟蔫茄子似的，到底考没考上。"

"考上了，大专。"

"大专就不错。"

"在蚌埠。"

"也挺好，离淮南不远，月把能回来一趟。"

"我以为财贸学院在合肥。"

"合肥蚌埠不一样嘛，能考上就行。"

家欢呆呆地看着天花板。耳边萦绕着妈妈美心踩缝纫机的声音。老妈哪里懂得，秋林去合肥，她原本也打算去合肥的。谁知道，财贸学院一九六一年就搬迁到蚌埠去了。劳燕分飞。

"妈！"院门口，家艺进门了，气势汹汹。

107

刘妈见情势不妙，连忙告辞，家务事，还是让何家自己处理才好。她一抬脚，到亲家大老汤家去看看，也是报喜。大老汤老婆在家。刘妈进院子，大老汤老婆正在拆鸡笼子。"小芳奶奶，这干吗呢？"大老汤老婆愤愤然："不养了。"

"好好的鸡怎么不养了，留着下蛋呢，我们住二楼的都羡慕住一楼的能养个鸡养个鸭。"

"祸害。"

"啊?"刘妈不晓得这话从哪儿来。忙活了一阵,两个人进屋说话,大老汤家的请刘妈进屋说话。倒了点水,拿出点云片糕。汤婆子的妈妈已经被自己儿子接回农村养老了。汤家情况不好,孩子们也大了,不好老在这儿。汤婆子这才说:"这鸡也不知道吃了什么药了,那天把老汤给祸祸了。"刘妈迷惑。汤婆子道:"一群鸡,不知道怎么冲出牢房了,进屋把老汤给整了。"

刘妈惊诧:"成精了?没听说过这样的。"

"主要老汤现在看不见。"

刘妈心一沉,晓得亲家病情又发展了。

汤婆子道:"亏得有秋芳。唉,所以我就说,我们家就算做错一万件事,把秋芳娶进门也是福气。"刘妈本来是报秋林考上大学的喜的。可见汤家如此落魄,又觉得似乎不应该把快乐叠加在人家的痛苦之上。刘妈问:"幼民呢?"

汤婆子说:"陪他爸上医院了。"

"那婚事怎么样了?真就这样了,不大办了?"

"办是办了,就不讲那排场了,现在也没算正经过门,再等一等,幼民有自己的房子了,再说。"

刘妈又问振民工作的事。汤婆子道:"老汤想让他去供销社,一直在找人,但你也知道,退下来了,又是这个样子,难。"

刘妈听了,更不好开口。两个人捏云片糕吃。大老汤过去最爱吃这个。但如今病情严重,一点糖不能沾。有人送了来,只能其他人慢慢消化。又坐了一会儿,汤婆子主动问:"听说秋林要考大学,怎么样了?"

刘妈带点不好意思:"考上了。"声音很小。

汤婆子叹息:"十年河东十年河西,妹妹,你的福气就在这两个孩子身上。"刘妈忙说:"什么福气,凑合活吧。"

说着,汤婆子探着身子去开床边一只大樟木箱子,在里头摸一阵。摸出二百块钱来，塞到刘妈怀里。刘妈惊慌，急说不要。汤婆子笑道："给秋林的，也不是给你的，多了也没有，不过一点心意，以后秋林出门在外，叮嘱他小心点。"

刘妈心窝子暖暖的。坎坷多了，心都善了些。

何家小院，老太太和美心面对家艺。

有日子没来家了。一到家就大呼小叫。

"谁欠你的？"美心气还没下去。

家艺情绪比她稳定："妈，我今天不是来跟你吵架的。"

老太太道："老三，有什么话好好说，都冷静冷静。"三个人进屋。美心和老太太坐在大方桌旁边的椅子上，方桌上方是常胜的遗像。家艺面对她们，坐矮凳子。

"说吧。"美心严肃。

"我是不是这个家的一分子？是不是爸妈的女儿，奶奶的孙女？"家艺一口气说。

美心道："说这些废话干吗？"

"是不是？"家艺硬着脖子问。

老太太答："这个你放心，变不了，到什么时候都是，想不是也不行。"

家艺道："我要我的嫁妆。"

"什么？"家丽进门，刚好听到这句。她放下布挎包。"老三，说什么呢？"

家艺站起来："二姐出嫁有什么，也得给我什么，都是女儿，一碗水得端平。"

美心气得大喘气。老太太反倒安慰她。家丽道："老二有嫁妆，那是她结了婚才有嫁妆，你没结婚，要什么嫁妆。"

"我明天就结婚。"家艺肯定地。

家丽上前，拿手背试试老三额头："你发烧了？烧糊涂了？结婚是过家家？明天就结婚。"

家艺郑重地："大姐，我没开玩笑，我明天就结婚，单位介绍信已经打好了，我来一是要户口本，第二，我觉得我应该有一份嫁妆。"老太太也急得站了起来："老三，我们不是不让你结婚，也不是不让你跟那个欧阳，这不怕你受骗上当嘛，或者就算不受骗上当，吃了亏，那也是了不得，毕竟你是女孩子，还是要小心一点，而且你现在年纪也不算大，你二姐才刚刚结婚没多久，你再缓二年，愿意处就处处，看看情况再说。"

美心拦话："妈，就你纵容，处什么处，不许处!"

家丽对家艺："妈的话听到了吧，这事就这样，不多啰唆。"

家艺忽然大声："凭什么不给我嫁妆! 那是爸留给我们的! 一人一份，我就要我那份!"

家丽顿了一下，说："你没出嫁，家里不承认你出嫁。听明白了吗?"老太太劝："老三，别闹了，跟你妈你大姐道个歉。这事以后再说，没那么复杂，也不是急的事，你说一个一个在这儿急赤白脸的干吗，个个都过劲（方言：厉害），都出去到外头过劲去，别在家闹。"

家艺声音忽然低沉，对老太太："阿奶，我必须结婚。"

家丽不容置疑地："说了，家委会决定，不同意不答应。"

家艺眼眶含泪。半晌才说："行，嫁妆我不要了，户口本给我。"

美心快步上前捧住三女儿的脸，像揉面团一样揉了揉："死丫头，你到底是着了什么疯中了什么魔? 跟你说了是个坑你就非要跳?"

眼泪决堤，何家艺无声地哭着，但她告诉自己，今天必须拿到户口本。这是最低任务。

何家丽直面妹妹，苦口婆心地劝："老三，如果你是为了跟我们对着干，大可不必，这是你一辈子的幸福明白吗? 我就搞不懂了，你怎么就痰迷（方言：执迷不悟），非要这么急匆匆跟欧阳宝结婚。"

家艺面无惧色，快速地说："我怀孕了。"

美心吓得两手颤抖，她回头看了看老太太，老太太也没反应过来。

"我怀孕了。"家艺又重复一遍。这消息冲击得家丽一时也没了主意。在那个年代，在这样一个地方，未婚先孕确是有辱门楣的大丑闻。不行，这样不行。

"这孩子我肯定得生下来。"家艺更进一步。

老太太虽然见得多，可这事真轮到自己家头上，她还是接受不了，常胜刚走没多久，一切似乎就都变了，伦常大失。她慢悠悠地背过身，朝里屋去。美心气得又要上前打家艺。却被家丽拦住。目前这个状况，谁都可以失去理智，她何家丽不可以，她必须对得起父亲何常胜的嘱托，让这个家有秩序，遵从伦理。"你想清楚了？"家丽问。

"清楚了。"

"现在后悔还来得及，还能去医院，找你秋芳姐没人知道，我们都会帮你保密……"家丽在说别的可能性。

"不用了，"家艺拦话，"都想清楚了。"

"好。"家丽忽然感觉有些悲壮，转身回屋，把家艺的被子褥子收拾了一番，用建国拿来的军用捆绳捆好，出来递给老三。

家丽用审判的口气："你做的这些事情，家里容不下，你要结婚，可以，这就是全部嫁妆，带着走吧。爸的孝期没满，酒席就不办了。户口本回头让小年给你送过去。"

家艺含泪接过被子，一个巨大的豆腐块，转身出了门。美心忍不住也哭了。

外头有点小雨，雾蒙蒙的，雨线极细极密，笼罩天地，无处可逃。院子里站着个人，他见家艺出来，连忙伸手接了被子，又安慰她。家丽隔着窗户见了，三两步跑出去，喊："欧阳宝！"

欧阳回头，见是大姐，站着不动，讪讪的。

"老三你先出去。"家丽说，"我跟欧阳说几句话。"

家艺倒也平静，慢慢走出院门。

"大姐……"欧阳轻叫了一声。

家丽瞪着他，那目光仿佛能置人于死地。

"大姐……"欧阳有些害怕。

家丽忽然拾起墙角的一棵大葱，劈头盖脸地朝欧阳打下去。欧阳刚开始还躲避。后来干脆不动，接受惩罚。家丽还不解恨，又拿起一根胡萝卜往欧阳嘴里塞。

"大姐……"欧阳受不了，开始申辩，"大姐我真不是故意的，我们真不是故意的，就是有点情不自禁，我是真喜欢小艺，是真要对她好。"

"你就这么对她好的？"家丽还挥舞着大葱，"王八蛋！你王八蛋！混账王八蛋！……"完全是机械运动。

暴风骤雨，欧阳都得承受。

打累了，家丽才说："滚吧，你永远记住，要是胆敢对我妹妹不好……"话还没说完，欧阳宝就抢着说："大姐，我都发誓过了，如果我对小艺不好，那就天打雷劈，丢一只胳膊。"

天上一阵闷雷。

家丽指指天："自己说过的话自己记着！"

就这么突突兀兀的，何家艺出嫁了。欧阳宝暂时找朋友借了房子，稍微粉刷粉刷，两个人又去买了点简易家具往里头一摆，就算结婚了。但家艺却感到前所未有的轻松、自在，一个小天地，完全属于她。都弄好，她躺在床上，拿着她和欧阳宝的结婚证，对着天花板。欧阳觉得很对不住她："小艺，我欧阳宝发誓，以后一定要让你过上最好的生活。"

何家艺一笑而过："我也不是为了这个嫁给你的。"

"那为什么嫁给我？"欧阳宝斗胆问一句。

"我也不知道。"家艺摸着自己的肚子，还没鼓起来，"也许是因为他？"

欧阳把耳朵贴在家艺肚子上，又抬头："有动静了。"

家艺抱着他的头，捋他的头发："这才多大，怎么会有动静。"

"他跟我说话了，是个男孩。"

"是吗？"家艺笑笑，没有悲伤，也没有喜悦。

108

美心和老太太帮家欢收拾东西。明天就去蚌埠报到了。

"去了注意跟同学搞好关系。"美心交代,"别什么都冲在前头,枪打出头鸟,到什么时候都是这样。"

家欢吃着零食,应付着说知道。

下午,老太太陪家欢去田家庵眼镜公司取眼镜。"试试。"营业员把配好的眼镜递给家欢,家欢戴上了,高兴地说,"清楚,亮堂。"因为那年的炮仗,家欢的视力一直不太好,一只眼只有0.1,另一只还不错,但备战高考刻苦努力,又降了些。老太太掏出私房钱,帮家欢配了眼镜。

"走两步感觉感觉。"营业员说。

家欢朝门口走两步,指着街对面的广告牌:"那上面的小字都能看到!"玻璃门被推开了。张秋林和几个男同学走进眼镜商店。家欢立刻转过脸,留给秋林一个背影。

"何家欢!"秋林喊她。

家欢快步走到柜台边,把眼镜摘下来。老太太问:"行不行?"

"行!"家欢爽快。秋林已经赶上来了。老太太见了秋林喜欢,他一向懂事。"奶奶好。"秋林知道叫人。老太太笑道:"小林子,不得了,考上合工大了。"老太太也不懂什么是合工大,但人家说合工大好,她便有了个概念。

"阿奶,走吧。"家欢冷冷地。

老太太哦了一声,去收银台交钱。家欢气鼓鼓往门外走。秋林还是跟定了。"何家欢,不知道我哪儿得罪你了,这大学也考上了,马上就开学了，你给我这个脸。"

家欢站住脚，背对着他："你就是故意的。"

"我故意？"

"故意对我隐瞒事实真相。"

"什么事实？什么真相？"

"是不是说好报合肥的。"

"我是报了合肥的。"

"可是我没有！"

"财贸学院的会计专业特别强。"

"故意不告诉我财贸学院在蚌埠。"

"你不喜欢蚌埠？"

"八字不合！"家欢扬长而去。老太太拿着眼镜出来，不见了家欢，她问秋林见没见着，秋林指了指外头，说先走了。老太太嘀咕："这孩子，脾气来得莫名其妙，"又对秋林，"多来家里玩啊。"秋林道："奶奶，我明天就去合肥了。"老太太轻摸脑门："你看我这脑子。"

晚间家丽回洞山军分区，家文来送钱。妹妹上大学是大事，虽然是大专，但在那个年代，也算放卫星了。家文给了两百。也是省吃俭用下来的。家欢道："谢谢二姐。这结婚真好。"

美心诧异："这跟结婚有什么关系？"

家欢道："结婚就有钱了。"

老太太笑道："这钱是你姐姐省下来的。"

家欢跟着说："结婚了，两个人赚钱，一个人花。"

家喜忍不住插嘴："四姐，哪有这种好事。"又问，"四姐，大学什么样？"家欢说："我也不知道，估计很大吧。"

一晚上，没人提家艺。家文去看过她，肚子已经有点动静了，但和家里依旧没和解。婚礼没办，她也再没回过家。吃过饭，家文忽然又从包里拿出两百。递到美心手里："老四去上学，老三也给两百，差点忘了。"轻描淡写地。美心拿着钱，出神，老太太点烟抽。常胜走后，她又拾起了年轻时候的爱好，抽烟。

美心递回给老二家文："不要，拿回去。"

家文劝："妈，你这是干吗，就算老三现在情况特殊，她也是这个家的一员，也是对老四的关心。"老四一伸手，把钱抽过去，笑不哧哧："妈，别跟钱过不去，就算学校有补贴，我这来回来去的，也有用钱的时候。"美心气还没下来："这个家跟她，两不相欠。"

老太太把烟抽尽了，摁烟头，问："老三现在过得怎么样?"不是不关心。

"小家小户，挺温馨的。"

老太太不说话。半晌，才说："时代变喽，各人有福各人享，各人有罪各人受，管不了。"

家文怕老人悲伤，岔开话题说自己也要搬家了。美心问搬到哪儿去。"饲料公司，楼房，一间卧室连着一个大开间。"

老太太问："卫国娘呢，还住在北头?"

家文说："现在就是这个问题，卫国姐家的两个儿子，大康小健都要结婚，肯定先用北头的房子结。我们一搬出去，妈也有点不想在那儿住了。"美心道："主要舍不得光明。"

"都不离手的。这样带孩子也不行。"家文担忧。娘俩又说了几句，卫国来接家文了。电视机开着，还是常胜留下来的，家欢、小玲、家喜簇在那儿，大老汤家的振民也过来串门，就为看电视。到学校就没得看了。家欢打算一直看到屏幕出雪花点。

家喜困了，先去睡觉。振民看一会儿也走了。

小玲别别扭扭，好像有话跟家欢说。

"搞什么? 有话就说，有屁就放。"家欢不跟她客气。

小玲拿出五十块钱。

"干什么?"

"我的心意。"

"收回去，怎么能要你的钱，我是姐姐你是妹妹。"

"我工作了。"

"那也不行。"

"四姐，爸的这份工本来是你的，都是因为我……不聪明，你才让给我的，你是高风亮节。"

"行了，傻老五，有这份心你就不傻，收起来吧。"

小玲一定要给。家欢没办法，收了。小玲问："眼镜配得怎么样？"家欢忙拿出来，"可亮了，老远都能看见。"

家欢关了电视，两个人到院子外头的小路上，家欢指着远处，"看到没有，路口有几个人看得清清楚楚。"

小玲说："看来我也得配一个。"

"你又不近视。"

小玲忽然看到路口有个黑影，她一把拉住家欢："姐，那是人是鬼？"家欢扶着眼镜腿，仔细瞅："没人啊。"

再定睛看。哦，的确有个黑影过来了。

"你是人是鬼？"家欢嗷一嗓子。

那人回应："是我，秋林。"

家欢老大不高兴，转身要走，秋林连忙上前拉住她："家欢，你还在生我的气？我真不知道财贸学院在蚌埠，也的确不知道你不喜欢蚌埠。"小玲像听天书。秋林对小玲说，"老五，我跟你姐说两句话，你先回去吧。"小玲哦一声进院子。

家欢揶揄："有什么话不能当着老五说？"

秋林说："我就是想跟你说句对不起。"

"行了！"

"明天就走了，到了地方，一定给我写信。"

"谁知道你地址。"

"我知道你的地址，我先给你写，到时候你给我回信就行了。"

"看情况，看心情。"家欢说。

秋林傻傻问："你到底为什么不喜欢蚌埠，就因为不是省会？"家欢觉得他这话问得好笑，男孩，在这个年纪，还什么都不懂，她故意说："因为发音难听。"

"发音？"

"蚌埠的埠字，你多说几次试试。"

秋林当真，果然念了起来，埠埠埠埠埠埠埠……

"像什么？"

"机关枪。"

"像放屁。"家欢促狭。两个人都笑了。

家艺的孩子生在秋天。取名欧阳枫。美心和老太太都没去看。家文家里家外忙，又赶上卫国的两个外甥准备结婚，饲料公司的房子要简单装修，只去医院打了一头，知道老三生了男孩，给了点钱。打算得空了再来看她。老四去蚌埠了。老五老六太小，更不会去。娘家没人来照顾，婆家一个女人没有，家艺的月子只能自己坐。她要什么，欧阳宝就慌忙准备什么，不亦乐乎。

倒是北头陈家小院热热闹闹。春荣的大女儿敏子这年也参加高考。考后感觉不错，估分觉得自己能考上清华北大。结果分数一出来，淮南联大都上不了。敏子过分自信，她拉住她姥姥，也就是陈老太太，嚷嚷："姥，绝对是改错卷子了，我得去申诉，去调查，或者就是统分统错了！绝对不可能是这个分数。"

陈老太太笑道："那你小舅妈的妹怎么就考上了，怎么分数就没统计错？"

敏子不讲理："反正我这个不对。"

春荣实在，教训女儿："没考好就没考好，大不了再来，别找那么多理由！"

"妈——你怎么也不相信我。"敏子嚷嚷着。

一会儿，克思一个人来了。陶先生在家带光彩，抽不开身。再一会儿，春华带着小忆也来了。既然说开了，也就没了忌讳，疤瘌大了不疼，几个大人都在那儿问敏子的高考情况。敏子乐于解释，手舞足蹈。大人们只是一笑，鼓励她复读一年。

敏子道："当然要复读，必须复读，我是清华北大的料，我自己知道。"也没人当真，她这么一说，别人就那么一听。

吃完饭，陈老太太召集大家谈谈大康小健结婚的事。春华最积极，大康和小君是她撮合的，小健和小云，也有她的拐弯关系。小云在搬运公司干，她家有亲戚也在机床厂。跟春华是同事。两个儿子结婚，孙黎明自然开心，老太太大女儿去世得早，她不愿意在结婚上亏欠外孙。所以给的例份是跟卫国一样的。只是克思、春荣、春华他们，给大康小健钱就不能像给卫国那样，到底是长辈对晚辈，大姐又去世，自然少了一些。

卫国和家文偷偷多给了点。大康小健虽然辈分上低于卫国，正常应该叫老舅，但因年岁相仿，从小一起长大，情感上跟弟兄们差不多。但更重要的是，大康小健一结婚，将来再添了孩子，北头的老房子肯定不够住。陈老太太和卫国他们搬出来是迟早的事。这祖宅，破破烂烂几间屋子，陈老太太也没想要，打算传给小健。他在机械小厂上班，分房子没希望。

卫国马上要搬去饲料公司。陈老太太的去向，她打算征求征求儿女的意见。陈老太太道："等大康小健办事，我也得离开北头了。"克思道："娘，就住北头不挺好的。"春荣、春华都不说话。老大说这话是没脑子。自己儿女都搬走了，她一个老太太跟女婿和外孙子过，叫什么道理。家文抱着光明，笑道："娘，你跟我们去淀粉厂。"陈老太太摆摆手，理直气壮："把你们一个个拉扯大，不是容易的事，现在我老了，你们养养我，是应该的吧。"克思、春荣、春华、卫国齐声喊娘，说当然是应该的。陈老太太这才说："那就几家轮着住，算给我养老，我住哪家，其他几家就给钱，不多，一个月八块，怎么样？"

没人敢作声。就算通过了。

$$109 \Big/$$

家丽拎着鸡蛋糕，在巷道里七拐八拐，在一间理发店后头，找到了那扇绿色小木门。门开着点缝儿，家丽朝里看看，有人坐在床上。里头人觉察到什么，喊："欧阳宝！让你买个馄饨怎么这么磨蹭！我都快不想吃了。"

家丽忍住笑，敲敲门板。

里头的家艺连忙收拾情绪，用得体的声音："哪位？"

何家丽正常回答："我找何家艺。"

沉默。家丽不待里头有回应，便推门进去。刚迈进房间，她就惊呆了。

统共一间平房，十几平方米，小就不说了，家里还乱得一塌糊涂。衣服堆得到处都是，墙边是纸箱子，地上是电饭锅。门口还有蜂窝煤。家艺见大姐到访，也有些气弱，她强行争取幸福，不过一地鸡毛。

"大姐……"真见到真人，也没那么恨了。何家艺吃到生活的苦，结结实实，也渐次怀疑、认同大姐的看法。婚姻，百分之三十是感情，百分之七十是物质。欧阳宝对她是不错，但他们现在无疑处于一个艰难时期。

家丽放下鸡蛋糕，迅速收拾着，衣服该叠的叠，东西该归位的归位，一边做事一边说："你这也成家立业了，你现在不能做，你让欧阳多做做，家里搞得利亮点自己看着也舒服。"家艺说了声知道。家丽忙好了，才走到床边，问："月子坐得怎么样？"

家艺说还可以。

家丽道："阿奶年纪大了，妈身体也不好，如果有条件，最好请个保姆。"请保姆在那年代还是新鲜事。家艺道："就说请呢，主要房子小，来了也没地方住，等欧阳那边房子下来，再看看有没有合适的。"

家丽伸着脖子："看看孩子。"

家艺忙让了让身子，欧阳枫正在床靠墙一侧酣睡。家丽笑道："长得跟你像。"家艺说男孩像妈。

家丽从怀里掏出钱来，递到家艺手上。家艺忙说不要，推搡。家丽道："家里不同意你跟欧阳，是怕你一时糊涂，现在你也当妈的人了，相信好多滋味自己也尝到了，鞋好不好，脚知道，等得空了，身体恢复了，回家看看。妈和奶奶都怪想你的。"

家艺眼泪下来了，执拗地："她们才不想我呢，还有你，恨不得把我扫地出门。"

家丽道："老三，你怎么说都可以，我们姊妹之间没有隔夜仇，但是我们女人还是要注意自己，要有底线。行啦，过去的事都过去了，往前看吧。"

跑进来个人，是欧阳宝，拿着搪瓷缸子，笑呵呵的，还没进门就嚷，"来了来了，鸡汤馄饨来了——"

一抬头，见大姐到了。欧阳讪讪地："大姐。"

家丽朗声道："欧阳，当时我把家艺交给你的时候，你怎么说的。"

"我？这个……"欧阳语无伦次。

家艺怕欧阳为难，拉了一下家丽的胳膊："大姐……"真成两口子了，她护着他。

家丽笑道："还端着，拿过来啊。"欧阳忙不迭递上热馄饨。又找来铁勺，小木桌。桌子就搁在床上。家丽拿勺子喂家艺。家艺忙说："大姐，我自己能吃。"家丽打趣："也就这一回，你就好好享受吧，女人呀，就这一个月最金贵。"

欧阳见家里整治一新，大概明白大姐来帮着收拾了。只觉得不好意思，又东摸摸，西摸摸。在弟兄十个里头，他最不会干活。喂了几口意思意思，家丽放下缸子，对欧阳说："你家里没女人，也该请个保姆，这钱不能省。"欧阳忙说："就打算请呢，让朱老大的女儿帮忙在大河北码拾（方言：留意）着呢。"

过了几个月，欧阳分到了房子，两室一厅，一楼，带前后院子，他果然又从淮河以北的高皇请来个中年妇女廖姐做保姆，家里有人了，他就可以放心下乡忙收毛子的事。

大康小健也办过事了，两房媳妇娶进门，陈老太太也到了离家的时刻。卫国和家文搬到饲料公司家属院四楼，是个沿街房，陈老太太经常带孙子光明下楼看大汽车来来去去。这是北头老城区没有的风景。陈老太太轮着住，一家一个月，但实行了没多久，陈老太太就老大不舒服。

这日，轮着该去党校克思和陶先生家，家文在帮着收拾零碎东西，卫国准备送他娘出门。陈老太太靠在椅子上，面沉似水。家文觉察出不对，关切地："娘，怎么了？"

"不舒服。"

"要不要去医院看看。"

"心里不舒服。"

"谁让您不自在了。"

"不想看姓陶的那个脸，挂拉。"陈老太太瘪着嘴。家文没多说什么，待卫国回来。她把婆婆的情况简单跟卫国说了一下。

卫国问："你怎么看？"

家文说："你决定，我没意见。"

卫国直说："我的意思是，如果不让俺娘这么轮着住，就跟我们过，你觉得行吗？"家文笑说："我看早先娘都是这个意思，要么就跟我们过吧，光明也要人带，而且娘累忙了一辈子，老了老了，该过过舒心日子。"

通情达理。卫国激动地在家文脸上啄了一下。

当天，陈老太太就留在饲料公司没动。卫国去单位给大哥克思挂了个电话，说娘今天不是很舒服，就先不往那儿了。晚上，陶先生得知，松了一口气。她当然不希望婆婆过来，两个人都不自在。光彩要人带。陈老太太并不上心。这也让陶先生不痛快。可终究没办法，外的到什么时候都是外的，不是自己皮里出的，想要掏心掏肺，也装不来。

大礼拜，克思、春荣、春华都到卫国家来看老太太。

卫国忙着改造锅台。原来的太小，现在用砖头重砌，在腻一层水泥。克思来了，也不帮忙。他一个副教授，只会卖嘴皮子。动手能力接近于无。春荣、春华是女眷，这些体力活帮不上。卫国也不需要他们帮，只让哥哥姐姐们都进屋休息。家里弄了一缸金鱼。陈老太太带着光明围着玻璃缸看。

春荣实诚，问："俺娘，你哪里不舒服？"

陈老太太应付一下："哦，现在好了。"

屋外头，家文开始炒菜。老太太听到声音，赶出去，招呼着："让你三姐炒。"春华连忙接过锅铲，让家文进去。陈老太太抱着光明，站在一旁。乌白菜洗好了，放在一旁，春华开始倒油，热锅。用的是菜籽油。陈老太太提醒："刮点猪油。"她吃猪油吃了一辈子。困难年代过来的，有猪油，就等于见荤了。

"猪油吃多了不好。"春华提醒。

"香一点。"陈老太太坚持。春华只好从窗台子上的猪油盆子里刮了一点。隔壁邻居是一对上海知青。都在饲料公司工作。他们有个女儿，比光明大一岁。男主人叫顾得茂，是科室主任。他老婆叫刘爱玲，是个会计。闻到香味，顾得茂从自家屋里出来，见陈老太太在，打了声招呼，说："哎哟，这味道香得，跟上海家里的差不多。"陈老太太老于世故，又是最好客的，连忙说："中午来这儿吃。"顾得茂连忙说家里已经做了。陈克思踱出来，他知道顾得茂是上海人，就故意跟他聊起上海的历史。两个人叉着腰，对着外面的天，高谈阔论，仿佛历史学者。刘爱玲喊她丈夫："老顾！煤糊子来了，下去搬！"顾得茂只好脱出身来，去干体力活。刘爱玲对陈克思笑笑："不好意思啊大哥，这做着大排呢，没火了。"

吃饭坐一屋子。楼房，自然没有北头的自建平房宽敞。但这代表着一种现代化的生活。一家人挤在一处，热热络络。饭后。卫国说正事："哥，姐，娘年纪大了，来回跑来跑去也麻烦，你们工作都忙，要不娘就在我这儿住吧。"克思心中大喜，但面上还是轻微反对："那多对不住娘。"

陈老太太纠正："行啦！月月按时拿钱来，就算对得起我了。"大家一听口风，陈老太太主意已决。春荣、春华都表示同意。克思装模作样了几分钟，也同意了。商定每个月各家给八块。不提。克思下午到家，跟陶先生说了。陶先生刚开始挺高兴，婆婆不用来了，在眼跟前，彼此折磨，她又没孩子，总觉得不够理直气壮。但转而又有点不大高兴。每个月给八块。现在只在卫国那儿住。陶先生道："铁定贴补过去了。"克思到底护着他娘，也就劝："算了，图个省心，不然你总是不自在。"虽说的是实话，可摆到明面上，显得陶先生特不孝顺，她立刻不愿意。伪善惯了，陶先生坚决不做暴露在外面的坏人，"什么叫我不自在，这么大的屋子，哪儿不能住，我天天白天上班，晚上伺候，有什么不自在的，我巴不得娘多来住两天，跟光彩也亲近亲近，我怎么不自在了。"

克思克制不住他老婆，只好息事宁人，"行行行，那就这样。"

陶先生的气还没出完，这么多年，她始终压抑，如今正好借机撒出来："这事十之八九是家文的主意，哼，到底是上过高中的，懂得挟天子以令诸侯。"

越说越歪，克思都觉得好笑："娘是什么天子，还值得特地挟一下。"陶先生冷言道："你还看不明白，这个家，谁得到娘的支持，谁就是老大，卫国、家文现在就是大哥大嫂，你我都是孙子。"克思嘟囔："什么孙子，娘自己有孙子，还要你这个孙子……"这话犹如毒刺，一不小心扎到了陶先生的神经，她当然生不出孙子，弄了个孙女，还跟做贼似的！

她一把抓起桌上的水杯，摔在地上。当啷一声，水溅得到处都是。

"疯啦！"克思忍不住吼。

光彩在旁边大哭。陶先生抱起她，躲卧室去了。

110

朱德启家院子里。美心和朱德启老婆站着说话，卫国拿来的饲料，自家鸡吃不掉，美心乐得做人情，分给朱德启老婆一点。她女儿朱燕子嫁给武继宁之后，日子越过越好，两口子已经去了好几趟上海。不为别的，就为买衣服。

当然，美心来还为打听点事，朱会计消息灵通，知道招工情况，老六家喜书读不下去，马上也面临就业。常胜不在了，只能她这个当妈的多操心。朱德启老婆说："早半年就好了，你看汤家老三汤振民，就进了供销社。"

美心道："年龄不够，今年才刚扒到年龄。"

朱德启老婆说："改改不就行了。"

"现在也不像以前了，难。"

两个人喂了一会儿鸡，又谈起大老汤家。从前朱家是坚决跟汤家站在一起的，现在大老汤几近全盲，汤家败落，朱家也便保持中立，甚至偶尔还偏向何家一点。朱德启老婆说："你看看，老汤，瞎了，大儿子，瘸了，二儿子，找个农村的，就老三是个全乎人。"美心道："听说为民赚了不少。"

朱德启老婆喟叹："赚得了钱，赚不了命，他那个家，也亏得有秋芳，孩子孩子带得好好的，老人老人安排得好好的，张秋芳现在可是人民医院的一把刀。"

"做外科了？"美心问。

"可不，好多人找，都排队。"

"那老汤有救了。"

"治得了病治不了命。"朱德启家的说，"秋芳是苦，听说还有人给她介绍对象。"

美心错愕："谁干这缺德事?"朱德启家的道："也是听说，不过想想也是，太不般配，那个汤为民的废品站，说是快倒闭了。"

"不是废品站，是两个小厂，改造旧东西的。"

"反正就那意思，眼看倒闭，等于没有正经工作，说是在外头做事也不顺利，看看，这女方是大医生，男方是个没工作的瘸子。失去平衡了。"

美心道："我看秋芳不是那种人。"

朱德启老婆说："正常，现在也有离婚的。"

"别瞎猜。"美心道。一转脸，她到刘妈那儿坐了会儿。刘妈的口风却跟朱德启家的完全两样。毛线棒也不戳了，神神秘秘道："为民现在上海培训呢。"

美心好奇："培训什么?"

"面包蛋糕什么的。"

"弄那干吗?"

刘妈道："他现在等于出来了，自己干。"

美心着急："别话说半截，接着说。"刘妈压低声音："新星大酒店的面包房对外承包，为民和秋芳承包下来了，还签了合同。"美心问："做牛角面包那家?"刘妈说是。美心想了想，说："也该变一变了，越做越不好吃，脸还难看。"

两个人正说着话，秋芳进门，带着小芳。美心估摸她娘儿俩有话要说，便抽身离开。小芳进门就去她舅舅秋林的小屋做作业。刘妈对秋芳说，"这也太刻苦了。"

秋芳笑："这点倒省心。"

"像你。"刘妈现在一贯捧着女儿。

"把电视声音关小点。"秋芳说。秋林去合肥上学后，刘妈下了班，就是看电视。没电视不行。

刘妈调了调声音，转头问："为民什么时候回来?"秋芳说可能还有半个月，合同已经签了，店的招牌还要换一下。刘妈没再多问。电视突然冒雪花点，噗的一下，黑了。母女俩忙过去看，刘妈拍拍它，嘀咕："最近时不时就这样。"

秋芳摸摸后机箱："这么热，妈，这电视开多久了。"

刘妈是睡觉都开着，哪怕屏幕上都是雪花点。

"就开一会儿。"她不好意思说实话。

"秋林呢，都放假有几天了吧，人呢？"

刘妈道："打电报回来了，说要做实验。"秋芳皱眉。老实说，她对弟弟有些失望，出去一年了，春节就回来三天，现在暑期大假，干脆人都不见。让妈怎么想。指望不上。

刘妈的窗帘脏了要换，她腿脚不好，不便爬高上低，秋芳帮她换了，又去水池里泡着，叮嘱刘妈不要动。隔天她来洗。刘妈笑说："要你洗做什么，你的手是拿手术刀的，不是洗衣服的。"秋芳说："拿手术刀就不用管了？弄无线电就不要家了。"

刘妈知道女儿心思，反过来劝她："儿女大了，有儿女的事，我也有我自己的事。"

"妈——"秋芳长长地喊了一句。万语千言，说不出口罢了。可还是不得不说。以一个医生的敏感，秋芳担心她妈妈的状态。秋芳问："妈，现在秋林也大了，上了大学，等于独立自主了，将来毕业分配工作不愁。你早算完成任务了。"

"是。完成了。"是欣慰的口气。

秋芳深切地："妈，现在我们都大了，你不用为我们考虑，得为自己考虑考虑。"

刘妈道："现在不挺好？"

秋芳口气柔和："妈，想没想过再找？"

刘妈顿时变色："什么意思？把我往外赶？"秋芳连忙解释："妈，看您想哪儿去了，我是觉得，你应该有你自己的幸福，爸那个样子，你为他守，没必要。"刘妈顿时大怒，"好女儿不二嫁！你别毁了我一生清白！"

秋芳无奈："现在都什么年代了，怎么还会有这种思想。"

刘妈反唇："我看是你有外心。"

"我有什么外心。"

"你让我再找，然后你好离婚，再找。"

秋芳诧异："妈，这说哪儿去了？"

刘妈哼了一下："外头都传，有人要给你介绍对象，你打算离婚。"

秋芳苦笑："我跟为民好好的，我离什么婚。"

"那问你自己。"

"妈，我现在就可以跟你说，没有，不可能，是谣言。最难的时候我都没离开他，现在怎么可能。"

"你不可能，那我也不可能！"

"这两码事情，爸是在外头……"

"闭嘴！"刘妈嘶喊，泪奔。

秋芳愣住了。这一刻，她忽然明白，她妈妈还是爱着她爸爸的。尽管他背叛了她，错事做尽。她当然没有原谅他。但他一旦先走，她却永永远远忘不了他。

"妈——"秋芳重重吐一口气，"对不起。"

小芳躲在门缝里看，不出声。敲门声响。秋芳应了一声，去开门。刘妈连忙拿手帕揩揩眼睛。

是家欢。

秋芳邀她进来。家欢却只站在门口："不用了，秋林呢？"家欢问。又半年没见了。秋芳礼貌地说："这小子，在学校做实验呢。"家欢明显失落，一句话没多说。走了。

一年来，她和秋林鸿雁传书，共同进步，彼此有了深入的了解。她发现秋林这个人很有趣。他们也很谈得来。最关键是，他关心她，支持她。如果没有他鼓励她报名，考试，她也不会到财贸学院读书。进入大学，家欢的视野更宽广了一些，她对未来更加明晰，就是搞财会。但她的世界却并没有扩大多少，班里男生不多，她是个丑小鸭，刚入学，班里就传出恋爱事件。当然，一切都跟她无关。那是班花们的独家经历。

家欢沉浸在和秋林柏拉图式的关系当中。她最喜欢去信箱看信，她急切地想知道秋林的一切消息。

秋林也愿意回应。当然，秋林的回信多半是记录式，像日记，也像汇报。一周两封，只是把今天来做了什么事情列一遍。但即便如此枯燥，家欢也看得很满足。

老实说，秋林暑假没回来，家欢是失落的。但转而她又觉得，没回来没关系，只要有信就行。何家，小卧室，何家欢坐在唯一的书桌前写信。美心和老太太瞅着她的背影，感叹："哦哟，大学生就是不一样，坐有坐相。"家欢出去读书，平日里小玲独占一个房间，如今老四回来，两个人又得挤。

家欢写字，小玲进门，嗑着瓜子，问："四姐，忙什么呢？"

"学习。"家欢用会计学教材挡了一下。

上班以后，小玲跟振民等一帮朋友整天混在一起，社会经验增加，人也自信多了。只不过是盲目自信，通常只是说大话。

"四姐，你就别骗我了，我不傻。"

"我骗你干吗？骗你能多二两牛肉吃？"

"四姐，你呀，这是在写——情——书。"后面三个字格外强调。虽然不是事实，但家欢还是有点被猜中心事的恐慌。连忙关上卧室门："别顺嘴扯。"

小玲固执己见："怎么是扯？人家说了，大学就是谈恋爱。"

"你听谁说的？说这话的人肯定没上过大学，大学就是学本事，谈什么恋爱。"

小玲坐进帐子里，故作神秘，小声问："四姐，在学校里，有没有人追你？"惊得家欢眼镜差点没掉下来。

"胡说什么！"家欢假装震怒。

小玲笑嘻嘻地："智力，我不如你，感情，你不如我，四姐，你跟我什么关系，我肯定替你保密。"

"没有就是没有。"

"行啦四姐，昨天晚上我看了，那信是写给郝兹（正确应为：赫兹）的，信封上都有。"

111

赫兹是无线电波动频率的基本单位。信里，家欢一律称秋林为赫兹。老五读错字，弄出个郝字，家欢忍不住笑了，道："说你没文化你还不服，是赫兹，hè，第四声，这是个物理名词。"小玲不服，嘟着嘴巴："就算是赫兹，里头总有人吧。"

家欢为转移注意力，反攻小玲："老五，不是你谈恋爱了吧？妈知道吗？阿奶知道了？"小玲立刻反弹，"呵呵，那真没有，不过追我的人倒不少，但我都看不上。"

"瞧瞧那口气，说得好像是田家庵第一美女。"家欢不屑。美心和老太太在外头忙晚饭。家喜回来了，打了个招呼，情绪不高，进屋了。小玲远远瞧见家喜，喊："老六！"

家喜没理她，回自己屋。一会儿，家丽一个人来了，骑着自行车，进院子见美心和老太太在做饭，也凑过去帮忙。

一见面就叹："这个老六，平时鬼得很，一考试就不行。"

美心明白了几分，问："怎么啦，玻璃厂没考上？"

"考了个倒数第二。"家丽叹气。

老太太笑道："没考倒数第一就不错。"

家丽点破："倒数第一是那个谢傻子，老六倒数第二，跟傻子也差不多了。"美心嘀咕："都考了些什么？"家丽说就是中学那些课，基本的语文数学什么的。

美心诧异："老六怎么连这个都不会。"

老太太反问美心："你带的你还不知道？正经读过几天书，坐在那儿脑子早飞了，看书跟看天书样。"美心委屈，微微抱怨："妈，您现在怪我了，家里多少事，前前后后里里外外，谁顾得上老六读书，照我看，都是天生的，老四没人顾，不照样考上大学。"又对家丽抱怨，"就不能让建国找找人？"

家丽忙解释："找了，但基本的考试得过，怎么也得差不多看着像，弄个倒数，你让人家怎么录取。"

美心灵机一动，"老四不是正好在家嘛，让她教，给老六辅导辅导，十四小那个校办印刷厂也要招人，马上还能考，有机会。"

学了两天。老四老六都累。

老六家喜对着数学题，她认识它，它不认识她。愣是解不出来。家喜把笔一摔："这不存心刁难人嘛，当个工人，生产个玻璃搞个印刷，要考这些做什么。"

家欢早都不想教了，就等她这句。"妈——"家欢扯着嗓子。

美心正在前院招呼建国、卫国，两个女婿正在帮着打炭糊子。常胜去世后，这项工作由他二人承包，隔一阵就来一趟。这次卫国带来个蜂窝煤模子，炭糊子装进去，一推，就出来新式蜂窝煤。比过去的煤砟子炭糊子进步不少。

听到女儿叫她，美心擦了擦手，进屋。

"喊什么，扯着嗓子死喊。"美心训斥。

"妈，我做不出来，学不会。"家喜直言。

美心着急："人家都能学会你怎么就学不会？没少你吃没少你穿，脑子呢？"家欢在旁边敲边鼓："妈，老六不是傻，也不是笨。"

"那是什么？"

"基础太差。"家欢说，"不过也不是学不好。"

"学！"

"起码得好几年，等学会了，估计招工都结束了。"家欢做工作。希望摆脱老师这个职位。

建国、卫国进屋喝水。大概听了几句，建国上前解围："妈，赶鸭子上架也不行。"老太太端荸荠水进来，一人舀一碗，端在手里。老太太问建国有什么办法。建国想了想，有些为难，他是一贯走正路的，肯找关系，已经是最大的破例，"招呼都打了，就是这考试，还是得考一下。"卫国接话道："那就从考试下功夫。"家欢挥动着一根手指，参与到智囊团的思考中："反正只要有个人去考试，并且考得过就行了。"

一语点破梦中人。家喜大叫一声："找人替考！"

没人接话。工厂招工，有人替考，这种事并不少见，主要内部已经打了招呼，替考只是走个过场。当晚，美心就开始做家欢的工作，这个家，也只有家欢适合替考。考试是在国庆左右，到时候家欢回来一趟，帮妹妹考了便罢。尽管家欢一百个不情愿，但在美心耐心细致的工作下，还是答应了。结果，这个办法很快就宣告行不通。印刷厂的人很多都知道家欢，这一带少有的几个考上大学的女生。何家欢早在高考时期就一炮成名，加之一只眼睛不好，外号"独眼龙"，更是招人耳目。她根本做不了代考这事。

只能另谋他途。

这日，家丽上门，娘仨一合计，突然想到个合适人选。第二天，家丽便去淀粉厂找家文，把基本想法跟二妹说了。家文没说行，也没说不行，只说试试看。因为"陈家那些人的脾气摸不准"。家丽笑道："你跟卫国说，让卫国跟她妈说，他们家老太太如果肯使力，这事就成了一半了，也不是多大的事。如果顺利，我们自然上门道谢。而且你为他们家生了儿子，立了一大功，偶尔开口一次，他们应该不会拒绝。你帮老六一把，也是看爸的面子，咱们俩再怎么也是做大的。爸不在了，这个门头，咱们得撑起来顶起来，到底是一家人。"

话说到这份儿上。家文没有不帮的理。当天晚间睡觉前，家文开始做卫国的工作，老六的事，卫国早已经晓得。那天他在场。家文不会添油加醋，只是把其中利害分析了一下，为什么帮，怎么帮。"想来想去，也只有二姐家的老三合适，跟老六一般大，长相也差不多。"家文很严肃地。

二姐是指卫国的二姐春荣。老三是指春荣的三女儿智子。

卫国迟疑："智子行吗？"

家文婉转地："只是去考个试，并不要求考多好，中不溜就行。智子没问题。其实就是走个过场，大姐夫都打好招呼了。"

卫国想了想，说明天去十八小跟春荣商量商量。家文说："先别去，这事哪能跳过娘，赶明儿先跟娘说说，娘如果说不行，就算了。如果娘也觉得可行，再说。"卫国表示同意。隔日，卫国果然把前前后后仔仔细细跟他娘说了。陈老太太爽快："帮人就是帮己，我去跟春荣说。"等到礼拜天，春荣、春华来了，老太太把这事一说，春荣憨厚，也就答应下来。回家没跟鲍先生说，只是如此这般和智子交代一番。国庆一过，智子果然代替家喜去参加了印刷厂的招工考，轻轻松松考下来。卫国问情况，智子说都会答。

消息传到何家，举家欢喜，美心更是感叹："老二嫁给卫国，嫁对了。"一屋子人不知道美心说这话什么用意，看着她。美心继续说："聪明呀，脑袋瓜子好呀！哪像咱们家，就出家欢一个大学生。"可惜家欢听不到这句夸赞，她已经回学校了。

小玲反驳："妈，二姐夫家还没有大学生呢。"

美心道："我说的是平均水平。"

老太太笑道："不不，你二姐夫家有，不是说智子的姐姐在考大学。"美心冥思："哪个姐姐？"家丽道："春荣家有三个丫头，敏子、惠子、智子，智子是老小，考大学的是老大敏子。"

"考上了没有？"老太太问。

家丽道："这事我倒听老二说过，都快成一桩悬案了。"一家人都嚷嚷着要听悬案。家丽本不想背后说人，但又觉实在有趣，便娓娓道："连着这次，不知道是两回还是三回了，次次考完估分，都觉得自己能上清华北大。"老太太叹："那可能考得是真好。"

家丽略带嘲弄地："可惜分数一出来，一个天一个地，跟她自己估摸的差一两百分。"

"别是卷子判错了。"老太太还是维护。

家丽笑道："一年判错，两年还判错？头一年嚷嚷着要去查卷子，这第二年，怪她爸妈。"

美心问："跟爸妈有什么关系？"

"怪爸妈关心不够啊，说是一个人，骑自行车去二中考试，中午就吃一个馒头，头一天还吃了西瓜，拉了肚子，总之一大堆理由，就是不怪自己成绩不好，你看老四，考个大学，也没人问，最后不还是轻飘飘考上了？这个东西有时候真是，命里有就是有，没有就是没有。"

老太太关切地："那这个敏子后来怎么样了？"

家丽道："后来电厂招工，她报名了，不知道考得爷爷娘娘呢（方言：不知道怎么样）。"

老太太对美心："让老六也去报名蹚蹚。"

美心不屑："考小厂都费劲，还大厂呢，大厂更严格，谁帮她打招呼。"

刺痛自尊，家喜奋起："妈，别把人看扁了！"

美心撇撇嘴："还扁了，你方一个给我看看？当初不知道怎么想的，生这么多小孩，有什么用。"

娘儿几个你一言我一语斗嘴。敲门声起，小玲去开门。朱德启老婆神色慌张，站在门口。

"怎么了这是？"美心略带嫌恶地。似曾相识的感觉又上来了。好像十多年前的那个一九七六，也是朱德启老婆上门，还有老何走那次。

哦……每次都是她，坏消息使者。

老太太问："她朱嫂，歇歇说话？"

朱德启家的吸一口气，说："大老汤……大老汤……"突然结巴。美心着急："大老汤怎么啦？"

"大老汤，没了！"终于说顺溜了。

112

丧事办得简简单单。大老汤的两个弟弟二老汤、三老汤来主持，为民、幼民、振民三个儿子连带孙女汤小芳一同跪在灵棚口，迎来送往。这些年，汤家三兄弟之间的往来也少多了。各人都有一大家子，忙忙叨叨的。大老汤的病，二老汤、三老汤也都有，只是占个年轻，没那么严重。但老大的死多少也令他们警觉。大老汤的死因也是个谜。按照病情发展，怎么着总能再耗几年，可这突然暴毙，令人狐疑。

按照美心从刘妈那儿打听到的说法，很有可能是自杀。大老汤已经全盲，他的世界一片黑暗，再加上各种并发症连带冒出来。他不想活了，吃了一大瓶红糖。

家丽去了汤家。其他几个妹妹和大老汤的冲突不多，只有家丽，从小就是帮着父亲常胜，和大老汤战斗。在她眼里，大老汤是永远不死的反派。谁承想现在也死了。

家丽握着白菊花，站在为民面前。他们也好久没见面了。不可思议，半辈子就这么过来了。老一辈都死了。过去的青春往事，好像发生在上一辈子。

见家丽来吊唁，为民挣扎着起身，跪太久，腿已经麻了，本来一只脚就不方便，起来了也摇摇晃晃地。家丽连忙扶住他。

两个人对望着，什么话也不说。

两家的家长都已经去世。如果他们晚生几十年，或许可以在一起。家丽尴尬地："多保重。"

秋芳从里屋出来，招呼着客人。见家丽来，连忙上前："阿丽。"家丽也不知道说什么，站一会儿，走了。

幼民和他那个大河北老婆坐在院子口收钱，人到得差不多，幼民老婆蘸着口水点票子，小声嘀咕："怎么才这么点，爸的人缘真是……"幼民不解："平时也送出去不少人情，都他妈是肉包子打狗，现在人也坏掉了。"

院子以外，汤振民和刘小玲躲在单元楼梯口下面。

振民握着打火机，嘴上叼着烟。

小玲捏着根烟，振民把火送上去。点着了。小玲猛吸一口。用劲过大。咳嗽。呛得眼泪水直冒。

小玲捏着烟屁股，嘀咕："香烟香烟，香在哪儿？你就胡八六扯（方言：乱讲）。"振民沉稳地："这可是进口烟，不是供销社的都弄不到，再来一口。"小玲试探性地又来一口，振民在旁边指导，碎碎念说往里润往里润。小玲轻轻地吸，烟雾在呼吸道走着。似乎顺溜些。再试第三次，好多了。

刚进冬天，何家喜投考印刷厂的成绩出来了。就是智子代考那次，考了个第一，榜上头名，按理来说铁定录取。

其他家长不干了。谁都知道，何家老六是个不学无术的女孩，怎么突然就智商大增，当了状元？太可疑，太不像话。好几拨人去闹，结果生生把这事搅黄了。何家人瞠目结舌。

老太太道："这个智子，就是太聪明了。"

家丽道："不是她聪明，是考的这些人都是傻子，矮子里头出将军了。"家文和卫国也觉得略显尴尬。智子的确尽了力，贡献了智慧，只是偏偏起到了反效果。事后，春荣的爱人鲍先生也知道了这事。闹是没闹，他只是一笑："不愧是我鲍启发的女儿，聪明，真聪明。"敏子不服："这种考试，闭着眼也能考满分。"惠子揶揄："老三就是逞能，平时考试没见怎么样，这回倒大显身手。"惠子和智子一样，都在机床厂工作。智子听了，并不多言，她忽然意识到考试其实是一条出路，她并不打算一辈子待在机床厂。

家喜的工作仍旧是大问题。

一家坐在一处商量。建国的意思是，过年再找找路子，先安排着，没有国营的先干着集体的，没有正式的先干着临时的。家丽道："蔬菜公司和酱园厂马上要新开一个商场，就在淮滨大戏院旁边，五一商场。等开了，肯定要招营业员，过年先找找领导，打打招呼排排队，就是老六年纪可能不够。"

家喜连忙说："我能行。"

美心道："你能行就不会现在这样了。"

家丽说："妈，阿奶，反正我看着没大问题。不过估摸着，怎么也得到明年五一了。"美心问怎么得到五一。家丽笑说："五一商场，可不得五一开业。其实可以先去老三厂里干着小活。"

老太太问家丽："过年老三回不回来？"家丽说我去说说她。

"跟父母还有隔夜仇？"老太太宽厚。

"随她！那脾气，就是个驴！"美心切齿。

老太太口气悠长："该吃的苦也吃了，该受的罪也受了，老三也应该知道点好歹了，总不能一直在外面飘飘着，阿丽，你去说，就说我说的，年初二，让他们一家三口都回来。"

放寒假，家欢回来了。载誉归来。读书第二年，她拿了个奖学金。是"赫兹"——张秋林的鼓励下奋发学习的结果。她感谢秋林，也想早点见到他。结果发现，秋林还没到家。刘妈说他打电报回来，说要年三十才能进家门。

家欢有些失望，但她愿意等。蚊帐一年四季都挂着，小玲坐在蚊帐里。家欢进门，鼻子动动："怎么一股烟味？"

是小玲身上的，但她不承认："大惊小怪，蚊香。"

家欢"哦"了一声，可一想，不对："冬天哪来的蚊子？用什么蚊香！"小玲不愿意暴露，指了指窗外后院挂在晾衣绳上的熏肉："是那个估计，今年熏得可狠了。"家欢相信了。为转移话题，小玲从枕头底下摸出一本存折，翻开，从帐子里伸出手来递给家欢。"四姐，帮我算算，这定期马上到期了，能拿多少利息?"是小玲上班存的私房钱，不多，但是个盼头。家欢拿着存折坐到写字桌边，找个笔，写写画画，一会儿，算出来了:"八块三毛二。"

"才这么点!"小玲大呼没劲。

"储蓄就是积少成多。"家欢给她上课。

小玲听不进去，只问她关心的:"姐，你在大学真没处对象?"

老生常谈。家欢不耐烦:"你怎么天天就想着这些事情。"

"不是我想，是年龄到了呀，你不考虑考虑，三姐都有孩子了，那马上还不就轮到我们。"

家欢纠正她:"不是轮到我们，是轮到我，这个我知道。"说完，又忽然意识到不对，"干吗，老五，你不会在处对象吧?"

小玲当即否认:"追的人多，可惜我一个都不喜欢。"

家欢道:"不管你喜欢不喜欢，你也不能跑到我头里去。"

小玲看着她，不懂什么意思。

"就是说，我得在你前头结婚。"

"为什么?"小玲不理解。

"我是老四你是老五，我比你大那么多，当然是我先结婚!"家欢强调，不然面子上过不去。小玲不予争论，换话题，道:"姐，你应该化化妆。"

"不化，我清水芙蓉。"

"落伍，三姐，妆化得就不错，三姐夫迷她迷得跟什么似的。"小玲说。

"你怎么知道?"

"哎呀，你是在外头什么都不知道，也就是这个家，一无所知，出了家门谁不知道外贸的欧阳宝宠老婆。三姐现在吃的穿的用的，好多都是去上海买。"

"这么阔。"

"人家早都是万元户了。"

"三姐夫在外头跑单子，那大千世界，提成多。"小玲一脸羡慕，"三姐随手扫一点，就够你吃了，你看老六糊的那纸盒子，就是三姐介绍的。"是工艺品厂装出口产品的纸盒子，厂里做不过来，下放给职工亲属做，糊一个纸盒子三分钱。本来老太太帮着一起，现在快到年根儿了，老太太忙烧菜，只有老六一个人坐在客厅纸盒子堆里糊。

"所以我说，化妆，太重要了，打扮，太重要了。"小玲苦口婆心，"姐，眼镜去掉，女人戴眼镜那大打折扣。还有发型，我都替你急，你这是打算去上山下乡呢？大姐去上山下乡过，也知道烫烫头发呢。"小玲说到激动处下了床，赤脚走到家欢跟前，抓住她的刘海，"你这刘海不能这么趴趴着，得吹起来，像我这样。"家欢问她："你这不也趴趴着吗？"小玲着急："我的好四姐，我这是在家，见你们，趴趴着，我要是出门那绝对是吹起来，是要抹发胶的，要有态度。"

"什么态度？"

"态度就是，"小玲一时词穷，"反正就是显得你这人特有品位，特有追求，特别与众不同。"

家欢似信非信。小玲一跷拇指，朝外一划："走，去搞一个。"家欢屁股不动。小玲苦劝："行啦，四姐，我请你，我花钱。"家欢动心了。家喜在外头听到个大概，喊："老五，我也去。"

老五道："小屁孩懂什么，糊你的纸盒子！"

老六没工作，老五有，她这个姐姐做得理直气壮。

家欢原本对什么发型不感兴趣，但一想到马上要见秋林，那就做做吧，给他个惊喜。艳艳理发店。小玲和家欢头上包了一层一层。小玲从镜子里看家欢："姐，我跟你说，你本来就是个大美女。"老板娘艳艳忙接话："对对对，你们家姊妹几个，哪个挑出来，都是个顶个的。"

家欢不作声。"大美女"三个字从来没被安在她身上过。上头几个姐姐个顶个漂亮，到她，已经是星光暗淡，绿叶配红花，现在老五老六异军突起，女大十八变，她也应该变变。

弄完了。小玲和艳艳都拍手叫好。一个劲儿说："真漂亮！"可到了家，一进门，却吓了老太太和美心一跳。天色发暗，老太太笑道："老眼昏花，还当头上顶了条咸鱼。"美心再瞅瞅，手上忙着卤香肠："更像咸肉。"作为引路人，小玲不干了："阿奶！妈！到底懂不懂时髦，这叫'招手停'，香港那边最流行的。"

老太太喟叹地："大千世界，无奇不有。"

不理论。进屋，老六家喜识货，大声惊呼，围着家欢三百六十度看，拍手："四姐，你太伟大了，太时髦了。"

家欢被奉承得飘飘然。放电视剧了，家欢看不清，想掏眼镜戴上。小玲立刻说："姐，不行不行，你这个发型，不能戴眼镜，戴了就没那个味道了。"

"一直这样?"家欢问。

"起码得保持一个礼拜，"小玲说，"要不这钱就白花了。"又强调，"睡觉也要特别注意。"

"怎么注意?"家欢问。

家喜都懂："用浴帽罩上呀！"

行吧，家欢想，反正还有几天秋林就回来了，就听她们的，坚持几天。

113

年三十儿当天，家丽、建国带着向东、学平回来。家文、家艺因为已经成家，只能等到年初二才回娘家。家欢、小玲、家喜在家。一大早，三个姑娘就开始打扮。小玲和家喜还上了胭脂水粉。一整套颜料一样的东西，在一只黑色盒子里。向东来了就出去皮了。学平胆子小，在家看几个姨化妆。小玲叫学平："过来。"学平走过去，他站着跟她们坐着一般高。

小玲拉着学平："五姨给你点个眉眉俏。"

眉中间用口红点个红点。学平做个新疆舞的手势。

小玲道："跳个《西游记》里玉兔精的舞。"

学平真跳。几个女人哈哈大笑。

院门口有人来。隔着窗户看，是张生面孔。

家丽问："您找哪位？"来者是个年轻小伙子，肩上扛着个大纸箱子："这家人姓何吗？"

家丽回答是。

"你是何家丽大姐吗？"来者又问。

家丽还说是。

"我是欧阳宝的弟弟。"小伙子说，"这是给你们的。"说着，卸下货来。家丽忙让建国接了，搬进去。她还没来得及道谢，小伙子便跑了。到厨房，打开箱子，一整箱鸡汁方便面，淮南食品厂的新产品。旁边还有一整条动物腿。

"这什么？狼牙棒样。"美心问。

"老三家那位的弟弟送来的。"家丽说。

"年货。"老太太瞬间领悟。

"这什么东西？一条腿，还这个颜色。"

老太太到底见多识广些，踱过来，上下看看，笑道："金华火腿，我吃过。"美心问怎么吃。老太太笑道："其实就是金华的腌肉，不见得多高明，名气大罢了，跟咸肉一样吃，也是切下来，也要泡。"

美心不解："这老三两口子，特地送这个来做什么。"

老太太点她一下："这还不懂，特地孝敬你，为回娘家铺铺路。"美心道："孝敬不到点子上，口头食，吃进去，拉出来，过眼云烟，有什么意思，还不如买两件衣服。"

家丽笑道："妈，别说火腿了，就是这方便面，也是紧俏货，小年小冬想了好一阵，没买到。"

美心不屑："方便面，还鸡汁，能比你奶做的鸡汤面好吃？"

建国说："那肯定比不过。"美心说先收起来吧。

四、五、六三姊妹出来了，个个花枝招展。

家丽问："哪儿去？"

家欢道："拜年去。"

"明天才过年。"

"一样。"家欢强调，"迟拜不如早拜。"家丽还要说不符合礼法，老太太却拦话说，由她们去，在家里也烦。

学平出来，眉间一颗眉眉俏触目。

家丽不耐烦，命令口气："谁给你点的？点这干吗？小男孩不要搞那么多花里胡哨的，擦掉。"

老太太护着："就过年玩玩，较什么真。"

家丽执着地："阿奶，不是我较真，这家里本来就阴盛阳衰，回头来都给带歪了。"

何家三姊妹走在路上是道风景。可惜天阴沉沉的，她们的绚烂也打了折扣，加上年三十，天又冷，外头人更少，所以三个人出街并未能引发轰动。邻居家挨个走一趟。

先去朱德启家。朱燕子不在家，年三十，在武家过。朱德启还有个小女儿没出嫁，跟家喜差不多大，一见三姊妹进院子，愣了一下。三姊妹妆容时髦，气场上她先输了。她只好避其锋芒，退回屋里。三姊妹手挽着手，攻城略地一般进屋，对朱德启老婆道了声过年好。然后，见好就收。撤退。邻居家就是她们的 T 台。出了院门，小玲哈哈大笑，说你没看到朱老三那张脸。

家喜比了个姿势："这是她一辈子也达不到的高度。"

家喜本来就高，再加上格子蝙蝠罩衫，红发带，简直像从《现代服装》杂志上走下来的模特。家欢也第一次懂得享受别人的羡慕眼光。对"招手停"发型，也有信心了。

再到大老汤家。为民在，秋芳在，还有幼民和他老婆、振民和小芳，汤婆子精神不太好，斜靠在沙发上，脸对着电视，等着看春节晚会。

见到秋芳还是亲。三姊妹都问好，提前恭贺新年。

秋芳道："小芳，去，把那牛角面包拿来。"小芳连忙去取了，给姊妹仨一人分了两个。家欢问："为民哥店里的？"

秋芳笑说是。家欢道："留着给哥哥姐姐吃吧，还有小芳。"

秋芳叹道："他哪有那福气，整天做着甜面包，却不能吃甜的。"幼民老婆大河北农村来的，本来就不太出趟子（方言：出场面），何家姊妹仨一来，花蝴蝶似的，直接把她比到地里去了。幼民看着，心里不舒服，嘴上又说不出来，便打发他老婆到厨房去："把碗朗朗（方言：用水荡一荡，洗去灰尘）。幼民老婆也不知道自己犯了什么错，但依旧听丈夫的。到厨房，又扯着嗓子喊："碗干净的！"幼民回应："再朗朗！"

振民已经在供销社上班了，跟小玲一个系统。上次抽烟，就是他给小玲弄的。他见小玲如此漂亮，便说："我有相机，合个影。"三姊妹一听要照相，都表示愿意。振民拿出他那部珍爱的海鸥定焦照相机，递给幼民："二哥，你帮我们照。"

幼民不愿意。为民用眼神示意秋芳。秋芳便笑道："我来给你们照，但是我不会。"为民只好自己起来，他还配着假肢。

振民和何家三姊妹站好了。为民道："光有点暗。"

振民忙说把灯都开开。小芳去开灯，躺在沙发上的汤婆子嫌刺眼，挡住眼睛。

"好了，都笑笑。"为民说。他做什么都有模有样。

三姊妹抬头叉腰，气势十足，振民站在旁边像小跟班。

咔完一张，振民道："我跟小玲再来一张。"众人皆觉奇怪。振民忙寻找合理性，"同事嘛。"小玲也落落大方，蝙蝠呢子衫弄得跟女王似的。双手叉腰，做 S 状。为民道："笑一点。"

小玲道："模特都是不笑的。"

不笑就不笑。时间在胶片上定格，小玲一张忧心忡忡的脸。

照完了，家欢觉得不好意思，便建议给老汤家照一张全家福。秋芳听了觉得不错，问为民的意思。

"那就来一张。"为民还是一贯潇洒。

一家人凑到沙发边，汤婆子坐在前头，无精打采，大老汤走后，她一直没走出来。她的时代已经落幕。她像个多余的人，吃了睡，睡了吃。农村老婆要搀幼民，幼民躲开了。倒是为民，搂着秋芳的肩，站在后排正中央，如今，他们是这个家的顶梁柱。小芳坐在奶奶旁边，一脸天真无邪。

连拍两张，三姊妹告辞，往刘妈家去。出了门，家欢问小玲："我这头发行不行？"

"好得很！"

家欢信心更足了。她准备重磅出场。

二楼，刘妈一个人在家，电视开着，春节晚会还没开始。听到楼梯口有脚步声。刘妈连忙开门探看，却见何家姊妹仨迤逦上楼。还没到地方，家喜就叫了声刘妈过年好。

刘妈笑道："这会儿怎么来了？"

家欢说："怕明天拜年的人太多，所以提前走一走。"

刘妈自嘲："我这儿哪还有人上门。"又忙让三人进门。还没坐下，家欢就问："秋林呢？"刘妈一边拿糖果出来一边说："正在这儿等呢，说年三十到家，这都几点了，也该回来了。"

小玲、家喜猛吃了一通，要走。家欢道："你们两个先回去，我跟刘妈说说话。"老五老六没多问，再向刘妈道了声新年好，便下楼去。屋里只剩两个人，好在电视机里有人声。刘妈养了只猫，黄白相间，本地品种，见生人来，躲开了。这会子安静，它又跳回刘妈怀里。

家欢问："它叫什么？"

"赫兹。"刘妈答。

家欢暗惊，这不是她给秋林起的名字吗？怎么又用在猫身上了？哦，或许秋林觉得自己没法陪妈妈，便给猫取名赫兹，等于他陪在身边了。孝顺的秋林。

家欢明知故问："赫兹，挺独特的，哪两个字。"

刘妈笑道："是秋林起的，我也弄不清是哪两个字，就这么胡乱叫了。"说罢，刘妈话锋一转，"你这头发挺洋气的。"

家欢不习惯被夸，反倒有点不好意思："艳艳理发店胡乱弄的。"都是胡乱。

刘妈说："年轻就是好，弄什么发型都好看，不像我们，头上都没几根毛了，变不出什么花来。"

家欢道："您比我妈白头发少点。"刘妈忙拨开鬓角："都藏在里头呢，一头头发白了半头。"

猫叫了一声，刘妈安抚它。家欢问："这猫多大了？"

"哦哟，抱来就不小。按猫的年龄算，相当于人的二三十岁，这一阵老叫，就说给它找个对象呢。"说到这儿，刘妈忽然口气神秘，表情旖旎，问家欢："在学校处朋友了吗？"

家欢又是一惊，连忙说没有。

楼梯口传来脚步声。刘妈放下猫，忙叨叨朝门口去，笑说："这下该回来了。"家欢扶了扶头发，跟着迎接。

114

楼梯拐弯，秋林上来了。一手提一只行李箱子，费劲巴拉地，幸亏目的地是二楼。"回来啦！"刘妈全身上下散发着高兴。

家欢站在她身后。秋林似乎黑瘦了些，个子好像又蹿高了，人更结实。"妈！"秋林喊，"家欢，你也在。"他跟她打招呼。家欢心怦怦跳，轻轻地回应。秋林身子一闪，后头冒出个人。是个女的，个头小小的，留着山口百惠的发型，特别温婉。

秋林大方介绍："妈，家欢，这是我同学孟丽莎。"

哦，和那个蒙娜丽莎只差一个字。家欢头发蒙。秋林又向孟丽莎介绍刘妈和家欢。刘妈连忙让他们进屋。家欢尴尴尬尬地。秋林一边收拾东西一边说："妈，丽莎的父母都是搞科研的，今年过年外派到国外去了，她没地方去，所以到我们家过年。"

灯光下，孟丽莎展现出全貌。家欢仔仔细细打量她。

这个女人，全身上下都充满女人味。柔情似水，惹人怜惜。一下把家欢衬托得十分硬派。刘妈一个劲儿笑说来了好来了好，家里够住。秋林又领她到姐姐秋芳的房间。刘妈跟着。

家欢被晾在客厅，她有点无法自处。何家欢只好喊了一声："刘妈，我走啦！"没人理，刘妈沉浸在欢乐的氛围里无法自拔。猫跳开了，蜷缩在窗台上。家欢又叫一声。

秋林和孟丽莎先出来。刘妈在忙着铺床。秋林还嫌介绍得不够详细，又介绍道："家欢，丽莎现在是我女朋友；丽莎，家欢是我最好的朋友，小时候就在一起玩，我们是铁哥儿们！"

孟丽莎伸出手，礼貌地："你好！"

家欢气弱，伸手轻轻一拉，撒开了："你好。"秋林说得再明白不过，姓孟的是女朋友，她只是铁哥儿们……何家欢像是后脑勺被打了一闷棍，几年来脑中构建的空中楼阁，瞬间瓦解，一片片碎在地上。她忽然意识到，和赫兹先生张秋林的故事就这么结束了。何家欢笑着告别，身后是刘妈的欢声笑语。

她显然对这个"准儿媳妇"十足满意。光是一句父母在国外，层级就比对面楼下的野丫头何家欢高出多少倍。

痴心错付，愿赌服输。

一出门，家欢流泪了。不行，不能流泪。她连忙擦掉，晚上还要吃饭，大姐在，老五老六也在，就这么哭，可能会被笑话。从二楼走到一楼，何家欢已经处理好情绪。

小玲和家喜从巷子那头走过来，她们刚去小卖部大老吴家拜年回来。小玲拉住姐姐家欢："还有几家没走？"

家欢却失去兴趣，只道："该回去吃饭了。"

抬头看，二楼窗户上还有剪影，令人悲痛的影子！

除夕凑合吃吃。大餐放在年初二，等老二老三回来。晚上这顿老太太炸了虾片。美心用老母鸡汤下龙须面。她反复强调是肥西的老母鸡。家丽尝了一口，说不对，肥东肥西的老母鸡都不是这个味道。美心道："怎么不是，标准的肥西老母鸡。"

家丽道："哎呀妈，我在那儿下放我还能不知道吗？不是这个味道。"美心抬杠："鸡仔是亲自买的，肥西老母鸡，亲自养大的。"建国见母女俩抬杠，忙打圆场："你们说得都对，妈说得对，这是纯种的肥西老母鸡，买回来，养养好，家丽呢，说得也有几分道理，母鸡是肥西的种，但不是在肥西养的，所以可能跟标准的肥西味道有点区别，不过我认为妈做的比肥西人做的好吃。"这样一说，两方都舒服了。

小年和他三个姨几乎同时进门。

"妈！我饿了！"小年嚷嚷。

"锅里有鸡汤面。"家丽说。家欢一进门就往厕所扎。小玲和家喜走累了，瘫在沙发上休息。老太太问："怎么，年拜完了？"

小玲余兴犹存："拜完了，发现一个真理。"

美心不屑："就你那脑子，能发现什么真理？"

小玲反驳："真理是赤裸裸的，只要你去发现，就能发现。"

家丽打断她："行啦，跟妈还贫嘴，发现了什么真理？"

"真理就是：我们三姐妹，老四老六还有我，是整个龙湖菜市这一片最时髦的人。"

家丽哧的一声。

小玲不满这种声音："我们走到哪里都是风景，都是轰动，还有人要跟我们合影。"家丽露出诧异神色。家喜作证："这是真的。"

"谁跟你们合照？"

"这个保密。"小玲故作神秘。

家丽一针见血："你以为你们时髦，其实人家只是把你当猴看，免费的马戏，谁都愿意看看。"

"不是这样的！"小玲还要争辩。老太太阻止："行啦，吃面条去吧，都烂到锅里了。"家喜和小玲往厨房走。小冬拉着哥哥小年，蹲在厨房储物柜外。小玲和家喜好奇，问："看什么呢？"小年拉出那箱欧阳宝弟弟送来的鸡汁方便面。"方便面！"家喜如获至宝。她想这个想了很久，但一直弄不到。实在是紧俏货。小玲排兵布阵："别出声，烧开水，咱们吃这个，也是鸡汤面。"

四个人关上厨房门，悄没声息地烧水，等着泡面。小玲尿急，往厕所去，家欢还在里头，就一个蹲位。小玲敲门："四姐，干吗呢？掉进去啦？"家欢道："马上好！"

一会儿，何家欢出来了，毛巾包着头。

"你干吗呢？"

"没事。"

家欢显然刚洗过头。

"你洗头干吗？"

"不干吗。"

"那么时髦的发型都不要了？"小玲无法理解家欢。

"不适合我，不舒服。"家欢冷冷地。

家欢推门进厨房。其余三个人吓了一跳。家欢不看他们，径直去捞了一碗鸡汤面，端去屋里吃。

水烧开了。四个人扯了四包鸡汁方便面，放在四个铁饭盒里。放好调味料，注入开水，盖上盖子，等待。

美心在客厅等了半天，也没见几个孩子回来，便起身去厨房查看。却见地上丢着方便面袋子，几个孩子吃仙丹一样站在厨台边吃方便面。

"怎么搞的！"美心火上来，揭开锅盖，鸡汤面烂在锅里，"怎么不吃！这可是标准肥西老母鸡汤做的面！"美心不懂这群孩子，她讨厌他们的愚蠢。

家喜道:"妈,我们吃的就是鸡汤面。"小玲捡起一个方便面袋子,对着念,"鸡汁方便面,鸡汁就是鸡汤。"

"胡闹!"美心大发雷霆。建国和家丽忙出来问怎么了。家丽见状,嚷嚷着:"谁让你们吃这个的,这哪有妈的鸡汤面好吃。"美心在旁边不满:"就是!"家丽又说:"虽然妈做的鸡汤面,不是标准的肥西老母鸡汤面,但还是比你们这个好吃一万倍。"

美心一听,立即纠正:"老大,我这就是标准的肥西老母鸡汤面。"

"妈,你这个不能算标准……"

两个人又抬起杠来。

春节晚会开始了。家欢抱着碗,已经空了。老太太坐在沙发上打盹儿。年纪大了。看一会儿电视就想睡觉。

开场过后,苏红开始唱《小小的我》:"天地间走来了小小的我,噢,小小的我。不要问我姓什么,噢,叫什么。我是山间一滴水,也有生命的浪花。我是地上一棵小草,也有生命的绿色。小小的我,小小的我,投入激流就是大河。小小的我,小小的我,拥抱大地就是春之歌……"

家欢忽然泪流满面。

家丽进门了,家欢来不及收拾残局,脸上兵荒马乱。家丽心明眼亮,但不点破,只笑着打趣:"哟,这什么节目,这么感人?"家欢说了句没什么,放下碗,回到自己屋,摸出眼镜,重新戴上。她告诉自己,从现在开始必须看清楚这个世界。

不早了,建国两口子带儿子们回军分区。

美心忙完了,坐在老太太旁边,老太太一下从睡梦中醒来,问:"这哪儿?"美心叹道:"妈,您糊涂啦,这是你家,我是美心。"电视里,李双江开始唱歌,歌名叫《我爱五指山,我爱万泉河》。老太太幽幽地:"好像梦见常胜了。"

美心心里咯噔一下,但除夕,难过也不能太露出来:"说什么了。"老太太笑道:"就一个影子,刚说要看看,就被电视机吵醒了。"美心笑笑，不说话。人散了，两个人静静坐着。好像日子没有改变过。

小玲拽家喜到门口放烟花。

家喜问："要不要叫老四？"

小玲道："别叫她，她被炮炸过，不放炮的。"忽然口气愤然，"她竟然把头发给洗了。"

家喜道："无法理解，我们是最时髦的人啊。"

小玲强调："所以，以后只有时髦两姊妹，不是时髦三姊妹了。"窗户口，一个人影站着，没开灯，都以为家欢睡了。

她只是对着二楼的方向，看着二楼窗口的人影。

独自凭吊。

突然，她转身拉开柜子，拿出个铁盒。里头都是信，她和赫兹的全部"鸿雁传书"。她摸着一盒火柴。

点着了。熊熊火起，烧尽记忆。过去好像真就不存在了。

小玲放花炮火柴不够，回屋找火柴。

一推门，见地上火光熊熊。吓得抓起桌子上的水杯就泼。拉开灯，老四躺在床上。

"四姐！疯啦！"小玲指责她，"失火了，你还在睡。"

"出去。"家欢声音低沉。

小玲摸了火柴，出去了。

115

按寿县的老传统，年，不过三十过初一。因此年三十就是卫国、家文带着光明和老太太简单吃吃。

老太太喜荤。卫国用了七八个小时炖了一锅排骨汤。家文炸了肉圆子，烧了带鱼。再添一个凉拌菜，一个素菜。四菜一汤。不过陈老太太对素菜也有讲究。乌心黄一定用猪油炒。因为猪油香。

看春节晚会，陈老太太到九点就开始打盹，怀里搂着光明。光明有些不舒服，略动了动。卫国和家文忙给他打手势，让他轻点。光明放轻手脚，陈老太太还是醒了。卫国说："娘，上床睡吧。"陈老太太半闭着眼："不困，炮仗放了没有？"卫国说还没到点。

"放完了我再睡。"陈老太太说。除夕的炮仗一放，意味着炸开了新的一年。陈老太太是大家庭出来的，有些老礼依旧坚持。就算对那个繁华时代的追念。陈老太太有时也反思命运："以前家里贩烟土，也是作孽，所以人丁才越来越稀少。"家文明白她的意思，是指就光明一个男孩。可这多半是计划生育造成的。陈老太太不论，继续说："不过现在已经很好了，就算哪天我到那头去，也能交代。"人老了想得多。家文只能劝："娘，哪至于。"年初一，一大家子都来。春华一个人过来的。鲁先生带小忆回自己家吃午饭，晚上才过来。春荣带着敏子、智子来，惠子由她爸鲍先生带着回老家正阳关看她爷爷奶奶。鲍先生是正阳关人，鲍家三姊妹中只有惠子在正阳关跟着爷爷奶奶长大。

大康小健结婚了，就算单出去，初一孙黎明带着他们自己过。说好了初三过来。

克思和陶先生带光彩到得最晚。一到，克思就开始夸赞光彩多才多艺。会唱歌，能跳舞，还会背古诗。家文见了觉得好笑，光明早都会背唐诗一百首。但大家都能理解，正因为光彩的"身世不明"，所以她必须优秀。以证明当初的决定是正确的。陈老太太有些不耐烦，道："女孩子，文静点好。"又转移话题，问春荣，"惠子去正阳关啦？"春荣说："跟她爸回去一趟，好几年没回了。"陈老太太笑说："你们家这三个丫头，我看惠子脑子最好，是个读书的料。"春荣道："聪明什么，也是一根筋。"陈老太太问："该考大学了吧？"

春荣无奈："娘，您忘啦，老二都上班好几年了。"陈老太太惊，对这些外孙女，她实在疏于关照："在哪儿上班?"春荣道："就是华子那个厂。"哦，机床厂。春华连忙上前说明："娘，惠子、智子都在我们厂。"一个干车工，一个干铣工。

为显本事，敏子挤到陈老太太身边，撒娇地："姥，我考上电厂了。"陈老太太很配合："真有本事。"敏子继续吹："就那么随便一考，太简单了。"陈老太太道："去了就好好工作，厂子挺远吧?"敏子道："有班车。"

光彩背古诗背得口干，问她妈陶先生要水喝。陶先生从包里掏出个小开口杯，去暖水瓶里倒了点温水。喝不完，陶先生让光彩去厕所倒掉。光彩朝这层楼的公厕去，走到门口，懒得进去，便随手把水往地上一洒。天冷，很快结了一层冰。

中午这顿大菜基本是由陈老太太指导，春荣、春华、卫国三个人联手做出来的。寿县特色，重油重盐，不说烧大鹅这种硬菜是一锅油汪汪的，就是炸的小点心大救驾，也是一摸一手的油。最当中的锅子里则是平日里很少吃的大菜：狗肉锅。

陈老太太要了点黄酒。对着一桌子菜，看着已经饱了七八分，人老了，吃荤本来也有限。但小字辈们难得丰盛，已经狼吞虎咽。尤其以敏子吃得最多。陈老太太举杯，不由得感慨，从跑日本鬼子反逃出寿县，到丧夫一个人拉扯孩子，再到孩子们都成家立业，如今她也抱上了孙子，总算对祖辈有个交代。风风雨雨多少年，她这一辈子，值。自斟自饮，又来一杯，再一杯。光明靠在奶奶身边，陈老太太时不时给他夹一块肉，说吃，吃。陶先生看着不舒服，也让光彩凑过去。陈老太太一碗水端平，也给她夹。光明又要一块，光彩也不示弱。

光彩突然对着陈老太太背古诗："朝辞白帝彩云间，千里江陵一日还，两岸猿声啼不住，轻舟已过万重山。"

光明不示弱，立刻背："故人西辞黄鹤楼，烟花三月下扬州，孤帆远影碧空尽，唯见长江天际流。"

光彩提一口气，继续背："葡萄美酒夜光杯，欲饮琵琶马上催，醉卧沙场君莫笑，古来征战几人回。"

光明反击："秦时明月汉时关，万里长征人未还，但使龙城飞将在，不教胡马度阴山。"家文不想看孩子们斗下去，叫过光明，让他吃几口饭。战火这才止熄。老太太喝得微醺，憋不住尿，要起来去厕所。刚站起，晃一下。一桌人连忙都站起来。陈老太太摆摆手："不用不用，我能走，都坐着。"陈老太太一贯好强，说什么是什么，不愿麻烦别人，众儿女只能坐了。老太太果然走得稳，朝门外去。

好一会儿，不见人回来。春华觉得不对劲，起身出去看，家文连忙也跟上。"娘——"春华朝公共卫生间方向喊了一声。无人回应。走廊外天风直吹过来，冷飕飕地。

家文跟在后头。

拐过弯，春华声音突然高了好几个八度："娘！"

陈老太太歪在厕所门口那一小块冰面上。

人陆续都出来了。光彩站得远远地看，陶先生搂着她。

"放平！放平！"克思嚷嚷着。春华和家文阻止："不行，不能放平，可能是脑溢血，坐起来，坐起来。"家文又对卫国："还愣着干什么，快去找车！"

拉到医院，抢救得及时，命没丢。但陈老太太就此落下个半身不遂。躺在床上不能动。年注定是过不好。

初二，家文回不了娘家，便找了个邻居，娘家也在龙湖菜市这一片的带了个话。家丽得知后担忧，想去看看。老太太阻止："别去添麻烦了，他们家人多，能照顾好，缓缓再去。"

美心忧心："赶在大年里头，不知道怎么样。"

老太太有感于怀："人老了，事就多，脑溢血，死就死了，不死也没了半条命。我以后这样，你们都别救我，就那么过去就行了。"家丽忙道："阿奶——大过年的，说这个！"

家欢还没起来。小玲和家喜已经起来打扮得跟仙女一般。老太太进屋，看老四躺在床上。拍被子："起来了！"

家欢翻了个身，坐起来，眼睛肿得跟什么似的。她连忙戴上眼镜。她心大，睡了两晚上，哭也哭了，痛也痛了，她逼迫自己必须过去。让一切都过去。没有什么是一顿好吃的解决不了的。美心嘀咕："老二肯定是来不了了，老三还来不来？"

正说着，院子内一阵喧嚣。建国站在院子门口，跟欧阳宝握手。何家艺抱着小枫，进门就扯开嗓子："奶！妈！姐！"

三声炸雷，女人们都出来了。

放眼看过去，何家艺明显不一样了，如果走在路上，美心可能一下都认不出这是她女儿。翻翘的刘海，涂了口红画了眼影，关键是一身皮草。雍容华贵，气场十足。

"过得不错。"美心低声赞叹。

家艺把孩子递给欧阳，两个男人进屋去了。老太太笑呵呵地："我看看我看看，我的三孙女。"

家艺走近了，在众人面前打了个转："怎么样？"

"哇！"小玲和家喜带着惊叹声出来，"三姐！"小玲竖大拇指，"服了！"

家艺心里受用，嘴上云淡风轻："什么服了？"

小玲拽着家艺道："三姐，你才是龙湖菜市一片最时髦的人。"家艺哼了一声："早都是了。"

进了屋，何家艺脱了皮毛外套，像领导视察一样抱着小枫，走进她曾经那间房，指着床铺："妈妈以前就住这儿，小，挤。"家丽听着不自在。但没多理论。她知道，老三心里还有气，上次她上门送个鸡蛋糕，还不足以消弭家艺胸中那口气。

故意的，何家艺就是故意的！

老五老六不开眼，毛毛躁躁在试穿家艺的皮草。

美心道："这个皮草，跟你爸以前做的还是不能比，你爸做的肉津。"家艺没反驳，只是突然对着墙上常胜的遗像，半嗔半撒娇："爸——你还欠我一件羊皮袄子！"又对怀里的孩子，"这是姥爷，姥爷对妈妈最好，姥爷好。"欧阳枫说话晚,只会咿咿呀呀发出点声音。

美心和老太太对看一眼,不作声。

忙忙活活。吃饭了。建国去端鸡汤上来。还是美心精心烹制的肥西老母鸡汤。看到鸡汤,家艺才想起来:"鸡汁面吃了吧?"小年小冬小玲家喜都说好吃。家艺笑道:"是你姐夫找朋友弄的,你不知道现在多紧俏。"家丽没接茬。建国笑说:"欧阳,回头给我们也弄两箱。"欧阳连忙说没问题。家丽拐了建国一下。建国忙说:"哦,我们付钱,该多少是多少。"

欧阳宝举杯:"姐夫客气,一家人提什么钱,出了年就弄两箱过去。"家艺又问:"火腿吃了吧?"

老太太道:"在那儿放着呢。"

家艺强调:"那是金华火腿,是欧阳出去跑业务特地带回来的。"美心道:"我们吃咸肉就行。"

家艺喝了一口鸡汤,品品,皱眉:"妈,这汤馊了吧?"

美心立刻尝尝:"胡扯,就这个味,肥西老母鸡汤。"

"馊了馊了。"家艺确认。

踩到雷区了。美心一拍桌子:"说了就是这个味!肥西老母鸡汤!"

116

众人皆愣。停了几秒,家艺带点嘲讽:"妈你至于嘛,没馊就没馊,为什么就不能百花齐放百家争鸣,上了年纪血压也不低,别动不动就拍桌子瞪眼,妈,你觉得不馊你就喝,我觉得馊我就不喝,就这么简单,完事了!我就觉得在这个家永远就是一条标准,一个杠杠,非此即彼不是南就是北,这样就对吗?"家艺放下筷子,对欧阳说,"春华酒楼订好了吧?"

欧阳愣了一下，忙说订好了。

家艺道："奶，妈，姐，明天我请客，去春华酒楼。"老太太沉吟不语。美心道："不用那么铺张。"家丽看看建国，建国也不好插话。

家艺接下面的话，两手叉腰，一副舌战群儒的架势："说句不该说的，世界在变人在变，家也就在变，永远用老眼光看新问题能行吗？走得通吗？当初我跟欧阳在一块儿，没一个人同意，恨不得举双手双脚反对，结果呢，现在怎么样？我生儿子住新房穿皮草吃得好，什么没有？我过得不好？哼，人生就是那么回事！十年河东转河西，谁也不长前后眼，癞蛤蟆也有垫桌腿的时候，别把人看扁了。"

美心把筷子一拍："你回来是示威的是吧！"

家丽忙扶住她妈，让她注意血压。陈老太太刚倒下，不能学。老太太伸手拦住儿媳妇，脸上还挂着笑。她让小玲和家喜把小年小冬连带小枫带到前院去玩。饭桌上只留几个大人。

老太太这才说："老三，你是我带大的，你什么性格我清清楚楚，你当初要跟欧阳在一起，我们并不反对，欧阳爸上门了，我跟他谈得很好，我又说服你妈还有你大姐，但这事怎么说也得等一等，一来你爸刚去世，还在孝期，没有哪家说是丧事过了就办喜事，二来处对象也应该处一阵，实在不行，先把结婚证打了，将来再补办酒席。谁知道你们来个先上车后补票，是向我们这些做家长的示威？"

一席话说得家艺气场弱了大半，她怯怯地："那是意外。"

老太太立即："就不应该有这个意外！"又对欧阳，"是你的不对，不妥，不合适，你如果真喜欢家艺，会这么做吗？"

欧阳宝羞得满脸通红："实在是……情不自禁……"

老太太手一挥："过去的事不提了，老三，欧阳，这里还是你们的家，我也听说了，刘妈朱德启家的都在传，说欧阳现在不得了，出去收鸭毛、鹅毛挣到钱了。我为你们高兴，真心实意的，但今天我要说两点。第一，欧阳，将来社会变成什么样我不知道，也可能哪天就看不到了，但你既然现在还在单位上班，就要守单位的规矩，哪些钱能挣哪些钱不能挣，你自己心里要有数。第二，你们穷了也好发了也罢，既然是一家人，对，既然已经是一家人，家艺，我和你妈，还有你这些姐姐妹妹，就不会也不应该因为你的穷与富，就高看或者低看你一眼。什么叫人生如戏？你在单位就得做好员工，在公公家就得当个好儿媳妇好嫂子，关起家门就得做个好老婆好妈妈，同样，进了这个家门，你就是老三，你当不了老二也做不了老大，你就是老三，这是你妈，我是你奶奶！家艺，伟人还三起三落，何况你我普通家庭普通人，得意的时候，收着点。"

黄钟大吕，庄严、正大、高妙。老太太何文氏是活透了的人。一桌子人都不说话。她是说给家艺听的，也是说给其他人听的。无异于又一次家庭教育。在常胜身后，老太太觉得自己有义务帮助美心和家丽，让家像个家，让家是个家。

是家就得有秩序。

家艺屁股动了一下，把碗递给欧阳："再给我盛一碗汤。"欧阳连忙接了。家欢道："姐夫，帮我也盛一碗！"

美心拿筷子敲她一下："自己动手，你姐夫又不是三头六臂。"能吃饭，意味着何家欢已经恢复七八成了。

出了初五，就算出了年了。家欢的寒假还没结束。但她打算提前回学校。美心问："这么着急回去干吗？"

家欢只说，还有书要看，回去方便点。

初六去买车票。初七就走。张秋林的寒假显然没那么快结束。家欢看到秋芳和为民带着小芳去刘妈那儿，一是过年，二也是去看人，看孟丽莎。小玲最敏感，发现了龙湖菜市这一片注入一个异类。她跟老六家喜说："秋林哥带回来的那个女人，跟我们都不一样。"家喜问："有什么不一样的？你见到了。"

小玲说："见到了，反正就是不一样。"

"比我还时髦？"

"比你说话声音小。"小玲说。

"装蚊子。"家喜不屑。

在家最后一日，家欢在窗口见秋林一个人下楼，连忙跑了出去。"家欢。"秋林看到她，还像往常一样打招呼。

何家欢恢复了原貌，柯湘头，戴着眼镜。

"翻翘没了？"秋林用手比了一下。

"还你。"家欢的手从身后伸出来，抓着一只小收音机。是秋林送她的生日礼物。他自己利用废旧材料组装的。

秋林连忙说："送你了，不用还的。"

"还是还你。"家欢坚持。

"不用不用，是你的了。"秋林说。

家欢面无表情："我的？"

"你的。"

"我想怎么样就怎么样？"

"你想怎么样就怎么样。"秋林肯定地。

家欢二话不说，手一扬，无线电收音机砸在地上，碎成几瓣。

"你……"秋林一张惊愕的脸。

"我想怎么样就怎么样。"家欢报复地笑。孟丽莎从楼上下来，见家欢在。大大方方上前，伸出手："你好。"

家欢毫不迟疑，转头走了。

出了年，何家老太太非要家文陪着去看看陈老太太，说到底是亲家。家文没办法，只好让卫国找了辆三轮车，拉着老太太去人民医院探访。上次见还好么好生的，这回再见，一个躺着，一个站着，何文氏不免喟叹。

陈老太太半身不遂，其实相当于整个人不能动。语言机能还没被破坏，能说能讲，只是不太有力气。何文氏只好说些鼓励的话，展望未来。只是两个老人心里都清楚，未来，也就眼前那一点。看完陈老太太，何文氏和家文站在医院走廊里说话。

何文氏问："还要住多久？"

家文说："下个礼拜就搬回家。"

"半身不遂，生活自理有困难，谁照顾？"

家文说："跟卫国商量了，还住我们家。"

"你不上班了？卫国不上班了？"

"大姐二姐，我，还有卫国，每周请一天假，另外大康和小健也过来照顾两天，先往前欸着（方言：慢慢推进），看看恢复情况。"

"也只好这样，"老太太叹息，"卫国大哥大嫂呢，不问事了？"家文说："大哥大嫂离得老远，钱上说多加一点。"

老太太停了一下，说："久病床前无孝子，现在不是缺钱，是缺人。"家文不愿意细究，这问题，她和卫国已经达成一致："先这样吧。"陈老太太对家文不错，现在她有难，她必须撑她一把。而且有两个大姑姐帮忙总好些。最艰难的是开始。半身不遂，吃喝拉撒都在床上。关键是，大小便还失禁。

只好拿医用便盆垫在屁股底下。

每次排便后，还要擦啊弄啊。偶尔便秘，则要用开塞露。

"家文，给你们添麻烦了。"陈老太太这么说。

"娘，别说这话，好好恢复，光明还等着你带呢。"家文努力挤出笑容。说着，招呼光明过来。光明虽然能背唐诗了，但还不懂人情世故，更不明白生老病死的含义。

家文摸摸光明的头："给奶奶背一首古诗。"

光明张嘴就来："月落乌啼霜满天，江枫渔火对愁眠，姑苏城外寒山寺，夜半钟声到客船。"

陈老太太听着忧伤，眼望天花板，静默无言。

到了五一，淮滨路五一商场果然开业。因蔬菜公司和酱园厂在里头都有股份，家丽托了关系，把家喜安进去当营业员，在当门口的柜台卖副食品和香精调料。因年龄不够，家喜只能算临时工。好歹有个工作先干着，骑驴找马，等年龄到了，再想办法。家丽对家喜很不放心，年纪太小，怕不懂事。她自己又不能看着，只好把老六托付给一同工作的前辈大姐王怀敏照看，拜她为师傅。王怀敏满口答应。上班第一天，家丽把家喜送到五一商场门口，再三叮嘱她："听你师傅的，还有，记住了，钱不能往自己口袋里装。"

钱是大事，她怕家喜把持不住。

家喜严肃表态，绝对不会。家丽才放她进去。这就算参加工作了。干了将近一年。年龄到了，家丽又托建国去找五一商场领导，想要转正。领导为难，大致意思是，一个萝卜一个坑。没有编制，就无法转正。

家丽回家跟美心和老太太汇报情况。

老太太也犯难："总得弄口饭吃吧，老五顶替吃上饭了，老六不能总这么漂着。"

美心道："要不让她单干，跟汤家老大为民一样。"

117

老太太苦笑地："她能有为民那两下子？不行，太年轻。"

美心不服："有什么不行的。汤家老大还一条腿呢，家喜好歹有两条腿。"老太太让家丽再想想办法。

"阿奶，能想的，建国和我都想了。可人家就说，一个萝卜一个坑，编制不会再增加。"

小玲在一旁剥毛豆，有一搭没一搭听了，忽然灵机一动："这有什么难的，一个萝卜一个坑，那让萝卜让出来一个不就好了。"家丽见她说得轻松，问："哪个萝卜出来？"

小玲不假思索："让妈内退，老六顶替不就行了。周围也不是没有这样的，反正妈还有几年也就退了。"

三个掌事人一时无言。老太太和家丽眼神投向美心，这个办法的焦点在她身上。美心说："我退，我退老六也只能在酱园厂，不能去五一商场。"

小玲补充说明："先去酱园厂，五一商场里头有酱园厂的股份，从酱园厂往五一商场调，就容易了。现在就是先把这个坑占住。"

美心下意识地："我不同意，常胜没了，我不能再没了工作。"

小玲解释："妈，你那不是没工作，是内退，再过几年，就可以办正式退休，一样拿钱。你这种没工作，多少人巴不得。就怕单位不同意呢。和一辈子酱油缸子，还不愿意休息哪。"

美心急得去打小玲巴掌："尽出馊主意，嘴贱剥磕！"

小玲连忙躲开，跑外头去了。

龙湖公园里有人跳霹雳舞。小玲跑过去看，她也是爱好者。何家的刘小玲钟爱一切时髦的事物。

龙湖公园九曲桥边的小广场，一群人围着，当中有青年跳得起劲。一会儿做一只手到另一只手的"传电"，一会儿前后左右走"太空步"，一会儿又对着空气"擦玻璃"。

"汤振民！"小玲拨开人群，对着跳舞的人喊。

振民舞步不停，用"擦玻璃"的形式跟她打招呼。

小玲一跃而入，跟振民共舞。小玲炫酷的舞姿赢来围观青年的喝彩，她跳了一身汗。人散了，两个人到琉璃黄龙水池边坐着歇息。小玲轻踢振民的脚："鞋不错。"

振民的新回力鞋，跳霹雳舞专用。

振民笑嘻嘻地："没想到你舞跳那么好。"

"我是时髦女王。"小玲很有自信。

"时髦女王刘小玲。"振民真这么叫。

"不，"小玲纠正他，"叫我凯丽，跳霹雳舞的时候我就叫凯丽。我就是凯丽。"

凯丽是美国电影《霹雳舞》女主角的名字。

小玲陷入沉思，自言自语："你知不知道，刘小玲这个名字曾经给我带来厄运，人家差点不让我顶替，反正我现在就是凯丽。"振民愈发觉得她有意思。

"你叫一下。"小玲命令他。

"凯丽。"振民叫,又问:"就叫凯丽?没有姓?"

"艺名。"小玲耐着性子解释,"你看费翔,就是艺名,没有姓。"

振民道:"费翔就姓费。"

小玲大声:"我就是那个意思,你这人怎么老抬杠,我就叫凯丽不行吗?"

"行,没问题,那我叫什么?"

"汤振民啊。"

"我也想有个艺名。"

"你要什么艺名,没用。"

"以后咱们跳霹雳舞的时候,人家一报幕,凯丽,汤振民,这两个名字放在一起不搭配。"

"谁要跟你放在一起,谁要跟你搭配,"小玲先抢白两句,再说,"你就叫马达。"

"男主角的名字。"振民说,"这个好,凯丽和马达。"

"马达,来个太空步。"小玲说。

汤振民立即神经质般地舞动起来。

最近美心上班都格外尽心。酱园厂已经升级,改名叫春燕酿造厂。这是她工作了一辈子的地方。即便在接连生育、最困难的时候,她也没有放弃工作。旧社会出生,新中国成长,她接受的阶级教育是:人是要劳动的,女人是要顶起半边天的。长久以来,她也的确是那么做的。美心和老太太的区别是,老太太当了一辈子的家庭妇女,她的全部世界就是家庭,她最显著的身份是家长。她是家里的定海神针。但是美心不是。她还有个社会角色,她是工人、职工,这个城市的一分子。

可是,事到如今,为了老六能混个铁饭碗。美心也得痛下决心,内退。

老六是所有孩子中唯一一个她一手带大的。

人事科主任笑着对美心："想清楚了？内退暂时只能拿一半退休金。"美心也回报以笑容："想清楚了！天大地大，孩子最大，累了一辈子了，也该歇歇。"

办完手续就回家。饭做好了，老太太和家喜在家等着。美心一进门，不说话。家喜上前，问："妈，怎么样了？"

美心呼出一口气，不说话。

"妈，我能不能转正？"家喜摇美心的胳膊。老太太看美心的表情，已经得到答案。头一夜，婆媳俩商量过。退休也不是没事做。家艺找的小活——糊纸盒，她们可以一起做。

"去上班吧。"美心说。

家喜兴奋地亲美心脸颊："还是妈好！谢谢妈！"

老太太助攻："老六，你妈为了你，把这坑都让出来了，你以后……"话没说完，老六便抢着说："我以后肯定对妈好！"

两个大人都笑了。

没几日，老六就去报到。美心托了老师傅照顾女儿。家喜被分在酿造组，负责看管、搅拌酱油缸子。跟美心早年的工种一样。干了一天，家喜回到家就滚在床上，嗷嗷地叫美心帮她揉腰。"不行了不行了，妈，你这工作也太难干了，你都不知道那个缸子有多大，搅拌起来有多费劲。"

美心不作声。

老太太道："你妈以前不就是这么过来的？坚持。"

家喜痛苦地："奶，你真是没见过，那个难度，那个劳动强度……"老太太立刻："我什么没见过，以前跑日本鬼子反的时候……"家喜拦话道："阿奶，又说跑日本鬼子反，都哪个年代的事了。"

小玲在旁边打趣："妈，你就不应该把工作给老六顶替，她哪是吃苦的人。"家喜可不饶小玲："你是站着说话不腰疼，爸的工作你顶了，整天轻轻松松，要不咱俩换换？"

美心呵斥："老五，少说两句！帮不上忙，还说风凉话。"

小玲连忙闪开。外头有人喊："凯丽！"老太太奇怪，"这叫谁呢？"

小玲忙不迭跑了出去。

美心一边帮家喜拔罐，一边说："你还得干，再苦再难，这是份正经工作，是你自己求来的。想回五一商场也没那么快，回头让你大姐大姐夫再想想办法，有的苦，就得自己吃，妈能管你一辈子？"

家喜"哦"了一声。第二天，仍旧去上班。

上班的上班，求学的求学。白天，家里只剩老太太和美心两个人。她们面对面坐在吃饭的小方桌边，手上忙着活计。身旁，白色的纸盒堆得老高。

美心停一会儿，揉揉眼睛，大喘气。

老太太说："开会儿电视。"

"算了，费电。"美心说。她只是刚退下来有点不习惯。老太太放下纸盒，去泡壶茶，婆媳俩一人一杯，喝着。

美心冷不防地："妈，我这下半辈子，就这样了？"

老太太一愣，随即笑，她是过来人："儿女都大了，连外孙子都这么大了，也干了一辈子，应该歇歇。不然还想怎么样？"

"不是儿女，是女儿。"

"好好，女儿，女儿。"

"不敢想，我老觉得自己还年轻，还能响应毛主席号召，为社会主义服务呢。"

"慢慢适应。"

"晚年生活真长。"美心说，"要能把这日子，多匀一点到年轻的时候就好了。"

"一代一代都这么过来的。"

"成老废物了。"美心叹气。

"你在骂我？"

"妈！"美心解释，"是说我自己，总觉得自己一辈子什么都没干。"

老太太当然不介意，她只是开个玩笑："生老病死，人之常情。"

"下辈子怎么着也得做男人。"

"哦？"老太太疑惑神色。

"男人不用生孩子，男人退休晚。"美心历数。

老太太摘掉眼镜，云淡风轻："女人活得长。"

两个人突然都笑了。

院子门当啷一响。老太太问："什么声音？"

美心连忙起身去看。随即大叫："妈！"老太太连忙也赶出去，却见院子当中躺着个人，是家丽的大儿子何向东，也就是她们的宝贝长外孙小年。

一头的血，躺在地上痛苦地翻来翻去。

"止血药，止血！"两个大人乱作一团。美心翻了一圈，没有，连忙去朱德启家借。也没有。最后跑上二楼，到刘妈那儿找到云南白药和胶布。两个人仔细清洗、包扎，好容易清理好了。美心还不放心，说去医院吧。

小年挣扎着："不用，轻伤不下火线……"

美心急忙呵斥："头都烂了还不用！"

老太太折中："去，找秋芳过来看看。"在一旁围观的刘妈连忙请秋芳来。恰巧秋芳在家，已经下班了。仔细查看，说："没有大碍，都是皮外伤，如果是重大撞击，不排除脑震荡的可能。"

美心问小年："怎么破的？什么东西砸的？"

小年满不在乎："挨了一板砖，姚家湾那些孙子！偷袭我！"

几个大人忍不住笑。

小年又说："奶，老太，不能让我妈知道，千万千万！"

老太太故意板着脸："这么大的事，你妈能不知道吗？"

正说着，家丽进院子了。

118

小年忙往屋里躲。

家丽进门，问："小年来了吗?"

三个大人支支吾吾。家丽朝里屋去，没人。去小玲房间，还是没人。后院，一丛月季花开得正盛。小年藏在月季后头。家丽眼尖，下台阶，要去捉拿，小年立刻蹿起，猴一样爬高，上了墙头。建国却在墙头外等着他。

小年只好束手就擒。

围坐在客厅。小年梗着脖子："是姚家湾的猢狲们先动手的。"

"为什么动手?"建国不怒自威。

"他抢了我们龙湖的地盘，我又抢了回来，他们不服!"小年很有江湖气。

"抢地盘?"建国冷笑，"你以为这是旧社会，个个都去当土匪路霸?"

"不是，爸! 我是匡扶正义!"

"住口!"建国一拍桌子，"他妈，绳子拿来。"

家丽也有些吃惊，她从未见过建国发这么大火，她看老太太，又看看美心，还是进屋拿了军用绿色捆被绳，递给建国。

建国凛然对小年："你自己说，上次说好了，如果再犯，打架闹事，怎么办?"

"家法伺候，军法处置。"小年倒很镇定。老太太一听，忙说使不得使不得，日本鬼子和国民党才用军法，乱用军法那是军阀。美心也帮着求情。建国却铁了心："奶奶，妈，这是我儿子，我必须对他负责，请让我管教。"

老太太和美心不好再说话。刘妈没见过部队作风，吓得面无人色。建国一声虎啸："出列！"

小年上前一步。

"立正！"

小年立刻立正。

建国凛然道："我们的人民子弟兵，是保卫人民的，不能内斗，不能捂屁拉稀，不能吊儿郎当，何向东！你既然有志于当一名人民子弟兵，就应该有一名军人的素质、操行、品德！"

"是！"小年带劲。

"伸手！"

小年果然伸出两手。建国用绳子捆住他手腕，打两个结，牢牢的，另一头，朝上一丢，缠绕过吊扇挂钩。天凉了，扇叶已拆除，天花板只剩个扇头。

建国嗷的一声，用力一拉。小年瞬间腾空，被吊在吊扇下面。家丽头皮过电，但她必须忍住。这大儿子太难管，只有他爸能镇住他。

"不行不行！"美心急了，"建国，你把他放下来。"

老太太和刘妈也求情，反复说孩子刚受伤，不能这么弄。

建国为难："妈，这是我们家的军法，必须这么做。"

美心一跺脚："你要吊他，我就吊你！"

小年反倒说："奶，老太，我没事！做错事就应受罚，没关系。"正说着，建国从裤腰抽出皮带，弯成个圈，朝空中一甩！啪！

家丽打了个摆子。美心啊地叫出声来。老太太闭上眼睛。刘妈却歪倒在地，晕了过去。

家丽连忙掐她人中。美心倒水来，灌一点。

老太太打建国一掌："行啦，差不多啦，家法再伺候下去，小的没事。老的先完蛋！"

建国蒙蒙地，站在原地。小年两腿乱摆，吊在电风扇上也没吓怕他。

他只当是个游戏。

　　脸盆架边，卫国把毛巾投进脸盆水里，摆了三下，递给家文。家文平静地："大哥大嫂的生活费迟了半个月还没给。"

　　卫国护大哥，但克思这事做得的确不地道："知道。"他想轻描淡写过去。家文更进一步："这事你得跟他们说清楚，是忘了，还是故意不给？这是娘的生活费，娘没有工作没有退休金，就靠这个生活，这些钱都是花在娘身上，作为儿子媳妇他们应该赡养老人。"卫国不作声。

　　家文道："怎么，你不好意思？那我说。"

　　卫国连忙："我说我说。"

　　家文又问："那那件事你说还是我说？"

　　卫国为难，想了想："你说吧。"

　　家文点了点头。毛巾冷了些，卫国又在脸盆里加了点热水，重新投了投。拧干，递给家文。家文去帮陈老太太擦好弄好。才坐在床头，婆媳俩面对面。

　　"娘，"家文沉静，"有件事想跟你说。"

　　陈老太太不能动，但脑子不糊涂。"说吧。"

　　"我和卫国商量，流了一个孩子。"

　　陈老太太吃惊，但没露出来。"怎么不要……"有气无力地。

　　家文道："计划生育抓得紧，生了，工作就没了。"

　　说的是实话。计划生育在城市全面推行。一对夫妻，只能要一个孩子。"而且娘现在躺在床上，我们怎么再要孩子。"

　　说的也是实话。陈老太太流泪了。是她，是她的半身不遂，耽误了这个孩子的到来。

　　"已经流了？"

　　"嗯。"

　　"月子还是要坐。"

　　"嗯。"

"男孩?"

家文怔了一下，她没想到婆婆还问这个，据实相告："是的。"打下来的确是个男胎。陈老太太泪水更多了。

大康小健结婚后都生了男孩，一个叫小磊，一个叫小虎。小虎他妈，小健的老婆小云来得比陶先生还勤点。他们跟春华走得近。因为陈老太太生活费的事，春荣跟克思闹了不愉快。春华努力从中协调。春荣道："做老大没有老大样子。"

春华只好说："谁让他是老大呢。"

春荣恨道："人在的时候不孝顺，难道等死了才孝顺?"

春华不好说什么。春荣又说："我看娘这，也挺不了多久。"陈老太太卧床两年了。春华道："过一天算一天。"

春荣道："娘的寿，今年得好好过一过。"

姊妹俩没说出口，但心里清楚，这样的大寿，不见得还有几次。

又快到年了。年里头，家艺上门送钱。比往年送得都多。美心退回去："哪要这么多，参加工作的，一人一百，你这超了。"

家艺帮着剥蒜头："给你就拿着。"美心暂停，桌子上都是纸盒子。

"钱够花。"美心强调。

"什么叫够，"家艺带着点笑，"一件衣服穿多少年，这样是够花?"

"你发财啦?"美心问。

"没有。"家艺不看妈妈，"我还是上班，不过现在外头遍地是钱，看你去不去捡。"

美心哼了一声："口气大的，遍地是钱，在哪儿? 我怎么没瞧见?"家艺说："有钱你得去捡啊，你腰都不弯，钱能往你怀里飞?"

美心这才说："我听说了。"

"什么?"

"欧阳脱离单位了。"

"也不是什么大事。"

"你们的事我管不着。"美心痛心疾首地，"但这么做，就是胡闹!"

"妈，你不懂别乱说，为民哥不也自己干，他胡闹了吗？生意好得很，那队伍恨不得都排到保健院去。"为民的新星面包房在保健院斜对面。

"为民那是没办法，自己残疾，又没有合适单位接收，才出来干的，不一样。"

"有什么不一样，黑猫白猫，捉到老鼠就是好猫。"家艺说，"妈你都不看报纸不看新闻的吗？姐夫不是往家里送了一份。"

"你妈识几个字你不知道？刁难老娘。"

"就在今年，哦不，马上就是去年了，市政府颁布了《关于企业承包经营的暂行办法》，市里，就在洞山，个体劳动者代表大会都已经召开第二次了。"

"反正你别胡来。"

"我胡来什么？我这工作，工艺厂，是艺术，我怎么可能脱离艺术。"

老六回来了。她已经脱离春燕酿造厂，正式开始在五一商场站柜台，做营业员。这符合她的天性，她也有这个天资，个子高，长得漂亮。

"三姐，你这衣服不错。"

"怎么样，格调。"家艺得意。

"我们商场都没有这货。"

"上海买的，出口货。"家艺强调。她现在所有衣服都来自上海。老六进屋。家艺继续说："妈，就好比你糊这个纸盒子，是给我们厂打工，一个盒子，就打现在涨价了，五分钱。你一天能糊一百个吗？还不如公园门口卖汽水的挣钱。"

美心立即："那我也不能到公园门口卖汽水去，丢不起那个人！我是国家正式员工，只不过是内部退休了。"

家艺摇头："妈，我真跟你说不通。"

美心教育她："你姥爷姥姥以前都是小手工业者，说白了就是小商小贩，到我跟你爸，终于成了工人，无产阶级，你现在又让我做回小商小贩，那不行。"

"好好好，不行不行。"家艺道，"没人逼着您，那祖传的八宝酱菜的方子，就好好收着，准备当古董，三千年后再被人挖出来。"

家丽回来了，带着小冬。家艺打了招呼，准备走。家丽笑说："这么快就走？"家艺道："枫枫离不开我。"

"在他爷爷家？"

"不，请了保姆。"家艺说，"听了你的话，找了大河北的。"

家丽进屋，老太太和美心都在糊纸盒子。家丽给了过节费，走过去，帮老太太揉揉肩膀："阿奶，别那么累了。"

老太太笑道："闲不下来。这批做完，就不做了。"又说，"主要陪你妈做做。"美心道："是我闲不下来。"

小冬去小玲和家欢的房间玩，床底下有橡皮玩具。

"家欢怎么还没回来？学校不都放假了，我看秋林早回来了。"

"可能学业忙，家欢今年毕业。"美心说。

"分配的事怎么样了？"家丽问。老太太说："这我们可操不了心。"又坐了一会儿，家丽要带小冬走。进屋，喊："快点，收好。"小冬慢吞吞收着，他是个肉性子。家丽还有事，等不及，进门帮他快速收着，铁盒子缝隙里有封信。拿起来，是封没寄出去的，上面写的收件人是：赫兹。

119

打开，一张信纸写得密密麻麻。看完折好，放进信封，收在包里。家丽愣了几秒钟，小冬来拉她的手："妈，走不走？"家丽这才反应过来。

"奶，妈，走了，年三十过来，"家丽道别，走到门口，突然转头问，"谁是赫兹？"老太太脖子一缩，显然不知道。

美心脱口而出："刘妈家的猫叫赫兹。"

家丽眨眨眼，皱皱眉，尚未参透其中玄妙。

回到军分区的家，小年和建国也刚到家。爷儿俩都很兴奋。家丽问："打了鸡血了？"小年嚷嚷着："妈，知道淮海战役吗？"

"不知道，你妈那时候还没出生。"

小年说："我那时候也没出生，我都知道淮海战役。"

"你知道什么？"家丽觉得儿子可爱。看看建国，建国忙说明年是淮海战役胜利四十周年，军分区有个预展，下午带小年去看了。小年拉着家丽："妈，你听我说，淮海战役是以徐州为中心，东起海州、西至商丘、北起临城、南达淮河的广大地区，对国民党进行的战略性进攻战役。淮海战役是三大战役中解放军牺牲最重、歼敌数量最多、政治影响最大、战争样式最复杂的战役。"

家丽脑子里事情太多，只好应付一下儿子："真棒，以后你也去参军，打敌人，就别跟姚家湾那帮小子掺和了。"

刚准备做饭，一个单位同事找来了。年前，家丽就从蔬菜公司总部调到了蔬菜公司洞山供销社做支援。这也是家丽申请的，这里离家近，她必须照看好两个孩子。

家丽火速帮建国和儿子们做了饭，出去了。供销社的鸡蛋供应出了问题。她作为总部的代表，必须协调。过年期间供应不能断。天已经黑透了。公司的运输车调不动，家丽只好带两个小孩，骑三轮车去。忙到夜里三点。家丽实在累，不愿意再往洞山跑，就近摸回娘家。倒头就睡。

床上有个人，是家欢。她被家丽砸醒。

"大姐，几点了？怎么现在回来？……跟姐夫打架了？"这是家欢想得到的情节。"睡你的。"家丽说。

一会儿天就亮了。家丽去小卖部打了两个电话，一个给供销社，供货已经正常。一个给建国办公室，简单说了昨夜的情况，报平安。开小卖部的大老吴笑道："不错啊家丽，鸟枪换炮，成领导了。"家丽不禁笑，回赠他一句："什么领导，我只能领导我自己。你也不赖，电话号码加了一位数，五位数了。"大老吴道："哎哟，这可不是我加的，是电话局加的。"家丽问:"加一位数什么意思?"

"人多了呗,电话多了呗,咱们市现在大发展,兴旺发达!"

"发达,发财!"家丽作了个揖。

年二十八开始准备菜。美心又要做肥西老母鸡汤。

家丽打趣:"妈,你那汤还比不过鸡汁方便面。"美心执拗,还是要做,这是老传统。家欢坐在窗前梳头发。

家丽凑过去,问:"怎么样?"

家欢不懂:"什么怎么样?"

"学习。"

"很好。"家欢答得干脆。

"翻过年就要毕业了。"

"终于毕业了。"

"你们学校也是分配制?"

"全国的大中专院校都分配。"

"有意向了?"

"有。"

"回淮南?在哪个银行?"家丽打听了,区里刚创办了一个信托公司,需要人,向财贸学院打了申请。简直是为家欢量身定做的。

"留蚌埠。"家欢说得很轻松。

家丽心沉了一下。她把门关好,才问:"阿奶和妈知道吗?"

"不知道。"家欢说,"你是第一个知道的。"

"蚌埠哪里?"

"蚌埠农场,他们缺一个会计。"

一听是农场,家丽急了,那跟下放有什么区别。农场的孩子千方百计考大学出来,她好,往里钻。"老四……"家丽刚开口,家欢便拦住她:"大姐,我知道你要说什么,农场不好偏远没有前途,但这是我自己的事情,我自己可以做决定,用不着跟任何人商量。"

"老四……"家丽又要说话。

"大姐——"家欢更大声，"你就尊重我行不行？这个家没了我不转吗？没了爸都照样转，别又说你那套理论，什么家庭至上，我是这个家的成员，这些跟老三说估计可以，跟我说没用。"

老四何家欢的陈词结束。

"说完了吧？"家丽沉住气。

"完了。"

"你为什么不想回淮南？"

"蚌埠比淮南好，我想离开家，单独生活。"

"放着西瓜不要，捡芝麻，你告诉谁谁信？"家丽拨云见日。

"理由已经说了，你不信，我没办法。"家欢摊手。

"赫兹是谁？"家丽忽然问。

家欢浑身抖了一下。她现在听到这个名字还感到不舒服。

"我不知道你在说什么。"家欢要往门外走。家丽挡住门，一把将她推到床上。

"大姐！你到底要干吗？"

"赫兹是谁？"每一个字都是鼓点，敲得家欢的心乱跳。

"我说了不知道不知道不知道！"家欢眼神忽然凌厉，"你翻我东西了？"不对，信都已经烧掉。

家丽不正面回答，直击要害："赫兹是张秋林？"

家欢捂住耳朵，此地无银三百两。

"赫兹是张秋林，你喜欢张秋林，但是张秋林已经有了新女朋友并且打算结婚，他们都会回到淮南在电子八所工作，这就是你不想回淮南不想回这个家的理由！"

抽丝剥茧，家丽洞察真相。

振聋发聩，家欢无处可逃。

家欢蜷缩在床上。家丽一把拉起她："何家欢！就因为这个就因为这点事情你就要毁掉自己的前途抛弃这个家庭？你想清楚了吗？"

家欢忽然失控，尖叫道："没有秋林我根本就不会去考大学！根本就没有我的今天！"

家丽咆哮："但你现在已经有能力往前走！走你自己的人生，你应该迈过去，而不是转头就跑！那是逃兵干的事！"

"我迈不过去……"

"张秋林就是个屁！"家丽手指地，"为什么要用别人的错误惩罚自己，老四，一步错步步错，你必须悬崖勒马，活出个人样来，你哪里比那个丫头差，我看你比她强得多。"

"我比她强，可是秋林就是不喜欢我不爱我！"

"不爱就不爱，不缺他这盘菜！我们爱你老四，奶奶，妈妈，我，你的姐姐妹妹，我们永远心疼你。回来吧，不要逃避，你工作之后可以搬家，搬走，田家庵这么大，住哪里不行。没有什么是过不去的，老四，我是过来人，我清楚明白你的感受。当初我和为民哥，那还是很谈得来呢，后来不也不了了之。爱情不是生活的全部，你还有别的，亲情友情，将来你也会遇到你自己的爱情。会有的，一定会有的，大姐向你保证。你现在最重要的是让自己强壮起来，坚强，有自己的工作，自己的事业，这些都不会背弃你。我们也不会。"

"大姐——"家欢扑在家丽肩头痛哭。

美心听到动静，敲门："没事吧，老四干吗呢。"

家欢难为情，连忙收了哭声。

家丽打掩护："没事！妈，这休息呢。"

美心嘀咕："休息还哭爹喊娘的。"又喊，"老四，一会儿去买瓶醋！顾桥的。"家欢应承了。

"来瓶顾桥陈醋。"五一商场门口，副食品专柜，一个个头高高的小伙子递上钱和粮票。家喜一个人在柜台上，师傅王怀敏上厕所去了。顾桥陈醋在货架最顶端，家喜够不着。小伙子笑眯眯地，拉了柜台挡板，直接进去，帮着把醋拿了下来。

家喜说了声谢谢，又立即反应过来："不行，你不能进来，你出去。"小伙子又礼貌地站出去。拿出一张纸，依次念道："淮建牌味精一袋，益益全脂奶粉一袋，益益强化麦乳精一罐，龙眼牌老虎油补酒一瓶，云龙牌猪肉松、猪肉干各两袋，淮南特曲酒一瓶，甘芝牌小磨香油一瓶，天兵牌荔枝汽水五瓶，没了。"

家喜忙不迭取货，算账。师傅王怀敏回来了。

小伙子叫一声："妈!"

家喜诧异，她才知道，王师傅的儿子都这么大了。

王怀敏介绍："家喜，这是我儿子闫宏宇，在二汽工作，宏宇，这是我们同事，何家喜。"两人点了个头，算认识了。

卫国家，春荣、春华还有家文想了好多过寿的法子，多半是请客吃饭、儿孙满堂之类，陈老太太一个都不满意，她想要出去看看。卫国问："娘，您想看什么?"

陈老太太说："热闹热闹。"

家文道："娘，刚开了龙湖电影院，挺热闹的，门口过几天有庆祝淮南解放四十周年的活动，再看看最近有什么好看的戏，也去欣赏欣赏。"

"这个好。"陈老太太同意了。卫国立即去打听，得知唱豫剧的牛得草率团来淮表演，就落脚龙湖电影院。陈老太太听了，道："牛得草的《七品芝麻官》和《三愿意》我听过，不错。"

既然老太太愿意听，就这么定下了。接下来是外出工具需要做。去医药公司，一时买不到轮椅，卫国找朋友连天加夜，打出一个架子，再去修车行加两个轮子。到了那日，卫国便先把轮椅拿下楼，再背着老太太下了四层。用三轮车拉着，往龙湖电影院去。看牛得草，陈老太太的笑声比往常都大些。

看完出来，电影院门口的庆祝活动还没结束，头顶上到处是花灯，大放光明。广场上立着大标灯牌，在夜色中红红绿绿的。淮南解放四十年了。陈老太太对卫国说："我和你爸，就是解放那年到淮南来的，刚开始住北头，就一间茅草屋子，人生苦短。"

卫国眼眶湿润，但还是笑："娘，长着呢，你一定能长命百岁。"

陈老太太笑道："我自己的身体我自己知道，今儿高兴，明天你把他们都叫来。"

卫国道："明天年二十九。"

陈老太太说："叫来。"

120

一夜几乎没怎么睡。陈老太太躺在里屋，一会儿拉，一会儿吐，直到天亮才稍微眯一会儿。卫国和家文累得眼睛肿。难得的，第二天一早，老太太精神却不错。能说能讲，斜靠在床上。

春华第一个到，她隐约觉得不妙，便没带小忆过来。丫头胆子小。卫国和家文大概说了昨晚的情况。春华问："人都通知了吧?"卫国说能打电话通知的都打了电话，孙黎明那边是让人带话，现在也没时间亲自过去。

"娘还吃东西吗?"

"没怎么吃。"

春华有些担心。过一会儿，春荣到了，敏子、智子、惠子也来了。敏子还带着她新交的男朋友，一个绩溪人。

春荣进去问陈老太太安。出来就说："娘精神头特别好，褶子都撑开了，怕是回光返照。"春华道："别胡说，估计是真见好了。"到了快中午，克思来了。光彩发烧，陶先生带她去医院，没赶过来。没多会儿，孙黎明率大康小健并两个儿媳妇小君小云来了。

中午吃饭好好的。欢声笑语。有了轮椅，陈老太太也就在桌边坐了会儿，稻草人似的。坐一会儿，卫国怕她累，又扶回床上躺下。半下午，陈老太太叫人。先叫的卫国。卫国、家文并光明、春荣、春华都挤着进去。

陈老太太只让卫国留下。其余人出去。众人遵命。

卫国握着他娘的手。

陈老太太气息微弱，但吐字还算清晰："卫国，以后多想想自己，别老替别人想替别人做，要有防人之心。"

卫国道："娘，干吗说这个？"

陈老太太继续："人都是要死的，但你还有责任，光明你要培养好，才能对得起祖宗。"卫国忙说娘我知道，你歇会儿。陈老太太道："你娘我没读过多少书，只是在寿县私塾里认过几个字，你就记住一个防字。"

"记住了。"卫国说。老太太又叫家文进来。

卫国出，家文进。仍旧坐在床边。家文说："妈，少说两句，养养精神。"陈老太太不论，强撑着："家文，我们婆媳一场，从来没吵过没闹过，我看重你。但是我在我不在，这个家大不一样。卫国心太善，难免失了立场决断被人蒙蔽，光明你们要养好，如果有一天，卫国担不了，你得担，你记住这个担字。"

家文表示谨记。

轮到春荣了，也坐在床边。她帮老太太掖掖被子。

陈老太太道："荣子，娘对你关心不够，也是因为放心，以后，家里的事，你多操点心。"春荣忙说是。老太太又道，"虽然你嫁出去了，但不要什么事都由着小鲍。"春荣立即说不会的。

老太太笑笑："以后你那三个丫头，估计也就智子能指望得上。娘送你一个字，明，是非你要明。"

春荣心领神会，出去了。

再春华进。陈老太太对她："华子，以后这个家上下左右，还得靠你胡噜在一块儿，但是你得有立场，不能这边好那边也好。你们还年轻，眼光放长远一点。你记住一个字，定。"

克思在外头有些不高兴。底下几个都被叫进去了，他做老大的，反倒轮后。他沉着脸，春华出来了："大哥，娘叫你。"

克思连忙进去。陈老太太说："春贵，你是大知识分子，为娘教不了你什么。你就记住一个字,公。你是老大,要有公心,别什么都听你老婆的。"克思连忙说:"小陶带光彩看病去了。"陈老太太不再多说,闭上眼睛,叫孙黎明并大康小健一同进。

黎明进来就喊:"娘,你休息休息。"

陈老太太却道:"大康,小健,你爹不容易,你们要孝顺。"说完,又叫光明进来。小光明一个人进去了。陈老太太在家躺了几年,她不再是曾经那个能抱他带他玩的奶奶。光明一直不明白奶奶为什么不肯起床。陈老太太悄声,几乎没什么气息:"光明,你过来。"光明走过去,站在床边,他的身高仅仅超过床沿。

陈老太太说:"给奶奶背一首诗。"

光明朗声念道:"千山鸟飞绝,万径人踪灭,孤舟蓑笠翁,独钓寒江雪。"几个大人在外屋听到念诗声,深以为罕。

鲍敏子着急,怎么都叫进去走了一轮,姥姥偏没叫她。她要进去。春荣喝道:"老实点!你姥姥没叫你,你就在外头待着。"

敏子争强好胜惯了,偏要硬闯。卫国向来心疼这个大外甥女,便对春荣道:"悄么声息进去也行。"

敏子得意:"妈,听到了吧,小舅让进。"

没办法,只好让她悄悄进去。

敏子闪进屋。台灯亮着,屋内昏沉。光明站在床头,对着床上的奶奶,不说话。见敏子来,光明转头看她,眨眨眼。

"姥。"敏子叫了一声,没人回应。靠近了,再叫:"姥。"老太太像睡着了。敏子把手指在老太太鼻子下一比,随即大叫一声:"妈!舅!姨!"

众人哗啦啦进门。

呆立。春荣上前,比了比鼻息,摇摇头。

春华率先大哭起来:"我的娘啊!我的苦命的娘!我的亲娘!……"

哭声此起彼伏。

陈老太太仙去了。

办丧事是个力气活，要周全周到，卫国是大孝子，和大康小健一起忙，选墓地，入葬，办事，每一处都周周全全的。一个年下没过好。美心和老太太并在家的几个小字辈都去见了陈老太太最后一面。美心原本怕老太太感怀，不让她去，可老太太偏去。

"有什么怕的，先走后走都是走，尽人事听天命。"老太太豁达。

等过了五七。卫国才真正开始悲伤。想起为娘一世辛劳，到老刚能享点福，却遭此大不幸。他心酸。上班下班，情绪都很低落。这日，家文打算鼓励鼓励卫国，道："娘那天跟你说什么了。"

卫国道："交代了几句。"

家文说："娘送了我一个字。"

卫国好奇："也送了我一个。"

"先说你的。"

卫国说："娘送了我一个防字。防止的防。"

家文顺着他说："那你就应该听娘的。"

"什么意思?"

"防，防止，就是让你有度，防止过度悲伤，防止一切过分的东西。"

卫国被家文的解释逗乐："娘的意思是，害人之心不可有，防人之心不可无，说说你的字。"

"担，承担的担。"家文说。

"让你承担?"卫国不理解其中意思。

家文留着半句没说，只说："我们的责任还很重。"

卫国道："慢慢来吧。"

整个上半年，大多数人似乎都活在沉郁中。直到汉城奥运会开幕，生活似乎才开始有点活气。

家欢毕业了，她考虑再三，还是听进去家丽的建议，回淮南，进区信托公司。连领导总共三个人，暂时以区财政局做营业场所。主要工作任务：吸纳存款，发放贷款。信托公司刚成立没有员工宿舍，更谈不上分房子。

何家欢暂时住家里。张秋林和孟丽莎还有一年才毕业，家欢住家里，也不至于跟秋林打照面。家丽来安抚一番，家欢便努力投身工作，暂时忘记苦恼。

家欢一个人住一间屋，小玲和家喜住一间。就那家欢还不满意，说小玲吵着她了。小玲依旧痴迷霹雳舞，还去市里比赛。

这日，家欢下班回来，刘妈正抱着猫，赫兹，站在院子里跟美心说话："你都不知道，那个卖炒货的，居然发财了。"刘妈兴奋。美心道："卖瓜子花生能发财，那老三的公公早发财了。"

刘妈劝说："时代不一样了，现在鼓励个人奋斗。"

家欢经过。刘妈主动跟她打招呼。自家欢进入信托公司工作，刘妈便高看她一眼。家欢哦了一下，爱理不理，进屋了。

刘妈也觉察出不对，问美心："家欢是不是对我有什么意见？"

"什么意见？"

刘妈比画着："她一见了我，那脸色立刻晴转多云。"

美心无可奈何地："不至于，她就那样，驴脸，挂拉！还弄两个酒瓶底子。"

刘妈煞有介事："女大不中留。"

美心立即："你说对了，她刘妈，你也帮忙留意留意。"

刘妈道："一定的，老四不难找，这么大一个女才子。"

美心犯难："就女才子才麻烦呢，她是大专，总得找个本科才能压得住她吧，这去哪儿找？再说老四又那个样子……"没法往下说，美心叹气。

"我留心我留心……"是安慰的口气。

两个人只顾着说话。后头伸出一只手："让让。"家欢冷冷地。

美心和刘妈连忙让开。家欢拎出开水瓶，把瓶盖往厨桌上一卡，倒水，端走。一言不发。

刘妈打了个摆子："哎哟，大冰山。"

市少年宫，业余霹雳舞大赛，主持人报幕："有请摇滚青年马达、凯丽!"斜刺里,小玲和振民,也就是主持人口中的凯丽和马达上台了,"擦玻璃""太空步"伴着迪斯科舞曲,这对璧人一通狂舞,引得满堂喝彩。

比赛完毕,经投票,马达和凯丽获得二等奖。

然后是庆祝。马达和凯丽的朋友弄来了红酒,在龙湖公园又玩到半夜。夜里一点,小玲才到家。家欢起夜,碰到她。

"才回来?疯什么呢。"

小玲没理她,到水池边卸妆。

家欢自认是姐,有权利教训老五:"刘小玲我跟你说话呢,聋了?"

小玲依旧对着镜子忙:"叫我凯丽。"迅速卸完妆,小玲回自己屋。家欢冲着她背影:"死丫头!还玩洋的了。"

刘妈还真帮忙,没几日,果然张罗了几个未婚男青年。拿照片过来。老太太戴上老花镜,比得远远的,瞧了瞧,说:"看上去还行,都什么条件。"刘妈依次说了,基本都是工人,在各个工厂上班。美心说:"工人也好,但还得家欢喜欢才行。"

刘妈藏着话没说。她认为家欢这样的,不应该再挑。

老太太道:"是不是太急了点?这才刚参加工作。"

美心忧愁地:"妈,你当老四还年轻?虚岁都二十五了。"

老太太说:"那给老四看看,她前头几个姐姐都是自谈,到她这儿,父母之命、媒妁之言,保险点。"

当晚,家欢到家。美心便把几张男士小照送到她眼跟前,笑着说:"这些人你看看。"

"什么意思?"家欢警觉。

"你看看。"

家欢接在手里,扫了一眼,没一个比张秋林顺眼的,"我不看。"她递回给美心。

"看看又不妨事。"美心重新把照片塞到四女儿手里。

家欢接了,当即撕得粉碎:"我不需要!"

美心盖不住火："这丫头……"

家欢撂狠话："大不了一辈子不嫁人！跟奶奶过。"

老太太拄着拐杖从里屋出来："奶奶也不能陪你一辈子。"

家欢执拗："那，那就让院子里的鸡陪我过！"

美心恨："你就是驴！"

121

陈老太太去世后一年，饲料公司又一轮住房分配，卫国打分靠前，选了套房，两室半一厅，虽然是旧房，但空间上宽敞很多。一家三口搬进新房，气象一新。光明开始上小学，就在春荣供职的学校，卫国托春荣多多照顾，春荣自然义不容辞。

敏子上班一年多，和她自谈的男友绩溪人胡莱感情升温，打算结婚。春荣家全家反对。胡莱是外地人，又属于口笨舌拙的类型，自然不讨鲍先生和春荣喜欢。

可敏子不论，硬是来个鱼死网破，她嚷嚷着："以前你们不问我事，现在也别管！"非要结婚。

只有小舅卫国支持她。

结婚打家具，婚礼找车，都是卫国忙前忙后。她亲爸亲妈却懒懒的，鲍家出了叛逆，那是不被允许的。

敏子结婚，老太太和美心的意思是何家得去人。家喜工作替考，智子帮了忙，一直没机会还人情。逢着大事，绝不能装作看不见，太不成样子。老太太的意思是，几个在家的都去。家喜肯定少不了，小玲随她，想去就去，家欢得去。另外家文、家丽，自然是会到场的。至于家艺，孩子小，人又矫情，就先不告诉她。

鲍家一听家文娘家这么来捧场。自然高兴。

可临到时候，家欢不愿意："我不去，怎么事先不告诉我，我又没说去。"美心和老太太知道家欢性格。不去就不去。一行人热闹去，留家欢一个人在家。家丽看在眼里，知道家欢的心结。

等婚礼完毕，家丽先撤退，紧赶慢赶到家，家欢正一个人对着电视。家丽放下包，出去洗洗脸，往后院去。拿了把剪刀，修剪月季。一会儿，家丽又叫老四来帮忙。

家欢老大不情愿："大姐，你这会儿忙着修它干吗？"

家丽笑笑："不修，它就乱长。"

家欢手握剪刀，左一下右一下。

家丽忽然问："还没过去呢？"

"什么？"

"那事。"

"没有的事。"

"我可给你打预防针，赶紧过去。"家丽还带着笑。

"这又不是放屁拉屎，说过去就过去。"

"你跟妈吵架了？"

"没有。"

"那妈怎么这么愁心？"

"她老弄一些阿猫阿狗来，想打发我出去。"

"妈也是为你着急。"

"我知道，我是老大难，都为我着急，恨不得我明天就出了这个门，免得成滞销产品，有辱门楣。"

家丽纠正："老四，没人这么认为，关键你自己要走出来，妈是鲁莽了一点，但我知道你。知道你优秀，心高，你也有心高的资本。你跟姐说说，喜欢什么样的？"

"又来了。"家欢把剪刀往窗台上一放，要走人。走到纱门跟前，转头道，"大姐，你那时候还说我能搬出去住呢，也没搬。"

家丽暂时顺着她，笑说："房子总得找吧，总不能去租一个，太不划算。"

家欢不信任地："我这上班都一年了，只要是真帮我留心就好。"没过七月节，秋林和孟丽莎果然都分配回了淮南，就在电子八所。对外，都知道他们是男女朋友，天造地设。两个人暂时住在刘妈家，即何家对过二楼。何家欢老大不自在，为避免和这两个人碰面，她早出，提前一个小时去上班，晚归，延后一个小时下班。公司的领导深以为家欢是个人才，"事业心特别重，有奋斗精神"。家里人也觉得，家欢变了，成大姑娘了。老太太问美心："家欢天天在单位到底做什么？"美心不假思索："算账。"

家欢也的确要算账。放出去多少，贷出去多少，差额多少，她都得统计。与此同时，她还得接待每日来咨询业务的各企事业单位人员。这日，何家欢坐在办公室。敲门声响。

家欢没抬头："请进。"

人进来了，没说话。何家欢一抬头，见是秋林。

两个人都不说话。秋林打破沉默："哦，我来……我来帮单位楼下的后勤部问问贷款的事，他们想开一个商店……"秋林支支吾吾。

理由很幼稚可笑。家欢稳住心神，只说请坐。

秋林有话想说，去关门。

家欢连忙阻止："不用关。"

秋林退回来，任由门开着。

家欢拿出一张表，递过去："填一下。"秋林两三步上前，拉了个凳子，趴在办公桌一角，离家欢只有半米远。

家欢明显感觉不自在。清了清嗓子，端着茶杯去倒水。坐回来，秋林还在填，统共没写几个字。

秋林放下笔，轻声，试探地："我们之间……是不是有什么误会……"

家欢当即，冷冷地："没有误会。"

秋林噤声，填了一会儿表，又说："其实我一直把你当作……"

"填表就填表！"家欢半路拦截。

秋林话没说出来。

"以前我根本就不知道你对我……"秋林再次鼓起勇气。

家欢抢白："我对你很简单，就是邻居，就是同学，现在联系少了，就是陌生人，没有其他的。"他说，还不如自己说。

"我为我欠考虑的地方说抱歉。"秋林真心实意地。

"能不能不说这个？"家欢忍不住。

秋林伸出手："还是朋友。"

家欢愣了一下，还是伸手握了握："谁要跟你做朋友。"口气打趣。内心流泪。她知道她知道！就是因为她不好看，她古怪的眼睛，该死的眼睛！

"你是我很重要的朋友。"秋林继续说。

家欢却不容许他这么说下去："你到底是来干什么的？"

"贷款……"

"贷款就贷款。"

"我准备结婚了。"秋林忽然说。

空气凝固。家欢觉得自己快无法呼吸，但又必须挺住，她何家欢是个斗士。

"结婚不需要我批准。"家欢尽力维持优雅，"我只批贷款，看了一下，你们这个贷款好像不合格。"

"家欢，我一开始真的是不知道！不知道你对我……也不知道我对你……我以为我们就是……就是玩得很好的那种朋友……就是没差别没有性别……家欢……我真的就是那么简单。"

可笑至极，家欢在心里骂。难道怪她？也不对。

说来说去，只能说：真实就好。其实不只是他，就算是她也必须面对自己真实的感受。忽然间，何家欢似乎理解了当年秋芳姐为什么坚持要嫁给汤为民。那就是秋芳的感受，真实地，强烈地，她爱他。那大姐家丽呢，很显然，这个家庭比一段感情重得多。

何家欢痛苦着。她既没有秋芳那种执念和决心，也没有她的竞争力，很明显，把她和孟丽莎摆在一起，无论是谁，刘妈、秋林、秋芳，都会选择孟丽莎。

她更没有大姐家丽那种快刀斩乱麻的狠劲。何家欢不需要为家族付出，她只需要成全她自己。

偏偏不能！

秋林走了。何家欢一个人坐在办公室，神色黯然。单位同事小姑娘进来，寻寻觅觅，问："何姐，那个装卡片的盒子在哪儿呢？"

家欢立即反弹，大声，厉色："不要跟我提赫兹！"

小姑娘唬了一跳，不知说错了什么，做错了什么。

家欢清醒过来。小姑娘谨慎地比画着："盒子，是盒子，box，盒子。"家欢这才意识到自己的错误："哦，在那儿，柜子里头，你自己拿。"

请柬是刘妈来送的。

站在前院，跟美心说话。

"终于等到这一天了。"美心对刘妈。

"死都瞑目了。"刘妈控制不住笑，"天上掉下来的儿媳妇。"

家欢进院子。刘妈笑对："回来了。"

家欢没理她，飘过。

刘妈问美心："老四是不是对我有什么意见？"

美心好言："没有的事，她就那样。"

"上次介绍那几个，一个都不满意？"

"没有不满意。"美心也有些不好意思。

"那就是满意？"

"也不是满意。"美心为难，"她现在就是不想谈。"

刘妈道："跟秋林同年的，女孩更是不能等。"美心脸上有些挂不住："不急，自己挣自己吃，愁什么，三条腿的蛤蟆难找，两条腿的男人满大街都是。"刘妈笑笑，不语。

给家丽两口子的请柬秋芳单送。就这一个弟弟，秋芳格外看重秋林这场婚事。彩礼几乎没要什么，电器全是女方家陪的，女方爸妈都是高级知识分子，在电子科研系统人脉很广，本来丽莎要从合肥到淮南，她家里是不大愿意的，但架不住女儿为真爱坚持，丽莎父母唯有成全。

家丽把请柬带回家，建国看看日子，表示那天他可能去不了。军分区举办军事技能比赛。家丽忧心："大礼拜天的，你去不去倒无所谓，老四不能去，她不能受刺激。"

建国不明白："跟老四有什么关系。"家丽前前后后简单说了一下。建国揶揄："你们家人怎么老有这些故事。"

"什么意思？"

"就是一些三角四角。"

"胡八扯咧！"家丽要拧建国耳朵。

必须想办法。秋林结婚头一个礼拜，小玲要去广州参加霹雳舞大赛。家丽先找小玲做工作。

"大姐，你不会不让我去吧，我这次可是代表市少年宫莉达霹雳舞社，是个大活动，单位都同意了，这是争光的事情。"小玲一口气说。

"都多大了？还少年宫。"

"反正这次我必须去。"小玲据理力争。

"没说不让你去。"家丽说，"不过有个条件。"

"什么条件？"小玲深感不妙。

家丽提出的条件很明确："去可以，必须让四姐陪你去。"

"为什么？"

"不为什么，你才多大，出这么远的门，奶奶妈妈都不放心，老四陪着你，安全些。"

"我都二十了！"小玲申辩。

"那也是孩子。"家丽说，"要么不去，要么四姐一起。"

"行行行，"小玲同意了，又补充，"费用自理。"

家丽又找家欢做工作。

家欢一口回绝："我不去，我对霹雳舞不感兴趣。"

"广州也是我们国家很重要的城市。"家丽上纲上线。

"跟我没关系。"

"我是为你好。"

"心领了。"

家丽只好祭出实话："张秋林下个礼拜结婚，请了我们全家，你去不去？"

家欢愣了一下："我去广州。"

122

上了火车，家欢才发现汤家老三汤振民也在车上。他也去参加霹雳舞比赛。车过蚌埠的时候，家欢就意识到，振民和小玲他们根本就是一拨人。团里的人都叫小玲为凯丽，叫振民为马达。

火车卡座，凯丽、马达、家欢和一个脸上有块红色胎记的小伙子面对面坐着。路途很长，四个人打牌解闷。

就打争上游。为提高积极性，玩带钱的，一张牌两分钱，没玩多久，家欢就输了几块，她也不在乎。

家欢随口问："振民，你为什么叫马达。"

"红色胎记"促狭："因为他屁股扭起来像电动马达。"

哦，一个比喻。

"你为什么叫凯丽？"家欢问老五。

"红色胎记"继续解释："那是因为凯丽跳舞用劲过大，裤子容易开裂。开裂开裂，凯丽凯丽。"

三个人都笑了。

家欢见"红色胎记"这么机灵，问他："那你叫什么？你的艺名。"

"红魔。"他不假思索。很明显，这名字跟他脸上的胎记有关。

红魔道："既然出来了，就不要叫本名，都得有个艺名。"

凯丽道："老红，你给我姐起一个。"

红魔想了想，伸出一根手指："独龙，独龙比较适合。"显然是从她那一只眼上化出来的。家欢把牌一摔，起身去车厢接口处。

凯丽敲红魔的头："让你胡扯！"

和谐被打破。一路家欢都没给他们好脸。这样也好，她就是来散心的，她不用理任何人，看任何人的脸色。

到广州，家欢跟小玲住一间房。家欢也不去看什么霹雳舞大赛，在宾馆里住着，看看香港的电视，听不懂没关系，就感受个氛围，下楼，吃吃逛逛。走过老街，刚好遇到一对新人结婚，欢天喜地，还有舞狮子。家欢苦笑，到哪儿都躲不过。

比赛比了三天，第四天小玲和振民他们才闲下来。小玲提议去夜游香江。家欢不感兴趣，天黑了，她只想在屋子里静一静。十点睡觉，小玲还没回来。算着这日是秋林结婚的日子，家欢睡不着，但也懒得起来，就在床上躺着。到十二点，门廊有动静。应该是小玲回来了：

迟迟不见她进屋。家欢觉得不对，悄悄走到门口，透过猫眼朝外看。走廊里一片黑。

跟着传来一阵接吻的声音。咚的一下，什么东西磕到墙上了。

"你要死啊！"是小玲的声音。

夜静，听得真，家欢身上一阵燥热。

"行了，该休息了。"小玲说。

"真不去我那屋？"是振民的声音。

家欢更震撼。

"休息。"小玲说完，蹑手蹑脚回到房间，关上门，洗澡，睡觉。家欢全程装睡，不点破。

等到上了回程的火车，何家欢才在厕所门口堵住刘小玲。

"刘小玲。"家欢很严肃。

"叫我凯丽。"小玲吊儿郎当，对着厕所的镜子补妆。

"刘小玲！"声调陡然拔高。小玲不得不注意家欢，从镜子里看她，一张怒气冲冲的脸。小玲转过身，对她："又怎么了？起艺名是红魔不对，他不是跟你道歉了嘛。"

家欢直问："你处对象了？"

"乱猜。"小玲干笑，掩饰。

"有没有？"

"没有！"小玲否认，"追我的人很多，我一个没看上！"

"那，那天晚上怎么回事？"

"哪天晚上？"

"游香江那天。"

"没什么事啊，什么都没发生。"小玲若无其事。

"你不许处对象，不然我就告诉大姐和妈。"家欢冷冷地。

"我就知道！"小玲踢了水池子一脚，"你就是个探子！间谍！特务！就是大姐派你来的。"

家欢听了好笑，故意刺激她："答对了，就是大姐派我来的，你得接受人民群众的监督。"

小玲又软下来："四姐，没有的事，你包容包容。"

"不管有没有，反正现在你得停止。"

"停止停止。"小玲口头答应。

到家，秋林的婚礼已经结束。一结婚，电子八所就分了房子，秋林和孟丽莎搬了出去，不再跟家欢打照面。

暂时，何家欢不用搬家。

但她还盯着刘小玲。

全家都在为家欢的婚事发愁。家艺听了，笑说："这有什么难的，欧阳家那么多葫芦头，喜欢哪个，挑。"

美心得知直撇嘴，私下跟老太太说："看看这个老三，自己扶贫还不够，还要别人也去扶贫。"老太太道："别弄反了，是等着别人来扶我们的贫。"美心不愿意："老四哪里不好，工作好，身体好，什么都好，只要能生孩子，还愁嫁不出去？"

不是嫁不出去，是何家欢根本没有恋爱的意头。她恨恋爱，顺带恨一切男人，介绍来介绍去，美心这个当妈的也愈发迷惑。条件差的，老四说不行，可条件好的，她还说不行。

曾经有一个地税局的，模样条件都不错，居然也不嫌弃家欢的眼睛，他还说家欢有学者气，有傲气，他非常倾慕。

全家人都说好，可何家欢就是一票否决。

没感觉，不考虑。

老五和老六也觉得奇怪，四姐这是摆明了不出嫁的意思。青灯古佛，守着这个家过。

老五百思不得其解。

老六家喜道："有什么不能理解的，我问你，四姐在哪儿上班？"

"信托公司。"

"她是干什么的？"

"会计。"

"那不就得了。"家喜说。

小玲不明白："怎么就得了。"

家喜引导："四姐是会计，那她对什么最敏感？"

"钱。"

家喜继续分析："以后我们都出嫁，就四姐在家，那这房子，还有家里的大大小小，自然而然都归四姐了。我们家没男孩，四姐就是想守住这个家当。"

小玲恍然大悟。

这日，小玲抱着一大束玫瑰花从外头回来，美心正在糊纸盒，老太太在睡觉。小玲把花先放在厕所里。对美心说："妈，外头有个人找你。"

美心起身出去。

小玲连忙把花从厕所里取出来，抱回自己屋。

美心没找到人，回来了："老五，是个什么人？"

小玲只好胡诌："一个女的，个子不高，有点胖。"

"朱德启老婆？"

"不是。"

"那是谁？"

"一会儿估计还会来。"

没多大会儿，果然来个人，在门口叫美心。老太太听到了，问是谁。美心说："妈，你休息吧，可能是刘妈，我出去看看。"

到院子，美心见刘妈神色慌张，忙问怎么了。

刘妈道："大老汤老婆住院了。"

美心一惊："哦哟，那回头去看看她。"

刘妈急说："别回头了，现在就去吧。"

美心问："空着手？要不要杀只鸡带着？现煮鸡汤也来不及。"

刘妈沉重地："没那么多道道，说人都快不行了。"

美心震动，当即进屋换了衣服。老太太问，她只说出去看看，这种事，她不想让老太太再去，怕她多想。

美心和刘妈紧赶慢赶到人民医院，汤婆子已近弥留。秋芳已经安排了最好的诊治，最好的护理，但没办法，胃癌，发现就是晚期，从发现到弥留只经历了一个月。汤婆子年轻时虽然可恶，但如今老了，也有几分慈祥，尤其是大老汤走了以后，汤婆子吃斋念佛，施舍救助，北头寺庙里还有乞丐叫她活菩萨。

美心和她做过同事，更有些牵绊感情。尤其到这个年纪，死亡抵在眼跟前，感触比年轻时更深，多少有点兔死狐悲。

为民、幼民、振民三个儿子站在床边。幼民老婆跟着秋芳跑前跑后。汤老二调去芜湖，汤老三在蔡家岗，大老汤去世后，为民弟兄们跟叔叔走动得也少了，这次汤婆子突然发病，没通知他们。

刘妈是汤婆子的亲家，少不了过来。她找美心一起，也是抱团取暖。汤婆子气息微弱，但脸上却带着笑。

见美心来，汤婆子点了点头。

美心眼泪下来了，但又必须止住。

"儿啊……"汤婆子呼唤。气飘出来，瞬间散了。

为民、幼民、振民连忙上前，簇到妈妈身边。

汤婆子对为民："多照顾……弟弟们……"

为民连忙说："放心吧妈，放心吧。"

又对幼民："别惹事……"

幼民说："妈，我听话。"

再对振民："早点结婚，成个家……"

振民哭了，扑上去："妈——"

何家客厅，老太太醒了，喊："老四！老四!"

家欢从屋里探出个头。

老太太说："给我撕一张小纸头来。"

"什么纸头?"她不明白。

"就白纸，一小点。"

家欢从书上撕了点来。老太太蘸蘸唾沫，粘在右眼皮上。"压压。"她说。

又对家欢："去，给你爸上炷香。"

家欢领命，恭恭敬敬对着遗像，上了一炷香。

小玲屋里呜里哇啦，是迪斯科音乐。家欢顿时来火，冲过去，推门，推不开。敲门，咚咚咚，急促的调子，是战鼓。

"老五！开门!"家欢口气不耐烦。

一阵忙乱。音乐停止，门开了。

"干吗?"小玲探出个头，把着门。

"闪开。"

"土匪!"小玲关门。一掌顶住，家欢力拔山兮，硬推，门开了。

"你想干吗?"

"刘小玲!"

"叫我凯丽!"小玲不示弱。

123

老太太在外头,拉着悠长的调子:"不要吵——你爸都快被你们吓醒了。"

家欢进屋,把门反锁好,压低声调,手指着小玲:"刘小玲我告诉你,只要你回到这个家,踏进这个屋,你就是刘小玲,不是什么凯丽!"

小玲不屑,转身,屁股对着她:"这个家不是你说了算。"

家欢发现帐子里头的玫瑰花,一把扯了过来:"叫你现在不要谈恋爱!"小玲要夺那花,却不及家欢身高臂长。

小玲跳着拽,却被家欢一掌推倒在床上。

"我让你谈,我让你谈!"家欢扯着玫瑰花头,瞬间碎红满地。小玲尖叫着:"何家欢! 你疯了吧!"说着,愤怒地扑上去,家欢用花击打小玲。小玲拿着个枕头挡着,且进且攻。

"开门!"是妈妈美心的声音。

姊妹俩暂时休战。却来不及打扫战场。屋内一片狼藉。

门开了。

美心怒目而视,站在门口,"搞什么? 活够了? 不想过,走! 我谁都不留! 世界都乱成什么样了,你们还在搞内讧? 知不知道你妈把你们生出来多不容易? 知不知道生命有多宝贵? 还不知足!"

万钧雷霆之下,家欢和小玲都不敢出声。

老太太到美心背后，帮她拍拍背："跟小孩子，不值当生那么大气。气坏了身子是自己的。"

"妈——"美心转头，眉头紧锁。

"怎么了？"

"大老汤老婆，没了。"美心叹息。家欢和小玲呆住。

老太太愁肠百转，一脸的皱纹，开了开，又松了松："人哪！没意思！"

家喜进门："妈，饿了！今儿吃什么？"

美心愤然："就知道吃！"

好容易平息。晚间，躺在帐子里，小玲对家喜："你说得不对，老四根本不是爱钱。"

"那是什么？"

"她不许我处朋友。"小玲说出症结。

"你处朋友了？"家喜试探性地。

"当然没有！"小玲矢口否认。

"跟我还瞒着？"

"真没有。"

"没有四姐阻拦你什么？地上的玫瑰花瓣怎么回事？也就是奶奶和妈现在被汤婆子的事给分了心，才没跟你理论。"

小玲翻了个身："你说说，老四为什么不许我处朋友。"

家喜道："你这脑子，我没法形容。"

小玲不介意："说说。"

家喜道："赌一支口红。"

小玲着急："别赌了，直接送你，说吧。"

"你是老几？"

"五。"

"她是老几？"

"四。"

"那不就得了。"

"什么得了。"小玲冒傻气。

家喜替她着急："你是老五，她是老四，她比你大，是姐，排位靠前，她还没处朋友，你就开始处了。她还没结婚，你就要结了，你让四姐的面子往哪儿搁。"

"就这原因？"小玲不可置信。在她看来，各人问题各人管，这根本不值得矫情。

"不信你找机会问问她，单独。"

这日，美心和老太太去参加汤婆子的葬礼。家里只剩三个小的。时机已到。小玲知道老四喜欢吃，便拿了个冰淇淋过去。

天热，家欢倒也笑纳。

"姐，咱们和好。"

家欢没作声，只顾吃冰淇淋。

"四姐，"小玲诚恳地，"你是不是不打算结婚？"

家欢手停下，抬头："关你屁事。"

"不是，四姐，你如果不打算结婚，那就不结婚，为什么非不许我处朋友？"

"我结婚。"家欢斩钉截铁地。

"那为什么？"

"怎么这么烦？到底要不要和好？"家欢准备赶人。

"不给个理由不行，妈和阿奶也不反对处朋友。"

"没说不许你处，"家欢说，"但不许你在我前面结婚。"

"就因为你是老四我是老五？"

"次序不能乱。"

"那要等到什么时候，猴年马月，头发白了？"

"刘小玲！"家欢接受不了这种说法。

小玲终于耐不住气："自己跑得慢还不许别人跑，这什么道理！有你这样的姐姐？自私自利，一点不为妹妹的幸福着想！"

家欢把冰淇淋空盒子往灰桶里一摔："你的幸福？你的幸福就是跟汤振民？你去说说看，你看大姐、妈和阿奶同不同意？那是汤家，不是一般家庭，和我们何家不可能通婚，过去不可能，现在更不可能，大姐就是例子，你比大姐还能耐？"

"这你管不着！"刘小玲摔门而去。

大通火葬场。汤婆子的告别仪式。老太太和美心随着队伍绕场一周，家丽和建国也来了。多少年的老邻居，再说也要给为民和秋芳面子。跌跌撞撞跑进来个人，一身华丽，金光灿灿，是何家艺。欧阳以前在外贸上班，跟大老汤有些关系，有些人情要还。但欧阳刚好在外地出差，就让家艺代来。

家丽忙把家艺拉到一边："你来干吗？"

"奔丧啊，看看老书记的老婆。"

"你这个样子像奔丧吗？"

家艺说："大姐，都九十年代了，能不能移风易俗一下。"

"这里不需要你移风易俗。"

"钱给你，我走了。我还真不想来。"家艺说。

幼民看家艺这德行，愤愤然，对他大哥为民嘀咕："现在就地痞流氓挣到钱了。"为民为息事宁人："来者是客。"

八月十五是大节，几姐妹照例带孩子回娘家。

欧阳宝还在外面跑生意，鸭毛鹅毛，夏天收，冬天卖，淮河以南还有"秋老虎"，气温尚未下降。因此欧阳格外忙。家艺衣着华丽，穿金戴银，领着欧阳枫和保姆廖姐，拎着一笼大闸蟹，施施然到家。一进院子，就捏鼻子："哎哟，这个鸡屎味！妈，你这鸡要养到什么时候，肥西老母鸡汤吃了这么多年怎么还有活鸡的？"

美心看不惯她那矫情样子："鸡不会生鸡的？"

家文儿子光明擅长背古诗词，在旁边不失时机地："鸡鸡复鸡鸡。"美心继续说："现在嫌难闻了，以前恨不得刚从鸡屁股里屙出来的，你都要吃！"家艺不恋战，带着廖姐进屋。廖姐是大河北农村来的，话不多，憨憨厚厚的样子。进了屋，老太太招呼她坐，又问了她好些个农村的事。这一片老人数老太太高寿，八十好几，愈发寂寞。难得来个老的，她就抓着聊天。岂料廖姐只是看着老，一辈子辛劳，累的，实际年龄不过五十多岁。两个人一对话，好多老事情对不上。老太太也便意兴阑珊了。

建国、家丽和卫国、家文已经在屋里坐着。

建国和卫国在聊马克思主义和世界军事。卫国刚入手了一套马克思文集，没怎么太读明白。建国喜欢谈三大战役。

家艺进屋，有点不知道往哪儿落脚，沙发上的毛巾毯有点脏。"廖姐！给我拿个竹凳子！"

廖姐连忙撇下老太太，去寻觅竹凳子。

凳子拿好了，家艺又对廖姐："去把那螃蟹帮着刷刷。"

老太太隔着好几个人道："老三，别乱使唤人！"

待廖姐出门，家艺道："拿工资的。"

家文笑道："即使是拿工资，也应该柔和一些，礼貌一些。都是劳动人民。"卫国插话道："按照马克思的理论，资本家就是靠剥削劳动人民的剩余价值致富的。"

家艺道："二姐夫，你说的不会是我吧，我可是劳动人民，不是资本家，也没剥削廖姐。"卫国笑呵呵地："就是刚好聊到这儿了。"

家丽道："老三，你有做资本家的潜质。"

家艺连忙，大惊小怪："哎哟，大姐，你可别给我戴帽子，我可没有这潜质，我顶多就是做做资本家的老婆。"

家欢道："早就听说三姐夫做得不错，什么开公司，需要贷款找我。"家艺动作夸张，腰都笑弯了："哪至于哪至于！就是个体，小本生意，赚点辛苦钱。"

小年小冬去新华书店还没到。光明和小枫在门口玩。

小枫说："走。"

光明问去哪儿。

"去小店。"指大老吴的店。

"去那儿干吗?"

"喝汽水。"

"没有钱。"光明为难。他比小枫大。但远没弟弟老练。

"没关系,看我的。"小枫胸有成竹。

到大老吴店门口了。小枫嗓门大:"老板,来两瓶汽水,荔枝口味的。"

大老吴想都没想,拿起子开了,递过去。迟迟不见小朋友付钱。小枫喝着汽水,说:"老板,赊点账,我们是后头何家的,我妈是何老三,一会儿回去就给你拿钱来。"

光明站得远一点,他从未赊过账。

何家客厅,大圆桌支起来了。本来是方桌,人多的时候便把四脚支起,桌面变大,可以坐更多人。小玲和家喜忙着端菜。廖姐把螃蟹端来上了。小年和小冬进院子,把书往鸡笼子后面一塞。进屋,家丽问:"买了什么?"小冬不会撒谎,道:"没买什么。"

小年拦住他:"买了参考书。"

"书呢?"家丽问。

"放家里了。"

"钱呢?"

小年把钱如数上缴。家丽简单看了看,不提。家欢逞能,说:"买了多少,我帮你算算。"职业病。小年央求:"吃饭了四姨,吃完饭再算。"

家艺见欧阳枫还不回来,又打发廖姐去找。廖姐刚到门口,小枫和光明正巧回来。"小少爷,吃饭。"廖姐说。

光明觉得这称呼好玩,对小枫:"你是小少爷?"

小枫当仁不让:"当然。"

124

客厅，众人已经落座。主座是老太太。其余大人依次坐开。小年、小冬、光明和小枫由廖姐率领，坐在旁边小桌上。

家艺矫情地："哎呀，吃个螃蟹。"

老太太笑道："你们年轻人吃吧，我是吃不动。"

家艺忙说："阿奶，我剥给你吃，吃螃蟹也是一门艺术的，吃的时候怎么样，吃完了壳子还要怎么样。"

美心看不惯："有什么好吃的，以前沟里到处是，都没吃。"

家艺说："妈，你要不要与时俱进的哦。"

美心反驳："我都多大了，我还进，这个桌上，就我和你奶奶有资格不进。"家艺说："活到老学到老。"家丽拦住话头："喝酒的酒满上，喝茶的茶满上，走一个。"

果然走了一个。老太太满足："嗯，有点样子了。"

家的样子。

刚开吃，家艺身上一阵蜂鸣，警报声。家艺赶忙从裤腰里摸出一个黑色的小方块，是最时兴的 BP 机。

家艺得意："欧阳呼我，我出去打个电话。"又说，"妈，你这也应该安个电话，也太不方便了。"美心撇撇嘴："安电话，谁打给我？统共就那么几个人。"

家艺到大老吴的小卖部给欧阳回了个电话，付了钱给看店的大老吴女儿，便回桌吃饭。

屁股刚落座。大老吴跟过来了："那个，钱……"大老吴有些不好意思。

"不是给了嘛，给你女儿了。"

"不是……"

"一分钱没少啊。"

大老吴赔着笑脸说："是你们家两个小少爷，刚才赊了两瓶汽水。"一听说赊账，一桌人都觉得奇怪，何家人从来没有赊账的习惯。家艺问小枫："赊了吗?"

小枫伸出两根手指比了一下："两瓶。"

家艺二话不说立即拿包，把钱给了。大老吴道谢，走了。

家艺不屑地："不就两瓶汽水嘛，也值得颠颠地跑这么远。谁会欠了你的，要不怎么一辈子做小买卖。"

老太太发话："行啦，做点生意不容易，欠债还钱也是应该。"又对小枫，"以后不许赊账，想买回来要钱。"

小枫立刻指着表哥光明："是他想喝。"

家文当即正色："光明，怎么回事? 学会赊账了。"

光明委屈地："妈，不是我。"

家艺圆场："行啦，吃饭吧，别说了，就这么点屁事。"

席间，一家人谈到大老汤家，都为大老汤夫妇感叹。美心说："这亏得娶了秋芳，懂医。"家艺道："治得了病治不了命，以前大老汤家那是最香的，几个儿子也是个顶个的好，香饽饽，现在，谁敢嫁他们家? 落魄了，遗传基因估计也有点问题。"

家文笑说："他们老三跳舞跳得不错，屁股后头有不少小姑娘跟着。"家艺随口说："他们家老三，跟我们老五同年的吧。"

美心想了想，说是同年，还同月份。

家欢和小玲一听话赶话到这儿了，都有些不自在。

家艺突然说："老四老五，都可以谈了。"

一桌皆无声。

老太太说话："吃饭吃饭，喝汤。"

吃完饭，家艺还要转去公公家，带着小枫和廖姐先走了。家文和卫国也打算去北头看看，带着光明走了。建国单位还有事，直接去军分区，他叫小年小冬一起，兄弟俩却说再玩一会儿。家喜下午轮班，还得去站柜台。美心问："你们五一商场现在有什么好东西？"家喜夸了一通，美心心痒痒，打算去看看。

老太太吃完饭照例睡觉。

家里只剩大姐、老四和老五。老五回自己屋了。老四家欢和家丽在客厅嗑瓜子，看电视。

家欢见时机已到，说："大姐，以前说让我回淮南的时候，你答应我的。"

"答应你什么？"家丽诧异，没头没尾的一句。

"答应我……你说我能找到……"家欢一说就激动。

"当然能找到，"家丽说，"但是要适当放低要求。"

"老五正在处对象。"

家丽愣了一下："哦，也不小了，愿意自谈也可以。"

门哐当一下被拉开，老五小玲气哄哄冲出来："何老四！母鸡孵小鸭！你多管闲事！"

气场太大。家欢和家丽都唬了一跳。

"老五！"家丽镇住她。

家欢说："大姐，反正老五现在不能谈恋爱不能结婚。"

小玲对家丽："大姐，听听，还是人吗，还讲理吗？"

家丽不解，劝家欢："老四，感情这个事情，不是论资排辈。"家欢道："那不行，我是老四，她是老五，她不能越到我前面去。"

家丽委婉地："你现在不是暂时没有吗……"

小玲愤愤："不拉屎还占着坑。"

家欢奋起，要打小玲。家丽拉住了。家欢嚷开了："大姐，刘小玲现在跟谁谈恋爱你知道吗？她跟你说过吗？"

"管得着嘛！"小玲跳起来。

"跟隔壁邻居。"家欢嘲讽地，"汤家老三汤振民。"

家丽紧张起来。大老汤家，跟何家世代有疙瘩，她跟汤为民当初就因为这点世仇被打散。现在老五又要往里头钻？家丽本能地觉得不妥当。

"有这事？"家丽严肃地向小玲求证。

"自由恋爱是每个公民应有的权利！"小玲振臂。

当天晚上家丽没回军分区，而是和美心一起，连夜对老四和老五进行了"隔离审查"再教育。

先从老四开始。

家欢坐在床上，美心坐在凳子上，面对着她。家丽站着。美心说："老四，妈妈当然希望你好，希望你早点遇到一个合适自己的人，你什么标准你说，妈帮你留意，田家庵那么多人，就不信找不着。"

"不用。"家欢言简意赅。

"是不用帮你留意还是什么？"美心追根问底。

"不用帮我留意。"

美心忍不住气："那你怎么办？就这么耗着，拖着，然后也不许别人找？何老四，你能不能不要这么不讲道理！麻丝缠（方言：缠人，难搞，难对付）！"

家欢高声："我就这样怎么啦？当初我说我去蚌埠农场，非让我回淮南，说不定去了农场，一下就找到了。"

美心当真："你意思是喜欢农民兄弟？明天我就去大河北托托人。"

家丽劝："妈，老四不是这个意思。"

"那什么意思？"美心气愤。

家丽见她妈太过激动，安抚道："老四不成问题，慢慢找还是能找到的。这个东西，也是看缘分。"

家欢躲进帐子："反正，你们也别来跟我说，找老五说去，我面子还不够扫地？外头风言风语多了，我也不是聋子，我知道，我没人喜欢，有困难，但也不能让自家姐妹驳了我的面子，再怎么说，我是姐姐，我不谈恋爱不结婚，后面小的不能跳到我前头去。"

家丽好言："老四，你究竟是接受不了老五谈恋爱还是结婚？"

家欢嘟囔："不许结婚，我看老五这人迟早把持不住。"

家丽道："那行了，达成一致，老五暂时可以谈恋爱，你呢，就积极寻找，争取在老五前头办事。"

谈完，家丽和美心到客厅合计。

美心不理解："这谁先结谁后结，有这么重要吗？统共也没差几岁，这老四的自尊心也太强了。"

家丽说："妈，好多事你不知道，回头再跟你说。"

"别回头，就现在说。"

"现在怎么说。"家丽为难，"我答应过老四要保密。"

"女儿跟妈还有秘密，不说出来，问题怎么解决？"

"先去找老五谈。"

美心没好脾气："哎呀，现在就说，小点声。"

家丽只好拉着美心到厨房。关上门，才说："老四喜欢的是张秋林。"

美心没反应过来："哪个张秋林？"

"刘妈儿子。"

"怎么不早说？"

"人家不是有主了吗？"

"没结婚之前都有机会呀，"美心思想倒开放，"现在晚了，人家结婚了。"

"这事你就当不知道。"

"就这点事，也值得大惊小怪的。"

"老四脾气古怪，慢慢来吧。老五这个才要命。"家丽说。

进屋，老五显然已经准备好了。端坐。

家丽单刀直入："老五，老四说的是不是真的？"

小玲叛逆起来也逆天："真的怎么样，假的又怎么样？"

刘美心切齿："好好说话！"

小玲委屈："妈，都什么年代了，谈个恋爱处个对象还要瞻这个前顾那个后，四姐也太不讲道理，她自己找不到，不受欢迎，难不成我们都要陪着她做老姑娘？为了自己的一点面子，牺牲妹妹们的幸福，这是一个当姐姐的样子吗？"

家丽没失了条理方寸，耐心地："你先别嚷，你四姐已经表示支持你的恋爱。"

"真的？"小玲喜出望外，"还没算糊涂透了。"

"但是"家丽话锋一转。

小玲丧气地："我就知道还有个但是。"

家丽继续："但是如果是跟汤家老三，不行。"

"四姐说的？还是你们的意见？"小玲问。

美心拿出当妈的架势："我的意见，你奶奶的意见，你死去的爸的意见，还不够？老五啊老五，说你傻你还不服，汤家是能碰的？那跟我们家，几代的仇怨，你跟他们家人搅和在一起能有你什么好？"

"再仇再怨，汤婆子的葬礼你还是去了？都什么年代了。"

家丽道："老五，家里是为你好，怕你过去受委屈，跟仇家结婚，对你有什么好处？"

小玲怪样地笑："仇家不正好，我过去祸祸他们，帮咱们报仇！"

家丽也耐不住了："刘小玲！"

傻老五，真是傻老五！

"姐，妈，让我自己选择，行吗？我又不傻，什么好什么坏我能不知道吗？"

"不行。"美心坚决。

老五真麻丝缠："不行我就学三姐，先上车，后补票，带球进门。"美心气得要打她："老五！你！"

家丽严肃地："老五，你如果敢，这个家就敢不认你。"

小玲又软下来："姐——姐——我的好大姐，我就是说说，我怎么可能干那种事，我可不想一件嫁妆没有，拿几床破被子就过去了，还是得明媒正娶，姐，你放心，你当年没实现的心愿，我来帮你实现。"